L'ALIÉNISTE

C a l e b   C a r r

L'ALIÉNISTE

Roman      **Laurédit**.inc.

Titre original : *The Alienist*
Traduit par René Baldy et Jacques Martinache

La loi du 11 mars 1957 n'autorisant, aux termes des alinéas 2 et 3 de l'article 41, d'une part, que les « copies ou reproductions strictement réservées à l'usage privé du copiste et non destinées à une utilisation collective » et, d'autre part, que les analyses et les courtes citations dans un but d'exemple et d'illustration, « toute représentation ou reproduction intégrale, ou partielle, faite sans le consentement de l'auteur ou de ses ayants droit ou ayants cause, est illicite » (alinéa 1er de l'article 40). Cette représentation ou reproduction, par quelque procédé que ce soit, constituerait donc une contrefaçon sanctionnée par les articles 425 et suivants du Code pénal.

© Caleb Carr, 1994
© Presses de la Cité, 1995, pour la traduction française
ISBN 2-258-00129-3

Ce livre est dédié à :

*Ellen Blain, Meghann Haldeman,
Ethan Randall, Jack Evans
et Eugene Byrd.*

« *Qui veut rester jeune en sa vieillesse doit être vieux dans son jeune âge.* »
                                            John Ray, 1670.

Note de l'auteur

Avant le XXe siècle, les malades mentaux étaient considérés comme aliénés, c'est-à-dire étrangers, non seulement au reste de la société mais aussi à leur propre nature. Les spécialistes qui étudiaient et traitaient leurs pathologies étaient connus sous le nom d'*aliénistes*.

PREMIÈRE PARTIE

LA PERCEPTION

Si notre perception de l'objet qui se trouve devant nous résulte, pour partie, de ce que nous transmettent nos sens, une autre partie (peut-être la plus importante) procède toujours de notre entendement propre.

William JAMES,
Principes de psychologie.

Ces sanglantes idées,
Où prennent-elles naissance ?

PIAVE,
Extrait du *Macbeth* de Verdi.

1

8 janvier 1919

Theodore est en terre.

Ces mots semblent vides de sens sous ma plume, aussi vides de sens que, cet après-midi, la vision de son cercueil disparaissant dans le sol sableux près de Sagamore Hill, l'endroit qu'il chérissait entre tous. Debout dans la bise de janvier qui giflait le détroit de Long Island, je pensais en moi-même : « C'est une farce, bien sûr. Il va faire sauter le couvercle, il va nous éblouir de son grand sourire ridicule et nous briser les tympans de son rire strident. Ensuite, il va nous crier qu'il y a " du pain sur la planche ", que nous devons " retrousser nos manches " parce que nous sommes tous mobilisés pour aller défendre une variété rarissime de salamandre contre la rapacité d'un géant industriel prêt à installer sans vergogne une immonde manufacture en pleine zone de reproduction de ces petits batraciens. » Et je voyais bien que je n'étais pas seul à nourrir de telles divagations. Tous ceux qui assistaient aux obsèques attendaient une sorte de coup de théâtre ; cela se lisait sur leurs visages. Il semble bien que ce sentiment soit largement partagé dans le pays, et même dans le monde : la disparition de Theodore Roosevelt est, tout simplement, une idée inacceptable.

Depuis quelque temps, déjà, Theodore était sur le déclin mais personne ne voulait le remarquer. Cela avait commencé après la disparition de son fils Quentin dans les derniers moments de la Grande Boucherie. Un jour, avec ce mélange d'affection et de causticité très britannique qui le caractérisait, Cecil Spring-Rice avait déclaré que, pour lui, Theodore avait toujours regardé la vie avec l'œil d'un enfant de six ans, et Herm Hagedorn d'ajouter que le petit garçon était mort en lui à l'instant où son fils avait été abattu en plein ciel pendant l'été de 1918. Ce soir, en dînant chez *Delmonico's* avec Laszlo Kreizler j'ai évoqué cette remarque de Hagedorn, ce qui m'a donné droit à une longue dissertation sur le fait que la mort de Quentin n'avait pas seulement été une terrible souffrance pour Theodore mais qu'il en avait également conçu une grande culpabilité, la culpabilité d'avoir toujours prêché auprès de ses enfants les vertus du zèle et de l'engagement actif, de telle sorte que, bien souvent, ces derniers allaient délibérément à la rencontre du danger afin d'être agréables à leur père bien-aimé. Le deuil, avais-je remarqué, était un tourment insoutenable pour Theodore. A chaque fois que quelqu'un de proche disparaissait, on avait l'impression qu'il ne survivrait pas à l'épreuve. Mais c'est seulement ce soir, en écoutant Kreizler, que j'ai saisi à quel point le doute moral était également insupportable pour ce vingt-sixième président des États-Unis qui, parfois, semblait se considérer lui-même comme la Justice faite homme.

Kreizler n'avait pas voulu assister aux obsèques. Dieu sait pourtant combien Edith Roosevelt aurait apprécié sa présence. Elle avait toujours eu un faible pour l'homme qu'elle appelait « l'énigme », ce médecin brillant dont les travaux sur le psychisme humain ont dérangé tant de gens au cours des quarante dernières années. Mais Kreizler lui avait fait porter un billet expliquant que l'idée d'un monde sans Theodore lui était odieuse et qu'aujourd'hui, à l'âge de soixante-quatre ans, après avoir consacré la plus grande part de son temps à regarder, bien en face et à la loupe, la vie dans toute son horreur, il estimait avoir droit à un peu de relâche et choisissait d'ignorer le départ de son ami. Tout à l'heure, Edith m'a avoué avoir été émue aux larmes par ce billet car il signifiait que l'affection et l'enthousiasme débordants de Theodore – qui ulcéraient les cyniques et qui, dois-je ajouter par souci d'honnêteté journalistique, étaient parfois difficiles à supporter, même pour ses amis – avaient été assez forts pour toucher un homme qui s'était détaché de la société humaine au point d'être considéré comme asocial par la plupart de ses contemporains.

Quelques camarades du *Times* voulaient que je prenne part à un « dîner du souvenir » mais une paisible soirée en compagnie de Kreizler me semblait préférable. Oh, ce n'est pas à l'évocation nostalgique d'une enfance new-yorkaise commune que nous avons levé nos verres car Laszlo et Theodore ne se connaissaient pas avant Harvard. Non, ce soir, notre mémoire nous a, tout naturellement, ramenés au printemps de 1896 – il y a pratiquement un quart de siècle – et à une série d'événements qui paraissent, aujourd'hui encore, trop invraisemblables pour s'être véritablement produits, même dans cette ville. Comme il était poignant de ressusciter tout cela et, surtout, de se retrouver là, à cette table de chez *Delmonico's*, ce bon vieux *Del's*, qui, comme nous tous, ne va pas en rajeunissant. A l'époque, en effet, ce restaurant avait été le théâtre fiévreux de nos réunions les plus cruciales. Après le dessert, à l'heure du madère, Kreizler et moi secouions la tête en souriant, encore étonnés aujourd'hui d'être arrivés au terme de cette épreuve sans y laisser notre peau et, bien sûr, toujours aussi affectés en songeant à ceux qui n'avaient pas eu notre chance.

Il est bien difficile de retracer cette affaire dans toute sa complexité et, pour éviter l'écueil de la description simpliste ou caricaturale, je ne vois qu'un moyen : tout raconter à partir de la première macabre découverte. Il me faudra même aller plus loin en arrière, jusqu'au temps de Harvard, lorsque Theodore, Laszlo et moi-même suivions l'enseignement du professeur James. Oui, tout bien réfléchi, je dois remonter aux sources et faire connaître au public la chronologie de notre cheminement. C'est la seule démarche acceptable. Mais il est très possible que ledit public n'aime pas cela. A la vérité, c'est pour le ménager que nous avons gardé le silence durant de si longues années. Même aujourd'hui, bien peu de nécrologies ont mentionné ces faits parmi les succès de Theodore lorsqu'il était préfet de police à New York, de 1895 à 1897. Seul le *Herald* dont le lectorat s'est, de nos jours, réduit comme une peau de chagrin, mentionnait assez précipitamment, il faut le dire, « la résolution des effroyables meurtres qui ont commotionné la ville en 1896 ». Theodore, il est vrai, n'avait jamais revendiqué ce succès comme étant le sien. Certes, la décision de confier l'enquête à un homme qui fût réellement capable de la mener à bien était, indiscutablement, le fruit de son ouverture d'esprit. Mais, en privé, c'est à Kreizler qu'il attribuait tout le mérite de cette opération. Il lui eût été difficile de le faire publiquement. Theodore savait que le peuple américain n'était pas prêt à le croire, pas même prêt à entendre les détails de l'affaire. L'est-il davantage aujourd'hui ? Kreizler, pour sa part, en doute. Je lui ai dit, ce soir, mon intention d'écrire cette histoire. Il m'a gratifié d'un de ces ricanements sardoniques dont il a le secret puis a déclaré que la publication d'un livre aurait pour seul résultat de faire peur aux gens et de les rebuter. D'après lui, le pays n'a guère changé depuis 1896 malgré tout le travail de Theodore, Jake Riis, Lincoln Steffens et de nombreux hommes et femmes de la même trempe. Selon Kreizler, nous autres, Américains, n'avons jamais cessé de courir. Quand personne ne nous regarde, que nous sommes seuls face à nous-mêmes, nous courons, toujours aussi rapides et peureux que naguère, pour fuir les ténèbres que nous savons cachées derrière la porte de tant de foyers apparemment sans histoire, pour fuir les hantises greffées dans la cervelle des enfants par ceux-là même que la nature leur dit de croire et d'aimer, nous courons, plus pressés et plus nombreux encore, vers le mirage de ces potions, de ces médications, de ces prêtres, de ces philosophies, qui nous promettent de terrasser nos frayeurs et nos cauchemars et qui nous réclament, en échange, une dévotion servile.

Est-il possible que Laszlo soit dans le vrai? Mais trêve de digression, venons-en donc aux faits!

2

Il était deux heures du matin, ce 3 mars 1896, quand un vacarme de tous les diables fit sortir la bonne, d'abord, ma grand-mère ensuite, sur le seuil de leur chambre. On tambourinait furieusement à la porte du 19, Washington Square North. J'étais au lit, dans cet état flottant entre veille et sommeil, quand on n'est plus complètement ivre mais qu'on n'a pas encore réglé leur compte aux dernières vapeurs d'alcool. J'ignorais qui frappait de la sorte mais je savais bien que c'était pour moi et non pour ma grand-mère. Enfonçant le nez dans les taies de toile qui enveloppaient mes oreillers, je priais pour que le fâcheux se lasse et aille se faire pendre ailleurs lorsque j'entendis la bonne hurler :

– Ce potin devient effrayant ! Faut-il que j'y aille, Madame ?

– Certainement pas, Harriet, répondit la voix froide et hautaine de ma grand-mère. Pensez donc, c'est encore John qui a dû omettre d'honorer l'une de ses dettes de jeu. Allez plutôt me le réveiller.

Après la rupture de mes fiançailles avec Miss Julia Pratt, de Washington, deux ans auparavant, j'avais pris pension chez ma grand-mère et plus le temps passait, plus la mâtine devenait suspicieuse quant à l'emploi que je faisais de mes heures de loisir. Je lui avais pourtant répété maintes et maintes fois qu'étant chargé de la rubrique criminelle au *New York Times*, j'étais contraint de visiter les quartiers mal famés de la ville et de fréquenter la frange la moins recommandable de sa population. Mais elle se rappelait par trop mes frasques de jeunesse pour avaler cette explication qui, j'en conviens, ne brille pas par son originalité. Le tapage que je faisais régulièrement en rentrant au bercail conforta progressivement mon aïeule dans des soupçons qui, bientôt, devinrent certitudes : ce n'était pas par nécessité professionnelle mais bien par goût que je fréquentais chaque soir les dancings et les tripots du Tenderloin [1]. Ayant entendu sa remarque à propos de mes dettes de jeu, je sentis qu'il était essentiel pour moi de donner l'image d'un homme sobre et responsable. Bientôt, le pas d'Harriet approcha de ma chambre et, jugeant opportun de prendre les devants, je sautai dans un peignoir chinois noir, aplatis sur ma tête mes cheveux ébouriffés, ouvris prestement la porte, juste comme la bonne arrivait, et dis paisiblement :

– Voyons, Harriet, à quoi rime ce remue-ménage ? En relisant des notes pour un travail, je me suis rendu compte qu'il me manquait plusieurs documents, oubliés au bureau. Ce doit être un coursier que le journal me dépêche, voilà tout !

La bonne acquiesça d'un hochement de tête confus et je m'élançai sur l'épais tapis persan qui garnissait l'escalier.

– Est-ce toi, John ? tempêta ma grand-mère.

– Non, bonne-maman, c'est le Dr Holmes !

Le Dr Holmes était un ingénieux escroc doublé d'un meurtrier particulièrement sadique qui, à l'époque, attendait la pendaison à Philadelphie. Or, allez savoir pourquoi, la terreur de ma grand-mère était de voir cet individu s'évader avant l'heure de son rendez-vous avec la potence et faire le voyage jusqu'à New York dans le seul but de l'occire. Arrivé à la porte de sa chambre, je la gratifiai d'un petit baiser sur la joue, qu'elle accepta volontiers, mais sans esquisser un sourire.

– Ne sois pas insolent, John. C'est ton côté le plus horripilant. Et ne t'imagine pas que tu vas m'adoucir en me faisant du charme !

Les coups reprirent de plus belle à la porte en même temps qu'une voix d'homme, apparemment jeune, hurlait mon nom à tue-tête. Le pli de contrariété s'accentua au front de bonne-maman.

– Qui cela peut-il être et que diable peut-il vouloir ?

L'entêtement de ce garçon ne me disait rien de bon mais, puisque j'avais commencé dans la voie du mensonge, force me fut d'y rester :

– Je pense que c'est un coursier du bureau.

– Un coursier du bureau ? répéta ma grand-mère sans croire un

---

1. Le quartier chaud de la ville. (*N.d.T.*)

traître mot de ce que je lui racontais. Mais, dans ce cas, va donc lui ouvrir !

Rapide mais prudent, je dévalai le reste de l'escalier.

— Mr Moore ! brailla de nouveau l'entêté en ponctuant sa sérénade de force coups de pied et de poing dans la porte. Je dois absolument parler à Mr John Schuyler Moore !

Impossible d'identifier cette voix ; pourtant, j'étais sûr de la connaître. La constatation ne m'apporta pas le moindre réconfort, pas plus que la jeunesse apparente de l'importun. Les voleurs et les tueurs les plus dangereux dont j'avais croisé la route au début de cette année 1896 n'étaient ni plus ni moins que des gamins. Je m'avançai dans le vestibule dallé de marbre noir et blanc et posai la main sur le loquet.

— Qui est là ?

— C'est moi, Monsieur ! C'est Stevie !

Je laissai échapper un soupir de soulagement et ouvris la lourde porte de bois. Dehors, dans la clarté blafarde d'une lanterne à gaz — la seule de la maison que ma grand-mère eût refusé de faire remplacer par une ampoule électrique —, se tenait Stevie Taggert. Surnommé « la Teigne », Stevie avait été, pendant les onze premières années de son existence, le cauchemar de la moitié de la police new-yorkaise. Puis il s'était amendé, grâce à l'aide de mon ami l'éminent aliéniste Laszlo Kreizler, qui l'avait alors engagé comme cocher et estafette.

Stevie s'appuyait à l'une des colonnes blanches qui encadraient l'entrée de la maison. Il était visiblement affolé et avait du mal à respirer normalement. Ses longs cheveux bruns et raides étaient collés par la transpiration. Regardant par-dessus son épaule, je vis la petite calèche canadienne de Kreizler. La capote de la voiture noire était repliée et, entre les noirs brancards de l'attelage, Frederick, le hongre de même couleur, était, lui aussi, ruisselant d'une sueur qui fumait dans l'air frais de la nuit.

— Que se passe-t-il, Stevie ? Où est le Dr Kreizler ?

— Vite ! répondit Stevie, hors d'haleine. Le docteur vous fait demander de venir avec moi !

— Maintenant ? Mais il est deux heures du matin ! Et où dois-je vous suivre ?

— Venez, Monsieur ! Venez vite !

A l'évidence, Stevie n'était pas en état de me donner plus amples explications. Je l'invitai à m'attendre un instant et remontai dans ma chambre. Pendant que je m'habillais, ma grand-mère me cria à travers la porte qu'elle aimait autant ignorer ce qui nous appelait dehors à pareille heure, ce « singulier Dr Kreizler » et moi, mais que ce n'était certainement pas une affaire bien convenable. Faisant de mon mieux pour l'ignorer, je ressortis en serrant autour de moi mon manteau de tweed et sautai dans la calèche.

Sans même me laisser le temps de m'asseoir, Stevie fit partir Frederick d'un claquement de fouet et je tombai à la renverse sur la banquette de cuir brun foncé. Je m'apprêtais à le réprimander lorsque, de nouveau, je fus saisi par son expression hagarde. Je me tus donc et me cramponnai tandis que l'attelage démarrait à une allure terrifiante sur le pavé de Washington Square. Puis les cahotements s'atténuèrent quelque peu lorsque nous débouchâmes sur Broadway et son revêtement de larges dalles planes.

Nous étions donc en route vers le sud-est, en direction de ce quartier de Manhattan où Laszlo Kreizler exerçait son art et où plus on s'enfonçait avant dans la zone, plus les logements devenaient bon marché et la vie sordide. J'ai nommé le Lower East Side. Pendant un moment, je m'imaginai que, peut-être, il était arrivé quelque chose à Laszlo. Cela aurait, sans nul doute, expliqué la rage avec laquelle Stevie conduisait et fouettait Frederick. Ce n'était pas dans ses habitudes. Bien au contraire, il avait tendance à être doux avec le cheval. Kreizler avait été le premier être humain à obtenir de Stevie autre chose qu'un coup de poing ou un coup de dent et c'était, indiscutablement, grâce à lui que le jeune gaillard avait pu sortir de cet établissement de Randalls Island pudiquement appelé « Centre d'accueil pour garçons ». Non content d'avoir été qualifié par les services de police de « cambrioleur, pickpocket, ivrogne, dépendant de la nicotine, rabatteur » (celui qui appâte le pigeon pour une équipe de parieurs professionnels) et taxé d'« inclination congénitale à la brutalité et à la destruction » alors qu'il était à peine âgé de dix ans, Stevie avait frappé et sérieusement abîmé un gardien de Randalls Island qui l'avait, disait-il, « agressé ». (Dans le langage journalistique de l'époque, « agression » se traduisait presque toujours par « viol ».) Le garde étant marié et père de famille, c'est, pour commencer, la crédibilité du jeune garçon puis, bientôt, sa santé mentale qui avaient été mises en cause. Alors était entré en scène l'un des psychiatres parmi les plus réputés du moment et qui faisait autorité en tant qu'expert auprès des tribunaux. Lors des audiences d'évaluation de la santé mentale de Stevie, Laszlo Kreizler avait tracé une peinture magistrale de ce qu'avait été la vie de cet enfant abandonné dans la rue à l'âge de trois ans par une mère opiomane qui, au lieu de subvenir aux besoins de son fils, avait choisi de devenir la maîtresse du Chinois qui lui fournissait sa drogue. La démonstration avait fortement impressionné le juge, lequel en avait conçu des doutes sur la déposition du gardien blessé mais n'avait accepté de relâcher Stevie qu'après que Laszlo eut proposé d'embaucher le jeune garçon et se fut porté garant de sa conduite à venir. J'avais jugé, à l'époque, que c'était pure folie mais, au bout d'un an, force m'avait été de reconnaître que Stevie n'était plus le même. Comme pratiquement tous ceux qui travaillaient pour Laszlo, il était dévoué corps et âme à son patron, en dépit de cette étrange distance affective qui rend le brillant aliéniste si déroutant pour nombre de ses connaissances.

Les yeux bleus de Stevie étaient dilatés. Le vacarme des sabots et des roues sur le pavement de granit m'obligea à crier pour lui demander :

– Est-ce que le Dr Kreizler va bien ? Où est-il ?

– A l'Institut ! me répondit Stevie.

La base opérationnelle des activités de Laszlo était l'Institut Kreizler pour l'enfance, un établissement faisant office à la fois d'école et de centre de recherche, qu'il avait fondé dans les années quatre-vingt. J'étais sur le point de demander à Stevie pour quelle raison Kreizler s'y trouvait encore mais ma question me resta dans la gorge comme nous arrivions, lancés à pleine vitesse, à l'intersection de Broadway et de Houston Street. Malgré l'heure tardive, le carrefour était grouillant d'ivrognes, de joueurs de pharaon et de bonneteau, de drogués, cocaïnomanes et héroïnomanes, de prostituées autour desquelles bourdonnaient des essaims de matelots, et de simples clochards. Ici, disait une maxime populaire, l'on pouvait dégainer et faire feu dans n'importe quelle direction en étant certain de ne jamais atteindre un honnête homme. Stevie se contenta d'envoyer tout ce beau monde se réfugier sur le trottoir et des injures jaillirent après notre passage.

– Donc nous allons à l'Institut ? hurlai-je.

Mais Stevie ne répondit pas. Il se contenta de faire sèchement virer le cheval à gauche pour emprunter Spring Street où nous perturbâmes un instant les tractations devant quelques salles de danse utilisées comme maisons de rencontre par des prostituées qui se faisaient passer pour des clientes et négociaient – généralement avec des gogos arrivés en ville de fraîche date – des rendez-vous ultérieurs dans des hôtels à bas prix. Stevie prit ensuite la direction de Delancey Street. La chaussée était en cours d'élargissement : elle allait devoir absorber une forte augmentation de circulation lors de la mise en service du Williamsburg Bridge dont la construction venait tout juste de commencer. Nous passâmes devant une série de théâtres aux façades noircies. A chaque fois que nous coupions une ruelle transversale, j'entendais un sinistre brouhaha monter des *dives*, ces immondes bouges où, pour un *nickel*[1], l'on vous servait sur une planche crasseuse pompeusement appelée « bar » un verre de tord-boyaux coupé avec divers poisons, depuis la benzine jusqu'au camphre, en passant par tous les autres produits susceptibles de tomber sous la main du fabricant.

A aucun moment, Stevie ne laissa Frederick relâcher son allure. Selon toutes les apparences, nous nous dirigions vers l'extrême pointe de l'île de Manhattan et je fis une ultime tentative pour établir la communication :

– Allons-nous à l'Institut, oui ou non ?

En guise de réponse, Stevie secoua la tête et, de nouveau, fit claquer son fouet. De guerre lasse, je haussai les épaules et me cramponnai aux ridelles. Un paysage d'échoppes fermées par des volets coulissants défilait de part et d'autre de Delancey Street et semblait nous escorter vers le front de mer, juste au-dessus de Corlears Hook, les bas-fonds du Lower East Side, où se regroupaient les cahutes et les taudis les plus pouilleux. Une macédoine de cultures et de langages se combinait pour donner au quartier sa couleur immigrée. Dans la partie sud de Delancey Street, les Irlandais étaient majoritaires alors que la section nord, côté Houston Street, était à forte dominance hongroise. Durcies par le froid vif du petit matin, des pièces d'habillement et de couchage, tendues sur des fils autour des baraquements, se balançaient avec raideur au gré du vent. Mais ici, rien ne semblait anormal, pas plus la danse du linge gelé que le ballet furtif des spectres qui désertaient les noirs pas de portes pour s'aventurer dans les allées obscures, vêtus de sombres hardes, foulant de leurs pieds nus l'amalgame verglacé d'urine, de suie et de crottin qui couvrait le sol. Sur la fin de Delancey Street, la puanteur des détritus jetés quotidiennement à l'eau par les habitants des lieux se mêlait aux sen-

---

1. Pièce de cinq *cents*. (N.d.T.)

teurs marines pour produire l'odeur si particulière de ce bassin de marée que nous appelons East River.

Bientôt, un gigantesque plan incliné se dressa devant notre horizon : la rampe du pont en construction. Sans faire de halte, Stevie lança notre attelage sur le revêtement de grosses planches soutenu par un savant entrecroisement de poutrelles d'acier. Le claquement des sabots et le bruit des roues retentit sur le bois avec des échos plus sonores que sur le pavé. Les pylônes du pont étaient loin d'être achevés et il faudrait des années encore avant que l'ouvrage ne soit ouvert à la circulation publique. Plus nous progressions, moins je comprenais où Stevie me conduisait. Nous étions déjà à trois ou quatre mètres au-dessus du niveau de Delancey Street lorsque la silhouette d'un édifice semblable à un vaste temple chinois m'apparut soudain au cœur de la nuit. L'ensemble, composé d'énormes blocs de granit, était surmonté de deux tourelles trapues couronnées par un cercle d'acier qui formait chemin de ronde. Cette construction originale était en fait la plaque d'ancrage du pont côté Manhattan. Elle devait servir à amarrer une extrémité des puissants câbles d'acier appelés à soutenir la travée centrale. Je ne pus m'empêcher de songer qu'à l'instar du Brooklyn Bridge, dont je voyais les arcs gothiques se découper sur le firmament à ma droite, cette nouvelle voie de circulation par-dessus l'East River était, plus qu'un temple, un autel sur lequel nombre de travailleurs avaient été immolés à la gloire de ce génie civil qui, depuis une quinzaine d'années, élevait ses orgueilleux ouvrages dans le ciel de Manhattan. En me faisant cette réflexion, j'ignorais encore qu'un sacrifice sanglant d'un type tout différent avait été célébré cette nuit-là au sommet du pylône ouest du Williamsburg Bridge.

Près de l'accès aux tourelles de surveillance, au niveau de la plaque d'ancrage, se tenaient plusieurs policiers. La pâle clarté de quelques ampoules électriques, ajoutée à celle des lanternes portatives qu'ils avaient avec eux, me permit de voir, à leurs petits insignes de bronze, qu'ils étaient du Treizième District. Mais une chose me frappa aussitôt par son étrangeté : parmi eux, se trouvait un sergent du Quinzième District. Depuis deux ans que je couvrais les affaires criminelles pour le *Times*, sans parler de l'expérience acquise pendant mon enfance new-yorkaise, j'étais bien placé pour savoir que chaque circonscription de police défendait jalousement son territoire. Vers le milieu du siècle, on avait même assisté à une guerre ouverte entre factions de police rivales. Que le Treizième District ait fait venir sur les lieux un homme du Quinzième indiquait, sans l'ombre d'un doute, que l'affaire était grave.

Stevie rabattit Frederick vers le groupe de pèlerines bleues, sauta de son siège, attrapa la bête écumante par son mors et la dirigea sur le côté de la chaussée près d'un gros tas d'outils et de matériaux de construction. Du coin de l'œil, le garçon observait les argousins avec une défiance d'habitué. Le sergent du Quinzième District, un grand échalas d'Irlandais dont le visage cireux se remarquait par le seul fait qu'il lui manquait la grosse moustache commune à la profession, approcha et considéra Stevie d'un air circonspect.

— Mais c'est pas notre Stevie Taggert que v'là par ici? lança-t-il avec un accent irlandais aussi léger que son humour. Te bile pas, va, p'tit merdeux, tu penses quand même pas que le préfet m'aurait fait déplacer de si loin juste pour te faire ta fête!

Je mis pied à terre et approchai de Stevie qui couvait le sergent d'un regard mauvais.

— Ne t'emballe pas, Stevie. La bêtise, c'est bien connu, va de pair avec la jugulaire.

Le garçon esquissa un sourire.

— Mais moi, ajoutai-je, cela m'emballerait que tu m'expliques enfin ce que je fais ici.

D'un mouvement de tête, Stevie m'indiqua la tourelle nord, puis il tira de sa poche une cigarette fatiguée.

— C'est là-haut. Le docteur a dit que vous montiez.

Je me dirigeai vers la porte taillée dans la muraille de granit. Stevie resta auprès de son cheval.

— Tu ne viens pas?

Le garçon tressaillit et se détourna pour allumer sa cigarette.

— Je l'ai déjà vu tout à l'heure. Ça me suffit. Quand vous voudrez rentrer chez vous, vous me trouverez ici, Mr Moore. C'est les ordres du docteur.

Dire que cela apaisa mes appréhensions serait trahir considérablement la réalité. Arrivé à la porte, je fus bloqué par le bras du sous-officier.

— Un crime a été commis ici, m'sieur! Puis-je savoir qui vous êtes et ce que vous faites ici à cette heure indue en compagnie du jeune Stevie Taggert?

Je déclinai mes nom, prénom et qualité, ce qui enchanta le

pied-plat, et il m'offrit un sourire agrémenté d'une dent en or fort spectaculaire.

– Ah! Ah! Monsieur est de la presse! Et du *Times*, en plus, s'il vous plaît! Alors, notez bien, mon nom, c'est Flynn. F.L.Y.N.N., n'allez pas me l'écorner, hein! Et je ne suis pas simple agent de police, j'ai le grade de sergent! Bon, je viens juste d'arriver, alors on va grimper là-haut ensemble. Et toi, la Teigne, tiens-toi à carreau sinon je te réexpédie dare-dare à Randalls Island!

Stevie lui tourna le dos et s'intéressa à son cheval.

– Faites attention, m'sieur! ajouta le sergent Flynn. Fait noir comme dans un four!

C'était peu dire. Tâtonnant, trébuchant, je gravis derrière lui les marches raides du petit escalier. En haut, un autre policier montait la garde mais c'est tout juste si je distinguais sa silhouette. Dès qu'il nous aperçut, il lança :

– Flynn est arrivé, monsieur!

Nous entrâmes dans un petit local encombré de tréteaux, planches de bois, seaux de rivets, câbles et pièces métalliques de toute sorte. De larges fenêtres permettaient de voir dans toutes les directions : devant nous, l'East River et les pylônes inachevés du pont et, dans notre dos, la ville. Près de la porte donnant accès à la passerelle métallique qui faisait le tour de la construction circulaire, se tenait le sergent enquêteur Patrick Connor, que je connaissais pour l'avoir rencontré lors de mes visites au Q.G. de la police dans Mulberry Street. A ses côtés, mains croisées derrière le dos, regard perdu sur l'horizon de l'autre côté de l'East River, une silhouette beaucoup plus familière se balançait d'avant en arrière : Theodore.

– Sergent Flynn, dit-il sans se retourner, c'est pour une bien triste affaire que nous vous avons appelé. Épouvantable, à la vérité.

Ma sensation de malaise atteignit des sommets lorsque, soudain, il se retourna et nous fit face. Theodore avait son allure habituelle et pourtant, il me semblait avoir un autre homme devant moi. Il portait l'un de ces costumes à petits carreaux qu'il affectionnait à l'époque, de bonne coupe, de style un peu dandy. Comme toujours, ses lunettes me parurent trop petites, de même que ses yeux, pour sa tête large et carrée sectionnée par une épaisse moustache broussailleuse. Et, tout à coup, je compris ce qui manquait : les dents. D'ordinaire, Theodore les exhibait en abondance, or, cette nuit, rien d'autre que deux mâchoires serrées sur une expression de colère sourde ou, peut-être, de remords. Visiblement, quelque chose l'avait profondément ébranlé.

Sa contrariété sembla s'accroître quand il me vit.

– Mais... Moore! Que diable fais-tu ici?

Malgré ma nervosité, je parvins à ricaner :

– Ravi de te voir, moi aussi, Roosevelt.

Il serra la main que je lui tendais mais, pour une fois, ne me déboîta pas l'épaule.

– Euh... Pardonne-moi, Moore, je suis... content de te voir, bien sûr. Mais qui t'a informé?

– Informé de quoi? J'ai été arraché de mon lit et littéralement traîné ici par le coursier de Kreizler. Sur ses ordres, m'a-t-on rapporté, mais sans l'ombre d'une explication.

– Kreizler... murmura Roosevelt en serrant les dents. Oui, bien sûr, Kreizler est passé...

Il se tourna vers la fenêtre et regarda dehors avec, au fond de l'œil, une expression confuse, peut-être peureuse, qui ne lui ressemblait pas du tout.

– Tu veux dire qu'il est venu et qu'il est reparti?

– Oui. Avant même mon arrivée. C'est le seul médecin qu'ils avaient pu trouver par ici à cette heure. Il n'a, hélas, rien pu faire, bien évidemment. Sauf ce rapport, qu'il a laissé pour moi.

Il me montra une feuille de papier qu'il tenait serrée dans sa main. Je lui pris l'épaule.

– Mais, enfin, Roosevelt! De quoi s'agit-il?

– Sauf votre respect, m'sieur le préfet, demanda Flynn avec une obséquiosité aussi écœurante que malhabile, si c'était qu'un effet de votre bonté de bien vouloir m'informer itou. C'est qu'on n'a pas beaucoup d'heures de repos au Quinzième District et tant qu'à faire....

– Très bien, messieurs, dit Theodore en s'armant de courage, avez-vous l'estomac bien accroché?

Je ne répondis pas. Flynn fit un trait d'esprit douteux sur le nombre de visions macabres qu'il avait eu au cours de sa carrière. Mais Theodore n'était pas disposé à sourire, même par charité. Il indiqua la porte ouvrant sur la passerelle, le sergent enquêteur Connor s'écarta et Flynn sortit en tête.

En dépit de mon appréhension, ma première réaction fut d'admirer la vue, encore plus extraordinaire de la passerelle que de la fenêtre. De l'autre côté de l'East River s'étendait Williamsburg, naguère paisible petite ville de campagne et aujourd'hui périphérie bourdonnante de la cité, vouée dans quelques mois à être intégrée au Grand New York. Au sud, toujours le Brooklyn Bridge. Au sud-ouest, un peu plus loin, les tours toutes neuves de Printing House Square et, en bas, à la verticale, le bouillonnement noir de l'East River.

C'est alors que je le vis.

3

Il fallut à mon cerveau un temps inouï pour donner un sens aux images que mes yeux lui transmettaient. C'était tellement incongru, tellement démesuré, tellement inconcevable. Comment un esprit non averti aurait-il pu déchiffrer tout cela en un clin d'œil ?

Sur la passerelle gisait le cadavre d'une jeune personne. Je dis « personne » car, si les attributs physiques apparents étaient ceux d'un adolescent, les vêtements – une simple robe-chemisier dont une manche avait été arrachée – et le maquillage outrancier faisaient penser à une fille de petite vertu. Ses poignets étaient attachés dans son dos et ses jambes repliées dans une position telle que le poids de son corps lui plaquait la tête contre l'acier de la passerelle. Pas de souliers ni de sous-vêtements visibles, exception faite d'une chaussette qui pendait lamentablement au bout d'un pied.

Le visage n'était pas excessivement marqué – le maquillage était intact – mais, à la place des yeux, se trouvaient deux trous vides et sanglants. Un curieux morceau de chair dépassait entre les lèvres. Une grande estafilade traversait la gorge de part en part mais une quantité de sang assez faible s'en était échappée. Le corps, lui, avait été proprement massacré. De profondes entailles s'entrecroisaient sur l'abdomen, laissant apparaître les organes internes. La main droite avait été tranchée net. Au niveau du bas-ventre se trouvait un autre trou sanglant qui expliquait la chair entre les lèvres : les organes génitaux avaient été découpés et enfoncés dans la bouche. Les fesses avaient été lacérées, comme le ventre.

Pendant les deux ou trois minutes qui me furent nécessaires pour noter tous ces détails, le paysage autour de moi se mit à tanguer. J'entendais en sourdine un bruit de percussion cadencé, que je pris d'abord pour la progression laborieuse d'un bateau sur l'East River, puis il m'apparut que c'étaient les pulsations de mon sang dans mes oreilles. Prenant soudain conscience de la nausée qui me soulevait le cœur, je me retournai vers la balustrade et me penchai dans le vide pour parer à toute éventualité.

— Monsieur le préfet! cria Connor en faisant un pas hors de la tourelle.

D'un bond, Theodore se précipita à mes côtés, et me soutint. Son corps était svelte mais noueux et puissant comme celui d'un boxeur.

— Allons, John, l'entendis-je murmurer, cela va passer. Respire bien à fond.

Tandis que je m'appliquais à suivre ses conseils, Flynn, qui continuait à examiner le cadavre, laissa échapper un long sifflement. Puis, l'air aussi bouleversé que par la mort d'un papillon, il fit ce commentaire magistral :

— Ben dis donc, c'était pas ton jour, Giorgio!

J'avais retrouvé mes esprits et Theodore m'adossa à la paroi de la tour pour retourner auprès du sergent.

— Vous connaissez donc cet enfant?

— Ça oui, m'sieur le préfet, on peut dire que je connais. Mais ce qu'on ne peut pas dire, c'est que c'était un enfant. Parce qu'il y a certaines choses que les enfants ne font pas. Ou alors, ça ne s'appelle plus des enfants. Le nom de famille, c'est Santorelli. Ça devait avoir, mettons... dans les treize ans, quelque chose comme ça. Le vrai prénom, c'est Giorgio mais ça avait pris l'habitude de se faire appeler Gloria depuis que ça travaillait au *Paresis Hall*.

— *Ça*? demandai-je en m'essuyant le front d'un revers de manche. Mais que voulez-vous dire?

Dans la faible lueur qui tombait du firmament, je vis un large sourire se former sur les lèvres de Flynn.

— Ben oui, Mr Moore. Vu le genre de galipettes que ça faisait, je ne peux pas appeler ça un gars. Mais, vu ce que la nature lui avait donné, c'était pas une donzelle non plus. Alors, je ne vois pas ce que je pourrais dire d'autre que « ça » pour cette espèce d'engeance.

Theodore serra les poings et les plaqua violemment sur ses hanches. Il venait de prendre la mesure du personnage.

— Sergent, vous n'êtes pas ici pour afficher vos positions philosophiques. Quelles qu'aient été ses mœurs, ce petit être était un enfant et cet enfant a été assassiné!

Flynn laissa échapper un rire de gorge et, de nouveau, se pencha sur le cadavre.

– Ça, je ne dirai pas le contraire, monsieur !

– Je vous dispense de vos commentaires ! Contentez-vous de répondre à mes questions ! Compris ?

La voix de Theodore était légèrement trop aiguë et éraillée pour un homme de son gabarit. Et, ce soir-là, elle était plus grinçante que jamais tandis qu'il admonestait le sergent Flynn. Ce dernier redressa la position et acquiesça d'un hochement de tête mais le très léger rictus qui retroussait sa lèvre supérieure renfermait toute la condescendance cynique avec laquelle les vieux briscards considéraient ce jeune préfet qui, depuis tout juste un an, menait la vie dure à l'ensemble des services de police.

La mimique n'avait pas échappé à Theodore dont les dents se mirent à claquer selon cette étrange habitude qu'elles avaient de découper chacun des mots qui sortaient de sa bouche :

– Ainsi donc, vous me dites que ce garçon s'appelait Giorgio Santorelli et qu'il travaillait au *Paresis Hall*... N'est-ce pas l'établissement de Cooper Square qui appartient à ce Biff Ellison ?

– C'est exactement ça, m'sieur le préfet.

– Avez-vous une idée de l'endroit où se trouve ce Mr Ellison en ce moment ?

– Au *Paresis Hall*, pour sûr.

– Très bien. Dans ce cas, allez-y sur-le-champ et dites-lui que je veux le voir demain matin à Mulberry Street.

Pour la première fois, quelque chose sembla chagriner le sergent Flynn.

– Demain matin ? Vous savez, m'sieur le préfet, Ellison c'est le genre de type à prendre très très mal une convocation comme celle-là.

– S'il fait de l'esclandre, mettez-le en état d'arrestation.

– M'sieur le préfet, s'il fallait arrêter les patrons de tous les bars où des gitons racolent le client simplement parce qu'un de leurs copains s'est fait tabasser ou peut-être même tuer, eh bien, je peux vous dire...

– Ce que vous pouvez peut-être me dire, c'est la véritable raison de votre réticence ! coupa Theodore en collant son nez pratiquement sur celui de Flynn. Mr Ellison vous graisserait-il la patte ?

Flynn eut un mouvement de recul et parvint à produire une expression scandalisée à la mesure de l'outrage subi.

– Mr Roosevelt, j'ai quinze années de police derrière moi et je crois savoir comment ça marche dans cette ville. On ne va pas embêter un homme comme Mr Ellison simplement parce qu'une petite cochonnerie d'immigré a eu ce qui lui pendait au nez!

L'affaire devait s'arrêter là. Je le savais et ce fut une chance pour Theodore, car il aurait très certainement réduit le sergent Flynn en purée si je n'avais pas retenu son bras tout en lui soufflant à l'oreille :

– Du calme, Roosevelt! Cet énergumène et ses semblables n'attendent que cela. Lève la main sur un flic en uniforme et ils auront ta tête. Même le maire ne pourra rien pour ta défense.

Theodore soufflait comme un taureau. Le rictus était revenu sur les lèvres de Flynn. Le sergent Connor et l'homme de faction restaient immobiles et, visiblement, n'envisageaient pas d'intervenir. Ils savaient parfaitement que leur position était actuellement délicate compte tenu des puissantes vagues de réforme qui balayaient New York après le rapport de la commission Lexow sur la corruption policière – remis l'année précédente, et auquel Theodore avait apporté une contribution plus que substantielle – et le pouvoir de cette même corruption qui était née en même temps que la police et qui, en ce moment, attendait paisiblement son heure pour reprendre les affaires comme au bon vieux temps lorsque le grand nettoyage serait passé de mode auprès de l'opinion publique.

– Le choix est simple, Flynn, dit Theodore avec un calme et une dignité admirables de la part d'un homme qui écumait de rage quelques secondes plus tôt. C'est soit Ellison dans mon bureau soit votre plaque matricule sur mon sous-main. Demain matin!

Flynn capitula de mauvaise grâce.

– A vos ordres, *m'sieur le préfet*.

Tandis qu'il pivotait sur place et filait vers l'escalier de la tourelle en grommelant dans son plastron de vigoureuses protestations contre cette « maudite société qui laissait des gamins commander la police », l'un des hommes qui montaient la garde de l'autre côté de la tour se présenta et annonça qu'un fourgon des services du coroner était là pour emporter le corps.

– Faites-le patienter, ordonna Roosevelt.

Puis il congédia Connor et l'autre policier. Lorsque nous fûmes seuls, il jeta un coup d'œil au papier qu'il tenait en main et me dit :

– D'après la température du corps, Kreizler estime que le garçon a été tué cette nuit. Cela signifie que le meurtrier n'est peut-être pas bien loin. J'ai des hommes qui ratissent le secteur. Il m'a laissé quelques autres détails d'ordre médical, et puis cette note.

Il me tendit le billet sur lequel je reconnus l'inimitable gribouillis en majuscules d'imprimerie qui était la marque de Kreizler : « DE TERRIBLES ERREURS ONT ÉTÉ COMMISES, ROOSEVELT. TU POURRAS ME JOINDRE DANS LA MATINÉE OU A L'HEURE DU DÉJEUNER. IL FAUT COMMENCER. IL Y A UN SCHÉMA. » Pendant un moment, j'essayai de comprendre le sens du message. Mais tout ce que je parvins à en tirer se réduisit à cette déclaration :

– Ce qu'il est fatigant à être énigmatique comme ça!

– Oui, souffla Theodore avec un petit rire bienveillant, c'est ce que j'ai pensé, moi aussi, à première vue. Mais, maintenant, il me semble que je comprends. Dis-moi, Moore, as-tu une idée du nombre de personnes qui se font tuer chaque année à New York?

– Pas vraiment. Mais je dirais plusieurs centaines. Peut-être mille ou deux mille.

– C'est ce que je dirais, moi aussi, répondit Roosevelt. Mais ce ne serait qu'une estimation personnelle car nous ne possédons pas de chiffre. Oh, quand la victime est une personne riche et respectable, la police se met en quatre pour essayer de coincer le coupable mais quand il s'agit, comme ici, d'un jeune immigré qui se prostituait, elle ne lève pas le petit doigt. Tu as vu la réaction de Flynn, elle était suffisamment éloquente. J'ai honte à le dire, Moore, mais il n'existe pas de précédent d'ouverture d'enquête dans une affaire comme celle-ci. Et sais-tu que, cette année, nous avons déjà eu trois cas analogues?

– Trois? J'ai entendu parler de la fille de chez *Draper's*. C'est tout.

Shang Draper tenait, à l'angle de la 6ᵉ Avenue et de la 24ᵉ Rue, un bordel fort réputé où les clients pouvaient monnayer les faveurs d'enfants de neuf à quatorze ans, filles en majorité, mais Draper faisait également travailler quelques garçons. En janvier, on avait retrouvé, dans l'un des petits salons cloisonnés de l'établissement, le corps d'une fillette de dix ans qui avait été battue à mort.

– Eh oui, tu ne connais que celui-là, et encore parce que Draper avait traîné dans le paiement de sa redevance. Quelqu'un au Seizième District – je ne sais toujours pas qui – a révélé cette histoire à la presse simplement pour le faire activer.

Avec l'aide de certains de ses lieutenants, dont Theodore, le colonel William L. Strong, le maire de l'époque, menait contre la corruption une bataille âpre et courageuse mais il était loin d'avoir éradiqué l'activité la plus ancienne et la plus lucrative des forces de police : la collecte des « redevances » versées par les tenanciers de saloons, music-halls, fumeries d'opium, lupanars et autres lieux de débauche.

– Les deux autres victimes étaient des garçons comme celui-ci, reprit Roosevelt. Mais, ayant été retrouvés sur la voix publique, ils n'ont pas pu être utilisés pour faire pression sur leurs souteneurs. Alors personne n'a parlé de leur mort...

Sa voix se noya dans le clapotement de l'East River et le sifflement de la brise marine.

– Et les deux autres étaient dans cet état ? demandai-je en regardant Theodore qui s'était, de nouveau, penché sur le petit cadavre.

– A peu près. Gorge tranchée. Et eux aussi avaient été visités par les rats ou les oiseaux. Pas très joli comme vision, n'est-ce pas ?

– Comment cela, visités par les rats ou les oiseaux ?

– Les yeux qui manquent, répondit Roosevelt. Le sergent Connor accuse les rats ou les corneilles. Mais, pour le reste...

Les journaux n'avaient jamais eu vent de ces deux autres meurtres. Rien d'étonnant à cela. Quand ils frappaient les pauvres ou les exclus, une frange de la société dont l'existence même n'était pas reconnue, les crimes décrétés insolubles étaient proprement ignorés de la police. C'est tout juste si elle daignait les constater. Quant à en informer le public, ce n'était pas son affaire. Pendant un instant, je me demandai comment aurait réagi la direction du *Times* si j'avais proposé un article au sujet d'un garçonnet qui se maquillait comme une putain pour vendre son corps à des hommes adultes – dont la plupart occupaient sans doute des positions fort respectables – et qui avait été retrouvé sauvagement torturé et assassiné dans un coin sombre de la ville. J'aurais pu m'estimer heureux que l'on s'en tînt à un simple licenciement ; dans les faits, une innovation aussi intempestive m'eût, plus probablement, valu d'être interné *manu militari* à l'asile de Bloomingdale.

– Voici des années que je n'ai pas eu d'entretien avec Kreizler, dit Theodore d'un ton pensif. Je me rappelle avoir reçu de lui un mot plein de sensibilité lorsque... Enfin, dans un moment... euh... difficile.

Je le connaissais suffisamment pour savoir qu'il faisait allusion à la perte de sa première femme, Alice, décédée en 1884 peu après avoir mis au monde une fille qui avait reçu son prénom. Le choc avait été double pour Theodore cette année-là car, quelques heures seulement après sa femme, c'était sa mère qui disparaissait. Il avait traité le drame à sa manière : en posant les scellés sur la sacro-sainte mémoire de sa bien-aimée et en ne l'évoquant plus jamais.

Il essaya de se ragaillardir et se tourna vers moi.

– Si ce bon Dr Kreizler t'a fait mander, il avait bien une raison.
– Que je sois pendu si je comprends ce qu'il attend de moi!
– Oui, dit Theodore avec un nouveau rire bienveillant. Aussi mystérieux qu'un vieux Chinois, notre ami Kreizler. Mais, vois-tu, Moore, je crois que je devine ses desseins, pour une fois. J'ai été contraint de renoncer à ouvrir des enquêtes sur les précédents meurtres parce qu'il n'existait aucune volonté dans ce sens au sein des services de police. Mais même s'il en avait été autrement, aucun de mes enquêteurs n'est formé pour analyser ce genre de boucherie et en tirer les enseignements. Mais regarde-moi ce garçon. Peut-on encore laisser la société ignorer pareilles monstruosités? J'ai ma petite idée sur ce point, je pense que Kreizler a la sienne aussi et il me semble que tu pourrais faire le trait d'union entre nous deux.
– Moi?
– Mais oui, comme tu l'as fait à Harvard lorsque nous nous sommes rencontrés.
– Quel serait mon rôle?
– Amène Kreizler demain à mon bureau. En fin de matinée, comme il aime à dire. Nous allons mettre nos petites idées en commun et voir ce qu'il est possible de faire. Mais attention, soyez discrets! Pour tout le monde en dehors de nous, ce sera simplement une réunion de retrouvailles entre vieux amis.
– Qu'est-ce que c'est que cette histoire de retrouvailles?
Mais, tout à ses projets, Roosevelt ignora ma question. Bombant le torse, il prit une profonde inspiration et, soudain, me parut beaucoup plus à l'aise qu'il ne l'avait été jusque-là.
– L'action, Moore, déclara-t-il, comme soulagé d'un poids. C'est par l'action que nous devons riposter!

4

La matinée avait commencé sous une pluie de mars froide et drue. Je me levai tôt et trouvai le petit déjeuner préparé par la diligente Harriet : du café bien fort, des toasts et des fruits. Issue d'une famille d'ivrognes, Harriet croyait beaucoup aux vertus de la consommation matinale de fruits pour conjurer les méfaits de l'abus d'alcool. J'allai m'installer dans le recoin vitré qui donnait sur la roseraie encore en sommeil et qui était habituellement occupé par ma grand-mère. Avant d'appeler Kreizler à l'Institut, je voulais ingurgiter, outre quelque nourriture, l'édition matinale du *Times* pour tenter de renouer le contact avec un monde qui, depuis la nuit passée, me paraissait singulièrement étranger.

La lecture du journal m'apprit que l'Espagne était en colère. Le Congrès des États-Unis envisageait, en effet, d'accorder le statut de belligérants à part entière aux « rebelles » cubains qui luttaient pour s'affranchir du régime lamentable et vacillant de la métropole. La rédaction du *Times* fustigeait Tom Platt, le vieux chef républicain, cerveau du projet visant à englober Brooklyn et Staten Island ainsi que Queens, le Bronx et Manhattan pour former un Grand New York, et l'accusait de chercher à prostituer l'imminente restructuration de la ville au profit de ses visées scélérates. A l'approche des conventions de leurs partis, démocrates et républicains promettaient d'inscrire à l'ordre du jour la question du bimétallisme : devait-on imposer au puissant étalon-or de l'Amérique l'humiliante obligation de partager ses prérogatives avec l'argent ? Trois cent onze Noirs américains s'étaient embarqués pour le Libéria tandis que les Italiens étaient en émeute parce que leurs troupes avaient été battues par des chefs de tribus en Abyssinie.

Dans l'état d'esprit où je me trouvais, ces informations, aussi importantes fussent-elles, n'avaient guère d'attrait à mes yeux et, me tournant vers des rubriques plus légères, je découvris que des éléphants montaient à bicyclette au Proctor's Theater, qu'Eleonora Duse n'arrivait pas à la cheville de Sarah Bernhardt dans *Camille* et que Max Alvary faisait un remarquable Tristan à l'Academy of Music. *Le Prisonnier de Zenda* se jouait au Lyceum depuis bientôt quatre semaines, je l'avais déjà vu deux fois et, pendant quelques instants, je caressai le projet de, peut-être, retourner le voir ce soir. Avec ses douves pleines d'eaux glauques, ses duels à l'épée, ses femmes superbes et évanescentes, c'était le spectacle idéal pour s'évader du quotidien (et, peut-être, oublier un moment des atrocités moins quotidiennes).

Mais, tandis que je songeais à la pièce, mes yeux parcouraient les autres rubriques et là, point d'évasion. Dans la 9e Rue, un individu qui, sous l'emprise de l'alcool, avait un jour égorgé son frère, s'était remis à boire et avait, cette fois, tué sa mère. L'enquête piétinait toujours à propos du meurtre sauvage de l'artiste Max Eglau au Centre de perfectionnement pour les sourds-muets. Un homme du nom de John Mackin, qui, après avoir tué sa femme et sa belle-mère, avait essayé de se donner la mort en se tranchant la gorge, avait survécu à ses blessures et essayait maintenant de se suicider en faisant la grève de la faim. Les autorités venaient de le convaincre de recommencer à s'alimenter en lui montrant la machine à gaver qu'elles comptaient utiliser en cas de refus pour le maintenir en vie jusqu'à la date de son exécution...

Je mis le journal de côté, pris une bonne gorgée de café noir sucré, dégustai l'une de ces délicieuses pêches qui nous arrivaient de Géorgie et décidai que, finalement, l'idée de retourner au guichet du Lyceum me réserver une place était excellente. Fort de cette résolution, je venais de me lever pour aller m'habiller lorsque le timbre strident du téléphone fit sursauter la maisonnée. J'entendis, depuis son cabinet de toilette, ma grand-mère s'écrier :

– Oh, mon Dieu !

Le téléphone l'exaspérait et lui faisait peur. Pourtant, je ne l'avais jamais entendue évoquer l'éventualité de le supprimer ou, simplement, d'en assourdir la sonnerie.

Harriet apparut, en provenance de la cuisine. Sa figure de brave bonne femme était auréolée de bulles de savon.

– C'est le téléphone, Monsieur, annonça-t-elle en s'essuyant les mains dans son tablier, le Dr Kreizler qui vous demande.

Tout en resserrant mon peignoir chinois, je me dirigeai vers la petite boîte de bois, près de la cuisine, pris le lourd récepteur noir et le portai à mon oreille en plaçant mon autre main sur le cornet fixé au mur.

– Laszlo ?

– Tu es donc levé, Moore ? Parfait !

Le son était faible mais le style, comme toujours, énergique. La voix n'avait pu se débarrasser totalement d'une petite pointe d'accent. La mère de Kreizler était hongroise. Son père, un éditeur allemand qui avait pris position pour la république en 1848, avait dû fuir ensuite les persécutions monarchistes pour venir mener à New York la vie plutôt privilégiée des exilés politiques en vue. Sans même envisager un éventuel rejet de sa proposition, il me demanda :

– A quelle heure Roosevelt nous reçoit-il ?

– Avant le déjeuner, dis-je en élevant la voix comme pour compenser la faiblesse de la sienne.

– Pourquoi te mets-tu à hurler ? protesta Kreizler.

Puis il enchaîna :

– Avant le déjeuner... Parfait, parfait... Cela nous donne du temps... Tu as lu l'histoire de ce Wolff dans le journal ?

– Non.

– Dans ce cas, fais-le en t'habillant.

Je baissai les yeux et considérai ma robe de chambre.

– Mais comment sais-tu que je...

– Ils l'ont fait conduire à l'hôpital Bellevue, poursuivit Kreizler sans m'écouter. Je dois aller faire son expertise psychologique. Nous pourrons ainsi lui poser quelques questions supplémentaires pour déterminer s'il y a ou non lien avec notre affaire. Ensuite, en route pour Mulberry Street avec un petit crochet par l'Institut, puis déjeuner chez *Del's*. Pigeonneau, peut-être, ou bien crépinettes de pigeon. La sauce poivrade aux truffes de Ranhofer est un délice.

– Mais...

– Je partirai directement de chez moi avec Cyrus. Il te faudra donc prendre un fiacre, continua Kreizler sur sa lancée. Le rendez-vous est fixé pour neuf heures et demie. Ne sois pas en retard, Moore. Nous n'avons pas une minute à perdre dans cette affaire.

Sur ces mots, Laszlo raccrocha sans me laisser le loisir de le questionner. Je retournai à la logette vitrée, repris le *Times* et le feuilletai. L'article mentionné se trouvait en page 8. La veille au soir, un certain Henry Wolff était en train de vider des bouteilles chez Conrad Rudesheimer, un compère occupant un taudis voisin du sien, quand arriva la fille de ce dernier, âgée de cinq ans. Wolff se mit à tenir des propos que les convenances proscrivent en présence d'une enfant de cet âge. Protestations de Rudesheimer, Wolff sort alors une arme, tue la fillette d'une balle dans la tête et s'enfuit. Il avait été interpellé quelques heures plus tard errant sans but *au bord de l'East River.*

Je laissai tomber le journal. Tout à coup, mon intuition me disait que la macabre découverte de la nuit passée, sur la tourelle du pont, n'était qu'un commencement. En sortant dans le vestibule, je tombai nez à nez avec ma grand-mère. Sa chevelure d'argent était impeccablement coiffée, sa robe grise et noire parfaite et la plus grande irritation étincelait dans ses yeux dont elle m'avait légué la belle teinte grise.

— John! s'exclama-t-elle avec stupeur, comme si elle avait pu s'attendre à croiser un autre homme sous son toit. Mais qui donc a téléphoné?

— Le Dr Kreizler, bonne-maman, répondis-je en m'échappant dans l'escalier.

— Encore lui! lança-t-elle dans mon sillage. Je commence à en avoir par-dessus la tête de ce Dr Kreizler! Entends-tu, mon garçon?

Pour l'entendre, je l'entendais! Même après avoir fermé la porte de ma chambre et commencé à m'habiller, je l'entendais encore :

— Si tu veux mon avis, il est vraiment bien étrange. Et ne va pas croire que son titre m'impressionne. Ce Holmes était bien docteur, lui aussi!

Elle poursuivit dans la même veine durant tout le temps de ma toilette. Bonne-maman n'était pas facile à vivre. Mais, pour un homme convaincu d'avoir raté deux ans plus tôt son ultime chance de former un couple heureux, cette cohabitation était largement préférable à un appartement de célibataire dans un immeuble peuplé d'autres hommes résignés à finir leur vie en vieux garçons.

Attrapant une casquette grise et un parapluie noir, je sortis en trombe de la maison et trottai sur le même élan jusqu'à la 6ᵉ Avenue. Le vent s'était mis à souffler, rendant les giboulées encore plus cinglantes, et mon parapluie s'était retourné lorsque je parvins à intercepter un fiacre au coin de Washington Place. Avec la perversité typique du cocher new-yorkais, le mien s'engagea tête baissée dans la traversée des quartiers commerçants, le long de la 6ᵉ Avenue et de la

14ᵉ Rue, avant de se décider à bifurquer à droite dans la 23ᵉ. Malgré le temps perdu, j'étais encore trempé lorsque les imposants blocs de brique rouge de l'hôpital Bellevue se dressèrent à l'horizon. Quelques minutes plus tard, nous traversions la 5ᵉ Avenue et faisions halte derrière une grosse ambulance noire dans la 26ᵉ Rue, près de l'entrée du pavillon des aliénés. Je réglai ma course et pénétrai dans l'enceinte.

Le pavillon était un long bâtiment rectangulaire et sans fantaisie. Les visiteurs y accédaient par un petit hall d'admission peu engageant puis franchissaient une porte de fer pour passer dans un long corridor traversant la construction et desservant vingt-quatre « chambres » qui, en réalité, avaient tout de cellules. Au milieu du couloir, une lourde porte coulissante cloutée séparait le quartier des hommes de celui des femmes. Le pavillon servait de centre d'observation et d'évaluation et accueillait, pour l'essentiel, des personnes qui s'étaient livrées à des actes de violence. Une fois les bilans effectués et les pièces officielles remplies, les « patients » étaient dirigés vers d'autres institutions encore moins attrayantes.

Dès que je fus dans le hall, j'entendis l'habituel concert de hurlements en provenance des cellules. Certains étaient des cris de protestation cohérents, d'autres des ululements inarticulés de folie et de désespoir. Je repérai aussitôt Kreizler et me tins la réflexion que, dans mon esprit, son image était, depuis longtemps, associée à ce tohu-bohu. Il portait, comme toujours, costume et manteau noirs et lisait les critiques musicales du *Times*. Ses yeux noirs, semblables à ceux d'un oiseau, sautillaient de mot en mot tandis qu'il se dandinait d'un pied sur l'autre en tenant le journal dans la main droite; son bras gauche, légèrement atrophié à la suite d'une blessure d'enfance, était serré contre son corps. De temps à autre, sa main gauche effleurait sa moustache soigneusement taillée et la petite mouche qu'il laissait pousser sous sa lèvre inférieure. Ses cheveux noirs, coiffés en arrière et beaucoup trop longs pour respecter la mode de l'époque, étaient mouillés car il ne portait jamais de chapeau. Et ce détail, ajouté aux hochements vifs de sa tête devant les pages du journal, lui donnait l'allure d'un rapace fiévreux et affamé prêt à remuer terre et ciel pour faire vendange de ce monde de misère.

Près de lui se tenait un Noir gigantesque : Cyrus Montrose, son domestique, cocher occasionnel et garde du corps. Comme la plupart des employés de Laszlo, Cyrus était l'un de ses anciens patients. En dépit de sa conduite apparemment calme et maîtrisée, je ne me sentais pas toujours très à l'aise en présence de ce colosse. Il était tourné vers moi mais j'avais l'impression qu'il ne me voyait pas, puis, quand je fus un peu plus près, il tapota le bras de Kreizler et tendit l'index dans ma direction.

— Ah, Moore, parfait! dit l'aliéniste en consultant son oignon.

Je lui serrai la main puis saluai Cyrus d'un hochement de tête qui me fut à peine retourné. Ayant rangé sa montre dans son gousset, Laszlo me montra le journal.

— Je suis très mécontent de tes patrons, Moore. J'ai assisté, hier soir au Metropolitan, à une remarquable interprétation de *Paillasse* avec Melba et Ancona et, bien sûr, le *Times* ne parle que du *Tristan* d'Alvary.

Puis il se tut et me dévisagea un moment avant de déclarer :
— Tu as l'air fatigué, John.
— Je me demande bien pourquoi. Il n'y a pourtant rien de plus requinquant qu'une virée nocturne dans une calèche décapotée. Accessoirement, cela t'ennuierait-il beaucoup de m'expliquer ce que je fais ici ?
— Un instant.

Kreizler se tourna vers un surveillant vêtu d'un uniforme bleu foncé et coiffé d'un képi, qui bayait aux corneilles, assis sur une chaise de bois à dossier droit.

— Nous sommes prêts, Fuller.
— Bien, docteur.

Le nommé Fuller se leva, décrocha de sa ceinture un trousseau de clefs géantes glissées dans un anneau de taille appropriée et s'ébranla vers la porte qui fermait le couloir central. Je le rejoignis avec Kreizler tandis que Cyrus restait planté dans le hall comme une statue de cire.

— Tu as lu l'article, Moore ? me demanda Kreizler tandis que Fuller tournait une clef dans la serrure.

Dès l'ouverture de la porte, le vacarme devint insupportable. Seules quelques ampoules anémiées distribuaient une lumière blafarde dans le corridor sans fenêtres. Certains judas étaient ouverts sur les portes massives qui bouclaient les cellules.

— Oui, dis-je enfin, un peu plus nerveux que je ne l'aurais souhaité. Je l'ai lu et je comprends pourquoi tu parles d'un lien possible. Ce que je ne comprends pas, c'est ce que tu attends de moi.

Avant que Kreizler n'ait pu me répondre, le visage d'une femme s'encadra dans le judas de la première porte, à notre droite. Quelques épingles à cheveux maintenaient les ruines d'un chignon au-dessus de son visage rude. Ses traits étaient déformés par une expression de violente révolte qui changea comme par miracle dès qu'elle reconnut le visiteur.

– Docteur Kreizler! s'exclama-t-elle d'une voix rauque et en même temps haletante.

Aussitôt, la nouvelle se répandit comme une traînée de poudre, de bouche en bouche, de cellule en cellule, et atteignit le quartier des hommes. J'avais déjà assisté à ce phénomène mais, à chaque fois, je m'y laissais prendre. La progression de la rumeur faisait penser à celle d'une onde fraîche sur des charbons ardents, quand le chuintement de la vapeur remplace le grondement du brasier et apporte un apaisement, provisoire certes mais bien réel, de la suffocante chaleur. Kreizler, l'aliéniste qui faisait autorité, l'homme dont le diagnostic pouvait vous valoir la prison, l'internement dans un asile ou, parfois, le retour à la rue, Kreizler le tout-puissant était là!

Le comportement de Kreizler n'était pas moins étonnant. Nul ne pouvait savoir par quelles expériences cet homme était passé avant d'acquérir la capacité de traverser pareil endroit, d'assister à pareilles démonstrations de désespoir, d'entendre pareilles supplices – « Docteur Kreizler, il faut que je vous parle! » « Docteur Kreizler, je ne suis pas comme eux! » – sans céder à la peur, à la répulsion, ou à l'abattement. Il continua de marcher à pas mesurés, sans forcer l'allure, sans ralentir non plus. Les sourcils légèrement froncés au-dessus de ses yeux de braise, il se tournait alternativement vers un judas puis vers l'autre, sans s'arrêter, avec une expression de reproche indulgent, comme s'il s'adressait à une bande de vilains garnements. Son refus de répondre aux prières n'était pas signe de malveillance, bien au contraire. Kreizler savait que parler à l'un ou à l'autre de ces misérables risquait de faire naître des chimères dans son esprit et, à l'inverse, de tuer toute lueur d'espoir chez les autres prévenus.

Nous franchîmes la porte coulissante qui donnait accès au quartier des hommes et suivîmes Fuller jusqu'à la dernière porte sur la gauche. Le surveillant se plaça de côté et ouvrit le judas.

– De la visite pour toi, Wolff! Des officiels, alors tiens-toi comme il faut!

Kreizler approcha du judas et je regardai par-dessus son épaule. Dans le petit local aux murs nus, un homme était assis sur une couchette rudimentaire. Dessous, on apercevait un pot de chambre d'acier bosselé. De solides barreaux protégeaient l'unique fenêtre. Du lierre avait poussé à l'extérieur et empêchait la lumière d'entrer. Sur le sol se trouvait un plateau avec une cruche métallique, un bout de pain et une écuelle dans laquelle des restes de porridge avaient formé une croûte. L'homme se tenait la tête entre les mains. Il était vêtu d'un tricot de peau et d'un pantalon de lainage. Pas de ceinture ni de bretelles, par crainte de suicide. De lourdes chaînes étaient fixées à ses chevilles et à ses poignets. Quand il releva la tête, quelques secondes après l'appel de Fuller, il nous montra des yeux rougis qui me rappelèrent ce que je voyais parfois dans ma glace après un réveil douloureux. Son visage aux traits creusés, encadrés par des favoris, portait une expression d'indifférence apathique.

Kreizler le détailla un moment puis, en y mettant les formes qui s'imposaient, lui demanda s'il était sobre.

— Forcément, j'ai passé la nuit dans cette turne, répondit le détenu d'une voix traînante et inarticulée.

Kreizler repoussa le petit volet de fer qui couvrait le judas et se tourna vers Fuller.

— Lui a-t-on administré des drogues?

Le surveillant se trémoussa gauchement.

— Ben, il délirait complètement quand ils l'ont amené ici, docteur Kreizler. Apparemment, il avait carburé à autre chose que l'alcool. Alors, ils l'ont bourré de chloral.

Kreizler poussa un soupir d'irritation. L'hydrate de chloral était sa bête noire. Ce composé, incolore mais relativement caustique et au goût amer, avait la propriété de ralentir le rythme cardiaque et, par conséquent, de donner l'apparence du calme au sujet à qui on l'administrait. Dans certains bars louches de la ville, des voyous l'utilisaient pour endormir la vigilance de leurs proies, qu'ils pouvaient ensuite détrousser ou kidnapper sans risque. Contrairement à la position vigoureusement défendue par Kreizler, la grande majorité du corps médical assurait que le chloral ne provoquait pas d'accoutumance et qu'à vingt-cinq *cents* la dose, il constituait un substitut pratique et peu onéreux à l'empoignade physique avec les individus agités qui refusaient de se laisser enchaîner ou immobiliser dans une camisole de force. Il était donc généreusement utilisé, notamment avec les malades mentaux ou les sujets violents. Mais, depuis vingt-cinq ans que la médecine pratiquait l'usage intensif de ce produit, la même habitude s'était répandue dans la population. A l'époque, en effet, non seulement hydrate de chloral mais aussi morphine, opium, *cannabis indica* et autres substances similaires étaient en vente libre dans toutes les pharmacies. C'est ainsi que des milliers de personnes avaient détruit leur vie en se fiant au chloral pour, comme l'affirmait un fabricant, « effacer les soucis et apporter un sommeil réparateur ». Les morts par surdose étaient monnaie courante, on voyait, en nombre sans cesse croissant, des suicides liés à l'utilisation du chloral et, pourtant, les médecins de l'époque s'obstinaient allégrement à le prétendre utile et sans danger.

– Combien de *grains*[1] ? demanda Kreizler.

Il avait fait taire son courroux, sachant bien que la décision d'administrer le chloral n'était pas du ressort de Fuller. Cela n'empêchait pas le surveillant d'être dans ses petits souliers.

– Ils ont commencé avec vingt, répondit-il. Je leur avais dit que vous alliez venir et que vous ne seriez pas content, mais vous savez bien comment ça se passe, docteur...

– Oui, dit calmement Kreizler. Je sais comment cela se passe...

Nous étions donc trois à le savoir. Et ce que nous savions c'est que le chef de service avait noté notre visite sur le programme de la matinée et que, connaissant l'hostilité de Kreizler envers l'emploi de l'hydrate de chloral, il avait, sans aucun doute, fait doubler les doses administrées à Wolff et réduit d'autant la capacité de ce dernier à répondre aux tests. Tel était le comportement courant des confrères, ceux de la vieille école notamment, à l'égard de cet aliéniste qui bousculait les idées reçues. Laszlo eut besoin d'un moment pour peser la situation, puis il se décida :

– Très bien, Moore. Nous n'avons pas le choix : le temps presse.

Aussitôt, je repensai à ce billet qu'il avait laissé à Roosevelt la nuit passée et dans lequel il parlait d'un schéma. Mais je ne dis rien car il déverrouillait la porte et la poussait avec force pour faire bouger le lourd battant.

– Mr Wolff, annonça-t-il, nous devons parler.

Pendant une heure, j'observai Laszlo conduire l'examen de cet homme confus et déboussolé qui, luttant comme un diable contre le ramollissement provoqué par l'hydrate de chloral, s'acharnait à prétendre que si, comme nous l'affirmions, il avait véritablement fait exploser la tête de la petite Louisa Rudesheimer d'une balle de pistolet, c'est qu'il avait bel et bien perdu la raison et qu'il méritait l'asile ou, peut-être, le centre pour condamnés déficients mentaux de Mattewan plutôt que la prison ou la potence. Kreizler prenait soigneuse-

---

1. Un *grain* : 0,0648 g. (*N.d.T.*)

ment note de son attitude mais, pour le moment, n'abordait pas l'affaire proprement dite. Au contraire, il posait toute une série de questions, apparemment sans rapport avec le meurtre, sur le passé de Wolff, sa famille, ses amis, son enfance. Les questions étaient très intimes et, dans tout autre contexte, elles auraient paru déplacées, voire injurieuses. Le peu de violence que cet interrogatoire suscitait chez Wolff était certainement imputable à l'absorption du soporifique. Mais l'absence de colère révélait également un manque de précision et de franchise dans les réactions du sujet, et l'entrevue me semblait bien destinée à une conclusion très prochaine.

Malgré le chloral, Wolff ne put cependant pas conserver son calme lorsque Laszlo passa, sans transition, à une autre tactique et se mit à assener des questions imprévisibles, sèches, brutales. Le prévenu nourrissait-il secrètement une attirance sexuelle pour la fillette ? Y avait-il, dans sa maison, dans son quartier, d'autres enfants qui lui inspiraient du désir ? Wolff avait-il une maîtresse ? Fréquentait-il les maisons de passe ? Éprouvait-il des élans sexuels envers les jeunes garçons ? Pourquoi avait-il tué la fillette à l'arme à feu et non à l'arme blanche ? Désarçonné par cette avalanche, Wolff se tourna vers Fuller et lui demanda s'il était tenu de répondre. Avec un brin de complaisance libidineuse, le surveillant lui répondit que, bien sûr, il le devait et, pendant un temps au moins, l'homme se plia à l'interrogatoire. Il résista environ une demi-heure puis se leva en titubant, fit claquer ses menottes et déclara que personne n'avait le droit de l'obliger à jouer cette comédie ordurière.

— Je préfère encore être pendu, lança-t-il avec morgue.

Alors, Laszlo se leva à son tour et le fixa droit dans les yeux.

— Je crois savoir que, dans l'État de New York, la chaise électrique tend à prendre le pas sur la potence, dit-il d'une voix où ne perçait pas la moindre trace d'émotion. Mais, au vu des réponses que vous avez apportées à mes questions, il me semble que vous n'allez pas tarder à le découvrir par vous-même. Dieu vous prenne en pitié, Mr Wolff.

Sur ces mots, il fit demi-tour vers la porte, que Fuller s'empressa de lui ouvrir. Avant de le suivre hors de la cellule, je lançai un dernier regard au détenu et fus frappé par le changement brutal de son expression. La révolte avait fait place à la peur sur son visage mais il était trop faible, maintenant, pour pouvoir faire autre chose que bredouiller de pitoyables protestations. Il répéta encore qu'il était sûr d'être fou puis se laissa retomber sur sa paillasse.

Laissant Fuller boucler les portes derrière nous, nous regagnâmes le hall.

– Je crois que nous pouvons abandonner cette piste, dit Laszlo tout en prenant les gants que lui tendait Cyrus. Pour drogué qu'il soit, Wolff m'est apparu comme un individu violent ayant des comptes à régler avec les enfants. Ivrogne, en tout état de cause, mais certainement pas fou, et je ne vois aucun lien entre cet homme et l'affaire qui nous préoccupe.

Je saisis la balle au bond :

– Justement, à ce propos...

Mais Lazslo ne m'écoutait pas, il continuait à penser à haute voix :

– Bien sûr, ils feront tout le nécessaire pour qu'il soit fou. Les médecins d'ici, la presse, les juges, tous voudront croire que seul un aliéné est capable de tirer une balle dans la tête d'une fillette de cinq ans. Cela poserait trop de... trop de *problèmes* d'admettre que notre société peut produire des hommes susceptibles de commettre de tels actes tout en étant sains d'esprit.

Il prit son parapluie et soupira :

– Oui... Cela fera une longue journée de tribunal, peut-être deux.

A la sortie du pavillon, je pris refuge sous son parapluie puis nous montâmes dans la calèche qui avait, fort à propos, été capotée. Je savais ce qui allait suivre : un long monologue qui servirait, en quelque sorte, de catharsis à Kreizler, un manifeste des principes les plus fondamentaux de sa profession destiné à le libérer de la terrible responsabilité qu'il assumait en œuvrant pour la condamnation à mort d'un homme. Kreizler était un fervent adversaire de la peine capitale, même pour des brutes comme Wolff. Mais jamais il ne laissait cette conviction personnelle perturber son jugement quand il s'agissait d'évaluer la santé mentale d'un sujet. Cyrus sauta sur son siège et attrapa les rênes. C'est au moment où la voiture s'ébranlait et commençait à s'éloigner de Bellevue que Laszlo se lança dans sa diatribe, passant en revue les sujets qui lui tenaient à cœur et que je l'avais entendu évoquer à de nombreuses reprises. Il arguait, par exemple, qu'une définition élargie de la maladie mentale présenterait des avantages pour la société qui y trouverait mieux ses points de repère mais ne profiterait pas aux sciences du psychisme et réduirait, pour les véritables malades mentaux, les possibilités de recevoir des soins et des traitements appropriés. Il était clair que par ce discours véhément, exalté, Kreizler s'efforçait de repousser le plus loin possible de lui la vision de Wolff sur la chaise électrique et tout aussi clair que ce n'était pas le moment de lui demander des renseignements précis sur ce qu'il attendait de moi.

Cyrus était certainement l'homme au monde qui avait le plus souvent entendu ce genre de discours. Ce n'est pas pour autant que je pouvais espérer de lui un geste de compréhension. Comme le jeune Stevie Taggert, il avait eu des débuts difficiles dans la vie et, aujourd'hui, était dévoué corps et âme à Laszlo. En 1863, lors des émeutes contre les levées de troupes à New York, Cyrus, encore tout enfant, avait vu ses parents littéralement dépecés par des hordes furieuses de Blancs, souvent immigrés de fraîche date, qui, pour exprimer leur refus d'aller se battre dans les rangs de l'Union contre les esclavagistes du Sud, s'emparaient de tous les Noirs qu'ils pouvaient trouver – y compris les enfants – et les écartelaient, les brûlaient vifs, les plongeaient dans le goudron, bref leur infligeaient toutes les tortures médiévales que pouvaient concevoir leurs esprits marqués par l'histoire du Vieux Continent. Musicien talentueux doté d'une remarquable voix de baryton-basse, Cyrus avait été recueilli par un oncle souteneur qui l'avait formé à l'emploi de *professor*, c'est-à-dire pianiste de bordel, et placé dans une maison spécialisée qui proposait les faveurs de femmes noires à de riches hommes blancs. Mais le cauchemar vécu dans son enfance l'avait marqué pour toujours et les abus de pouvoir par trop indécents de certains clients lui étaient difficilement supportables. Un soir de 1887, un policier venu percevoir sa redevance en nature décida qu'à son droit de cuissage s'ajoutait celui de distribuer des gifles et de proférer des insultes comme « putain » et « salope de négresse ». Paisiblement, Cyrus se rendit à la cuisine, s'empara d'un grand couteau de boucher et revint expédier le flic vers le secteur du Paradis réservé aux policiers de New York tombés courageusement pour la défense de la loi et de l'ordre.

Là encore, intervention de Kreizler. Exposant une thèse qui lui était chère et qu'il avait développée sous le nom de « théorie des associations explosives », il invita le juge à remonter avec lui aux sources du geste de Cyrus : le lynchage de ses parents. Cette plaie ouverte avait fait jaillir en lui un torrent de violence qui n'avait jamais été canalisé et le comportement abusif du policier avait rouvert les vannes. Selon Kreizler, Cyrus n'était pas fou mais il avait eu, face à la situation, la seule réaction que pouvait avoir un homme ayant vécu ce qu'il avait vécu. Le juge fut sensible à la démonstration mais il ne pouvait relâcher Cyrus sans causer une émeute. Il proposa donc son internement à l'asile d'aliénés de la ville de New York, à Blackwells Island. Mais Laszlo déclara qu'un emploi dans le cadre de son Institut serait beaucoup mieux à même de l'aider à se racheter. Trop heureux de se libérer de cette affaire empoisonnée, le juge accepta. Cette conclusion ne fit rien pour améliorer l'image personnelle de Laszlo – qui était déjà considéré comme un phénomène, tant dans la profession qu'auprès de l'opinion –, elle n'augmenta pas chez les visiteurs de l'Institut l'envie d'aller explorer les cuisines seuls en compagnie de Cyrus, mais elle scella définitivement la loyauté de ce dernier envers son patron.

Nous étions déjà engagés dans Bleecker Street et approchions du siège de la police lorsque Kreizler mit fin à son monologue et me demanda :

– Tu as vu le corps?

Cette évocation me faisait horreur mais, en même temps, je n'étais pas mécontent de le voir aborder le sujet.

– Si je l'ai vu! Il me suffit de fermer les yeux pour le voir encore! Vais-je enfin savoir pourquoi tu as jugé à propos de mettre toute ma maisonnée en émoi au milieu de la nuit pour me forcer à aller regarder ça? Tu sais parfaitement bien que je ne peux pas parler de ce genre d'affaire dans ma rubrique. Tu as inquiété ma grand-mère pour rien. Tu parles d'une réussite!

– Désolé, John, dit Laszlo, mais il était indispensable que tu voies ce à quoi nous nous attaquons.

– Mais je ne m'attaque à rien du tout! Je ne suis qu'un journaliste, moi! Un journaliste témoin d'une monstruosité qu'il ne peut même pas dénoncer.

– Ne te dévalorise pas, Moore, protesta Laszlo. Tu n'en as pas conscience mais tu es une mine d'information de premier ordre.

Je m'insurgeai vigoureusement :

– Bon Dieu, Laszlo! Est-ce que tu vas enfin...

Mais, cette fois encore, je fus arrêté avant d'avoir pu formuler mes interrogations. Des appels nous parvinrent comme nous ralentissions pour bifurquer dans Mulberry Street. Je me retournerai pour voir Link Steffens et Jake Riis qui couraient vers notre voiture.

5

« Plus près du temple, plus près de Dieu », prétend un adage populaire. Sans doute la pègre new-yorkaise s'en était-elle inspirée en décidant d'implanter une grande partie de ses activités à quelques centaines de mètres seulement du siège de la police. Sise au 300, Mulberry Street, au niveau de l'intersection avec Bleecker Street, à l'extrémité nord de la rue, la Grande Maison était au cœur d'un quartier de taudis, lupanars, bastringues, hôtels borgnes et tripots. Face au bâtiment, du côté Bleecker Street, prospérait une maison de passe dont les pensionnaires prenaient grand plaisir, durant leurs rares moments d'oisiveté, à se cacher derrière les volets verts pour espionner à la lorgnette les activités qui se déroulaient dans les locaux du Q.G. et faire ultérieurement leurs commentaires aux autorités policières qui passaient à portée de leurs langues de vipères. Telle était l'atmosphère de carnaval qui entourait les lieux. Ou peut-être devrais-je dire le cirque... Un cirque de type romain, brutal à souhait, où les victimes sanglantes de la criminalité et leurs agresseurs blessés se succédaient en un va-et-vient incessant, laissant sur le trottoir les traces coagulées des douloureuses affaires qui se réglaient à l'intérieur de cet immeuble abritant la tête pensante qui dirigeait les forces de l'ordre new-yorkaises.

Sur le trottoir opposé, au numéro 303 de Mulberry Street, se trouvait un autre Q.G., moins officiel, celui de la presse. C'était là, sous un simple porche, que mes confrères et moi-même passions une grande partie de notre temps à traquer la matière première nécessaire à l'écriture de nos articles. Pas étonnant, donc, que Riis et Steffens s'y fussent postés pour guetter mon arrivée. L'air haletant de Riis et l'expression ravie qui éclairait le beau visage hiératique de

Steffens dénotaient la perspective d'un événement particulièrement savoureux.

– Voyez-vous cela! lança Steffens en levant haut son parapluie pour sauter sur le marchepied de la calèche. Nos invités mystère arrivent ensemble. Bonjour, docteur Kreizler, enchanté de vous voir.

– Bonjour, répondit Kreizler avec un ton et un mouvement de tête qui ne traduisaient pas vraiment le même enthousiasme.

Plus âgé que Steffens, Riis ne put hisser sa lourde carcasse de Danois sur le marchepied et se contenta de courir en accompagnant la voiture.

– Bonjour, docteur, lança-t-il, le souffle court.

Cette fois, Laszlo se limita au signe de tête silencieux. Il éprouvait une profonde aversion pour Riis. Selon lui, le Scandinave était un moraliste intolérant à tendance fanatique et ses témoignages, écrits et photographiques, sur les conditions d'existence dans les bas-fonds – que Riis avait regroupés et publiés sous le titre *La face cachée de la ville : comment vit l'autre moitié de New York* – ne changeaient rien à cette réalité. Je dois reconnaître qu'à bien des égards le point de vue de Laszlo me paraissait fondé.

– Salut, Moore, enchaîna Riis, Roosevelt vient de nous expulser de son bureau sous prétexte qu'il vous attend tous les deux pour une importante consultation. J'ai l'impression qu'il se passe des choses peu ordinaires par ici.

Steffens éclata de rire.

– N'écoutez pas cet individu! Il est à cran! Apparemment, un nouveau crime a eu lieu qui, à cause des positions personnelles de notre ami Riis, ne figurera jamais dans la chronique de l'*Evening Sun* et disons que, pour cette raison, notre ami en question a été en butte à quelques vexations éhontées de la part de ses confrères.

Jake Riis brandit un poing menaçant en direction de l'insolent.

– Steffens, je te préviens que si tu continues...

Cyrus arrêta Frederick devant la porte de la Grande Maison et Steffens sauta à terre.

– Ne t'énerve pas, Jake, dit-il d'un ton hilare, c'était pour rire, tout ça.

Très essoufflé, le visage rougi par l'effort, Riis nous rejoignit au moment où Laszlo descendait de voiture en s'efforçant d'ignorer toute cette agitation.

– A quoi rime cette comédie? demandai-je.

– Ne joue pas les imbéciles, dit Steffens. Tu as vu le corps et le

Dr Kreizler aussi. Cela nous le savons. Mais comme Jake nie l'existence des bordels pour amateurs de petits garçons et va même jusqu'à prétendre que la prostitution pédérastique est une invention, il ne peut pas rendre compte de l'affaire.

Riis écumait de fureur et son visage était congestionné.

— Je vais te montrer comment...

— Et, poursuivit Steffens sans se démonter, puisque nous savons que ta rédaction ne voudra pas entendre parler de cette sombre histoire, seul le *Post* reste en lice. Eh bien, docteur Kreizler, voulez-vous donner quelques détails à l'unique journal qui sera capable de les publier ?

Laszlo leva un sourcil sceptique.

— Vraiment, Steffens ? Et le *World* et le *Journal* ?

— C'est vrai, j'aurais dû être plus précis. Je voulais dire « le seul journal *respectable* ».

— Respectable... répéta simplement Kreizler en détaillant de la tête aux pieds la longue silhouette mince de Steffens.

Puis il commença de gravir le perron.

Toujours tout sourire, le journaliste insista :

— D'après nos sources, vous avez examiné l'assassin ce matin. Ne voudriez-vous pas au moins nous en dire deux mots ?

Kreizler s'arrêta devant la porte et pivota sur place.

— J'ai effectivement examiné un meurtrier mais ce n'était pas celui du jeune Santorelli.

— Sérieusement ? Si c'est vrai, je vous conseille de le faire savoir au sergent Connor. Il raconte à qui veut l'entendre que Wolff a été pris d'une crise de folie sanguinaire après avoir tué la petite fille et qu'il est sorti écumer la rue en quête d'autres victimes.

Laszlo blêmit.

— Quoi ? Mais il faut absolument qu'il cesse de colporter ces âneries !

Il s'engouffra dans les locaux au moment où Steffens allait faire une nouvelle tentative pour lui arracher un commentaire. Voyant sa proie lui filer entre les doigts, mon confrère du *Post* se tourna vers moi et son sourire vira au rictus.

— Laisse-moi te dire, John, ce n'est pas en se comportant comme ça qu'il va se rendre populaire !

— Ce n'est pas dans ses projets, répondis-je en attaquant les marches.

Steffens me saisit par le bras.

— Et toi, John ? Tu ne peux pas me dire un petit quelque chose ? Ça ne ressemble pas à Roosevelt de nous écarter ainsi, Jake et moi, d'une affaire criminelle. Bon Dieu, j'ai l'impression que nous faisons davantage partie du Conseil des commissaires que ces pantins qui y siègent avec lui !

Ce n'était pas exagéré. Sur certaines questions pratiques, Roosevelt n'hésitait pas à faire appel à l'expérience de Riis ou de Steffens.

— Si je savais quelque chose, je te le dirais, Link. Pour le moment, ils me laissent, moi aussi, naviguer dans le brouillard.

— Mais le corps, John ! Ça, tu l'as vu ! On nous a raconté des choses... Je.... Non, je n'arrive pas à y croire.

Pendant un court instant, la vision du cadavre me revint en mémoire et je ne pus retenir un long soupir.

— Tu as raison, Link, ne les crois pas. Quelles que soient les horreurs que la rumeur colporte, elles sont forcément très au-dessous de la réalité.

Sur ces mots, je m'élançai dans l'escalier. Je n'avais pas encore franchi les portes que Steffens et Riis remettaient cela, Steffens couvrant Riis de ses piques sarcastiques et l'autre essayant de le faire taire par tous les moyens. Mais, en l'espèce, c'est Steffens qui avait raison à mes yeux, même si ses paroles et ses méthodes ne brillaient pas par leur finesse. Tant que Riis, en dépit de toutes les abjections dont il avait été le témoin, garderait ses œillères et persisterait à nier l'existence des gitons et de la prostitution enfantine ou homosexuelle, l'un des principaux organes de presse de la ville dissimulerait la nature réelle de ce meurtre abominable. Tout en poussant les portes vertes du Q.G. de la police, je me remémorai les innombrables conférences de rédaction au *Times* à l'occasion desquelles je m'étais posé cette question : pendant combien de temps encore, non seulement les journalistes et les autorités, mais aussi les citoyens, confondront-ils l'ignorance délibérée du mal avec son inexistence ?

A l'intérieur, j'aperçus Laszlo, planté devant la cage grillagée de l'ascenseur, en train de morigéner Connor, le sergent enquêteur que j'avais vu la veille à Williamsburg Bridge. Je m'avançais dans leur direction lorsqu'on me prit le bras pour me dévier vers un escalier. Tournant la tête, je découvris l'être le plus charmant que j'eusse jamais rencontré dans ces sinistres locaux.

— Ne t'en mêle pas, John, me conseilla Sara Howard avec ce ton de grande sagesse qu'elle aimait donner à ses propos. Connor est en train de se faire savonner par ton ami et je pense qu'il le mérite. Laissons-les régler leurs affaires tous les deux. D'ailleurs, le patron veut te voir dans son bureau *sans* le Dr Kreizler.

— Sara ! Comme je suis content de te voir ! J'ai passé la nuit et la matinée avec des détraqués. Tu ne peux pas savoir le bonheur que c'est, après cela, d'entendre la douce voix d'une personne sensée.

Sara aimait les robes de coupe simple taillées dans des étoffes aux tons verts comme ses yeux. Celle qu'elle portait ce jour-là, avec très peu de tournure et une épaisseur de jupons minimale, mettait joliment en valeur son corps athlétique et élancé. Son visage n'avait rien d'exceptionnel. Il était simplement agréable. C'étaient ses expressions, surtout, qui en faisaient un enchantement pour le regard, le jeu des yeux et de la bouche, sans cesse en mouvement, qui, en une fraction de seconde, pouvaient passer sans transition de l'espièglerie à la plus grande tristesse, et vice versa. Dans les années soixante-dix, alors que j'étais adolescent, Sara et sa famille étaient venus s'installer près de chez nous à Gramercy Park et j'avais admiré la façon dont cette petite fille avait réussi à faire de ce beau quartier un champ de bataille où elle réglait ses conflits personnels. Le temps ne l'avait guère changée, à cela près qu'elle était moins irascible que jadis, plus pondérée et, parfois même, se laissait aller à la mélancolie. Un soir, peu après la rupture de mes fiançailles avec Julia Pratt, j'avais fait le nécessaire pour me retrouver dans un état d'ébriété un peu plus qu'avancé et, ayant décrété que les femmes tenues par la société pour des canons de beauté étaient toutes des mégères, j'avais demandé la main de Sara ; en guise de réponse, elle m'avait chargé dans un fiacre, conduit au bord de l'Hudson River et poussé à l'eau.

— Ce n'est pas le bon jour pour entendre des paroles sensées dans cette maison, me dit-elle tandis que nous gravissions l'escalier. Teddy, enfin, je veux dire le président... Cela ne te fait pas un drôle d'effet de l'entendre appeler comme cela, John ?

Si, cela me faisait un drôle d'effet. Mais, à cette époque, le préfet présidait le Conseil des commissaires, la direction collégiale de la police composée de quatre membres siégeant dans les locaux de Mulberry Street. Ainsi, quand Roosevelt se trouvait au Q.G., on l'appelait « président » pour le distinguer de ses trois subordonnés. Lequel d'entre nous, à cette époque, aurait pu imaginer que, dans un avenir somme toute relativement proche, il porterait le même titre dans des fonctions beaucoup plus élevées ?

— Il est en plein branle-bas de combat à propos de l'affaire Santorelli, poursuivit Sara. Tu n'imagines pas la brochette de gens de toute sorte que j'ai vus entrer et sortir depuis ce matin.

Elle venait de finir sa phrase quand la voix de Theodore tonna dans le couloir du premier étage :

– Et croyez-moi, Kelly, ne vous avisez pas de faire intervenir vos amis de Tammany[1] ! Tammany est la honteuse créature des démocrates. Or, aujourd'hui, la réforme est aux mains des républicains. Vos gesticulations ne vous vaudront aucun passe-droit et je ne saurais trop vous conseiller de vous montrer coopératif !

Deux voix différentes laissèrent échapper des onomatopées en guise de réponse. Comme elles se rapprochaient, j'en conclus que nous allions croiser les visiteurs de Roosevelt. Cela ne rata pas. Un instant plus tard, Sara et moi nous trouvions nez à nez avec un énorme personnage à la tenue vestimentaire plus que voyante et qui, à en croire les émanations dont il emplissait l'atmosphère, avait dû se doucher à l'eau de Cologne : Ellison dans toute sa splendeur. James T. Ellison, alias « Biff[2] », était flanqué d'un individu moins volumineux que lui, moins odorant et vêtu avec davantage de goût, qui n'était autre que son patron, le truand de haute volée Paul Kelly.

L'époque où le territoire de Lower Manhattan était mis en coupe réglée par des bandes de malfrats indépendantes et inorganisées était pratiquement révolue en cette année 1896. Les affaires avaient été reprises par des groupes plus importants, plus « professionnels » dans leurs méthodes de travail mais tout aussi dangereux. Les Eastmans portaient le nom du gangster haut en couleur qui les commandait et contrôlaient, à l'est de la zone sordide appelée Bowery, tout le secteur compris entre la 14e Rue et Chatham Square. A l'ouest, les Hudson Dusters, chéris de nombreux artistes et intellectuels new-yorkais – surtout parce qu'ils avaient en commun un goût immodéré pour la cocaïne – sévissaient au sud de la 13e Rue et à l'ouest de Broadway ; dans le même secteur, la zone située au-dessus de la 14e était le fief des Gophers de Mallet Murphy, un groupe d'Irlandais vivant dans des caves et dont le grand Darwin lui-même aurait été bien en peine d'expliquer l'évolution. Et, au cœur de ces trois divisions territoriales, à quelques centaines de mètres seulement de la Grande Maison, opérait Paul Kelly qui, par l'intermédiaire de ses Five Pointers, imposait sa loi entre Broadway et le Bowery d'un côté, et entre la 14e Rue et l'hôtel de ville de l'autre.

Kelly était un homme distingué, féru d'art, cultivé et très au fait

---

1. Organisation centrale du parti démocrate de New York siégeant à Tammany Hall et, à l'époque, synonyme de corruption. *(N.d.T.)*
2. *Biff* : beigne. *(N.d.T.)*

de la chose politique. Mais, bien sûr, il connaissait sa clientèle et le raffinement n'était pas la caractéristique première du *New Brighton Dance Hall*, l'établissement de Great Jones Street qui servait de repaire aux Five Pointers. Supervisé par Jack McManus, un incroyable géant surnommé « Eat-'Em-Up [1] », le *New Brighton* était un palace de pacotille qui étalait généreusement le faste à quatre sous de ses miroirs, de ses lustres de cristal, de ses balustrades de cuivre et de ses « danseuses » en tenue minimale. Avec l'ascension de Paul Kelly, il avait détrôné tous les établissements du Tenderloin, jadis royaume incontesté du profit crapuleux.

Contrairement à son employeur, Biff Ellison avait le profil type de la frappe new-yorkaise. Il avait débuté comme videur dans une boîte et s'était vite bâti une réputation en envoyant à l'hôpital un officier de police qui n'avait dû qu'à sa robuste constitution la chance de ne pas se retrouver au cimetière. Bien qu'il aspirât à ressembler à Kelly, sa bêtise, son goût pour le clinquant, la débauche et les drogues en faisaient une grossière caricature. Kelly avait des lieutenants criminels et audacieux mais, excepté Ellison, aucun d'eux n'avait eu l'aplomb d'ouvrir l'un de ces établissements où se pratiquait le fameux commerce dont Jake Riis voulait à tout prix nier l'existence.

– Tiens, tiens, fit aimablement Kelly, voici Mr Moore, du *Times*, en compagnie d'une de ces charmantes personnes qui égayent les sinistres locaux de l'hôtel de police.

S'inclinant devant Sara, il la gratifia d'un baisemain en ajoutant avec un large sourire :

– Décidément, il est beaucoup plus agréable d'être convoqué au siège depuis quelque temps.

Sara le salua d'un mouvement de tête assuré. Mais moi qui la connaissais, je voyais qu'elle n'était pas à l'aise.

– Mr Kelly, dit-elle, vous êtes un homme fort courtois. Il n'est qu'une chose à regretter : la compagnie dont vous vous entourez est un affront à votre civilité.

La remarque fit rire son destinataire mais Ellison, dont l'énorme masse se dressait déjà, menaçante, au-dessus de nous, sembla encore augmenter de volume. Son visage mafflu et ses petits yeux mauvais s'assombrirent d'un coup.

– Faudrait p't-être voir à surveiller ce que vous dites, la p'tite

---

1. *Eat 'em up*, « bouffe-les ». Nom généralement donné aux spécialistes du coup de masse, du racket ou de la « dépouille ». (*N.d.T.*)

dame! Ça fait une trotte d'ici à Gramercy Park et une fille toute seule peut faire des tas de mauvaises rencontres en chemin.

L'animal aurait pu m'aplatir sur les marches comme un insecte mais je ne résistai pas au plaisir d'ajouter :

— Qu'est-ce qui vous arrive, Ellison ? Vous êtes à court de petits garçons pour avoir envie de vous en prendre aux femmes, maintenant ?

La vilaine face d'Ellison vira au rouge sang-de-bœuf.

— Écrase, espèce de raclure de merde de pisse-copie! Sûr que la p'tite Gloria était pas facile, pas facile du tout, même. Mais jamais j'aurais été la rectifier comme ça. Et je te préviens, je crève le premier qui ose insinuer que...

— Allons, allons, Biff... dit Kelly d'un ton léger.

Mais l'ordre sous-jacent était clair : « Boucle-la! »

— Je suis convaincu que Biff n'a rien à voir avec le meurtre de ce garçon, ajouta-t-il en se tournant vers moi.

— C'est un point de vue qui vous est personnel, Kelly. J'ai vu le corps et je peux vous dire que ce massacre pourrait parfaitement être l'œuvre de Biff. Quand je pense que ce n'était qu'un gosse...

A la vérité, même Biff Ellison n'avait jamais commis de boucherie comparable à ce que j'avais vu et je ne le pensais pas assez dérangé pour commencer à le faire. Mais ce n'était quand même pas à moi de leur donner des arguments. Kelly laissa échapper en sourdine un petit rire narquois, passa devant nous et continua à descendre les marches.

— Sans aucun doute, Moore, mais un gosse qui se prêtait tout de même à des jeux dangereux. Allons, nous savons bien que des gamins comme celui-ci se font tuer tous les jours dans cette ville et que nul ne s'en soucie. Qu'avait-il de spécial ? Était-ce l'enfant adultérin d'un nabab, d'un homme politique ou d'un haut responsable de la police ?

— Vous croyez que ce serait la seule raison d'ouvrir une enquête ? demanda Sara, scandalisée.

Il est vrai qu'elle ne travaillait pas depuis bien longtemps à la Grande Maison.

— Mais oui, mademoiselle, lui répondit Kelly. Mr Moore et moi-même savons bien qu'il n'y a guère d'autres raisons. Votre patron se bat contre des moulins à vent. Mais c'est vous que cela regarde, pas moi.

Il continua de descendre l'escalier. Ellison le suivit, m'écrasant à moitié au passage. Ils firent une halte un peu plus bas, Kelly se retourna et, pour la première fois, fit une vague allusion à ses activités :

— A propos, Moore, je vous préviens que je ne veux pas voir mon nom mêlé à cette triste histoire !

— Pour cela, soyez tranquille, Kelly. La direction de mon journal n'accepterait jamais de publier un article sur le sujet.

Il rit à nouveau.

— Voilà des gens perspicaces. A quoi bon gaspiller du papier pour des futilités alors qu'il se passe tellement de choses captivantes dans le monde en ce moment ?

Sur ces mots, les deux compères disparurent et nous soufflâmes de soulagement. Pour incarner la toute nouvelle évolution du Milieu dans la voie des bonnes manières, Kelly n'en était pas moins dangereux. Au bout du compte, il restait un gangster.

— Sais-tu que mon amie Emily Cort est allée s'encanailler un soir spécialement pour rencontrer Paul Kelly ? me confia Sara. Et elle l'a trouvé tout à fait charmant.

Puis elle me reprit le bras et ajouta :

— Il faut dire qu'Emily a toujours été une petite bête sans cervelle.

— Dis-moi, Sara, avec toutes les professions qui s'ouvrent aux femmes aujourd'hui, je me demande ce que tu fais ici. Douée comme tu l'es, tu pourrais envisager une carrière scientifique, ou même faire ta médecine.

— Et toi ? Tu ne le pourrais pas, peut-être ? répondit-elle d'un ton mordant. Seulement voilà, il se trouve que tu n'en as aucune envie. Eh bien, figure-toi que c'est exactement la même chose pour moi. D'ailleurs, par moments, je me demande ce que tu as dans la tête, John ! Tu sais très bien ce que je veux.

Comment aurais-je pu l'ignorer, en effet ? Sara Howard et la plupart de ses amies ne rêvaient que d'une chose : être la première femme officier de police à New York.

— Mais, Sara, tu n'es jamais que secrétaire !

Elle eut un petit sourire malicieux.

— Sans doute, John, mais je suis dans la maison. Et ce n'est pas rien. Il y a seulement dix ans, il aurait été impensable de voir une femme ici.

Je savais bien que toute discussion sur ce chapitre était inutile avec cette entêtée. Acquiesçant d'un hochement de tête résigné, je m'engageai en sa compagnie dans le couloir du premier étage et cherchai un visage familier parmi les enquêteurs, inspecteurs, officiers qui passaient par là. Je n'en trouvai aucun.

– Je ne vois pas beaucoup de têtes connues aujourd'hui.

– Cela ne fait qu'empirer, m'apprit Sara. Nous en avons encore perdu une douzaine le mois dernier. Tous préfèrent démissionner ou partir en retraite plutôt que de s'exposer à une enquête.

– Theodore ne pourra quand même pas mettre des bleus à la place de tous les cadres du service!

– C'est ce que tout le monde dit mais, entre la corruption et l'inexpérience, tu sais tout aussi bien que moi où ira son choix.

Nous louvoyâmes dans le couloir encombré de policiers en uniforme et d'inspecteurs en « pékin ».

– Quand nous aurons un moment, ajouta Sara, il faudra que tu m'expliques pourquoi on n'a pas l'habitude d'ouvrir des enquêtes pour ce genre d'affaire.

Mais nous étions arrivés devant la porte de Theodore. Elle frappa, ouvrit et me poussa dans le bureau.

– Mr Moore est arrivé, monsieur le préfet, annonça-t-elle avant de me planter là et de refermer la porte.

Theodore, qui lisait et écrivait énormément, avait toujours aimé les tables de travail massives. Celle qui équipait son bureau au Q.G. ne dérogeait pas à la règle. Quelques fauteuils étaient serrés autour du meuble imposant. Sur une autre table plus petite étincelait un téléphone de cuivre et une haute horloge trônait sur le manteau blanc de la cheminée. Pour le reste, ce n'étaient que piles de dossiers, de livres et de documents posées à même le sol, dont beaucoup se dressaient jusqu'à des altitudes impressionnantes. Les stores étaient baissés à mi-hauteur. Les fenêtres donnaient sur Mulberry Street et Theodore se tenait devant l'une d'elles, vêtu d'un costume gris très classique comme il en portait généralement durant les heures de travail.

Il contourna son bureau, se précipita vers moi et me broya la main.

– Ah, John, parfait, parfait... Kreizler est en bas?

– Oui. Tu voulais me voir seul, m'a-t-on dit.

Il se mit à faire les cent pas. Je le sentais tendu mais, en même temps, ravi à la perspective des retrouvailles imminentes.

– Comment l'as-tu trouvé? Je veux dire, d'après toi, comment va-t-il réagir? Comprends-tu, avec un énergumène pareil, je veux à tout prix éviter les fausses manœuvres.

– Je pense que ça va, dis-je avec un vague haussement d'épaules.

Je l'ai accompagné à Bellevue où il devait examiner Wolff. Tu sais, ce lascar qui a tué une petite fille. Il était d'une humeur exécrable en ressortant. Mais il s'est abondamment libéré dans la voiture en venant ici et j'en ai pris plein les oreilles. Mais, vois-tu Roosevelt, pour te dire comment il va réagir, il faudrait d'abord que je sache exactement ce que tu comptes lui demander...

Quelques coups brefs à la porte m'interrompirent et Sara reparut. Elle était suivie de Kreizler. Ils étaient en train de parler et, tandis que l'arrivée dans le bureau marquait la fin de leur conversation, il me sembla que Laszlo l'étudiait intensément. Sur le moment, je n'y prêtai pas grande attention. Beaucoup de gens avaient cette réaction en découvrant qu'une femme travaillait au siège de la police.

De nouveau, Theodore se précipita.

– Comment va, docteur Kreizler ? lança-t-il d'une voix retentissante. Ravi de te voir !

– Bonjour, Roosevelt, répondit Laszlo avec un sourire traduisant un plaisir authentique. Cela faisait bien longtemps...

– Beaucoup trop longtemps. Alors, est-ce que nous nous asseyons pour bavarder ou faut-il que je fasse dégager ce bureau pour que nous puissions nous offrir le plaisir d'une nouvelle manche ?

Theodore faisait allusion à leur première rencontre, à Harvard, qui s'était terminée par un combat de boxe. La glace était fort agréablement brisée. Nous nous assîmes en riant et mes souvenirs me ramenèrent à l'époque de l'université.

Lorsque Theodore entra à Harvard en 1876, nous nous connaissions déjà depuis longtemps sans, pour autant, être très liés. Non seulement il avait une santé fragile, mais c'était un garçon studieux et « bien élevé », alors que mon frère et moi-même faisions tout ce qui était en notre pouvoir pour semer la zizanie dans le quartier de Gramercy Park. Les « meneurs », tel était le nom que nous donnaient généralement les bourgeois bien-pensants du voisinage, et l'on plaignait beaucoup nos pauvres parents qui avaient eu le malheur de donner naissance à deux moutons noirs. Quelques années de collège furent sans effet sur mon cas personnel et je faillis bien me voir refuser l'entrée à Harvard. Mais le compte en banque de papa joua dans ce que l'on m'assurait être mon intérêt et la situation se trouva miraculeusement redressée. Quelques années de vie universitaire dans le petit village endormi de Cambridge ne me changèrent guère et, en tout cas, ne me rendirent pas plus enclin à accepter l'étudiant modèle que semblait être Theodore lors de son arrivée. Theodore peinait alors sous le poids d'un double fardeau – des amours difficiles et un père gravement malade –, expériences douloureuses qui eurent, cependant, l'avantage de l'aider à jeter ses œillères d'adolescent et à devenir un jeune homme à l'esprit beaucoup plus ouvert. Il n'était pas, loin de là, ce que je considérais comme l'homme éclairé mais nous nous découvrîmes réciproquement des qualités de réflexion qui débouchèrent sur des soirées de discussion bien arrosées. Plus tard, les soirées se changèrent en virées dans la société de Boston, la bonne et la moins bonne, puis, de fil en aiguille, une solide amitié commença de se nouer.

Entre-temps, Laszlo Kreizler, un autre de mes camarades d'enfance, avait terminé en un temps record ses études à la faculté de médecine de l'Université de Columbia et venait de refuser un poste d'interne à l'Asile d'aliénés de Blackwells Island pour pouvoir suivre les cours de psychologie donnés à Harvard par le Dr William James. Ce professeur aux allures de petit chien fureteur avait récemment fondé le premier laboratoire de psychologie d'Amérique dans les locaux exigus de Lawrence Hall. Il enseignait également l'anatomie comparée aux élèves de première et de seconde années. Mais c'est en tant que philosophe qu'il allait accéder à la notoriété. Ayant entendu dire que James était un homme étonnant et très arrangeant en ce qui concernait les notations, je m'inscrivis à son cours à la rentrée de 1877 et, le premier jour, me trouvai assis à côté de Roosevelt qui venait là poussé par son éternelle curiosité. Il lui arriva souvent d'entrer dans des disputes d'expert avec William James sur certains aspects mineurs du comportement animal mais, comme nous tous, il finit par tomber sous le charme de ce professeur encore jeune qui avait coutume de s'allonger sur le sol quand il sentait fléchir l'attention de ses étudiants car, déclarait-il, l'enseignement ne pouvait se faire convenablement que dans un rapport de réciprocité.

Les relations de James avec Kreizler furent beaucoup plus compliquées. Bien qu'il respectât profondément le travail du scientifique et que l'homme lui inspirât une grande affection – l'inverse eût été impossible –, Laszlo ne pouvait pour autant adhérer aux théories du libre arbitre sur lesquelles reposait tout le système de James. James avait été un enfant maladif et geignard. Dans sa jeunesse, il avait plusieurs fois envisagé le suicide. Mais il avait surmonté cette tendance morbide grâce à la lecture du philosophe français Charles Bernard Renouvier selon lequel, par la seule force de sa volonté, l'homme était capable de vaincre tous les troubles psychiques et une grande partie des affections physiques. « Mon premier acte de libre arbitre sera de croire au libre arbitre », avait déclaré William James. En 1877, cette formule constituait toujours le fondement de sa pensée, une pensée qui ne pouvait que se heurter violemment à celle de Laszlo Kreizler. Le jeune médecin, en effet, croyait en ce qu'il appelait « le contexte ». Selon lui, les actes de tout homme étaient influencés, voire déterminés, par ses premières expériences de la vie et il était vain de vouloir analyser ou modifier les comportements d'un sujet si l'on ignorait son passé. Inutile de dire que James et Kreizler s'affrontaient régulièrement sur la question de savoir si c'est notre histoire qui façonne notre vie d'adulte ou si chacun de nous est libre d'en modifier à sa guise les orientations. Les discussions devenant de plus en plus fréquentes et animées, les deux adversaires décidèrent d'organiser, un soir du second trimestre, un débat dans le grand amphithéâtre de l'université sur le thème « Le libre arbitre est-il un phénomène psychologique ? ».

La soirée attira une foule d'étudiants qui, en dépit de la qualité des arguments de Laszlo, avaient pris le parti de William James. A cette époque-là, James avait, en outre, l'avantage d'un sens de l'humour beaucoup plus développé que celui de Laszlo et nombreux furent, dans l'assistance, ceux qui prirent un plaisir non dissimulé à le voir s'exercer aux dépens de leur camarade. D'autre part, les références de Laszlo à des philosophes sinistres comme Schopenhauer, de même que sa foi dans les théories de Charles Darwin et Herbert Spencer selon lesquelles la survie était l'objectif primordial de l'évolution mentale et physique de l'homme, soulevèrent maints grommellements réprobateurs. Je dois avouer que j'étais moi-même partagé entre la fidélité envers un ami dont les convictions me troublaient quelque peu et l'enthousiasme que m'inspirait une philosophie ouvrant des horizons sans limites non seulement pour moi-même mais pour l'avenir de l'humanité. Theodore, qui ne connaissait pas encore Kreizler et qui, comme James, avait survécu à de nombreuses maladies par la vertu de ce qu'il pensait être sa puissance de volonté, ne souffrait pas des mêmes tiraillements; il était totalement acquis à James et attendait son inévitable victoire.

Après le débat, j'allai dîner avec Kreizler dans une auberge fréquentée par les étudiants, de l'autre côté de la Charles River. Nous étions au milieu du repas quand Theodore fit son entrée. Me voyant en compagnie de Kreizler, il demanda à être présenté. Puis il fit quelques remarques, d'apparence badine mais en réalité féroces, concernant les « élucubrations mystiques sur le psychisme humain » de Kreizler, qui étaient, selon lui, le produit de sa culture européenne. Mais il dépassa les bornes lorsqu'il fit une allusion au « sang tzigane ». Laszlo, dont la mère était hongroise, prit très mal la chose. Il lança le gant à Theodore qui se fit une joie de le relever en proposant de régler cela sous la forme d'un combat de boxe. Je savais que Laszlo aurait préféré croiser le fer mais, ayant laissé à Theodore le choix des armes, il se plia à sa décision.

Nous regagnâmes donc Harvard où, profitant de l'heure tardive et d'un trousseau de clefs que j'avais gagné dans une partie de poker contre un appariteur, nous pénétrâmes dans le gymnase. Pour rendre justice à Roosevelt, je dois dire que, lorsqu'ils se furent tous deux mis torse nu et qu'il vit le bras gauche de Laszlo, il lui proposa de choisir une autre forme de combat. C'était compter sans sa fierté. Laszlo essuya sa deuxième défaite de la soirée mais nous offrit, toutefois, un combat d'une qualité très supérieure à ce que nous aurions osé espérer. A l'évidence, son courage lui valut, ce soir-là, l'admiration sans réserve de Theodore. Lorsque tout fut consommé, nous retournâmes à l'auberge où nous vidâmes des verres jusqu'à une heure très avancée de la nuit, et Laszlo et Theodore devinrent les meilleurs amis du monde.

Presque vingt ans avaient passé depuis cette soirée mémorable et l'amitié était toujours présente à l'appel. Mais, après l'évocation émue du bon vieux temps, la conversation s'orienta nécessairement vers ce qui nous amenait là tous les trois : le meurtre du jeune Santorelli. Une atmosphère pesante s'installa dans le bureau, brisant l'ambiance de nos retrouvailles avec une cruauté comparable à celle de la brute anonyme qui avait immolé le garçonnet sur la tourelle du Willamsburg Bridge.

6

– J'ai eu ton rapport, dit Roosevelt en prenant un document sur sa table de travail. Le coroner m'a également fait parvenir le sien, et je ne te surprendrai sans doute pas en te disant qu'il ne nous apporte aucun éclairage nouveau.

Kreizler hocha une tête maussade.

– N'importe quel charcutier ou marchand de potions peut se faire nommer coroner. C'est aussi simple que de devenir directeur d'un asile.

– Quoi qu'il en soit, poursuivit Roosevelt, ton rapport semble indiquer...

Kreizler le coupa aussitôt en y mettant tout le tact dont il était capable :

– Il ne contient pas la totalité de mes observations. En fait, plusieurs points, parmi les plus importants, n'y figurent même pas.

De stupeur, Theodore releva brusquement la tête et le pince-nez qu'il portait pour lire se décrocha.

– Que veux-tu dire ?

– Que les rapports passent entre beaucoup de mains, monsieur le préfet. Je ne pouvais pas prendre le risque de voir certains détails rendus publics. Pas dès à présent, en tout cas.

Kreizler faisait de son mieux pour se montrer diplomate. Ce qui, de sa part, exigeait un effort considérable. Theodore plissa pensivement les yeux. Un long silence passa puis, finalement, il reprit :

– Tu parles de terribles erreurs qui auraient été commises...

Kreizler se leva, alla à la fenêtre et écarta très légèrement le store.

– Tout d'abord, Roosevelt, tu dois me promettre que tout cela ne viendra jamais aux oreilles de gens comme... (il eut une moue dégoûtée) ce sergent Connor. Cet individu a passé toute sa matinée à abreuver la presse de fausses informations qui, au final, pourraient bien être la cause d'autres meurtres.

Les sourcils de Theodore, qui habituellement étaient toujours un peu froncés, prirent une forme proprement tourmentée.

– Sacrebleu! Si tu es sûr de ce que tu affirmes, ce gaillard va...

Kreizler l'arrêta en levant la main.

– Promets, c'est tout ce que je te demande.

– Tu as ma parole. Mais dis-moi au moins ce que ce Connor est allé raconter.

Kreizler se mit à marcher de long en large dans la pièce.

– Il a donné à croire à plusieurs journalistes que Wolff était l'assassin de Santorelli.

– J'en conclus que ce n'est pas ton avis?

– Bien sûr que non. La violence de Wolff n'est pas préméditée.

– Est-ce que tu le rangerais dans la catégorie des...

Roosevelt hésita. Il n'était pas bien familiarisé avec certain vocabulaire. Kreizler leva un sourcil.

– Des psychopathes?

– J'ai eu sous les yeux un certain nombre de tes récents écrits, continua Roosevelt d'un air embarrassé. Mais je ne saurais dire dans quelle proportion je les ai véritablement compris.

Kreizler opina du bonnet avec, sur les lèvres, un petit sourire énigmatique.

– Tu me demandes si Wolff est un psychopathe... On dénote, en tout état de cause, une anomalie constitutionnelle à caractère psychopathique. Quant à le qualifier de réel psychopathe, Roosevelt, il faudrait d'abord se mettre d'accord sur ce que l'on entend par là. Si tu as lu ne serait-ce qu'une petite partie de ce qui s'est écrit sur la question, tu ne peux ignorer l'existence de différentes écoles.

Roosevelt hocha la tête en se frottant le menton d'une main rugueuse. Je ne le savais pas encore au moment de cette réunion mais j'allais apprendre, quelque temps plus tard, que la définition du tueur psychopathe était au centre des désaccords entre Kreizler et la plupart de ses confrères. Le psychologue allemand Emil Kraepelin avait, dernièrement, groupé dans la grande catégorie des « personnalités psychopathiques » les sujets qui, en commettant des actes de sauvagerie ou de grande violence, avaient fait preuve d'une conception de la morale en marge de la norme habituelle. Cette classification avait reçu l'agrément général de la profession, le point controversé restant celui de savoir si de tels psychopathes étaient réellement atteints de maladies mentales. La majorité des médecins répondaient par l'affirmative. Et, s'ils n'étaient pas capables de définir la véritable nature et les causes du mal, ils estimaient qu'une telle découverte était simplement question de temps. Kreizler, pour sa part, pensait que les sujets psychopathes le devenaient à la suite d'une enfance ou d'expériences particulièrement difficiles mais qu'ils n'étaient pas affectés par une pathologie au sens strict. Placés dans l'éclairage du *contexte*, les actes de ces patients pouvaient être compris, voire anticipés, ce qui n'était pas le cas pour ceux des véritables aliénés. A l'évidence, c'était un diagnostic de cette nature qu'il avait posé pour Wolff.

– Tu vas donc le déclarer apte à affronter la justice ? demanda Roosevelt.

Le visage de Kreizler s'assombrit perceptiblement. Il croisa les doigts et regarda ses mains.

– Je vais le faire, oui. Mais, hélas, je gage que, bien avant le début du procès, nous aurons la preuve de son innocence dans l'affaire Santorelli.

Kreizler pensait-il démasquer si vite l'assassin ? Je ne pus retenir la question qui me brûlait les lèvres :

– Comment cela, la preuve ?

Il laissa ses bras retomber le long de son corps et retourna devant la fenêtre. Sa voix devint monocorde, immatérielle, comme s'il parlait sous l'effet d'une inspiration transcendante :

– D'autres cadavres, je le crains. Surtout si certains tentent de faire endosser le meurtre de Santorelli à Wolff. L'autre sera furieux de se faire dépouiller de son œuvre.

– Quel autre ?

Mais Laszlo ne m'entendit pas.

– Vous rappelez-vous cette affaire de meurtres d'enfants, il y a environ trois ans ? demanda-t-il de la même voix perdue dans le lointain. Non, elle a dû vous échapper. Toi, Roosevelt, tu étais en pleine croisade à Washington et toi, Moore, tu étais engagé dans une guerre sans merci contre le *Washington Post* qui voulait la peau de Roosevelt.

– Le *Post*, oui... Ça m'a coûté mon emploi mais je leur ai fait rendre gorge.

– Allons, allons, c'est du passé. Pas de rancœur. Donc vous n'avez certainement jamais eu vent de cette affaire. Il y a trois ans, à peu près, la foudre est tombée dans Suffolk Street, sur l'un de ces réservoirs qui servent de châteaux d'eau, au sommet des immeubles. Quand les pompiers sont arrivés sur le toit, stupeur : le réservoir contenait les cadavres de deux enfants, un garçon et sa sœur. Ils avaient été égorgés. Il se trouvait que je connaissais la famille, des juifs immigrés d'Autriche. Leurs enfants étaient superbes, avec des traits fins et d'immenses yeux noirs, ce qui ne les empêchait pas d'être odieux. Plus qu'odieux, incontrôlables. Ils volaient, mentaient, agressaient les autres enfants. Un calvaire pour leurs parents. A la vérité, on ne pleura pas beaucoup leur disparition dans le quartier.

Laszlo marqua un temps avant d'enchaîner :

– Les corps étaient dans un état de décomposition avancé quand on les a retrouvés et les habitants de l'immeuble ont compris que la foudre avait sauvé leur réservoir de la contamination. Le garçon était tombé de la plate-forme intérieure sur laquelle les corps avaient été abandonnés. Il baignait dans l'eau et avait beaucoup gonflé. Le cadavre de sa sœur, qui était resté au sec, était moins détérioré. Mais, comme presque toujours, les indices qu'il aurait pu receler ont été détruits par un coroner incompétent. Pour ma part, je n'ai vu que les rapports officiels. Il m'en est toutefois resté un souvenir pour le moins frappant.

Laszlo pointa l'index gauche vers son visage.

– Les yeux. Ils n'y étaient plus.

Un tressaillement incoercible me parcourut tout le corps. Je revis le cadavre mutilé du petit Santorelli puis songeai aux deux autres meurtres dont Roosevelt m'avait parlé la veille. En l'observant, je compris qu'il avait fait le même rapprochement que moi. Pourtant, notre première réaction fut de résister à la conclusion qui s'imposait.

– Cela n'a rien d'inconcevable, déclara Theodore. Particulièrement si l'on a tardé à découvrir les corps. Si ces enfants avaient été égorgés, il a dû couler beaucoup de sang ; or le sang attire les bestioles.

– Possible, dit Kreizler tout en continuant d'arpenter la pièce. Seulement, l'accès de ce réservoir était fermé, *précisément pour empêcher les bestioles et la vermine d'y pénétrer.*

– Je vois, murmura pensivement Theodore. Et ces observations ont-elles été mentionnées quelque part ?

– Bien sûr, répondit Laszlo. Dans le *World*, si mes souvenirs sont exacts.

J'étais encore dubitatif.

– Je ne connais aucun bâtiment, château d'eau ou réservoir qui soit parfaitement inaccessible à certains animaux, les rats, par exemple.

– Exact, John, me dit Kreizler. Et en l'absence de plus amples précisions, je m'étais résigné à accepter cette explication. Mais une question mystérieuse continuait à me trotter dans la tête : « Pourquoi des rats, même new-yorkais, tombant sur l'aubaine de deux cadavres, se seraient-ils évertués à ronger si soigneusement les yeux en dédaignant le reste ? » Or, la nuit dernière, dès que j'ai vu l'état du jeune Santorelli, j'ai procédé à un examen des orbites. Cela n'a pas été une sinécure à la lumière d'une torche mais j'ai trouvé ce que je cherchais. L'os malaire de même que la partie supérieure du rebord orbitaire et la grande aile du sphénoïde – à la base des cavités – présentaient plusieurs petites entailles qui, à mon sens, pourraient être dues à la pointe et au tranchant d'un couteau de type couteau de chasse. Mon hypothèse, maintenant, est que, si nous exhumons les corps des victimes de 1893 – et j'ai l'intention de faire une demande dans ce sens –, nous y découvrirons des marques identiques.

J'étais atterré. Roosevelt se trémoussait entre les bras de son fauteuil et je lisais sur son visage qu'il était à court d'arguments vis-à-vis de lui-même pour justifier une quelconque rétention d'information.

– Il serait peut-être bon que tu saches encore une chose, dit-il. Au cours du trimestre écoulé, nous avons eu deux autres meurtres susceptibles de correspondre à ce *schéma* dont tu parles.

Laszlo cessa d'arpenter le bureau.

– Où les corps ont-ils été retrouvés ?
– Je ne sais pas précisément, répondit Roosevelt.
– Étaient-ce des enfants prostitués ?
– Je crois savoir que oui.
– Tu *crois* savoir ? Les dossiers, Roosevelt ! Il me faut les dossiers ! Est-ce que quelqu'un, dans ce service, a songé à faire un rapprochement ? Et toi ? Cette idée ne t'a jamais effleuré ?

On fit apporter les dossiers. Nous y apprîmes que les victimes étaient deux garçons qui, effectivement, se prostituaient. D'après les suppositions du coroner, ils avaient, eux aussi, été retrouvés quelques heures seulement après leur mort. Comme Roosevelt me l'avait dit la veille, ils étaient un peu moins mutilés que le jeune Santorelli mais ce n'était qu'une question de quantité et non de nature : les similitudes étaient, et de très loin, plus révélatrices que les différences. Le premier enfant, un immigré africain de douze ans dont le seul nom connu était « Millie », avait été retrouvé enchaîné à la proue d'un ferry d'Ellis Island. L'autre, un certain Aaron Morton âgé de dix ans, était pendu par les pieds aux poutrelles du Brooklyn Bridge. Tous deux étaient pratiquement nus, avaient la gorge tranchée et avaient reçu diverses autres mutilations physiques. Et eux aussi avaient des trous à la place des yeux. Après avoir fini de lire les rapports, Laszlo répéta plusieurs fois ce dernier point d'une voix pensive.

Theodore, qui ne supportait pas d'être exclu des débats intellectuels, même quand ils touchaient à des domaines qui lui étaient totalement étrangers, risqua à haute voix :

– Il me semble comprendre ce que tu avances. Il y a trois ans, un individu a commis ces monstruosités. L'affaire a été relatée par la presse. Et, aujourd'hui – va savoir comment –, un autre meurtrier a eu vent de la chose et l'envie lui a pris de la reproduire. Ce ne serait pas la première fois que des articles de journaux auraient cet effet.

Kreizler s'assit et, du bout de l'index, tapota ses lèvres retroussées. Il était clair que, d'après lui, Roosevelt simplifiait beaucoup trop. Je me creusai la tête pour tenter d'ouvrir une autre voie de recherche :

– Il y a le reste... Les organes manquants. La chair découpée de... enfin, le reste, comme je dis. On n'a pas rapporté cela pour les affaires précédentes.

– Non, mais je crois que ce changement a une explication, répondit lentement Kreizler. Seulement nous ne devons pas nous obnubiler dessus. Les yeux, voilà le lien, la clef. C'est là-dessus que je miserais tout.

– Très bien, dis-je en lançant les mains en l'air. Il y a trois ans, quelqu'un a assassiné deux enfants et, aujourd'hui, voilà qu'un fou le prend pour modèle et s'amuse, lui aussi, à tuer des gosses et à mutiler les cadavres. Bon, maintenant, que nous reste-t-il à faire ?

– D'abord, à nous méfier des paroles trop rapides, John, affirma Kreizler d'une voix posée. Contrairement à ce que tu dis, je ne suis pas du tout certain que notre meurtrier soit un fou. Je ne crois pas non plus qu'il s'amuse en faisant ce qu'il fait ou qu'il y trouve du plaisir, du moins dans le sens où tu l'entends. Mais ce n'est pas le plus important et là, j'ai bien peur de te décevoir, Roosevelt. Je suis persuadé qu'il ne s'agit pas d'un émule mais du même individu.

C'était dit. La conclusion que Roosevelt et moi redoutions d'entendre venait de tomber. Je couvrais les affaires criminelles depuis que j'avais été expulsé sans cérémonie des chasses gardées de la capitale pour avoir pris fait et cause pour Roosevelt lors de sa bataille contre le parrainage dans le service public. J'avais même couvert des affaires célèbres à l'étranger. J'avais donc suffisamment d'expérience pour savoir que le genre de tueur décrit par Kreizler existait bel et bien. Mais cela ne m'aidait pas à accepter plus facilement l'idée que l'un d'eux rôdait librement dans la ville. Quant à Roosevelt, bien qu'étant un bagarreur né, il avait le plus grand mal à pénétrer l'intimité du comportement criminel. Pour lui, cette affirmation devait être encore plus difficile à avaler.

– Trois ans! s'exclama-t-il, accablé. Mais enfin, Kreizler! Si cet individu existait, comment crois-tu qu'il aurait pu échapper si longtemps à la police?

– C'est la chose la plus facile au monde que d'échapper à quelqu'un qui ne vous poursuit pas. Et quand bien même la police se serait intéressée à ces affaires, elle n'aurait jamais pu aboutir car elle n'est pas capable de comprendre les motivations du tueur.

– Et toi? Tu les comprends? demanda Roosevelt d'un ton où perçait une lueur d'espoir.

– Pas complètement. Je détiens quelques pièces du puzzle; il va falloir rassembler celles qui manquent. Car c'est seulement lorsque nous aurons trouvé ce qui le pousse à agir de la sorte que nous aurons quelque chance de résoudre cette affaire.

– Mais, justement, qu'est-ce qui peut pousser un homme à faire de telles choses? Le petit Santorelli n'avait pas d'argent. Nous sommes en train d'interroger la famille et il semble bien que tout le monde ait passé la nuit chez soi. A moins qu'il ne s'agisse d'un différend avec une personne extérieure...

– Je doute fort qu'il puisse s'agir d'un différend, dit Kreizler. A la vérité, il se peut même que l'enfant ait vu son meurtrier pour la première fois hier soir.

– Tu veux dire que quelqu'un l'aurait tué de cette manière sans même le connaître?

– Je dis simplement que c'est possible. Ce n'est pas lui qu'on voulait tuer, c'est ce qu'il représente.

– A savoir? demandai-je.

– Cela fait partie des choses qui restent à découvrir.

Roosevelt reprit la parole. Je sentais qu'il faisait de discrètes manœuvres d'approche.

– As-tu des preuves à l'appui de ta démonstration?

– Pas dans le sens où tu l'entends. Mon seul argument, c'est une vie professionnelle passée à étudier des sujets ayant tendance à s'écarter des normes admises. C'est aussi, bien sûr, le potentiel intuitif que cette expérience m'a permis d'acquérir.

– Bien sûr, mais...

Avant de poursuivre, Theodore se leva, comme pour prendre la relève de Laszlo qui venait de s'asseoir, et alla faire les cent pas dans le bureau. Semblant considérer que, pour sa part, le plus dur était fait, Laszlo, lui, se détendit.

– Écoute, Kreizler, enchaîna Theodore en arpentant la pièce et en frappant régulièrement du poing sur la paume de sa main gauche. Il est vrai que, comme nous tous ici, je suis issu d'un milieu familial plutôt privilégié. Cependant, depuis que j'occupe ce poste, une partie de mon travail consiste à apprendre à connaître les bas-fonds de New York. Et je te prie de croire que j'en ai vu ! Ce n'est pas à moi qu'il faut venir raconter quelle démesure la dépravation et la brutalité sont capables d'atteindre dans cette ville : je suis au courant. Mais, même ici, comment peut-il exister un homme assez détérioré pour en arriver à faire ça ?

– Ce n'est pas ici qu'il faut chercher les causes de cet acte, Theodore, dit très lentement Kreizler en faisant tout son possible pour être bien compris. Pas plus que dans des situations ou événements récents. Le tueur est né il y a bien longtemps dans l'individu que tu recherches. Peut-être alors même qu'il était encore au berceau. Mais plus probablement au cours de son enfance.

Pendant quelques instants, Theodore resta sans voix. Son visage était la vitrine des sentiments contradictoires qui se bousculaient en lui. Cette conversation le perturbait profondément, comme l'avaient toujours perturbé les conversations de ce type depuis qu'il connaissait Kreizler. Pourtant, il savait qu'on allait en arriver là. Il le souhaitait, même, et cela, je l'avais compris à la seconde où il m'avait demandé de lui amener Laszlo. D'ailleurs, je le sentais satisfait en dépit de sa confusion. Dans cette affaire qui, pour tous les enquêteurs de ses services, était un grand océan glauque et insondable, le sagace Laszlo Kreizler découvrait des courants, des mouvements, des routes à emprunter. Les théories de l'aliéniste ouvraient des perspectives de solution à un mystère que tous disaient insoluble, et constituaient un moyen de rendre justice à des victimes pour lesquelles pas un membre de la police de New York n'aurait daigné se déranger.

Le rôle de Laszlo était clair mais je ne comprenais toujours pas ce que je venais faire dans cette histoire.

– Ellison et Kelly sont passés, John, dit brusquement Theodore sans me regarder.

— Je sais, je les ai croisés dans l'escalier en arrivant avec Sara.
Theodore remit vigoureusement son pince-nez en place.
— Pas d'ennuis ? Kelly est un véritable démon, surtout quand il y a une femme dans les parages.
— Je n'irai pas jusqu'à dire que la rencontre a été un plaisir mais Sara a fait face comme un vaillant petit soldat.
Theodore souffla de soulagement.
— Kelly m'a promis de graves troubles dans les communautés immigrées si j'essayais de les compromettre, lui ou Ellison, dans cette affaire. Il m'a dit qu'il était capable de provoquer de véritables soulèvements en montant en épingle la négligence de la police qui laisse des tueurs assassiner en toute impunité les enfants pauvres et d'origine étrangère.
Kreizler approuva :
— Cela me paraît d'autant plus facile à faire que c'est fondé sur la réalité.
Pendant un court instant, Roosevelt le transperça d'un regard meurtrier puis il s'adoucit : ce que disait Laszlo était la pure vérité.
— Dis-moi, Moore, demanda Laszlo, que penses-tu d'Ellison ? D'après toi, est-il possible qu'il soit dans le coup ?
J'allongeai les jambes et examinai le problème.
— Biff ? C'est indiscutablement la plus épaisse des brutes qui sévissent dans cette ville. La plupart des gangsters actuellement en activité conservent au moins quelques infimes résidus de sensibilité humaine. Même un dur de dur comme Monk Eastman a ses chats et ses oiseaux. Mais Biff, j'ai beau chercher, je ne vois rien, mais rien, qui soit capable de l'émouvoir. La violence, la cruauté, voilà ses seules sources de plaisir. Si je n'avais pas vu le corps et si tu me posais la question uniquement par présomption parce que le gosse travaillait au *Paresis Hall*, je te répondrais que oui, je pourrais considérer Biff comme un suspect possible. Les motifs ? On pourrait lui en trouver quelques-uns. Mettre les autres gitons au pas, par exemple, leur faire peur pour être sûr de toucher le pourcentage qu'ils doivent lui verser. Mais il y a un os. Biff joue du stylet, si tu vois ce que je veux dire. Il travaille proprement, discrètement et sans bavure. Et la plupart des victimes dont on lui attribue la mort n'ont jamais été retrouvées. Ce genre de boucherie exhibitionniste ne lui ressemble pas.
Je relevai les yeux et surpris le regard étonné de Laszlo posé sur moi.

– John, voici l'une des démonstrations les plus sensées que tu m'aies donné à entendre, finit-il par déclarer. Et dire que tu te demandais à quoi tu allais servir...

Il se tourna vers Theodore et ajouta :

– Roosevelt, je désire avoir Moore comme assistant. Sa connaissance des activités criminelles de cette ville et des quartiers dans lesquels elles s'épanouissent me seront d'une très grande utilité.

– Ton assistant ? fis-je.

Mais ni l'un ni l'autre n'avait d'oreilles pour moi. Les yeux plissés de Theodore et la façon dont il montrait ses dents trahissaient toute la joie que lui apportait l'acceptation de Laszlo.

– Je savais que tu voudrais participer à cette enquête. Je le sentais.

Cette fois, je parvins à me faire entendre :

– Associer Kreizler à une enquête ! Un aliéniste, un *psychologue*, dans une enquête de police ! Mais enfin, Roosevelt, aurais-tu perdu le bon sens hérité de tes ancêtres hollandais ? Tu t'es déjà mis à dos tous les officiers de police de cette ville plus la moitié du Conseil des commissaires. Ils ont tous parié leur culotte que tu serais viré avant la fête de l'Indépendance ! Est-ce que tu veux signer ton arrêt de mort en engageant Kreizler ? A mon avis tu courrais moins de risques en prenant un sorcier d'Afrique pour adjoint !

Laszlo rit sous cape.

– C'est vrai, la plupart de nos respectables citoyens ne me considèrent ni plus ni moins que comme une espèce de sorcier. Moore a raison, il va falloir entourer cette collaboration du plus grand secret.

Roosevelt acquiesça d'un hochement de tête.

– Secret absolu.

– Il y a autre chose, dit Kreizler, en ce qui concerne, disons, mes conditions...

Roosevelt s'empressa de le couper :

– Pour ce qui est du salaire, les personnels consultants sont rémunérés comme...

– C'est bien de salaire qu'il s'agit ! lança Kreizler, visiblement offensé. Mes conditions, ce sont deux ou trois jeunes enquêteurs, des garçons qui en veulent et qui soient de fervents partisans des nouvelles méthodes d'investigation. Nous installerons un bureau hors des locaux de la police mais, en même temps, pas trop loin. Et il faudra mandater une personne de toute confiance pour assurer la liaison. Si tu me fournis tout cela, nous aurons peut-être une chance d'aboutir.

Roosevelt se ramassa sur lui-même et, tout en observant Kreizler, se mit à se balancer lentement dans son fauteuil.

– Si l'opération est découverte, ils auront ma tête, dit-il enfin. Je ne sais pas si tu réalises, docteur Kreizler, à quel point tes travaux suscitent à la fois peur et colère chez ceux qui règnent sur cette ville. La comparaison de Moore avec un sorcier d'Afrique n'a rien d'exagéré.

– Oh, je n'ai jamais pensé qu'il exagérait. Mais si tu as vraiment le désir de mettre un terme à ce qui se passe, Roosevelt, tu dois me fournir ce que je te demande.

A mon avis, nous étions arrivés au moment crucial, celui où Roosevelt allait cesser de flirter avec son utopie et faire machine arrière. Mais, au lieu de cela, il donna de nouveau un coup de poing dans sa paume ouverte et s'écria :

– Bon Dieu, docteur! J'ai deux enquêteurs taillés sur mesure pour toi! Mais... tout de même, je voudrais savoir ce qui t'a poussé à accepter si vite ma proposition.

Laszlo s'approcha de la fenêtre et écarta les stores pour pouvoir regarder dehors.

– Tu te souviens, John, de ces documents que je t'avais demandés et que tu m'as gentiment fait parvenir, il y a huit ans, quand tu étais à Londres au moment de l'affaire Jack l'Éventreur?

– Bien sûr que je me souviens. Mais tu ne vas quand même pas me dire que c'est Winslow qui t'a ouvert la voie!

Forbes Winslow Junior, fils de l'éminent aliéniste britannique Forbes Winslow, était surtout connu pour avoir profité de la renommée de son père. Cet individu, aussi arrogant qu'incompétent, avait réussi à imposer sa collaboration dans l'enquête sur Jack l'Éventreur et avait, par la suite, déclaré que les crimes – toujours non résolus au moment où j'écris – avaient cessé par la seule vertu de sa présence aux côtés de la police.

– Si, répondit Kreizler. D'une certaine façon, il me l'a ouverte, par la bande. Dans l'un de ses exposés ineptes sur l'affaire de l'Éventreur, il parlait d'un suspect en disant que s'il avait dû créer un « homme imaginaire » pour le couler dans le moule de l'assassin, c'est ce personnage-là qu'il aurait fabriqué. « Homme imaginaire », c'est l'expression qu'il employait. Certes, le suspect qu'il essayait de charger de la sorte a pu prouver son innocence mais cette expression d'homme imaginaire m'avait frappé et, peu à peu, elle a fait son chemin dans ma tête.

Laszlo se retourna brusquement pour nous faire face.
— Messieurs, enchaîna-t-il, nous ne savons rien du criminel que nous cherchons. Nous ne savons même pas s'il s'agit d'un homme ou d'une femme. Tout est envisageable, en effet. Lui, par contre, a eu largement le temps de mettre sa technique au point. Ce que nous devons faire – la seule chose que nous *puissions* faire, à la vérité – c'est brosser une peinture du type de personne qui serait *capable* de commettre de pareils actes. Une fois cette construction achevée, tout indice ou début de piste que nous pourrions découvrir acquerrait une dimension considérablement accrue en s'intégrant à notre portrait. De plus, n'oubliez pas que nous avons maintenant un atout de taille.

Le visage de Theodore s'éclaira.
— Le petit Santorelli !
Il apprenait vite.
— Plus exactement, le *corps* du petit Santorelli, rectifia Kreizler. Un point de départ important, auquel nous pourrons ajouter l'endroit où il a été retrouvé, ainsi que ceux où ont été découverts les deux autres. Le tueur aurait pu continuer à cacher ses victimes dans des lieux impossibles à retrouver. Car Dieu seul sait combien de meurtres il a commis en trois ans. Or voici que, tout à coup, il nous envoie une sorte de déclaration d'activité. Si tu me suis, Moore, tu conviendras que ce n'est pas très différent des lettres que Jack l'Éventreur envoyait aux autorités de Londres à l'époque où il commettait ses meurtres. Une part enfouie, atrophiée, mais pas encore complètement morte, de notre assassin, commence à être lasse du carnage. Et, dans ces trois cadavres, on peut entendre, à peu près aussi clairement que s'ils étaient des mots, le cri détourné par lequel le tueur nous demande de le prendre. Et de le prendre vite. Car je le soupçonne de tuer à intervalles très réguliers. C'est aussi cet emploi du temps qu'il va nous falloir apprendre à déchiffrer.

— Donc tu crois pouvoir y arriver vite ? demanda Theodore. Des recherches comme celles que tu envisages ne peuvent pas être poursuivies pendant une éternité, c'est certain. Il nous faut des *résultats !*

Kreizler haussa les épaules, apparemment imperméable à son ton pressant.

— Je t'ai donné très honnêtement mon point de vue. Nous avons une petite chance de réussir à condition de nous accrocher ferme. Ni plus ni moins. A toi de te décider, Roosevelt.

A qui trouvera étrange que je n'aie pas protesté davantage, je ne puis que dire ceci : les explications de Kreizler sur le fait que sa réaction ait été liée à des documents que je lui avais envoyés des années auparavant, l'évocation de nos souvenirs communs à Harvard et l'enthousiasme croissant de Theodore envers ce projet m'avaient soudain fait apparaître très clairement que ce qui se passait là, dans ce bureau, n'était que pour une faible part le résultat de la mort de Giorgio Santorelli. Les origines de cet événement remontaient beaucoup plus loin, à notre enfance, à la vie que nous avions menée ensuite, aussi bien les moments partagés que ceux vécus chacun de son côté. Jamais je ne m'étais senti aussi proche des positions de Kreizler qui affirmait que les réactions de chacun aux faits importants de la vie ne sont jamais totalement spontanées; elles sont la manifestation d'années de confrontation avec un milieu, de l'élaboration de schémas à l'intérieur de nos vies qui, finalement, en arrivent à influencer nos comportements. Theodore, l'apôtre de la riposte active face à tous les défis, qui dans sa jeunesse avait résisté à la maladie, et dans son âge adulte avait tenu bon face aux procès personnels et politiques, était-il vraiment libre de refuser la proposition de Kreizler ? Et moi-même, étais-je libre de donner une réponse négative à ces deux amis avec qui j'avais vécu tant de moments privilégiés et qui me disaient que mes connaissances du monde interlope pouvaient les aider à coincer un tueur d'enfants ? Le docteur James aurait répondu que oui, tout être humain est, à tout instant, libre d'accepter ou de refuser toute offre, quelle qu'elle soit. Objectivement, c'est peut-être vrai. Mais, comme Kreizler aimait à le dire – et James lui-même avait du mal à réfuter l'argument –, l'on ne peut pas objectiver le subjectif, l'on ne peut pas généraliser le spécifique. L'on pourrait débattre pendant des heures et se perdre en conjectures sur la question de savoir comment tel ou tel homme aurait réagi dans la même situation; il se trouve que, ce matin-là, nous étions, Theodore et moi, les deux hommes concernés par la décision d'emboîter ou non le pas à Laszlo Kreizler.

C'est ainsi que, ce matin de grisaille, Kreizler et moi devînmes enquêteurs de police. Et nous savions tous les trois qu'il n'aurait pu en être autrement. A la vérité, nous n'étions pas seulement trois à le savoir. Il existait, dans la ville de New York, une autre personne qui, à ce moment crucial, avait compris, sans même nous avoir été présentée, ce que serait l'aboutissement de notre réunion. Grâce à des éléments que je découvris ultérieurement, il m'apparut que cette personne s'était intéressée de très près à nos activités ce matin-là. Et elle attendit que je sorte en compagnie de Kreizler pour nous faire parvenir un message énigmatique mais, néanmoins, troublant.

Courant sous une de ces giboulées dont le ciel gris de New York en mars a le secret, nous allâmes nous réfugier dans la calèche de Laszlo. A peine y avais-je pris place qu'une odeur immonde m'emplit les narines. Curieusement, cela n'avait rien à voir avec le mélange de crottin et d'ordures que nous offraient habituellement les rues de la ville.

– Tu as transporté un malade ? demandai-je comme Laszlo venait s'asseoir près de moi.

Il ne répondit pas mais je le vis fixer des yeux une boule de tissu blanc tachée qui, par on ne sait quel miracle, avait abouti dans un coin du plancher. Intrigué, je la touchai du bout de mon parapluie.

– Quel fumet! murmura Kreizler. Un mélange de sang et d'excréments humains, si je ne me trompe.

Tout en constatant que mon odorat personnel donnait raison à son diagnostic, je me bouchai le nez et attrapai le chiffon au bout de mon parapluie.

– Sans doute une blague des gamins du quartier. Les attelages comme les hauts-de-forme font des cibles de choix.

Comme j'expédiais le chiffon hors de la calèche, il en tomba une boule de papier imprimé, également souillée, qui roula sur le plancher.

– Tiens, tiens, dis-je, étonné, on jurerait quelque chose qui vient de chez toi. « L'importance de l'hygiène et de l'alimentation dans la formation du système nerveux de l'enfant... »

Avec une vivacité qui me cloua de stupeur, Kreizler m'arracha mon parapluie, le planta dans le bout de papier et jeta le tout par la fenêtre.

– Enfin, Kreizler! m'exclamai-je en sautant à terre pour récupérer mon bien après l'avoir débarrassé de cette saleté. Ce parapluie vaut son prix, qu'est-ce que tu imagines!

Mais, en le regardant, je notai une expression de réelle appréhension sur son visage. Au prix d'un gros effort de volonté, Kreizler évacua sa tension et, quand il me répondit, son ton était serein et mesuré :

– Désolé, Moore, mais il se trouve que l'auteur de cette délicieuse farce ne m'est pas inconnu. Son style est aussi minable que sa pensée. Et ce n'est pas le moment d'avoir des casse-pieds à nos basques, nous avons d'autres chats à fouetter!

Il se pencha en avant et appela Cyrus. La tête de l'énorme Noir apparut sous la capote de la voiture.

– A l'Institut, pour commencer, dit Laszlo. Ensuite, nous irons déjeuner. Et tâchez de rouler bon train. Nous avons besoin d'un peu d'air frais ici!

L'étude de cas qui avait fourni le papier froissé dans le chiffon était très certainement l'œuvre de Laszlo, à en juger d'après la réaction de ce dernier et d'après les quelques mots que j'avais pu en lire. Donc le mauvais plaisant ne pouvait pas être un enfant. Pensant que l'un des détracteurs de Laszlo – soit au sein même des forces de police soit dans la population en général – était l'auteur de cet acte, je décidai de ne pas demander de détails pour éviter de tourner le fer dans la plaie. Mais, dans les semaines à venir, la signification de l'incident allait se révéler dans toute sa lamentable réalité.

7

Nous avions maintenant hâte de nous atteler à l'enquête et les retards, même minimes, nous contrariaient. Quand Theodore eut vent des remous que notre visite au Q.G. avait provoqués, aussi bien chez la gent journalistique que parmi les forces de l'ordre, il comprit quelle erreur il avait commise en nous convoquant dans ses locaux et nous fit savoir qu'il lui fallait quelques jours pour rétablir le calme. Nous utilisâmes ce délai pour prendre les dispositions nécessaires en ce qui concernait nos occupations habituelles. Malgré l'appui bien utile d'un coup de téléphone de Theodore, on ne me laissa quitter la rédaction du *Times*, à l'angle de Broadway et de la 32e Rue, que lorsque j'eus promis au journal l'exclusivité de mes révélations à l'issue de l'enquête, même si une douzaine d'autres organes de presse me proposaient un pont d'or pour cela. En attendant, bien sûr, top secret sur les raisons pour lesquelles Roosevelt m'engageait. Sur quoi, je quittai mes pitoyables employeurs en ajoutant que, de toute façon, jamais ils ne seraient preneurs de mon article en raison de la nature même du sujet. Et je me retrouvai sur Broadway. Je devais rejoindre Kreizler à l'Institut et je jubilais tellement à l'idée de ne plus avoir, pour un temps indéterminé, de comptes à rendre à la direction du *Times* que l'envie me prit de faire le trajet à pied. Mais New York en mars, avec ses températures frisant le zéro, ses rues balayées par des vents de quatre-vingts kilomètres à l'heure et ses caniveaux pleins d'urine de cheval gelée, vient à bout des meilleures résolutions. Arrivé devant le *Fifth Avenue Hotel*, je me dirigeai vers un fiacre. Avant de monter en voiture, j'eus juste le temps d'apercevoir Tom Platt qui descendait d'un attelage et disparaissait dans l'hôtel. Ses mouvements raides, mécaniques, lui donnaient l'air d'un cadavre ambulant.

La mise en disponibilité de Kreizler allait poser davantage de problèmes que la mienne. Sa présence était nécessaire aux enfants de l'Institut qui, quand ils ne venaient pas de la rue, étaient issus de foyers où ils étaient soit considérés comme quantité négligeable, soit victimes de violences physiques et autres mauvais traitements. Au début, je ne voyais pas comment il allait pouvoir se consacrer à une autre activité, tant son conseil et son aide étaient indispensables au fonctionnement de l'Institut. Puis il me dit son projet d'y passer deux matinées et une nuit par semaine, temps pendant lequel je serais seul à la tête de notre enquête. Je ne m'attendais pas à recevoir ce genre de responsabilité et je fus encore plus surpris d'en éprouver du plaisir plutôt que de l'inquiétude.

Peu après avoir traversé Chatham Square, mon fiacre s'engagea dans East Broadway et me déposa devant l'Institut Kreizler, aux numéros 185-187. En sortant de voiture, je vis la calèche de Kreizler qui était également arrêtée en bordure de trottoir. Je tournai la tête vers les fenêtres, m'attendant plus ou moins à le surprendre en train de me guetter. Mais il n'y avait aucun visage derrière les vitres.

Kreizler avait acheté l'Institut sur ses propres deniers en 1885 : deux constructions de trois étages en brique rouge et boiseries noires qu'il avait réaménagées pour en faire un seul bloc. L'entretien des lieux était assuré par les honoraires élevés qu'il demandait à ses riches clients et le confortable revenu que lui apportait sa charge d'expert auprès des tribunaux.

Je gravis l'escalier métallique noir qui donnait accès à l'entrée principale, au numéro 185. Cyrus Montrose m'attendait en haut des marches, la tête couverte par un grand chapeau melon, le corps enveloppé dans un pardessus à sa taille, c'est-à-dire immense. Ses larges narines soufflaient la fumée de l'enfer dans l'air froid.

— Bonjour, Cyrus, dis-je avec un sourire un peu contraint en espérant ne pas trahir le malaise que j'éprouvais toujours quand je me sentais pris dans son regard de squale. Est-ce que le Dr Kreizler est là ?

— Sa calèche est devant, répondit Cyrus, comme pour bien me faire sentir la stupidité de ma question.

Après le vestibule, je traversai la salle d'attente. Kreizler s'était fait une règle d'examiner personnellement chaque jeune patient afin de déterminer s'il y avait ou non lieu de l'admettre à l'Institut et l'endroit, peuplé d'enfants perturbés et de parents inquiets, avait un petit côté zoo qui n'était pas sans rappeler Bellevue.

Je trouvai Laszlo dans son cabinet de consultation. Installé à son secrétaire, il rédigeait une ordonnance à la lumière d'une petite lampe de bureau Tiffany aux tons vert et or patinés, pendant que son patient achevait de se rhabiller dans la pièce voisine. Attendant qu'il ait terminé, j'approchai d'une étagère et pris l'un de mes ouvrages favoris, *Vie et mort du voleur et tueur fou Samuel Green*. Battu tout au long de son enfance, Green avait ouvertement reconnu, peu après son arrestation, avoir mené une vie de criminel pour régler ses comptes avec la société. Cette affaire, qui remontait à 1822, était, comme le disait Laszlo, « le résultat du fouet » et il la citait souvent en exemple aux parents de ses « élèves ». (Afin d'éviter toute perception douloureuse de différence et toute ségrégation, on donnait en effet le nom d'élèves aux pensionnaires de l'Institut.) La première fois que j'avais ouvert ce livre, j'avais été frappé par le frontispice qui représentait « La fin de Green le forcené » sur une potence à Boston. Le regard de dément du condamné sur cette illustration m'avait aussitôt fasciné. Je m'amusais à la contempler et à laisser remonter en moi le souvenir de cette première impression lorsque, relevant le nez de ses écrits, Laszlo poussa vers moi quelques bouts de papier en me disant :

– Regarde, Moore, notre première victoire. Pas de quoi hurler au prodige, mais tout de même...

Écartant le livre, je pris les papiers. Il s'agissait de formulaires, à en-tête de la conservation d'un cimetière, concernant deux sépultures, d'autorisations diverses et d'un permis d'exhumer assorti d'une décharge, pratiquement illisible, signée par un certain Abraham Zweig.

J'étais en train de les lire quand je sentis un regard posé sur moi. Me retournant, je vis une fillette d'une douzaine d'années dont le joli minois arrondi portait une expression apeurée et légèrement meurtrie. Elle était vêtue d'une robe blanche, modeste mais impeccable, dont elle finissait de fermer les boutons tandis que son regard faisait la navette entre moi et le livre ouvert sur le frontispice illustrant la mort de « Green le forcené ».

Laszlo se tourna vers elle.

– Eh bien, Berthe ? Prête à t'en aller ?

La fillette eut un moment d'hésitation puis elle pointa un doigt vers le livre.

– Alors je suis folle, moi aussi, docteur Kreizler ? demanda-t-elle d'un air horrifié en tournant maintenant son doigt vers moi. Et ce monsieur va m'emmener dans une maison ?

— Folle ? Mais pas du tout ! Viens donc ici.

L'enfant approcha timidement et il la prit sur ses genoux.

— Tu es une jeune demoiselle en parfaite santé et *très intelligente*, ajouta-t-il avec douceur.

Berthe s'empourpra légèrement. Apaisée, elle laissa échapper un petit éclat de rire.

— Tes difficultés viennent simplement de sortes de petits bourgeons qui ont poussé dans ton nez et tes oreilles, expliqua Laszlo. Or, contrairement à toi, ces bourgeons aiment beaucoup les maisons froides comme celle où tu habites.

Il parlait avec naturel, comme s'il s'était adressé à une adulte, mais, en même temps, il avait ce ton gentil, patient, avec lequel il savait rassurer les enfants.

— Il va falloir que tu voies un autre docteur, qui est un ami à moi, et qui t'enlèvera ces bourgeons. Cela se fera sans douleur, pendant que tu seras paisiblement endormie. Quant à ce « monsieur », comme tu dis, il ne vient pas du tout te chercher. C'est mon ami Mr Moore et tu peux lui dire bonjour.

Il la reposa sur le sol. La fillette m'adressa une courbette, sans prononcer un mot.

Je lui rendis son salut.

— Content de te connaître, Berthe.

Elle rit de nouveau et, cette fois, Laszlo l'admonesta gentiment :

— Tsst, tsst ! Cesse donc de ricaner et va me chercher ta maman, que nous tâchions d'arranger cela.

Elle détala vers la porte. Kreizler revint à moi et tapota du bout des doigts les papiers que je tenais dans la main.

— C'est ce qu'on peut appeler du rapide, Moore ! s'exclama-t-il avec une ferveur peu commune. Ils sont arrivés ici voici un peu moins d'une heure !

— Qui ? Quoi ? Qu'est-ce qui est arrivé ?

— Les enfants Zweig, répondit Laszlo comme si c'était la chose la plus évidente au monde. Les corps ont été déposés au sous-sol, dans ma salle de dissection.

La présence des petits cadavres là, dans ces murs, me paraissait une chose tellement macabre, tellement éloignée, aussi, de la vocation naturelle de l'Institut, que je ne pus m'empêcher de frémir. Mais je n'eus pas le loisir de demander des précisions à Laszlo car, déjà, la jeune Berthe revenait accompagnée de sa mère, une femme portant un châle, que j'avais remarquée tout à l'heure en traversant la salle d'attente. Elle échangea quelques paroles en hongrois avec Laszlo mais ce dernier n'avait qu'une connaissance limitée de la langue de sa propre mère et il revint rapidement à l'anglais :

– Madame Rajk, je vous demande simplement de m'écouter!

– Mais, docteur, protesta-t-elle en se tordant les mains, parfois elle comprend et puis, juste après, elle est un démon qui tourmente tout le monde!

Discrètement, Laszlo tira son oignon de son gousset et y jeta un rapide coup d'œil.

– Madame Rajk, reprit-il en s'efforçant d'être persuasif et de masquer son impatience, ce que je cherche à vous expliquer, c'est que, parfois, le gonflement est moins important. Dans ces moments-là, votre fille ne souffre pas et, non seulement elle peut respirer, parler et entendre normalement, mais elle peut aussi être alerte et attentive. La plupart du temps, toutefois, les végétations dans le pharynx et les fosses nasales – sa gorge et son nez, vous me suivez? – encombrent les trompes d'Eustache qui communiquent avec les oreilles et rendent difficiles, voire impossibles, des fonctions ordinairement toutes simples. Votre logement plein de courants d'air ne fait qu'aggraver les choses.

Laszlo posa les mains sur les épaules de la fillette qui sourit d'un air heureux.

– En clair, résuma-t-il, Berthe ne fait pas du tout cela dans le but de vous tourmenter, ni vous-même ni ses enseignants. Est-ce que vous comprenez?

Il se pencha vers la mère, pratiquement à lui toucher le nez, l'examina brièvement de son regard d'oiseau de proie et conclut :

– Non, à l'évidence, vous ne comprenez pas. Bon, dans ce cas, il va simplement falloir accepter mon diagnostic : tout va bien dans la tête de Berthe. Conduisez-la à l'hôpital St. Luke et demandez le Dr Osborne. C'est un spécialiste de ce genre d'opération et, si je le lui demande, je pense qu'il acceptera de vous faire un prix. Je puis vous affirmer que dès l'automne prochain, Berthe sera non seulement rétablie mais prête à devenir une excellente élève. Pas vrai, jeune fille?

Berthe ne dit rien mais ses yeux pleins de reconnaissance étaient plus éloquents que des mots.

La mère fit une nouvelle tentative :

– Mais, docteur...

Cette fois, Kreizler ne la laissa pas aller plus loin.

— Madame Rajk, je m'évertue à vous dire que c'est une vulgaire question de végétations ! Avec quels mots et dans quelle langue faut-il vous le répéter ? Le fait que vous refusiez de l'admettre ne change rien à la réalité. Maintenant, il ne vous reste qu'une chose à faire, allez consulter le Dr Osborne, et je vous avertis que si vous ne suivez pas mes directives, je me mettrai en colère.

Il la prit par le bras, la conduisit à la porte et la poussa dans le couloir où il fut immédiatement assailli par les autres familles qui attendaient. Poussant sa voix pour annoncer une brève suspension des consultations, il battit en retraite dans son cabinet, claqua la porte et revint vers son secrétaire en grommelant :

— La grande difficulté, une fois qu'on a convaincu les gens de s'occuper sérieusement des problèmes psychologiques de leurs enfants, réside dans le fait que, de plus en plus, ils s'imaginent que, derrière des symptômes banals, se cache une situation dramatique.

Il ferma le secrétaire, le verrouilla et annonça :

— Bien. Allons-y, Moore. Les hommes de Theodore devraient être arrivés. J'ai dit à Cyrus de les conduire directement au sous-sol.

— Tu vas les recevoir là-dedans ? demandai-je tandis que nous traversions la salle des visites et, pour échapper aux familles, sortions par une porte dérobée qui donnait directement sur la cour de l'Institut.

— En fait, ce n'est pas moi qui vais les recevoir, précisa Laszlo. Je vais laisser ce soin aux petits Zweig. Moi, je me contenterai d'étudier les résultats. Et, rappelle-toi, Moore, pas un mot sur notre mission tant que je n'aurai pas la certitude que ces deux-là sont convenables.

Une neige légère s'était mise à tomber et plusieurs pensionnaires étaient sortis jouer parmi les flocons. Tous portaient la tenue bleu et gris de l'Institut, imposée non pour servir d'uniforme mais pour éviter que les différences d'habillement ne trahissent par trop les différences de milieux et, donc, ne créent des difficultés. Dès qu'ils virent Laszlo, ils accoururent pour le saluer, très chaleureusement et très respectueusement. Souriant, ce dernier les interrogea sur leurs professeurs et sur leur travail scolaire. Deux élèves, parmi les plus hardis, risquèrent des remarques moqueuses sur le physique ou les odeurs corporelles de tel ou tel enseignant. Laszlo les semonça avec bonhomie. Comme nous nous éloignions pour rejoindre l'escalier du sous-sol, j'entendis les joyeux cris qui recommençaient à résonner entre les murs de la cour. Naguère, peut-être, certains de ces enfants vivaient dans la rue. Combien parmi eux avaient frôlé le sort du petit

Giorgio Santorelli ? De plus en plus, tout ce que je voyais me semblait lié à cette affaire.

Un couloir sombre et humide nous conduisit au bloc opératoire. Un radiateur à gaz, dont les rampes de brûleurs sifflaient dans un angle, asséchait et réchauffait l'atmosphère de la pièce tout en longueur. Les murs chaulés étaient garnis de placards blancs dont les portes de verre laissaient voir un scintillant attirail d'effroyables instruments. Au-dessus des placards, sur des étagères également blanches, trônaient des moulages en plâtre de têtes d'hommes et de singes dont la calotte crânienne, partiellement découpée, permettait d'observer le cerveau. Leurs visages, peints de façon fort réaliste, exprimaient encore les souffrances de leur agonie. Des bocaux de formol, dans lesquels baignaient un large éventail de vrais cerveaux de toutes espèces, côtoyaient les plâtres. Le reste de l'espace mural était occupé par de grandes planches illustrées représentant les systèmes nerveux de l'homme et de divers animaux. Au centre de la salle, se trouvaient deux tables d'opération en acier, équipées de rigoles qui drainaient les fluides corporels vers des récipients d'acier posés sur le sol. Une petite silhouette enveloppée de linges stériles était étendue sur chacune des tables. Il s'en dégageait une forte odeur de terre et de pourriture.

Deux hommes attendaient, vêtus de costumes trois-pièces de lainage. Celui du plus grand était orné de carreaux discrets à la mode de l'époque. Le plus petit était simplement en noir. Les puissantes lampes électriques qui éclairaient les tables d'opération nous empêchaient de voir leurs visages.

Laszlo s'avança directement vers eux.

– Messieurs, je suis le docteur Kreizler. J'espère que vous n'avez pas attendu trop longtemps.

– Pas du tout, docteur, répondit le plus grand en lui serrant la main. Je suis le sergent Marcus Isaacson. Et voici mon frère Lucius.

Comme il se penchait dans la lumière, je découvris un beau visage de type sémite marqué, avec un nez puissant, de grands yeux brun foncé et des cheveux frisés dru. A l'inverse, le frère avait un visage épais où perlaient quelques gouttes de sueur et son crâne commençait à se dégarnir. Tous deux semblaient avoir une petite trentaine d'années.

Le plus petit paraissait contrarié quand il se présenta à son tour :
– *Sergent enquêteur* Lucius Isaacson, docteur.

Puis il se redressa, se pencha légèrement en arrière et, du bout des lèvres, murmura à l'adresse de l'autre :

– Qu'est-ce qui t'a pris ? Tu avais dit que tu ne le ferais pas !

Marcus Isaacson écarquilla les yeux et nous adressa un petit sourire tout en demandant, lui aussi du coin de la bouche :

– Hein ? Qu'est-ce que je ne devais pas faire ?

– Me présenter comme ton frère, souffla nerveusement Lucius Isaacson.

– Messieurs, dit Kreizler, quelque peu étonné par ce manège, permettez-moi de vous présenter mon ami John Schuyler Moore.

Je serrai la main des deux hommes tandis qu'il enchaînait :

– Monsieur le préfet Roosevelt m'a parlé de vous en d'excellents termes. Il pense que votre assistance pourra m'être particulièrement utile et m'a précisé que vous aviez deux spécialités tout à fait intéressantes pour moi.

– Oui, dit Marcus, la criminologie et la médecine légale.

– Mais, avant tout, poursuivit Kreizler, j'aimerais savoir...

– Si ce sont nos prénoms qui vous intriguent, coupa Marcus, sachez que l'un des principaux soucis de nos parents en arrivant aux États-Unis était de protéger leurs futurs enfants contre les comportements antisémites à l'école.

– Nous avons été relativement privilégiés, ajouta Lucius. Notre sœur, elle, a reçu le nom de Cordelia.

– Vous comprenez, reprit Marcus, ils apprenaient l'anglais en étudiant les pièces de Shakespeare et au moment de ma naissance, ils venaient de commencer avec *Jules César*. Un an plus tard, quand mon frère est arrivé, ils étaient encore dessus. Mais, à la naissance de notre sœur, ils avaient fait des progrès et étaient passés au *Roi Lear*...

Cette fois, c'est Kreizler qui le coupa en haussant les sourcils et en le considérant de son regard de prédateur :

– Bien que tout cela soit fort intéressant, la question que je désirais vous poser ne concerne pas vos noms mais les raisons qui, compte tenu de vos domaines de spécialisation, vous ont poussés à entrer dans les forces de police.

Lucius leva les yeux au ciel et laissa échapper un profond soupir.

– Tu vois, Marcus, personne ne veut savoir pourquoi nous portons ces prénoms. Je te l'avais bien dit.

Marcus s'empourpra légèrement puis, sentant qu'il fallait redresser la barre, il se domina pour s'adresser à Kreizler :

– Eh bien, voyez-vous, docteur, ce sont encore nos parents qui sont derrière cela. Mais je doute que l'affaire vous passionne. Notre mère voulait que je devienne avocat et mon frère ici présent – enfin, le *sergent enquêteur* Isaacson – était destiné à la carrière médicale. Mais il en a été autrement. Il se trouve que nous nous sommes mis à lire Wilkie Collins [1] et qu'au moment d'entrer à l'université, nous étions tous les deux décidés à devenir officiers de police.

– La formation juridique et médicale nous a été des plus utiles, reprit Lucius. Mais, ensuite, nous sommes passés à autre chose et avons travaillé pour de gros armateurs. A la vérité, il a fallu que Roosevelt soit nommé préfet pour que nous entrions véritablement dans la police. Vous n'êtes pas sans savoir, je suppose, qu'il a des méthodes de recrutement, disons... assez peu orthodoxes.

Je savais de quoi il parlait et l'expliquai ultérieurement à Laszlo. Non content d'ouvrir des enquêtes qui poussaient nombre de cadres à la démission, Roosevelt se faisait un devoir de recruter à l'encontre des habitudes pour briser la mainmise que pouvaient exercer sur la police new-yorkaise des cliques comme celle que dirigeait Thomas Byrnes ou des chefs de District comme « Clubber [2] » Williams et « Big Bill [3] » Devery. Theodore appréciait tout particulièrement le personnel juif qu'il jugeait exceptionnellement honnête, courageux et épris de justice.

Manifestement désireux de changer de sujet, Lucius indiqua les deux tables d'opération et risqua d'une voix où perçait un espoir certain :

– Je gage que vous avez besoin de notre aide à cause de cette exhumation.

Kreizler l'examina.

– Comment savez-vous qu'il s'agit d'une exhumation ?

– L'odeur, docteur, elle est très reconnaissable. De plus, la position des corps me ferait pencher pour des obsèques effectuées selon les règles plutôt que pour un ensevelissement à la va-vite.

Voilà qui plut à Kreizler. Son visage s'éclaira.

– Bien raisonné, sergent.

Il approcha des tables, enleva les draps et à la puanteur s'ajouta la vision macabre des deux petits squelettes. Sur l'un s'accrochaient les débris d'un costume noir, sur l'autre ceux d'une robe blanche. Quelques os étaient encore fixés entre eux par des articulations mais la plupart s'étaient détachés. Des touffes de cheveux, des ongles et des mottes de terre souillaient encore davantage les corps. Je me raidis

---

1. L'un des créateurs du roman policier avec le Français Émile Gaboriau. *(N.d.T.)*
2. Le matraqueur. *(N.d.T.)*
3. Gros Bill. *(N.d.T.)*

en m'efforçant de ne pas détourner le regard. Ce genre de chose risquait fort d'être mon lot pendant quelque temps et j'avais tout intérêt à m'y habituer. Mais les affreuses grimaces des deux têtes montraient clairement que la mort des enfants n'avait pas été naturelle et je trouvai assez difficile de continuer à les observer.

Le visage des frères Isaacson n'indiquait rien d'autre qu'un grand intérêt quand ils approchèrent des tables et écoutèrent Laszlo :

— Benjamin et Sofia Zweig, frère et sœur. Assassinés. Les corps ont été retrouvés...

— Dans un château d'eau il y a trois ans, compléta Marcus. Officiellement, l'enquête est toujours ouverte.

Cela aussi plut à Kreizler.

— Ici, reprit-il en indiquant une petite table blanche couverte de documents et de coupures de presse, vous trouverez toutes les informations que j'ai pu rassembler sur l'affaire. J'aimerais que vous lisiez cela et que vous examiniez les corps. Il y a une certaine urgence, je vous fixerai donc ce soir comme délai. Je serai chez *Delmonico's* à onze heures et demie. Venez m'y retrouver et, en échange de votre rapport, je serai heureux de vous offrir un excellent dîner.

— S'il s'agit d'un travail officiel, le dîner n'est pas nécessaire, docteur, dit Marcus. Toutefois, nous apprécions l'invitation.

Amusé par cette façon de prendre ses distances, Laszlo hocha la tête avec un petit sourire.

— Comme vous voudrez. A ce soir, onze heures trente.

Sur quoi les frères Isaacson s'attelèrent à la tâche avec une telle ardeur qu'ils entendirent à peine nos salutations. Nous remontâmes au cabinet de consultation où je récupérai mon manteau. Laszlo avait toujours l'air aussi intrigué.

— Ce sont des spécimens, dit-il tandis que nous nous dirigions vers la porte principale. Mais j'ai le sentiment qu'ils sont compétents. Nous allons bientôt le savoir. Oh, à propos, Moore, as-tu une tenue habillée pour sortir ce soir ?

— Sortir ? demandai-je en enfilant ma casquette et mes gants.

— A l'Opéra. L'agent pressenti par Roosevelt pour faire la liaison entre ses services et nous doit nous retrouver chez moi à sept heures.

— Tu le connais ?

— Pas du tout, répondit Laszlo. Et justement, son rôle sera crucial. J'ai pensé que nous pourrions l'emmener à l'Opéra et voir comment il se comporte. C'est un excellent test de personnalité. De plus, Dieu seul sait quand nous aurons la possibilité d'y retourner ensuite. Maurel chante *Rigoletto* ce soir au Metropolitan. Nous prendrons ma loge. Je pense que ce sera parfait pour faire travailler nos yeux et observer notre collaborateur.

— Sans aucun doute, dis-je, enchanté. Et puisque nous parlons de travail des yeux, qui chante la fille du bossu ?

Kreizler se retourna avec une expression de vague réprobation.

— Bon Dieu, Moore, il faudra que je me penche sur ta petite enfance un de ces jours. Ce besoin de voir le sexe en toute chose...

— Enfin ! Je demande simplement qui est la fille du bossu !

— D'accord, d'accord ! C'est Frances Saville. La demoiselle aux jambes de rêve, comme tu l'appelles.

— Si c'est elle, dis-je en descendant le perron, pas de problème. J'ai une tenue de soirée.

On pouvait me coller sur la scène Nellie Melba, Lillian Nordica et le reste des bonnes femmes aux voix quatre étoiles du Metropolitan, cela ne me chatouillait pas plus que cela, comme aurait dit Stevie Taggert. Mais que l'on me propose une authentique beauté avec une voix convenable et j'étais un spectateur conquis.

— Très bien, dis-je en me dirigeant vers la calèche. Je serai chez toi à sept heures.

— Formidable, répondit Laszlo avec un froncement de sourcils. Je ne tiens déjà plus d'impatience. Cyrus ! Conduisez Mr Moore à Washington Square.

Une soirée à l'Opéra suivie d'un dîner chez *Delmonico's*... Pendant le court trajet, je méditai sur cette façon inhabituelle et fort agréable de commencer notre enquête. Malheureusement, les réjouissances n'étaient pas encore au programme car, en arrivant chez moi, je trouvai devant ma porte une Sara Howard fort agitée.

8

Sara ne fit pas grand cas de mes civilités.
— C'est la voiture et le cocher du Dr Kreizler ? demanda-t-elle. Pouvons-nous les utiliser ?
— Pour aller où ?
— Le sergent Connor et un certain Casey sont allés voir les parents Santorelli ce matin. En rentrant, ils ont dit qu'ils n'avaient rien découvert mais Connor avait du sang sur une manche de sa chemise. Je veux savoir ce qui s'est passé.
— Tu ne crois pas que tu débordes un peu de tes fonctions de secrétaire ?
Sara ne répondit pas. Mais son visage portait une expression tellement blessée que je lui ouvris la porte de la calèche.
— Qu'en dites-vous, Cyrus ? Pouvez-vous nous emmener, Miss Howard et moi, faire une petite course ?
Cyrus haussa les épaules.
— Pas d'objection, du moment que je suis de retour à l'Institut pour la fin des visites.
— Vous y serez, promis-je. Sara, tu peux monter. Je te présente Mr Cyrus Montrose.
En une fraction de seconde, Sara passa de la colère à l'exubérance, ce qui, chez elle, n'était pas une chose rare.
— John, il y a des moments où je me demande si je ne me suis pas trompée sur ton compte pendant toutes ces années.
Elle serra vigoureusement la main de Cyrus, s'assit sur la banquette et, lorsque je l'eus rejointe, jeta une couverture sur nos genoux. Puis elle donna au cocher une adresse dans Mott Street.
Peu de femmes se seraient aventurées avec autant d'euphorie dans

le secteur le plus infréquentable du Lower East Side. Mais Sara avait toujours fait passer l'aventure avant la prudence. De plus, elle n'était pas tout à fait en territoire inconnu dans les bas quartiers. Peu après sa sortie de l'université, son père avait décidé qu'elle avait besoin d'une sérieuse expérience de terrain avant de s'attaquer à la vie. C'est ainsi que, tout l'été, vêtue d'un corsage blanc amidonné, d'une jupe noire et d'un ridicule petit calot, elle avait servi d'assistante à une infirmière qui faisait des visites dans le Lower East Side.

Les Santorelli habitaient un « bâtiment intérieur » quelques centaines de mètres plus bas que Canal Street. Ces logements aveugles avaient été interdits en 1894 mais la loi comportait une clause d'extinction lente pour les personnes âgées. C'est ainsi qu'il en existait toujours quelques-uns qui, voués à la démolition, étaient laissés pratiquement sans entretien. Inutile de dire que, si les immeubles situés sur la rue étaient sombres, sales, pleins de vermine et mal famés, ces bâtiments plus petits, construits derrière à la place de la cour, l'étaient encore davantage. A l'allure de l'immeuble sur rue devant lequel nous fîmes halte ce jour-là, il était clair que nous allions connaître une expérience rare. D'immenses barils de cendres et d'ordures encombraient le perron luisant d'urine sur lequel traînaillaient un groupe d'hommes en haillons apparemment tous faits sur le même modèle. Ils buvaient et riaient mais le silence se fit dès qu'ils virent la calèche et Cyrus. Flanqué de Sara, je descendis sur le trottoir.

— Ne vous éloignez pas trop, Cyrus, dis-je en m'efforçant de ne pas trahir ma frousse.

— Non, Monsieur, répondit le Noir en empoignant fermement le manche de son fouet.

De son autre main, il fouilla dans la poche de son pardessus et en tira un coup de poing de cuivre qu'il me tendit, ajoutant que cela me serait peut-être utile.

— Je ne pense pas que ce sera nécessaire, Cyrus. Et... Humm... Je ne sais pas si je saurai m'en servir.

— Dépêche-toi, John, dit Sara.

Nous attaquâmes les marches. L'un des individus m'attrapa le bras.

— Hé, toi! T'sais que c'est un nègre qui conduit ta charrette?

— Ah oui? répondis-je en guidant Sara à travers les vapeurs pestilentielles, presque visibles, qui planaient autour du groupe.

— Ben ouais, fit un autre en mimant l'étonnement le plus total. Il est noir comme un as de pique.

— Voyez-vous cela! dis-je tandis que Sara franchissait l'entrée.

J'allais lui emboîter le pas quand le premier individu m'agrippa de nouveau.

— Dis donc, tu serais pas un flic, encore?

— Pas du tout. Je déteste les flics.

Il hocha la tête mais ne dit rien. J'en conclus que j'étais autorisé à continuer. Pour atteindre le bâtiment intérieur, il fallait passer le couloir sombre qui traversait le premier immeuble. L'aventure était assez troublante. Sara ouvrant la marche, nous progressâmes à tâtons dans ce boyau sordide. Je sursautai lorsqu'elle trébucha sur quelque chose qui traînait sur le sol et fus saisi d'horreur lorsque ce quelque chose se mit à brailler.

— Mon Dieu, John, c'est un bébé!

Je ne voyais toujours rien mais, quand je fus plus près, l'odeur étaya son diagnostic: c'était bien un bébé et il macérait dans ses excréments.

— On ne peut pas le laisser comme cela, décida Sara.

Je songeai aux hommes sur le perron mais, me retournant, je les vis en train d'agiter le poing dans notre direction, en découpe sur les tourbillons de neige qui tombaient dans la rue, et compris que ce n'était pas de ce côté que nous trouverions de l'aide. Je me rabattis donc sur les portes du couloir. Je finis par en trouver une qui accepta de s'ouvrir, j'attirai Sara et nous entrâmes.

A l'intérieur, nous tombâmes sur un couple de chiffonniers, un vieil homme et sa femme; ils nous racontèrent que les parents passaient leurs journées et leurs nuits à boire et à s'injecter de l'héroïne dans un *dive* du quartier, mais ils n'acceptèrent de prendre le bébé qu'après que je leur eus proposé un demi-dollar. Le vieillard promit de lui donner quelque chose à manger et de le laver, sur quoi Sara ajouta un dollar.

Finalement, nous atteignîmes la porte du fond. La ruelle sombre qui séparait les deux bâtiments était, elle aussi, pleine de barils, bassines et tonneaux débordant d'ordures et de déjections. L'odeur était indescriptible. Sara se couvrit la bouche et le nez d'un mouchoir et m'ordonna d'en faire autant. Puis nous entrâmes dans le couloir du bâtiment intérieur. Les quatre appartements du rez-de-chaussée semblaient héberger plusieurs milliers de locataires. J'essayai d'identifier toutes les langues que j'entendais mais abandonnai au bout de huit. Une armée d'Allemands malodorants avaient colonisé l'escalier et buvaient de la bière dans des cruchons. Ils s'écartèrent en grognant quand nous montâmes. Malgré la pénombre, on se rendait compte que les marches étaient uniformément revêtues d'un dépôt très collant dont je préférais ignorer la provenance. La chose ne semblait pas gêner le moins du monde nos buveurs de bière.

L'appartement des Santorelli se trouvait au second, sur l'arrière du bâtiment. Lorsque nous frappâmes, une toute petite femme, affreusement maigre avec des yeux creusés, vint nous ouvrir la porte. Elle prononça quelques mots dans son dialecte sicilien. Je connaissais tout juste assez d'italien pour suivre vaguement un opéra mais Sara était bien meilleure que moi – grâce à son expérience d'infirmière – et communiquait avec une certaine aisance. Mrs Santorelli ne semblait pas inquiète de la voir. En fait, on aurait presque dit qu'elle l'attendait. Ma présence, par contre, semblait beaucoup plus problématique.

– Sara, dis-je, est-ce que tu connais cette femme?
– Non. Mais c'est étrange, elle a l'air de me connaître.

Le logement se composait de deux pièces dépourvues de fenêtres. De petites ouvertures semblables à des meurtrières avaient été pratiquées dans les murs pour mettre les lieux en conformité avec les nouveaux règlements en matière de ventilation. Les Santorelli sous-louaient l'une des pièces à une autre famille de Siciliens. C'est-à-dire qu'à six – les parents de Giorgio et les quatre frères et sœurs qui restaient –, ils vivaient dans un espace d'un peu moins de trois mètres sur cinq. Ils se chauffaient à l'aide d'un de ces poêles à kérosène rudimentaires dont l'explosion provoquait si souvent l'anéantissement des vieux logements.

Enveloppé dans des draps mités et allongé dans un lit d'angle sur une paillasse crasseuse, je découvris la cause de l'agitation de Mrs Santorelli : son époux. Il avait le visage couvert de coupures et d'hématomes et le front ruisselant de sueur. Près de lui se trouvaient un torchon trempé de sang et, chose curieuse, une liasse de billets qui devait représenter plusieurs centaines de dollars. Mrs Santorelli prit la liasse, la fourra dans les mains de Sara puis la poussa vers la couche de son mari. Des larmes se mirent à couler sur ses joues.

Il nous apparut bientôt que la brave femme prenait Sara pour une infirmière. Elle avait envoyé ses enfants en chercher une une heure plus tôt. Une fois encore, Sara me surprit par sa vitesse de décision. Elle s'assit, commença à examiner Santorelli et ne tarda pas à découvrir une fracture à un bras. De plus, son torse était couvert d'ecchymoses.

– John, me dit-elle, tu vas envoyer Cyrus chercher des pansements, des antiseptiques et un peu de morphine. Dis-lui aussi qu'il nous faut un solide morceau de bois pour confectionner une attelle.

En moins de temps qu'il n'en faut pour le dire, j'étais dans l'escalier, traversais le groupe d'Allemands puis les hommes qui tuaient le temps sur le perron et hurlais les directives de Sara à Cyrus qui démarrait à toute allure à bord de la calèche. J'allais rentrer dans l'immeuble quand l'un des hommes m'arrêta en me plaçant une main sur la poitrine.

– Hé là! Qu'est-ce qui se passe ici?
– C'est Mr Santorelli. Il est salement blessé.

L'individu expédia un gros crachat en direction de la rue.

– Saloperie de flics! Je peux pas sentir ces foutus Ritals mais je peux encore moins sentir les flics!

Il écarta sa main. Une nouvelle fois, l'expression de sa haine contre la police semblait être mon laissez-passer. Je rejoignis Sara en deux temps et trois mouvements. Elle s'était fait apporter de l'eau chaude et je la trouvai occupée à nettoyer les blessures de Santorelli. La femme continuait à parler en agitant les mains, s'arrêtant par intermittence pour pleurer.

– Six hommes sont venus, à ce que je comprends, traduisit Sara après l'avoir écoutée quelques minutes.
– Six? Tu m'avais parlé de deux, tout à l'heure.
– Approche et aide-moi, sinon elle va se méfier, dit Sara.

Je m'assis près d'elle sur la couche. Il était difficile de dire lequel sentait le plus mauvais de la paillasse ou de Santorelli. Mais cela ne semblait pas incommoder Sara.

– Aucun doute, reprit-elle, Connor et Casey sont venus ici. Elle dit qu'ils étaient accompagnés de deux autres hommes et de deux prêtres.

Je pris une compresse chaude.

– Des prêtres? Mais enfin...
– L'un catholique, apparemment, et l'autre non. Elle ne peut pas me donner plus de détails. C'étaient eux qui avaient l'argent. Ils ont dit aux Santorelli d'en utiliser une partie pour payer des funérailles décentes à Giorgio. Le reste était pour eux. Le prix du silence, semble-t-il. Ils lui ont également dit d'interdire à quiconque d'exhumer le corps, même à la police, et de ne parler de la mort de leur fils à personne, surtout pas à des journalistes.

Tout en tamponnant sans grand enthousiasme l'une des plaies de Santorelli, je répétai pensivement :

— *Deux prêtres...* Mais à quoi ressemblaient-ils ?
Sara posa la question puis me traduisit la réponse :
— Un petit avec de larges favoris blancs. Celui-là, c'était le catholique. L'autre portait des lunettes.
— Mais enfin pourquoi deux prêtres de confession différente se seraient-ils intéressés à cette affaire ? Et tu m'as bien dit que Connor et Casey étaient présents pendant l'entrevue ?
— C'est ce qu'il semble.
— Donc ils sont dans le coup. Quel coup, on n'en sait rien, mais ils sont dedans. Eh bien, Theodore va être ravi d'apprendre cela. Je suppose que la division des inspecteurs va encore perdre deux de ses membres. Mais qui étaient les deux autres individus ?
De nouveau, elle posa la question à la femme de Santorelli. Mais cette dernière bafouilla quelque chose que Sara n'avait pas l'air de bien comprendre. Elle réitéra et, une fois encore, obtint le même genre de réponse.
— Elle a peut-être raison. Il est possible que je ne comprenne pas bien son dialecte. Elle dit que les deux autres n'étaient pas des policiers, et un instant plus tard elle dit que c'en étaient. Je ne...
Sara se tut soudain. Toutes les têtes se tournèrent vers la porte qui venait d'être ébranlée par des coups puissants. La peur dilata les yeux de Mrs Santorelli. J'avoue que je n'étais moi-même pas très chaud pour me jeter dans la gueule d'un quelconque loup mais Sara m'encouragea :
— Allons, John, ne sois pas ridicule ! C'est probablement Cyrus qui revient.
En fait, c'était l'un des hommes du perron.
— Voilà vos médicaments, m'annonça-t-il avec un grand sourire. Nous, on laisse pas les mal-blanchis rentrer dans la maison.
— Ah bon, dis-je stupidement en prenant le paquet qu'il me tendait. Merci.
Je donnai les produits à Sara et me rassis sur le lit. Santorelli était maintenant à demi inconscient et elle lui administra une dose de morphine pour réduire la fracture sans le faire hurler – une technique qu'elle avait apprise en travaillant comme infirmière. D'une torsion brusque et sûre, elle remit les os en place. Son geste produisit un craquement sinistre qui me donna la chair de poule. Mais Santorelli ne sembla rien sentir. Sa femme poussa un petit cri et récita une prière. Puis Sara se remit à l'interroger tandis que nous recommencions à désinfecter les plaies du blessé.

— Il semble, reprit-elle au bout d'un moment, que Santorelli se soit révolté, ait lancé l'argent au visage des prêtres et ait déclaré qu'il exigerait que la police retrouve le meurtrier de son fils. A ce moment, les prêtres seraient repartis, et ensuite...
— *Et ensuite,* bien sûr...
Je n'avais pas besoin d'un dessin. Je savais très bien comment les flics irlandais traitaient les membres des communautés non anglophones quand ils refusaient de « coopérer ». J'en avais, d'ailleurs, un bel exemple sur ce lit.
Sara secoua la tête.
— C'est vraiment trop bizarre, soupira-t-elle en commençant à appliquer des pansements de gaze sur les plus vilaines blessures. Santorelli a bien failli se faire tuer et, pourtant, cela faisait quatre ans qu'il n'avait pas vu Giorgio. Le gamin vivait dans la rue.
Les soins qu'elle apportait à Santorelli lui avaient gagné la confiance de sa femme et, maintenant qu'elle avait commencé à nous raconter la vie de son fils, cette dernière semblait ne plus pouvoir s'arrêter.
Dans ses jeunes années, Giorgio était un enfant timide mais suffisamment éveillé et décidé pour être admis à l'école communale de Hester Street et y obtenir de bons résultats. Ses problèmes commencèrent à l'âge de sept ans quand il se mit à accepter d'avoir des relations sexuelles avec certains élèves plus vieux. Sa mère préférait rester discrète sur les actes auxquels il se livrait mais, jugeant que cela pouvait avoir une importance dans notre enquête, Sara la convainquit de donner des détails. Apparemment Giorgio pratiquait la fellation et se soumettait à la sodomie. Lorsque la chose fut découverte et révélée aux parents, le père faillit devenir fou. Sa conception latine de la virilité était piétinée par son propre enfant. Il se mit à le battre. Mrs Santorelli nous fit une démonstration pour illustrer la façon dont il attachait Giorgio par les poignets à la porte d'entrée et le fouettait avec un ceinturon. Il lui infligeait de tels sévices que, parfois, l'enfant était obligé de manquer l'école simplement parce qu'il ne pouvait plus s'asseoir.
Mais Giorgio devenait d'autant plus buté qu'il était maltraité. Au bout de quelques mois de ce traitement, il commença à déserter le logement familial, parfois même à découcher. Il abandonna complètement l'école. Puis, un jour, ses parents le rencontrèrent dans la rue. Maquillé en femme, il était en train de racoler comme une prostituée. Santorelli lui dit que, s'il le revoyait chez lui, il le tuerait. Gior-

gio l'insulta, le ton monta et le père allait passer aux actes quand un autre homme intervint – probablement le souteneur – et conseilla aux Santorelli de déguerpir. Ce fut la dernière fois qu'ils virent leur fils vivant.

L'histoire soulevait de nombreuses questions dans mon esprit et je voyais qu'il en allait de même pour Sara. Des questions que nous ne pourrions jamais poser. Alors que nous étions en train de border Santorelli dans ses draps sales, on se remit à tambouriner à la porte. Pensant que c'était de nouveau notre commissionnaire, j'allai ouvrir. Je me retrouvai nez à nez avec deux brutes moustachues en costume et chapeau melon. Les gorilles entrèrent en force dans l'appartement. En les voyant, Mrs Santorelli devint folle de terreur.

– Qui vous êtes, vous? nous demanda l'un des costauds.

Sara ne se démonta pas et prétendit être infirmière. C'est moi qui ne les convainquis pas dans la peau de son assistant.

– Assistant, hein? Il en a une belle calèche dehors, l'*assistant*!

Prudemment, Sara et moi nous glissâmes vers la porte de l'appartement.

– Merci du compliment, dis-je en attrapant la main de Sara et en l'entraînant vers l'escalier.

Une chance qu'elle fût de constitution athlétique car, malgré sa jupe, elle réussit à courir plus vite que nos poursuivants. L'avance acquise nous parut, toutefois, bien dérisoire lorsque nous atteignîmes le couloir de l'autre immeuble. Les occupants du perron nous bloquaient la sortie en faisant claquer leurs bâtons dans la paume de leurs mains.

– Tu crois qu'ils veulent nous coincer, John?

Je me souviens, rétrospectivement que la voix de Sara était fichtrement tranquille, ce qui, compte tenu des circonstances, était fort irritant.

– Ça m'en a tout l'air, répondis-je, le souffle court. Toi et tes idées! Nous allons y laisser notre peau!

Les mains en porte-voix devant ma bouche, je hurlai :

– Cyrus! Cyrus!

Les types du perron s'approchaient. Je laissai mes bras retomber le long de mon corps.

– Bon Dieu, mais où est passé Cyrus?

Sans un mot, Sara attrapa son sac et, quand les deux lascars aux chapeaux melons apparurent de l'autre côté du couloir, elle fouilla dedans et en sortit un colt de calibre .45 avec un canon de quatre pouces et demi et une crosse de nacre. Sara était ce que l'on pourrait appeler une fervente adepte des armes à feu.

— Ne t'en fais pas, John, dit-elle avec aplomb.

Il en aurait fallu davantage pour me rassurer.

— Mais enfin, Sara! Tu ne vas tout de même pas ouvrir le feu dans ce couloir obscur sans même savoir sur qui tu tires!

— Tu as une meilleure suggestion? demanda-t-elle en regardant autour de nous.

Elle saisit alors la justesse de ma remarque et, pour la première fois, sembla éprouver une certaine appréhension.

— C'est-à-dire que...

Mais il était trop tard. Le groupe du perron arrivait sur nous en vociférant. Saisissant Sara, je lui fis un rempart de mon corps en espérant qu'elle n'allait pas me vider son chargeur dans le ventre pendant l'attaque.

Imaginez ma surprise lorsque cette attaque ne se produisit pas. Nous fûmes bousculés par la ruée des hommes aux bâtons mais cela ne dura que quelques secondes, le temps qu'ils passent. Hurlant sauvagement, ils se jetèrent sur nos deux poursuivants. Étant donné le rapport des forces, ce ne fut pas vraiment un combat loyal. Pendant quelques secondes, j'entendis des coups qui pleuvaient, puis des grognements et des cris. Nous dévalâmes le perron et courûmes jusqu'à la calèche près de laquelle Cyrus nous attendait de pied ferme.

— Est-ce que vous vous rendez compte que nous aurions pu nous faire tuer, là-dedans?

— D'après ce que je les ai entendus dire avant d'entrer, ça m'a paru peu probable, Mr Moore, répondit Cyrus, imperturbable.

— Ah oui? Et qu'ont-ils dit, je vous prie?

Avant que le cocher n'ait pu me répondre, les deux brutes sortirent de l'immeuble en volant et atterrirent lourdement sur le trottoir enneigé. Les chapeaux melons suivirent quelques instants plus tard. Les hommes étaient inconscients et, à côté d'eux, Santorelli respirait la santé. Nos « amis » aux bâtons sortirent alors, l'air triomphant, en dépit des marques de coups que plusieurs d'entre eux portaient sur le visage. Celui qui m'avait parlé tout à l'heure tourna la tête vers nous. Il avait le souffle court et son haleine s'échappait de sa bouche sous forme de nuages blancs quand il entonna ce qui semblait être son refrain préféré :

— J'aime pas les nègres mais j'aime encore moins les poulets!

— C'est ce qu'ils étaient en train de dire, intervint Cyrus.

Je regardai les costauds étendus sur le trottoir puis levai les yeux vers l'homme du perron.

– Des poulets?

– Ouais. Enfin, des ex-flics, répondit-il en s'avançant vers moi. Ils étaient îlotiers dans le secteur. Gonflés, les types, de revenir comme ça par ici!

Je hochai la tête puis, d'un geste de la main, exprimai mes remerciements à l'homme et à son groupe.

– A vot' service, monseigneur, dit-il. Mais le coup de main nous a donné soif...

Je lui lançai quelques pièces qu'il essaya d'attraper au vol sans y parvenir. En un clin d'œil, ses compagnons étaient à quatre pattes sur le trottoir. Moins d'une seconde plus tard, c'était l'empoignade générale. Nous montâmes en calèche, Cyrus fit partir le cheval et, en quelques minutes, nous atteignîmes Broadway.

Maintenant que nous étions tirés d'affaire, Sara était tout excitée et se remémorait avec ravissement chaque péripétie de notre aventure. Je lui souris, heureux qu'elle ait pu participer directement à l'action et en ait tiré du plaisir. Mais, en même temps, je m'efforçais de récapituler ce que nous avait raconté la maman de Giorgio et d'analyser les faits en tâchant de me mettre dans la peau de Laszlo. Quelque chose dans l'histoire du petit Giorgio avait des harmoniques avec ce qu'il m'avait raconté au sujet des deux enfants retrouvés dans le château d'eau mais je n'arrivais pas à mettre le doigt dessus. Et puis, soudain, cela se concrétisa : le comportement. Kreizler avait décrit deux enfants frondeurs, sources de difficultés pour leur famille. Giorgio Santorelli collait au modèle. Selon Kreizler, tous les trois avaient perdu la vie entre les mains du même homme. Cette apparente similitude de trajectoire était-elle déterminante dans leur mort? Il pouvait s'agir d'une simple coïncidence mais quelque chose me disait que ce ne serait pas l'opinion de Kreizler.

Perdu dans mes pensées, je n'entendis pas Sara me poser une question ahurissante. Mais, quand elle la répéta, l'extravagance de son propos devint claire, même pour mon esprit égaré. Pourtant, après ce que nous avions vécu ensemble ce jour-là, je ne me sentais pas le cœur de la décevoir.

9

J'arrivai au domicile de Kreizler au 283, 17ᵉ Rue Est, avec quelques minutes d'avance, en habit et cape de soirée, fort dubitatif quant à la machination que j'avais ourdie avec Sara – et qui allait maintenant être mise à exécution, pour le meilleur ou pour le pire. La neige, épaisse à présent de plusieurs centimètres, étendait un agréable manteau de quiétude sur les arbrisseaux dénudés de Stuyvesant Park, en face de l'immeuble de Laszlo. Après avoir franchi la grille étroite de son jardin pareillement exigu, j'approchai de la porte et frappai doucement avec le heurtoir en cuivre. Par les portes-fenêtres entrouvertes du salon, au premier étage, me parvenaient les roulades de Cyrus qui venait d'entonner « Pari siamo » de *Rigoletto* : Kreizler s'échauffait les oreilles pour la soirée.

La porte s'ouvrit, me laissant face à face avec la silhouette de Mary Palmer, à la fois bonne et gouvernante de Laszlo. Avec Mary s'achevait la liste des anciens patients de Kreizler passés à son service, et elle aussi mettait le visiteur qui connaissait son histoire dans son intégralité quelque peu mal à l'aise. Dotée d'un corps magnifique et de traits ensorceleurs, elle était depuis sa naissance considérée comme une arriérée mentale par ses parents. Incapable de propos cohérents, elle mêlait mots et syllabes en un galimatias inintelligible et n'avait donc jamais appris à lire ni à écrire. Sa mère et son père – ce dernier respecté maître d'école à Brooklyn – l'avaient formée à quelques tâches domestiques et semblaient prendre bien soin d'elle. Mais, un jour de 1884, Mary, âgée de dix-sept ans, avait enchaîné son père au lit de cuivre des parents alors que le reste de la famille était sorti et avait mis le feu à la maison. Son géniteur connut une mort atroce, et faute de trouver une raison au geste de Mary, on l'envoya à l'asile de fous de Blackwells Island.

C'est là qu'elle fut découverte par Kreizler, qui consultait de temps à autre dans l'établissement où il avait débuté. Laszlo fut frappé par l'absence chez Mary des symptômes de la démence précoce, seul cas selon lui de véritable aliénation mentale. (Cette appellation est actuellement supplantée par le terme « schizophrénie » forgé par le Dr Eugene Bleuler. Je crois savoir qu'il dénote une incapacité pathologique soit à reconnaître la réalité, soit à avoir des rapports avec elle.) Kreizler entreprit d'entrer en contact avec la jeune fille et constata bientôt qu'elle souffrait d'aphasie motrice classique, compliquée d'agraphie : elle comprenait certains mots, était capable de penser en phrases claires, mais la partie de son esprit commandant la parole et l'écriture était gravement endommagée. Comme la plupart de ces malheureux, Mary avait amèrement conscience de son problème mais n'avait pas la possibilité de l'expliquer, ni d'expliquer quoi que ce soit d'autre. Kreizler parvint à communiquer avec elle en posant des questions auxquelles Mary pouvait répondre de la manière la plus simple – souvent par « oui » ou par « non » – et lui inculqua les rudiments d'écriture que son état permettait. Des semaines de travail lui révélèrent une version nouvelle et profondément choquante de l'histoire de Mary : son propre père l'avait violée pendant des années avant d'être tué mais elle n'avait évidemment pu s'en ouvrir à personne.

– Bonsoir, Mary, dis-je en lui remettant ma cape.

Elle me répondit d'une brève révérence, les yeux fixés sur le plancher.

– Je suis en avance, poursuivis-je. Le Dr Kreizler est prêt ?

– Non, monsieur, articula-t-elle avec effort.

Je vis se peindre sur son visage ce soulagement et cette frustration simultanés qu'elle manifestait lorsqu'elle parvenait à s'exprimer : soulagement d'avoir réussi, frustration de ne pas être capable d'en dire plus. Elle tendit vers l'escalier un bras pris dans un bouillonnement de lin bleu, alla accrocher ma cape à une patère proche.

– Alors, j'ai le temps de prendre un verre en savourant la voix exceptionnelle de Cyrus, décidai-je.

Je montai les marches, un peu engoncé dans mon habit de soirée, pénétrai dans le salon. Cyrus m'adressa un signe de tête sans cesser de chanter tandis que, d'une main nerveuse, je prenais une cigarette dans un coffret d'argent placé sur le manteau de marbre de la cheminée.

Kreizler descendit au petit trot dans un habit de soirée impeccablement coupé.

– Pas de signe de vie du type de Roosevelt ? me lança-t-il au moment où Mary apparaissait avec un plateau.

Elle y avait disposé un pot de caviar sevruga, quelques minces tranches de pain grillé, une bouteille de vodka frappée et quelques petits verres givrés – habitude tout à fait admirable que mon ami avait contractée lors d'un voyage à Saint-Pétersbourg.

– Aucun, répondis-je, écrasant ma cigarette pour m'attaquer au plateau.

– J'exige de tous la ponctualité, déclara-t-il en regardant l'heure. Et s'il ne...

Le heurtoir claqua plusieurs fois, des bruits de pas envahirent la cage d'escalier.

– Voilà au moins un bon signe, approuva Kreizler avec un hochement de tête. Cyrus, un peu moins menaçant, je crois : « Di provenza il mar... »

Suivant les instructions de son maître, le Noir mit plus de suavité à l'aria de Verdi. Tendu à l'extrême, j'avalai une bouchée de caviar, et Mary reparut. L'air hésitant, troublé même, elle tenta mais ne parvint pas à annoncer la personne qui venait d'arriver. Comme elle se hâtait vers le fond de la maison après une autre révérence, une silhouette surgit de l'escalier obscur et s'avança dans le salon : Sara.

– Bonsoir, docteur Kreizler, dit-elle, les plis de sa robe de soirée vert et bleu paon murmurant autour d'elle.

Laszlo sembla un tantinet déconcerté.

– Miss Howard, fit-il, les yeux visiblement ravis mais la voix perplexe. Quelle agréable surprise ! Nous avez-vous amené notre agent de liaison ?

Il y eut un long silence pendant lequel il fit aller son regard de Sara à moi. Son expression ne changea pas quand il se mit à hocher la tête.

– Ah. *Vous* êtes notre agent de liaison – exact ?

Un instant, Sara parut manquer d'assurance.

– N'allez pas imaginer que j'ai harcelé le préfet pour lui extorquer son accord. Nous en avons longuement discuté.

– J'étais là, m'empressai-je d'ajouter. Et lorsque tu entendras le récit de notre après-midi, Kreizler, tu ne douteras plus que Sara est la personne qu'il nous faut.

– C'est la logique même, docteur, argua-t-elle. Personne ne

remarquera mes activités quand je serai à Mulberry Street, et mes absences susciteront encore moins de curiosité. Peu de personnes travaillant au Central pourraient en dire autant. Je possède de bonnes connaissances en criminologie, j'ai accès à des lieux et à des personnes qui vous seraient peut-être interdits, à John et à vous – nous en avons eu la démonstration aujourd'hui.

– J'ai, semble-t-il, beaucoup raté, aujourd'hui, dit Kreizler d'un ton ambigu.

– Enfin, poursuivit Sara, indécise devant la froideur de Laszlo, en cas d'ennuis...

Elle sortit prestement un petit derringer Colt « Number One » du manchon qu'elle portait à la main gauche et le braqua vers la cheminée.

– Vous découvrirez que je tire mieux que John.

Je m'écartai vivement de la ligne de tir, ce qui arracha à Kreizler un bref ricanement. Convaincue que c'était d'elle qu'il se gaussait, Sara prit la mouche.

– Je parle sérieusement, je vous assure, docteur. Mon père était un excellent fusil. Comme ma mère était invalide et que je n'avais ni frère ni sœur, je suis devenue le compagnon de chasse de mon père.

C'était parfaitement exact. Stephen Hamilton Howard avait mené la vie d'un véritable gentilhomme campagnard sur son domaine proche de Rhinebeck, et appris à son unique enfant à monter à cheval, tirer, jouer et boire comme n'importe quel gentleman – ce qui signifiait que Sara était capable de se distinguer dans ces activités, tant en qualité qu'en quantité. Montrant le petit pistolet finement gravé, elle fit remarquer :

– La plupart des gens tiennent le derringer pour une arme négligeable, mais celui-ci tire une balle de calibre .41 et pourrait projeter votre serviteur assis au piano à travers la fenêtre qui se trouve derrière lui.

Kreizler se tourna vers Cyrus comme s'il s'attendait à ce que celui-ci donne quelques signes d'alarme, mais rien ne vint troubler son interprétation remarquable.

– Non que j'aie une prédilection pour cette sorte d'arme, continua Sara, remettant le derringer dans son manchon, mais... (Elle prit une profonde inspiration qui fit se gonfler la chair nue et pâle, au-dessus du décolleté plongeant de sa robe.) Nous allons à l'Opéra, n'est-ce pas ?

Portant la main au ravissant collier d'émeraude qui parait sa gorge, elle sourit pour la première fois depuis son arrivée. Du grand Sara, pensai-je en vidant d'un trait un verre de vodka.

Il y eut un autre silence prolongé pendant lequel Kreizler et elle se mesurèrent du regard. Puis, détournant les yeux, Laszlo retrouva son enjouement coutumier.

– Certes, dit-il. (Il prit sur le plateau un toast et un verre qu'il offrit à Sara.) Et si nous ne nous pressons pas, nous allons manquer « Questa o quella ». Cyrus, veux-tu voir si Stevie a attelé la calèche ?

Comme le Noir se dirigeait déjà vers l'escalier, Laszlo le rappela :

– A propos, Cyrus, je te présente Miss Howard.

– Certainement, docteur. Nous nous sommes déjà rencontrés.

– Cela ne te surprendra donc pas d'apprendre qu'elle va travailler avec nous ?

– Non, monsieur, répondit Cyrus. Miss Howard...

Il s'inclina devant Sara, repartit vers l'escalier.

– Alors, il était de la partie lui aussi, dit Kreizler, cependant que Sara buvait sa vodka avec une célérité non dénuée de grâce. Cela pique ma curiosité, je l'avoue. Il faut absolument qu'en chemin, vous me narriez votre mystérieuse expédition à... *où* diable êtes-vous allés ?

J'avalai une dernière bouchée de caviar avant de répondre :

– Chez les Santorelli. D'où nous sommes repartis nantis de précieuses informations.

– Les Santo... commença Laszlo, impressionné. Mais... où ? comment ? Vous devez tout me raconter, *tout* – la clef est dans les détails !

Sara et Kreizler me précédèrent dans l'escalier, bavardant comme si la tournure prise par les événements n'avait rien d'inattendu. Pour ma part, je poussai un soupir de soulagement car j'avais ignoré comment mon ami réagirait à la proposition de Sara, et je fichai une autre cigarette entre mes lèvres. Avant que je ne puisse l'allumer, je fus cependant de nouveau perturbé, cette fois par le visage de Mary Palmer, qui apparut derrière la porte entrebâillée de la salle à manger quand je passai devant. Les yeux écarquillés, elle posait sur Sara un regard chargé d'appréhension et tremblait de tout son corps.

Dehors la neige continuait à tomber. La plus imposante des deux voitures de Kreizler, une calèche lie-de-vin rehaussée de noir, attendait devant la porte. Stevie avait attelé Frederick et un autre hongre à la robe assortie. Relevant son capuchon, Sara traversa le jardinet et accepta l'aide de Cyrus pour monter dans le véhicule. Kreizler me retint sur le seuil.

– Une femme remarquable, murmura-t-il sur le ton de la simple constatation.

J'acquiesçai de la tête.

– Ne la contrarie pas, répondis-je. Elle a les nerfs tendus comme une corde de piano.

– Oui, cela se voit. Ce père dont elle parle – il est mort ?

– Accident de chasse. Il y a trois ans. Ils étaient très proches. En fait, après son décès, Sara a passé quelque temps en maison de repos.

Je ne savais si je devais tout divulguer ; étant donnée la situation, cela me parut souhaitable.

– D'aucuns parlent de suicide mais elle le nie. Farouchement. Aussi ferais-tu bien d'éviter d'aborder le sujet.

Kreizler enfila ses gants sans quitter Sara des yeux.

– Les femmes de sa trempe ne sont pas faites pour connaître le bonheur dans notre société, déclara-t-il en se dirigeant vers la calèche. Toutefois ses capacités sont manifestes.

Nous prîmes place dans la calèche, où Sara entreprit de conter par le menu notre entretien avec Mrs Santorelli. Tandis que nous roulions par des rues que la neige rendait silencieuses, Kreizler écoutait sans mot dire, le tapotement de ses doigts sur le siège trahissant seul son excitation. Mais lorsque nous atteignîmes Herald Square et l'animation bruyante entourant la station du métro aérien, ce fut une avalanche de questions détaillées qui mirent notre mémoire à rude épreuve. Si les deux anciens flics et les deux prêtres qui accompagnaient les inspecteurs de Roosevelt éveillèrent la curiosité de Laszlo, il montra bien plus d'intérêt (comme je l'avais soupçonné) pour le comportement sexuel de Giorgio et la personnalité du jeune garçon en général.

– L'un des moyens de connaître notre gibier, c'est de connaître ses victimes, déclara-t-il.

Comme nous nous arrêtions sous les globes volumineux éclairant la marquise du Metropolitan, il nous demanda à Sara et à moi quelle image nous nous étions forgée de l'adolescent. La question méritait réflexion, et nous tombâmes dans un silence pensif tandis que Stevie s'éloignait avec la calèche et que Cyrus franchissait avec nous le portail de l'Opéra.

Pour la vieille garde de la haute société new-yorkaise, le Metropolitan, c'était « la grande brasserie jaune ». Cette appellation méprisante tirait son origine, au niveau le plus apparent, de l'aspect carré, sans élégance, de son architecture début Renaissance, et de la couleur des briques utilisées pour sa construction. Mais c'était en fait le côté parvenu de l'édifice qui suscitait l'attitude sous-tendant ces termes. Occupant le pâté de maisons délimité par Broadway, la 7ᵉ Avenue, les 39ᵉ et 40ᵉ Rues, le Metropolitan, inauguré en 1883, avait été payé par soixante-quinze des nouveaux riches les plus (tristement) célèbres de la ville : des hommes comme Morgan, Gould, Whitney et Vanderbilt, qu'aucun des anciens clans Knickerbocker [1] ne jugeait dignes d'occuper une loge à la vénérable Academy of Music de la 14ᵉ Rue. En réponse à cette condamnation non déclarée mais tout à fait explicite de leurs origines sociales, les fondateurs du Metropolitan avaient décidé de pourvoir le nouveau bâtiment non d'une ni de deux mais de *trois* rangées de loges, et les guerres qui s'y déroulaient avant, pendant et après les représentations n'avaient rien à envier en cruauté à celles qui faisaient rage à l'Academy. Malgré cela, les imprésarios qui dirigeaient l'établissement, Henry Abbey et Maurice Grau, y avaient réuni les talents lyriques les plus éclatants, et une soirée à la « brasserie jaune » devenait dès 1896 une expérience musicale qu'aucun autre Opéra au monde ne pouvait surpasser.

En pénétrant dans le hall principal, relativement petit, et qui n'avait pas l'opulence de ses homologues européens, nous eûmes droit aux habituels regards glaciaux de plusieurs « esprits larges » mécontents de voir Kreizler accompagné d'un Noir. La plupart des autres avaient cependant déjà vu Cyrus et toléraient sa présence avec lassitude. Nous gravîmes le grand escalier anguleux d'un pas rapide et fûmes parmi les derniers à entrer dans la salle. La loge de Kreizler se trouvait côté gauche de la seconde rangée du « fer-à-cheval en diamant » (comme on surnommait les loges) et nous traversâmes au pas de charge le bar tendu de velours rouge pour gagner nos places. Au moment où nous nous assîmes, les lumières commencèrent à baisser. Je tirai de ma poche une paire de jumelles pliable et eu juste le temps d'inspecter les loges en quête de visages familiers. J'entrevis Theodore et Strong, le maire, lancés dans une conversation fort grave, semblait-il, dans la loge de Roosevelt.

Victor Maurel, le grand baryton gascon pour qui Verdi avait composé plusieurs de ses rôles les plus mémorables, se montra particulièrement en voix ce soir-là, mais tous les occupants de la loge de Kreizler – à l'exception peut-être de Cyrus – étaient sans doute trop préoccupés pour apprécier pleinement son interprétation, je le

---

1. Les vieilles familles new-yorkaises d'origine hollandaise. *(N.d.T.)*

crains. Durant le premier entracte, la conversation passa rapidement de la musique à l'affaire Santorelli. Sara s'étonnait que les corrections infligées par le père n'aient fait que renforcer le désir du garçon de poursuivre ses expériences sexuelles singulières. Laszlo mit l'accent sur l'ironie de la chose en disant que, si Santorelli avait cherché à parler à son fils et à explorer les raisons de son comportement, il serait peut-être parvenu à le changer. En recourant à la violence, il avait au contraire transformé le problème en une bataille où la survie psychique même de Giorgio s'était associée, dans l'esprit de l'adolescent, aux actes que son père condamnait. Sara et moi ruminâmes cette idée pendant tout le second acte, mais à l'entracte suivant, nous commençâmes à comprendre qu'un garçon qui gagnait sa vie en se soumettant aux pires dépravations ne cherchait, de son point de vue, qu'à s'affirmer.

La même hypothèse s'appliquait aussi en toute vraisemblance aux enfants Zweig, souligna Kreizler, se refusant, comme je m'y attendais, à ne voir qu'une coïncidence dans la similarité des deux affaires. Il ajouta qu'on ne saurait surestimer l'importance de ce nouvel élément : nous avions maintenant l'ébauche d'un schéma, quelque chose nous donnant une idée générale des traits de caractère qui motivaient la violence de notre meurtrier. Nous devions ces progrès à la détermination de Sara ainsi qu'à la confiance qu'elle avait su inspirer à Mrs Santorelli. Laszlo exprima sa gratitude d'une manière un peu gauche mais sincère, et l'expression rayonnante de Sara valait bien toutes les épreuves de la journée.

L'ambiance était plutôt chaleureuse lorsque Theodore fit son entrée avec le maire pendant ce même entracte. Instantanément, l'atmosphère de la loge changea. Malgré sa réputation de réformateur, William L. Strong ne différait pas des autres hommes d'affaires fortunés et quinquagénaires de New York : il ne nourrissait aucune sympathie pour Kreizler. Sans répondre à nos salutations, M. le maire se laissa tomber sur l'une des chaises libres et attendit que les lumières s'éteignent. Il revint à Theodore de nous expliquer avec embarras que Strong avait une déclaration à nous faire. Bavarder pendant une représentation n'était généralement pas tenu pour un acte barbare – à vrai dire, on réglait dans les loges certaines des affaires personnelles ou professionnelles les plus importantes de la ville – mais ni Laszlo ni moi ne partagions ce mépris pour les efforts déployés sur scène. Autrement dit, nous ne formions pas un auditoire particulièrement réceptif lorsque Strong commença à nous chapitrer au début du troisième acte.

— Docteur, dit-il sans regarder Kreizler, le préfet Roosevelt m'assure que votre récente visite au Q.G. de la police avait un caractère purement personnel. Je veux bien le croire.

Laszlo ne répondit pas, ce qui irrita un peu plus le maire.

— Je m'étonne toutefois de vous voir à l'Opéra en compagnie d'une personne appartenant aux services de la police, reprit Strong, désignant Sara d'un mouvement de menton plutôt grossier.

— Si vous voulez consulter mon agenda *personnel*, monsieur le maire, riposta-t-elle courageusement, je suis à votre disposition.

Theodore s'étreignit le front en silence ; Strong, furieux, ne releva cependant pas la pointe de la jeune femme.

— Docteur, dit-il, vous n'avez peut-être pas conscience que nous sommes engagés dans une vaste croisade pour liquider la corruption et la dégénérescence dans notre ville.

Là encore, Kreizler resta silencieux et garda les yeux sur Victor Maurel et Frances Saville lancés dans un duo.

— Dans cette bataille, nous avons de nombreux ennemis, continua le maire. Si l'occasion s'offre à eux de nous gêner ou de nous discréditer, ils n'hésiteront pas. Suis-je clair, monsieur ?

— Clair, monsieur ? lâcha enfin Laszlo, toujours sans regarder le maire. Vous êtes mal élevé mais quant à être clair... dit-il avec un haussement d'épaules.

Strong se leva.

— Je vais être plus direct. Votre collaboration avec la police, sous quelque forme que ce soit, fournirait précisément à nos ennemis l'occasion de nous discréditer. Les gens honorables n'ont que faire de vos travaux, ni de votre abominable conception de la famille américaine, ni de vos incursions obscènes dans l'esprit de nos enfants. Ces questions sont du domaine de leurs parents et de leurs conseillers spirituels. Si j'étais vous, je limiterais mes travaux aux asiles de fous, c'est leur place. En tout cas, aucun de ceux qui participent aux travaux du conseil municipal n'a besoin de telles saletés. Veuillez ne pas l'oublier.

Le maire se leva, se dirigea vers la sortie, s'arrêta pour se tourner vers Sara.

— Quant à vous, jeune demoiselle, vous feriez bien de vous souvenir que l'emploi de femmes à la préfecture de police n'est qu'une *expérience* – et les expériences échouent souvent !

Sur ce, Strong disparut. Theodore s'attarda juste assez pour murmurer qu'il serait peut-être malavisé, à l'avenir, de nous montrer ensemble en public tous les trois, puis prit le sillage du maire. Pour révoltant qu'il fût, l'incident n'en était pas moins typique : sans aucun doute, de nombreux spectateurs eussent ce soir-là asséné à Kreizler des propos similaires si on leur en avait offert la possibilité. Laszlo, Cyrus et moi, qui avions déjà maintes fois entendu ce discours, fûmes moins indignés que Sara, qui découvrait ce genre d'intolérance. Pendant une bonne partie de la représentation, elle donna l'impression d'envisager sérieusement de faire sauter la cervelle du maire avec son derringer. Mais Maurel et Saville offrirent au public un duo final si superbement poignant que même Sara en oublia le monde réel. Lorsque les lumières se rallumèrent pour la dernière fois, nous étions tous debout, clamant notre admiration avec force *bravo* et *brava*. Toutefois, dès que Sara aperçut Theodore et Strong dans leur loge, l'indignation la saisit de plus belle.

— Franchement, docteur, comment pouvez-vous supporter de telles déclarations ? s'étonna-t-elle.

— Comme vous ne tarderez pas à le découvrir, ma chère Sara, répondit Laszlo avec calme, on ne peut se permettre d'y prêter la moindre attention. Quoique j'aie noté dans le point de vue du maire sur cette affaire un aspect qui m'intéresse fort.

Je n'eus même pas à réfléchir : l'idée m'était venue au moment même où Strong parlait.

— Les deux prêtres, dis-je.

— En effet, Moore, confirma mon ami en me gratifiant d'un signe de tête. Ces deux prêtres embarrassants – on se demande bien qui a chargé ces « conseillers spirituels » d'accompagner les inspecteurs chez les Santorelli. Pour le moment, cela doit cependant rester un mystère.

Il consulta sa montre d'argent et ajouta :

— Parfait. Nous devrions être à l'heure. J'espère que nos invités le seront aussi.

— Des invités ? fit Sara. Mais où allons-nous ?

— Dîner, répondit simplement Kreizler. Et entendre un compte rendu qui sera, je l'espère, des plus éclairants.

10

Il est souvent difficile – j'en ai fait la constatation – de faire comprendre aux gens d'aujourd'hui qu'une seule famille ait pu, au moyen de quelques restaurants, changer les habitudes alimentaires de tout un pays. Tel fut pourtant l'exploit qu'accomplirent les Delmonico dans les États-Unis du siècle dernier. Avant qu'ils n'ouvrent leur premier petit café de William Street en 1823, pour accueillir la clientèle des banquiers et hommes d'affaires de Lower Manhattan, la cuisine américaine se réduisait de manière générale à des mets bouillis ou frits ingurgités dans le seul but de se sustenter ou de mieux tenir l'alcool – du tord-boyaux, le plus souvent. Bien que suisses, les Delmonico apportèrent à l'Amérique l'art culinaire français, et chaque génération de cette famille raffina et étendit l'expérience. Dès le début, leur menu offrit des dizaines de plats à la fois sains et délectables, à des prix qui, compte tenu de la préparation qu'ils nécessitaient, demeuraient raisonnables. Leur succès fut si grand qu'au bout de quelques décennies, ils possédaient deux restaurants dans le centre et un troisième dans la partie nord de la ville.

La finesse des mets et des vins ne fut cependant pas l'unique raison de la prospérité des Delmonico : la famille professait un égalitarisme qui attirait aussi la clientèle. Dans le restaurant situé au coin de la 26e Rue et de la 5e Avenue, on pouvait aussi bien croiser Diamond Jim Brady et Lillian Russel que Mrs Vanderbilt et les autres matrones de la bonne société new-yorkaise. Plus étonnant encore, tout le monde était forcé d'attendre pour avoir une table : l'établissement ne prenait pas de réservations (sauf pour les salons particuliers) et ne pratiquait aucun favoritisme. Si l'attente était parfois ennuyeuse, faire la queue derrière un personnage comme Mrs Vanderbilt, qui fulminait contre « un tel traitement ! », pouvait se révéler amusant.

Le soir de notre entrevue avec les frères Isaacson, Laszlo avait pris la précaution de réserver un salon particulier, sachant que notre conversation aurait gravement perturbé les clients de la grande salle. A notre arrivée, nous fûmes immédiatement accueillis par le jeune Charlie Delmonico.

La première génération de la famille était presque complètement éteinte en 1896, et Charlie avait renoncé à une carrière à Wall Street pour reprendre le restaurant. Il n'aurait pu mieux convenir à cette tâche : suave, tiré à quatre épingles et invariablement plein de tact, il veillait au moindre détail sans qu'une expression soucieuse ne plissât jamais ses yeux globuleux.

– Docteur Kreizler, dit-il avec un sourire raffiné. Et Mr Moore. C'est toujours un plaisir, messieurs, surtout quand vous êtes ensemble. Et Miss Howard – cela faisait quelque temps, ravi de vous revoir...

C'était sa façon de dire qu'il comprenait l'épreuve que Sara avait traversée depuis la mort de son père.

– Vos autres invités attendent déjà en haut, docteur, ajouta-t-il tandis que nous confiions nos capes au vestiaire. Je crois me souvenir que vous ne trouvez ni le vert olive ni le cramoisi propice à la digestion, je vous ai donc placé dans le salon bleu – cela vous convient-il ?

– Toujours plein d'attention, Charles, répondit Kreizler. Merci.

– Si vous voulez bien monter. Ranhofer s'affaire devant ses fourneaux.

– Ah-ha ! m'exclamai-je en entendant le nom de l'excellent chef. Je présume qu'il s'apprête à affronter notre jugement sévère.

– Je crois qu'il vous prépare quelque chose de tout à fait remarquable, déclara Charlie, souriant de nouveau.

Nous traversâmes à sa suite la grande salle avec ses murs couverts de miroirs, ses meubles d'acajou, et son plafond orné de fresques pour monter au salon bleu du premier étage. Les frères Isaacson avaient déjà pris place autour d'une table petite mais élégante, l'air un peu déconcerté. Leur étonnement s'accrut quand ils découvrirent Sara, qu'ils connaissaient du Central, mais elle esquiva adroitement leurs questions en expliquant que quelqu'un devait prendre des notes pour Roosevelt, le préfet s'intéressant personnellement à l'affaire.

– Vraiment ? fit Marcus Isaacson. (De chaque côté de son nez prononcé, ses yeux sombres s'agrandirent d'appréhension.) Ce n'est pas une... une sorte de mise à l'épreuve ? Je sais que tout le monde dans le service passera à l'inspection mais... Mais l'affaire remonte à trois ans, maintenant, ça ne me paraît pas très juste de nous juger sur...

– Bien que nous soyons conscients du fait qu'il n'y a pas prescription... intervint hâtivement Lucius.

Il épongea avec un mouchoir les quelques gouttes de sueur qui perlaient à son front tandis que les serveurs apportaient plateaux d'huîtres et verres de vermouth.

– Calmez-vous, sergents, il ne s'agit pas d'une inspection, les rassura Kreizler. Vous êtes ici au contraire parce qu'on vous sait différents des éléments douteux qui ont provoqué l'actuelle controverse.

Les poumons des Isaacson relâchèrent ensemble un gros volume d'air et les deux frères s'attaquèrent au vermouth.

– Je crois savoir que vous n'étiez pas très appréciés du commissaire Byrnes ?

Les sergents échangèrent un regard ; Lucius fit un signe à Marcus, qui répondit :

– Non, Byrnes croyait en des méthodes... dépassées, disons. Mon frère, enfin, le sergent Isaacson et moi, avons fait des études à l'étranger, ce qui nous rendait suspects à ses yeux. Ça et... nos origines.

Kreizler hocha la tête : les sentiments de la vieille garde de la police envers les juifs n'étaient pas un secret.

– Maintenant, messieurs, si vous nous rendiez compte de ce que vous avez pu apprendre aujourd'hui ?

Après avoir débattu un moment pour savoir qui parlerait le premier, les Isaacson décidèrent que Lucius commencerait.

– Comme vous le savez, docteur, le nombre d'observations possibles sur des corps dans un état de décomposition aussi avancé est limité. Je crois que nous avons néanmoins découvert quelques faits qui ont échappé aussi bien au coroner qu'aux enquêteurs. Pour commencer, la cause de la mort – pardonnez-moi, Miss Howard, mais vous ne prenez pas de notes ?

Sara lui sourit.

– Mentalement. Je les mettrai par écrit plus tard.

La réponse ne rassura pas Lucius, qui considéra la jeune femme d'un œil inquiet avant de poursuivre.

– Oui, euh... la cause de la mort.

Les garçons réapparurent pour débarrasser les plateaux d'huîtres et leur substituer une soupe à la tortue. Lucius s'épongea de nouveau le front, goûta le potage pendant qu'un serveur ouvrait une bouteille d'amontillado.

— Mm, délicieux, estima-t-il, se détendant un peu. Comme je le disais, les rapports du coroner et des inspecteurs attribuaient la mort aux blessures à la gorge. Artères carotides sectionnées, etc. C'est l'interprétation évidente quand on a un cadavre égorgé. Mais j'ai remarqué presque tout de suite des lésions profondes de la zone laryngienne, en particulier l'os hyoïde, fracturé dans les deux cas. Ce qui indique naturellement une strangulation.

— Je ne comprends pas, dis-je. Pourquoi l'assassin leur trancherait-il la gorge après les avoir étranglés ?

— Le goût du sang, répondit Marcus d'un ton détaché en mangeant sa soupe.

— Oui, le goût du sang, acquiesça Lucius. Il tenait probablement à ne pas souiller ses vêtements, pour ne pas attirer l'attention en quittant les lieux. Mais il avait besoin de voir le sang — ou peut-être de le sentir. Certains meurtriers affirment que c'est l'odeur plus que la vue du sang qui leur procure du plaisir.

Par bonheur, j'avais déjà fini mon potage, car cette dernière remarque ne fut pas sans effet sur mon estomac. Je jetai un coup d'œil à Sara, qui enregistrait ces propos avec le plus parfait sang-froid.

— Vous émettez donc l'hypothèse qu'il y a eu strangulation, dit Kreizler. Excellent. Quoi d'autre ?

— Il y a les yeux, répondit Lucius, penché en arrière pour permettre au serveur de prendre son assiette vide. Là, j'ai eu quelques problèmes pour obtenir les rapports.

On nous apporta pour suivre des aiguillettes de perche sauce Mornay — succulent — et l'amontillado fit place au hochheimer.

— Excusez-moi, docteur, intervint Marcus, mais si je peux me permettre, remarquable cuisine. Je n'ai jamais rien goûté de pareil.

— J'en suis ravi, sergent. Si nous revenions aux yeux ?

— Oui, les yeux, reprit Lucius. Selon le rapport des enquêteurs, ils auraient été mangés par des oiseaux ou des rats. Et le coroner s'est apparemment satisfait de cette explication, ce qui semble tout à fait extraordinaire. Même si les corps avaient été abandonnés à l'extérieur plutôt que dans un réservoir, pourquoi des charognards s'en seraient-ils pris uniquement aux yeux ? Ce qui m'intriguait plus encore, dans cette hypothèse, c'est que les marques de couteau étaient tout à fait nettes.

Kreizler, Sara et moi nous arrêtâmes de mastiquer pour nous regarder.

– Des marques de couteau ? répéta Laszlo d'un ton calme. Je n'en ai trouvé mention dans aucun rapport.

– Oui, je sais! répartit Lucius, jovial. (Toute macabre qu'elle fût, la conversation semblait le détendre – et le vin y était aussi pour quelque chose.) C'est vraiment étrange parce qu'elles y sont : de fines lignes sur l'os malaire et la partie supérieure du rebord orbitaire, ainsi que des entailles sur le sphénoïde.

Quasiment les termes dont Kreizler avait usé pour décrire le corps de Giorgio Santorelli.

– A première vue, continua Lucius, on aurait pu croire que ces diverses marques n'avaient aucun rapport entre elles, qu'elles résultaient de coups de couteau donnés séparément. Mais comme elles me semblaient liées, j'ai procédé à une expérience. Il y a près de votre institut, docteur, un bon magasin de coutellerie qui vend entre autres des couteaux de chasse. Je m'y suis rendu et j'y ai acheté le genre de lame dont, selon moi, le meurtrier s'est probablement servi – en trois modèles : neuf, dix et onze pouces. (Il plongea la main dans la poche intérieure de sa veste.) C'est le plus grand qui correspondait le mieux.

Il laissa tomber un coutelas étincelant dont les dimensions parurent gigantesques au centre de la table. Poignée en bois de cerf, garde en cuivre, lame ornée d'une gravure représentant un six-cors dans un sous-bois.

– Le « cure-dents de l'Arkansas », dit Marcus. La plupart sont aujourd'hui fabriqués par des firmes anglaises de Sheffield qui les exportent vers nos États de l'Ouest. On peut s'en servir pour la chasse, mais c'est essentiellement une arme de combat. Rapproché.

Me souvenant à nouveau de Giorgio Santorelli, je demandai :

– Pourrait-on s'en servir aussi pour découper et trancher ? Serait-il assez lourd, assez acéré ?

– Absolument, répondit Marcus. Le tranchant dépend de la qualité de l'acier, et pour un couteau de cette taille, on utilise de préférence de l'acier de première qualité, surtout s'il vient de Sheffield. (Il me regarda soudain avec la même expression perplexe et soupçonneuse que cet après-midi.) Pourquoi cette question ?

– Cela doit coûter cher, dit Sara, changeant délibérément de sujet.

– Oui, dit Marcus, mais ça vous dure des années.

Kreizler fixait l'arme d'un regard qui semblait signifier : ainsi, c'est de cela qu'*il* se sert.

Lucius reprit son exposé :

– Les marques sur le sphénoïde ont été faites en même temps que le fil de la lame entaillait l'os malaire et le rebord orbitaire. C'est tout à fait normal puisqu'il opérait dans un espace exigu – l'orbite d'un crâne d'enfant – avec un instrument aussi gros. Maintenant... (Il but une longue gorgée de vin.)... Si vous voulez savoir ce qu'il faisait, ou pourquoi, nous en sommes réduits aux conjectures. Il se peut qu'il vende des organes à des anatomistes ou à des facultés de médecine – quoique, dans ce cas, il ne se serait pas contenté de prélever les yeux. C'est assez déroutant.

Silencieux, nous contemplions tous le coutelas lorsque les serveurs posèrent sur la table la selle d'agneau à la Colbert et plusieurs bouteilles de château-lagrange.

– Admirable, dit Kreizler. (Il finit par lever les yeux vers Lucius, dont le vin commençait à colorer le visage grassouillet.) De l'excellent travail, sergent.

– Oh! ce n'est pas tout, répondit Lucius, piquant sa fourchette dans son agneau.

– Mange lentement, lui murmura Marcus. Pense à ton estomac.

Sans lui prêter attention, Lucius répéta :

– Ce n'est pas tout. Il y avait de très intéressantes fractures sur les os frontal et pariétal, ainsi que sur le dessus du crâne. Mais je laisse mon fr... je laisse le sergent Isaacson vous donner des explications. (Il leva la tête vers nous avec un grand sourire.) Je me régale trop pour continuer à parler.

Marcus se tourna vers lui, secoua la tête.

– Tu seras malade demain, grommela-t-il.

– Sergent, dit Kreizler, se renversant en arrière, un verre de château-lagrange à la main, il faudra nous fournir des informations véritablement remarquables si vous voulez surpasser votre... *collègue.*

– Elles sont intéressantes, en effet, confirma Marcus, et pourraient nous faire progresser de façon substantielle. Les fractures découvertes par mon frère ont été causées par des coups portés d'en haut. Dans un combat, on s'attend à certains angles d'attaque, soit parce que les adversaires sont à peu près de la même taille, soit parce que leur proximité les gêne. La nature des blessures indique ici que non seulement l'agresseur dominait physiquement ses victimes, mais encore qu'il était suffisamment grand pour les frapper de haut en bas, verticalement, avec un instrument contondant – voire avec ses poings, mais nous en doutons.

Nous accordâmes un moment à Marcus pour manger, mais lorsqu'une divine tortue d'eau du Maryland succéda à la selle d'agneau (qu'il fallut presque arracher de force à Lucius), nous le priâmes instamment de poursuivre.

– Voyons, je tâcherai d'être aussi simple que possible. Si nous considérons la taille des deux enfants, et si nous ajoutons à l'équation l'aspect des fractures que je viens de décrire, nous pouvons commencer à émettre des hypothèses sur la taille de l'agresseur. (Il pivota vers son frère.) A combien l'avons-nous estimée, environ deux mètres ?

Lucius approuva de la tête et Marcus continua :

– Je ne sais si quelqu'un parmi vous a entendu parler d'anthropométrie – le système d'identification et de classification de Bertillon...

– Vous l'avez étudié ? fit Sara. J'ai toujours voulu rencontrer un spécialiste de la question.

– Vous connaissez les travaux de Bertillon, Miss Howard ? s'étonna Marcus.

Comme Sara acquiesçait de la tête, Kreizler déclara :

– J'avoue mon ignorance, sergent. Je connais ce nom, mais guère plus.

Et tout en savourant la tortue d'eau, nous discutâmes des travaux d'Alphonse Bertillon, Français misanthrope et pédant qui avait révolutionné les techniques d'identification dans les années quatre-vingt. Simple employé chargé de classer les dossiers que la préfecture établissait sur des criminels notoires, Bertillon avait découvert qu'en prenant quatorze mensurations sur n'importe quel individu – non seulement la taille mais le pied, la main, le nez, les oreilles, etc. – il n'y avait qu'une seule chance sur deux cent quatre-vingt-six millions pour qu'on retrouve les mêmes chez une autre personne. Malgré les fortes réticences de ses supérieurs, il avait entrepris de consigner les mensurations de repris de justice connus puis de classer les résultats, formant en même temps une équipe d'assistants et de photographes. Le jour où les informations ainsi rassemblées lui permirent de résoudre une affaire crapuleuse réduisant à quia la police parisienne, il devint une célébrité internationale.

Le système de Bertillon avait été rapidement adopté dans toute l'Europe continentale, un peu plus tard à Londres, et récemment à

New York. Aussi longtemps qu'il avait dirigé la division des inspecteurs, Thomas Byrnes avait rejeté l'anthropométrie, ses mesures précises et ses photographies soignées, en alléguant qu'elle exigeait trop, sur le plan intellectuel, de la plupart de ses hommes – postulat sans nul doute exact. Puis Byrnes avait eu l'idée de la Galerie des Voyous, une salle tapissée de photos des criminels américains les plus connus. Fier de sa création, il la jugeait suffisante en matière d'identification. Enfin, il avait établi ses propres principes d'investigation et n'entendait pas laisser un Français quelconque les réduire à néant. Après le départ de Byrnes, l'anthropométrie avait trouvé de nouveaux partisans, et nous en avions manifestement un à notre table ce soir.

– Le principal inconvénient du système de Bertillon, dit Marcus, outre qu'il nécessite des techniciens expérimentés, c'est qu'il permet seulement d'établir un lien entre un criminel soupçonné ou condamné et son dossier.

Après s'être délecté d'une coupe de sorbet Elseneur, le sergent, pensant que le repas touchait à son terme, avait allumé une cigarette. Il fut agréablement surpris lorsqu'on plaça devant lui une assiette de canard en gelée, avec un verre de somptueux chambertin.

– Pardon, docteur, bredouilla Lucius, en pleine confusion, ce... ce repas a une fin ou on enchaîne directement sur le petit déjeuner ?

– Tant que vous nous livrerez des informations utiles, les plats continueront à arriver, promit Kreizler.

– Dans ces conditions... dit Marcus. (Il mordit dans son canard, ferma les yeux de plaisir.) Le système de Bertillon, donc, ne fournit aucune preuve matérielle qu'un crime a été commis par tel ou tel individu. Il ne permet pas d'affirmer que celui-ci se trouvait bien sur le lieu du crime, mais il peut nous aider à réduire la liste de criminels notoires qui peuvent en être l'auteur. Nous avançons l'hypothèse que l'homme qui a tué les enfants Zweig mesurait approximativement deux mètres. Cela réduit le nombre de candidats, même dans les fichiers de la police new-yorkaise. C'est un point de départ utile.

– Et si l'homme n'a pas de casier judiciaire ? objecta Kreizler.

– Alors, c'est fichu pour nous, répondit Marcus avec un haussement d'épaules.

Devant l'expression déçue de Laszlo, le sergent, craignant peut-être de voir le défilé des plats s'arrêter pour de bon, s'éclaircit la voix.

– C'est fichu en ce qui concerne les méthodes officielles, précisa-t-il. J'ai cependant étudié d'autres techniques qui pourraient se révéler utiles.

L'air soucieux, Lucius marmonna :
— Marcus, je ne sais pas trop, elles ne sont pas encore reconnues...
— Pas au *tribunal*. Mais elles n'auraient pas moins leur place dans une enquête. Nous en avons *discuté*.
— Messieurs, les interrompit Kreizler, pouvons-nous partager votre secret ?
Lucius vida nerveusement son verre de chambertin.
— C'est une méthode encore théorique, docteur, elle n'est pas reconnue partout dans le monde mais... (Il se tourna vers Marcus, qui semblait craindre que son frère ne vînt de les priver de dessert.) Bon, vas-y.
— Cela s'appelle la dactyloscopie, murmura Marcus sur un ton de confidence.
— Oh ! vous voulez parler des empreintes digitales, fis-je.
— C'est l'appellation courante, oui, confirma-t-il.
— Sans vouloir vous offenser, sergent, la dactyloscopie a été rejetée par toutes les polices du monde, rappela Sara. On n'a pas établi son caractère scientifique, et elle n'a permis d'élucider aucune affaire.
— Je ne me sens pas offensé, Miss Howard, et j'espère que *vous* ne le serez pas si je vous réponds que vous vous trompez. Son caractère scientifique a été prouvé, et plusieurs cas ont été résolus grâce à elle – mais pas dans une partie du monde dont vous avez beaucoup entendu parler.
— Moore, dit Kreizler d'un ton un peu sec, je commence à comprendre ce que tu dois souvent ressentir – une fois de plus, messieurs, mademoiselle, je suis perdu.
Sara se mit à expliquer le sujet à Laszlo, mais après sa dernière petite raillerie, je me sentis tenu de prendre le relais. Pendant plusieurs dizaines d'années, expliquai-je d'un ton que j'espérais condescendant, la dactyloscopie, ou technique des empreintes digitales, avait fait l'objet d'une controverse. Elle posait en prémisse que les empreintes digitales ne changent jamais, alors que nombre d'anthropologues et de médecins n'acceptaient pas encore ce fait, malgré de multiples preuves et quelques démonstrations pratiques. En Argentine, par exemple – pays pour lequel peu de gens aux États-Unis ou en Europe ont de la considération, comme le soulignait Marcus Isaacson – la méthode avait connu sa première application pratique quand un officier de police de Buenos Aires nommé Vucetich l'avait utilisée pour résoudre une affaire de meurtre.
— On a donc assisté, je présume, à l'abandon général du système

de Bertillon, conjectura Kreizler quand les serveurs réapparurent avec les petits aspics de foie gras.

– Pas encore, répondit Marcus. Le combat se poursuit. Bien qu'on ait démontré la fiabilité des empreintes, il y a de fortes résistances.

– Ce dont il faut se souvenir, ajouta Sara (et quel plaisir de la voir à son tour faire la leçon à Laszlo!), c'est que les empreintes peuvent établir la présence de tel individu à tel endroit. C'est capital pour notre... (Elle se reprit). Cela ouvre de grandes perspectives.

– Et comment prend-on ces empreintes? voulut savoir Kreizler.

– Il existe trois méthodes, fondamentalement, répondit Marcus. En premier lieu, nous avons les empreintes visibles – une main tachée de peinture, de sang, d'encre, n'importe quoi, au contact d'un objet quelconque. Il y a ensuite les empreintes plastiques, laissées lorsqu'on touche du mastic, de l'argile, du plâtre humide, etc. Enfin, et c'est le plus difficile, les empreintes latentes. Si vous prenez ce verre qui se trouve devant vous, docteur, vos doigts y laisseront une trace de transpiration, de sécrétion corporelle au dessin unique. Si je vous soupçonne de l'avoir fait... (Le sergent tira de sa poche deux petites fioles, l'une contenant une poudre grisâtre, l'autre une substance noire de consistance similaire)... Je répands de la poudre d'aluminium ou du carbone finement broyé – cela dépend de la couleur de l'objet. La poudre retenue par la graisse et la sueur donne une image parfaite de vos empreintes.

– Remarquable, dit Kreizler. Mais s'il est à présent scientifiquement établi que les empreintes d'un être humain restent identiques toute sa vie, *pourquoi* ne sont-elles pas admises comme preuves par les tribunaux?

– La plupart des gens n'apprécient pas le changement, même s'il constitue un progrès, soupira Marcus. (Il posa les fioles sur la table et sourit.) Vous êtes bien placé pour le savoir, j'en suis sûr.

Laszlo approuva la remarque d'un hochement de tête puis repoussa son assiette et se pencha de nouveau en arrière.

– Tout reconnaissant que je vous sois pour cet exposé général très instructif, j'ai le sentiment, sergent, qu'il sert aussi un objectif plus spécifique.

Marcus se tourna une nouvelle fois vers son frère, qui eut un haussement d'épaules résigné, et il sortit de la poche intérieure de sa veste un objet plat.

– Un coroner n'attacherait sans doute aucune importance à ce détail s'il le remarquait aujourd'hui – sans parler d'il y a trois ans.

Il posa la feuille – une photographie, en fait – sur la table, et nos trois têtes se rapprochèrent pour l'examiner. On y voyait de petits objets blancs – que je reconnus bientôt pour des os, mais sans pouvoir être plus précis.

– Des doigts ? se demanda Sara à voix haute.

– Des doigts, confirma Kreizler.

– Plus particulièrement les doigts de la main gauche de Sofia Zweig, dit Marcus. Regardez l'ongle du pouce, celui qu'on voit en entier...

Il se pencha pour nous tendre une loupe, se redressa et grignota un peu de foie gras.

– Il semble contusionné, fit Laszlo d'un ton songeur en passant la loupe à Sara. En tout cas, il présente une tache...

Marcus regarda Sara.

– Miss Howard ?

Elle plaça la loupe devant son visage, approcha la photographie. Ses yeux accommodèrent puis s'agrandirent d'étonnement.

– Je vois...

– Tu vois quoi ? fis-je, me tortillant tel un enfant de quatre ans.

Laszlo regarda par-dessus l'épaule de Sara, l'air encore plus stupéfait qu'elle.

– Grands dieux, vous n'allez pas me dire...

– Quoi, quoi ? croassai-je, et Sara finit par me donner la loupe et la photo.

J'examinai l'ongle du pouce. Sans la loupe, il semblait taché, comme Kreizler l'avait remarqué. Grossi, il portait clairement ce que je savais être une empreinte digitale, la trace d'un doigt sur une matière sombre. J'étais muet de stupeur.

– C'est un hasard fort heureux, commenta Marcus. Quoique partielle, cette empreinte suffirait pour une identification. La substance dans laquelle elle s'est imprimée, c'est du sang, à propos. Probablement celui de la fille, ou de son frère. L'empreinte, en revanche, est trop grande pour provenir d'un des enfants.

Kreizler releva la tête.

– Mon cher sergent enquêteur, c'est aussi impressionnant qu'inattendu.

Marcus détourna les yeux avec un sourire gêné, cependant que Lucius rappelait d'un ton soucieux :

– N'oubliez pas, docteur, que cela n'a aucune valeur légale ni scientifique. C'est un indice qu'on peut utiliser dans une enquête, rien d'autre.

– Et nous n'avons besoin de rien d'autre, déclara Laszlo. Sauf, peut-être... (Il claqua dans les mains deux fois pour appeler les serveurs.) D'un dessert. Que vous avez amplement mérité, messieurs.

Les garçons débarrassèrent les derniers plats, revinrent avec des poires Alliance : macérées dans le vin, frites, saupoudrées de sucre et nappées d'un coulis d'abricot. Je crus que Lucius allait avoir une attaque en les découvrant. Kreizler, lui, gardait les yeux sur les deux frères.

– Votre travail est tout à fait digne d'éloges, dit-il. Mais j'ai bien peur, messieurs, que vous ne l'ayez entrepris sur des prémisses légèrement... fausses. Ce dont je m'excuse.

Nous fîmes toute la lumière sur nos activités en consommant les poires et quelques délicieux petits fours qui suivirent. Nous n'omîmes aucun détail et ne tentâmes pas non plus de dorer la pilule : l'individu que nous recherchions nous suppliait peut-être inconsciemment de le trouver, mais la partie consciente de son esprit baignait dans une violence qui risquait de nous éclabousser si nous nous approchions trop. Cette mise en garde donna à réfléchir aux deux frères, de même qu'une autre considération sur laquelle Laszlo mit l'accent : notre enquête serait conduite en secret, et désavouée par tous les notables de la ville si elle venait à être découverte. Mais pour l'essentiel, les deux frères accueillirent la perspective que nous venions de leur ouvrir avec enthousiasme. Tout bon inspecteur aurait réagi de même, car c'était une chance unique : expérimenter de nouvelles techniques, opérer en dehors du cadre contraignant de l'administration officielle, et se faire un nom si l'affaire connaissait une conclusion heureuse.

Dois-je avouer qu'après le repas très arrosé que nous venions de faire, une telle conclusion me semblait inéluctable ? Quelles que fussent les réserves que Kreizler, Sara et moi avions eues sur le comportement singulier des Isaacson, ce qu'ils avaient accompli pesait bien plus dans la balance. En l'espace d'un jour, ils nous avaient donné une idée générale de la stature de l'assassin et de son arme de prédilection, ainsi qu'une empreinte digitale qui pouvait finir par causer sa perte. Ajoutez à cela l'esprit d'initiative de Sara – son intuition de ce que les victimes avaient en commun – et la réussite semblait à notre portée, du moins aux yeux d'un homme aussi éméché que moi.

Il me semblait toutefois que mon propre rôle, à ce stade, était resté mineur. Ma contribution se réduisait à avoir accompagné Sara chez les Santorelli. Et tandis que nous portions littéralement Lucius Isaacson vers un fiacre, je ratissai mon esprit embrumé en quête d'un moyen de remédier à cette situation. L'idée qui me vint fut tout aussi fumeuse : après avoir mis Sara et Kreizler dans un fiacre (il la déposerait à Gramercy Park), je pris la direction du *Paresis Hall*.

11

Sachant que j'aurais besoin de toute ma lucidité quand j'arriverais au *Hall*, je résolus de faire à pied les quinze cents mètres environ qui me séparaient de Cooper Square et de laisser l'air frais me dessoûler. Lorsque j'y parvins, j'avais l'esprit à peu près clair, et le corps transi. En passant devant la grosse masse sombre de Cooper Union, obnubilé par l'idée du grand verre de brandy que j'avais l'intention de commander au *Paresis*, je sursautai quand un chariot portant l'inscription FORGES GENOVESE & Fils, BKLYN, N.Y., arriva du côté nord de Cooper Square derrière un cheval gris poussif. Le véhicule s'arrêta, quatre rustauds coiffés de casquettes sautèrent sur la chaussée, se précipitèrent dans le parc. Ils réapparurent bientôt, traînant deux hommes élégamment vêtus.

— Sales pédés! beugla l'une des brutes, frappant son prisonnier en travers du visage avec ce qui me parut être un morceau de tuyau.

Le sang jaillit instantanément du nez et de la bouche de l'homme, aspergeant ses habits et la neige.

— Si vous voulez vous enfiler, trouvez un autre endroit que la rue!

Deux des autres ambassadeurs de Brooklyn maintenaient le second captif, qui paraissait plus âgé que le premier, tandis qu'un troisième lui hurlait à la figure :

— T'aimes baiser les garçons, hein?

— Navré, vous n'êtes vraiment pas mon type, répondit l'homme avec un calme suggérant que pareille mésaventure lui était déjà arrivée. Je préfère les jeunes gens qui se lavent.

Cela lui valut trois violents coups dans le ventre qui le firent se plier en deux et vomir sur le sol gelé.

C'était un de ces moments où il faut penser vite : j'avais le choix entre me jeter dans la mêlée et me faire fendre le crâne, ou bien...

— Hé! criai-je aux brutes, qui tournèrent vers moi leurs regards réfrigérants. Faites gaffe, les gars, y a une demi-douzaine de flics qui rappliquent en disant que les ritals de Brooklyn ont pas intérêt à venir chercher des noises dans le Quinzième District.

— Ah ouais? fit celui qui devait être le chef. Et ils viennent par où?

— Ils descendent Broadway! répondis-je, le pouce tendu par-dessus l'épaule.

— Allez, les gars, dit le meneur, on va se faire un hachis d'Irlandais.

Avec des braillements enthousiastes, ils remontèrent dans le chariot, prirent la direction de Broadway en me demandant si je voulais les accompagner mais n'attendirent pas la réponse.

Je m'approchai des deux hommes blessés mais n'eus que le temps de dire, « Voulez-vous que... » avant qu'ils ne détalent à toutes jambes, le plus âgé s'étreignant les côtes. Songeant alors que les hommes du chariot, après n'avoir trouvé aucun flic, reviendraient probablement s'occuper de moi, je me hâtai de traverser le Bowery sous les rails du métro aérien de la 3e Avenue.

L'enseigne électrique du *Paresis Hall* brillait encore à près de trois heures du matin. L'endroit tirait son nom d'une spécialité pharmaceutique qui faisait de la réclame dans les toilettes des bouges, promettant protection et soulagement des maladies sociales les plus graves. Les fenêtres de l'établissement étaient toutes équipées de volets, ce dont les honnêtes citoyens du quartier se félicitaient. Au-delà de l'entrée où se pressait un large éventail d'hommes et d'adolescents efféminés, essayant de racoler les clients qui entraient ou sortaient, on apercevait un comptoir au pied duquel courait une barre de cuivre, un grand nombre de tables rondes et de chaises en bois banales. Au fond de la longue salle au plafond haut, sur une scène rudimentaire, d'autres jeunes gens, à des stades divers du travestissement féminin, se trémoussaient au son d'une musique allègre, quoique discordante, jouée par un piano, une clarinette et un violon.

La fonction essentielle du *Paresis*, c'était de mettre en rapport les clients et les divers types de prostitués qui y travaillaient. La seconde catégorie comprenait aussi bien des adolescents comme Giorgio Santorelli que des homosexuels n'ayant aucun goût pour les vêtements féminins, et même quelques véritables femmes qui traînaient dans la boîte dans l'espoir qu'une des âmes qui s'y fourvoyaient redécouvrirait son hétérosexualité à leur profit. La plupart des arrangements conclus au *Paresis* étaient mis à exécution dans les hôtels borgnes du voisinage, bien que le premier étage offrît une douzaine de chambres dans lesquelles les jeunes garçons ayant la faveur d'Ellison étaient autorisés à exercer leurs talents.

Mais ce qui distinguait le *Hall* – ainsi que deux ou trois autres boîtes de ce genre –, c'était l'absence presque totale de cette discrétion qui caractérisait ordinairement les rencontres homosexuelles. Libérés du souci d'être prudents, les clients d'Ellison se livraient à une débauche tapageuse et dépensaient sans compter, assurant au *Hall* d'énormes bénéfices. Pourtant, ni l'ampleur des transactions, ni leur caractère affiché n'empêchaient le lieu d'être finalement pareil à n'importe quel autre bouge : sordide, enfumé et désespérant.

Je n'avais pas franchi la porte depuis plus de trente secondes qu'un bras, court mais puissant, enserra mon torse, et qu'un morceau de métal froid effleura ma gorge. Une soudaine odeur d'eau de Cologne m'avertit de la présence d'Ellison derrière moi, et je devinai dans le métal l'arme préférée d'un de ses acolytes, Razor Riley. Ce dernier était un petit malfrat malingre de Hell's Kitchen [1] qui, bien que cambrioleur, travaillait occasionnellement pour Biff, dont il partageait les goûts sexuels.

– J'croyais qu'on s'était fait comprendre, l'autre jour, Kelly et moi, tonna-t-il, restant hors de mon champ de vision. T'arriveras pas à me coller l'affaire Santorelli sur le dos. T'es gonflé ou alors complètement dingue de te pointer ici comme ça.

– Ni l'un ni l'autre, Biff, répliquai-je, aussi sèchement qu'une peur extrême me le permettait. (Riley adorait couper les gens en morceaux, c'était de notoriété publique.) Je voulais juste que tu saches que je t'ai rendu service.

– *Toi*, scribouillard ? ricana le colosse. Qu'est-ce que tu pourrais bien faire pour moi ?

Cette fois, il vint se planter devant moi, son ridicule costume à carreaux et son melon gris empestant le lilas. Il tenait un cigare mince et long dans une main massive.

– J'ai dit au préfet que tu n'es pour rien dans cette histoire, balbutiai-je.

---

1. *Hell's Kitchen* : « la cuisine du diable », surnom d'un quartier de New York autrefois mal famé. (*N.d.T.*)

Il se rapprocha, écarta ses lèvres épaisses d'où s'échappèrent des relents de mauvais whisky.

– Ah ouais? fit-il, me scrutant de ses petits yeux brillants. Et tu l'as convaincu?

– Bien sûr.

– Tiens? Comment?

– Simple. Je lui ai dit que ce n'était pas ton style.

Ellison marqua une pause, le temps que l'amas de cellules qui lui tenait lieu de cerveau rumine la chose, puis il sourit.

– Hé, t'as raison, Moore, c'est pas mon style! Ça, alors – lâche-le, Razor.

A ces mots, plusieurs employés et clients qui s'étaient attroupés dans l'espoir de voir du sang se dispersèrent, déçus. Je pivotai vers la silhouette mince de Riley, le regardai replier son arme favorite, la glisser dans sa poche, et lisser sa moustache cirée. Il posa les mains sur ses hanches, prêt à se battre; je me contentai de redresser mon nœud papillon et de tirer sur mes manchettes.

– Tu devrais essayer le lait, Riley, lui lançai-je. C'est bon pour la croissance.

Il replongea la main dans sa poche mais Ellison éclata de rire et le retint d'une chaleureuse étreinte d'ours.

– Ah! laisse-le plaisanter, ça fait pas de mal, dit Biff. (Il se tourna vers moi, me passa un bras autour du cou.) Viens, Moore, je te paie un godet. Tu me raconteras comment ça se fait que t'es devenu mon pote, tout d'un coup.

Nous nous tenions devant le bar, d'où je pouvais voir les sinistres activités du *Hall* se refléter dans le grand miroir couvrant tout un mur derrière d'interminables rangées de bouteilles. Me rappelant en quelle compagnie j'étais, je renonçai à mon idée de brandy (en plus d'être de qualité exécrable, il risquait d'être « relevé » par un mélange quelconque de camphre, de benzine, de cocaïne ou de chloral) et commandai une bière. La rinçure qu'on me servit avait peut-être *été* de la bière, dans une vie antérieure. Alors que j'en absorbais une gorgée, l'une des « artistes » montées sur scène à l'autre bout de la salle se mit à gouailler:

> *Il y a un nom qu'on ne prononce plus jamais*
> *Et un cœur de mère à moitié brisé,*
> *Quelqu'un qui manque au foyer,*
>   *C'est tout...*

Ellison prit un whisky, se retourna quand un jeune prostitué lui tapota le derrière. Biff pinça sans douceur la joue de l'adolescent.

— Alors, Moore ? grogna-t-il, fixant les yeux maquillés du garçon. Pourquoi ce coup de main ? Me dis pas que t'aimerais tâter de la marchandise du *Paresis*.

— Non, pas ce soir, Biff. J'ai pensé que si je t'aidais avec les flics, tu serais peut-être disposé à me fournir certaines informations – pour mon article...

Il me lorgna des pieds à la tête tandis que le travesti se fondait dans la foule braillarde.

— Depuis quand le *New York Times* publie ce genre d'articles ? Et d'où tu sors, à propos, habillé comme ça ? D'un enterrement ?

— De l'Opéra, répondis-je. Et le *Times* n'est pas le seul journal de la ville.

— Ah ouais ? fit-il derechef, pas convaincu. Ben, je sais rien du tout. Gloria, elle était au poil, avant. Je la laissais même utiliser une des pièces du premier. Et pis elle est devenue... emmerdante. Elle demandait un plus gros pourcentage, elle poussait les autres filles à réclamer, elles aussi. Alors, y a de ça deux, trois jours, j'y fais : Gloria, continue comme ça et tu te retrouves dehors, ton joli p'tit cul sur le pavé. Elle me répond qu'elle sera gentille, mais j'ai plus confiance. J'allais me débarrasser d'elle - pas dans le sens définitif, hein ? Juste la flanquer à la porte, la laisser faire la rue une ou deux semaines, pour voir si ça lui plairait, et pis...

Il avala son whisky, souffla de la fumée de cigare.

— Il l'a pas volé, ce p'tit voyou, conclut-il.

J'attendis un moment qu'il poursuive mais son attention fut détournée par deux jeunes gens en bas et jarretières qui échangeaient des menaces sur la piste de danse. Des couteaux apparurent. Ellison ricana, offrit son point de vue :

— Si vous vous charcutez, vous serez plus bonnes à rien, pauv' pouffiasses !

— Biff ? finis-je par dire. C'est tout ce que tu peux me raconter ?

— C'est tout, confirma-t-il en opinant du chef. Maintenant, si tu te tirais avant qu'y ait des ennuis ?

— Pourquoi ? Tu as quelque chose à cacher ? En haut, peut-être ?

— Non, j'ai rien à cacher, répondit-il, agacé. Mais j'aime pas que les journaleux viennent fouiner dans ma boîte. Et mes clients aiment pas ça non plus. Y en a qui sont des gens respectables, tu sais – avec une famille, une situation...

— Tu pourrais peut-être me laisser jeter un coup d'œil à la chambre qu'utilisait Gior – *Gloria*. Juste pour me prouver que tu es régulier.

Ellison soupira, s'adossa au bar.

— Pousse pas trop, Moore.

— Cinq minutes.

Il considéra ma demande, acquiesça de la tête.

— Cinq minutes. Mais tu parles à personne. Troisième porte à ta gauche, en haut de l'escalier. (Je commençai à m'éloigner.) Hé! me rappela-t-il. (Je me retournai, il me tendit ma bière.) Abuse pas de mon hospitalité.

Je pris le verre, me faufilai dans la foule en direction de l'escalier. Ma tenue de soirée et l'odeur de l'argent attirèrent plusieurs jeunes gens qui me firent toutes les propositions concevables, certains promenant même leurs mains sur ma poitrine et mes cuisses. Solidement agrippé à mon portefeuille, je maintins le cap sur l'escalier en m'efforçant de ne pas laisser mon esprit enregistrer leurs suggestions repoussantes. Au moment où je passai devant la scène, la chanteuse – un gros type d'âge mûr au visage disparaissant sous la poudre et le rouge – reprenait le refrain:

> *Il reste un souvenir encore vivant*
> *Un père qui refuse le pardon à son enfant*
> *Et une photo retournée contre le mur!*

La cage d'escalier était obscure mais la lueur provenant de la salle suffisait à me faire voir où j'allais. La peinture décolorée des murs s'effritait. Comme je posais le pied sur la première marche, j'entendis un grognement derrière moi. Dans un recoin sombre de l'autre côté du couloir, je distinguai la forme imprécise d'un adolescent, le visage plaqué contre le mur, et d'un homme, plus âgé, qui se pressait contre les fesses nues du garçon. Avec un frisson qui me fit trébucher, je me détournai et grimpai l'escalier à la hâte, m'arrêtai sur le palier du premier étage pour m'accorder une longue gorgée de bière.

Rasséréné, mais commençant à douter de la sagesse de mon initiative, je trouvai la troisième porte à gauche, mince panneau de bois semblable à ceux des autres chambres. Je saisis la poignée, pensai qu'il valait peut-être mieux frapper, et fus surpris quand une voix de jeune garçon demanda:

— Qui c'est?

J'ouvris la porte lentement. La pièce ne contenait qu'un vieux lit défoncé et une table de chevet. La peinture des murs, d'un rouge qui avait viré au brun, s'écaillait dans les coins. Une minuscule fenêtre donnait sur le mur de briques du bâtiment voisin, séparé du *Paresis* par une ruelle de trois mètres de large.

Sur le lit était assis un adolescent d'une quinzaine d'années aux cheveux blond filasse, le visage peint comme celui de Giorgio Santorelli. Il portait une chemise de lin au col et aux poignets de dentelle, des collants de danseur. Autour de ses yeux, le maquillage coulait – il avait pleuré.

– Je travaille pas maintenant, dit-il, s'efforçant de prendre une voix aiguë. Revenez dans une heure.

– Cela ne fait rien, répondis-je. Je ne...

– Je ne travaille pas, j'ai dit! cria-t-il, perdant sa voix de fausset. Fichez le camp, vous voyez pas que je suis tout chamboulé?

Il fondit en larmes, enfouit son visage dans ses mains, et je demeurai près de la porte, remarquant soudain qu'il faisait étouffant dans la pièce. Une idée me traversa l'esprit.

– Vous connaissiez Gloria, dis-je.

Le garçon renifla, s'essuya les yeux.

– Oui, je la connaissais. Oh! la tête que j'ai – allez-vous-en, s'il vous plaît.

– Non, vous ne comprenez pas. J'essaie de découvrir qui l'a tuée.

Il leva vers moi un regard plaintif.

– Vous êtes flic?

– Non, reporter.

– Reporter? (Il baissa de nouveau les yeux, eut un petit rire sans joie.) J'ai une information sensationnelle pour votre article. La personne qu'on a trouvée sur le pont, ça ne pouvait pas être Gloria.

La température de la chambre me donnait soif, et je bus une autre gorgée de bière avant de demander :

– Qu'est-ce qui vous fait penser ça?

– Gloria n'a jamais quitté cette pièce.

– Jamais? (L'idée me vint que je manquais de sommeil et que j'avais trop bu : j'avais peine à comprendre.) Que voulez-vous dire?

– Je vais vous expliquer. Ce soir-là, j'étais dans le couloir, devant ma chambre, avec un client. J'ai vu Gloria entrer, seule. Moi, je suis resté une bonne heure dehors, elle n'est pas ressortie.

Je me suis dit qu'elle s'était endormie. Mon client est parti après m'avoir payé quelques verres – il n'avait pas les moyens de s'offrir Sally. C'est moi. Elle est chère, Sally. Alors, je suis resté là une demi-heure de plus à attendre que quelqu'un monte. J'avais pas envie de faire la salle. Et puis une des filles est arrivée en criant qu'on avait retrouvé Gloria morte. Je me suis précipité dans sa chambre, et naturellement elle n'y était plus. Pourtant, elle ne l'avait pas quittée.

– Attendez, fis-je, m'efforçant de me concentrer. Par la fenêtre, peut-être.

Je trébuchai en traversant la pièce : je manquais vraiment de sommeil. La fenêtre grinça quand je l'ouvris. Je passai la tête à l'extérieur, où l'air ne me sembla pas aussi froid qu'il aurait dû l'être.

– Par la fenêtre ? entendis-je Sally répéter derrière moi. Comment ? En volant ? Elle n'avait ni échelle, ni corde, ni rien. En plus, j'ai demandé à une des filles qui racolent dans la ruelle si elle avait vu passer Gloria. Elle m'a dit non.

La hauteur de la fenêtre rendait effectivement cette voie de sortie fort improbable. Quant au toit, il fallait pour y accéder grimper deux autres étages, le long d'un mur de briques n'offrant pas de prises apparentes, et dépourvu d'escalier d'incendie. Je reculai, fermai la fenêtre.

– Alors, bégayai-je, alors...

Soudain, je m'effondrai sur le lit. Sally poussa un petit cri aigu en me voyant tomber, un autre quand elle leva les yeux vers la porte. Suivant péniblement son regard, je découvris Ellison, Razor Riley et quelques-uns de leurs mignons sur le seuil de la chambre. Riley tenait à la main l'instrument qui lui avait valu son surnom et l'aiguisait sur sa paume. Malgré mon état, je compris instantanément qu'ils avaient versé du chloral dans ma bière. Beaucoup de chloral.

– J't'avais dit de parler à personne, Moore, me rappela Biff.

Aux jeunes éphèbes, il lança :

– Alors, les filles, il est pas joli à regarder ? Qui c'est qui veut s'amuser avec le journaleux ?

Deux des jeunes gens maquillés bondirent sur le lit et se mirent en devoir de me dévêtir. Je réussis à me redresser et à m'appuyer sur un coude avant que Riley se rue sur moi et me frappe la mâchoire. Je retombai sur le ventre, tandis qu'en bas la chanteuse entonnait : « *Tu as fait de moi ce que je suis aujourd'hui, j'espère que tu es satisfait.* » Les deux jeunes efféminés tirèrent sur mon pantalon et se disputèrent mon portefeuille pendant que Riley m'attachait les mains.

Je basculai rapidement dans l'inconscience, mais juste avant d'y sombrer tout à fait, je crus voir Stevie Taggert jaillir dans la pièce comme un jeune loup sauvage, brandissant un long morceau de bois hérissé de clous rouillés...

12

Le rêve que la drogue me fit faire était peuplé de créatures étranges, mi-humaines mi-animales, qui volaient, grimpaient et glissaient le long d'un mur de pierre, du haut duquel je les regardais, désespéré, incapable de descendre. A un moment, le paysage primitif entourant le mur fut secoué par un tremblement de terre qui semblait parler avec la voix de Kreizler. Les créatures de mon rêve devinrent plus nombreuses, et mon besoin de descendre plus désespéré. Quand, enfin, je repris conscience, je n'en éprouvai aucun soulagement car j'ignorais totalement où j'étais. J'avais la tête parfaitement claire, ce qui me fit supposer que j'avais dormi très longtemps. La salle spacieuse dans laquelle je me trouvais m'était inconnue. Meublée d'un curieux mélange de bureaux ordinaires et d'élégantes pièces italiennes d'époque, elle semblait surgie d'un autre rêve. Si ses fenêtres cintrées de style néo-gothique évoquaient un monastère, ses dimensions correspondaient plutôt à celles d'un atelier clandestin de Broadway. Voulant y regarder de plus près, je tentai de me lever mais retombai légèrement étourdi.

J'étais allongé sur un divan Empire, tendu d'un tissu vert et argent assorti à celui qui recouvrait plusieurs chaises, ainsi qu'un sofa et une causeuse. Sur une longue table d'acajou à incrustations, un chandelier d'argent voisinait avec une machine à écrire Remington. L'incongruité du rapprochement se retrouvait dans les tableaux accrochés aux murs : en face de mon divan, une vue de Florence au cadre surchargé d'ors faisait pendant à un immense plan de Manhattan piqué de petits drapeaux rouges. Sur le mur opposé, un grand tableau noir, vierge de toute inscription, et sous cette tache noire le plus volumineux des cinq bureaux qui, ensemble, formaient un cercle circonscrit à la salle. De gros ventilateurs ronronnaient au plafond, et deux tapis persans couvraient le centre de la pièce.

Ce n'était ni l'appartement d'une personne saine d'esprit, ni un bureau. Je commençais à croire à une hallucination quand, par la fenêtre située juste devant moi, je découvris une vue familière : le haut du grand magasin McCreery, avec son élégant toit mansardé, et sur la gauche, la partie supérieure du *St. Denis Hotel*. Deux institutions qui, je ne l'ignorais pas, occupaient des coins opposés de la 11e Rue, à l'ouest de Broadway.

« Alors je dois être... dans l'immeuble d'en face », marmonnai-je au moment où mes oreilles commençaient à percevoir des bruits extérieurs : claquements réguliers de sabots de cheval, plainte des roues métalliques du trolley sur les rails. Enfin, j'entendis des voix et je fis appel à toute mon énergie pour me lever. Bien que prêt à bombarder de questions les nouveaux arrivants, je restai coi en voyant une demi-douzaine d'hommes de peine pousser dans la salle d'abord un billard joliment sculpté puis un piano à queue, posés sur des sortes de petits traîneaux à roulettes. Tandis qu'ils haletaient et échangeaient des jurons, l'un d'eux remarqua que je m'étais redressé.

– Hé ! dit-il avec un grand sourire, r'gardez ça, Mr Moore est réveillé ! Comment ça va, Mr Moore ?

Les autres touchèrent leur casquette du doigt, sans paraître attendre une réponse.

Parler me fut plus difficile que je ne le prévoyais et je parvins juste à bredouiller :

– Où... où suis-je ? Qui êtes-vous ?

– Des dingues, v'là ce qu'on est, répondit le même homme. On est montés avec ce foutu billard sur le *toit* de l'ascenseur – pas moyen de faire autrement. Un sacré numéro d'acrobate, j'vous jure, mais c'est le toubib qui paie, et il a dit « en haut ».

– Kreizler ?

– En personne.

Mon attention fut détournée par une légère sensation désagréable à l'estomac.

– J'ai faim, déclarai-je.

– Rien d'étonnant, commenta une voix féminine, quelque part au fin fond de l'immense pièce. Deux nuits et deux jours sans manger ont généralement cet effet, John.

Sara surgit de la pénombre, vêtue d'une robe de yachting toute simple qui ne la gênait pas dans ses mouvements. Elle portait un plateau sur lequel fumait un bol.

— Essaie d'avaler un peu de bouillon, cela te donnera des forces.
— Sara, où suis-je ? articulai-je péniblement tandis qu'elle s'asseyait sur le divan et posait le plateau sur mon giron.

Son attention fut détournée de ma question par les hommes de peine qui, l'ayant vue s'asseoir à mon chevet, échangèrent des murmures et des gloussements de conspirateurs. Sans les regarder, elle dit à voix basse :

— Mr Jonas et ses déménageurs, ignorants de notre entreprise mais sachant que je ne suis pas une domestique, concluent, me semble-t-il, que mon statut est celui d'une sorte de maîtresse partagée.

Elle me fit boire à la cuillère le délicieux bouillon de poulet. J'interrompis mes bruyantes aspirations pour réitérer ma question :

— Mais Sara... Où sommes-nous ?
— A la maison, John. Du moins, ce qui nous en tiendra lieu pendant toute la durée de cette enquête.
— En face de chez McCreery, c'est la maison ?
— Notre quartier général, si tu préfères, dit-elle, et je remarquai qu'elle prononçait ces mots avec un vif plaisir. A ce propos, je dois retourner à Mulberry Street faire mon rapport à Theodore. La ligne téléphonique a été installée, il y tenait beaucoup. (Elle se tourna vers le fond de la pièce.) Cyrus ? Pouvez-vous venir aider Mr Moore ?

Le grand Noir nous rejoignit, les manches de sa chemise à rayures bleues et blanches retroussées, une paire de bretelles tendues sur sa large poitrine. Il me considéra d'un air plus préoccupé que compatissant : de toute évidence, il n'avait pas envie de me nourrir à la cuillère.

— Je me sens beaucoup mieux, assurai-je en prenant l'ustensile de la main de Sara, je me débrouillerai seul. Mais tu ne m'as pas expli...

— Cyrus est au courant de tout, lança-t-elle en décrochant une pelisse d'un porte-manteau en chêne délicatement sculpté. Je suis en retard. Finis ton bouillon, John. Mr Jonas ! (Elle disparut par la porte.) J'ai besoin de l'ascenseur !

Constatant que j'étais en état de manger seul, Cyrus, soulagé, approcha du divan une des ravissantes chaises vert et argent.

— Vous avez l'air d'aller beaucoup mieux, Monsieur, dit-il.
— Je suis en vie, grognai-je. Et à New York, ce qui est encore plus remarquable. Je m'attendais à me réveiller en Amérique du Sud, ou à bord d'un bateau pirate. La dernière chose dont je me souviens, c'est Stevie. C'est lui qui... ?
— Oui, Monsieur. Depuis qu'il a vu ce cadavre sur le pont, il a du

mal à dormir. Il était dehors, à errer dans le quartier, quand il vous a aperçu dans Broadway. Votre démarche semblant... mal assurée, il vous a suivi. Pour veiller à ce qu'il ne vous arrive rien de fâcheux. Lorsque vous êtes entré au *Paresis Hall*, il a décidé d'attendre dehors. Cela se comprend. Mais un policier l'a repéré et accusé de se livrer au type d'activités habituelles en ce lieu. Stevie s'en est défendu, il a expliqué qu'il vous attendait. Comme l'agent ne le croyait pas, Stevie s'est précipité dans le *Hall*. Non pour vous secourir, pour s'échapper – en définitive, il a fait l'un et l'autre. Bien entendu, le flic n'a arrêté personne mais grâce à lui vous vous en êtes sorti entier.

– Je vois. Et comment suis-je arrivé ici – où diable sommes-nous, Cyrus ?

– Au 808, Broadway, Mr Moore. Dernier étage, qui doit être le cinquième. Le docteur en a fait une base opérationnelle. Assez éloignée de Mulberry Street pour ne pas être remarquée, assez proche pour s'y rendre en quelques minutes avec une voiture.

– Et ces... ces meubles, ou Dieu sait quoi ?

– Le docteur et Miss Howard sont allés acheter du mobilier hier à Brooklyn. Chez un marchand de matériel de bureau. Mais le docteur s'est déclaré incapable de vivre un seul jour dans un tel décor. Ils ont donc pris uniquement les bureaux et se sont rendus ensuite à une vente aux enchères dans la 5e Avenue. Ils y ont acquis une bonne partie des meubles dont le *marchese* Luigi Carcano doit se séparer.

– Une bonne partie, en effet, dis-je tandis que les hommes de peine réapparaissaient avec une grande horloge, deux vases chinois et des doubles rideaux verts.

– Le docteur a décidé de vous installer ici dès que l'endroit serait suffisamment meublé.

– Le tremblement de terre, sûrement, supputai-je.

– Pardon, Monsieur ?

– Un rêve que j'ai fait. Pourquoi ici ?

– Il a dit qu'il ne pouvait plus perdre de temps à vous soigner. Il vous a administré un peu de chloral, pour que votre réveil soit moins pénible...

Il y eut des bruits de l'autre côté de la porte et j'entendis la voix de Kreizler.

– Ah! il a repris conscience ? Bien! (Il entra d'un pas conquérant, suivi de Stevie Taggert et de Lucius Isaacson.) Moore! Enfin réveillé ? (Il s'approcha de moi, me saisit le poignet pour prendre mon pouls.) Comment te sens-tu ?

— Moins mal que je ne m'y attendais, répondis-je. (Je me tournai vers Stevie, qui s'était assis sur un appui de fenêtre et jouait avec un couteau à cran d'arrêt de taille impressionnante.) Je crois savoir que c'est à toi que je le dois, Stevie.

Il eut un sourire gêné, regarda par la fenêtre.

— C'est un miracle qu'il se soit trouvé sur ton chemin, Moore, dit Laszlo. (Il tira sur mes paupières, examina mes globes oculaires.) Normalement, tu devrais être mort.

— Merci, Kreizler. Je présume que tu ne tiens pas à savoir ce que j'ai découvert?

— Qu'est-ce que tu as bien pu découvrir? répliqua-t-il, m'enfonçant dans la bouche un de ses instruments. Que le jeune Santorelli n'a jamais quitté le *Paresis Hall*? Qu'on le croyait encore dans sa chambre, où il n'y a pas d'autre issue que la porte?

L'idée que j'avais subi ces épreuves pour rien avait quelque chose de déprimant.

— Comment sais-tu cela?

— Nous avons d'abord cru que vous déliriez, répondit Lucius Isaacson. (Il alla à l'un des bureaux, vida dessus le contenu d'un sac en papier.) Mais vous ne cessiez de répéter la même chose, alors Marcus et moi, nous sommes allés vérifier l'histoire auprès de votre amie Sally. Très intéressant. Marcus travaille en ce moment sur plusieurs explications possibles.

Cyrus traversa la pièce, remit une enveloppe au policier.

— Mr Roosevelt vous a envoyé ceci par porteur, sergent.

Lucius parcourut rapidement le message.

— C'est officiel, annonça-t-il d'un ton incertain. Mon frère et moi sommes « temporairement détachés de la division des inspecteurs, pour raisons personnelles ». Pourvu que ma mère n'en sache rien.

— Excellent, lui dit Kreizler. Vous aurez accès aux ressources de la Grande Maison sans l'obligation de vous y montrer régulièrement – admirable solution. Peut-être pourrez-vous consacrer un peu de temps à inculquer à John des méthodes d'investigation légèrement plus sophistiquées.

Laszlo eut un rire bref, se tut pour écouter mon cœur.

— Je ne cherche pas à diminuer tes mérites, Moore. Tu as fait du bon travail. Mais tâche de te souvenir que cette affaire n'est pas une plaisanterie. Il sera plus prudent à l'avenir de se déplacer à deux.

— Tu prêches un converti.

Kreizler continua à me palper çà et là un moment puis se releva.

– Comment va ta mâchoire ?
J'y portai la main, elle me parut un peu sensible.
– Ce nabot ! fis-je. Il ne vaut pas grand-chose sans son rasoir.
– A la bonne heure ! s'esclaffa Laszlo en me tapotant le dos. Maintenant, finis ton bouillon et habille-toi. Nous avons un examen à faire à Bellevue, et je veux en outre que les hommes de Jonas finissent leur travail. Nous tiendrons notre première réunion d'état-major à dix-sept heures.
– Un examen ? dis-je en me levant. (Je m'attendais à m'évanouir de nouveau, mais le bouillon m'avait vraiment revigoré.) De qui ?
– Harris Markowitz, domicilié 75, Forsyth Street, répondit Lucius. (Il se dirigea vers moi d'une démarche que je répugne à qualifier de dandinante, quoi que ce soit le terme exact, me tendit quelques feuilles dactylographiées.) Profession mercier. Il y a deux jours, sa femme est venue déclarer au commissariat du Dixième District qu'il avait empoisonné leurs deux petits-enfants – Samuel et Sophie Rieter, douze et seize ans – en versant ce qu'elle a appelé « une poudre » dans leur lait.
– Du poison ? m'étonnai-je. Notre assassin n'est pas un empoisonneur.
– Pas à notre connaissance, reconnut Kreizler, mais ses méthodes comportent peut-être plus de variété que nous le supposons. Au demeurant, je ne crois pas ce Markowitz plus lié à l'affaire que ne l'était Henry Wolff.
– Les enfants présentent cependant le point commun décelé chez les victimes, argumenta Isaacson avec tact mais fermeté. Ce sont des immigrés de fraîche date : leur père et leur mère les ont envoyés de Bohème chez les parents de Mrs Rieter pour qu'ils trouvent un emploi de domestique.
– Des immigrés, en effet, convint Kreizler. Et ce détail m'aurait beaucoup plus impressionné si l'affaire avait eu lieu il y a trois ans. Mais le goût dont notre gibier s'est pris dernièrement pour les prostitués, ainsi que les mutilations qu'il leur inflige, me paraissent trop significatifs pour que nous nous concentrions uniquement sur le facteur immigrés. Toutefois, même si ce Markowitz n'a rien à voir avec notre affaire, il y a d'autres raisons pour enquêter sur ce genre de cas. En les éliminant, nous obtiendrons une image plus claire de ce que la personne que nous recherchons n'est *pas* – un négatif, si vous voulez.
Cyrus m'apporta des vêtements que j'entrepris d'enfiler.

– Mais n'éveillerons-nous pas les soupçons en allant examiner tous ces meurtriers d'enfants ?

– Nous pouvons tabler sur le manque d'imagination de la police, fit valoir Laszlo. Ce genre de tâche n'est pas inhabituel pour moi. Et ta présence, John, s'expliquera par un reportage, naturellement. Le temps que quelqu'un de la Grande Maison fasse le rapport avec la série d'autres meurtres, notre travail sera terminé, je l'espère.

Il se tourna vers Lucius.

– Maintenant, sergent enquêteur, vous pourriez peut-être exposer les détails de l'affaire à notre aventureux ami.

– Markowitz a fait preuve d'intelligence, commença Lucius d'un ton quasi admiratif. Il a utilisé une forte dose d'opium, substance dont on ne retrouve plus trace dans le corps quelques heures après la mort, vous le savez peut-être. Il a versé la drogue dans les verres de lait donnés aux enfants à l'heure du coucher, et après qu'ils eurent sombré dans un état comateux, il a ouvert le gaz dans leur chambre. A l'arrivée de la police, le lendemain matin, la pièce empestait le gaz ; l'inspecteur chargé de l'affaire a tiré les conclusions évidentes. Son hypothèse parut confirmée quand le coroner – homme fort capable en l'occurrence – a analysé le contenu de l'estomac des enfants et n'a rien trouvé d'anormal. Mais comme la femme continuait à prétendre qu'il y avait eu empoisonnement, une idée m'est venue. Je suis allé à l'appartement examiner les draps dans lesquels les enfants avaient dormi. Selon toute vraisemblance, l'une des victimes au moins avait vomi dans son coma ou son agonie. Si on n'avait pas encore lavé les draps, il y aurait des taches. J'en ai effectivement trouvé, j'ai procédé aux tests habituels et c'est là que nous avons décelé des traces d'opium. Dans le vomi. Confronté à cette preuve, Markowitz a avoué.

– Il ne boit pas ? demanda Kreizler. Pas de toxicomanie non plus ?

– Apparemment pas, répondit Isaacson avec un haussement d'épaules.

– Et il ne retire pas non plus de la mort des enfants un avantage matériel quelconque ?

– Aucun.

– Parfait ! s'exclama Kreizler. Nous voilà en présence de plusieurs des éléments nécessaires : préméditation totale, contrôle de soi, et absence de mobile apparent. Tous s'appliqueraient à notre tueur. Mais si nous découvrons que Markowitz – comme nous le soupçonnons – n'est pas notre homme, notre tâche consistera à déterminer *pourquoi* il ne l'est pas.

Mon ami prit un morceau de craie et en tapota le tableau, comme pour lui soutirer des informations.

– Qu'est-ce qui le rend différent du meurtrier de Santorelli ? Pourquoi n'a-t-il *pas* mutilé les corps ? Quand nous le saurons, la photographie imaginaire que nous avons de lui sera un peu moins floue. Ensuite, à mesure que nous dresserons la liste des caractéristiques du véritable assassin, nous pourrons plus facilement éliminer les suspects. Pour le moment, cependant, notre champ de recherches demeure étendu.

Il enfila ses gants avant d'ajouter :

– Stevie ! Tu nous serviras de cocher, je veux que Cyrus supervise l'installation du piano. Ne les laisse pas l'abîmer, Cyrus. Sergent enquêteur, vous serez à l'Institut ?

Lucius acquiesça de la tête.

– Les corps doivent arriver à midi.

– Les corps ? dis-je.

– Deux autres garçons assassinés il y a quelques mois, répondit Kreizler en se dirigeant vers la porte. Presse-toi, Moore, nous allons être en retard !

13

Conformément aux prévisions de Kreizler, Markowitz faisait un suspect fort improbable pour notre affaire. Outre sa petite taille et sa soixantaine d'années – qui le rendaient totalement différent du spécimen décrit par les Isaacson au *Del's* – il était manifestement dérangé. Il avait occis ses petits-enfants, prétendait-il, pour les sauver d'un monde monstrueusement mauvais dont il nous détailla les pires aspects dans une série de tirades extrêmement confuses. Une systématisation aussi pauvre de craintes sans fondement, assortie à l'indifférence totale de Markowitz envers son propre sort, caractérise souvent les cas de *dementia praecox*, me confia Kreizler au moment où nous quittions Bellevue. Mais si l'homme n'avait manifestement rien à voir avec notre affaire, la visite se révéla quand même utile en nous aidant, comme Laszlo l'avait espéré, à mieux cerner par comparaison la personnalité de notre tueur. A l'évidence, notre homme n'assassinait pas des enfants par souci pervers de leur bien-être spirituel : les mutilations furieuses infligées aux cadavres en apportaient la preuve. Il ne se désintéressait pas non plus de ce qui lui adviendrait à cause de ses actes. Mais surtout, la façon spectaculaire dont il procédait – par laquelle, Laszlo l'avait expliqué, il nous suppliait implicitement de l'arrêter – révélait que les meurtres perturbaient une partie de lui-même. En d'autres termes, les cadavres nous offraient des indices *non de la folie du meurtrier mais de sa santé mentale.*

Je ruminai cette idée sur le chemin du 808, Broadway. A notre arrivée, mon attention en fut détournée quand je vis pour la première fois avec la tête claire l'endroit qui, selon Sara, deviendrait notre foyer pour quelque temps. C'était un bel édifice de briques jaunes construit dans une partie de Broadway qui dégageait l'impression de sérénité d'une petite paroisse, bien qu'elle fût située au cœur d'un des quartiers commerçants les plus animés de la ville : outre McCreery, deux autres grands magasins proposaient toute une variété d'articles, des bottes à la mercerie, à quelques pas du numéro 808.

L'ascenseur de l'immeuble, vaste cage flambant neuve, nous hissa en silence au cinquième étage, où nous découvrîmes les progrès faits en notre absence. La grande salle avait maintenant l'air d'abriter des activités humaines – encore qu'on eût toujours été en peine de préciser lesquelles. A dix-sept heures précises, chacun d'entre nous s'assit derrière l'un des cinq bureaux d'où il pouvait aisément voir les autres et discuter avec eux. Nous nous installâmes à nos places dans un brouhaha de conversations un peu tendu mais cordial, et un climat de véritable camaraderie s'établit peu à peu quand nous entamâmes la discussion. Lorsque le soleil descendit vers l'Hudson, nimbant d'une lumière dorée les toits de l'ouest de Manhattan, je pris conscience que nous étions devenus, avec une rapidité remarquable, une équipe au travail.

Nous avions des ennemis, cela va sans dire : Lucius Isaacson nous rapporta qu'au terme de son examen des autres garçons assassinés, deux individus se disant envoyés par le cimetière d'où les corps avaient été exhumés s'étaient présentés à l'Institut en exigeant leur restitution. Lucius, ayant recueilli toutes les informations dont il avait besoin, décida d'éviter un affrontement. Le signalement qu'il donna des deux hommes, contusions au visage comprises, correspondait à celui des deux malfrats qui nous avaient chassés, Sara et moi, de chez les Santorelli. Par chance, les deux anciens flics n'avaient pas reconnu en Lucius un inspecteur : ils avaient probablement été limogés avant son arrivée dans le service. Il n'en ressortait pas moins que l'Institut n'était plus un endroit sûr où travailler puisque nous ignorions totalement de qui ces hommes recevaient leurs ordres et quel était leur objectif.

Quant à l'examen lui-même, les résultats étaient à la hauteur de nos espérances : les deux corps portaient des marques de couteau identiques à celles retrouvées sur Giorgio Santorelli et les enfants Zweig. Marcus Isaacson planta deux autres petits drapeaux rouges sur le plan de Manhattan, l'un au Brooklyn Bridge, l'autre à l'embarcadère du ferry d'Ellis Island. Kreizler inscrivit les dates de ces meurtres – 1er janvier et 2 février – sur la partie droite du tableau noir, ainsi que le 3 mars, jour de l'assassinat de Giorgio. Quelque part dans ces mois et ces jours, nous le savions tous, se cachait l'un des nombreux schémas que nous devions identifier. (D'emblée, Kreizler fut convaincu qu'il se révélerait en fin de compte bien plus complexe que l'identité manifeste entre quantièmes du mois et du jour.)

Marcus Isaacson nous relata ses efforts, encore vains, pour dégager la méthode selon laquelle Gloria serait parvenue à sortir du *Paresis Hall* sans être vue. Sara nous informa qu'elle et Roosevelt avaient mis au point un système qui nous permettrait à l'avenir de nous rendre sur les lieux des crimes manifestement commis par le même assassin avant qu'ils ne soient saccagés par d'autres inspecteurs ou la main lourde du coroner. Cela faisait courir un risque de plus à Theodore, mais il s'était maintenant pleinement engagé aux côtés de Kreizler. Pour ma part, je fis le compte rendu de notre visite à Bellevue pour examiner Harris Markowitz après quoi Kreizler, debout devant son bureau, indiqua le tableau noir sur lequel, dit-il, nous créerions notre homme imaginaire : indices physiques et psychologiques seraient notés, numérotés, revus et combinés jusqu'à ce que notre travail soit terminé. En conséquence, il se mit en devoir d'inscrire les faits et théories que nous avions découverts ou émis jusqu'ici.

Quand il eut terminé, il restait peu d'endroits du grand tableau sans inscriptions. L'usage de la craie indiquait, précisa-t-il, qu'il s'attendait à ce que nous commettions de nombreuses erreurs. Nous étions en terre inconnue, nous ne devions pas nous décourager devant les difficultés, les revers, ni la masse de matériaux qu'il nous faudrait assimiler en cours de route. Cette dernière remarque nous déconcerta jusqu'au moment où Kreizler posa devant nous quatre piles identiques de livres et de documents.

Des articles d'Adolf Meyer, l'ami de Laszlo, et d'autres aliénistes ; les œuvres de divers philosophes et évolutionnistes, de Hume et Locke à Spencer et Schopenhauer ; des monographies de Forbes Winslow, dont les travaux avaient inspiré la théorie du contexte de Kreizler ; enfin, dans toute la splendeur pesante de leurs deux volumes, les *Principes de psychologie* de notre vieux professeur William James ; ces ouvrages et d'autres tombèrent sur nos bureaux avec des bruits sonores. Les Isaacson, Sara et moi échangeâmes des regards inquiets, tels des étudiants accablés de travail dès le premier cours – ce que nous étions à l'évidence. Kreizler nous expliqua le pourquoi d'une telle épreuve.

A partir de maintenant, nous devions nous efforcer de nous défaire de toute idée préconçue sur le comportement humain. De voir le monde non avec nos propres yeux, ni à l'aune de nos propres valeurs, mais à travers ceux du meurtrier. *Son* expérience, le contexte de *sa* vie, c'était cela qui comptait. Tout aspect de sa conduite qui nous intriguait, du plus banal au plus horrible, nous devions chercher à l'expliquer en postulant des événements de son enfance qui pouvaient en être la source. Ce processus de cause et d'effet – appelé « déterminisme psychologique », comme nous ne tarderions pas à l'apprendre – ne nous paraîtrait peut-être pas toujours totalement logique, mais il serait cohérent.

Kreizler souligna qu'il ne nous avancerait à rien de concevoir notre gibier comme un monstre, parce que c'était à n'en pas douter un homme (ou une femme) qui avait été un enfant. Avant tout, il fallait apprendre à connaître cet enfant, ses parents, ses frères et sœurs, son monde. Il ne servait à rien de parler de mal, de sauvagerie ou de folie ; aucun de ces concepts ne nous rapprocherait de lui. Alors que si nous réussissions à prendre l'enfant qu'il avait été dans les rets de notre imagination, c'est l'homme lui-même que nous capturerions.

– Et si cette récompense ne suffit pas à vous allécher, conclut-il, passant de l'un à l'autre de nos visages ébahis, il reste la nourriture.

La nourriture, comme nous le découvririons dans les jours suivants, constituait une des raisons pour lesquelles Laszlo avait choisi le 808, Broadway : de notre Q.G., nous pouvions nous rendre facilement à pied dans quelques-uns des meilleurs restaurants de Manhattan. Au coin de la 9ᵉ Rue et d'University Place le *Café Lafayette* offrait une cuisine française exceptionnelle, ainsi que dans le restaurant du petit hôtel dirigé par Louis Martin. Si l'envie nous prenait de déguster des plats allemands, nous pouvions remonter Broadway jusqu'à Union Square et *Lüchow's*, vaste mecque des gourmands ornée de boiseries sombres. Ces temples du génie culinaire nous serviraient de salles de réunion pendant d'innombrables déjeuners et dîners, même si, en maintes occasions, le côté sinistre de notre travail nous empêcherait de nous concentrer sur les plaisirs de la table.

Ce fut particulièrement vrai les premiers jours, quand il devint de plus en plus évident que si nous faisions œuvre de défricheur, s'il nous fallait du temps pour étudier et comprendre l'ensemble des éléments psychologiques et criminologiques qui nous mèneraient nécessairement à une conclusion heureuse, nous nous battions aussi contre la montre. Dans la rue, sous nos fenêtres cintrées, des douzaines d'enfants comme Giorgio Santorelli se livraient au commerce toujours dangereux de la chair sans savoir qu'un nouveau péril particulièrement violent les menaçait. J'éprouvais un sentiment étrange lorsque, accompagnant Kreizler à l'un de ses examens, ou veillant jusqu'au matin devant un livre chez ma grand-mère, forçant mon esprit à enregistrer des connaissances à un rythme auquel il n'était pas (c'est le moins qu'on puisse dire) accoutumé, j'entendais en même temps une voix murmurer au fond de ma tête : « Presse-toi ou un enfant de plus mourra ! » Au début, ce travail faillit me rendre fou – étudier et réétudier l'état des cadavres, les lieux où on les avait découverts, s'efforcer de dégager un schéma tout en potassant des paragraphes de Herbert Spencer tel que : « Peut-on se représenter dans son esprit l'oscillation d'une molécule à côté d'un choc nerveux et conclure que les deux phénomènes ne font qu'un ? Rien ne nous permet de les assimiler. Il devient patent qu'une unité de sensation n'a rien de commun avec une unité de mouvement quand on juxtapose les deux. »

« Passe-moi ton derringer, Sara, avais-je gémi, je m'en souviens, en lisant ce passage pour la première fois. Je vais me tirer une balle dans la tête. » Pourquoi diantre devais-je comprendre de telles choses, me demandai-je pendant la première semaine, alors que je voulais juste savoir *où* se cachait notre assassin ? J'en vins néanmoins à percevoir l'utilité de ces efforts. Prenez cette citation, par exemple – je finis par saisir que les tentatives d'hommes comme Spencer pour interpréter l'activité mentale comme les effets complexes d'un mouvement matériel au sein de l'organisme avaient échoué. Cet échec avait renforcé la tendance d'aliénistes et de psychologues plus jeunes comme Kreizler et Adolf Meyer à concevoir les origines de la conscience plutôt en termes d'expériences formatrices de l'enfance qu'en termes de fonctions purement physiques. Ces connaissances s'appliquaient véritablement à notre affaire puisqu'elles permettaient de comprendre que le chemin parcouru par notre tueur, de la naissance à la sauvagerie, n'était pas le produit fortuit de processus physiques que nous aurions été impuissants à retracer, mais bien plutôt le fruit d'événements concevables.

Nos études n'avaient pas non plus pour objet de faire descendre qui que ce soit de son piédestal : si les tentatives de Spencer pour expliquer les origines et l'évolution de l'activité mentale avaient manqué leur cible, on ne pouvait contester sa conviction que ce que la plupart des hommes considèrent comme des actes rationnellement choisis ne sont en fait que des réactions idiosyncrasiques (là encore établies pendant les expériences décisives de l'enfance) devenues assez fortes, à travers un usage répété, pour prendre le pas sur d'autres réactions et pulsions et remporter la lutte mentale pour la survie. Manifestement, la personne que nous recherchions avait développé un ensemble profondément violent de tels instincts. A nous de définir dans nos hypothèses quelle terrible succession d'expériences avait, dans son esprit, confirmé ces méthodes comme la réaction la plus sûre aux défis de la vie.

Il nous apparut bientôt que nous devions assimiler ces connaissances et d'autres, beaucoup d'autres, si nous voulions avoir le moindre espoir de donner réellement corps à notre homme imaginaire. Nous nous mîmes donc à étudier avec détermination, échangeant idées et réflexions à toute heure du jour ou de la nuit. Sara et moi nous récitions souvent de la philosophie ardue à deux heures du matin au téléphone, au grand désespoir de ma grand-mère. Le fait assez remarquable que nous recevions une éducation extrêmement rapide (l'essentiel fut mastiqué, ingurgité, sinon totalement digéré, dans les dix premiers jours) était éclipsé par les tâches quotidiennes ainsi que par l'attention que nous devions accorder aux indices que les frères Isaacson décelaient ou aux théories qu'ils échafaudaient. Non pas qu'ils fussent très nombreux, au début : nous n'avions pas assez souvent accès au lieu du crime pour cela. (Prenez la tour du Williamsburg Bridge, par exemple : lorsque Marcus put l'examiner, il n'y avait plus aucun espoir d'y relever des empreintes digitales utiles, l'endroit était un chantier de construction livré chaque jour aux intempéries et aux ouvriers.) La conscience qu'il nous fallait bien plus d'éléments pour définir avec précision la méthode de l'assassin ne faisait qu'alourdir le climat d'attente morbide de notre quartier général. Bien que plongés jusqu'au cou dans notre travail, nous nous rendions tous compte que nous attendions qu'il se passe quelque chose.

C'est ce qui arriva quand avril succéda à mars. A deux heures du matin, un samedi, je somnolais chez ma grand-mère, mon exemplaire du second tome des *Principes* du professeur James ouvert sur mon visage. L'après-midi, au 808, déployant des efforts méritoires pour m'attaquer aux pensées de James sur « Les vérités nécessaires et les effets de l'expérience », j'avais été dérangé par l'arrivée de Stevie Taggert, qui avait découpé dans la dernière édition du *Herald* la liste des chevaux engagés le lendemain au nouvel hippodrome de Long Island, et souhaitait me demander conseil sur les handicaps. Au cours des semaines précédentes, il m'avait servi de coursier pour porter mes paris chez le bookmaker (à l'insu de Kreizler, bien sûr) et s'était pris de passion pour le sport des rois. Je l'avais toutefois dissuadé de jouer son propre argent avant de savoir réellement ce qu'il faisait, mais avec ses antécédents, cela n'avait guère tardé. Quoi qu'il en soit, lorsque le téléphone sonna, cette nuit-là, j'étais plongé dans un assoupissement provoqué par des heures d'intense lecture. Je me redressai en sursaut, expédiant le volume contre le mur opposé. La sonnerie retentit une seconde fois au moment où j'enfilais ma robe de chambre, une troisième avant que je traverse le couloir à tâtons et décroche maladroitement.

– Ardoise vierge, marmonnai-je, à demi réveillé, présumant que c'était Sara qui m'appelait.

C'était bien elle.

– Pardon ? fit-elle.

– Ce dont nous discutions cet après-midi, bâillai-je en me frottant les yeux. L'esprit est-il une ardoise vierge à la naissance ou avons-nous une connaissance innée de certaines choses ? Je parie pour l'ardoise vierge.

– John, sois sérieux un moment, dit Sara, la voix empreinte d'anxiété. C'est arrivé.

La nouvelle m'éveilla tout à fait.

– Où ?

– A Castle Garden. Dans Battery Park. Les Isaacson préparent leur appareil photo et le reste de leur matériel. Il faut qu'ils soient là-bas avant nous pour renvoyer le policier arrivé le premier sur les lieux. Theodore s'y trouve déjà, il veille à ce que tout se passe bien. J'ai aussi téléphoné à Kreizler.

– Bien.

– John ?

– Oui ?

– Je n'ai jamais... je suis la seule qui n'ait pas... Ce sera horrible ?

Que répondre ? Il n'y avait que les aspects pratiques à considérer.

– Tu auras besoin de sels. Mais ne t'en fais pas trop, nous serons tous là. Passe me prendre avec un fiacre, nous irons ensemble.

Je l'entendis inspirer profondément.

– D'accord, John.

DEUXIÈME PARTIE

L'ASSOCIATION

> Le même objet extérieur peut suggérer l'une ou l'autre de nombreuses réalités qui lui ont été antérieurement associées, car à travers les vicissitudes de notre expérience sensible, nous sommes constamment susceptibles de tomber sur un même objet flanqué de compagnons différents.
>
> William JAMES,
Principes de psychologie.

> Tout ce que je jugeais juste semblait inique aux autres ;
> Ce qui me paraissait faux,
> Les autres l'approuvaient.
> Je me retrouvais mêlée à des disputes partout où j'allais,
> Je tombais partout en disgrâce ;
> Alors que j'aspirais au bonheur, je ne suscitais que souffrances ;
> De sorte qu'on m'appela « Malheureuse » :
> Le malheur, c'est tout ce que je possède.
>
> WAGNER,
La Walkyrie.

14

Lorsque Sara arriva à Washington Square, elle avait remplacé une grande partie de ses craintes par une farouche détermination. Apparemment sourde aux questions anodines que je lui posais tandis que nous roulions à vive allure sur les dalles de granit de Broadway, elle regardait droit devant elle, l'esprit absorbé par – par quoi ? Elle se refusait à le dire, et il était impossible de le savoir avec certitude. Je soupçonnai toutefois qu'elle était préoccupée par ce grand objectif qui guidait sa vie : apporter la preuve qu'une femme peut faire un officier de police compétent et efficace. Des spectacles repoussants comme celui vers lequel nous nous dirigions cette nuit-là deviendraient partie intégrante de sa vie professionnelle si ses espoirs se réalisaient un jour – elle en avait conscience. Céder à la pusillanimité qu'on attendait de son sexe aurait donc été à la fois insupportable et inexcusable, car cela aurait eu des implications allant bien au-delà de sa capacité personnelle à regarder sans broncher des atrocités. Aussi gardait-elle les yeux fixés sur la croupe de notre cheval, desserrant à peine les lèvres, faisant appel à toute son énergie mentale pour être à même, le moment venu, de se conduire aussi dignement que n'importe quel inspecteur aguerri.

Cette attitude contrastait avec mes propres efforts pour chasser mes appréhensions par un bavardage futile. Lorsque nous parvînmes à Prince Street, j'étais fatigué d'entendre ma voix tendue et sur le point de renoncer à toute tentative de communication pour observer plutôt les prostituées et leurs pantes sortant des salles de spectacle. A un coin de rue, un marin norvégien, si soûl qu'un filet de bave coulait sur le devant de son uniforme, était soutenu par deux danseuses tandis qu'une troisième lui faisait les poches sans hâte et sans vergogne. La scène, qui n'avait rien d'inhabituel, fit naître une idée dans ma tête.

— Sara, dis-je alors que nous traversions Canal Street en direction de l'hôtel de ville, es-tu déjà allée chez Shang Draper?

— Non, répondit-elle, son haleine se condensant dans l'air glacé : comme toujours à New York, avril ne nous avait guère changés du froid mordant de mars.

C'était maigre comme début de conversation mais je saisis l'ouverture.

— La prostituée moyenne qui tapine dans une maison de tolérance connaît plus de moyens de détrousser un client que je ne pourrais t'en citer — et les enfants qui travaillent dans des endroits comme chez *Draper's*, ou le *Paresis*, sont dans ce domaine aussi habiles que n'importe quel adulte. Et si notre homme était l'un de ces gogos ? Si, après avoir été roulé une fois de trop, il avait résolu de régler ses comptes ? C'est une hypothèse qu'on a toujours retenue, pour l'Éventreur.

Sara remonta la lourde couverture qui réchauffait nos jambes.

— C'est possible, John, convint-elle d'un ton qu'on ne pouvait encore qualifier d'intéressé. Qu'est-ce qui te fait penser cela ?

— Il s'est écoulé trois ans entre les Zweig et notre premier meurtre, en janvier dernier. Et si notre théorie, selon laquelle il a fait d'autres victimes, dont les corps ont été soigneusement cachés, était fausse ? S'il n'avait commis aucun autre meurtre à New York — parce qu'il n'y était plus ?

— Parce qu'il n'y était plus ? répéta Sara, s'animant enfin. Tu veux dire qu'il serait parti en voyage ? Qu'il aurait quitté la ville ?

— S'il y était obligé ? S'il était marin, par exemple ? La moitié des clients de boîtes comme le *Paresis* sont des marins. Cela collerait. Si c'était un habitué, il n'aurait éveillé aucun soupçon — il connaissait peut-être même les jeunes garçons.

Sara considéra mon hypothèse avant d'approuver de la tête.

— Ce n'est pas bête, John. Nous verrons ce que les autres en pensent en... (Sa voix se fit plus aiguë, et Sara, de nouveau anxieuse, se remit à fixer la rue.) En arrivant là-bas.

Castle Garden étant situé au cœur de Battery Park, nous dûmes descendre tout Broadway et au-delà pour y parvenir. Le trajet nous fit traverser le salmigondis de styles architecturaux qui constituait le quartier de la finance et de la presse du Manhattan de l'époque. Dans un premier temps, on était toujours un peu étonné de voir des bâtiments comme l'immeuble du *World*, ou les onze étages de la National Shoe and Leather Bank, dominer de leur hauteur impressionnante (du moins *semblait*-elle impressionnante avant la construction des tours Woolworth et Singer) des monuments victoriens trapus et surchargés de « pâtisserie » comme la Vieille Poste ou le siège de la compagnie d'assurances Equitable Life. Mais lorsqu'on connaissait mieux le quartier, on décelait entre tous ces édifices un trait commun qui effaçait toute différence stylistique : l'opulence. J'avais grandi dans cette partie de Manhattan (mon père dirigeait une société de placement de taille modeste) et dès mon plus jeune âge, j'avais été frappé par la frénésie déployée pour gagner de l'argent et le garder. En 1896, c'était indéniablement la principale raison d'être de New York.

Cette nuit-là, je sentis de nouveau ce puissant courant souterrain de pouvoir, bien que le quartier fût obscur et endormi à deux heures et demie du matin. En passant devant le cimetière de Trinity Church – où repose le père du système économique américain, Alexander Hamilton – je me surpris à sourire en songeant : on peut dire qu'*il* ne manque pas de hardiesse. Quels que fussent l'identité de notre gibier et les pulsions qui l'agitaient, il ne limitait plus son champ d'action aux quartiers les moins respectables de la ville. Il s'était risqué dans ce sanctuaire de l'élite fortunée et avait osé laisser un cadavre dans Battery Park, aisément visible des bureaux d'un bon nombre des financiers les plus influents de la ville. Oui, si notre homme était sain d'esprit, comme Kreizler le croyait profondément, ce dernier acte n'indiquait pas seulement une cruauté barbare mais de l'audace, de cette audace particulière qui a toujours suscité un mélange d'horreur et d'admiration réticente chez les New-Yorkais.

Notre fiacre nous déposa au Bowling Green et nous traversâmes pour entrer dans le parc. Sur le siège du cocher de la calèche de Kreizler, arrêtée le long du trottoir de Battery Place, Stevie Taggert s'emmitouflait dans une grande couverture.

– Tu guettes l'arrivée des types du commissariat ? lui lançai-je.
Il opina du chef en frissonnant.
– Et je me tiens à l'écart de *ça*, dit-il, désignant l'intérieur du parc d'un signe de tête. C'est horrible, Mr Moore.

Dans le parc, des lampes à arc fort peu nombreuses nous dirigèrent, le long d'une allée rectiligne, vers les prodigieuses murailles de Castle Garden. Ancien fort portant le nom de Castle Clinton, l'ouvrage avait été construit pour protéger New York pendant la guerre de 1812 puis cédé à la ville et converti en un pavillon couvert qui, pendant des années, avait servi d'Opéra. En 1855, il avait été de nouveau transformé pour devenir le bureau d'immigration de la ville, et avant qu'Ellis Island n'usurpe ce rôle en 1892, pas moins de sept millions d'âmes transplantées étaient passées par le vieux fort en pierre de Battery Park. Récemment, la municipalité lui avait cherché un nouvel usage et avait décidé d'y installer l'aquarium de New York. Ce remodelage était en cours, et nous discernâmes des indices révélateurs d'un chantier de construction avant même de voir clairement les murailles du fort se détacher sur le ciel de nuit.

Au pied de ces murailles, Marcus Isaacson et Cyrus Montrose entouraient un homme vêtu d'un long manteau dont les doigts serraient nerveusement un chapeau à large bord. Malgré l'insigne épinglé sur sa poitrine, il n'émanait de lui à cet instant aucune autorité : assis sur une pile de planches, il tenait son visage au-dessus d'un seau, la respiration haletante. Marcus s'efforçait de l'interroger mais l'homme était visiblement en état de choc. Nous nous approchâmes.

– Le veilleur de nuit ? murmurai-je.

– Oui, répondit Marcus. Il a trouvé le corps à une heure, sur le toit. Apparemment, il fait sa ronde toutes les heures. (Il se pencha vers l'homme.) Mr Miller ? Je retourne là-haut. Prenez votre temps, rejoignez-nous quand vous vous sentirez mieux. Mais en aucun cas vous ne devez partir, vous comprenez ?

Le veilleur de nuit tourna vers Isaacson une tête grisonnante aux traits crispés par l'horreur, hocha mécaniquement la tête puis se pencha de nouveau vers le seau, sans toutefois vomir.

– Cyrus, assurez-vous qu'il ne bouge pas, voulez-vous ? reprit Marcus. Il nous faut plus de réponses que ce que nous avons obtenu jusqu'ici.

– Bien, sergent.

Au moment où Isaacson, Sara et moi franchissions les monumentales grilles noires de Castle Garden, le sergent indiqua Miller d'un mouvement du menton.

– Il est effondré. Tout ce que j'ai pu tirer de lui, c'est qu'à minuit et quart, le corps n'était pas où il se trouve maintenant, et que les grilles de devant étaient verrouillées. Celles de derrière sont fermées par des chaînes, j'ai vérifié – aucune trace d'effraction. J'ai bien peur que ça ressemble beaucoup à l'énigme du *Paresis Hall*, John. Aucun moyen d'entrer ou de sortir, mais quelqu'un l'a fait quand même.

Le réaménagement de l'intérieur de Castle Garden n'était qu'à moitié fini. Sur le sol, entre planches, plâtras et pots de peinture, miroitait une série de grands réservoirs en verre, certains en construction, d'autres terminés mais vides, quelques-uns abritant déjà leurs occupants : diverses espèces de poissons exotiques dont les yeux écarquillés et les mouvements apeurés ne convenaient que trop aux circonstances. Les reflets des lampes baladeuses sur des écailles aux couleurs vives renforçaient l'impression étrange que ces témoins terrifiés cherchaient à s'échapper de cet endroit de mort pour retourner dans les eaux sombres et profondes où l'homme et sa violence étaient inconnus.

Après avoir gravi un vieil escalier creusé dans l'une des murailles du fort, nous émergeâmes au-dessus de la coque construite sur les anciens remparts pour couvrir la cour. Une tourelle décagonale percée de deux fenêtres sur chaque face se dressait au centre du toit en terrasse, offrant une vue admirable sur le port de New York et la statue de la Liberté encore neuve.

Sur le toit, du côté le plus proche de l'eau, Roosevelt, Kreizler et Lucius Isaacson se tenaient autour d'un appareil photographique volumineux posé sur un trépied en bois. Devant, dans la lumière d'une autre lampe baladeuse, gisait la cause de notre présence en ce lieu. Même de loin, le sang était visible.

Si Lucius gardait les yeux fixés sur le cadavre, Laszlo et le préfet, tournés de l'autre côté, discutaient avec animation. Quand le docteur nous vit en haut de l'escalier, il s'avança vers nous, suivi de Roosevelt qui secouait la tête. Marcus s'approcha de l'appareil photo tandis que Kreizler s'adressait à Sara et à moi.

— L'état du corps ne laisse guère de doute. C'est l'œuvre de notre homme.

— Un agent du Vingt-Septième District faisant sa ronde est arrivé le premier sur les lieux, ajouta Theodore. Il dit qu'il se rappelle avoir vu le garçon régulièrement au *Golden Rule*, bien qu'il ne sache pas son nom.

Le *Golden Rule Pleasure Club* était une maison de débauche de la 4ᵉ Rue Ouest spécialisée dans les jeunes garçons. Posant les mains sur les épaules de Sara, Laszlo la mit en garde :

— Ce n'est pas beau à voir.

— Je ne m'attends pas à ce que ça le soit, répondit-elle avec un hochement de tête.

Guettant sa réaction, il poursuivit :

— J'aimerais que vous assistiez le sergent Isaacson pour l'autopsie –

il sait que vous avez reçu une formation d'infirmière. Les inspecteurs du Vingt-Septième ne tarderont pas à débarquer; d'ici là, chacun de nous aura beaucoup à faire.

Sara hocha de nouveau la tête, respira à fond, se dirigea vers Lucius et le corps. Kreizler ouvrit la bouche pour me parler mais je lui fis signe d'attendre et pris le sillage de Sara qui marchait vers l'hémisphère de lumière électrique éclairant un coin du toit.

Le cadavre était celui d'un adolescent de type sémite à la peau olivâtre et aux traits délicats. Une épaisse crinière noire couvrait la partie droite de sa tête. Côté gauche, le cuir chevelu avait été arraché, révélant la surface lisse du crâne. Outre ce détail (et l'absence de blessures aux fesses), les mutilations semblaient identiques à celles qui marquaient le corps de Giorgio Santorelli : yeux arrachés, parties génitales coupées et fourrées dans la bouche, torse profondément lacéré, poignets attachés, main droite tranchée et apparemment emportée. Comme l'avait souligné Kreizler, il n'y avait guère de doute sur l'identité du coupable. Sa technique était aussi distinctive qu'une signature.

Je gardais les yeux sur Sara sans m'approcher davantage, prêt à lui venir en aide si elle s'effondrait mais soucieux d'éviter qu'elle pense que je m'y attendais. Ses yeux, en découvrant le corps, s'agrandirent; elle secoua la tête, serra ses mains l'une contre l'autre, prit de nouveau une longue inspiration et alla rejoindre Lucius.

– Sergent? Le Dr Kreizler m'a demandé de vous aider.

Lucius leva les yeux, impressionné par le calme de la jeune femme, puis s'épongea le front avec un mouchoir.

– Oui. Merci, Miss Howard. Nous commencerons par le cuir chevelu...

Je retournai auprès de Kreizler et Roosevelt.

– Elle a du cran, cette fille, dis-je, mais aucun d'eux ne répondit à ma remarque.

Me frappant à la poitrine avec un journal, Laszlo m'annonça d'un ton acerbe :

– Ton ami Steffens a commis un article insensé pour l'édition du matin du *Post*. Comment, *comment* peut-on être aussi stupide?

– C'est inexcusable, commenta Roosevelt d'un ton morne. Steffens s'est cru autorisé à parler de l'affaire tant qu'il ne révélait pas ton nom, Kreizler. Mais je m'en vais le convoquer dans mon bureau demain matin pour lui expliquer les choses, nom d'un tonnerre!

L'article incriminé s'étalait à la une du *Post* et proclamait que « de hauts responsables de la police » pensaient que les meurtres des enfants Zweig et du jeune Santorelli étaient l'œuvre du même homme. Il s'attardait moins sur la personnalité apparemment inhabituelle du tueur que sur le lien entre les deux affaires, démontrant que « la brute sanguinaire » ne s'en prenait pas exclusivement aux enfants prostitués. « Il est clair, désormais », déclarait Steffens dans son meilleur style racoleur, « que plus un seul enfant n'est à l'abri. » Il avait saupoudré sa prose d'autres détails sensationnels comme les outrages qu'aurait subi Santorelli avant sa mort (en fait, Kreizler n'avait décelé aucune trace de viol), ou le bruit courant dans certains quartiers de la ville et attribuant les meurtres à quelque créature surnaturelle, alors que « l'infâme Ellison et ses acolytes » faisaient des « suspects bien plus crédibles ».

Je repliai le journal, m'en tapotai lentement la jambe.

— C'est moche.

— C'est moche mais le mal est fait, dit Kreizler, maîtrisant sa colère. Et nous devons essayer de le réparer. Moore, aurais-tu une chance de convaincre ton rédacteur en chef de publier dans le *Times* un article dénonçant dans celui de Steffens de vaines spéculations ?

— C'est possible, répondis-je, mais cela lui révélerait mon implication dans l'enquête. Et il chargerait probablement quelqu'un de creuser plus profond : le lien avec les Zweig incitera beaucoup de gens à s'intéresser encore plus à cette histoire.

Theodore fut de mon avis :

— Oui, un contre-article ne ferait qu'aggraver les choses. Il faut enjoindre à Steffens de se taire, en espérant que son article passera inaperçu.

— Inaperçu ? explosa Laszlo. Même si une personne sur deux ne le remarque pas, il y en a *une* qui le lira — et je crains fort sa réaction !

— Tu t'imagines que je ne la crains pas ? riposta Roosevelt. Je savais que la presse finirait par s'en mêler — c'est la raison pour laquelle je t'ai demandé de faire vite. L'enquête ne peut pas durer des semaines sans que *quelqu'un* en parle !

Les mains sur les hanches, Theodore toisa Kreizler, et celui-ci, ne sachant que répondre, détourna la tête. L'instant d'après, il reconnut d'un ton plus calme :

— Tu as raison, Roosevelt. Au lieu de nous chamailler, nous devrions mettre à profit l'occasion de progresser qui nous est offerte. Mais pour l'amour de Dieu, si Riis et Steffens doivent être au courant de...

— Ne te tourmente plus pour ça, Kreizler, dit le préfet d'un ton conciliant. Ce n'est pas la première fois que Steffens m'ennuie avec ses élucubrations — mais ce sera la dernière.

Laszlo secoua de nouveau la tête d'un air dégoûté puis haussa les épaules.

— Bon. Au travail.

Nous rejoignîmes Sara et les Isaacson. Marcus prenait des photos du cadavre tandis que Lucius continuait son autopsie, énumérant les blessures dans un jargon anatomique, le ton posé et concentré. Ni l'un ni l'autre ne se livrait alors à ces petites bizarreries qui provoquaient l'hilarité ou la consternation des observateurs. Quand il eut fini de photographier le corps, Marcus laissa Sara et son frère poursuivre leur sinistre tâche et entreprit de « saupoudrer » le toit avec le contenu des fioles qu'il nous avait montrées chez *Delmonico's*. Pendant ce temps, Roosevelt, Kreizler et moi recherchions des surfaces assez lisses et dures pour retenir des empreintes : les poignées de porte, les fenêtres, voire la cheminée de céramique sans doute neuve qui montait le long d'une facette de la tourelle décagonale, à quelques pieds de l'endroit où gisait le mort. Ce fut cette dernière possibilité qui se révéla fructueuse, parce que, nous expliqua Marcus, le veilleur de nuit avait par négligence laissé le feu s'éteindre en bas quelques heures plus tôt. Devant une partie particulièrement propre de la céramique, au niveau approximatif où un homme de la taille présumée du tueur aurait posé la main s'il s'était appuyé à la cheminée, Marcus s'approcha, l'air agité. Il nous pria, Theodore et moi, de tendre une bâche qui le protégerait du vent soufflant du port, puis répandit de la poudre de carbone sur la cheminée à l'aide d'un délicat pinceau en poils de chameau et fit apparaître par magie, suis-je obligé de dire, une série d'empreintes. Leur position correspondait exactement à la posture supposée du meurtrier.

Tirant de sa poche la photographie du pouce taché de sang de Sofia Zweig, Marcus la tint contre la cheminée. Ses yeux s'agrandirent quand il compara soigneusement les empreintes, flamboyèrent littéralement lorsqu'il se tourna vers Kreizler et déclara, d'une voix remarquablement maîtrisée :

— On dirait que ça correspond.

Il alla chercher l'appareil photo avec Laszlo tandis que Roosevelt et moi continuions à tenir la bâche. Après avoir pris plusieurs clichés, Marcus nous demanda de l'aider à inspecter le bord du toit en cherchant « toute trace de passage ou d'activité — même les éraflures les plus légères dans la maçonnerie ». Nous nous mîmes docilement au travail, Roosevelt, Kreizler et moi, appelant chaque fois que nous dénichions quelque chose qui semblait s'appliquer à nos instructions plutôt vagues. Marcus, qui examinait la balustrade courant tout autour du toit, accourait à chaque fois pour considérer nos trouvailles. La plupart se révélèrent sans intérêt mais, tout au bout de la terrasse, dans la partie la plus sombre, Roosevelt découvrit des marques que le sergent estima prometteuses.

Sa requête suivante fut plutôt curieuse : après avoir noué l'extrémité d'une corde autour de sa taille, il passa l'autre autour de la balustrade et nous la tendit. Nous devions, Roosevelt et moi, laisser filer la corde tandis qu'il descendrait le long du mur de derrière. Interrogé sur le pourquoi de la chose, Marcus répondit simplement qu'il travaillait sur la méthode utilisée par l'assassin pour atteindre des lieux apparemment inaccessibles.

Alors que nous le descendions, il émit un grognement de satisfaction puis nous demanda de laisser filer un peu plus la corde. Entre deux efforts, je fis part à Laszlo (qui, à cause de son bras, avait choisi de ne pas nous aider) des réflexions que je m'étais faites en chemin sur la profession et les habitudes de notre tueur. Il eut une réaction mitigée :

— Tu tiens peut-être quelque chose avec ton idée d'un habitué des maisons où ces enfants travaillent, Moore. Quant à l'hypothèse qu'il soit de passage... (Il alla d'un pas lent regarder Lucius poursuivre l'autopsie.) Considère ce qu'il a réussi à faire : déposer six corps – six, à notre connaissance – dans des lieux publics.

— Cela laisse à penser qu'il connaît la ville, conclut Roosevelt avec un petit grognement d'effort.

— Qu'il la connaît intimement, renchérit Lucius, qui avait suivi la discussion. Les mutilations ne donnent pas l'impression d'avoir été faites précipitamment. Les entailles sont nettes, précises. Je dirais que, dans ce cas comme dans tous les autres, il savait exactement combien de temps cela lui prendrait, et qu'il a choisi les lieux en conséquence. En outre, les marques autour des yeux indiquent une main sûre, habile – ainsi que de bonnes connaissances en anatomie.

Kreizler médita brièvement la remarque.

— Quelle sorte d'homme posséderait cette technique, sergent ?

Lucius haussa les épaules.

— Plusieurs choix s'offrent à nous, selon moi. Un docteur, bien sûr, ou une personne ayant à tout le moins plus qu'une formation médicale sommaire. Un boucher, peut-être, ou un chasseur très expérimenté. Quelqu'un habitué à ne rien perdre d'une carcasse, et qui saurait non seulement découper les principaux quartiers de viande mais utiliser aussi les bas morceaux – tripes, pieds, yeux...

– S'il est si habile, si intelligent, pourquoi commet-il ces atrocités dans des lieux publics ? demanda Theodore.

– Pour se montrer, répondit Laszlo en revenant vers nous. Il tient beaucoup, semble-t-il, à opérer dans des endroits accessibles à tous.

– Le désir de se faire prendre ? suggérai-je.

– Apparemment, acquiesça Kreizler. En lutte avec le désir de nous échapper. (Il se tourna vers le port.) Et il y a d'autres aspects que ces lieux ont en commun...

A ce moment, nous entendîmes un cri de Marcus nous signifiant de le remonter. Au signal de Roosevelt, nous exerçâmes plusieurs longues et laborieuses tractions afin de ramener le policier sur le toit. Aux questions de Kreizler, Marcus répondit qu'il ne voulait pas émettre d'hypothèse avant d'avoir une certitude et s'éloigna pour prendre quelques notes.

– Docteur ! appela Lucius. Venez donc voir ça.

Laszlo se dirigea aussitôt vers le cadavre mais le préfet et moi traînâmes un peu les pieds – il y a une limite à ce qu'un œil non exercé peut endurer. Même Sara, qui avait montré jusque-là tant de courage, détournait à présent les yeux chaque fois qu'elle le pouvait.

– Quand vous avez examiné Giorgio Santorelli, docteur, dit Lucius en déliant les poignets du mort, avez-vous remarqué des écorchures ou des lacérations sur cette partie du corps ?

Il souleva la main gauche de la victime, en indiqua la base.

– Non. A part le sectionnement de la main droite, il n'y avait rien de particulier.

– Pas d'entailles ni de contusions sur l'avant-bras ? insista l'inspecteur.

– Aucune.

– Oui. Cela viendrait à l'appui de l'hypothèse que nous avons déjà formulée, dit Lucius. (Il laissa retomber le bras mort, s'essuya le front.) C'est de la corde assez rugueuse, poursuivit-il, montrant d'abord le lien défait puis à nouveau le poignet. Même au cours d'une lutte très brève, elle aurait dû laisser des marques.

Sara fit aller son regard de la corde au policier.

– Alors... Il n'y a pas eu lutte ? murmura-t-elle, la voix empreinte d'une profonde tristesse.

Tristesse qui pesait aussi sur ma poitrine – car les implications étaient évidentes. Lucius les énonça :

– Je pense que le garçon s'est laissé attacher, et que même pendant l'étranglement, il a opposé très peu de résistance au meurtrier. Il n'avait peut-être pas conscience de ce qui se passait. Voyez-vous, s'il y avait eu attaque et résistance réelle, nous aurions aussi trouvé sur les avant-bras les traces de coups reçus en essayant de repousser l'agresseur. Mais, je le répète, il n'y a rien. Je dirais donc... (Lucius leva les yeux vers nous) que le garçon connaissait le meurtrier. Qu'ils s'étaient peut-être même déjà livrés à ce genre de pratique en d'autres circonstances. A des fins sexuelles, selon toute vraisemblance.

– Seigneur Dieu, gémit Theodore.

Me tournant de nouveau vers Sara, je vis luire quelque chose au coin de ses yeux : des larmes en train de sourdre, qu'elle fit promptement disparaître d'un battement de cils.

– Ce dernier point est hypothétique, bien sûr, admit Lucius, mais je suis sûr de moi quand je déclare que le garçon le connaissait.

Kreizler hocha lentement la tête.

– Le connaissait – et lui faisait confiance, ajouta-t-il, baissant la voix.

Isaacson se détourna enfin du corps et éteignit la baladeuse.

– Oui, lâcha-t-il comme à regret.

A ce mot, Sara se leva brusquement et s'élança vers le bord du toit le plus éloigné de l'endroit où nous nous trouvions. Après avoir échangé des regards interrogatifs avec le reste de l'équipe, je m'approchai lentement de mon amie, constatai qu'elle contemplait la statue de la Liberté, et j'avoue avoir éprouvé une certaine surprise en ne la voyant pas secouée de sanglots. Son corps était au contraire parfaitement immobile, raide même. Sans se retourner, elle me dit :

– S'il te plaît, n'approche pas davantage, John. (Loin d'être hystérique, son ton était d'un calme glacé.) Je préfère ne pas avoir d'homme près de moi. Pour le moment.

– Je... désolé, Sara, fis-je. Je voulais juste t'aider.

Elle laissa échapper un petit rire amer.

– Oui. Mais tu ne peux rien pour m'aider... Et dire, reprit-elle après un silence, que nous pensions que ça pouvait être une femme !

– *Pensions* ? Autant que je sache, nous n'avons toujours pas exclu cette possibilité.

– Vous, peut-être. Vous avez un désavantage, dans ce domaine.

Sentant une présence derrière moi, je me retournai et découvris Kreizler qui s'approchait prudemment. Il me fit signe de me taire quand Sara continua :

— Mais moi, je peux te le dire, John. C'est l'œuvre d'un homme, cette chose, là-bas. Une femme n'aurait jamais... (Elle s'interrompit, chercha ses mots.) Les mutilations, la corde...

Il y eut un autre silence pendant lequel Laszlo me toucha le bras et, d'un mouvement de tête, indiqua l'autre côté du toit.

— Laisse-moi seule quelques minutes, John, dit enfin Sara. Ça ira.

Kreizler et moi reculâmes sans bruit. Quand nous fûmes assez loin pour qu'elle ne puisse plus nous entendre, Laszlo murmura :

— Elle a raison, bien sûr. Je n'ai jamais vu chez une femme une folie qui se compare à cela. Mais il m'aurait sans doute fallu un temps ridiculement long pour parvenir à la même conclusion qu'elle.

Sara demeura au bord du toit pendant que nous rangions le matériel des Isaacson et effacions toute trace de notre présence, en particulier les petites traînées de poudre d'aluminium et de carbone.

— En tout cas, fit Theodore, enroulant la corde dont nous nous étions servis pour faire descendre Marcus le long du mur, cet homme doit avoir un sang-froid remarquable pour préparer son plan aussi soigneusement, et le mettre à exécution aussi complètement, alors que la possibilité de se faire prendre n'est jamais loin.

— Oui, dit Kreizler. Cela dénoterait presque un esprit martial, tu ne trouves pas, Roosevelt ?

— Comment ? rétorqua le préfet, tournant vers Laszlo un visage à l'expression quasi offensée. Martial ? Ce n'est pas ce que j'ai voulu dire. Pas du tout! Je me refuse à voir là-dedans la main d'un soldat.

Diaboliquement conscient que Theodore avait gardé pour les arts militaires le respect admiratif de son adolescence, Kreizler ébaucha un sourire et enfonça un peu plus l'aiguillon :

— Garder la tête froide en se livrant à des actes violents, n'est-ce pas ce que nous nous évertuons à inculquer aux soldats ?

Theodore se racla bruyamment la gorge et s'éloigna de Laszlo, dont le sourire s'élargit.

— Notez-le, sergent Isaacson, cria-t-il à Marcus. L'homme a certainement une expérience quelconque de l'armée !

Roosevelt fit volte-face mais ne parvint qu'à brailler « Nom d'un tonnerre ! » avant que Cyrus ne surgisse en haut des marches, plus alarmé que je ne l'avais jamais vu.

– Docteur, nous ferions mieux de filer! prévint-il.

D'un de ses bras puissants, il indiqua le nord, et nos yeux se tournèrent dans cette direction.

Des groupes se formaient aux diverses entrées du parc – non les promeneurs bien vêtus et policés qui fréquentaient le lieu dans la journée, mais des hommes et des femmes en guenilles, dont la misère sautait aux yeux, même à cette distance. Certains portaient des torches, d'autres étaient accompagnés d'enfants qui paraissaient s'amuser de cette expédition inhabituelle. Pour le moment, la foule ne semblait pas encore menaçante, mais elle réunissait tous les ingrédients nécessaires pour se transformer en meute déchaînée.

15

Sara me rejoignit.
— John, qui sont ces gens ?
— A première vue, je dirais que l'édition matinale du *Post* est parvenue dans la rue, répondis-je, plus inquiet que je ne l'avais été de toute la nuit.
— Que veulent-ils, d'après vous ? me demanda Lucius, suant plus abondamment que jamais malgré le froid.
— Des explications, je présume, répondit Kreizler. Mais qui leur a dit de venir ici ?
— J'ai vu un flic du Vingt-Septième District, fit Cyrus d'une voix nerveuse. (C'était une meute semblable qui avait torturé et lynché ses parents.) Il parlait à deux hommes qui se sont ensuite mêlés à la foule et l'ont excitée en racontant qu'il n'y avait que des gosses pauvres d'origine étrangère qui se faisaient tuer. Apparemment, la plupart de ces gens viennent de l'East Side.
— Ce policier était sans aucun doute l'agent Barclay, intervint Roosevelt, les traits crispés par la fureur que lui inspiraient les subordonnés déloyaux. C'est lui qui était ici avant nous.
— Regardez Miller ! s'exclama soudain Marcus.
Baissant les yeux, je vis le veilleur de nuit détaler sans son chapeau en direction de l'embarcadère du ferry de Bedloe Island.
— Heureusement, j'ai gardé ses clefs, ajouta Marcus. Je me doutais que ce n'était pas le genre à rester longtemps dans le coin.
A cet instant, le groupe le plus nombreux, qui se trouvait juste en face de nous, parfaitement visible à travers les branches des arbres encore dénudés du parc, se mit à gronder plus fort, en un crescendo qui s'acheva par des cris hargneux. Nous entendîmes des sabots

résonner et la calèche de Kreizler apparut, dévalant l'allée principale en direction du fort. Le fouet brandi, Stevie fit faire à Frederick le tour des murailles jusqu'au portail de derrière.

– Bien vu, Steve, murmurai-je, pivotant vers les autres. C'est la meilleure issue pour nous – sortir par-derrière et longer l'eau!

– Je propose que nous adoptions ce plan, dit Marcus. Ils arrivent.

Avec une autre série de beuglements, la foule massée à l'entrée principale pénétra dans le parc. Imitant son exemple, les groupes de droite et de gauche avancèrent aussi. Il apparut que, derrière, d'autres continuaient à affluer des rues voisines : la foule serait bientôt grosse de plusieurs centaines d'individus qu'on avait adroitement galvanisés.

– Par le diable! tonna Theodore, où est passée la ronde de nuit du Vingt-Septième? Je les ferai rôtir sur des charbons ardents!

– Un plan idéal pour demain, commenta Kreizler en se dirigeant vers l'escalier. Pour le moment, c'est plutôt la fuite qui semble s'imposer.

– Mais c'est le lieu du crime! s'indigna le préfet. Je ne permettrai à personne, quels que soient ses griefs, de piétiner des indices!

Il balaya la terrasse du regard, ramassa un morceau de bois.

– Kreizler, aucun membre de ton équipe ne doit être trouvé ici. Prenez Miss Howard avec vous et partez. Les sergents et moi affronterons la foule.

– Vous croyez? laissa échapper Lucius avant de se rendre compte de ce qu'il disait.

– Préparez-vous, lui enjoignit Theodore. (Il pressa chaleureusement l'épaule de Lucius puis fendit l'air de quelques coups vigoureux de bâton.) Après tout, ce fort nous a défendus de l'empire britannique, il peut bien retenir une bande de brutes du Lower East Side!

C'était un de ces moments où l'on avait envie de le gifler, même s'il y avait du vrai dans ses fanfaronnades.

Afin de garder secrète la nature de nos activités, nous devions emporter le matériel des Isaacson. Après être repassés entre les aquariums, nous chargeâmes les diverses caisses dans la calèche et je me retournai pour souhaiter bonne chance aux sergents. Marcus gardait les yeux fixés par terre, Lucius vérifiait nerveusement son arme réglementaire.

– Vous ne pourrez peut-être pas éviter une bataille rangée, leur dis-je avec un sourire que je voulais rassurant, mais ne laissez pas Roosevelt en provoquer une.

Lucius émit un grognement, Marcus me serra la main avec une expression pleine de bravoure.
– Nous vous retrouverons au 808, dit-il.
Ils refermèrent les grilles, remirent les chaînes en place. J'eus juste le temps de m'agripper au flanc de la calèche – où les autres avaient déjà pris place, Kreizler et Sara sur les sièges, Cyrus en haut avec Stevie – qui démarra brusquement et descendit une allée menant aux quais. Le grondement de la foule massée devant Castle Garden continuait à monter mais lorsque nous passâmes en vue des portes du fort, les cris rageurs retombèrent tout à coup. Je me démanchai le cou pour voir Theodore, planté devant le lourd portail noir, tenant son gourdin d'une main et montrant calmement de l'autre la lisière du parc. Ce fou n'avait pu rester à l'abri! Les Isaacson se tenaient derrière lui, prêts à refermer les portes, mais cela ne semblait pas nécessaire : la foule écoutait Roosevelt.
Comme nous approchions de la limite nord du parc, Stevie prit de la vitesse et faillit nous lancer la tête la première dans une phalange d'une vingtaine de policiers courant au pas de gymnastique vers Castle Garden. Nous prîmes un virage serré à Battery Place pour rester sur le quai désert, et j'aperçus à ce moment un luxueux brougham arrêté à un endroit d'où l'on avait une vue parfaite des événements du fort. Une main – manucurée, dont le petit doigt était orné d'une bague en argent d'un goût raffiné – apparut à la portière, suivie d'un torse. Même à la faible lumière des lampes à arc, je distinguai l'éclat d'une élégante épingle de cravate, et bientôt un ensemble de traits séduisants, de type irlandais : Paul Kelly. Je criai à Kreizler de regarder mais nous roulions trop vite pour qu'il ait le temps de se retourner. Quand je lui fis part de ce que j'avais vu, son visage montra qu'il avait tiré les mêmes conclusions que moi.
La foule était donc l'œuvre de Kelly, probablement en réponse aux remarques de Steffens sur Biff Ellison dans le *Post*. Tout collait : Kelly ne passait pas pour avoir l'habitude de lancer des menaces à la légère, et mettre en fureur une partie de la populace perpétuellement et profondément mécontente était un jeu d'enfant pour un homme aussi retors. La manœuvre avait failli nous coûter cher. Toujours accroché à la portière, je me promis, s'il arrivait quoi que ce soit à Theodore et aux Isaacson, d'en tenir personnellement pour responsable le chef des Five Pointers.
Stevie ne ralentit à aucun moment l'allure de Frederick pendant tout le trajet, et personne ne le pria de le faire – chacun, pour des rai-

sons qui lui étaient propres, tenant à mettre quelque distance entre lui et Castle Garden. La pluie avait laissé des flaques dans les rues mal pavées du West Side; lorsque nous arrivâmes au 808, Broadway, j'étais couvert de boue, froid comme la tombe, et prêt à déclarer que cela suffisait pour la journée – pour la nuit, en l'occurrence, puisque ce n'était pas encore l'aube. Mais il nous restait encore à porter le matériel en haut et à noter nos réflexions sur l'affaire alors qu'elles étaient encore fraîches : nous nous attelâmes à cette tâche. Au moment où l'ascenseur arrivait au cinquième étage, Kreizler s'aperçut qu'il avait égaré sa clef ; je lui donnai la mienne. Finalement, ce fut un petit groupe hébété et exténué qui pénétra au quartier général à cinq heures et quart, ce samedi.

Ma surprise et ma joie furent d'autant plus grandes quand une odeur de steak, d'œufs au plat et de café fort flatta mes narines. De la lumière brillait dans la petite cuisine du fond, où Mary Palmer – vêtue non de son uniforme de lin bleu mais d'une jolie blouse blanche, d'une jupe écossaise et d'un tablier – s'affairait avec des gestes rapides et compétents. Je laissai tomber les caisses que je portais.

– Dieu m'a envoyé un ange, m'exclamai-je, titubant.

Mary sursauta en voyant ma silhouette crottée surgir de l'ombre mais ses yeux bleus recouvrèrent bientôt leur calme. Avec un petit sourire, elle m'offrit un morceau de steak chaud et grésillant au bout d'une longue fourchette puis une tasse de café. Je bafouillai, « Mary, comment avez-vous... ? » puis renonçai à ma question pour me concentrer sur le délicieux petit déjeuner. Mary avait vu grand : une ribambelle d'œufs et de tranches de bœuf crépitaient dans des poêles en fonte qu'elle avait dû rapporter de chez Kreizler. J'aurais pu rester longtemps dans la cuisine, baignant dans la chaleur et les arômes, mais en me retournant, je découvris Laszlo derrière moi, les bras croisés, la mine renfrognée.

– Eh bien, maugréa-t-il, je sais maintenant où était passée ma clef.

Je tins son admonestation pour une plaisanterie.

– Laszlo, dis-je entre deux bouchées, je crois que je vais peut-être ressusciter.

– Veux-tu nous excuser un instant, Mary et moi ? poursuivit-il du même ton sévère.

A l'expression de la jeune fille, je devinai que, contrairement à moi, elle ne pensait pas qu'il plaisantait. Au lieu de protester, je repris des œufs et de la viande, me dirigeai vers mon bureau avec mon assiette et ma tasse de café.

Dès que j'eus quitté la cuisine, j'entendis Laszlo sermonner Mary en termes nets. La pauvre fille ne pouvait lui opposer qu'un « non » occasionnel et un sanglot refoulé. Je ne comprenais pas. A mon sens, elle nous avait rendu un précieux service, et Kreizler se montrait d'une cruauté inexplicable. Je fus cependant bientôt détourné de ces pensées par Cyrus et Stevie, qui tournaient autour de mon assiette, la langue pendante.

– Allons, les gars, les raisonnai-je en protégeant ma nourriture. Pas la peine de se battre, il en reste plein à la cuisine.

Ils filèrent tête baissée vers le fond de l'appartement, ne se redressèrent un peu qu'en croisant leur patron.

– Avalez un morceau et ramenez Mary à la maison, leur ordonna Kreizler avec brusquerie. Pressons.

Les deux hommes marmonnèrent un « Oui, Monsieur » avant de se jeter sur les steaks et les œufs. Laszlo porta une des chaises du *marchese* Carcano entre le bureau de Sara et le mien, se laissa tomber dessus d'un air las.

– Vous voulez manger quelque chose, Sara? demanda-t-il.

Elle releva sa tête – posée sur ses bras croisés – juste assez longtemps pour sourire et répondre :

– Non, merci, docteur, je ne pourrais pas. Et je ne crois pas que Mary apprécierait ma présence dans la cuisine.

– Tu as été un peu dur avec elle, tu ne crois pas? dis-je, du ton le plus désapprobateur que je pus prendre entre deux bouchées.

Il soupira, ferma les yeux.

– Je te prie de ne pas t'en mêler, John. Ma réaction peut paraître sévère – mais je veux que Mary ne sache rien de nos activités. (Il rouvrit les yeux, regarda en direction de la cuisine.) Pour diverses raisons.

Il y a des moments dans la vie où l'on a l'impression d'être entré dans le mauvais théâtre au milieu de la représentation. Je me rendis soudain compte qu'il y avait quelque chose entre Laszlo, Mary et Sara. J'aurais bien été en peine de dire quoi, mais en sortant une bonne bouteille de cognac français du tiroir de mon bureau pour arroser mon café encore fumant, je pris conscience de la tension qui régnait dans la grande pièce. Impression qui fut confirmée quand Mary, Stevie et Cyrus sortirent de la cuisine et que Kreizler réclama sa clef. La jeune femme la lui rendit de mauvaise grâce et jeta à Sara un regard furieux en franchissant la porte avec les deux autres. Aucun doute, il y avait une raison sous-jacente à ce comportement.

Mais nous avions plus important à faire et, après le départ du trio, nous pûmes tout à loisir commencer à échanger nos réflexions. Kreizler alla au tableau, qu'il avait divisé en trois parties. ENFANCE à gauche, PÉRIODE INTERMÉDIAIRE au centre, et CARACTÉRISTIQUES DES CRIMES à droite. Il nota dans leurs rangées respectives les idées qui nous étaient venues sur le toit de Castle Garden, laissant de la place pour celles que les Isaacson auraient pu avoir après notre départ. Il se recula ensuite pour considérer la liste, et bien qu'elle reflétât, selon moi, une bonne nuit de travail, parut la juger lacunaire. Il fit sauter son morceau de craie dans sa main en se balançant d'un pied sur l'autre et annonça finalement qu'il y avait un facteur de plus dont nous devions tenir compte : dans la colonne de droite du tableau, il écrivit le mot EAU.

Je restai confondu mais Sara, après avoir réfléchi, souligna que, depuis janvier, tous les meurtres avaient été commis à proximité d'une grande quantité d'eau – et que les corps des Zweig avaient même été déposés *dans* un château d'eau. Comme je demandais s'il ne fallait pas y voir une simple coïncidence, Kreizler déclara qu'il doutait qu'un homme dressant ses plans avec autant de soin que notre tueur laissât beaucoup de place aux coïncidences. Il alla à son bureau, tira un vieux volume relié cuir d'une pile de livres. Quand il alluma sa lampe, je me résignai à entendre quelque longue citation technique, par exemple d'un professeur Mosso, de Turin (qui, je l'avais récemment appris, poursuivait des recherches fondamentales sur la mesure des manifestations physiques d'un état émotionnel.) Mais ce que Laszlo nous lut d'une voix lasse fut tout autre chose :

– « Qui peut comprendre ses erreurs ? Purifie-moi de mes fautes secrètes. »

Kreizler éteignit sa lampe, se rassit. Au hasard, j'émis l'hypothèse qu'il venait de citer la Bible, et il confirma, ajoutant qu'il ne cessait pas de s'étonner du nombre de références à la purification qu'on trouvait dans les textes sacrés. Il précisa aussitôt qu'il ne croyait pas que notre homme souffrait nécessairement de manie ou de démence religieuses (bien que cette sorte d'affliction caractérisât plus de tueurs fous que n'importe quelle autre forme d'aliénation mentale). S'il citait ce passage, c'était plutôt pour souligner, de manière assez poétique, que le meurtrier était écrasé par des sentiments de péché et de culpabilité, pour lesquels l'eau constituait l'antidote métaphorique usuel.

La remarque troubla Sara. D'un ton quelque peu impatient, elle fit observer que Kreizler revenait obstinément à l'idée que l'assassin avait conscience de la nature de ses actes et désirait se faire prendre – alors que l'homme *continuait* à massacrer des jeunes gens. Si nous partions du principe qu'il était sain d'esprit, nous nous retrouvions confrontés à cette question agaçante : quelle satisfaction, quel bénéfice pouvait-il bien tirer de cette boucherie ? Avant de répondre, Laszlo marqua une pause pour choisir ses mots avec soin. Il savait comme moi que la nuit avait été longue et éprouvante pour Sara. Après avoir vu ces atrocités, la dernière chose qu'on souhaitait entendre, c'était une analyse du contexte mental de l'homme qui en était l'auteur. Pourtant, cette analyse s'avérait indispensable, en particulier en ce moment difficile. Il fallait redonner à Sara l'envie de s'atteler à la tâche qui nous attendait, et Laszlo s'attaqua à cet objectif de manière détournée en lui posant avec douceur des questions apparemment sans rapport entre elles.

Imaginez, dit-il, que vous entrez dans un vaste édifice quelque peu en ruine, où résonnent les voix de gens qui marmonnent et se parlent à eux-mêmes. Certains sont prostrés, d'autres pleurent. Où êtes-vous ? La réponse de Sara fut immédiate : dans un asile. Peut-être, fit Laszlo, mais vous pourriez aussi être dans une église. Dans un lieu, ces gens seront tenus pour fous, dans l'autre on les jugera non seulement sains d'esprit mais en train de se livrer à l'une des activités humaines les plus respectables qui soient. Kreizler poursuivit avec d'autres exemples : si une mère et ses enfants sont menacés de toutes sortes de violences par un groupe d'agresseurs, et si la seule arme que la mère a à sa portée est quelque chose comme un couperet, Sara qualifiera-t-elle la réaction obligatoirement sanguinaire de cette femme d'acte d'une sauvagerie démente ? Ou encore, si une autre mère apprend que son époux bat leurs enfants et leur impose des rapports incestueux, si elle lui tranche la gorge au milieu de la nuit, a-t-elle commis un crime sans nom ? Sara fit valoir que, tout en répondant « non » à ces questions, elle considérait ces cas comme très différents de celui qui nous intéressait. Réplique immédiate de Laszlo : la seule différence résidait dans la perception qu'avait Sara des divers exemples. Un adulte protégeant un enfant, c'était manifestement un contexte dans lequel elle trouvait justifié un acte violent, même effroyable. Mais si notre assassin voyait lui aussi dans ses œuvres un moyen légitime de se protéger ? Sara pouvait-elle changer suffisamment de point de vue pour saisir que toute victime, toute situation conduisant à un meurtre, évoquait pour le meurtrier un traumatisme lointain, et l'amenait, pour des raisons que nous n'avions pas encore bien définies, à réagir avec rage pour se défendre ?

Si Sara rechignait toujours à suivre le raisonnement de Laszlo, je constatai avec surprise que mes propres pensées allaient au contraire dans son sens. Peut-être le cognac aidait-il mon esprit à sortir de ses limites habituelles. Quoi qu'il en soit, j'intervins pour déclarer que chaque cadavre m'apparaissait, à la lumière des propos de Kreizler, comme une sorte de miroir. Exactement, répondit-il en levant une main satisfaite. Ces corps mutilés étaient l'image spéculaire d'une suite d'expériences violentes capitales dans l'évolution mentale de notre homme. Que nous adoptions l'approche biologique, en nous concentrant sur la formation de ce que le professeur James appelait les « voies neuronales », ou que nous prenions la route philosophique, conduisant à une discussion sur le développement de l'âme, nous arriverions à la même conclusion : un homme pour qui la violence n'est pas seulement un comportement profondément enraciné mais aussi le point de départ de ses expériences les plus chargées de sens. Ce qu'il voyait en regardant ces enfants morts n'était que la représentation de ce qu'on lui avait fait, selon lui – même si c'était seulement sur le plan psychique –, à quelque époque reculée de son passé.

Malgré tout le soin que Kreizler apporta à ses explications, elles ne provoquèrent chez Sara aucun changement d'attitude. Il était tout simplement trop tôt pour lui demander d'oublier Castle Garden et de se remettre au travail. Elle se tortillait sur sa chaise, secouait la tête en qualifiant les arguments de Kreizler de rationalisation absurde. Il comparait les épreuves physiques et émotionnelles de l'enfance aux pires perversions sanguinaires de l'âge adulte, alors qu'il n'y avait pas corrélation : les deux phénomènes étaient hors de proportion l'un par rapport à l'autre, lança-t-elle d'un ton de défi. Laszlo répondit qu'on pouvait avoir cette impression, mais uniquement parce que Sara décidait elle-même des proportions, en se fondant sur le contexte de *son* expérience. La colère, la soif de destruction n'étaient pas les instincts qui guidaient sa vie – mais comment réagirait-elle s'ils l'avaient été, bien avant qu'elle ne soit capable d'une pensée consciente ? Quel acte pouvait assouvir une rage si profondément ancrée ? Dans le cas de notre homme, pas même ces meurtres barbares.

Constatant que la démonstration ne convainquait toujours pas

173

notre intransigeante coéquipière, je suggérai que nous essayions tous de dormir un peu. Pendant notre discussion, le soleil avait commencé à monter lentement au-dessus de la ville, apportant avec lui cet état de désorientation extrême qui accompagne la plupart des nuits blanches.

J'ouvris la porte d'entrée, poussai une Sara épuisée dans l'ascenseur. Au rez-de-chaussée, nous tombâmes sur les Isaacson, dont le retour n'avait pas été retardé par la foule de Castle Garden (elle s'était dispersée peu après notre départ) mais par Theodore, qui avait insisté pour les emmener fêter leur facile victoire par un petit déjeuner de steaks et de bière dans une de ses tavernes favorites du Bowery. Les deux enquêteurs semblaient aussi fatigués que nous, et comme ils devaient encore faire leur rapport avant d'être autorisés à aller se coucher, nous n'échangeâmes que quelques mots. Marcus et moi convînmes rapidement de nous retrouver le lendemain pour nous aventurer au *Golden Rule Pleasure Club* puis ce fut l'ascenseur pour eux et la rue pour nous.

Peu de fiacres bravaient le froid du matin mais, par bonheur, les rares voitures à le faire s'étaient regroupées devant le *St. Denis Hotel*, de l'autre côté de la rue. J'aidai Sara à monter. Avant de donner sa destination au cocher, elle leva les yeux vers les fenêtres encore éclairées du cinquième étage.

— Il n'arrête jamais, dit-elle à voix basse. C'est presque comme si... comme s'il en faisait une affaire personnelle.

— Le succès de l'enquête pourrait valider un grand nombre de ses théories, fis-je valoir dans un bâillement.

— Non, il s'agit d'autre chose. C'est plus...

Suivant son regard braqué vers notre Q.G., je décidai d'exprimer moi aussi une préoccupation :

— Je voudrais bien savoir ce qui se passe avec Mary.

Sara eut un sourire.

— Tu n'as jamais été des plus perspicaces sur le plan des sentiments, John.

— Ce qui signifie ? fis-je, médusé.

— Ce qui signifie qu'elle est amoureuse de lui, rétorqua Sara avec indulgence.

Comme je demeurais bouche bée, elle frappa du plat de la main sur le toit du fiacre.

— Cocher, Gramercy Park. Au revoir, John.

Sara souriait encore quand la voiture démarra. Deux ou trois autres cochers me proposèrent leurs services, mais après cette révélation, je ne pus que secouer la tête d'un air hébété. Rentrer en marchant – en chancelant, devrais-je dire – m'aiderait peut-être à y voir plus clair. Je n'aurais pu me tromper davantage. Les implications des propos de Sara, et l'expression avec laquelle elle les avait prononcés, se révélaient trop étranges pour être élucidées en quelques minutes. La marche ne fit que m'épuiser un peu plus, et lorsque vint enfin le moment de me glisser entre les draps, chez ma grand-mère, je me sentis trop faible physiquement et trop perturbé mentalement pour ôter mes vêtements maculés de boue.

16

Une humeur détestable s'insinua en moi pendant mon sommeil et je m'éveillai à midi fort mal disposé. Cela ne fit qu'empirer quand un messager m'apporta un mot de Laszlo, écrit ce matin. Une certaine Mrs Edward Hulse, de Long Island, avait été arrêtée la nuit dernière après avoir tenté d'assassiner ses propres enfants avec un couteau à découper. Bien que la femme eût été confiée à la garde de son mari, Kreizler avait été chargé de l'examiner et avait invité Sara à l'accompagner. Il n'y avait là rien qui pût m'irriter. C'était plutôt la façon dont Laszlo présentait la chose, comme si Sara et lui allaient passer une agréable journée ensemble à la campagne. En chiffonnant le message, je leur souhaitai bien du plaisir et crachai tout de suite après dans le lavabo, si mes souvenirs sont bons.

Un coup de téléphone de Marcus Isaacson fixa notre rendez-vous à cinq heures, à la station de métro de la 3e Avenue et de la 4e Rue. En m'habillant, j'explorai les possibilités de mon propre programme : elles étaient peu nombreuses et tout à fait sinistres. Je sortis de ma chambre pour découvrir que ma grand-mère donnait un déjeuner : la tablée se composait d'une de ses nièces complètement idiote, du mari de celle-ci, tout aussi engageant (associé de la société d'investissement de mon père) et d'un de mes cousins au second degré. Tous trois me bombardèrent de questions sur mon père auxquelles je ne pus répondre puisque je ne l'avais pas vu depuis des mois. Ils s'enquirent aussi poliment de ma mère (qui, cela je le savais, visitait l'Europe avec une dame de compagnie) et évitèrent courtoisement de parler de mon ex-fiancée, Julia Pratt, qui faisait partie de leurs connaissances. La conversation, ponctuée de petits rires et de sourires hypocrites, eut pour effet général d'accentuer ma morosité.

A vrai dire, cela faisait des années que je n'avais plus de conversation agréable avec la plupart des membres de ma famille, pour des raisons qui, bien que profondes, n'étaient pas difficiles à expliquer. Juste après ma sortie de Harvard, mon frère cadet – dont le passage à l'âge adulte avait été encore plus agité que le mien – était tombé d'un bateau à Boston et s'était noyé. Une autopsie minutieuse révéla ce que j'aurais pu dire à tout le monde si l'on m'avait posé la question : mon frère était un consommateur régulier d'alcool et de morphine. A ses funérailles, on prononça des éloges funèbres débordant de respect et parfaitement absurdes, sans mentionner une seule fois le combat de mon frère contre de terribles crises de mélancolie. Sa détresse avait de multiples causes, mais je crois encore aujourd'hui, comme je le croyais alors, qu'elle provenait de ce qu'il avait grandi dans une maison et dans un monde où la moindre expression d'un sentiment était au mieux critiquée, au pire brutalement réprimée. Ayant eu l'imprudence de formuler cette opinion à l'enterrement, je faillis me faire interner. Par la suite, mes relations avec ma famille n'avaient jamais été vraiment bonnes. Seule ma grand-mère, qui avait chéri mon frère, montrait quelque compréhension de ma conduite et m'acceptait chez elle.

Pour toutes ces raisons, la présence de parents à Washington Square ce jour-là m'assena le coup de grâce, et mon humeur n'aurait pu être plus noire quand je franchis la porte de la maison. Comme je n'avais aucune idée d'un endroit où aller, je m'assis sur les marches, transi, affamé, et pris soudain conscience que j'étais jaloux. Non pas qu'une jalousie romantique m'eût envahi : je n'avais envisagé de rapports amoureux avec Sara qu'une seule fois, des années plus tôt, et juste pendant quelques heures d'ivresse. Non, je me sentais plutôt blessé d'être exclu.

Pendant quelques minutes, je me demandai si je devais ou non téléphoner à une actrice avec laquelle j'avais passé pas mal de journées (et plus encore de nuits) après la rupture de mes fiançailles avec Julia Pratt, et puis, pour une raison que je ne pouvais m'expliquer, mes pensées se tournèrent vers Mary Palmer. Aussi mal dans ma peau que je fusse, elle devait se sentir plus mal encore si ce que Sara m'avait dit était vrai. Pourquoi ne pas faire un saut à Stuyvesant Park, songeai-je, et offrir à la jeune fille une sortie ? Kreizler ne serait peut-être pas d'accord, mais Kreizler passait une charmante journée avec une fille splendide, ce qui invalidait ses objections. Le dépit frayait ainsi son chemin dans mes pensées. Comme je marchais le long de la nouvelle arche édifiée dans le parc de Washington Square, l'idée me parut de plus en plus séduisante – mais où emmener Mary ?

Dans Broadway, je coinçai plusieurs petits vendeurs de journaux et les soulageai d'une partie de leur marchandise. Les événements de la veille à Castle Garden faisaient la une. Apparemment, on commençait à se préoccuper de l'ambiance dans les quartiers d'immigrés. Un comité de citoyens s'était constitué pour se rendre à l'hôtel de ville, exprimer son inquiétude devant ces meurtres, et surtout devant les conséquences possibles pour l'ordre public. Tout cela ne m'intéressait guère, voire pas du tout, pour le moment, et je passai rapidement aux pages Spectacles. Le choix me parut mince jusqu'à ce que je remarque le placard du Koster & Bial de la 23e Rue. Outre des chanteurs, des comédiens gymnastes et un clown russe, Koster & Bial offrait un programme de petits films – pour la première fois à New York, d'après l'annonce. Je hélai le premier fiacre que j'avisai.

Mary était seule dans la maison de la 17e Rue quand j'y arrivai, et d'humeur aussi déprimée que je m'y attendais. Elle montra aussi une vive répugnance à s'aventurer dehors. Détournant les yeux, elle secoua vigoureusement la tête, indiqua les chambres comme pour signifier qu'elle était trop écrasée de tâches domestiques pour ne fût-ce qu'envisager cette idée. Mais je lui détaillai l'affiche du Koster & Bial avec une verve rare et en réponse à ses regards méfiants, expliquai que la sortie n'était rien d'autre qu'une façon de lui exprimer mes remerciements pour le savoureux petit déjeuner. Rassurée, et manifestement tout excitée, elle ne tarda pas à capituler, alla chercher son manteau et un petit chapeau noir. Elle ne prononça pas un mot lorsque nous sortîmes mais elle souriait d'un air ravi et reconnaissant.

Nous nous assîmes à nos places juste au moment où une troupe de comiques londoniens terminait son numéro. Nous vîmes le clown russe, dont les bouffonneries silencieuses amusèrent beaucoup Mary. Les comédiens gymnastes, qui échangeaient pointes et plaisanteries en accomplissant des prouesses physiques étaient également très bons. En revanche, je me serais aisément passé des chanteuses françaises et de la danseuse assez bizarre qui leur succéda. Le public était nombreux, bon enfant, et Mary prenait presque autant de plaisir à le regarder qu'à suivre les numéros.

Son attention ne fut plus distraite quand un écran blanc descendit sur l'avant-scène et que l'obscurité se fit. Une lumière jaillit quelque part derrière nous et ce fut presque la panique dans les premières rangées lorsque nous nous retrouvâmes face à l'image d'un mur d'eau bleue qui semblait sur le point de déferler dans le music-hall. Naturellement aucun de nous ne connaissait les images animées, phénomène encore plus saisissant en ce cas précis puisque le film en noir et blanc avait été colorié à la main. Après que le calme fut revenu dans la salle et que le premier sujet, « Les vagues de la mer », fut terminé, on nous projeta onze autres petits films, notamment une paire de « Boxeurs burlesques » et des images un peu moins drôles du Kaiser passant les troupes allemandes en revue. Assis dans cette salle banale, on n'avait guère le sentiment d'assister à l'avènement d'une nouvelle forme de communication et de distraction qui, dans les mains de maîtres modernes tels que D.W. Griffith, changerait non seulement New York mais le monde. J'étais bien plus absorbé par le fait que ces images tremblotantes nous rapprochaient brièvement, Mary et moi, soulageant une solitude qui n'était pour moi que temporaire mais constituait pour elle un aspect permanent de son existence.

Ce n'est que lorsque nous nous retrouvâmes de nouveau dans la rue que ma tranquillité d'esprit se transforma en agitation inquisitrice sous l'effet de la formation que j'avais suivie au cours des dernières semaines. En regardant la jeune fille enchantée, ravissante, qui m'accompagnait en cet après-midi froid et ensoleillé, je me demandai comment elle avait pu tuer son père. J'avais bien conscience qu'il est peu de crimes aussi abjects que violer sa propre enfant, mais d'autres filles avaient enduré cette infamie sans enchaîner le coupable à un lit pour le rôtir vivant. Qu'est-ce qui avait mû Mary ? Il était possible de détecter dans son comportement un début d'explication, même des années plus tard. Lorsqu'elle suivait du regard les ébats des chiens et des pigeons de Madison Square, ou que ses yeux bleus étaient fascinés par la gigantesque statue dorée de Diane nue juchée au sommet de la tour carrée de Madison Square Garden, ses lèvres remuaient comme pour exprimer son plaisir, puis ses mâchoires se refermaient, son visage affichait une peur panique de laisser échapper des sons incohérents, humiliants, si elle tentait de parler. Je me souvins qu'on l'avait prise pour une arriérée mentale pendant toute son enfance, et la plupart des enfants sont rien moins que tendres avec les débiles. De plus, sa propre mère ne la jugeait bonne qu'à accomplir des corvées ménagères, de sorte qu'au moment où son père avait commencé à la poursuivre de ses ardeurs, Mary avait déjà connu suffisamment de frustrations et de tourments pour être prête à exploser. L'absence d'une seule de ces expériences malheureuses aurait peut-être infléchi sa vie dans un autre sens. Ensemble, elles avaient mené à une issue fatale.

Notre assassin a peut-être connu une existence très similaire, avançai-je en postulat alors que Mary et moi pénétrions dans Madison Square Garden pour prendre le thé au restaurant sur le toit. Ayant constaté qu'un bavardage incessant ne faisait que rendre Mary plus sensible à son incapacité de participer à la conversation, je résolus de communiquer par sourires et par gestes tout en poursuivant à part moi une ligne de raisonnement qui me paraissait fertile. Et tandis que Mary buvait son thé à petites gorgées et tendait le cou pour ne rien manquer de la vue offerte, je me remémorai ce que Kreizler avait déclaré la veille : la violence, pour notre assassin, avait été le point de départ. Il songeait probablement aux corrections infligées par des adultes. Mais des milliers d'autres enfants subissent ces mauvais traitements. Qu'est-ce qui avait poussé celui-là à franchir, comme Mary, la frontière, apparemment indéfinissable et cependant très réelle, de la violence ? Avait-il souffert lui aussi pendant son enfance d'une infirmité ou d'une difformité qui en aurait fait un objet de dérision et de mépris, non seulement pour les adultes mais aussi pour les autres enfants ? Et avait-il ensuite (là encore, comme Mary) été victime d'agressions sexuelles dégradantes ?

Il peut paraître étrange qu'une jeune fille aussi charmante que Mary Palmer m'inspirât des pensées aussi sinistres, mais, étrange ou pas, j'avais l'impression de « tenir » quelque chose, et j'étais impatient de ramener Mary chez Kreizler pour retrouver Marcus Isaacson et lui faire part de mes réflexions. J'avais un peu honte de mettre fin à une escapade qui avait procuré à Mary autant de joie – quand nous arrivâmes à Stuyvesant Park, elle était absolument radieuse – mais elle aussi avait des obligations à remplir, et celles-ci lui revinrent précipitamment à l'esprit, je m'en aperçus, lorsqu'elle avisa la calèche de son maître devant la maison de la 17ᵉ Rue.

Stevie étrillait Frederick en bas tandis que Laszlo fumait une cigarette sur le petit balcon en fer du salon du premier étage. Mary et moi nous préparions à des remontrances quand nous entrâmes dans le jardinet, et nous fûmes tous deux surpris de voir apparaître un sourire sincère sur les lèvres de Kreizler. Il tira sa montre de son gousset, regarda l'heure et nous lança d'un ton enjoué :

– Vous devez avoir passé une bonne après-midi ! Mary, Mr Moore fait-il un compagnon satisfaisant ?

Elle sourit, acquiesça de la tête et se hâta vers la porte d'entrée. Elle s'arrêta sur le seuil, se retourna et, après avoir ôté le chapeau noir, murmura « Merci » avec un autre sourire et juste une trace infime de bégaiement. Puis elle disparut à l'intérieur et je levai les yeux vers mon ami.

– Je crois que le printemps arrive quand même, John, dit-il, indiquant Stuyvesant Park d'un mouvement de sa cigarette. Malgré le froid, les arbres bourgeonnent.

– Je pensais que tu resterais plus longtemps à Long Island.

Il haussa les épaules.

– Il n'y avait pas grand-chose à apprendre pour moi. Sara, en revanche, m'a paru fascinée par l'attitude de Mrs Hulse envers ses enfants. Je l'ai donc laissée là-bas. Elle prendra le train pour rentrer.

Cet arrangement semblait un peu curieux à la lumière de l'hypothèse que j'avais émise quelques heures plus tôt, mais le comportement de Laszlo avait l'air normal.

– Tu montes prendre un verre, John?

– Je dois retrouver Marcus à cinq heures – pour explorer le *Golden Rule*. Ça t'intéresse?

– Beaucoup, répondit-il, mais il vaut mieux qu'on ne me voie pas dans trop d'endroits associés à l'affaire. Je compte sur vous pour prendre mentalement profusion de notes. Rappelle-toi – la clef se trouve dans les détails.

– A ce propos, il m'est venu quelques idées qui pourraient nous être utiles, je crois.

– Excellent. Nous en discuterons au dîner. Téléphone-moi à l'Institut quand vous aurez fini. J'ai une ou deux choses dont je dois m'occuper là-bas.

Je hochai la tête, commençai à me retourner, mais ma perplexité était trop vive pour que je reste ainsi dans l'incertitude.

– Laszlo, fis-je, hésitant, tu n'es pas fâché que je sois sorti avec Mary cet après-midi?

Avec un autre haussement d'épaules, il me demanda :

– Tu ne lui as pas parlé de l'affaire?

– Non.

– Alors, je t'en suis reconnaissant, au contraire. Mary n'est pas assez souvent confrontée à des gens et à des expériences nouvelles. Cela aura le meilleur effet sur son humeur, j'en suis convaincu.

Et ce fut tout. Je franchis la porte du jardin en abandonnant derrière moi les soupçons que j'avais conçus dans la matinée au sujet de mes amis. Je pris le métro aérien à la station de la 18ᵉ Rue et m'efforçai de ne plus songer aux histoires des autres et de me concentrer sur l'affaire. Lorsque nous passâmes devant Cooper Square, j'y étais parvenu, et quand je retrouvai Marcus dans la 4ᵉ Rue, j'étais prêt à écouter avec la plus grande attention sa toute dernière théorie sur la méthode de notre meurtrier, dont l'exposé occupa une grande partie du trajet jusqu'au *Golden Rule Pleasure Club*.

17

L'idée que notre tueur était un alpiniste émérite était venue à Marcus, m'expliqua-t-il, quand j'avais rapporté du *Paresis Hall* le récit de Sally. Pourtant, lorsqu'il avait essayé d'en établir la preuve au Williamsburg Bridge ou au *Hall*, il n'avait presque rien trouvé et avait failli renoncer à son hypothèse. Son esprit ne cessait cependant d'y revenir en raison de la vitesse avec laquelle l'homme avait négocié certains endroits délicats, ainsi que l'absence d'échelle ou autre matériel plus classique. Aux yeux de Marcus, il ne pouvait y avoir d'autre explication : le meurtrier avait eu recours à des techniques perfectionnées d'escalade pour pénétrer par les fenêtres dans les chambres de ses victimes désignées et en ressortir. Il pratiquait sans doute ce sport avec une grande maîtrise puisqu'il avait dû porter, en repartant, des garçons qui n'y connaissaient probablement rien. Cela cadrait aussi avec l'hypothèse émise par les Isaacson chez *Delmonico's* : le tueur était un homme puissant, de grande taille. Devant ces considérations, Marcus avait procédé à des recherches sur les techniques d'escalade avant de retourner sur les lieux.

Cette fois, son œil mieux préparé avait décelé sur le mur extérieur de la boîte d'Ellison des traces qu'auraient pu y laisser des bottes à crampons ou des pitons. Comme ces traces n'étaient pas encore concluantes, il n'en avait parlé à aucune de nos réunions. Mais à Castle Garden, Marcus avait retrouvé des brins de corde sur le bord de la balustrade et le mur arrière, ce qui l'avait conduit à imaginer le scénario suivant :

L'assassin, sa victime sur le dos, monte sur le toit du fort en s'aidant de pitons. (Le veilleur de nuit n'entend pas les coups de marteau parce que, Marcus l'avait découvert, il passe le plus clair de son temps à dormir.) Une fois sur le toit, il commet son meurtre, passe une corde autour de la balustrade et descend en rappel. En se laissant glisser le long du mur, il récupère les pitons utilisés pour grimper.

Satisfait de son raisonnement, le sergent avait d'abord cherché à trouver des indices qui l'étaieraient au *Paresis Hall*, mais s'était rendu compte qu'au *Hall*, le tueur était *descendu* du toit, et non *monté* du rez-de-chaussée, et n'avait donc pas utilisé de pitons. (Les marques qu'il avait relevées là-bas n'avaient probablement aucun rapport avec l'affaire.) Il était donc retourné à Castle Garden juste avant notre rendez-vous et avait repris un examen commencé la veille – j'avais bien remarqué qu'il fixait le sol au moment de notre départ précipité.

A ce point de son récit, Marcus tira de la poche de son manteau une pointe d'acier d'aspect banal qu'il avait trouvée dans l'herbe. L'objet se terminait par un œillet dans lequel, m'expliqua-t-il, on pouvait passer une corde. Rentré chez lui, il avait relevé sur le piton une série d'empreintes identiques à celles de la cheminée en céramique.

Pendant le reste du trajet, Marcus me fit part des autres implications de sa trouvaille. Si l'escalade n'était pas encore une forme de loisir très répandue en Amérique du Nord en 1896, c'était déjà un sport fort prisé en Europe. La maîtrise que notre homme semblait en avoir laissait penser qu'il le pratiquait depuis longtemps – depuis l'enfance, peut-être. Il était donc tout à fait possible que sa famille, originaire d'un pays d'Europe où se pratiquait l'alpinisme, – Angleterre, France, Suisse, Allemagne – ait récemment émigré en Amérique. Ce détail n'avait peut-être pas grande importance pour le moment, mais, ajouté à d'autres éléments déterminants glanés ultérieurement, il pouvait devenir hautement éclairant. Il y avait là matière à espérer.

De l'espoir, il nous en faudrait une réserve abondante pendant notre visite au *Golden Rule Pleasure Club*, trou pestilentiel qui n'aurait pu porter nom plus ironique. Le *Paresis* présentait au moins l'avantage d'être spacieux et situé au-dessus du sol. Le *Golden Rule* se terrait dans une cave sombre, divisée en petites « pièces » par des cloisons fort minces, où chacun pouvait deviner les activités d'un client au bruit qu'il faisait, à défaut de le voir. Dirigé par une grande femme repoussante appelée Scotch Ann, l'endroit n'offrait que des jeunes garçons efféminés au visage maquillé qui parlaient d'une voix de fausset et se donnaient des noms de femme, laissant les autres variantes de la conduite homosexuelle à des boîtes comme celle d'Ellison. En 1892, le *Golden Rule* avait accédé à la notoriété quand le révérend Charles Parkhurst, pasteur presbytérien et président de la Société pour la prévention du crime, s'y était rendu pendant sa campagne de dénonciation des liens entre la pègre new-yorkaise et diverses autorités de la ville, notamment la police. Les révélations de Parkhurst sur la dégénérescence de la ville et le profit qu'en tiraient de nombreux édiles avaient conduit à la constitution d'une commission d'enquête sur la corruption à New York. Dirigée par Clarence Lexow, elle avait fini par réclamer « l'inculpation de la police de New York dans son ensemble », et de nombreux membres de la vieille garde policière avaient senti passer le vent de la réforme. Mais comme je l'ai déjà souligné, la dégénérescence et la corruption sont des traits *permanents* de la vie new-yorkaise, et si l'on pouvait se plaire à croire, en écoutant des orateurs aussi indignés que Parkhurst, Lexow, Strong, et même Theodore, qu'on entendait la voix de la majorité saine de la population, pénétrer dans un endroit comme le *Golden Rule* ne manquait jamais de vous confronter au fait que les pulsions, les désirs qui ont engendré de tels lieux ont au moins autant de défenseurs que la vertu.

Bien entendu, les défenseurs de la vertu et les disciples de la dégénérescence sont souvent les mêmes personnes, comme Marcus put le constater quand nous franchîmes la porte sans indication particulière du *Golden Rule* ce samedi soir. Presque aussitôt, nous tombâmes sur un homme en habit de soirée, la cinquantaine ventrue, qui dissimula son visage en allant vers l'attelage luxueux qui l'attendait dehors. Derrière lui un adolescent pomponné pour une nuit de travail comptait son argent avec satisfaction. Il lança un dernier salut au client sur ce registre de *falsetto* si curieux et troublant pour le profane puis s'approcha de nous et nous promit toute une soirée de plaisir si nous le choisissions de préférence à ses camarades. Marcus détourna aussitôt la tête et fixa le plafond mais je répondis au garçon que nous n'étions pas des clients et que nous désirions voir Scotch Ann.

– Oh! encore des flics, je parie, fit-il d'un air languissant en retrouvant sa voix naturelle. Ann!

Il se dirigea vers une grande pièce d'où émanait un rire rauque.
– Des *messieurs* qui viennent pour le meurtre!

Nous le suivîmes, fîmes halte sur le seuil de la pièce. A l'intérieur, quelques meubles d'un luxe autrefois ostentatoire et aujourd'hui décrépit étaient disposés sur un tapis persan élimé couvrant le sol humide et froid. Un homme d'une trentaine d'années, à demi-nu, se tenait accroupi et riait tandis que plusieurs éphèbes encore plus légèrement vêtus passaient par-dessus lui.

– Saute-mouton, marmonna Marcus après un coup d'œil à la scène. Ce n'est pas ce genre de jeu qu'on a proposé à Parkhurst quand il est venu ici ?

– C'était chez *Hattie Adam's*, dans le Tenderloin, répondis-je. Parkhurst n'est pas resté assez longtemps pour ça au *Golden Rule* : quand il a découvert ce qu'il s'y passait, il a déguerpi.

Scotch Ann s'avança lentement du fond de la cave, manifestement ivre, le visage plâtré, ayant perdu depuis longtemps l'éclat de sa jeunesse – si éclat il y avait eu. Une robe rose légère collait à son corps poudré, et ses traits avaient cette expression renfrognée et lasse des tenancières de maison de passe devant une visite inopinée de la police.

– Je sais pas ce que vous voulez, les gars, nous lança-t-elle d'une voix abîmée par l'alcool et le tabac, mais j'arrose déjà deux capitaines pour rester ouverte. C' qui veut dire qu'y a plus rien pour les simples flics. Et tout c' que j'sais du meurtre, j' l'ai déjà dit à un inspecteur...

– C'est une chance, coupa Isaacson en montrant son insigne. Comme ça, c'est encore tout frais dans ta mémoire. (Il la prit par le bras pour l'entraîner vers la porte d'entrée.) Ne t'en fais pas, on ne veut que des informations.

Soulagée d'apprendre que la visite ne lui coûterait rien, la maquerelle récita l'histoire de Fatima, à l'origine Ali ibn Ghazi, jeune Syrien de quatorze ans qui n'avait vécu en Amérique qu'un peu plus d'une année. Sa mère était morte quelques semaines après l'arrivée de la famille à New York d'une maladie mortelle contractée dans le ghetto syrien, près de Washington Market. Le père du garçon, ouvrier non qualifié, n'avait pas réussi à trouver de l'embauche et s'était mis à mendier, s'entourant de ses enfants pour susciter la générosité des passants. Ce fut un jour qu'Ali remplissait cette fonction, à un coin de rue proche du *Golden Rule*, que Scotch Ann l'avait vu pour la première fois. Les délicats traits levantins du garçon en faisaient, selon les termes de la tenancière, un « pensionnaire tout trouvé pour ma taule ». Elle s'entendit rapidement avec le père sur des « conditions de travail » qui ressemblaient fort à de l'esclavage. Ainsi était née Fatima. « Une vraie gagneuse », assura Scotch Ann.

J'avais envie de la rosser mais Marcus poursuivit l'interrogatoire avec calme, en professionnel. La patronne du *Golden Rule* nous livra cependant peu d'autres détails intéressants sur Ali et s'inquiéta quand nous exprimâmes le désir de voir la chambre où il travaillait et de parler aux garçons qui avaient noué des liens particuliers avec lui.

– Il n'y en a pas beaucoup, je suppose, dit Marcus d'un ton détaché. Il devait être du genre difficile.

– Fatima ? s'exclama Ann, renversant la tête en arrière. C'est pas l'impression que j'avais. Oh ! elle pouvait être garce avec les clients – y en a qu'aiment ça, vous pouvez pas savoir – mais elle se plaignait jamais, et les autres filles l'adoraient, je crois.

Isaacson et moi échangeâmes un regard perplexe. Cette description ne cadrait pas avec le caractère que nous pensions trouver chez les victimes. Tandis que nous suivions Ann le long du petit couloir immonde courant entre les pièces du fond, Marcus considéra cette incohérence apparente puis me murmura :

– Vous ne surveilleriez pas vos manières, *vous*, avec quelqu'un à qui on vous a vendu ? Attendons de voir ce que racontent les autres filles. *Garçons*, je veux dire. Bon sang, je m'y laisse prendre, moi aussi.

Les autres garçons qui travaillaient au *Golden Rule* ne nous fournirent aucune information contredisant leur patronne. Dans l'étroit corridor où nous interrogeâmes un par un une dizaine de jeunes gens maquillés au fur et à mesure qu'ils sortaient des chambres, on nous présenta, à Marcus et moi – forcés d'écouter en même temps les grognements et gémissements obscènes s'échappant des pièces –, le portrait d'un Ali ibn Ghazi exempt de colère ou de révolte. Nous n'avions cependant pas le temps de nous attarder sur ce fait troublant car le jour déclinait et nous devions encore examiner l'extérieur du bâtiment. Dès que la chambre qu'Ali utilisait généralement (et qui donnait sur une ruelle, derrière l'immeuble) eut été libérée par deux clients aux manières furtives et un garçon à l'air épuisé, nous y pénétrâmes, bravant l'atmosphère moite et l'odeur de sueur afin de vérifier la théorie de Marcus sur la façon dont l'assassin se déplaçait.

Là au moins, nous trouvâmes ce que nous cherchions : une fenêtre crasseuse qu'on pouvait ouvrir, au-dessus de laquelle quatre étages de mur lisse conduisaient au toit. Il nous faudrait inspecter ce toit avant que le soleil ne se couche tout à fait. Pourtant, au moment où nous quittions la chambre, je pris le temps de demander au garçon occupant la pièce voisine à quelle heure Ali avait quitté la boîte le soir de sa mort. Il fronça les sourcils en se contemplant dans un morceau de miroir piqueté.

— Ça, alors, c'est drôle, fit-il d'une voix trop lasse pour sortir d'une bouche aussi jeune. Maintenant que vous le dites, j' me rappelle pas d' l'avoir vu sortir. Mais j'étais sûrement occupé : c'était le week-end. Une des aut' filles l'a sûrement vu partir.

Mais la même question, posée plusieurs fois à diverses faces peintes, donna des réponses similaires. Le départ d'Ali s'était donc probablement effectué par la fenêtre puis par le toit. Accompagné de Marcus, je remontai au rez-de-chaussée, traversai le vestibule en direction d'un escalier infesté de vermine conduisant à une porte qui donnait sur le toit.

Il était semblable à n'importe quel toit de New York hérissé de cheminées, jonché de fientes d'oiseaux, de bouteilles et de mégots indiquant une présence occasionnelle. Tel un chien de chasse, Marcus alla droit au bout de la terrasse légèrement en pente et, sans hésiter, se pencha pour regarder la ruelle. Il défit ensuite son manteau, l'étendit sous lui et s'allongea sur le ventre, la tête dépassant du bord du bâtiment. Un sourire épanoui apparut sur son visage quelques instants plus tard.

— Les mêmes traces, annonça-t-il sans se relever. Et là... (Il désigna un endroit particulier, ramassa quelque chose.) Des brins de corde. Il a dû la passer autour de cette cheminée, dit-il, indiquant le conduit le plus proche. Ça fait un sacré bout de corde. Plus le reste du matériel. Il avait sûrement un sac pour porter tout ça. Il faudra mentionner ce détail quand nous poserons des questions.

Parcourant des yeux l'étendue monotone des autres toits du pâté de maisons, je supputai :

— Il n'est sans doute pas monté par l'escalier de cet immeuble, il est trop malin pour cela.

— Et il a l'habitude de fréquenter les toits, ajouta Marcus en se relevant. Il doit y passer une bonne partie de son temps, peut-être à titre professionnel.

Je hochai la tête en signe d'approbation.

— Il lui a été facile de surveiller tous les immeubles de la rue, de repérer le plus tranquille et d'utiliser son escalier.

— Ou de se passer complètement d'escalier, suggéra Isaacson. Il fait nuit, il peut escalader les murs sans qu'on le voie.

Tournant mon regard vers l'ouest, je constatai que les eaux miroitantes de l'Hudson passaient rapidement du rouge flamboyant au noir. Je fis deux tours complets sur moi-même dans la quasi-obscurité, découvrant le quartier sous un tout autre aspect.

— Il est le maître, ici, murmurai-je.

Marcus me suivait parfaitement.

— Oui, c'est son monde. Quels que soient les troubles mentaux que le Dr Kreizler devine dans les cadavres, ici, c'est différent. Sur les toits, l'homme agit en pleine confiance.

La brise soufflant de l'eau me fit frissonner.

— La confiance du diable en personne, soupirai-je, et je fus stupéfait d'entendre une réponse.

— Non, pas le diable, dit une petite voix effrayée quelque part près de la porte de l'escalier. Un saint.

18

— Qui est là? lança Marcus en s'approchant de la porte avec précaution. Sortez, ou je vous boucle pour entrave à la justice!
— Non, s'il vous plaît, geignit la voix.
Un jeune garçon que je ne me rappelais pas avoir vu en bas s'avança, une couverture autour des épaules. Son maquillage avait coulé. Battant nerveusement des cils, il poursuivit d'un ton pathétique :
— Je veux seulement aider...
Avec un serrement de cœur, je constatai qu'il ne devait pas avoir plus de dix ans. Retenant Marcus par le bras, je fis signe au garçon d'approcher.
— Tout va bien, le rassurai-je. Montre-toi. (Malgré l'obscurité, je pus voir que son visage, comme la couverture dont il s'enveloppait, était couvert de suie et de goudron.) Tu as passé la nuit ici? devinai-je.
Il acquiesça de la tête.
— Depuis qu'on nous a raconté, dit-il en se mettant à pleurer. Ça aurait pas dû arriver!
— Quoi? demandai-je. Le meurtre?
A ce mot, l'enfant plaqua ses petites mains sur ses oreilles et secoua la tête.
— Il aurait dû être gentil, Fatima l'avait dit, tout devait bien se passer!
Je m'approchai, pris le garçon par les épaules et le conduisis au muret séparant le toit de celui de l'immeuble voisin.
— C'est fini, dis-je. Il ne t'arrivera rien.
— Mais il peut revenir! protesta le gamin.

– Qui ?
– *Lui*, le saint de Fatima, celui qui devait l'emmener!
J'échangeai un rapide coup d'œil avec le sergent : *lui*.
– Si tu commençais par nous dire ton nom, suggérai-je avec douceur.
– En bas, répondit-il en reniflant, on m'ap...
– Oublie un peu comment on t'appelle en bas. Dis-moi le nom qu'on t'a donné à ta naissance.
L'enfant hésita, nous observa avec des yeux méfiants. Je dois reconnaître que la situation me déroutait, moi aussi. Tout ce qui me vint à l'esprit, ce fut de tirer un mouchoir de ma poche pour effacer son maquillage. Cela réussit.
– Joseph, murmura-t-il.
– Eh bien, Joseph, moi, je m'appelle Moore. Et voici le sergent Isaacson. Maintenant, si tu nous parlais un peu de ton saint ?
– C'était pas le mien, c'était celui de Fatima, s'empressa-t-il de rectifier.
– Ali ibn Ghazi, tu veux dire ?
– Oui. Elle – il – Fatima disait depuis deux semaines qu'elle avait trouvé un saint. Pas un saint patron comme à l'église – juste une personne gentille, qui devait la prendre à Scotch Ann pour l'emmener vivre avec lui.
– Je vois. Tu connaissais bien Ali, je suppose ?
– C'était mon meilleur ami au club. Toutes les filles l'aimaient bien, mais nous, on était très copains.
J'avais fini de nettoyer le visage de Joseph, qui se révéla fort joli.
– Il paraît qu'Ali s'entendait avec tout le monde, remarquai-je. Avec les clients aussi.
– Qu'est-ce qui vous a dit *ça* ? répliqua Joseph, parlant de plus en plus vite. Fatima, il avait horreur de bosser ici. Il faisait croire à Scotch Ann que ça lui plaisait parce qu'il voulait pas retourner avec son père. Mais il avait horreur de ça, et quand il était seul avec un client, il se mettait des fois en rogne. Mais certains clients...
L'enfant s'interrompit soudain, détourna le regard.
– Continue, Joseph, l'encouragea Marcus.
– Ben... certains clients, ça leur plaît quand ça nous plaît pas. (Il baissa les yeux.) Y en a même qui paient plus, pour ça. Scotch croyait que Fatima faisait semblant, pour gagner plus, mais il détestait vraiment ça.
Un sentiment de dégoût physique et de compassion profonde me

noua le ventre, et le visage de Marcus trahit une réaction semblable, mais nous avions une réponse à la question qui nous avait troublés.

– Voilà, me murmura le policier. Rancœur et résistance – cachées mais réelles. Et les clients ? demanda-t-il à voix haute, ils se mettaient en colère contre Fatima ?

– C'est arrivé une ou deux fois, répondit Joseph. Mais la plupart du temps, ils aimaient ça, j'vous l'ai dit.

Il y eut un silence que vint combler le grondement du métro aérien dans la 3e Rue. Je revins à notre affaire.

– Et ce saint ? rappelai-je. C'est très important, Joseph. Tu l'as vu ?

– Non, m'sieur.

– Fatima retrouvait un homme sur le toit ? interrogea Marcus. Tu as remarqué quelqu'un qui portait un sac ?

– Non, m'sieur, fit Joseph, décontenancé.

Son visage s'éclaira et il ajouta, pour nous faire plaisir :

– L'homme est venu plus d'une fois, ça, je le sais. Mais il avait fait promettre à Fatima de jamais dire qui il était.

Marcus esquissa un sourire.

– Un client, alors.

– Et tu n'as jamais deviné qui c'était ? demandai-je.

– Non, m'sieur. Fatima disait que si je savais tenir ma langue, l'homme m'emmènerait peut-être aussi, un jour.

Je pressai doucement les épaules de Joseph, balayai les toits du regard.

– Il faut espérer que cela ne t'arrivera jamais, dis-je, et ses yeux s'emplirent à nouveau de larmes.

Le *Golden Rule* ne livra pas d'autre information importante ce soir-là, ni les habitants de l'immeuble ou du pâté de maisons que nous interrogeâmes. Avant de partir, j'estimai de mon devoir de demander au petit Joseph s'il désirait quitter le service de Scotch Ann – il était vraiment trop jeune pour ce métier, même selon les critères des lieux de débauche, et je pensais pouvoir convaincre Kreizler de l'accueillir à l'Institut. Mais Joseph, devenu orphelin à trois ans, avait eu son content d'instituts, de foyers, d'orphelinats, et tout ce que je pus dire sur le caractère « différent » de l'Institut de Kreizler n'eut pas d'effet sur lui. Le *Golden Rule* lui avait offert le seul foyer où il n'était ni battu ni mal nourri : aussi répugnante fût-elle, Scotch Ann avait intérêt à garder ses garçons en bonne santé et sans cicatrices. Ce fait comptait plus pour Joseph que mes mises en garde sur les dangers de cette boîte. De plus, l'histoire d'Ali ibn Ghazi et de son « saint » n'avait fait que renforcer ses soupçons envers les hommes qui promettaient une vie meilleure ailleurs.

La décision de Joseph était sans appel : en 1896, il n'existait aucun moyen de passer outre et de convaincre un organisme public (tel que ceux qui furent créés plus tard) de l'enlever de force au *Golden Rule*. Il ne me restait donc qu'à dire adieu au petit garçon effrayé en me demandant s'il ne serait pas la prochaine victime du boucher qui fréquentait des maisons aussi mal famées que le *Golden Rule*. Au moment de partir, il me vint cependant une idée qui pouvait contribuer à faire avancer l'enquête et à mettre l'enfant à l'abri.

— Joseph, dis-je, m'agenouillant dans l'entrée du club pour lui parler, tu as beaucoup d'amis qui travaillent dans d'autres endroits comme le *Golden* ?

— Beaucoup ? fit-il d'un air pensif, un doigt sur les lèvres. J'en ai quèques-uns. Pourquoi ?

— Je veux que tu leur répètes ce que je vais te dire. L'assassin de Fatima a aussi tué d'autres enfants qui font ce genre de métier – des garçons, surtout, mais peut-être pas exclusivement. Ce qu'il faut retenir, c'est que, pour une raison que nous ne connaissons pas encore, ils venaient tous de boîtes comme la tienne. Alors, conseille à tes amis d'être très, très prudents dans le choix de la clientèle.

Joseph se dégagea, inspecta la rue dans les deux sens d'un air effrayé mais ne s'enfuit pas.

— Pourquoi seulement des boîtes comme ici ?

— Je te l'ai dit, nous l'ignorons. Mais il reviendra sûrement ; alors préviens tous ceux que tu connais. Qu'ils se méfient des clients qui se mettent en colère quand vous vous montrez (je cherchai le mot) « difficiles ».

— Quand on fait not' mijaurée, vous voulez dire ? C'est comme ça qu'elle dit, Scotch Ann.

— Oui. Il a peut-être choisi Fatima à cause de ça. Ne me demande pas pourquoi, je n'en sais rien. Alors fais attention. Et surtout, ne va nulle part avec qui que ce soit. Ne quitte jamais le club, même si l'homme a l'air très gentil ou t'offre une grosse somme. Même chose pour tes amis, entendu ?

— D'accord, Mr Moore, répondit lentement Joseph. Mais peut-être – peut-être que vous et le sergent Isaacson vous pourriez repasser de temps en temps. Les aut' flics, ceux qui sont venus ce matin, ils s'en fichent pas mal. Ils ont juste dit à tout le monde de pas parler de Fatima.

— Nous essaierons, promis-je, tirant de ma poche un crayon et un morceau de papier. Si tu as quelque chose d'important à nous dire, tu viens à cette adresse dans la journée, à l'autre pendant la nuit.

Je lui donnai non seulement l'adresse de notre Q.G. mais aussi celle de ma grand-mère, en me demandant brièvement ce qu'elle ferait de lui s'il sonnait à sa porte. Puis je lui fis noter le numéro de téléphone du *Golden Rule*.

— Ne va pas voir d'autres flics, viens nous prévenir d'abord. Et ne parle pas de nous aux autres policiers.

— Vous en faites pas, dit Joseph. Vous êtes le premier flic à qui j'ai envie de parler.

— C'est probablement parce que je ne suis pas flic, répondis-je avec un sourire.

Le sourire me fut rendu, et avec stupeur, je vis le reflet d'un autre visage dans les traits de l'enfant.

— Vous en aviez pas l'air, pouffa-t-il. (Ses sourcils se froncèrent.) Mais alors, pourquoi vous essayez de trouver çui qui a tué Fatima?

Je posai une main sur sa tête.

— Parce que nous voulons l'empêcher de continuer.

A ce moment, la voix rocailleuse de la tenancière résonna dans le vestibule.

— Il vaut mieux que tu rentres. Rappelle-toi ce que je t'ai dit.

Avec une grâce enfantine, Joseph disparut à l'intérieur et je me relevai pour découvrir le sourire de Marcus.

— Vous vous êtes très bien débrouillé, me complimenta-t-il. Vous avez passé beaucoup de temps avec des enfants?

— Un peu, répondis-je, sans développer.

Je n'avais pas envie de lui révéler que les yeux et le sourire du petit Joseph m'avaient rappelé ceux de mon frère cadet au même âge.

Sur le chemin du retour, nous fîmes le bilan de ce que nous avions appris. Certains désormais que notre gibier était familier de lieux comme le *Golden Rule* et le *Paresis Hall*, nous nous efforçâmes de définir quel type de personne, en dehors des clients, pouvait se rendre régulièrement dans ces maisons. Nous pensâmes à un journaliste ou à un essayiste comme Jake Riis – un homme résolu à révéler les maux de la ville, et poussé peut-être à des extrémités démentes à force de côtoyer le vice – mais nous nous rendîmes compte presque aussitôt que nul n'avait encore lancé de grande croisade dans les journaux contre la prostitution enfantine, et certainement pas contre la prostitution enfantine homosexuelle. Restaient les missionnaires et autres personnes liées à l'Église, catégorie qui semblait plus prometteuse. Me rappelant les propos de Kreizler sur la relation entre manie religieuse et folie homicide, je me demandai si nous n'avions pas affaire à un individu déterminé à être le bras vengeur de Dieu sur terre. Laszlo ne pensait pas qu'une motivation religieuse fût probable, mais il pouvait se tromper : il est notoire que les missionnaires et autres militants religieux passent fréquemment par les toits, pour éviter de redescendre, lorsqu'ils visitent les immeubles des quartiers pauvres. Toutefois, Marcus et moi fûmes finalement détournés de cette hypothèse par ce que Joseph nous avait révélé. L'assassin d'Ali ibn Ghazi fréquentait régulièrement le *Golden Rule*, et ses visites passaient inaperçues. Tout réformateur en croisade digne de ce nom se serait donné beaucoup de peine pour être au centre de l'attention.

– Qui que ce puisse être, dit Marcus alors que nous approchions du 808, Broadway, il est capable d'aller et venir sans se faire remarquer. Comme s'il était tout à fait à sa place dans ces maisons.

– Ce qui nous ramène aux clients – c'est-à-dire à quasiment n'importe qui.

– Votre théorie du client furieux reste valable. Même s'il n'est pas de passage, il a peut-être été filouté une fois de trop.

– Je ne sais pas. J'ai vu des hommes qui se sont fait détrousser par des prostituées. Ils seraient peut-être allés jusqu'à en étriller une, mais infliger le genre de mutilations que nous avons vues ? Il faudrait qu'il soit fou.

– Alors nous retombons sur une autre hypothèse avancée pour l'Éventreur, dit Marcus. Peut-être a-t-il le cerveau rongé par une maladie attrapée dans un endroit comme le *Paresis* ou le *Golden Rule*.

– Non, répondis-je, agitant mes mains devant moi comme pour dissiper la confusion de mon esprit. La seule constante à laquelle nous nous sommes accrochés jusqu'ici, c'est qu'il n'est pas fou. Nous ne pouvons la remettre en cause.

Après un silence, Isaacson reprit avec précaution :

– John... vous vous êtes demandé, je suppose, ce qui arriverait si certains des postulats de Kreizler étaient faux ?

Je pris une longue inspiration avant de répondre :

– Je me le suis demandé.

– Et votre conclusion ?

– S'il s'est trompé, nous allons à l'échec.

– Et vous acceptez cette perspective ?

Nous étions parvenus au coin de la 11ᵉ Rue et de Broadway, où le trolley et les attelages transportaient toutes sortes de bambocheurs du samedi soir. La question de Marcus demeura un moment suspendue entre nous, et je me sentis soudain détaché du rythme normal de la vie et de la ville, et fort inquiet pour l'avenir immédiat. A quoi serviraient en effet toutes les connaissances que nous accumulions si nos prémisses étaient erronées ?

— C'est une route obscure, Marcus, dis-je enfin. Mais c'est la seule qui s'offre à nous.

19

La neige tomba en rafales cette nuit-là, et, le matin de Pâques, New York s'éveilla couvert d'une fine poudre blanche. A neuf heures, la température ne s'était pas élevée au-dessus de quatre degrés et j'étais très tenté de rester au lit. Mais Lucius Isaacson avait des nouvelles importantes à nous communiquer – du moins me l'assura-t-il au téléphone. Aussi, tandis que sonnaient les cloches de Grace Church, que des cohortes de fidèles chapeautés franchissaient son portail, je regagnai péniblement à pied le quartier général que j'avais quitté à peine six heures plus tôt.

Lucius avait passé la soirée de la veille à interroger le père d'Ali ibn Ghazi, dont il n'avait presque rien tiré. L'homme avait été très réticent, surtout après que le sergent lui eut montré son insigne. Lucius n'avait d'abord vu dans cette attitude non coopérative que le comportement habituel des habitants des taudis devant la police. Mais il avait ensuite appris par le propriétaire, en quittant l'immeuble, que Ghazi avait reçu dans l'après-midi la visite d'un petit groupe d'hommes – dont deux prêtres. Le signalement qu'il en donna correspondait à celui de Mrs Santorelli, avec ce détail supplémentaire : le propriétaire avait remarqué que l'un des prêtres portait l'anneau sigillaire de l'Église épiscopale. Ce qui signifiait – aussi invraisemblable que cela puisse paraître – que catholiques et protestants collaboraient en vue d'un objectif quelconque. L'homme ne put nous éclairer sur cet objectif car il ignorait de quoi les deux prêtres avaient parlé à Ghazi. Immédiatement après leur départ, celui-ci avait réglé un arriéré de loyer important, en totalité et en gros billets. Lucius nous aurait livré ces informations la veille si, au sortir du ghetto syrien, il ne s'était rendu à la morgue pour une visite qu'il prévoyait brève. Alors qu'il venait juste pour savoir si le cadavre d'Ali avait été examiné par un coroner et, en ce cas, quelles avaient été ses conclusions officielles, il avait dû attendre près de trois heures. Finalement, on l'avait informé que le corps du jeune garçon avait déjà été expédié au cimetière, et l'unique exemplaire du rapport du coroner – d'une brièveté rare, avait précisé l'agent de service – au bureau du maire.

Il était impossible de dire ce que manigançaient précisémen. les deux prêtres, le coroner, le maire, ou toute autre personne mêlée à ces manœuvres, mais il y avait à tout le moins dissimulation, voire destruction d'indices. Aiguillonnés par le sentiment que nous étions aux prises avec un défi plus ardu que la simple capture de notre meurtrier, notre équipe prit et maintint un rythme d'enfer pendant la semaine qui suivit. Les Isaacson visitèrent et revisitèrent lieux du crime et lieux de débauche, passèrent des heures à chercher de nouveaux indices, des jours à essayer de soutirer des révélations à quiconque aurait pu voir ou entendre quelque chose d'important. Ils se heurtaient généralement aux mêmes interventions que celles qui avaient fait taire le père d'Ali ibn Ghazi. Marcus, par exemple, tenait à soumettre le veilleur de nuit du fort à un interrogatoire beaucoup plus serré, mais lorsqu'il retourna à Castle Garden, il se vit répondre que l'homme avait quitté son emploi et était parti sans laisser d'adresse. On pouvait supposer que, quelle que soit sa destination, il avait emporté avec lui l'une de ces épaisses liasses de billets que les deux prêtres non identifiés distribuaient à la ronde.

Pendant ce temps, Kreizler, Sara et moi continuions à donner corps à notre homme imaginaire en utilisant comme référence des individus appréhendés pour des crimes similaires. Il n'en manquait malheureusement point et leur nombre ne faisait que croître à mesure que le temps s'améliorait. Fait étrange, l'un de ces actes violents, au moins, fut inspiré par le temps : Kreizler et moi étudiâmes le cas d'un certain William Scarlet, arrêté à son domicile alors qu'il tentait de tuer sa fille de huit ans avec une hachette. Conduit au poste après avoir reporté sa fureur sur l'agent dépêché sur les lieux, l'homme prétendit que l'orage qui s'était abattu cette nuit-là sur la ville l'avait rendu fou, et, curieusement, Laszlo ne trouva guère d'éléments contredisant cette affirmation. Scarlet chérissait sa fille et avait toujours fait preuve du plus grand respect pour les forces de l'ordre. Si Kreizler fut enclin à voir dans cette violence le fruit d'une anomalie profondément enracinée dans le développement mental de

Scarlet, la possibilité que le fracas du tonnerre ait provoqué en lui une brève crise de folie ne pouvait être absolument écartée. Quoi qu'il en soit, il s'agissait manifestement d'un accès de violence passagère et donc de peu d'intérêt pour nous.

Le lendemain, Kreizler emmena Sara enquêter sur le cas de Nicolo Garolo, émigré de Park Row qui avait grièvement blessé sa belle-sœur avec un couteau, ainsi que la fille de celle-ci, âgée de trois ans, à qui il aurait tenté de « faire mal », selon les termes de l'enfant. Pour Laszlo, « faire mal » signifiait clairement en l'occurrence se livrer à une agression sexuelle, et le fait que tous les protagonistes soient des immigrés était également à noter. Toutefois, le cadre familial de l'affaire limitait la pertinence qu'elle pouvait avoir pour notre travail.

En plus de tout cela, il y avait les journaux à parcourir, deux fois par jour, afin de recueillir des informations utiles. La récolte était souvent maigre puisque les journaux new-yorkais avaient cessé l'un après l'autre de couvrir les meurtres de jeunes prostitués après l'affaire de Castle Garden. En outre, le comité de citoyens qui devait se rendre à l'hôtel de ville ne donnait plus signe de vie. Bref, la fugace flambée d'intérêt qu'on avait montrée en dehors des ghettos d'immigrés après l'assassinat d'Ali ibn Ghazi avait été efficacement éteinte, et les quotidiens ne nous donnaient plus en pâture que des articles sur d'autres crimes commis dans d'autres villes. Nous ne les étudiions pas moins assidûment afin de glaner des éléments supplémentaires pouvant servir à l'élaboration de nos théories.

Ce n'était pas une tâche exaltante. Si New York faisait figure de capitale du crime violent, en particulier de la variété dont les enfants étaient victimes, le reste des États-Unis contribuait à maintenir les statistiques nationales à un niveau élevé. Il y avait par exemple ce vagabond de l'Indiana (interné quelque temps dans un asile puis jugé sain d'esprit et récemment libéré) qui avait massacré les enfants d'une femme l'ayant embauché pour des travaux domestiques; ou cette fille de treize ans qui avait eu la gorge tranchée à Washington, sans raison apparente; ou encore ce pasteur de Salt Lake City qui avait assassiné sept jeunes filles et brûlé leurs dépouilles dans une chaudière. Nous étudiions tous ces cas et bien d'autres. A vrai dire, chaque jour nous apportait au moins un criminel que nous comparions au portrait sans cesse retouché de notre homme imaginaire.

Même la domesticité de Kreizler contribuait à cette quête d'une solution, soit à titre d'exemple, soit par une participation directe. J'ai déjà décrit mes propres spéculations concernant Mary Palmer et un possible parallèle entre son cas et le nôtre. Ces réflexions furent pesées au trébuchet, et leurs lignes essentielles inscrites au grand tableau noir, même si Mary elle-même ne fut jamais consultée à leur sujet, puisque Laszlo s'obstinait à la tenir à l'écart de l'enquête. Cyrus, en revanche, avait réussi à mettre la main sur une bonne partie du corpus que Kreizler nous avait assigné, et le dévorait avec passion. Pendant les réunions, il n'intervenait que lorsqu'on le sollicitait mais faisait preuve alors d'une singulière perspicacité. Lors d'une séance de nuit, par exemple, alors que nous débattions de l'état physique et mental du meurtrier après ses crimes, nous nous heurtâmes soudain au fait que nul d'entre nous n'avait jamais ravi la vie d'aucun être humain. Nous savions tous évidemment que quelqu'un dans la pièce l'avait fait mais personne n'éprouvait l'envie de demander à Cyrus un avis autorisé – personne, excepté Kreizler, qui n'eut pas de scrupule à poser la question en termes simples et directs. Cyrus répondit de même, confirmant qu'après son acte de violence, il n'aurait été capable ni d'échafauder un plan complexe ni de déployer des efforts physiques intenses. Nous fûmes tous étonnés lorsqu'il assortit cette déclaration de quelques commentaires intéressants sur Cesare Lombroso, l'Italien qu'on considère parfois comme le père de la criminologie moderne.

Lombroso postulait l'existence d'un « type » criminel d'être humain mais Cyrus jugeait cette théorie peu plausible étant donné le large éventail de mobiles et de comportements qui peuvent sous-tendre – il l'avait appris récemment – un acte criminel. Fait intéressant, le Dr H.H. Holmes, auteur de multiples meurtres qui attendait la pendaison à Philadelphie, avait déclaré pendant son procès qu'il appartenait selon lui au type défini par Lombroso. La dégénérescence mentale, physique et morale expliquait ses actes, prétendait-il, ce qui devait inciter à estimer qu'il n'en était pas entièrement responsable. Au tribunal, l'argument n'avait pas porté. Après avoir discuté de son cas et de bien d'autres, nous conclûmes que les crimes de notre tueur ne pouvaient, pas plus que ceux de Holmes, être attribués à une régression. La capacité intellectuelle dont avaient fait montre les deux sujets était tout simplement trop grande.

Il y eut enfin le jour où Stevie Taggert me conduisit à un rendez-vous avec les Isaacson sous le Brooklyn Bridge. Le jeune garçon continuait à faire régulièrement des « courses » pour moi, et ce petit secret avait forgé entre nous des rapports permettant une communication plus directe. Un matin, nous fûmes avisés que deux fillettes jouant sous l'arche de Rose Street de Brooklyn Bridge avaient découvert un chariot abandonné dont le coffre contenait une main, un bras et un crâne humains. Bien que rien dans ce crime ne rappelât la patte de notre assassin, le pont faisait songer à son penchant pour l'eau, et nous décidâmes d'aller quand même jeter un coup d'œil. Il s'avéra toutefois que les restes humains étaient ceux d'un adulte et ne permettaient aucune identification. Comme par ailleurs Marcus ne releva sur le chariot aucune empreinte correspondant à celles de notre meurtrier, lui et Lucius abandonnèrent la macabre découverte au coroner en chef de la ville. Afin d'éviter des questions, je partis dans la calèche avant l'arrivée des employés de la morgue, et tandis que nous retournions au Q.G., Stevie me dit :

– Mr Moore, ce type que vous cherchez... L'aut'jour, j'ai entendu le docteur raconter que pas un des garçons trucidés avait été... ben, vous savez, « abusé ».

– Oui, c'est exact. Pourquoi ?

– Je me demandais. Est-ce que ça veut dire qu'il est pas pédé ?

La crudité de la question me fit me redresser : on avait parfois peine à se rappeler que Stevie n'avait que douze ans.

– Non, cela ne veut pas dire qu'il n'est pas... pédé. Mais le métier de ses victimes ne signifie pas non plus qu'il l'est.

– Vous pensez que peut-être il a juste horreur des tapettes ?

– Cela joue peut-être un rôle.

Pendant que nous nous faufilions dans la circulation de Houston Street, Stevie se débattait avec son raisonnement sans paraître remarquer les prostituées, trafiquants de drogue, marchands ambulants et mendiants qui grouillaient autour de nous.

– C' que j' pense, moi, Mr Moore, c'est qu'il est peut-être pédé, et qu'en même temps il peut pas blairer les pédés. Comme ce maton qui me faisait la vie dure à Randalls Island.

– Je crains de ne pas te suivre.

– Vous savez, au tribunal, quand j'ai comparu pour lui avoir pété le crâne, ils ont essayé de me faire passer pour fou, en disant que le gars avait une femme, des gosses et tout, alors comment il aurait pu être pédé ? Et au foyer, s'il prenait deux garçons à se tripoter, qu'est-ce qu'il leur mettait ! N'empêche que j'étais pas le premier avec qui il essayait. Alors, je m' dis que c'est peut-être pour ça qu'il était aussi vachard : parce qu'il savait pas au juste ce qu'il était. Voyez ce que je veux dire, Mr Moore ?

Je voyais parfaitement. Nous avions eu de longues discussions au Q.G. sur les penchants sexuels du meurtrier et nous en aurions bien d'autres avant d'en avoir terminé avec cette affaire, mais Stevie n'était pas loin d'avoir résumé toutes nos conclusions en une seule phrase.

Chacun de nous exigeait de son cerveau des heures supplémentaires pour produire des idées, des théories qui feraient progresser nos investigations, et comme on pouvait s'y attendre, nul ne travaillait avec plus d'acharnement que Kreizler. En fait, il se dépensait avec une telle profusion que je finis par m'inquiéter pour sa santé physique et nerveuse. Après être resté vingt-quatre heures d'affilée à son bureau devant une pile d'almanachs et une grande feuille de papier portant les dates des quatre derniers meurtres (1er janvier, 2 février, 3 mars et 3 avril) afin d'essayer de percer le mystère du moment que notre homme choisissait pour tuer, Laszlo devint si pâle, si hagard que j'ordonnai à Cyrus de le ramener chez lui. Je me rappelai les propos de Sara pour qui Kreizler semblait faire de cette enquête une « affaire personnelle », et, bien que désireux de l'entendre développer son argumentation, je craignais qu'une conversation sur ce sujet ne ravive ma tendance à extravaguer sur leurs rapports personnels.

Une discussion devint cependant inévitable un matin où Kreizler – qui venait de passer la nuit à l'Institut sur un problème concernant une nouvelle élève et ses parents – repartit sans même s'accorder une pause pour examiner un homme qui avait découpé sa femme sur un autel de sa fabrication. Ces derniers temps, Laszlo avait réuni des éléments tendant à prouver que les meurtres étaient commis comme des sortes de rites étranges pendant lesquels l'assassin – à la façon d'un derviche tourneur mahométan – déployait une activité physique épuisante pour accéder à un soulagement mental. Mon ami fondait cette idée sur plusieurs faits : les garçons avaient tous été étranglés avant d'être mutilés, ce qui donnait au meurtrier une maîtrise totale de la scène qu'il jouait ; de plus, les mutilations suivaient un modèle très cohérent, centré sur le prélèvement des yeux ; enfin, tous les crimes avaient eu lieu près de l'eau, dans une construction tenant sa fonction de cet élément. On connaissait d'autres tueurs qui voyaient dans leurs actes macabres des sortes de rites personnels, et Kreizler pensait qu'en parlant à un nombre suffisant de ces individus, il apprendrait à déchiffrer les messages qui étaient peut-être contenus dans les mutilations. Ce travail se révéla particulièrement éprouvant, même pour un aliéniste expérimenté comme lui. Ajoutez à cela un état général d'épuisement, et vous risquez de gros ennuis.

Le matin en question, Sara et moi arrivâmes au 808 au moment où Laszlo, qui venait d'en sortir, tenta de monter dans sa calèche et faillit perdre connaissance. Il chassa le malaise avec des sels d'ammoniaque et un rire, mais Cyrus révéla que cette fois cela faisait près de deux jours qu'il n'avait pas vraiment dormi.

– Il se tuera s'il ne ralentit pas, prédit Sara au moment où la calèche démarrait. (Nous entrâmes dans l'ascenseur). Il essaie de pallier le manque de pistes et d'indices par des efforts accrus. Comme s'il pouvait arracher de force une réponse.

– Il a toujours été ainsi, fis-je observer en secouant la tête. Même quand nous étions gamins, il poursuivait toujours un but quelconque, et toujours avec le plus grand sérieux. C'était amusant, à l'époque.

– Ce n'est plus un enfant, maintenant, il devrait apprendre à se ménager.

C'était le côté autoritaire de Sara qui parlait ; elle usa d'un ton différent quand elle demanda, avec un détachement feint et sans me regarder :

– Il n'y a jamais eu de femme dans sa vie ?

– Il y a eu sa sœur, répondis-je, sachant que ce n'était pas le sens de sa question. Ils étaient très proches mais elle est mariée, à présent. A un Anglais, un baronet, je crois.

Sara dut faire un effort pour garder un ton désinvolte.

– Mais pas de femme – sur le plan sentimental, je veux dire ?

– Ah. Euh, si, Frances Blake. Il l'a connue à Harvard et, pendant un ou deux ans, on a cru qu'il l'épouserait. Moi, non. A mes yeux, c'était une épouvantable mégère. Il la trouvait charmante, pourtant.

Avec son sourire le plus malicieux, Sara suggéra :

– Elle lui rappelait peut-être quelqu'un.

– A moi, elle me rappelait une mégère. Sara, qu'entendais-tu au juste en disant que Kreizler semble faire de cette enquête une affaire personnelle ? Personnelle en quel sens ?

– Je ne sais trop, répondit-elle en pénétrant dans notre quartier général, où nous trouvâmes les Isaacson lancés dans une véhémente altercation au sujet d'indices. Mais je puis dire ceci, poursuivit-elle en baissant la voix. C'est plus qu'une question de réputation, plus que de la curiosité scientifique. Il y a autre chose.

Sur ce, elle alla à la cuisine se faire un thé, laissant les Isaacson m'entraîner dans leur discussion.

Avril s'écoula ainsi : le temps se réchauffait, de petits fragments du puzzle se mettaient lentement en place, et les questions personnelles devenaient plus intrigantes, sans jamais être posées. Nous aurons le temps de les explorer plus tard, me répétais-je. Pour le moment, seul le travail comptait, un travail dont dépendait Dieu sait combien de vies humaines. Concentration – c'était le mot-clef. Concentration et préparation. Nous devions être prêts à affronter tout ce qui couvait dans l'esprit de l'homme que nous recherchions et je pensais, après avoir vu deux de ses victimes, qu'il n'avait rien de pire à nous offrir.

Mais l'événement qui se produisit à la fin du mois nous mit face à une horreur d'un type nouveau, engendrée non par le sang mais par les mots et qui, à sa façon, était aussi terrible que ce que nous avions déjà rencontré.

20

Un jeudi soir particulièrement agréable, je lisais à mon bureau un article du *Times* sur un nommé Henry B. Bastian, de Rock Island, Illinois, qui quelques jours plus tôt avait tué trois garçons travaillant dans sa ferme, puis découpé leurs corps pour les donner à manger aux cochons. Les habitants du bourg se perdaient en conjectures sur la cause de ce crime infâme. Lorsque les représentants de l'ordre locaux avaient été sur le point d'arrêter Bastian, il s'était suicidé, éliminant ainsi toute chance que le monde découvre un jour son mobile. Sara faisait une de ses rares apparitions à Mulberry Street, et Marcus Isaacson était là-bas aussi. Il se rendait souvent au Central en dehors des heures habituelles pour fouiner dans les dossiers anthropométriques sans être dérangé. Marcus espérait encore que notre tueur avait un casier judiciaire. Pendant ce temps, Lucius et Kreizler bouclaient un long après-midi à l'asile de fous de Ward's Island où ils avaient étudié les phénomènes de dédoublement de personnalité et de dysfonctionnement des hémisphères cérébraux, en vue de déterminer si l'une ou l'autre de ces pathologies s'appliquait à notre assassin.

Laszlo estimait cette possibilité peu probable, à tout le moins, essentiellement parce que les patients affligés de dédoublement de personnalité (dû à un traumatisme physique ou psychique) n'étaient généralement pas capables d'échafauder des plans aussi complexes que ceux du meurtrier. Mais il était résolu à étendre ses recherches aux théories les plus improbables. Il faut dire aussi qu'il aimait ces expéditions avec Lucius, qui lui permettaient d'échanger des bribes de ses connaissances médicales exceptionnelles contre de précieuses leçons de criminologie. Aussi quand il nous téléphona vers six heures pour annoncer que le sergent et lui en avaient terminé, je ne fus pas réellement surpris de déceler dans la voix de Laszlo plus de vigueur qu'elle n'en avait eu ces derniers temps. J'acquiesçai avec autant d'énergie quand il proposa que nous nous retrouvions à la *Taverne Brübacher* d'Union Square, où nous pourrions utilement comparer nos notes sur les activités de la journée.

Je passai une demi-heure encore sur les journaux du soir puis écrivis un mot demandant à Sara et Marcus de nous rejoindre chez Papa Brübacher. Après avoir laissé le mot sur la porte, je tirai une canne de l'élégant porte-parapluies en céramique du *marchese* Carcano et sortis dans la douceur du soir, aussi jovial que peut l'être un homme qui a passé la journée immergé dans le sang, les mutilations et le meurtre.

Papa Brübacher, restaurateur véritablement *gemütlich*, toujours ravi de voir un habitué, avait ouvert l'une des meilleures brasseries de New York, et la terrasse de son établissement, du côté est d'Union Square, était l'endroit idéal pour regarder les gens se promener dans le parc à l'heure où le soleil se couchait au bout de la 14ᵉ Rue. Ce n'était cependant pas essentiellement pour cette raison que les mordus du turf tels que moi fréquentaient ce lieu. Lorsque les tramways avaient fait leur apparition dans Broadway, un wattman inconnu s'était mis en tête que la perche de son véhicule sauterait du câble s'il ne prenait pas à toute vitesse les courbes serpentines que les rails dessinaient autour d'Union Square. Les autres wattmen de la ligne avaient adopté cette théorie jamais prouvée, et la partie de Broadway longeant le parc ne tarda pas à être surnommée la « Courbe de la Mort » à cause de la fréquence avec laquelle des piétons sans méfiance y perdaient la vie ou un membre. La terrasse de Brübacher offrait une vue imprenable sur la place, et l'après-midi ou le soir, à la belle saison, les clients avaient coutume, quand ils entendaient s'approcher un des engins fatals, de parier sur la probabilité d'un accident. Les enjeux étaient parfois considérables, et jamais le sentiment de culpabilité que les gagnants éprouvaient lorsqu'une collision se produisait réellement n'avait mis un terme à cette pratique.

En traversant la 14ᵉ Rue en direction de la magnifique statue équestre du général Washington par Henry K. Brown, je commençai à entendre les cris habituels – « Vingt sacs que la vieille s'en sort pas ! », « Le type est unijambiste, il n'a pas une chance ! » – émanant de chez Papa Brübacher. L'appel du jeu me fit accélérer le pas. Parvenu à la terrasse, je sautai par-dessus la barrière de fer forgé ornée de lierre qui la délimitait et m'assis à la table de deux vieux copains. Après avoir commandé un litre de Würzburger brune et douceâtre, au faux col épais comme de la crème fouettée, je me levai juste le temps de serrer dans mes bras le vieux Brübacher puis commençai enfin à parier avec fureur.

Le temps que Kreizler et Lucius Isaacson arrivent, à un peu plus de sept heures, mes amis et moi avions vu deux nurses échapper de justesse à l'accident, et un tramway effleurer un landau coûteux. Il s'ensuivit un débat animé pour savoir si ce dernier incident constituait ou non une collision, et je ne fus pas mécontent de m'en extraire en me retirant dans un coin relativement éloigné de la terrasse avec Lucius et Kreizler, qui commanda une bouteille de Didesheimer. La discussion dans laquelle *eux* étaient engagés, débordant de références à des zones ou fonctions cérébrales, ne s'avéra pas plus attrayante. Le bruit lointain d'un tramway s'approchant annonça enfin une nouvelle partie, et je venais de parier tout le contenu de mon portefeuille sur l'agilité d'un marchand des quatre saisons quand, levant les yeux, je découvris Marcus et Sara.

J'ouvrais déjà la bouche pour leur proposer de miser eux aussi – la charrette du marchand étant lourdement chargée, les chances semblaient à peu près égales – mais en scrutant le visage des nouveaux venus – les yeux écarquillés de Marcus, l'expression hébétée de Sara – je me rendis compte qu'il se passait quelque chose et rempochai mon argent.

– Qu'est-ce qu'il vous arrive ? demandai-je en reposant ma chope sur la table. Sara, tu vas bien ?

Elle hocha la tête faiblement, et Marcus se mit à inspecter la terrasse avec fébrilité.

– Un téléphone, bredouilla-t-il. John, où y a-t-il un téléphone ?

– A l'intérieur, juste derrière la porte. Dites à Brübacher que vous êtes un de mes amis, il vous laiss...

Mais le policier se précipitait déjà dans la brasserie, sous le regard médusé de Kreizler et Lucius, qui avaient interrompu leur conversation.

– Sergent, le rappela Laszlo, y a-t-il eu...

– Excusez-moi, docteur, répondit Marcus, il faut absolument que je... Sara a quelque chose que vous devriez voir.

Il fit deux pas à l'intérieur de la brasserie, se saisit du téléphone, approcha le petit pavillon conique de son oreille et fit cliqueter rapidement la fourche. Brübacher le considéra d'un œil surpris, mais sur un signe de moi le laissa continuer.

– Mademoiselle ? Allô, mademoiselle ? fit Marcus, battant la semelle de son pied droit. Mademoiselle ! Je voudrais Toronto. Oui, au Canada.

– Au Canada ? répéta Lucius dont les yeux s'agrandirent. Alexander Macleod ! Alors, ça veut dire...

Il se tourna vers Sara, comme s'il comprenait soudain quelle épreuve elle venait de traverser, puis rejoignit son frère au téléphone. Sara s'approcha de notre table, tira très lentement une enveloppe de son sac.

– Cette lettre est arrivée hier chez Mrs Santorelli, dit-elle d'une voix blanche. Elle l'a portée au Central pour se la faire lire. Personne n'a daigné l'aider mais elle a refusé de rentrer chez elle. Finalement, je l'ai trouvée assise près des marches du perron. Je lui ai traduit la lettre – l'essentiel, du moins.

Sara glissa l'enveloppe dans la main de Laszlo, baissa la tête.

– Elle ne voulait pas la garder, et comme personne ne peut en faire quoi que ce soit là-bas, Theodore m'a chargée de vous la transmettre, docteur.

Lucius revint, regarda avec nous Kreizler ouvrir l'enveloppe. Laszlo la parcourut, respira à fond et hocha la tête.

– Voilà, lâcha-t-il, comme s'il s'attendait depuis le début à quelque chose de ce genre.

Et, sans préambule, il lut le texte qui suit d'une voix très basse. (J'ai gardé l'orthographe de l'auteur dans cette transcription.)

Chère Mrs Santorelli.
Je sais pas si c'est vous la source de tous les MENSONGES *dégoutants que j'ai lu dans les journaux, ou si la police est derrière et que les journalistes sont dans le coup, mais comme je soupçonne que c'est vous, je saisit cette ocasion de vous espliquer les choses :*
Dans certaines parties du monde où qu'il y a de sales émigrés comme vous, on mange régulièrement de la chair humaine parce que les autres aliments sont rares et que sinon les gens mouraient de faim. Je l'ai lu personnellement et je sais que c'est vrai. Bien sûr, c'est souvent des enfants qu'on mange parce qu'ils sont plus tendres et ont meilleur gôut, surtout les culs de bébé.
Ensuite les gens qui en mangent viennent ici en Amérique et ils chient un peu partout leurs petites merdes d'enfants qui sont plus dégueulasses encore que les Peaux-Rouges.
Le 18 février, j'ai vu votre gars qui se pavaner, de la peinture et des cendres plein la face. J'ai décidé d'attendre, je l'ai revu plusieurs fois, et

pis un soir je l'ai emmené de cette BOÎTE. *L'impertinent! Je savais déjà qu'il fallait que je le boulotte. Alors, on est allé tout droit au pont, je l'ai ligoté et je l'ai tué, vite fait. J'ai pris ses yeux et son cul, ça m'a fait la semaine, en rôti avec des* onions *et des carottes.*

Mais je l'ai pas tringlé, alors que j'aurai pu et que ça lui aurait sûrement plu. Il est mort sans que je le souille, et les journaux devraient le dire pour dissiper tout soupçon.

— Ni formule de politesse ni signature, conclut Kreizler d'une voix à peine plus haute qu'un murmure. Cela se comprend, ajouta-t-il en reposant la lettre.

— Seigneur Dieu! balbutiai-je.

— C'est de lui, aucun doute, déclara Lucius, qui prit la feuille et l'examina. Cette allusion au c... aux fesses mutilées, aucun journal n'en avait parlé.

Il retourna auprès de son frère, qui continuait à brailler le nom d'Alexander Macleod dans le téléphone.

Le regard fixe, Sara chercha à tâtons une chaise derrière elle; Laszlo en saisit une et la glissa sous elle. Tapotant la lettre que Lucius avait laissée sur la table, il déclara :

— Le hasard a fait tomber un vrai trésor entre nos mains. Je suggère que nous en faisions bon usage.

— Bon *usage* ? m'indignai-je, encore sous le choc. Laszlo, comment peux-tu ?

Sourd à mes protestations, il se tourna vers Lucius.

— Sergent, puis-je vous demander qui votre frère essaie de joindre ?

— Alexander Macleod. Le plus grand graphologue d'Amérique du Nord. Marcus a suivi ses cours.

— Excellent, estima Kreizler. Point de départ idéal pour passer ensuite à une discussion plus générale.

— Attends un peu, fis-je en me levant. (Je m'efforçais à la fois de ne pas élever la voix et d'empêcher l'horreur et le dégoût que je ressentais de jaillir hors de moi.) Nous venons de découvrir que ce... cette personne a non seulement assassiné Giorgio mais l'a aussi *mangé*, du moins en partie. Qu'est-ce que vous espérez apprendre d'un fichu graphologue ?

Sara se força à relever la tête et murmura :

— Ils ont raison, John. Je sais que c'est horrible, mais réfléchis un instant.

— Le cauchemar s'est encore assombri pour nous, Moore, reprit

Laszlo, mais essaie de comprendre qu'il est devenu plus noir encore pour celui que nous recherchons. Cette lettre montre que son désespoir a atteint de nouveaux sommets. Il entame peut-être même une phase terminale autodestructrice qui...

— Quoi ? Excuse-moi, Kreizler, mais qu'est-ce que tu racontes ? répliquai-je. (Mon cœur battait follement, ma voix tremblait.) Tu vas encore prétendre qu'il est sain d'esprit, qu'il cherche à se faire arrêter ? Il *bouffe* ses victimes, bon Dieu !

Passant la tête par la porte de la terrasse, Marcus intervint :

— Nous n'en savons rien.

— Exactement, dit Kreizler, qui se leva et s'approcha de moi cependant que le sergent se remettait à parler dans le téléphone. Il dévore ou non la chair de ses victimes, John. Ce qui est sûr, c'est qu'il nous *dit* qu'il le fait, en sachant qu'une telle déclaration ne peut que nous révolter et renforcer notre détermination à le traquer. C'est un comportement d'homme sain d'esprit. Rappelle-toi tout ce que nous avons appris : s'il était fou, il tuerait, cuirait la chair de ses victimes, la mangerait, et Dieu sait quoi d'autre, sans en parler à personne. (Laszlo me pressa le bras.) Réfléchis à ce qu'il nous donne : non seulement un spécimen de son écriture mais des informations, quantité d'informations à interpréter !

Marcus s'écria de nouveau « Alexander ! » mais cette fois d'un ton satisfait, et il sourit en poursuivant :

— Oui, c'est Marcus Isaacson, à New York. Je suis sur une affaire assez urgente et j'ai juste besoin de clarifier un ou deux points...

Il baissa la voix et s'installa dans le coin, derrière la porte.

La communication dura un quart d'heure pendant lequel la lettre demeura sur la table, aussi macabre, à sa façon, que les cadavres laissés çà et là dans Manhattan par le meurtrier. Elle était même à un certain égard plus effrayante : malgré la réalité sanglante de ses crimes, le tueur n'était pour nous jusqu'ici rien de plus qu'un assemblage imaginaire de traits. Mais le fait d'« entendre » sa voix, en quelque sorte, avait tout changé. Ce ne pouvait plus être *n'importe qui* ; c'était *lui*, la seule personne capable de dresser ces plans, d'écrire ces mots. Tournant les yeux vers les parieurs de la terrasse, vers les passants dans la rue, j'eus tout à coup l'impression que je le reconnaîtrais plus facilement à présent si je le croisais.

Dès son retour, Marcus s'assit à la table, prit la lettre et l'étudia attentivement pendant cinq minutes. Puis il se casa dans son siège et nous regarda tour à tour tandis que nous le fixions avec impatience. Kreizler sortit de ses poches un carnet et un crayon, prêt à noter tout ce qui pourrait être utile. Et, dans le jour déclinant de cette après-midi de printemps d'une douceur exquise, Marcus commença son exposé.

– La graphologie se divise en deux grandes parties, déclara-t-il d'une voix tendue par l'excitation. Premièrement, l'examen du document, au sens traditionnel – c'est-à-dire une analyse strictement scientifique en vue d'en identifier l'auteur ; et deuxièmement, un ensemble de techniques de caractère plus... *spéculatif*, disons. Cette seconde partie n'est généralement pas jugée scientifique et n'a guère de poids au tribunal. Mais nous l'avons trouvée très utile dans plusieurs enquêtes. (Marcus jeta un coup d'œil à Lucius, qui approuva d'un hochement de tête silencieux.) Donc... commençons par l'analyse classique.

Il s'interrompit le temps de commander un grand verre de Pilsner pour prévenir le dessèchement de sa gorge puis poursuivit :

– L'homme – et l'attaque de la plume est ici incontestablement masculine – l'homme qui a rédigé cette lettre a fréquenté l'école pendant au moins plusieurs années et y a appris à écrire. Cette instruction a été prodiguée aux États-Unis, il y a au moins quinze ans.

Je ne pus retenir une mimique étonnée à laquelle le policier répondit :

– Des signes indiquent clairement qu'il a appris à écrire avec le système Palmer. Introduit en 1880, il fut rapidement adopté par toutes les écoles du pays et resta le système dominant, si je puis dire, jusqu'à ce qu'on commence à le remplacer l'année dernière par la méthode Zaner-Blosser dans l'Est et quelques grandes villes de l'Ouest. Partant de l'hypothèse que l'instruction primaire de notre tueur s'est achevée avant qu'il ait quinze ans, on peut conclure qu'il n'a aujourd'hui pas plus de trente et un ans.

Le raisonnement semblait juste, et Kreizler nota ces éléments dans son carnet en vue de les inscrire ultérieurement sur le grand tableau noir du 808, Broadway.

– Bien, reprit Marcus. Si nous supposons que notre homme a aujourd'hui une trentaine d'années, et qu'il a quitté l'école à quinze ans ou avant, il a disposé de quinze autres années pour se forger une écriture et une personnalité. Apparemment, ce laps de temps n'a pas été très agréable. Pour commencer, comme nous l'avions déjà deviné, c'est un menteur et un truqueur invétéré : il connaît la grammaire et l'orthographe mais il s'est donné beaucoup de mal pour nous persuader du contraire. Vous voyez, là, dans le premier paragraphe, il a écrit « soupsonne », « espliquer », etc., afin de nous faire croire à son ignorance, mais il a commis une erreur : en bas, il orthographie tout à fait correctement le mot « soupçon ».

– On peut supposer qu'à la fin de la lettre, il pense plus à se faire comprendre qu'à nous jouer des tours, avança Laszlo.

– Exactement, docteur. Et son écriture redevient naturelle. Le caractère volontaire des fautes d'orthographe se reflète aussi dans la façon d'écrire : les passages truqués sont d'une plume plus hésitante, moins sûre. Les « t », en particulier, n'ont pas la même fermeté agressive que dans le reste du texte. Idem pour la grammaire : à certains endroits, il imite la façon de s'exprimer d'un valet de ferme sans instruction – « où qu'il y a... » – mais il se montre capable de tourner une phrase comme « Il est mort sans que je le souille, et les journaux devraient le dire pour dissiper tout soupçon ». C'est totalement incohérent, et s'il a relu sa lettre après l'avoir écrite, cette incohérence lui a échappé. Cela indique que tout en étant un stratège accompli, c'est indéniable, il présume peut-être un peu trop de son intelligence.

Après une autre gorgée de Pilsner, Marcus alluma une cigarette et son exposé prit enfin un rythme plus détendu.

– Jusqu'ici, nous sommes en terrain ferme. Toutes ces conclusions sont scientifiques et seraient admises au tribunal. Age, la trentaine, plusieurs années au moins d'instruction, tentative délibérée de tromperie – aucun juge ne les rejetterait. A présent, les choses deviennent moins certaines. L'écriture elle-même révèle-t-elle des traits de caractère ? Beaucoup de graphologues estiment que toute personne, et non pas seulement les criminels, trahit sa personnalité dans l'acte d'écrire, indépendamment des mots qu'elle écrit. Macleod a beaucoup travaillé dans ce domaine, et je pense qu'il serait utile d'appliquer ses principes ici.

A l'autre bout de la terrasse, l'un des parieurs s'écria soudain, « Bon Dieu, j'ai jamais vu un gros marcher aussi vite ! » et Marcus lui jeta un regard courroucé avant de continuer :

– En premier lieu, les jambages en coup de poignard et l'angularité marquée d'un grand nombre de lettres suggèrent un homme tourmenté – il est soumis à une forte pression intérieure qui ne trouve d'autre exutoire que la colère. Je dirais même que la sécheresse des mouvements de la main – vous le voyez, ici ? – est tellement prononcée qu'on peut en déduire une tendance à la violence physique, voire au sadisme. Mais c'est plus compliqué que ça parce qu'il y a d'autres éléments contradictoires. Dans ce qu'on appelle la « zone supérieure », vous remarquerez ces volutes erratiques de la plume. Elles dénotent généralement une imagination vive. Dans la zone inférieure, il y a en revanche une certaine confusion – elle se manifeste surtout dans la tendance à placer les boucles de lettres comme le « g » ou le « f » du mauvais côté du jambage.

– Excellent, commenta Kreizler, dont le crayon demeurait pourtant immobile. Mais je me demande, sergent, si ces derniers éléments n'auraient pas pu être déduits du contenu même de la lettre, ainsi que de votre analyse initiale, quelque peu plus scientifique.

Marcus sourit.

– Probablement, répondit-il. Et cela vous montre pourquoi l'art de lire la personnalité dans l'écriture n'est pas encore accepté comme une science. J'ai néanmoins jugé bon d'inclure ces observations car elles prouvent au moins qu'il n'y a pas manque d'adéquation entre le contenu et l'écriture de la lettre. Si c'était un faux, on constaterait très probablement ce manque.

Kreizler accepta l'hypothèse d'un hochement de tête mais ne prit toujours pas de note.

– Voilà pour l'analyse graphologique, conclut Marcus en sortant de sa poche sa fiole de carbone pulvérisé. Je vais maintenant saupoudrer les bords de la feuille pour m'assurer que les empreintes correspondent.

Pendant que son frère s'exécutait, Lucius examina l'enveloppe.

– Rien de particulièrement révélateur dans le cachet. C'est celui de la Vieille Poste, près de l'hôtel de ville, mais notre homme a probablement fait du chemin avant de glisser sa lettre dans la boîte. Il est suffisamment attentif aux détails pour savoir que le cachet sera examiné. Nous ne pouvons cependant exclure la possibilité qu'il habite dans le quartier de l'hôtel de ville.

Marcus avait posé près de la lettre, à présent maculée, une série de photos d'empreintes.

– Um-hmm, fit-il. Il y en a une qui correspond.

Et ces mots soufflèrent la petite flamme d'espoir – irréaliste – que nous pouvions avoir affaire à un faux.

– Ce qui nous place devant la tâche considérable d'interpréter le contenu, déclara Kreizler. (Il consulta sa montre : presque neuf heures.) Il vaudrait mieux travailler avec l'esprit frais, mais...

– Oui, dit Sara, qui s'était enfin ressaisie. *Mais*.

Nous savions tous ce que ce « mais » signifiait : dans son programme, l'assassin ne ménageait pas de pauses à ses poursuivants. C'est avec ce sentiment d'urgence que nous nous levâmes pour aller au 808, où l'on boirait du café. Les projets que l'un de nous aurait pu avoir la sottise de faire pour le reste de la soirée se trouvaient implicitement annulés.

Au moment où nous quittions la terrasse, Laszlo me toucha le bras pour me faire comprendre qu'il désirait me parler en particulier.

— J'espérais m'être trompé, John, murmura-t-il tandis que les autres s'éloignaient. Et c'est encore possible, mais... Depuis le début, je soupçonne notre homme de nous épier. Si c'est le cas, il a sans doute suivi Mrs Santorelli jusqu'à Mulberry Street et observé avec soin les personnes à qui elle s'est adressée. Sara a traduit la lettre à cette malheureuse femme près des marches du perron : le tueur, s'il était là, n'a pu manquer de les voir ensemble. Il a peut-être suivi Sara jusqu'ici et nous surveille en ce moment même.

Je me retournai pour inspecter Union Square mais Laszlo me tira en arrière.

— Ne fais pas cela — il est sûrement caché, et je ne veux pas que les autres se doutent de quelque chose. Surtout Sara. Cela pourrait affecter leur travail. Mais toi et moi devons redoubler de précautions.

— Il nous *épie* ? Pourquoi ?

— Vanité, peut-être, répondit Kreizler. Désespoir aussi.

J'étais interdit.

— Tu le sais depuis le début, dis-tu ?

Il hocha la tête au moment où nous prenions le sillage des autres.

— Depuis que nous avons trouvé ce chiffon taché de sang dans la calèche, le premier jour. La page déchirée qu'il enveloppait, c'était...

— Un article de toi, achevai-je. Du moins, c'est ce que j'ai pensé.

— Oui. Le meurtrier devait surveiller le pont au moment où j'ai été appelé sur les lieux. L'article, c'était sa façon de constater ma présence. Et de se moquer de moi, en même temps.

— Mais comment peux-tu être sûr que c'est le tueur qui l'a laissé ? objectai-je, cherchant un moyen d'échapper à la conclusion atterrante que nous étions placés, au moins par intermittence, sous la surveillance d'un assassin.

— Le chiffon, expliqua Kreizler. Bien que souillé et taché de sang, le tissu présentait une ressemblance frappante avec celui de la chemise du jeune Santorelli – à laquelle il manquait une manche, souviens-t'en.

Devant nous, Sara nous lança un coup d'œil inquisiteur par-dessus son épaule, ce qui incita Laszlo à presser le pas.

– Surtout, pas un mot aux autres, rappelle-toi, m'enjoignit-il.

Il se porta au niveau de Sara, me laissant parcourir d'un dernier regard nerveux l'étendue sombre d'Union Square.

Les enjeux montaient, comme on dit.

21

– Tout d'abord, annonça Kreizler quand, entrés dans notre Q.G. ce soir-là, nous commençâmes à nous installer à nos bureaux, je crois que nous pouvons en finir avec une incertitude...
Dans le coin supérieur droit du tableau noir, sous le titre CARACTÉRISTIQUES DES CRIMES, le mot SEUL était suivi d'un point d'interrogation, que Laszlo effaça. Nous étions déjà à peu près sûrs que le tueur n'avait pas de complice : aucune bande, raisonnions-nous, n'aurait pu se livrer à de telles activités pendant des années sans qu'un des comparses ne les révèle. Durant la partie initiale de l'enquête, le seul inconvénient de cette théorie, c'était qu'elle n'expliquait pas comment un homme seul avait escaladé les murs et les toits des divers lieux du crime. Marcus avait réglé ce problème. Et si l'emploi du pronom « je » dans la lettre n'était pas concluant en soi, conjugué à ces autres faits, il prouvait de manière catégorique que ces crimes étaient l'œuvre d'un solitaire.
Nous opinâmes tous pour approuver Kreizler, qui poursuivit :
– Passons maintenant aux salutations. Pourquoi *Chère* Mrs Santorelli ?
– L'habitude de mettre les formes, peut-être, répondit Marcus.
– Non, non, fit Lucius. C'est ironique. Il sait que sa lettre va anéantir cette femme, il le savoure. Il joue avec elle, de façon sadique.
– Je partage cet avis, dit Kreizler, qui souligna le mot SADISME déjà inscrit dans la partie droite du tableau.
– Je voudrais souligner que cela éclaire aussi la nature de sa chasse, ajouta Lucius avec conviction. (Il était persuadé depuis peu

que les connaissances anatomiques de l'assassin provenaient d'une pratique régulière de la chasse.) Nous avons déjà traité de l'aspect sanguinaire des crimes – mais le jeu cruel confirme autre chose : une mentalité de chasseur.

– Le raisonnement paraît fondé, sergent, dit Laszlo, qui écrivit CHASSEUR à cheval entre les parties ENFANCE et PÉRIODE INTERMÉDIAIRE. Mais il me faudrait plus convaincant... (il ajouta un point d'interrogation après le mot) étant donné ce que cela suppose et implique.

Pour simplifier, cela supposait que l'assassin avait joui dans sa jeunesse de certains loisirs, ce qui impliquait qu'il était issu de la haute bourgeoisie citadine (cette classe étant la seule à avoir des loisirs à une époque où même la petite bourgeoisie, avant les lois sur le travail des enfants, imposait à sa progéniture de longues journées de labeur) ou qu'il avait grandi en milieu rural. Chacune de ces hypothèses eût sensiblement réduit le champ de nos investigations, et Laszlo exigeait une certitude absolue avant d'entériner l'une ou l'autre.

– L'introduction, à présent, reprit Kreizler. Outre l'accent mis sur « mensonges »...

– La plume est repassée plusieurs fois sur le mot, fit observer Marcus. Il y a beaucoup de sentiments derrière.

– Alors le mensonge n'est pas un phénomène nouveau pour lui, extrapola Sara. On a l'impression qu'il ne connaît que trop la malhonnêteté et l'hypocrisie.

– Pourtant, elles l'indignent encore, releva Kreizler. Une théorie ?

– C'est lié aux jeunes garçons, risquai-je. Ils sont travestis, ce qui est déjà une forme de tromperie. De plus, ce sont des prostitués, censés être dociles – mais nous savons que ceux qu'il a tués pouvaient se montrer « difficiles ».

– Bien, dit Kreizler en hochant la tête. Donc il n'aime pas les apparences trompeuses. Pourtant il ment – il nous faut une explication à ça.

– Il a appris, répondit simplement Sara. Il a été en butte à l'hypocrisie, il la hait – mais il a appris à s'en servir.

J'intervins :

– Comme pour la violence : il la voit, il la déteste mais il l'assimile. La loi de l'habitude et de l'intérêt, selon le professeur James : notre esprit fonctionne sur la base de l'intérêt personnel, de la survie de l'organisme, et la façon habituelle que nous avons de satisfaire cet intérêt prend définitivement forme quand nous sommes enfants ou adolescents.

Lucius s'empara d'un volume des *Principes* de James et le feuilleta jusqu'à trouver la bonne page.

– « Le caractère prend comme du plâtre », cita-t-il en levant l'index, « pour ne plus jamais ramollir. »

– Même si...? fit Kreizler pour l'inviter à poursuivre.

– Même si, répéta aussitôt Lucius, qui tourna la page, la parcourut de son doigt, même si ces habitudes deviennent contre-productives à l'âge adulte... Voilà : « L'habitude nous condamne tous à livrer la bataille de la vie selon les lignes de notre éducation ou de nos premiers choix, à tirer le meilleur parti d'une pratique inadaptée, parce qu'il n'y en a pas d'autre qui nous convienne, et qu'il est trop tard pour recommencer. »

– Lecture inspirée, sergent, commenta Kreizler, mais il nous faut des exemples. Nous avons postulé une ou des expériences originelles violentes, peut-être de nature sexuelle (il indiqua une subdivision de la partie ENFANCE intitulée VIOLENCE ET/OU MAUVAIS TRAITEMENTS), qui formeraient la base de son comportement. Mais que penser des sentiments très profonds concernant la malhonnêteté ? Pouvons-nous suivre le même raisonnement ?

Je haussai les épaules.

– Il en a été accusé lui-même, proposai-je. A tort, sans doute. Et fréquemment.

– Bien vu, acquiesça Laszlo, qui écrivit HYPOCRISIE et, dessous, ACCUSÉ DE MENTIR, dans la partie gauche du tableau.

– Il y a aussi la famille, rappela Sara. On ment beaucoup, dans une famille. L'adultère est probablement la première forme d'hypocrisie à laquelle on pense, mais...

– Mais cela n'est pas lié à la violence, termina Kreizler. Et selon moi, il doit y avoir un lien. L'hypocrisie peut-elle s'appliquer à la violence – à des actes violents délibérément tus et cachés, à la fois à l'intérieur et à l'extérieur de la famille ?

– Sans aucun doute, affirma Lucius. Et ce serait d'autant plus grave que la famille présenterait une *image* très différente.

– Précisément, dit Kreizler, souriant avec satisfaction. Nous aurions donc un père en apparence respectable qui bat sa femme et ses enfants...

Le visage de Lucius se crispa légèrement.

— Je ne pensais pas forcément au père. Ce pourrait être n'importe quel membre de la famille.

Laszlo balaya la remarque d'un revers de main.

— Le père constituerait la trahison la plus terrible.

— Et pas la mère? intervint Sara, dont la question semblait déborder le cadre de la discussion — c'était comme si elle cherchait autant à analyser l'esprit de Kreizler que celui de l'assassin.

— Aucun texte ne va dans ce sens, riposta-t-il. Les récentes recherches de Breuer et Freud sur l'hystérie indiquent qu'il y aurait agression sexuelle prépubertaire *par le père* dans la quasi-totalité des cas.

— Sauf votre respect, docteur Kreizler, Breuer et Freud ne sont pas très clairs sur le sens de leur découverte. Freud a commencé par voir dans l'agression sexuelle l'origine de toute hystérie, mais récemment il a modifié son point de vue et considère que les *fantasmes* d'agression pourraient en être la cause véritable.

— Certes, reconnut Laszlo, il reste nombre de points obscurs dans leurs travaux. Moi-même je ne puis accepter qu'on place uniquement l'accent sur la sexualité — à l'exclusion même de la violence. Mais regardez la question d'un point de vue empirique, Sara : combien connaissez-vous de familles écrasées par une mère dominatrice, violente ?

Elle haussa les épaules.

— Il y a plus d'une sorte de violence, docteur — mais je développerai ce point quand nous en viendrons à la fin de la lettre.

Kreizler avait déjà écrit PÈRE VIOLENT MAIS EN APPARENCE RESPECTABLE dans la partie gauche du tableau et semblait désireux, voire impatient, de passer à autre chose.

— Malgré les fautes d'orthographe délibérées, l'ensemble de ce premier paragraphe a un ton cohérent, reprit-il en assenant une tape sur la lettre.

— On le sent tout de suite, dit Marcus, il a déjà décidé dans sa tête que des tas de gens s'acharnent contre lui.

— Je crois voir où vous voulez en venir, docteur, fit Lucius qui plongea de nouveau la main dans la pile de livres et de papiers de son bureau. Un des articles que vous nous avez donnés à lire, celui que vous avez traduit vous-même... Ah ! voilà. Le Dr Krafft-Ebing. Il parle de « monomanie intellectuelle » ainsi que de ce que les Allemands appellent « *primäre Verrucktheit* », et propose de remplacer les deux termes par le mot « paranoïa ».

Kreizler approuva de la tête en écrivant PARANOÏDE dans la partie PÉRIODE INTERMÉDIAIRE du tableau.

– Un sentiment, illusoire peut-être, de persécution qui a pris racine après une ou des expériences traumatisantes, mais qui n'a pas entraîné de démence – définition admirablement succincte de Krafft-Ebing, et qui semble s'appliquer. Je doute fort que notre homme vive encore dans ses fantasmes mais sa conduite n'en est pas moins asociale, probablement. Ce qui ne signifie pas que nous recherchons un misanthrope – ce serait trop simple.

– Les meurtres eux-mêmes n'assouviraient-ils pas cette pulsion asociale ? suggéra Sara. Et le reste du temps, il serait apparemment normal, avec un comportement sociable, fonctionnel ?

– Peut-être même *trop* fonctionnel, renchérit Kreizler. Impossible, aux yeux de ses voisins, qu'un tel homme massacre des enfants et affirme les avoir mangés.

Laszlo nota ces idées sur le tableau, nous fit de nouveau face.

– Nous en arrivons maintenant au deuxième paragraphe, encore plus extraordinaire.

– D'emblée, il nous révèle une chose, déclara Marcus. Notre gibier n'a pas beaucoup voyagé à l'étranger. Je ne connais pas ses lectures mais, ces derniers temps, le cannibalisme n'était pas très répandu en Europe. On mange à peu près n'importe quoi là-bas mais pas de la chair humaine. Encore qu'on ne puisse jamais être sûr avec les Allem... (Il s'interrompit, leva les yeux vers Kreizler.) Sans vouloir vous offenser, docteur.

Lucius se gifla le front mais Laszlo se contenta d'un sourire mi-figue mi-raisin : les bizarreries des Isaacson avaient cessé de l'étonner.

– Il n'y a pas d'offense, sergent : on n'est jamais sûr avec les Allemands, effectivement. Mais si nous retenons l'idée que ses voyages se sont limités aux États-Unis, que devient votre théorie selon laquelle ses talents d'alpiniste indiquent un héritage européen ?

Avec un haussement d'épaules, Marcus répondit :

– Américain de la première génération. Les parents, eux, étaient des émigrés.

– De sales émigrés ? glissa Sara.

Le visage de Kreizler rayonna de satisfaction.

– Tout à fait, dit-il, inscrivant PARENTS ÉMIGRÉS dans la partie gauche du tableau. La phrase déborde d'aversion, n'est-ce pas ? C'est le genre de haine qui a généralement une origine spécifique, tout obscure qu'elle puisse être. En l'occurrence, il a probablement eu des relations perturbées avec l'un des parents ou les deux, et en est venu à mépriser tout ce qui les concernait, y compris leur héritage.

– C'est aussi le sien, pourtant, fis-je observer. Cela expliquerait en partie la sauvagerie des meurtres. Il se dégoûte, il cherche à se débarrasser de sa saleté.

– Une phrase intéressante, John, dit Laszlo. Et sur laquelle nous reviendrons. Mais il y a ici une question pratique à laquelle il faut apporter une réponse. La chasse, l'escalade, et maintenant l'idée qu'il n'a jamais été à l'étranger – ces éléments nous permettent-ils de définir son cadre géographique ?

– Même chose qu'avant, répondit Lucius. Ou une riche famille citadine, ou la campagne.

– Sergent ? dit Kreizler à Marcus. Existe-t-il une région plus indiquée qu'une autre pour apprendre l'escalade ?

Le policier secoua la tête.

– On peut l'apprendre partout où il y a des formations rocheuses – ce qui représente pas mal d'endroits aux États-Unis.

– Hmm, fit Laszlo, un rien déçu. Laissons cela de côté pour le moment et revenons au deuxième paragraphe. Le texte lui-même semble venir à l'appui de votre remarque sur les « volutes de la zone supérieure » de l'écriture, Marcus. Il y déploie en effet beaucoup d'imagination.

– Drôle d'imagination, lâchai-je.

– Exact, John, approuva mon ami. Excessive et morbide, sans nul doute.

Lucius claqua des doigts.

– Un instant, dit-il, tendant une fois de plus la main vers ses livres. Je crois me rappeler...

– Désolé, Lucius, coupa Sara avec un de ses petits sourires en coin. Je vous ai devancé. (Elle montra la revue médicale ouverte sur son bureau.) Cela cadre avec notre discussion sur l'hypocrisie, docteur. Dans son article « Programme d'étude des anomalies mentales chez l'enfant », le Dr Meyer énumère plusieurs des signes laissant présager un comportement ultérieur dangereux – et l'imagination excessive en fait partie.

Elle baissa la tête pour lire un extrait de l'article publié dans le numéro de février 1895 de la *Revue de la Société de l'Illinois pour l'étude des enfants* :

— « Un enfant peut normalement reproduire toutes sortes d'images mentales dans le noir. Cela devient anormal quand l'image vire à l'obsession, c'est-à-dire qu'il ne peut plus la chasser. Les images génératrices de peur ou de sentiments désagréables, en particulier, ont tendance à devenir excessivement fortes... »

Sara haussa le ton pour mettre l'accent sur la phrase finale de la citation :

— « Une imagination excessive peut conduire à la construction de mensonges et à l'envie irrésistible de les faire croire aux autres. »

— Merci, Sara, dit Kreizler.

Il inscrivit IMAGINATION MORBIDE à cheval sur les parties ENFANCE et CARACTÉRISTIQUES, ce qui me laissa perplexe. A ma demande d'explication, il répondit :

— Il écrit cette lettre à l'âge adulte mais une imagination aussi particulière n'apparaît pas *ex abrupto* à la maturité. Elle a toujours été en lui, et la théorie de Meyer trouve ici une corroboration car l'enfant est effectivement devenu dangereux.

Marcus, qui se tapotait pensivement la main avec un crayon, émit une suggestion :

— Et si cette histoire de cannibalisme provenait d'un cauchemar fait dans l'enfance plutôt que d'une lecture ? L'effet aurait été plus puissant.

— Posez-vous une question plus fondamentale, répondit Kreizler. Quel est le sentiment le plus fort que l'on trouve derrière l'imagination — l'imagination normale, mais aussi et surtout l'imagination morbibe ?

Sara n'eut aucun problème :

— La peur.

— Peur de ce qu'on voit, ou de ce qu'on entend ? insista Laszlo.

— Les deux, répondit Sara, mais surtout de ce qu'on entend.

— Lire, n'est-ce pas une façon d'entendre ? demanda Marcus.

— Oui, mais même les enfants des familles aisées n'apprennent pas à lire avant un certain âge, rappela Kreizler. Je vous propose cette idée, à titre de simple hypothèse : et si cette histoire de cannibalisme avait été alors ce qu'elle est maintenant ? Un conte destiné à faire peur. Sauf que, maintenant, notre homme n'est plus le terrorisé mais celui qui terrorise. D'après l'image que nous avons construite de lui jusqu'ici, ne trouverait-il pas cela extrêmement satisfaisant, voire amusant ?

— Mais qui le lui aurait raconté? voulut savoir Lucius.
— Qui terrorise les enfants avec des histoires, généralement?
— Les adultes qui veulent leur apprendre à bien se conduire, me hâtai-je de répondre. Mon père m'avait raconté une histoire sur la chambre de torture de l'empereur du Japon qui revenait me tourmenter la nuit, avec tous les détails...
— Excellent, Moore! Exactement ce que je voulais dire.
— Et que devient... commença Lucius. Et que devient — pardonnez-moi mais je ne sais pas encore comment discuter de certaines choses en présence d'une dame, j'en ai peur.
— Alors, faites comme s'il n'y en avait pas, répliqua Sara avec une pointe d'agacement.
— Et que devient là-dedans, reprit-il, guère plus à l'aise, l'accent mis sur... sur les fesses?
— Ah! oui, dit Kreizler. Un détail de l'histoire originelle, ou une invention du cru de notre homme?
— Euh, le... bredouillai-je, ne sachant pas plus que Lucius comment m'exprimer devant une femme. La... les références non seulement à la saleté mais aux... matières fécales...
— Il utilise le mot « merde », rappela crûment Sara. (Tout le monde dans la pièce, Kreizler compris, sursauta.) Messieurs, si j'avais su que vous étiez de telles saintes nitouches, nous lança-t-elle avec dédain, j'en serais restée au travail de secrétariat.
— Qui est sainte nitouche? fis-je — pas une de mes répliques les plus cinglantes, j'en conviens.
— *Toi*, John Schuyler Moore. Il se trouve que je sais qu'il t'est arrivé de payer des membres du sexe féminin pour passer des moments intimes en leur compagnie. Elles n'avaient pas l'habitude de ce genre de langage?
— Si, reconnus-je, conscient d'avoir le visage rouge brique. Mais elles n'étaient pas... elles n'étaient pas...
— Elles n'étaient pas quoi? demanda Sara, inflexible.
— Des dames, voilà!

A ces mots, elle se leva, posa une main sur sa hanche et de l'autre extirpa son derringer de quelque poche de robe.

— Je vous préviens tout de suite que le prochain qui prononcera le mot « dame » dans ce contexte et en ma présence *chiera* par un autre trou artificiellement percé dans sa bedaine, menaça-t-elle.

Elle rangea le pistolet, se rassit. Pendant une demi-minute, il régna dans la pièce un silence de tombeau puis Kreizler me demanda avec douceur :

— Je crois que tu parlais des références à la merde, John ?

Je jetai à Sara un regard blessé et indigné — qu'elle ignora totalement, la misérable — et repris le fil de mon idée :

— Elles semblent liées — les références scatologiques et la préoccupation pour cette partie de l'anato... (Je sentais les yeux brûlants de Sara forer un trou dans ma tempe.) Et la préoccupation pour le *cul*, terminai-je, d'un ton aussi provocant que je le pus.

— Certes, acquiesça Kreizler. Elles sont reliées aussi bien métaphoriquement qu'anatomiquement. C'est intrigant — et il n'y a pas beaucoup de travaux sur ces thèmes. Meyer a spéculé sur les causes possibles et les implications de l'incontinence urinaire nocturne, et quiconque étudie les enfants tombe de temps à autre sur un sujet présentant une fixation anormale sur les fesses. La plupart des aliénistes et des psychologues s'accordent cependant à y voir une forme de mysophobie — peur morbide de la saleté et de la contamination, dont notre homme semble atteint.

Il traça le mot MYSOPHOBIE à la craie au centre du tableau, recula, l'air insatisfait, et murmura d'un ton songeur :

— J'ai cependant l'impression qu'il y a plus que cette...

— Docteur, l'interrompit Sara, une fois de plus, je vous appelle instamment à élargir vos concepts de père et de mère. Je sais que vous avez une vaste expérience des enfants au-delà d'un certain âge, mais vous êtes-vous intéressé de près aux soins du nourrisson ?

— Uniquement en tant que médecin, répondit Laszlo. Et rarement. Pourquoi ?

— Ce n'est pas une période de l'enfance durant laquelle les hommes occupent une place déterminante, en règle générale. L'un d'entre vous connaît-il un homme ayant assuré l'éducation d'un enfant de moins de trois ou quatre ans, disons ?

Non, répondîmes nous tous de la tête, et je soupçonne que si l'un de nous avait connu un tel homme, il l'aurait gardé pour lui, de crainte de voir le derringer réapparaître. Sara reporta les yeux sur Kreizler.

— Lorsque vous avez affaire à des enfants présentant une fixation anormale sur la défécation, quelle forme prend-elle généralement, docteur ?

— Une envie excessive ou une répugnance morbide. Généralement.

— Envers quoi ?

– Aller aux toilettes.
– Et comment ont-ils appris à aller aux toilettes ? poursuivit Sara, poussant Kreizler dans ses retranchements.
– Par l'éducation.
– Une éducation prodiguée par des hommes, généralement ?

Laszlo fut contraint de marquer une pause. La série de questions avait d'abord paru obscure, mais nous comprenions tous maintenant où Sara voulait en venir : si l'obsession de notre assassin pour les excréments, les fesses, et plus généralement la saleté, remontait à l'enfance, il était probable que ses relations avec une femme ou des femmes – mère, nurse, gouvernante, etc – avaient joué un rôle dans le processus.

– Je vois, finit par lâcher Kreizler. Je suppose que vous avez vous-même fait cette expérience, Sara ?
– Cela m'est arrivé, répondit-elle. Et en tant que fille, j'ai entendu des réflexions sur la question. On présume toujours qu'une femme aura besoin de ces connaissances. L'apprentissage de la propreté peut être étonnamment difficile – embarrassant, frustrant, violent même parfois. Je n'aurais pas soulevé la question si les références n'étaient récurrentes. Ne suggèrent-elles pas quelque chose sortant de l'ordinaire ?
– Possible, convint Laszlo, la tête penchée. Je crains néanmoins de ne pas trouver vos observations concluantes.
– Mais acceptez-vous d'envisager au moins la possibilité qu'une femme – la mère, peut-être, quoique pas nécessairement – ait joué un rôle plus sombre que vous ne l'avez supposé jusqu'ici ?
– J'espère ne pas être sourd à *toute* possibilité, dit Kreizler, qui se tourna vers le tableau mais n'écrivit rien. En l'occurrence, j'ai peur que nous nous soyons égarés trop loin dans le domaine du plausible.

Sara se rassit, déçue ; Kreizler continua à creuser son sillon :
– La haine des émigrés se répète dans le troisième paragraphe, assortie d'une allusion aux « Peaus-Rouges ». Outre une nouvelle tentative de se faire passer pour un ignare, que pouvons-nous en penser ?
– L'ensemble de la phrase est important, répondit Lucius. « Plus dégueulasses encore que les Peaus-Rouges. » Il cherchait un superlatif, et c'est ce qu'il a trouvé.

Marcus considéra la question :
– Si nous supposons que cette haine des émigrés a des racines

familiales, il n'est pas peau-rouge lui-même. Mais il doit avoir été en contact avec les Indiens.

— Pourquoi ? interrogea Laszlo. La haine raciste n'implique pas nécessairement la proximité.

— Non, mais l'une accompagne habituellement l'autre, insista le sergent. Et regardez la phrase elle-même : le ton est détaché — il associe *naturellement* Peaux-Rouges et saleté, et présume que tout le monde fait de même.

— Alors, il doit être originaire de l'Ouest, avançai-je. On n'entend habituellement pas ce genre de propos dans l'Est — non que nous soyons plus éclairés, mais trop peu de gens sont concernés par la question. S'il avait écrit « plus dégueulasses que les nègres », on aurait pu le supposer originaire du Sud.

— Ou de Mulberry Street, ajouta Lucius.

— Exact, admis-je. Je ne prétends pas que cette attitude soit réservée à l'un ou l'autre. Après tout, c'est peut-être seulement quelqu'un qui a trop lu d'histoires du Far West.

— Ou qui a trop d'imagination, ajouta Sara à son tour.

— Enfin, cela peut servir d'indication générale, conclus-je.

— C'est en tout cas l'explication qui saute aux yeux, soupira Kreizler, me vexant un peu. Mais quelqu'un a dit un jour qu'il ne faut jamais négliger ce qui saute aux yeux. Et vous, Marcus, l'idée d'une enfance dans l'Ouest sauvage vous séduit ?

— Elle ne manque pas d'attraits. D'abord, elle expliquerait le coutelas, une arme de l'Ouest. Elle cadrerait aussi avec la chasse, comme loisir ou nécessité, sans besoin de faire appel à un milieu familial fortuné. Enfin, s'il y a dans l'Ouest de nombreux sites où l'on peut pratiquer l'escalade, ils sont concentrés dans quelques régions particulières, ce qui pourrait nous aider. De plus, ces régions abritent d'importantes communautés d'émigrés allemands et suisses.

— Alors, indiquons l'Ouest comme une possibilité sans aller plus loin pour le moment, décida Kreizler. Cela nous amène au paragraphe suivant, où notre homme en vient finalement aux faits.

Il reprit la lettre, se massa lentement la nuque.

— Le 18 février, il repère le jeune Santorelli. Ayant passé plus de temps que je n'ose l'avouer penché sur des calendriers ou des almanachs, je puis vous dire tout de suite que le mercredi des Cendres tombait cette année le 18 février.

— Il parle de cendres sur le visage, rappela Lucius. Ce qui signifierait que le garçon revenait de l'église.

— Les Santorelli sont catholiques, ajouta son frère. Il n'y a pas beaucoup d'églises, catholiques ou autres, à proximité du *Paresis Hall*, mais nous pouvons élargir le champ des recherches. Quelqu'un se souviendra peut-être d'avoir vu Giorgio. On l'aurait facilement remarqué, surtout dans une église.

— Il est possible aussi que le tueur l'ait vu pour la première fois près de cette église, proposai-je. Ou même à l'intérieur. Avec beaucoup de chance, nous trouverons peut-être quelqu'un qui a assisté à la rencontre.

— J'ai l'impression que vous avez déjà organisé votre week-end, tous les deux, nous lança Kreizler.

Comprenant que nous venions de nous infliger de longues heures à arpenter le bitume, Marcus et moi échangeâmes une grimace. Laszlo poursuivit :

— Quoique l'utilisation du verbe « se pavaner » me fasse douter qu'ils se soient rencontrés près d'un lieu de culte — en particulier d'une église où Giorgio aurait assisté à la messe.

— Le mot suggère plutôt que Giorgio vendait ses charmes, dis-je.

— Il suggère beaucoup de choses. « Se pavaner... » Cela pourrait aussi cadrer avec ton idée que l'homme souffre d'une infirmité ou d'une difformité, Moore. Il y a une trace d'envie dans ce verbe, comme si faire la même chose lui était interdit.

— Je n'ai pas cette impression, objecta Sara. Pour moi, le mot est plus... méprisant. Peut-être juste à cause de la profession de Giorgio mais je ne le crois pas. Il n'y a ni pitié ni compassion dans le ton, rien que de la dureté. Et un certain sentiment de familiarité, comme pour les mensonges.

— Exact, acquiesçai-je. C'est le ton sermonneur d'un maître d'école à qui on ne la fait pas parce qu'il a été un gosse lui aussi.

— Tu veux dire qu'il méprise cet étalage d'un comportement sexuel non parce qu'il a été empêché d'avoir le même, mais précisément parce qu'il l'a eu ? reprit Laszlo. (Il inclina la tête sur le côté, réfléchit.) Peut-être. Mais alors, les adultes de son entourage n'auraient-ils pas réprimé cette conduite ? Et cela ne nous ramène-t-il pas à l'idée d'envie, même sans difformité physique ?

— Le problème a quand même dû provoquer au moins une scène, contra Sara. Ne serait-ce que pour imposer des restrictions au fautif.

Kreizler considéra la chose puis hocha la tête.

– Oui. Oui, vous avez raison, Sara.

L'approbation amena un sourire ténu mais satisfait sur le visage de mon amie.

– Ensuite, poursuivit Laszlo, qu'il ait transgressé l'interdit ou qu'il s'y soit soumis, la graine des difficultés futures était semée. Bien. (Il griffonna quelques mots résumant cette idée dans la partie gauche du tableau.) Venons-en maintenant aux cendres et à la peinture.

– Il associe les deux sans problème, remarqua Lucius, alors que, pour l'observateur moyen, leur juxtaposition paraîtrait incohérente – je parie que le prêtre célébrant la messe l'a remarqué.

– C'est comme si les deux choses ne valaient pas mieux l'une que l'autre, dit Marcus. Le ton reste très désapprobateur.

– Et cela pose un problème, déclara Kreizler. (Il alla à son bureau prendre un calendrier relié dont la couverture portait une croix.) Le 18 février, il a vu Giorgio Santorelli pour la première fois, et je doute fort que la rencontre ait été fortuite. Tout indique qu'il cherchait ce type de garçon ce jour particulier. Nous devons partir de cette hypothèse : le fait que le 18 était le mercredi des Cendres a une signification. Par ailleurs, les cendres associées au maquillage semblent avoir exacerbé sa réaction – essentiellement une réaction de colère. Peut-être parce qu'il s'indignait qu'un jeune prostitué s'autorise à assister à un rite chrétien – encore que, comme l'ont noté les deux sergents enquêteurs, son langage ne traduise aucun respect pour ce rite. Tout au contraire. Je reste convaincu que nous n'avons pas affaire à un individu souffrant de manie religieuse. Les caractéristiques évangéliques et messianiques qui ont tendance à marquer ce type de pathologie n'apparaissent nulle part, pas même dans cette lettre. Et bien que ma conviction ait été légèrement ébranlée, je l'avoue, par les dates des meurtres, les indications demeurent contradictoires. Si seulement le jour de l'assassinat de Giorgio avait un sens quelconque...

Nous savions à quoi il faisait allusion. Ses récentes recherches sur les dates des meurtres avaient révélé qu'on pouvait toutes les lier, sauf une, au calendrier chrétien : le 1er janvier marque la circoncision de Jésus et la fête des Fous; le 2 février est la purification de la Vierge Marie, ou la Chandeleur; enfin, Ali ibn Ghazi avait été tué le vendredi saint. Il y avait eu, bien entendu, des fêtes religieuses où aucun crime n'avait été commis : l'Épiphanie, par exemple, s'était déroulée sans incident, de même que les Cinq

Blessures de Jésus, le 20 février. Mais si le 3 mars, date du meurtre de Santorelli, avait eu une connotation chrétienne, nous aurions pu être relativement sûrs qu'un élément religieux entrait dans le choix des dates.

– Il faut peut-être revenir à l'idée du cycle lunaire, proposa Marcus.

Il remettait sur le métier une vieille croyance populaire dont nous avions discuté assez longuement : les effets des phases de la lune sur le comportement des assassins.

Les yeux fixés sur son calendrier, Kreizler rejeta la suggestion d'un mouvement de la main.

– Je n'y crois toujours pas.

– La lune a pourtant été associée à d'autres changements physiques ou comportementaux, contra Sara. Vous trouverez nombre de femmes, par exemple, persuadées qu'elle détermine le cycle menstruel.

– Et les pulsions de notre homme suivent apparemment un cycle, ajouta Lucius.

– En effet, reconnut Kreizler. Mais admettre une influence astrologique improuvable sur la psychobiologie nous entraîne très loin du caractère rituel des meurtres. Le cannibalisme revendiqué constitue un élément nouveau et apparemment distinct de ce rituel, j'en conviens. Mais nous avons assisté à une escalade dans la sauvagerie, et l'on pouvait presque prédire que nous atteindrions un tel sommet dans l'horreur – bien que l'absence de cannibalisme dans le meurtre d'Ali ibn Ghazi laisse à penser que l'assassin s'est peut-être aventuré dans un domaine qui n'est pas réellement de son goût, malgré les déclarations révoltantes de la lettre.

La discussion était au point mort lorsqu'une idée germa dans mon esprit.

– Kreizler, supposons un instant que notre hypothèse soit fondée, fis-je, pesant mes mots. Tu as dit toi-même qu'elle renforce l'idée d'un élément religieux.

Il tourna vers moi un regard où la fatigue commençait à poindre.

– On peut l'interpréter de cette façon.

– Alors, les deux prêtres ? Nous avons déjà avancé l'idée qu'ils pourraient chercher à protéger quelqu'un. Supposons que ce soit l'un des leurs...

– Ahhh, fit Lucius, vous pensez à quelqu'un comme ce pasteur de Salt Lake City, John ?

– Exactement. Un saint homme qui aurait mal tourné. Qui aurait une vie secrète. Supposons que ses supérieurs aient eu vent de sa conduite mais ne parviennent pas à le trouver, pour une raison quelconque – parce qu'il se cache, disons. Le risque de scandale serait immense. Et compte tenu du rôle que les Églises catholique et épiscopale jouent dans cette ville, leurs dirigeants pourraient convaincre non seulement le maire mais aussi les habitants les plus riches de les aider à l'étouffer. Jusqu'à ce qu'ils puissent régler le problème discrètement.

Je me rassis, assez fier de ma démonstration mais impatient de voir la réaction de Kreizler. Son silence prolongé ne me semblant pas de bon augure, j'ajoutai, avec quelque embarras :

– C'est juste une idée.

– Une sacrée bonne idée, estima Marcus, ponctuant le compliment d'un coup de crayon enthousiaste sur son bureau.

– Elle permettrait de relier entre eux un grand nombre d'éléments, renchérit Sara.

Laszlo réagit enfin par un lent hochement de la tête.

– C'est possible, en effet, dit-il en écrivant PRÊTRE INCOGNITO ? au centre du tableau. Le passé et les traits de caractère que nous avons définis pourraient s'appliquer à un homme d'Église aussi bien qu'à n'importe qui – et l'hypothèse du prêtre offre une solution de rechange séduisante à la manie religieuse. Une enquête plus poussée en direction des deux prêtres jettera sans aucun doute un peu de lumière sur la question. Et cela... dit-il en se retournant.

– Je sais, je sais, coupai-je. Les sergents enquêteurs et moi.

– Comme c'est merveilleux d'être compris sans même avoir à parler, fit-il avec un petit rire.

Tandis que je discutais brièvement avec Marcus des tâches de plus en plus lourdes qui nous attendaient dans les prochains jours, Lucius examina de nouveau la lettre.

– La ligne suivante nous ramène à l'idée de sadisme, constata-t-il. Notre homme décide d'attendre, de revoir le garçon plusieurs fois avant de le tuer : il joue de nouveau avec lui, en sachant ce qu'il va lui faire. On retrouve le chasseur.

– Oui, il n'y a rien de nouveau dans cette phrase – sauf la fin. Cette « boîte », dit Kreizler en piquetant le tableau de son morceau de craie. Le seul mot, avec « mensonges », qui a droit aux majuscules.

– De nouveau la haine, intervint Sara. De *Paresis Hall* en particulier ou du genre d'activités auxquelles on s'y livre ?

– Peut-être les deux, supputa Marcus. Car le *Paresis* sert une clientèle très spécifique : des hommes qui veulent de jeunes garçons déguisés en femme.

Kreizler continuait à tapoter l'endroit où il avait écrit VIOLENCE ET/OU MAUVAIS TRAITEMENTS.

– Nous voilà revenus au cœur du problème. Ce n'est pas un homme qui hait tous les enfants, ni un homme qui hait tous les homosexuels – ni même un homme qui hait tous les jeunes prostitués travestis. C'est un homme qui a des goûts très particuliers.

– Mais vous pensez toujours qu'il est homosexuel, n'est-ce pas, docteur ? s'enquit Sara.

– Uniquement dans le sens où l'on peut qualifier l'Éventreur londonien d'hétérosexuel, répondit Laszlo. Parce qu'il se trouve que ses victimes étaient des femmes. La question est presque sans importance – cette lettre prouve au moins cela. Il est peut-être homosexuel, peut-être pédophile, mais c'est le sadisme qui prédomine, et la violence semble caractériser ses contacts intimes bien plus que les rapports sexuels ou les sentiments amoureux. Il ne fait peut-être même pas la distinction entre sexe et violence. Et c'est un schéma qui a été établi, j'en suis certain, pendant les expériences formatrices de l'enfance. Les antagonistes de ces épisodes étaient à l'évidence de sexe masculin – ce fait est plus déterminant que n'importe quelle tendance homosexuelle véritable quand il choisit ses victimes.

– Ce serait un homme qui aurait commis ces actes, ou un autre garçon ? demanda Lucius.

– Question difficile, répondit Kreizler avec un haussement d'épaules. Nous savons une chose : certains garçons inspirent au tueur une rage si profonde qu'il a bâti toute son existence autour de son expression. Quels garçons ? Comme Moore l'a souligné, ceux qu'il juge – à tort ou à raison – trompeurs, insolents.

– « Impertinent », cita Sara en indiquant la lettre d'un mouvement de tête.

– Oui, dit Kreizler. Nous avons vu juste avec cette hypothèse. Nous avons en outre postulé qu'il choisit la violence pour exprimer cette rage parce qu'il a appris à le faire dans le cadre domestique ou familial, très probablement d'un père violent dont les actes demeurèrent inconnus et impunis. Quelle était la cause de cette violence originelle, pour autant que notre tueur la comprît ? Nous avons spéculé sur ce point aussi.

— Attendez, sollicita Sara, qui leva les yeux vers Kreizler. La boucle est bouclée, n'est-ce pas ?

— En effet, répondit Laszlo. (Il traça une ligne d'une partie du tableau à l'autre : des traits du meurtrier à ceux de ses victimes.) Que notre homme, dans sa jeunesse, ait été menteur, sexuellement précoce, ou d'une manière générale si rétif qu'il fallait le terroriser en plus de le battre, il *ressemblait*, fondamentalement, aux garçons qu'il tue aujourd'hui.

C'était une idée, comme on dit. Si, en commettant ces meurtres, notre assassin cherchait à anéantir non seulement des éléments intolérables du monde qui l'entourait, mais aussi et surtout une partie de lui-même qu'il ne pouvait supporter, Kreizler avait peut-être raison quand il parlait de phase nouvelle et plus nettement auto-destructrice. Mais pourquoi, demandai-je, cet aspect de lui-même lui serait-il intolérable ? Et pourquoi, si c'était le cas, ne le modifiait-il pas tout simplement ?

— Pour paraphraser notre ancien professeur, l'assassin tire le meilleur parti d'une pratique inadaptée parce qu'il n'y en a pas d'autre qui convienne et qu'il est trop tard pour recommencer. Dans le reste de ce quatrième paragraphe, il décrit l'enlèvement du garçon en usant d'un ton extrêmement impératif. Parle-t-il de désir ? Non, il nous dit qu'il le « fallait ». Il le fallait parce que telles sont les lois, aussi déplaisantes soient-elles, qui ont toujours régi son monde. Il est devenu ce que le professeur James appelle « un simple paquet d'habitudes ambulant ». Renoncer à ces habitudes reviendrait à renoncer à lui-même. Tu te rappelles ce que nous avons dit de Giorgio Santorelli : qu'il a fini par associer sa survie mentale à la conduite pour laquelle son père le battait ? Notre homme n'est pas très différent. Il tire des meurtres autant ou aussi peu de plaisir que Giorgio de son travail. Mais, pour l'un et l'autre, ces activités étaient et sont vitales, malgré la profonde haine de soi qu'elles engendrent — et que tu as toi-même relevée dans cette lettre, Moore.

J'avais une remarque tout aussi pertinente à faire :

— Il y revient à la fin de la lettre avec ce « sans que je le souille ». La saleté qu'il méprise est en lui, elle fait partie de lui.

— Et serait transmise par la copulation, ajouta Marcus. Vous avez raison, docteur : les rapports sexuels ne sont pas quelque chose dont il fait cas ou qu'il apprécie. Son objectif, c'est la violence.

— Se pourrait-il qu'il ne soit même pas capable d'en avoir ? demanda Sara. Compte tenu du passé que nous lui supposons, s'entend. Dans un des traités que vous nous avez remis, docteur, il est question de stimulation sexuelle et de réactions d'angoisse...

— Dr Peyer, de l'université de Zurich, précisa Kreizler. Observation faite dans le cadre plus large de travaux sur le *coïtus interruptus*.

— C'est cela, reprit Sara. La persistance de l'angoisse peut se traduire par une répression sévère de la libido, provoquant l'impuissance du sujet.

— Notre homme se montre assez chatouilleux à cet égard, fit remarquer Marcus en se penchant vers la lettre : « Je l'ai pas tringlé, alors que j'aurai pu. »

— Tout à fait, approuva Kreizler, qui écrivit le mot IMPUISSANCE au tableau. Avec pour seul effet d'accroître sa frustration et sa rage, de le précipiter dans une boucherie plus atroce encore. Et cette boucherie émerge à présent comme le plus difficile de nos problèmes. Si ces mutilations sont effectivement des rites personnels, sans autre lien que les dates avec un thème religieux quelconque, il devient capital d'en comprendre les détails car ils lui seront spécifiques, qu'il soit prêtre ou plombier.

Laszlo s'approcha de la lettre et poursuivit :

— Ce document, je le crains, ne nous aide guère dans ce domaine. (Il se frotta les yeux, consulta sa montre.) Et il est fort tard. Je propose de conclure.

— Auparavant, je voudrais revenir sur un point concernant les adultes de son entourage quand il était enfant, annonça Sara d'un ton ferme.

— La femme, soupira Kreizler.

— Oui, répondit Sara. (Elle se leva, alla au tableau, en indiqua les diverses parties.) Selon notre hypothèse, nous avons affaire à un homme qui, dans son enfance, a été blâmé, puni et finalement battu. Je ne conteste pas que les châtiments aient probablement été dispensés par une main masculine. Mais la nature intime de tant d'autres aspects indique à mes yeux une présence féminine très négative. Considérez le ton général de cette lettre qui, en fin de compte, est adressée à *Mrs* Santorelli, *spécifiquement* : il est défensif, plaintif par moments, et marqué par une obsession du détail scatologique et anatomique. C'est la voix d'un enfant soumis régulièrement à des examens humiliants, à qui on a fini par faire croire qu'il est lui-même saleté, et qui n'a trouvé refuge auprès de personne. Si son caractère s'est réellement forgé dans l'enfance, la mère est sans doute le coupable le plus vraisemblable à cet égard, je le répète, docteur Kreizler.

Le visage de Laszlo trahit une certaine irritation.

— Si c'était le cas, Sara, n'en aurait-il pas conçu une haine profonde envers les femmes et ne choisirait-il pas ses victimes parmi elles, comme l'Éventreur ?

— Je ne conteste pas votre raisonnement en ce qui concerne les victimes. Je voudrais seulement qu'on regarde avec plus d'attention dans une autre direction.

— Vous semblez penser que j'ai des œillères, répliqua Kreizler un peu sèchement. Je vous rappelle que j'ai quelque expérience en la matière.

Sara l'observa un moment en silence puis demanda d'une voix calme :

— Pourquoi vous opposer aussi farouchement à l'idée qu'une femme a joué un rôle actif dans la formation de son caractère ?

Il se leva brusquement, abattit une main sur son bureau et s'écria :

— Parce que son rôle n'a pas *pu* être actif, bon sang !

Marcus, Lucius et moi nous figeâmes puis échangeâmes des regards gênés. En plus d'être immérité, cet éclat intempestif n'avait aucun sens, étant donné les opinions professionnelles de mon ami. Pourtant, il poursuivit :

— Si une femme avait joué un rôle *actif* dans la vie de cet homme, à quelque stade que ce soit, nous ne serions même pas ici — il n'y aurait jamais eu crime !

Kreizler s'efforça de se maîtriser, n'y parvint qu'à moitié.

— Cette idée est absurde, *rien* dans la littérature sur le sujet ne vient l'étayer ! Nous conclurons donc à un rôle féminin passif dans sa formation et poursuivrons par la question des mutilations ! *Demain !*

Comme j'espère l'avoir fait comprendre, Sara Howard n'était pas le genre de femme à accepter ce langage, même de la part d'un homme qu'elle admirait et pour qui elle avait peut-être (selon moi, en tout cas) des sentiments plus profonds. Ses yeux s'étrécirent et sa voix était de glace quand elle répliqua :

— Puisque vous aviez apparemment tranché depuis longtemps, docteur, il était inutile de me demander de faire des recherches sur le sujet.

Je craignais un peu qu'elle ne saisisse son derringer mais elle opta pour son manteau.

— Vous avez peut-être pensé que ce serait une façon amusante de m'occuper, continua-t-elle, mais je vous informe que je n'ai pas besoin d'être amusée, cajolée ni dorlotée – par aucun de vous!

Sur ce, elle prit la porte. J'échangeai avec les Isaacson d'autres coups d'œil embarrassés, sans qu'il fût besoin de parler. Nous savions tous les trois que Sara avait eu raison, et Kreizler inexplicablement tort. En le voyant s'affaler sur sa chaise avec un soupir, je crus un instant qu'il s'en rendait compte lui aussi, mais il se contenta de nous demander de partir en alléguant sa fatigue.

S'il n'avait eu de telles conséquences, je n'aurais pas mentionné ici cet incident. C'était certes notre premier moment de vraie discorde au 808, Broadway, mais il était inévitable qu'il y en ait. Mais ce vif échange entre Kreizler et Sara eut des répercussions – des répercussions révélatrices qui mirent en pleine lumière une partie du passé de Laszlo inconnue même de moi, et qui éclairèrent aussi notre chemin vers un face-à-face avec l'un des criminels les plus troublants de l'histoire récente des États-Unis.

22

Nous vîmes fort peu Kreizler durant la semaine qui suivit, et j'appris plus tard qu'il passait presque tout son temps dans les prisons de la ville et dans divers quartiers, rencontrant aussi bien des hommes arrêtés pour violence domestique que les épouses et enfants qu'ils avaient maltraités. Il ne vint à notre Q.G. qu'une ou deux fois, parlant à peine, amassant notes et faits avec une détermination quasi désespérée. Il ne se résolut jamais à présenter ses excuses à Sara, mais si les quelques mots qu'ils échangeaient demeuraient empreints de gêne et de tension, elle trouva en elle-même la force de lui pardonner ses propos durs, qu'elle attribua à l'implication personnelle croissante de Laszlo dans l'affaire, conjuguée à la nervosité que nous avions tous commencé à ressentir avec le changement de mois. Si notre tueur respectait son calendrier, quel qu'il fût, il frapperait bientôt une nouvelle fois. A l'époque, l'attente de cet événement semblait fournir une explication plus qu'adéquate de la conduite inhabituelle de Laszlo, mais elle n'était, s'avéra-t-il, qu'une partie de ce qui le tourmentait.

Pour notre part, Marcus et moi nous répartîmes dans les premiers jours de mai les tâches définies le soir où nous avions analysé la lettre du meurtrier. Isaacson explora toutes les églises catholiques du Lower East Side (et au-delà) à la recherche de quelqu'un qui aurait remarqué Giorgio Santorelli, tandis que je tentais d'en savoir plus sur les deux prêtres. Après un week-end passé à essayer de soutirer de nouveaux détails au propriétaire de l'immeuble où vivait le père d'Ali ibn Ghazi, ainsi qu'à Mrs Santorelli et ses voisins, il apparut qu'on avait distribué d'autres billets pour acheter le silence d'autres personnes. Je me vis donc contraint d'orienter mes recherches vers les deux Églises concernées. Estimant que mon statut de reporter du *Times* m'ouvrirait plus facilement les portes, je décidai de commencer mon enquête au sommet : avec l'archevêque catholique romain de New York, Michael Corrigan, et l'évêque épiscopal, Henry Codman Potter. Ils résidaient tous deux dans de charmants hôtels particuliers proches de Madison Avenue, et je pensais pouvoir les interviewer l'un et l'autre dans la même journée.

Je commençai par Potter. Bien que New York ne comptât à l'époque que quelques dizaines de milliers d'épiscopaliens, plusieurs d'entre eux appartenaient aux familles les plus riches de la ville, et ce fait se traduisait par des églises et des chapelles luxueuses, un patrimoine immobilier important et une participation active aux affaires de la ville. Au bruit et à la saleté de New York, Potter préférait personnellement les villages et les églises au charme suranné de ses paroisses du nord de l'État, mais il savait où l'Église puisait son argent et s'attachait à grossir son troupeau en ville. Tout cela pour dire que l'évêque avait de grandes choses en tête, et après m'avoir fait attendre dans son élégant salon plus de temps qu'il ne lui en aurait fallu pour dire la messe, il découvrit, lorsqu'il me reçut enfin, qu'il ne pouvait me consacrer que dix minutes.

Je lui demandai s'il savait qu'un homme habillé en prêtre et portant l'anneau de l'Église épiscopale s'était rendu chez des personnes détenant des renseignements sur les récents meurtres d'enfants et leur avait versé de grosses sommes pour les faire taire. Si la question le choqua, il n'en montra rien. Avec un sang-froid imperturbable, il affirma que l'homme ne pouvait être qu'un imposteur ou un fou – ou les deux. L'Église épiscopale n'avait aucune raison de se mêler d'une affaire relevant de la police, encore moins d'un meurtre. Je lui demandai alors s'il était facile de se procurer une bague sigillaire comme celle que des témoins avaient remarquée. Il haussa les épaules, se carra confortablement dans son fauteuil, la chair de son cou retombant sur son col noir et blanc amidonné, et déclara qu'il n'en avait aucune idée. N'importe quel joaillier habile était capable d'en faire une, supposait-il. Manifestement, mes questions ne me mèneraient nulle part, mais juste pour le principe, je lui demandai s'il était au courant des menaces de Paul Kelly, partiellement mises à exécution, de semer le trouble dans les communautés émigrées. Potter répondit qu'il connaissait à peine l'existence de Mr Kelly, encore moins les menaces qu'il avait pu proférer. L'Église épiscopale ayant peu de fidèles parmi ceux que Potter appela « les citoyens new-yorkais de fraîche date », lui-même ou ses subordonnés n'accordaient que peu d'attention à de tels sujets. Il conclut en me conseillant de rendre visite à l'archevêque Corrigan, qui s'occupait beaucoup plus de ces groupes et de ces quartiers. Je l'informai que la résidence de Corrigan constituait ma prochaine étape et pris congé.

J'étais déjà d'humeur soupçonneuse avant même de rencontrer Potter, je le reconnais, et son attitude si peu caractéristique d'un homme d'Église ne fit que renforcer cette disposition. Où était la compassion pour les victimes ? La promesse de faire tout ce qui était en son pouvoir pour m'aider ? Les ferventes prières pour que l'assassin soit rapidement arrêté ?

Tout cela, je devais le trouver au domicile de Mgr Corrigan, derrière la magnificence presque achevée de la nouvelle cathédrale St. Patrick, sur la 5ᵉ Avenue, entre la 50ᵉ et la 51ᵉ Rues. Ses tours, arches, vitraux et portails en bronze avaient été construits à une échelle et avec une rapidité jamais vues à New York. Selon la bonne tradition catholique, ces travaux considérables avaient été financés non par les revenus de viles spéculations comme ceux qui garnissaient les coffres de l'Église épiscopale, mais par les dons des ouailles – vagues successives d'émigrés irlandais, italiens et autres catholiques dont le nombre accroissait rapidement la puissance d'une religion que le peuple dédaignait aux premiers temps de l'indépendance.

L'archevêque se montra plus chaleureux et plus engageant que Potter – un homme qui vit de dons n'a pas d'autre choix, pensai-je en le rencontrant. Il me fit faire une brève visite de la cathédrale en indiquant les travaux encore à réaliser : installer les stations du chemin de croix, construire la chapelle de la Vierge, couronner les tours, trouver l'argent pour les cloches. Je commençais à craindre qu'il ne sollicite ma générosité mais il ne s'agissait en fait que d'un préambule à la visite de l'orphelinat catholique, où l'on devait me montrer un autre aspect de l'Église. L'institution était située de l'autre côté de la 51ᵉ Rue, dans un bâtiment de trois étages agrémenté d'un plaisant jardin où s'ébattaient des enfants bien élevés. Corrigan m'y conduisit parce qu'il souhaitait me faire comprendre, dit-il, l'engagement de l'Église en faveur des enfants perdus et abandonnés de New York. Ils avaient à ses yeux autant d'importance que la haute cathédrale dans l'ombre de laquelle se trouvait l'orphelinat.

Tout cela était bel et bon – excepté que je me rendis soudain compte que je ne lui avais encore posé aucune question. Ce prélat courtois, accueillant et compatissant *connaissait* la raison de ma visite, j'en eus confirmation en lui posant les mêmes questions qu'à Potter. Il y répondit comme s'il avait répété, oh! oui, quelle honte, ces enfants assassinés! Horrible! Il ne pouvait imaginer pour quelle raison un individu se faisant passer pour un prêtre catholique intervenait dans cette affaire. Il ferait une enquête, mais il pouvait déjà m'assurer, etc. Je finis par lui épargner d'autres efforts en prétextant un rendez-vous urgent, pris un fiacre dans la 5ᵉ Avenue et retournai au Q.G.

J'étais sûr désormais de ne pas avoir récemment contracté ce que le Dr Krafft-Ebing appelait une « paranoïa » : nous étions confrontés à un complot, une tentative délibérée pour cacher ces meurtres. Et pour quelle raison ces éminents personnages comploteraient-ils, pensai-je avec une excitation grandissante, si ce n'était pour se protéger du scandale – le genre de scandale qui éclaterait si l'on venait à apprendre que l'assassin était l'un des leurs ?

Marcus tomba d'accord avec mon raisonnement, et pendant les jours qui suivirent, nous nous fîmes l'avocat du diable pour trouver des failles dans l'hypothèse d'un prêtre perverti. Aucun de nos arguments n'exclut catégoriquement cette possibilité. S'il était peu probable, par exemple, qu'un prêtre soit un alpiniste accompli, ce n'était pas impossible. Les considérations sur les « Peaux-Rouges » pouvaient provenir d'une période missionnaire dans l'Ouest. Quant aux talents de chasseur, il avait pu les acquérir dans son enfance : personne ne naît prêtre. Les hommes d'Église ont des parents, un passé, comme tout le monde. Et cela signifiait que toutes les spéculations de Kreizler concernant la psychologie du tueur pouvaient s'appliquer à cette hypothèse aussi bien qu'à n'importe quelle autre.

Le reste de la semaine, Marcus et moi cherchâmes d'autres éléments pour étayer notre thèse. Un prêtre aussi familier des toits que notre assassin participait certainement au travail missionnaire de l'Église [1], raisonnions-nous, et nous enquêtâmes auprès d'associations catholiques et épiscopales s'occupant des pauvres. Nous nous heurtâmes à de fortes résistances, pour un résultat médiocre.

---

1. Les locataires les plus pauvres habitaient les étages élevés, près des toits qu'on empruntait pour passer d'un immeuble à l'autre sans redescendre. (*N.d.T.*)

Mais notre enthousiasme ne retomba point et, le vendredi, nous étions si sûrs de notre théorie que nous décidâmes de l'exposer à Sara et Lucius. S'ils nous félicitèrent de nos efforts, ils s'attachèrent aussi à souligner les menues incohérences que Marcus et moi avions minimisées. Que devenait, s'enquit Lucius, l'expérience militaire présumée qui expliquait la capacité de notre homme à dresser soigneusement ses plans sanguinaires puis à les exécuter avec un parfait sang-froid malgré le danger ? Comment un prêtre aurait-il acquis cette maîtrise ? Peut-être comme aumônier dans l'armée de l'Ouest, répondis-je, ce qui rendrait compte non seulement de l'expérience militaire mais aussi des « Peaux-Rouges ». Lucius répliqua qu'à sa connaissance, les aumôniers n'étaient pas formés au combat. Et de toute façon, ajouta Sara, si notre homme avait servi de longues années dans l'armée, quand avait-il trouvé le temps de se familiariser avec New York puisqu'il n'avait pas plus de trente et un ans ? Dans son enfance, dit Marcus. En ce cas, poursuivit Sara, il faudrait le supposer issu d'une famille riche pour expliquer ses talents d'alpiniste et de chasseur. Bon, d'accord, il est riche, ripostai-je. Il y avait aussi le fait que catholiques et protestants travaillaient ensemble : les uns n'auraient-ils pas été ravis que les autres se trouvent avec un prêtre meurtrier sur le dos ? A cette dernière objection, nous n'eûmes rien de plus convaincant à opposer qu'une accusation : Sara et Lucius étaient tout bonnement jaloux de notre travail. Quelque peu courroucés par cette réponse, ils déclarèrent qu'ils ne faisaient que suivre la procédure habituelle en nous accablant d'objections et en relevant nos incohérences – ce qu'ils continuèrent à faire pour s'assurer que nous avions bien compris.

Kreizler arriva vers cinq heures mais au lieu de prendre part à la discussion, il m'entraîna à l'écart pour me glisser que je devais l'accompagner sur-le-champ à la gare de Grand Central. J'avais peu vu Laszlo depuis plusieurs jours, ce qui ne m'avait pas empêché de me faire du souci à son sujet, et cet aparté ne contribua pas à me rassurer. Quand je lui demandai si je devais préparer mon sac de voyage, il répondit non, nous allions juste effectuer un court trajet sur la ligne de l'Hudson River afin d'avoir un entretien dans un établissement proche de la ville. Il avait choisi le soir, précisa-t-il, parce que la majeure partie du personnel dirigeant serait absent, ce qui nous permettrait d'entrer et de ressortir sans nous faire remarquer. Il ne se montra pas disposé à me fournir d'autres détails, ce qui ne manqua pas de m'intriguer. Rétrospectivement, c'est tout à fait logique, car s'il m'avait révélé notre destination et l'identité de la personne que nous devions rencontrer, j'aurais presque à coup sûr refusé de l'accompagner.

Il faut moins d'une heure de train pour se rendre du cœur de Manhattan à la petite ville sur l'Hudson à laquelle un négociant de la période hollandaise donna le nom de la cité chinoise de Tsing-sing. Mais pour les visiteurs comme pour les prisonniers, le trajet jusqu'à Sing Sing peut paraître à la fois très long et très court. Aussi rebutante que fût la perspective de visiter ce lieu de violence et de désespoir, j'éprouvai une appréhension plus vive encore quand Laszlo finit par m'annoncer qui nous allions voir.

– Quel crétin je fais de ne pas y avoir pensé moi-même! se reprocha-t-il tandis que notre train filait le long de l'Hudson River. Bien sûr, cela fait plus de vingt ans, maintenant, mais je n'aurais jamais cru que j'oublierais ce lascar. J'aurais dû faire le rapport en découvrant les corps.

– Laszlo, fis-je, sévère bien que satisfait de le voir enfin loquace, maintenant que tu m'as contraint à te rendre ce lamentable service, tu pourrais te dispenser de tout ce mystère. Qui allons-nous voir?

– Et je suis encore plus surpris que tu n'y aies pas pensé non plus, Moore, reprit-il, pas mécontent de ma nervosité. Parce qu'il a toujours été un de tes personnages préférés.

– Mais *qui*?

Ses yeux noirs fixèrent les miens.

– Jesse Pomeroy.

Ce nom nous plongea tous deux dans un silence pesant, comme s'il pouvait à lui seul faire entrer l'horreur dans notre voiture presque vide, et lorsque nous reprîmes la parole pour nous remémorer l'affaire, ce fut à voix basse. Car si nous avions connu des assassins plus prolifiques que Jesse Pomeroy, aucun ne nous avait autant perturbés. En 1872, Pomeroy avait attiré de jeunes enfants dans des lieux écartés du petit village où il vivait, les avait déshabillés, attachés, torturés avec un couteau et un fouet. Arrêté, incarcéré, il avait eu en captivité une conduite si exemplaire que lorsque sa mère – abandonnée depuis longtemps par son mari – avait demandé sa libération conditionnelle, seize mois après le début de la peine, elle avait été exaucée. Presque aussitôt après que Jesse eut recouvré la liberté, un autre crime, plus horrible encore, avait été commis près de la maison des Pomeroy : on avait retrouvé un enfant de quatre ans mort sur la plage, la gorge tranchée, le reste du corps affreusement mutilé. On soupçonna Jesse mais il n'y avait pas de preuve contre lui. Quelques semaines plus tard, le corps d'une fillette de dix ans portée disparue avait été découvert dans la cave des Pomeroy. Jesse fut arrêté, et l'on rouvrit le dossier de toutes les affaires non résolues d'enfants disparus dans la région. On ne put en imputer aucune à Jesse mais l'inculpation pour le meurtre de la fillette était des plus solides. Les avocats de Jesse plaidèrent la folie mais il fut condamné à être pendu, peine commuée par la suite en prison à perpétuité compte tenu de l'âge du criminel.

Jesse Pomeroy, voyez-vous, n'avait que douze ans au début de sa sinistre carrière, et quatorze seulement lorsqu'on l'enferma pour toujours dans la cellule où il vit encore au moment où j'écris ces lignes.

Le chemin de Kreizler avait croisé celui du « petit monstre » – ainsi que la presse l'avait surnommé, au sens littéral – peu après que les avocats de Pomeroy eurent décidé de plaider l'irresponsabilité de leur client, à l'été 1874. A l'époque, comme aujourd'hui, on se référait en ce domaine au « jugement M'Naghten », du nom d'un malheureux Anglais qui, en 1843, s'était mis en tête que le Premier ministre Robert Peel voulait le faire exécuter. M'Naghten avait tenté d'échapper à ce sort en tuant lui-même Peel, et s'il ne réussit pas dans sa tentative, il parvint néanmoins à occire le secrétaire du Premier ministre. Il fut cependant acquitté quand ses défenseurs démontrèrent qu'il n'avait pas conscience de la nature de son acte. Ainsi s'ouvrirent les vannes de l'irresponsabilité mentale dans toutes les salles d'audience du monde. Trente ans plus tard, les avocats de Jesse Pomeroy firent appel à une kyrielle d'experts afin qu'ils examinent leur client et, espéraient-ils, le déclarent aussi fou que M'Naghten. L'un de ces aliénistes était le tout jeune Dr Laszlo Kreizler qui, avec plusieurs de ses collègues, trouva Pomeroy parfaitement sain d'esprit. Le juge les suivit dans leurs conclusions, non sans avoir précisé qu'il avait trouvé les explications du Dr Kreizler sur le comportement du « petit monstre » assez obscures et peut-être obscènes.

Le commentaire n'avait rien de surprenant étant donné l'accent que Laszlo avait mis sur la vie familiale de Pomeroy. Mais c'était un autre aspect de l'affaire – je le découvris soudain comme nous approchions de Sing Sing – qui revêtait une importance particulière pour notre enquête présente : Pomeroy était né avec un bec-de-lièvre ; dans sa petite enfance, une fièvre lui avait laissé des marques sur le visage et il avait perdu un œil. Même à l'époque, le soin avec lequel il s'en prenait aux yeux de ses victimes pendant les séances de torture n'avait pas paru fortuit, mais pendant le procès il avait toujours refusé de parler de cet aspect de sa conduite, ce qui n'avait pas permis de tirer des conclusions certaines.

– Je ne comprends pas, Kreizler, dis-je, alors que notre train s'arrêtait à la gare de Sing Sing dans une dernière embardée. Si tu n'as pas fait le rapport entre Pomeroy et notre affaire, pourquoi sommes-nous ici ?

– Tu peux en remercier le Dr Adolf Meyer, dit-il. (Au moment où nous posions le pied sur le quai, un vieil homme vêtu d'une pèlerine mangée aux mites s'avança pour nous proposer un fiacre.) J'ai eu avec lui une conversation téléphonique de plusieurs heures, aujourd'hui.

– Le Dr Meyer ? m'étonnai-je. Que lui as-tu raconté ?

– Tout, répondit simplement Laszlo. J'ai pleine confiance en lui. Même si, à certains égards, il pense que je fais fausse route. Il partage l'opinion de Sara, par exemple, en ce qui concerne le rôle d'une femme dans la formation de la personnalité de notre tueur. C'est d'ailleurs ce qui l'a fait penser à Pomeroy, ainsi que les yeux.

– Le rôle d'une femme ? répétai-je. (Nous étions montés dans la voiture du vieil homme et nous roulions en direction de la prison.) Kreizler, que veux-tu dire ?

– Peu importe, John, dit-il, cherchant du regard les murs du pénitencier dans le jour déclinant. Tu l'apprendras bien assez tôt, et il y a d'autres choses que tu dois savoir avant d'entrer. Premièrement le directeur de Sing Sing n'a accepté cette visite qu'après que je lui ai versé un pot-de-vin appréciable, et il ne nous accueillera pas personnellement à notre arrivée. Une seule autre personne, un gardien nommé Lasky, connaît notre identité et la raison de notre venue. Il prendra l'argent, il nous fera entrer et sortir, à l'insu de tous, espérons-le. Parle aussi peu que possible, et ne dis pas un mot à Pomeroy.

– Pourquoi pas un mot à Pomeroy ? Il ne fait pas partie du personnel pénitentiaire.

– Exact, répondit Laszlo, tandis que les contours monotones du bloc principal de Sing Sing, comptant un millier de cellules, apparaissaient devant nous. Mais si je pense que Jesse peut nous aider sur la question des mutilations, je le crois aussi trop pervers pour le faire s'il sait ce que nous cherchons. Donc, pour toute une série de raisons, ne mentionne ni ton nom ni nos travaux à aucun moment. Je n'ai pas à te rappeler (il baissa la voix quand nous parvînmes à la porte de la prison) que cet endroit recèle de nombreux dangers.

23

Le bloc principal de Sing Sing courait parallèlement à l'Hudson, flanqué de plusieurs dépendances ou ateliers, et de la prison des femmes, qui lui était perpendiculaire et étendait vers l'eau ses deux cents cellules. Une série de hautes cheminées s'élevant de divers bâtiments achevait de donner l'image d'une usine sinistre, dont l'unique produit serait la souffrance humaine. Les détenus partageaient des cellules à l'origine individuelles, et le peu de travaux d'entretien ne suffisait pas à contrecarrer les forces puissantes de la décrépitude.

Avant même de franchir la porte principale, Kreizler et moi entendîmes le bruit monotone de pieds résonnant dans la cour, et si ce lugubre grondement n'était plus ponctué par un claquement de lanière – le fouet était interdit depuis 1847 – les matraques en bois portées par les gardiens ne laissaient aucun doute sur la méthode primaire utilisée pour faire respecter la discipline.

Lasky, colosse mal rasé dont l'humeur sombre s'accordait parfaitement au lieu, finit par apparaître, et après l'avoir suivi le long des allées de pierre de la cour, nous pénétrâmes dans le bloc principal. Dans un coin, près de la porte, plusieurs prisonniers, portant des fers et des jougs en bois qui maintenaient leurs bras levés et écartés du corps, se faisaient morigéner par un groupe de gardiens dont l'uniforme foncé n'était guère plus net que celui de notre guide, et dont l'humeur était plus noire encore. Au moment où nous entrions dans le bloc proprement dit, un cri de douleur nous fit sursauter : dans l'une des petites cellules d'un mètre sur trois, d'autres gardiens passaient un détenu à l'« oiseau-mouche », appareil électrique administrant des décharges douloureuses. Je me tournai vers Laszlo et vis ma propre réaction reflétée sur son visage : avec un tel système pénal, le taux élevé de récidive de notre société n'était pas un mystère.

Jesse Pomeroy étant enfermé à l'autre bout du bloc, nous dûmes passer devant des dizaines d'autres cellules où les visages paraissaient exprimer une large gamme de sentiments, de l'angoisse profonde à la rage. Comme la règle du silence était imposée en permanence, nous ne perçûmes aucune voix distincte, juste un murmure de temps à autre, et l'écho de nos pas, conjugué aux regards des prisonniers, avait de quoi rendre fou. Parvenus au bout du bâtiment, nous prîmes un petit couloir obscur qui nous conduisit à une pièce minuscule, sans vraies fenêtres, juste quelques fentes dans les murs de pierre, près du plafond. Jesse Pomeroy était assis dans une sorte de curieuse stalle en bois construite à l'intérieur de la cellule, et surmontée de tuyaux. Après quelques secondes de perplexité, je compris à quoi cela servait : l'infâme « douche glacée » à laquelle les prisonniers récalcitrants étaient autrefois soumis. Le traitement avait provoqué tant de morts par arrêt cardiaque qu'il était proscrit depuis plusieurs dizaines d'années. Personne, pourtant, n'avait pris la peine de démonter la stalle : la simple menace d'en faire usage devait encore être efficace.

Pomeroy avait les poignets entravés par des fers, la tête entourée d'une cage en acier reposant sur ses épaules. Cette cage, châtiment grotesque infligé aux plus rétifs, mesurait deux pieds de haut et son poids, égal à celui de la tête, provoquait une gêne incessante qui vous menait au bord de la folie. Malgré les fers et la cage, Jesse Pomeroy tenait un livre à la main et lisait tranquillement. Lorsqu'il leva les yeux vers nous, je remarquai la peau grêlée de son visage, la grimace hideuse de sa lèvre supérieure (mal dissimulée par une moustache clairsemée) et enfin son œil gauche laiteux, repoussant.

– Ça alors, fit-il en se levant. (Le sourire qui apparut sur sa bouche horrible reflétait ce curieux mélange de méfiance, de surprise et de satisfaction commun aux criminels qui reçoivent un visiteur inattendu.) Docteur Kreizler, si je ne m'abuse.

Laszlo parvint à lui rendre un sourire ayant toutes les apparences de la sincérité.

– Jesse... Cela fait longtemps, je suis étonné que tu te souviennes de moi.

– Oh ! j' me souviens de vous, dit le prisonnier d'un ton léger cependant chargé de menace. J' me souviens de tout le monde. (Il examina Laszlo un instant encore puis posa soudain son œil sur moi.) Mais *vous*, j' vous ai jamais vu.

— Non, intervint Kreizler avant que je puisse ouvrir la bouche, jamais. (Il se tourna vers notre guide.) Très bien, Lasky, attendez dehors.

Quand Laszlo lui remit une grosse liasse de billets, le gardien eut une expression qui pouvait passer pour de la satisfaction mais se contenta de grogner « Oui, m'sieur », avant de lancer à Pomeroy :

— Tiens-toi peinard, Jesse. T'as déjà dégusté aujourd'hui mais ça peut encore être pire.

Sans paraître l'entendre, le prisonnier continuait à fixer Kreizler.

— C'est dur d'essayer de s'instruire dans un endroit pareil, soupira-t-il après que la porte se fut refermée sur le gardien. Mais j'essaie. C'est c' qui m'a manqué, je crois : l'instruction. J'ai appris l'espagnol, tout seul, vous savez, annonça-t-il avec la voix de l'adolescent qu'il avait été vingt ans plus tôt.

— Admirable, commenta Laszlo. Je vois qu'on t'a mis la cage.

— Ahh, s'esclaffa Pomeroy, ils *disent* que j'ai cramé la tête d'un gars pendant qu'il dormait. Ils disent que j'ai fabriqué un bras en fil de fer pour pouvoir le brûler avec mon clope à travers les barreaux. Mais j' vous le demande... (Il se tourna vers moi, son œil laiteux flottant dans son orbite.) Ça me ressemble, ça ?

Il émit un petit rire espiègle — là encore comme un gamin.

— J'en conclus que tu t'es lassé d'écorcher les rats vivants, reprit Kreizler. Lorsque je suis venu ici, il y a quelques années, j'ai entendu dire que tu demandais aux autres détenus de les capturer pour toi.

Nouveau petit rire, presque gêné cette fois.

— Ah ! les rats. Ça se tortille, ça couine. Ça vous mord aussi, si vous faites pas gaffe, dit Pomeroy, montrant plusieurs cicatrices sur ses mains.

— Aussi en colère qu'il y a vingt ans, hein, Jesse ? fit Laszlo.

— J'étais pas en colère il y a vingt ans, répondit le détenu sans cesser de sourire. J'étais *fou*. Vous étiez tous trop bêtes pour le comprendre, c'est tout. A propos, qu'est-ce que vous êtes venu faire ici, Doc ?

— Appelons ça un suivi, répondit mon ami, circonspect. J'aime bien revoir certains sujets, pour mesurer leur évolution. Et comme j'avais à faire ici, de toute façon...

Pour la première fois, le ton de Pomeroy devint sérieux.

— Pas de petits jeux avec moi, Doc. Même avec ces breloques aux poignets, je pourrais vous arracher les yeux avant que Lasky passe la porte.

Le visage de Kreizler se colora un peu mais sa voix resta calme :
— Tu y verrais, je suppose, une autre démonstration de ta folie.
— Pas vous ? ricana Jesse.
— Je n'ai pas été de cet avis il y a vingt ans, répondit Laszlo avec un haussement d'épaules. Tu as arraché les yeux des deux enfants que tu as tués, mais je n'y ai pas vu un signe de folie. C'était tout à fait compréhensible, au contraire.
— Ah! ouais? fit Pomeroy, reprenant son ton enjoué. Pourquoi ? Kreizler marqua une pause, se pencha en avant.
— Parce que j'attends encore de voir un homme que l'envie pure et simple a rendu réellement fou, Jesse.

Livide, Pomeroy porta la main à son visage, si vivement qu'il s'écorcha aux barreaux de la cage. Les poings serrés, il semblait sur le point de bondir, et je me préparai à un assaut, mais il se mit à rire.
— Laissez-moi vous dire un truc, Doc. Si vous avez payé pour faire vos études, vous vous êtes fait avoir. Vous vous imaginez que, parce que j'ai un œil bousillé, j'ai envie d'arranger un peu les yeux des autres ? Regardez-moi. Je suis un *catalogue* d'erreurs de Mère Nature. Comment ça se fait que j'ai jamais charcuté les lèvres ou tailladé la peau de personne ?

A son tour, il se pencha en avant pour ajouter :
— Et si c'est juste de l'envie, pourquoi vous passez pas votre temps à couper les bras des gens ?

Je me tournai vers Laszlo assez vite pour constater qu'il ne s'attendait pas à cette répartie. Mais il avait appris à se contrôler, quoi qu'un sujet pût dire, et il battit seulement une ou deux fois des cils sans quitter Pomeroy des yeux. Celui-ci interpréta cependant cette réaction et se renversa en arrière avec un sourire ravi.
— Ouais, vous êtes fortiche, ricana-t-il.
— Dans ce cas, les mutilations des yeux ne signifient rien, répondit Laszlo, manœuvrant avec prudence, je le comprends maintenant rétrospectivement. Simple violence exercée au hasard.
— Me faites pas dire ce que j'ai pas dit, Doc, rétorqua Pomeroy, la voix de nouveau menaçante. On a déjà parlé de tout ça y a longtemps. Tout ce que j' dis, c'est que j'avais pas de raison sensée de le faire.

Laszlo pencha la tête sur le côté.

— Peut-être. Mais comme tu te refuses à me donner la vraie raison, la discussion est inutile. Et j'ai un train à prendre, ajouta-t-il en se levant.

— *Asseyez-vous!*

La violence de l'ordre était presque palpable mais Kreizler se fit un devoir de ne pas paraître impressionné, ce qui mit Pomeroy mal à l'aise.

— Je l' dirai qu'une fois, poursuivit-il d'une voix tendue. J'étais fou, à l'époque, maintenant, je le suis plus – ce qui veut dire que, quand j'y repense, je vois les choses clairement. J'avais aucune raison sensée de faire ça à ces gosses. C'était juste... C'était juste plus que je pouvais en supporter, c'est tout. Il fallait que j'arrête ça.

Laszlo savait qu'il touchait au but. Pour inciter Pomeroy à aller jusqu'au bout, il se redressa et demanda avec douceur :

— Arrêter quoi, Jesse ?

Le prisonnier leva les yeux vers une des fentes du mur de pierre nu par laquelle on découvrait à présent quelques étoiles.

— Leurs regards, murmura-t-il d'un ton complètement différent, presque détaché. Leurs regards sur moi, tout le temps. Fallait que ça s'arrête.

Quand il se tourna de nouveau vers nous, je crus voir des larmes dans son bon œil ; ses lèvres, toutefois, se relevèrent de nouveau en un sourire.

— Tout môme, j'allais à la ménagerie, en ville, raconta-t-il. Et je m' disais que tout ce que les animaux faisaient, les gens le regardaient. Ils regardaient, avec leur tête d'abruti, les yeux ronds, la bouche ouverte – surtout les gosses, parce qu'ils sont trop bêtes pour comprendre. Et les animaux leur rendaient leur regard, et on voyait qu'ils étaient en colère – en rage, plutôt. Ils n'avaient qu'une envie : étriper ces gens, pour qu'ils arrêtent. Ils allaient et venaient dans leur cage en pensant que s'ils pouvaient en sortir rien qu'une minute ils leur montreraient ce qui arrive quand on laisse pas les autres tranquilles. Moi, j'étais pas en cage, Doc, mais je sentais ces saletés de zieux sur moi, tout le temps, partout. Alors, dites-moi s'il y a pas de quoi devenir fou. Et quand j'ai été plus grand, que j'ai vu un de ces petits crétins en train de me fixer, les yeux quasiment hors de la tête... A l'époque, j'*étais pas* dans une cage, rien m'empêchait de faire c' qui fallait.

Pomeroy se tut, parfaitement immobile, attentif à la réaction de Kreizler.

— Tu dis que tu as toujours senti des yeux sur toi, Jesse. Aussi loin que ta mémoire remonte ? Avec tous ceux que tu connaissais ?

— Tous sauf mon père, répondit Pomeroy avec un rire sans joie, presque pitoyable. Lui, il devait en avoir tellement marre de me regarder qu'il s'est tiré. Enfin, j'en sais rien – je me souviens pas du tout de lui. Mais c'est ce que j'imagine vu le comportement de ma mère.

Un sentiment de triomphe anticipé éclaira un court instant le visage de Laszlo.

— Et elle se comportait comment ?

— *Comme ça !*

En un éclair, Jesse se leva, approcha sa tête encagée du visage de mon ami. Je faillis m'élancer mais il s'arrêta là.

— Dites à votre garde du corps de se tenir tranquille, Doc, maugréa Pomeroy, son œil valide rivé à Laszlo. Je vous fais juste une démonstration. Toujours comme ça, c'est l'impression que j'avais. Tout le temps en train de me lorgner, je sais pas pourquoi. Pour mon bien, elle disait, mais elle en avait pas l'air.

La cage pesait sur le cou tendu du prisonnier, qui finit par tourner la tête.

— Ça, elle s'y intéressait, à ma bobine, poursuivit-il avec le même rire mort. Mais elle avait jamais envie de l'embrasser, j' peux vous le dire ! Le premier gosse, je l'ai forcé à l'embrasser. Il voulait pas, au début, mais je l'ai... il l'a fait.

Laszlo attendit quelques secondes avant de demander :

— Et l'homme dont tu as brûlé le visage aujourd'hui ?

Jesse cracha à travers les barreaux de sa cage.

— Pareil ! Il pouvait pas regarder ailleurs ! J'ai bien dû lui dire vingt fois de...

Il s'interrompit brusquement, se tourna vers Kreizler avec une expression apeurée ; puis la peur disparut et le sourire féroce revint.

— Oups ! On dirait que j'ai mangé le morceau, hein ? Du beau travail, Doc.

Laszlo se leva.

— Je n'y suis pour rien, Jesse.

— Ouais, ricana le criminel. Je saurai jamais comment vous vous y êtes pris pour me faire parler. Si j'avais un chapeau, je le lèverais. Mais comme j'en ai pas...

Il se pencha, tira d'une de ses bottes un objet brillant et le pointa vers nous de façon menaçante. Le corps raidi, il se tenait sur la pointe des pieds, prêt à bondir. Je reculai instinctivement contre le mur et Laszlo fit de même, quoique avec plus de lenteur. Tandis qu'un ricanement s'échappait de la bouche de Pomeroy, je m'aperçus que son arme était un long éclat de verre épais entouré à une extrémité d'un chiffon taché de sang.

24

Avec plus de vivacité que beaucoup d'hommes n'en auraient montré, Pomeroy expédia le tabouret sur lequel il était assis à l'autre bout de la cellule et le coinça sous la poignée de la porte, pour la bloquer.

— Vous en faites pas, dit-il, souriant toujours. J'ai pas du tout envie de vous saigner – je veux juste m'amuser un peu avec le gros balourd, là-dehors !

Il tourna la tête, éclata de rire et cria :

— Hé, Lasky ! T'es prêt à perdre ton boulot ? Quand l' directeur verra ce que j'ai fait à tes deux types, il te laissera même plus garder les gogues !

Le gardien poussa un juron, se mit à marteler la porte. Pomeroy tenait sa lame de verre pointée dans la direction générale de nos gorges mais sans mouvement menaçant. Il riait de plus en plus fort à mesure que la rage de Lasky montait. La porte ne tarda pas à prendre du jeu sur ses gonds, le tabouret tomba. Dans un grand craquement, Lasky fit irruption dans la cellule, s'abattit par terre en même temps que la porte. Après s'être relevé, il constata premièrement que Kreizler et moi étions indemnes, deuxièmement que Pomeroy était armé. Se saisissant du tabouret, il se rua sur le prisonnier, qui ne lui opposa qu'une molle résistance.

Sans inquiétude apparente pour notre sécurité, Kreizler secouait lentement la tête comme s'il savait exactement ce qu'il se passait. Lasky s'empara bientôt du morceau de verre et entreprit de frapper impitoyablement Pomeroy de ses gros poings. Le fait qu'il ne pouvait l'atteindre au visage ne faisait qu'attiser sa colère, et les coups qu'il assenait au détenu n'en étaient que plus violents. Pourtant, même en criant de douleur, Pomeroy continuait à rire – un rire plein d'abandon et même, curieusement, de plaisir. J'étais sidéré, paralysé, mais Kreizler, au bout de quelques instants de ce traitement, s'avança et tira le gardien en arrière.

— Arrêtez! ordonna-t-il. Lasky, pour l'amour de Dieu, arrêtez, imbécile! (Il continuait à tirer mais l'énorme gardien restait sourd à ses objurgations.) Lasky! Vous ne comprenez donc pas que c'est ce qu'il veut? *Il aime ça!*

En désespoir de cause, Kreizler se suspendit aux épaules du colosse et parvint, usant de tout le poids de son corps, à l'écarter de Pomeroy. Surpris, furieux, Lasky se redressa, décocha un puissant crochet que Laszlo esquiva facilement. Voyant le garde marcher sur lui, il serra le poing droit et plaça quelques coups rapides qui n'étaient pas sans rappeler sa très honorable prestation face à Roosevelt, près de vingt ans plus tôt. Le gardien tituba, tomba en arrière; Kreizler reprit haleine, se pencha vers lui.

— Il faut arrêter! lui lança-t-il de nouveau, avec une telle passion que, craignant qu'il ne poursuive l'assaut, je me précipitai pour m'interposer.

Pomeroy gisait sur le sol, se tordant de douleur et de rire. Pantelant, Laszlo se tourna vers lui et répéta à voix basse :

— Il faut arrêter.

Lasky secoua la tête, posa les yeux sur Kreizler et grogna :

— Enfant de salaud! (Il tenta de se relever, n'y parvint pas.) A l'aide! croassa-t-il, crachant un peu de sang. A l'aide! Gardien en détresse! Dans l'ancienne salle de douche!

J'entendis des pas résonner dans le couloir à l'autre bout du bâtiment.

— Laszlo, il faut filer, dis-je.

Mais Kreizler gardait les yeux fixés sur Pomeroy et je dus le pousser hors de la pièce.

— Laszlo! Bon sang! Tu vas nous faire tuer! Bouge!

Dans le couloir, nous croisâmes quatre gardiens à qui je lançai au passage qu'il y avait eu des problèmes entre Lasky et Pomeroy, que le premier était blessé. Voyant que Kreizler et moi n'avions rien, ils se remirent à courir tandis que j'entraînais Laszlo vers la sortie. Il ne fallut pas longtemps aux collègues de Lasky pour comprendre la situation et se lancer à nos trousses en hurlant des menaces. Par bonheur, le vieux cocher attendait encore devant la prison avec son fiacre, et lorsque nos poursuivants déboulèrent au-dehors, nous avions déjà parcouru quelques centaines de mètres en direction de la gare.

Le premier train qui passa appartenait à une petite ligne locale et s'arrêtait une douzaine de fois avant d'arriver à Grand Central. Notre situation étant ce qu'elle était, nous nous résignâmes à la durée du trajet et sautâmes à bord. Les voitures étaient pleines de banlieusards que notre aspect inquiétait, et je dois reconnaître que, si nous avions autant l'air de criminels en fuite que je le pensais, les appréhensions de ces braves gens étaient justifiées. Pour calmer leurs craintes, Kreizler et moi gagnâmes la dernière voiture et sortîmes sur la plate-forme. Tandis que les murs et les cheminées de Sing Sing disparaissaient dans les bois sombres de la vallée, je tirai de ma poche une petite flasque de whisky dont nous bûmes de longues gorgées. Lorsque enfin la prison ne fut plus du tout visible, nous commençâmes à mieux respirer.

– Tu as des explications à me donner, dis-je à Laszlo. (J'éprouvais un soulagement si intense que je ne pus retenir un sourire, bien que ma demande fût des plus sérieuses.) Tu peux débuter par la raison de cette équipée.

Il avala une dernière rasade, examina la flasque.

– Atroce, cette bibine, fit-il pour se dérober à ma requête. Tu m'étonnes un peu, Moore.

– Kreizler...

– Je sais, John, coupa-t-il, me réduisant au silence d'un geste. Tu as droit à quelques réponses. Mais par où commencer ? (Après un soupir, il s'accorda une autre lampée.) Comme je te l'ai dit, je me suis entretenu avec Meyer, aujourd'hui. Je lui ai tracé les grandes lignes de nos recherches jusqu'à maintenant. Je lui ai parlé de mon... vif échange avec Sara.

D'un air penaud, il décocha un coup de pied à la balustrade de la plate-forme et grommela :

– Il faut absolument que je lui présente mes excuses.

– Absolument, approuvai-je. Qu'a dit Meyer ?

– Qu'il jugeait tout à fait sensé le point de vue de Sara sur le rôle d'une femme dans la formation de la personnalité du tueur, répondit Laszlo, encore un peu gêné. Et je me suis retrouvé en train d'avoir avec lui la même discussion qu'avec Sara... Le raisonnement faussé, bon sang !

– Le quoi ?

– Rien. Une aberration dans mes pensées qui m'a fait perdre de précieux jours. Mais peu importe maintenant. L'important, c'est qu'en réfléchissant au problème, cet après-midi, j'ai découvert que

Meyer et Sara avaient raison : des éléments convaincants indiquent qu'une femme a joué un rôle néfaste dans la formation de notre assassin. Son goût du secret, son sadisme – tous ces facteurs pointent dans la direction suggérée par Sara. Pendant la discussion, Meyer avait évoqué l'affaire Pomeroy en se servant de mes propres mots, vingt ans plus tôt, pour contredire ma position actuelle. Pomeroy, à ma connaissance, n'avait pas connu son père, ni subi de châtiments corporels excessifs dans son enfance. Pourtant sa personnalité était – est encore – semblable à celle de l'homme que nous recherchons. Comme tu le sais, Pomeroy, au moment de son procès, s'était obstinément refusé à parler des mutilations. Je ne pouvais qu'espérer que le temps et le cachot auraient entamé sa résolution. Nous avons eu de la chance, à cet égard.

Je hochai la tête en repensant aux propos du prisonnier.

– Ce qu'il a dit de sa mère et des autres enfants, des regards qu'il sentait sans cesse sur lui – tu crois que c'est vraiment capital ?

– Tout à fait, répondit Laszlo, dont le débit prit une rapidité caractéristique. De même que l'accent mis sur le refus des gens de son entourage de le toucher. Tu te souviens de ce qu'il a raconté sur sa propre mère qui n'avait jamais envie de l'embrasser ? Vraisemblablement, les seuls contacts physiques qu'il ait jamais eus dans son enfance, c'était avec des gosses qui le tourmentaient. Et de là, nous pouvons établir un rapport direct avec sa violence.

– Comment ?

– Eh bien, je te livre une autre citation du professeur James. Une idée qu'il a souvent soulignée dans ses cours, autrefois, et qui m'a fait l'effet de la foudre la première fois que je l'ai lue dans les *Principes*.

Levant les yeux vers le ciel, il se concentra pour retrouver les termes exacts :

– « Si tout ce qui est froid était mouillé, et tout ce qui est mouillé froid, si tous les objets durs piquaient la peau et qu'aucun autre objet ne la piquait, ferions-nous la distinction entre froideur et humidité d'une part, dureté et caractère piquant de l'autre ? » Comme toujours, James ne poussait pas son idée jusqu'à sa conclusion logique, dans le domaine dynamique du comportement. Il ne discutait que de goût et de toucher – mais tout indique que cela marche aussi sur le plan psychologique. Imagine, John. Imagine qu'à cause d'une difformité, ou de quelque autre malheur, tu n'aies jamais connu de contact humain qui ne soit pas dur ou même cruel. Que ressentirais-tu ?

Je haussai les épaules, allumai une cigarette.

– Je n'aurais pas trop le moral, je suppose.

– Peut-être. Mais en toute vraisemblance, tu ne trouverais pas cela anormal. Je t'explique cela d'une autre façon : si je prononce le mot « mère », ton esprit fait immédiatement défiler une série d'associations inconscientes mais familières fondées sur l'expérience. Le mien aussi. Et nos deux séries d'associations constitueront sans nul doute un mélange de bon et de mauvais, comme chez quasiment tout le monde. Mais combien de gens présenteront un ensemble d'associations aussi uniformément négatif que celui de Jesse Pomeroy ? Dans le cas de Jesse, nous pouvons même passer du concept limité de mère à la notion générale d'humanité. Le mot « gens », pour lui, ne renvoie qu'à des images d'humiliation et de souffrance, aussi normalement que le mot « train » évoque pour toi le mouvement.

– C'est ce que tu voulais dire en expliquant à Lasky que Pomeroy prenait plaisir à se faire battre ?

– Oui. Tu as peut-être remarqué que Jesse a délibérément provoqué l'incident. Ce n'est pas difficile de comprendre pourquoi. Pendant toute son enfance, il a été harcelé, et ces vingt dernières années, il n'a eu de contacts qu'avec des gens comme Lasky. Son expérience le conduit à penser que les rapports avec les membres de sa propre espèce ne peuvent être qu'agressifs et violents – il se compare lui-même à un animal de ménagerie. Telle est la réalité pour lui. Il sait qu'il sera injurié, battu ; tout ce qu'il peut faire, c'est fixer lui-même les conditions de ces mauvais traitements, manipuler les gens pour les amener à cette violence, comme il manipulait autrefois les enfants qu'il torturait et tuait. C'est la seule sorte de pouvoir ou de satisfaction – la seule méthode pour assurer sa survie psychique, qu'il ait jamais connue et à laquelle il a donc recours.

Je tirai sur ma cigarette en ruminant cette idée.

– Mais n'y a-t-il pas quelque chose en lui – comme en n'importe qui d'autre – qui s'oppose à cette situation ? N'éprouve-t-il pas de la tristesse, ou du désespoir, en pensant à sa propre *mère* ? Ou un *désir* d'être aimé, au moins ? Tout enfant ne naît-il pas avec...

– Attention, Moore, me prévint Kreizler en allumant une de ses cigarettes. Tu es sur le point d'avancer l'idée que nous naissons avec des concepts spécifiques de besoin et de désir – idée qui se comprendrait peut-être s'il y avait des preuves pour la soutenir. L'organisme ne connaît à l'origine qu'une seule pulsion : survivre. Certes, pour la plupart d'entre nous, cette pulsion est étroitement associée à l'idée de mère. Mais si notre expérience était radicalement différente, si le concept de mère évoquait frustration et danger, au lieu de soins et nourriture, l'instinct de survie nous conduirait à structurer autrement notre personnalité. Jesse Pomeroy est passé par là. Et notre tueur aussi, j'en suis convaincu à présent.

Il inhala une longue bouffée avant de conclure :

– Je peux en remercier Pomeroy, et Meyer aussi. Mais surtout, je dois en remercier Sara, et c'est ce que j'ai l'intention de faire.

Kreizler tint parole. A l'une des petites gares où le train s'arrêta, il envoya un télégramme à Sara lui demandant de nous retrouver chez *Delmonico's* à onze heures. Nous n'eûmes pas le temps de nous changer pour le dîner à notre arrivée en ville, mais Charlie Delmonico nous avait déjà vus en plus piteux état et nous réserva un accueil aussi chaleureux que de coutume.

Sara attendait à une table aussi éloignée que possible de celle des autres clients. Elle montra d'abord de l'inquiétude – le télégramme l'avait alarmée – puis une vive curiosité pour notre périple quand elle eut constaté que nous n'avions rien. Son attitude envers Laszlo – même avant qu'il lui eût présenté les excuses promises – fut des plus avenantes, et donc étrange : sans être exactement ce qu'on appelle rancunière, Sara gardait généralement ses distances avec la personne qui l'avait offensée. Je m'efforçai toutefois d'oublier la bizarre alchimie de leurs rapports et de me concentrer sur notre affaire.

Sara déclara qu'en nous fondant sur ce que nous avions appris à Sing Sing, nous pouvions affirmer que notre homme, comme Pomeroy, était extrêmement sensible à son aspect physique. Une telle sensibilité, dit-elle, expliquait la virulence de sa colère envers les enfants : être constamment raillé et rejeté pendant les premières années de la vie engendre manifestement une fureur dont le temps à lui seul ne vient pas nécessairement à bout. Kreizler inclinait lui aussi à penser que l'assassin présentait une difformité. Pour ma part, bien qu'ayant été le premier à formuler cette hypothèse quelques semaines plus tôt, je les mis tous deux en garde contre son acceptation trop rapide. Nous savions déjà que le meurtrier mesurait plus de deux mètres, qu'il était capable de monter et de descendre le long d'un mur en portant un adolescent : si difformité il y avait, elle ne pouvait affecter ni les bras ni les jambes, ni, à vrai dire, aucune partie du corps autre que le visage – ce qui réduirait singulièrement les recherches. Kreizler se déclara partisan de les réduire encore davantage en affirmant que cette difformité concernait les yeux de l'assassin. L'homme s'acharnait sur les organes oculaires de ses victimes avec plus de constance encore que Pomeroy, fait que Laszlo estimait plus que significatif : décisif.

Pendant le repas, il incita Sara à décrire le type de femme qui aurait pu jouer dans la vie du meurtrier ce rôle funeste qu'elle avait postulé une semaine plus tôt. Saisissant l'occasion, mon amie se dit persuadée que seule une mère pouvait avoir eu l'impact profond qui était manifeste dans le cas de notre homme. Une gouvernante ou une parente brutale constituaient sans doute une expérience douloureuse pour un enfant, mais si cet enfant trouvait en sa vraie mère protection et réconfort l'effet traumatisant en était considérablement atténué. Pour Sara, notre gibier n'avait jamais trouvé ce refuge, circonstance qu'on pouvait expliquer de diverses façons, mais l'hypothèse favorite de Sara était que la femme n'avait pas souhaité avoir d'enfant, pour commencer. Elle s'y était résignée parce qu'elle était tombée enceinte, supposait Sara, ou parce que le monde particulier dans lequel elle vivait ne lui avait pas offert d'autre rôle socialement acceptable à jouer. Il y avait de fortes chances pour que le tueur soit un enfant unique, ou qu'il ait peu de frères et sœurs : la grossesse n'était pas une expérience que cette femme aurait aimé répéter. Une infirmité aurait bien entendu accentué les sentiments déjà négatifs de la mère envers l'enfant, mais Sara ne pensait pas que cela suffisait à expliquer leur relation. Kreizler partageait son avis : si Pomeroy attribuait à son aspect extérieur toutes ses difficultés avec sa mère, d'autres facteurs plus profonds intervenaient sans doute aussi.

Il se dégageait de tout cela une conclusion évidente : les protagonistes de ces événements anciens ne jouissaient probablement pas des avantages de la fortune. En premier lieu, des parents riches sont rarement obligés de subir leurs enfants s'ils les trouvent ennuyeux ou indésirables. Par ailleurs, une jeune femme aisée des années soixante aurait pu consacrer sa vie à d'autres buts que la maternité, même si ce choix, il est vrai, eût suscité plus de critiques et de commentaires à l'époque que trente années plus tard. Une grossesse accidentelle peut arriver à n'importe quelle femme, riche ou pauvre, mais les fixations sexuelles et scatologiques du meurtrier suggéraient à Sara des regards pesants, des humiliations fréquentes qui, à leur tour, évoquaient une certaine promiscuité – le genre d'existence qu'engendre la pauvreté. Sara fut heureuse d'apprendre que le Dr Meyer avait exprimé un point de vue identique pendant sa conversation téléphonique avec Kreizler, et plus ravie encore lorsque Laszlo rendit hommage à ses efforts alors que nous dégustions un dernier verre de porto.

Ce moment de détente ne dura cependant pas. Kreizler sortit son calepin et nous rappela que cinq petits jours seulement nous séparaient de l'Ascension, prochaine fête importante du calendrier chrétien. Il était temps, souligna-t-il, que notre enquête passe de la recherche pure à l'engagement. Nous avions une bonne idée générale de l'aspect du meurtrier ; nous savions approximativement comment, où et quand il frapperait de nouveau. Nous étions enfin prêts à anticiper pour l'en empêcher. En entendant cette déclaration, je sentis un flot d'angoisse m'envahir, et Sara me parut avoir la même réaction. Nous savions pourtant tous deux que cette évolution était inéluctable – qu'elle était en fait le but vers lequel tous nos efforts tendaient depuis le début. Aussi fortifiâmes-nous notre détermination sans rien exprimer de notre appréhension.

Dehors, je sentis Sara me tirer par la manche, me retournai et constatai qu'elle regardait ailleurs, mais d'une façon indiquant clairement qu'elle voulait me parler. Quand Kreizler lui proposa de partager un fiacre avec elle jusqu'à Gramercy Park, elle déclina, et dès qu'il eut disparu, m'entraîna dans le parc de Madison Square, sous un bec de gaz.

– Eh bien, quoi ? fis-je, notant son agitation. J'espère pour toi que c'est important. J'ai passé une soirée terrible et je...

– C'est important, répondit-elle. Enfin, *je crois* que ça l'est.

Elle tira de son sac une feuille de papier pliée, fronça les sourcils comme si elle pesait une dernière fois le pour et le contre.

– John, que sais-tu exactement du passé de Kreizler ? De sa famille, je veux dire.

La question me surprit.

– De sa famille ? La même chose que tout le monde, je suppose. Je me rendais souvent chez ses parents quand j'étais adolescent.

– Avaient-ils l'air... heureux ?

Je haussai les épaules.

– J'ai toujours eu cette impression. C'était un couple qui avait une vie mondaine très intense. Aujourd'hui, bien sûr, on a peine à l'imaginer en les voyant. Le père de Laszlo a eu une attaque il y a un ou deux ans, et ils ne reçoivent quasiment plus. Ils ont une maison dans la 14e Rue.

– Oui, je sais, dit Sara, m'étonnant de nouveau.

– A l'époque, ils donnaient de grandes réceptions et présentaient des sommités de l'Europe entière à la bonne société new-yorkaise. C'était fastueux – nous adorions tous aller chez eux. Mais pourquoi me demandes-tu cela, Sara ?

Elle soupira, me remit la feuille.

– Toute la semaine, j'ai essayé de comprendre pourquoi il s'attachait si obstinément à l'idée d'un père violent et d'une mère passive. J'ai échafaudé une théorie, j'ai consulté les archives du commissariat du Quinzième District pour la vérifier. Voilà ce que j'ai découvert.

Le document était le rapport de l'agent O'Bannion qui, une nuit de septembre 1862 – quand Laszlo n'avait que six ans –, était intervenu chez les Kreizler pour une querelle domestique. La feuille jaunie donnait juste quelques détails : le père de Laszlo, apparemment ivre, avait passé la nuit au poste pour voies de fait (inculpation abandonnée par la suite), et un médecin local avait été appelé chez les Kreizler pour soigner un jeune garçon dont le bras gauche présentait une vilaine fracture.

Les conclusions n'étaient pas difficiles à tirer. Pourtant, du fait de ma vieille amitié avec Laszlo, de l'image que j'avais toujours eue de sa famille, mon esprit les refusait.

– Mais on nous a raconté qu'il était tombé... marmonnai-je en repliant distraitement la feuille.

– Apparemment, non.

Il y eut un long silence pendant lequel, hébété, je contemplai le parc. Les idées familières ont la vie dure, et leur mort peut désorienter. Un moment, les arbres et les bâtiments de Madison Square me parurent étrangement différents. Puis l'image de Laszlo enfant surgit dans ma tête, suivie par celles de son père, une sorte d'hercule à l'air convivial, et de sa mère, pleine de vivacité. Je me rappelai en même temps ce que Pomeroy avait dit à Sing Sing sur les bras des gens que Kreizler ne passait pas son temps à arracher et, de là, mon esprit sauta à une remarque incompréhensible que Laszlo lui-même avait faite dans le train.

– Le raisonnement faussé, bon sang, murmurai-je.

– Qu'as-tu dit, John?

Je secouai la tête pour m'éclaircir les idées.

– Une remarque que Kreizler a faite sur le chemin du retour. A propos du temps qu'il avait perdu ces derniers jours. Il a prononcé les mots « raisonnement faussé » et, sur le coup, je n'ai pas saisi la référence, mais à présent...

Sara eut un hoquet de surprise en trouvant la réponse, elle aussi.

– Le raisonnement faussé du psychologue, dit-elle à voix basse. Dans les *Principes* de James.

Je confirmai en hochant la tête :

– Lorsqu'un psychologue confond son propre point de vue avec celui du sujet. C'est cela, les œillères qui l'empêchaient de voir.

Le silence se fit de nouveau et je baissai les yeux vers le rapport, soudain saisi d'un sentiment d'urgence qui me fit différer la tâche quasi impossible d'assimiler toutes les implications du document.

– Sara, en as-tu discuté avec quelqu'un d'autre ? (Elle secoua lentement la tête.) Et sait-on au Central que tu as pris ce rapport ? (Nouvelle dénégation.) Mais tu te rends compte de ce qu'il signifie ?

Elle eut cette fois un hochement de tête affirmatif, auquel je répondis de même; puis, lentement, je déchirai le rapport en petits morceaux que je déposai sur le gazon.

Je craquai une allumette et y mis le feu en disant d'une voix ferme :

– Personne ne doit savoir. Notre propre curiosité est satisfaite, et si la conduite de Laszlo redevient incohérente, nous saurons pourquoi. Tu es d'accord ?

Elle s'accroupit à côté de moi et répondit :

– J'avais déjà pris la même décision.

Nous regardâmes les bribes de papier se transformer en cendres fumantes, espérant tous deux que ce serait la dernière fois que nous aurions besoin de parler de cette affaire, que la conduite de Laszlo n'exigerait plus jamais une exploration de son passé. Il s'avéra cependant que les événements malheureux résumés sommairement dans le rapport à présent calciné refirent surface à une phase ultérieure de l'enquête pour provoquer une crise grave et presque fatale.

25

Ce fut Lucius Isaacson qui eut l'idée de placer sous surveillance les principaux lieux de prostitution enfantine new-yorkais les jours où nous pensions que notre tueur pourrait frapper. Tâche délicate, on ne pouvait le nier. Ces bars et bordels risquaient de perdre un nombre important de clients si l'on venait à savoir qu'ils étaient surveillés. Toute coopération de la part des propriétaires était hautement improbable : nous devions donc nous poster de manière à ne nous faire remarquer ni des proxénètes ni du meurtrier. Lucius reconnut volontiers qu'il n'avait pas une expérience suffisante de ce genre d'opérations, et nous fîmes appel au seul membre de notre équipe qui, selon nous, pouvait émettre un avis d'expert en la matière : Stevie Taggert, qui avait passé une bonne partie de sa carrière criminelle à cambrioler maisons et appartements. Je crois qu'il subodora des ennuis lorsque, entrant au Q.G. ce samedi après-midi, il nous trouva tous assis en demi-cercle, les yeux braqués sur lui. Comme, par ailleurs, Kreizler lui avait maintes fois répété d'oublier son passé de délinquance, il fut doublement difficile de convaincre le garçon méfiant de parler de ces choses. Une fois persuadé que nous avions réellement besoin de son aide, Stevie se lança toutefois dans la conversation avec un plaisir qui semblait authentique.

A l'origine, nous avions envisagé de mettre l'un de nous devant chacun des établissements les plus susceptibles d'être visités : *Paresis Hall*, *Golden Rule*, chez *Drapers's* dans le Tenderloin, *Slide* sur Bleecker Street, et le *Black and Tan* de Frank Stephenson, également sur Bleecker, une maison qui offrait des femmes et des enfants blancs à une clientèle de Noirs et d'Asiatiques. Ce plan, nous déclara Stevie en mâchant un gros bâton de réglisse, présentait de gros défauts.

Puisque notre gibier se déplaçait en passant par les toits, nous aurions plus de chances de réussir et nous risquerions moins d'éveiller les soupçons en essayant de l'intercepter là-haut. En outre, l'homme que nous espérions capturer était d'une force physique peu commune : il pouvait facilement renverser la situation à son avantage face à un seul adversaire. Stevie recommanda donc de poster deux membres de l'équipe à chaque endroit, ce qui signifiait qu'il fallait non seulement engager des renforts (Cyrus, Roosevelt et Stevie lui-même furent finalement incorporés) mais encore éliminer un des lieux. Selon le jeune garçon, ce dernier problème se résolvait facilement : il lui semblait extrêmement peu probable que le meurtrier s'aventure dans le Tenderloin, quartier très fréquenté et brillamment éclairé où il courrait le danger de se faire remarquer. Allumant négligemment une cigarette prise dans le coffret de mon bureau, Stevie assura que nous pouvions donc rayer *Draper's* de notre liste. Puis il souffla quelques petits ronds de fumée avant de nous conseiller d'accéder aux toits concernés en pénétrant sous un prétexte quelconque dans les immeubles voisins. Cette précaution contribuerait à endormir la méfiance de l'assassin lorsqu'il se montrerait – *s'il* se montrait. Kreizler approuva d'un hochement de tête, ôta la cigarette des lèvres de Stevie et l'écrasa par terre. Déçu, le garçon revint à son bâton de réglisse.

Quand commencer et finir notre surveillance ? Ce fut la question dont nous débattîmes ensuite. Le meurtrier se rendrait-il dans le lieu de débauche la veille de l'Ascension et tenterait-il de tuer sa victime dans la nuit précédant la fête religieuse, ou attendrait-il la nuit suivante ? Les meurtres antérieurs suggéraient la deuxième hypothèse, probablement, expliqua Kreizler, parce que la colère que l'homme éprouvait (pour quelque raison que ce soit) s'exacerbait pendant la journée de la fête religieuse choisie, peut-être au spectacle des fidèles allant à la messe. Quel que soit le détonateur, l'explosion se produisait à la tombée de la nuit. Aucun de nous ne trouva de faille à ce raisonnement, et nous décidâmes de nous mettre en position le jeudi soir.

Comme je me dirigeais vers la porte, Marcus s'enquit de ma destination et je lui répondis que j'allais au *Golden Rule* voir le jeune Joseph pour lui donner des renseignements sur l'apparence et la méthode du meurtrier.

– Est-ce bien sage ? s'inquiéta Lucius, qui finissait de ranger son bureau. Il vaut mieux s'abstenir de tout ce qui pourrait perturber la routine de ces établissements.

Sara avait l'air perplexe.

— Il n'y a rien de mal à donner à ce garçon toutes les chances d'échapper au danger, fit-elle valoir.

— Bien entendu, s'empressa de répondre Lucius. Simplement, je... nous devons tendre notre piège avec le plus grand soin.

— Comme toujours, le sergent parle d'or, approuva Kreizler, qui me prit le bras et m'accompagna jusqu'à la porte. Fais attention à ce que tu diras à ton jeune ami, Moore.

— Tout ce que je demande, c'est que nous ne révélions pas la date probable de la prochaine tentative, reprit Lucius. Nous n'en sommes même pas sûrs, mais si les garçons sont prévenus et particulièrement sur leurs gardes ce jour-là, le meurtrier sentira qu'il se passe quelque chose. Sinon, vous pouvez dire à Joseph tout ce qui vous semblera utile.

— Compromis raisonnable, décida Laszlo.

Au moment où j'entrais dans l'ascenseur, il ajouta à voix basse :

— Et rappelle-toi, John : tu aides ce garçon en le prévenant, mais tu peux aussi lui faire courir de grands risques si on le voit en ta compagnie. Fais en sorte que cela ne se produise pas.

Je m'arrangeai pour retrouver Joseph dans une petite salle de billard proche du *Golden Rule*. A son arrivée, je remarquai qu'il avait le visage tout rose de s'être frotté la peau pour faire disparaître son maquillage, détail qui me toucha. D'ailleurs, ses manières en général n'étaient plus celles d'un jeune prostitué mais plutôt celles d'un adolescent recherchant désespérément l'amitié d'un adulte – ou étais-je victime du fameux « raisonnement faussé » du professeur James en laissant le fait que Joseph me rappelait mon frère influencer mon analyse du comportement du jeune garçon ?

Il se commanda une bière avec une aisance qui suggérait une certaine habitude – et qui me dissuada de tenter de le mettre en garde contre les dangers de l'alcool. Tout en faisant rouler distraitement les boules d'ivoire sur le billard, j'annonçai à Joseph que j'avais de nouveaux renseignements sur l'assassin d'Ali ibn Ghazi et lui demandai de faire très attention, pour pouvoir transmettre ces informations à ses amis. Je me lançai ensuite dans une description physique.

L'homme était grand – deux mètres environ – et très fort. Capable de soulever sans difficulté un garçon comme Joseph. Malgré sa taille et sa puissance, il y avait chez lui un défaut au sujet duquel il était très sensible. Celui-ci affectait probablement son visage, peut-être ses yeux. Joseph répondit qu'il n'avait jamais rien remarqué de tel, mais que bon nombre de clients du *Golden Rule* dissimulaient leur visage en entrant. Je passai ensuite aux vêtements : rien de chic, parce qu'il ne tenait pas à attirer l'attention sur lui, et parce qu'il n'avait probablement pas beaucoup d'argent. Il portait sans doute aussi un grand sac contenant son matériel d'escalade.

J'en vins à la partie difficile : l'homme s'efforçait de ne pas être vu parce qu'il s'était déjà rendu dans les établissements semblables au *Golden Rule* et que certains garçons l'auraient aisément reconnu. C'était peut-être même quelqu'un en qui ils avaient confiance, qui avait cherché à les aider : un membre d'une organisation charitable, voire un prêtre. En tout cas, il ne donnait pas l'impression d'être capable de commettre de tels crimes.

— D'accord, d'accord, j'ai compris, dit Joseph quand j'eus terminé. Mais je peux vous poser une question, Mr Moore ?

— Vas-y.

— Ben... comment vous savez tous ces trucs, sur le type ?

— Quelquefois, je me le demande moi-même, répondis-je avec un petit rire.

Joseph sourit mais commença à se dandiner nerveusement.

— C'est juste que... beaucoup de mes amis, ils m'ont pas cru quand je leur ai répété c' que vous m'aviez dit la dernière fois. Ils voient pas comment vous pourriez savoir tout ça. Ils pensent que vous l'avez peut-être inventé. Et pis, y en a aussi qui disent que c'est même pas un être humain qui fait ça. Plutôt un — un fantôme, quelque chose comme ça. C'est c' qu'ils disent.

— Oui. J'ai entendu ces rumeurs, mais tu te rendrais un grand service en ne les écoutant pas. Il y a un homme derrière tout ça, je peux te le garantir, Joseph.

Il faisait presque nuit quand je retournai à notre quartier général, qui grouillait encore d'activité. Sara essayait de persuader Roosevelt au téléphone que nous n'avions aucune autre personne de confiance pour le huitième point de surveillance de jeudi soir, et qu'il devait donc se joindre à nous. En temps ordinaire, Theodore n'aurait pas eu besoin d'être convaincu, mais les problèmes se multipliaient à Mulberry Street. Deux des hommes qui siégeaient avec lui au Conseil des commissaires avaient décidé de faire cause commune avec Platt et les forces opposées aux réformes. Plus que jamais, les ennemis du préfet surveillaient ses moindres gestes dans l'espoir qu'il commettrait une bévue justifiant son limogeage. Finalement, Theodore accepta de faire partie de notre équipe de surveillance mais non sans appréhension.

Pendant ce temps, Kreizler et les Isaacson avaient une autre discussion animée sur le calendrier de l'assassin. Lucius soutenait qu'on pouvait expliquer la seule incohérence dans ce calendrier – le meurtre de Giorgio Santorelli le 3 mars – par la phrase trompeusement anodine « J'ai décidé d'attendre » de la lettre à Mrs Santorelli. Il se pouvait, développa le cadet des Isaacson, que le repérage et le choix de la victime soient à leur façon aussi capitaux pour la satisfaction mentale du tueur que le meurtre lui-même. Kreizler approuva sans réserve et ajouta que l'homme tirait peut-être même un plaisir sadique de cette attente. Ce qui signifiait que l'assassinat du jeune Giorgio s'intégrait au schéma général puisque l'événement décisif, sur le plan mental, s'était produit le mercredi des Cendres.

Laszlo et les Isaacson divergeaient cependant sur une autre question : l'homme frappait-il à certaines fêtes et non à d'autres parce que certains rites religieux seulement provoquaient sa colère ? Kreizler n'aimait pas trop cette hypothèse, qui nous ramenait à l'idée d'un maniaque religieux, d'un homme obsédé par les mystères de la foi chrétienne. Sans écarter la possibilité que notre meurtrier soit (ou ait été) prêtre, Laszlo ne voyait pas en quoi l'histoire des Rois Mages, par exemple, pousserait davantage à tuer que la purification de la Vierge Marie. Marcus et Lucius répliquèrent qu'il devait bien y avoir une *raison* dans le choix de certaines fêtes, et Kreizler en convint, mais en soulignant que nous n'avions pas encore trouvé la clef contextuelle de cet élément particulier de l'énigme.

Rien ne garantissant le succès de notre plan de surveillance le jour de l'Ascension, nous poursuivîmes tous l'enquête dans d'autres directions les jours qui précédèrent. Avec Marcus, je continuai à explorer la théorie du prêtre tandis que Kreizler, Lucius et Sara se lançaient dans une activité nouvelle et prometteuse : s'adresser aux principaux asiles de notre région et du pays, par télégramme ou contact personnel, pour savoir si on y avait accueilli ces quinze dernières années un patient correspondant au portrait en cours d'élaboration de notre homme. Quoique fermement convaincu de la santé mentale du tueur, Kreizler espérait que son idiosyncrasie avait conduit à son internement à un stade antérieur de sa vie. Peut-être qu'au moment de l'émergence de son goût secret du sang, il avait commis quelque imprudence dans laquelle un individu moyen (sans parler du directeur d'asile moyen) aurait vu le symptôme d'une certaine forme de folie. Quelles que soient les circonstances exactes, les asiles tiennent en général des dossiers assez complets, et demander à les consulter semblait constituer un investissement judicieux en temps et en énergie.

La veille de l'Ascension, nous répartîmes les responsabilités pour la nuit du lendemain : Marcus et Sara – cette dernière porteuse de ses deux armes à feu – monteraient la garde sur le toit du *Golden Rule*; Kreizler et Roosevelt s'occuperaient de celui du *Paresis Hall*, où l'autorité de Theodore suffirait à faire tenir Biff Ellison tranquille en cas d'ennuis; Lucius et Cyrus couvriraient le *Black and Tan*, la couleur de la peau de celui-ci fournissant au besoin une explication de leur présence; Stevie et moi nous posterions un peu plus bas dans Bleecker Street, en haut du *Slide*. Devant chacune des maisons, plusieurs gosses des rues que Stevie connaissait joueraient le rôle de renforts éventuels, sans pour autant rien savoir de la nature de l'opération. Roosevelt était d'avis que des policiers auraient mieux rempli cette fonction mais Laszlo s'y opposait farouchement. Il me glissa en particulier qu'il craignait que tout contact entre les représentants de l'ordre et l'assassin débouche sur la mort immédiate de ce dernier, quels que soient les ordres formels du préfet. Nous avions fait l'expérience d'un assez grand nombre d'ingérences mystérieuses pour savoir que des forces bien plus puissantes que Roosevelt étaient à l'œuvre et qu'elles poursuivaient sans nul doute comme objectif la liquidation totale de l'affaire. A l'évidence, ce but serait atteint de la façon la plus satisfaisante qui soit avec la prompte disparition du suspect, qui permettrait d'éviter un procès et tout le tapage qui en aurait découlé. Laszlo était déterminé à empêcher cette éventualité, non seulement parce qu'elle était criminelle, mais parce qu'elle aurait éliminé toute possibilité d'examiner le meurtrier pour connaître aussi ses mobiles.

En l'occurrence, toutes nos spéculations sur ce qui pourrait arriver le jour de l'Ascension se révélèrent vaines car la nuit se déroula sans incident. Chacun à son poste de surveillance, nous passâmes les longues heures de la nuit sans autre ennemi à affronter que l'ennui. Et les jours suivants, nous reprîmes nos discussions stériles sur les raisons que le tueur pouvait avoir de choisir le Vendredi saint et non l'Ascension. Le sentiment grandissait – et Sara fut la première à l'exprimer – que la correspondance entre les dates des meurtres et le calendrier chrétien n'étaient que pure coïncidence, mais Marcus et moi demeurions attachés à l'hypothèse d'un rapport parce qu'elle venait à l'appui de notre propre théorie d'un prêtre défroqué ou perverti. Je demandai que le programme de surveillance soit reconduit pour la fête religieuse suivante – la Pentecôte, onze jours seulement après l'Ascension – et que nous nous efforcions d'utiliser au mieux cet intervalle de temps. Malheureusement, Marcus et moi aboutîmes à une impasse et commençâmes à penser que nos recherches en direction d'un prêtre n'étaient peut-être qu'une perte de temps.

En revanche, les autres enregistrèrent quelques progrès pendant la semaine précédant la Pentecôte : les réponses aux télégrammes et lettres envoyés par Kreizler, Lucius et Sara aux asiles les plus réputés du pays commencèrent à nous parvenir. Presque toutes étaient négatives mais quelques-unes, porteuses d'espoir, signalaient qu'un individu correspondant au signalement et possédant certains des déficiences mentales décrites par Laszlo avait été interné dans tel établissement au cours des quinze dernières années. Plusieurs institutions envoyèrent même une copie du dossier, et si aucune ne se révéla finalement utile, une brève lettre en provenance de Washington D.C. provoqua un jour une vive agitation au quartier général.

Cet après-midi-là, je vis Lucius traverser nonchalamment la pièce avec un paquet de lettres envoyées par les asiles. Remarquant quelque chose, il se figea, laissa tomber la pile sur son bureau et se tourna vers Kreizler, les yeux écarquillés, le front soudain inondé de sueur.

– Docteur, dit-il à Laszlo qui conversait près de la porte avec Sara, cette lettre de St. Elizabeth, vous l'avez lue?

– Juste parcourue, répondit mon ami en rejoignant le sergent. Elle ne m'a pas paru très intéressante.

– C'est ce que je pensais aussi, dit Isaacson en prenant la lettre. La description est vague ; la référence à « un tic facial », par exemple, ouvre un champ de recherches trop vaste...

– *Mais...?* fit Kreizler.

– Mais il y a le cachet de la poste, docteur : Washington. St. Elizabeth est le principal asile d'aliénés du gouvernement fédéral, n'est-ce pas?

Laszlo réfléchit un instant puis ses yeux sombres prirent leur éclat électrique.

– C'est exact, mais comme on ne disait rien dans la lettre sur les antécédents de l'homme, je n'ai pas... Crétin! s'injuria-t-il en se frappant le front du poing.

Il se rua vers le téléphone, Lucius sur ses talons.

– Étant donné la situation juridique de la capitale, ce n'est sans doute pas un cas inhabituel, commenta le policier.

– J'admire votre sens de l'euphémisme, sergent enquêteur, répondit Laszlo. Il doit y avoir plusieurs cas semblables chaque *année*, dans la capitale !

Attirée par leur excitation, Sara se dirigea vers eux.

– Lucius, que se passe-t-il ? Qu'avez-vous remarqué ?

– Le cachet de la poste. Un très ennuyeux petit codicille à la législation du district de Columbia porte sur la folie et l'internement non volontaire dans un asile. Si le sujet n'a pas été déclaré fou dans le district même mais qu'il est interné dans un établissement de Washington, il a presque cent chances sur cent d'obtenir sa libération en invoquant l'*habeas corpus*.

– Pourquoi est-ce si ennuyeux ? voulus-je savoir.

– Parce que beaucoup de malades mentaux de la ville, en particulier de St. Elizabeth, proviennent d'autres régions du pays, répondit Lucius tandis que Kreizler essayait d'obtenir Washington.

– Ah ? fit Marcus, qui s'approchait à son tour. Et pourquoi ?

Lucius inspira profondément pour calmer son excitation croissante.

– Parce que St. Elizabeth est l'hôpital qui accueille les soldats et les marins déclarés inaptes au service. Inaptes – pour cause de maladie mentale.

Le lent mouvement qui nous faisait converger, Sara, Marcus et moi, vers Lucius et Laszlo, prit l'allure d'une ruée. Reculant devant notre progression, Lucius se justifia :

– Nous n'y avions pas pensé parce que la lettre ne dit rien du passé du sujet. Elle ne décrit que son aspect physique et ses symptômes – manie de la persécution, cruauté persistante. Mais s'il a effectivement servi dans l'armée et été envoyé à St. Elizabeth, il y a une chance – faible mais une chance quand même – pour que ce soit...

Lucius s'interrompit, comme s'il craignait de prononcer le mot « lui ».

L'idée semblait bonne, mais nos espoirs furent quasiment réduits à néant par le coup de téléphone de Laszlo. Après avoir attendu un bon moment, il parvint enfin à avoir en ligne le directeur de St. Elizabeth mais l'homme traita la requête de Laszlo qui demandait des informations supplémentaires avec le plus grand mépris. Apparemment, il savait tout du célèbre Dr Kreizler et nourrissait à son endroit les sentiments d'un grand nombre de directeurs d'asile. Quand mon ami suggéra qu'un autre membre du personnel de l'hôpital pourrait peut-être s'occuper de sa demande, le directeur rétorqua que son personnel était débordé et s'était déjà « mis en quatre » pour le satisfaire. Si Kreizler voulait qu'on fouille dans les dossiers de St. Elizabeth, il n'avait qu'à venir à Washington le faire lui-même.

Kreizler ne pouvait tout lâcher pour se précipiter là-bas – aucun de nous ne le pouvait car nous n'étions plus qu'à deux jours de la Pentecôte. Nous dûmes nous résigner à placer le voyage à Washington en tête de nos priorités après notre nuit de surveillance, à ravaler notre excitation et à nous concentrer patiemment sur les tâches immédiates. Compte tenu des maigres résultats de nos efforts du jour de l'Ascension, j'avais le sentiment que cette concentration serait quelque peu difficile à obtenir.

Pourtant, lorsque le dimanche de Pentecôte arriva, nous retournâmes tous nous percher sur nos aires nocturnes et attendîmes de nouveau l'apparition du tueur. Je ne sais quelle était l'humeur sur les trois autres toits, mais pour Stevie et moi, en haut du *Slide*, l'ennui frappa de bonne heure. Comme c'était dimanche, peu de bruits montaient de Bleecker Street, tandis que le grondement intermittent du métro aérien de la 6e Avenue, d'abord monotone, devenait peu à peu soporifique. Avant longtemps, je dus faire d'extraordinaires efforts pour ne pas m'assoupir.

Vers minuit et demi, je jetai un coup d'œil à Stevie qui étalait un jeu de cartes devant lui sur le goudron.

– Réussite ? murmurai-je.

– Pharaon juif, répondit-il.

C'était le nom que les truands donnaient à une méthode particulièrement obscure et compliquée d'arnaquer les pigeons que je n'avais jamais réussi à comprendre. Voyant une occasion de combler cette lacune dans mon éducation de joueur, je rejoignis Stevie qui, pendant près d'une heure, s'évertua à m'expliquer le jeu. Je ne fis aucun progrès et la frustration autant que l'ennui finirent par me faire renoncer. Je me levai, contemplai la ville autour de nous.

– C'est inutile, estimai-je à voix basse. Il ne se montrera pas. (Je me tournai vers le bâtiment dont Cornelia Street nous séparait.) Je me demande comment cela se passe pour les autres.

L'immeuble qui abritait le *Black and Tan*, où Cyrus et Lucius étaient postés, se trouvait juste en face, et, en regardant au-delà de sa corniche, je pouvais voir l'arrière du crâne chauve du sergent miroiter au clair de lune. Avec un rire étouffé, j'attirai l'attention de Stevie sur ce détail.

– Il devrait porter un chapeau, gloussa le jeune garçon. Si nous on peut le voir, les autres aussi.

– C'est vrai, dis-je.

Lorsque la tête dégarnie se transporta dans une autre partie du toit et disparut finalement, j'eus une grimace d'étonnement.

– Lucius a *grandi* depuis le début de l'enquête?

– Il était sûrement monté sur le muret de séparation, répondit Stevie avant de retourner à ses cartes.

De tels détails anodins annoncent les désastres. Un quart d'heure s'écoula avant qu'une voix que je reconnus pour celle de Lucius ne lance des cris perçants par-delà Cornelia Street. L'urgence et la peur inscrites sur le visage du sergent suffirent à me faire réagir immédiatement : saisissant Stevie par le col, je me précipitai vers l'escalier. Il était manifeste, même pour mon cerveau abruti d'ennui, que nous venions d'avoir notre premier contact avec l'assassin.

26

Parvenus sur le trottoir, Stevie et moi envoyâmes notre contingent de gosses des rues chercher Kreizler, Roosevelt, Sara et Marcus, puis traversâmes Cornelia Street en courant. A la porte du *Black and Tan*, nous nous heurtâmes à Frank Stephenson, que les appels à l'aide de Lucius avaient tiré de son immonde bordel. Comme la plupart des membres de sa profession, Stephenson avait quantité d'hommes de main à son service, et plusieurs de ces malfrats se tenaient avec lui sur le perron, nous barrant le passage. Je n'étais cependant pas d'humeur à en passer par l'habituel petit jeu de menaces et de contre-menaces : je déclarai que nous participions à une opération de police, qu'il y avait un sergent sur le toit, et que le préfet ne tarderait pas à arriver. Cette tirade suffit à dégager la voie ; quelques secondes plus tard, j'étais sur le toit avec Stevie.

Nous trouvâmes Lucius penché au-dessus de Cyrus, qui avait reçu un mauvais coup sur le crâne. Une petite flaque de sang brillait sur le goudron près de la tête du domestique de Kreizler, dont les yeux mi-clos roulaient de manière effrayante dans leurs orbites et dont la bouche émettait des sons sifflants. Toujours prévoyant, Lucius avait emporté des bandes et en entourait le crâne du grand Noir.

— C'est ma faute, dit-il avant que nous n'ayons eu le temps de lui poser une question. Comme j'avais du mal à rester éveillé, je suis descendu chercher du café. J'avais oublié que c'est dimanche, ça m'a pris plus longtemps que prévu. J'ai dû être parti plus d'un quart d'heure.

— Un quart d'heure ? répétai-je. (Je traversai le toit, baissai les yeux vers la ruelle, où tout était tranquille.) Cela aurait suffi ?

— Je ne sais pas, répondit Lucius. Il faudra voir ce qu'en pense Marcus.

L'autre Isaacson arriva avec Sara quelques minutes plus tard, bientôt suivi par Kreizler et Theodore. Après avoir juste pris le temps de s'inquiéter de l'état de Cyrus, Marcus, muni d'une loupe et d'une lanterne, entreprit d'inspecter rapidement diverses parties du toit. Tout en nous expliquant que quinze minutes auraient suffi à un bon alpiniste pour escalader le mur et redescendre, il poursuivit sa recherche jusqu'à ce qu'il découvre des brins de corde – qui n'apportaient cependant pas la preuve formelle de la présence du tueur. La seule façon de s'en assurer, c'était de demander à Frank Stephenson si l'un de ses « employés » manquait à l'appel. Avec le renfort de Roosevelt, Marcus descendit, nous laissant nous empresser autour de Cyrus. Kreizler envoya Stevie charger un des gamins de faire venir une ambulance de l'hôpital St. Vincent tout proche – bien qu'on discutât pour savoir s'il était prudent de transporter le blessé dans son état. Après l'avoir ranimé avec des sels d'ammoniaque, Laszlo constata qu'aucun des membres de Cyrus n'avait perdu en motricité ou en sensation, et eut ainsi la certitude que le trajet jusqu'à l'hôpital, quoique inconfortable, n'aggraverait pas son état.

Avant que Cyrus ne retombe dans l'inconscience, Laszlo eut le temps de lui demander s'il avait pu voir son agresseur. Le Noir secoua la tête, gémit, et Lucius intervint pour souligner qu'il était inutile de pousser plus avant : la blessure à la tête indiquait qu'il avait été frappé par-derrière et ne s'était probablement pas rendu compte de ce qu'il se passait.

Pendant la demi-heure qu'il fallut à l'ambulance pour venir de St. Vincent, nous apprîmes qu'un garçon de quatorze ans travaillant au *Black and Tan* avait disparu. Les détails qu'on nous fournit nous étaient tristement familiers : l'adolescent était un immigré allemand de fraîche date nommé Ernst Lohmann, que personne n'avait vu quitter l'établissement, et qui « travaillait » dans une chambre dont la fenêtre s'ouvrait sur la ruelle de derrière. Selon Stephenson, l'enfant avait réclamé cette chambre particulière ce jour-là : vraisemblablement, le meurtrier avait organisé l'« évasion » de sa victime sans méfiance quelque temps à l'avance – des heures ou des jours ? Impossible de le dire. J'avais avisé Marcus, avant qu'il ne descende, que le *Black and Tan* ne se spécialisait pas dans les travestis, et il avait interrogé Stephenson sur ce point. Comme il fallait s'y attendre, le seul garçon de l'établissement qui se déguisait en femme était Ernst Lohmann.

Deux ambulanciers en uniforme finirent par faire leur apparition sur le toit avec un brancard. Ils portèrent Cyrus en bas avec précaution, le chargèrent dans une sinistre ambulance noire, tirée par un cheval aux yeux injectés de sang tout aussi peu avenant. Après que le véhicule eut démarré, emportant aussi Kreizler et Sara, Roosevelt se tourna vers moi.

— Je me moque de ce que dit Kreizler, annonça-t-il, les poings serrés. C'est une course contre le temps, et je vais faire appel aux forces placées sous mon autorité. (Je le suivis dans la 6ᵉ Avenue, qu'il inspecta en quête d'un fiacre.) Le commissariat le plus proche est celui du Neuvième District, je donnerai mes ordres de là-bas. (Il repéra un fiacre vide, s'en approcha.) Nous connaissons le schéma : le meurtrier se dirige vers les quais. Je vais envoyer des hommes fouiller le moindre...

— Roosevelt, attends. (Je réussis à le retenir par la manche au moment où il s'apprêtait à monter dans la voiture.) Je partage tes sentiments, mais pour l'amour du ciel, ne révèle aucun détail à tes hommes.

— John ! explosa-t-il, les yeux étincelants de colère derrière ses lunettes. Comprends-tu ce qu'il se passe ? En ce moment même...

— Je le sais, Roosevelt. Mais cela ne nous avancera à rien de mettre toute la police au courant. Dis simplement qu'il y a eu un enlèvement, que tu as des raisons de supposer que ses auteurs cherchent à quitter la ville par l'un de ses ponts ou par bateau. C'est la meilleure façon de faire, crois-moi.

Theodore gonfla sa large poitrine, soupira, hocha la tête.

— Tu as peut-être raison.

Avec un claquement de fouet, le cocher lança son fiacre à vive allure dans la 6ᵉ Avenue et je retournai devant le *Black and Tan*. Une foule déjà hargneuse s'était formée devant la porte et écoutait Stephenson faire le récit des événements. L'établissement étant situé sur le territoire des Hudson Dusters, Stephenson ne devait pas allégeance à Paul Kelly, mais les deux hommes se connaissaient, et les propos que le proxénète tenait pour exciter la foule éveillèrent mes soupçons : estimant possible qu'un des garçons de Stephenson se fasse kidnapper ou tuer, Kelly l'avait sans doute payé pour qu'il exploite au mieux les circonstances. Et Stephenson d'accuser la police, présente sur les lieux, de n'avoir montré ni prudence ni diligence. La victime était étrangère, arguait-il, trop pauvre pour que les policiers s'intéressent à elle. Pour éviter que de tels faits se reproduisent, les habitants des quartiers d'émigrés devaient prendre eux-mêmes les choses en main. Marcus s'était bien entendu déjà présenté à Stephenson en qualité d'officier de police, et comme la foule, de plus en plus houleuse, jetait des regards menaçants dans notre direction, les Isaacson, Stevie et moi résolûmes de nous réfugier à notre quartier général, où nous essaierions de nous tenir au courant des événements.

Cela s'avéra beaucoup plus difficile que nous le pensions. Il n'y avait personne à qui nous aurions pu téléphoner – Theodore n'aurait jamais pris un appel téléphonique venant de nous en présence de policiers – ni personne qui aurait eu l'idée d'alerter notre Q.G. Vers quatre heures, nous reçûmes des nouvelles de Kreizler, qui avait confortablement installé Cyrus dans une chambre privée de St. Vincent et nous rejoindrait bientôt. Sinon, ce fut le silence total. Lucius, bien que soulagé par l'appel de Laszlo, se sentait profondément coupable et faisait nerveusement les cent pas. A vrai dire, sans Marcus, je crois que nous serions lentement devenus fous à rester là sans rien faire. Mais le plus grand des Isaacson décida que, si nous ne pouvions participer physiquement aux recherches, nous pouvions au moins faire usage de notre esprit et, indiquant le plan de Manhattan, il nous suggéra d'essayer de déduire où le tueur se rendrait cette fois pour accomplir son rituel pervers.

Même si nous n'avions pas été troublés par l'idée que les événements se déroulaient sans que nous ayons prise sur eux, je doute que notre exercice de déduction nous eût menés bien loin. Certes, nous disposions de quelques points de départ solides : en premier lieu, l'idée que la haine du meurtrier pour les émigrés l'avait conduit à choisir Castle Garden et le ferry d'Ellis Island pour y déposer les cadavres; en second lieu, sa prédilection pour les endroits proches de l'eau purificatrice – deux ponts, un château d'eau. Mais comment extrapoler à partir de ces éléments pour anticiper ses décisions ? A supposer qu'il opte pour un autre pont, il lui restait le choix – s'il voulait éviter de se répéter – entre le vieux High Bridge de l'East River, à la pointe nord de Manhattan (un aqueduc amenant à la ville l'eau du réservoir de Croton), ou le Washington Bridge voisin, ouvert quelques années plus tôt. Marcus fit valoir que l'homme savait probablement que ses poursuivants gagnaient du terrain. Le moment choisi pour agresser Cyrus, par exemple, semblait indiquer que c'était *lui* qui *nous* avait mis sous surveillance en début de soirée, et non l'inverse. Un homme aussi attentif aux activités de ses adversaires aurait sûrement deviné que nous anticipions un retour à l'un de ses lieux de prédilection et décidé d'aller ailleurs. Pour Marcus, c'était la haine des émigrés qui nous offrait la meilleure chance de trouver le lieu probable du prochain meurtre, et le sergent proposait les débarcadères des compagnies maritimes dont les vapeurs transportaient en Amérique un grand nombre d'étrangers entassés sur les ponts inférieurs.

Quand nous connûmes enfin la réponse à cette devinette mortelle, elle nous parut si évidente que chacun de nous en eut honte. Vers quatre heures et demie, au moment où Kreizler arrivait au Q.G., Sara nous téléphona de Mulberry Street, où elle s'était rendue aux nouvelles.

— Ils ont reçu un message de Bedloe's Island, annonça-t-elle dès que j'eus décroché. D'un des gardiens de la statue de la Liberté — il a trouvé un cadavre. (Bouleversé, je ne répondis pas.) Allô, John, tu m'entends ?

— Oui, Sara.

— Alors, écoute attentivement, je ne puis être longue. Toute une cargaison de pontes s'apprête à se rendre là-bas. Le préfet les accompagne mais il nous demande de ne pas nous montrer. Tout ce qu'il peut faire, c'est empêcher les hommes du coroner d'examiner le corps avant qu'il ne soit envoyé à la morgue. Il essaiera de nous faire entrer là-bas pour le voir.

— Mais le lieu du crime, Sara...

— John, ne sois pas obtus. Personne n'y peut rien. Nous avons eu notre chance cette nuit et nous l'avons gâchée. Contentons-nous maintenant de ce que nous pourrons obtenir à la morgue, quand nous le pourrons. D'ici là...

J'entendis des voix fortes à l'arrière-plan : une que je reconnus pour celle de Theodore, une autre qui appartenait sans l'ombre d'un doute à Link Steffens, et plusieurs autres que je ne parvins pas à identifier.

— Je dois raccrocher, John. Je vous rejoins dès que j'ai des nouvelles de l'île.

Après que j'eus informé mes compagnons, il nous fallut quelques minutes pour nous faire à l'idée que, malgré des semaines de recherches et des jours de préparation, nous avions été incapables d'empêcher un nouveau meurtre. Lucius, naturellement, fut le plus durement touché car il s'estimait responsable non seulement de la blessure d'un ami mais encore de la mort d'un enfant. Marcus et moi essayâmes vainement de le réconforter en lui témoignant notre sympathie. Kreizler, quant à lui, refusant tout sentimentalisme, tint à Lucius le raisonnement suivant : puisque le meurtrier avait observé nos efforts, il aurait de toute façon trouvé un moyen de réussir son coup, si ce n'était ce soir, alors plus tard. Nous n'avions pas le temps de nous accabler de reproches, ajouta-t-il. La perspicacité et l'expérience de Lucius, débarrassées de tout sentiment de culpabilité, nous étaient indispensables. Lucius parut très sensible à ce petit discours, tant à cause de son auteur que de son contenu, et il recouvra bientôt assez d'empire sur lui-même pour se joindre à notre tentative de faire le bilan de ce que nous avions appris ce soir – si tant est que nous eussions appris quelque chose.

Tous les actes du meurtrier avaient confirmé nos hypothèses sur sa personnalité et ses méthodes – mais l'aspect essentiel, selon Kreizler, c'était l'attention prêtée à nos efforts et l'agression de Cyrus. Pourquoi avait-il décidé d'enlever Ernst Lohmann alors qu'il savait le *Black and Tan* surveillé ? Pourquoi, après s'être lancé dans une entreprise aussi dangereuse, s'était-il contenté d'estourbir Cyrus au lieu de le tuer ? Si on le capturait, l'homme serait de toute façon condamné à la potence, et on ne le pendrait qu'une fois. Pourquoi courir le risque que Cyrus l'ait aperçu et transmette son signalement ? Laszlo n'était pas sûr de pouvoir répondre clairement à ces questions mais il lui semblait au moins évident que l'homme avait pris plaisir au sentiment de danger éprouvé ce soir. Et sachant que nous nous rapprochions de lui, il avait peut-être laissé vivre Cyrus pour nous pousser à aller de l'avant : un défi, en même temps qu'un appel au secours désespéré.

Tout important que cet exposé me parût, je ne pouvais empêcher mon esprit de dériver, pendant que Kreizler parlait, vers ce qui s'était déroulé cette nuit à Bedloe's Island. Sous la grande statue de Bartholdi, ce symbole de la liberté devenu à mes yeux l'emblème ironique de l'asservissement de l'assassin à son obsession meurtrière – un autre jeune garçon avait connu une fin effroyable et imméritée.

Je tentai de chasser l'image floue mais saisissante d'un adolescent que je n'avais jamais vu, ligoté, à genoux au pied de la statue, faisant une confiance aveugle à l'homme qui s'apprêtait à lui tordre le cou, et se rendant soudain compte avec horreur qu'il avait mal placé cette confiance et allait payer son erreur de sa vie. D'autres images se succédèrent rapidement dans mon esprit : d'abord le coutelas, arme redoutable conçue pour affronter les dangers d'un monde très différent de New York; puis les mouvements lents et précis de la lame s'enfonçant dans la chair, les coups secs pour désarticuler les membres; le sang, que le cœur ne faisait plus palpiter, s'écoulant mollement sur l'herbe et les rochers en épaisses rigoles; le crissement écœurant de l'acier contre les orbites...

Quand je parvins à reporter mon attention sur la conversation, j'entendis la voix de Kreizler rendue sifflante par l'urgence et la frustration :

— Quelque chose — il doit bien y avoir *quelque chose* de nouveau que nous avons appris cette nuit.

Ni Marcus, ni Lucius ni moi ne répondîmes, mais Stevie, qui nous considérait tour à tour d'un air irrésolu, finit par lâcher :

— Ben, il perd ses cheveux.

Je me rappelai alors la tête que nous avions attribuée à Lucius mais qui reposait sur un corps bien trop grand pour appartenir au sergent enquêteur.

— C'est vrai, dis-je. Nous l'avons vu — Dieu du ciel, Stevie, pendant un moment, nous l'avons *regardé* !

— Eh bien? *Eh bien?* fit Kreizler. Vous avez sûrement remarqué quelque chose d'autre !

Je me tournai vers Stevie, qui haussa les épaules. Fouillant ma propre mémoire, je cherchai un détail oublié, un instant où j'aurais clairement vu... Rien. L'arrière d'un crâne clairsemé. C'est tout ce qui était visible.

Laszlo poussa un soupir déçu.

— Il devient chauve, hein? dit-il, inscrivant ce dernier mot au tableau. Bon, nous en savons quand même plus qu'hier.

— Guère plus, murmura Lucius. Au prix de la vie d'un jeune garçon...

Quelques minutes plus tard, Sara rappela enfin. Le corps d'Ernst Lohmann était en route pour la morgue de Bellevue. Le garde qui l'avait trouvé n'avait naturellement pas assisté au meurtre mais avait entendu un bruit juste avant de le découvrir — peut-être une chaloupe à vapeur s'éloignant de l'île. Roosevelt avait besoin d'un peu de temps pour se débarrasser des policiers qui l'accompagnaient, poursuivit Sara. Si nous le retrouvions à six heures et demie à Bellevue, il se débrouillerait pour que nous puissions examiner le cadavre sans être dérangés. Cela nous laissait juste une heure. Je décidai de rentrer prendre un bain et me changer avant de rejoindre les autres à la morgue.

27

En définitive, les difficultés auxquelles nous nous heurtâmes ce lundi matin à la morgue ne provinrent pas du personnel de cette institution. Tous ses membres étaient en poste depuis trop peu de temps (ils avaient récemment remplacé un groupe renvoyé pour vente de cadavres à des anatomistes au prix de cent cinquante dollars la tête, si je puis dire) et trop peu sûrs de leur autorité pour s'opposer à Roosevelt. Non, le problème, ce fut d'*entrer* dans le bâtiment, car, lorsque nous y arrivâmes, d'autres habitants du Lower East Side s'étaient massés devant les portes pour exiger des explications : pourquoi leurs enfants continuaient-ils à se faire massacrer sans qu'un seul suspect ait été arrêté ? Cette foule semblait non seulement plus furieuse que celle de Castle Garden mais aussi plus révoltée. Aucune mention de la profession d'Ernst Lohmann ni de l'endroit où il vivait (on ne put finalement retrouver sa famille); l'adolescent était présenté comme un gosse abandonné, à la merci d'une police, d'une municipalité et d'une classe supérieure qui se moquaient bien de la façon dont il vivait – ou, s'il mourait, de l'identité de son meurtrier. Cette présentation biaisée, pour ne pas dire politique, de la condition de Lohmann – et des communautés d'émigrés en général – tenait peut-être à la présence d'un grand nombre d'Allemands dans la foule. J'y devinai cependant la main de Paul Kelly, même si je ne vis trace ni de l'homme ni de son brougham à proximité tandis que nous fendions la foule.

Nous pénétrâmes dans le lugubre bâtiment de briques rouges par une porte de fer noir, Sara, les Isaacson et moi, nous pressant autour de Laszlo pour que nul ne pût voir son visage. Roosevelt nous accueillit sur le seuil, et après avoir fait déguerpir deux employés qui voulaient savoir ce que nous venions faire là, il nous mena directement à une salle d'examen. L'odeur de formol et de pourriture y était si forte qu'elle semblait faire s'écailler la peinture jaunissante des murs. Dans chaque coin, des tables supportaient des cadavres recouverts d'un drap, et des bocaux, sur des étagères affaissées en leur milieu, offraient aux regards diverses parties de corps humains. Une grosse ampoule électrique au centre du plafond éclairait une table d'opération rouillée, sur laquelle gisait une forme cachée par un drap sale et mouillé.

Lucius et Kreizler s'en approchèrent aussitôt et le sergent ôta le drap d'un geste vif – comme pour se retrouver plus vite, me sembla-t-il, face à l'adolescent dont il s'attribuait la mort. Marcus les suivit mais je demeurai sur le seuil avec Sara. Laszlo sortit son petit carnet et la litanie habituelle commença, Lucius énumérant les blessures infligées au garçon d'une voix monocorde et paradoxalement passionnée :

– Ablation à la base des parties génitales... Main droite sectionnée juste au-dessus de l'articulation du poignet – cubitus et radius nettement coupés... Lacérations latérales de la cavité abdominale, avec dommages afférents à l'intestin grêle... Système artériel très endommagé dans le thorax, ablation du cœur... Ablation de l'œil gauche, dommages afférents à l'os malaire et au rebord orbitaire de ce côté... Cuir chevelu arraché sur les os occipital et pariétal...

Sinistre liste, que je m'efforçais de ne pas écouter, mais l'un des derniers détails retint cependant mon attention.

– Excusez-moi, Lucius, coupai-je, mais vous avez dit ablation de l'œil gauche?

– Oui.

– L'œil gauche *seulement*?

– Oui, répondit Kreizler. Le droit est intact.

– Il a dû être interrompu, conclut Marcus d'un ton pressant.

– Cela semble l'explication la plus plausible, estima Kreizler. Il a sans doute entendu le garde approcher.

Marcus se tourna vers Roosevelt :

– Monsieur le préfet, pouvez-vous nous accorder trois quarts d'heure de plus ici?

Theodore consulta sa montre.

– Ce serait un peu juste. Le nouveau directeur prend son service à huit heures. Pourquoi, Isaacson?

– J'ai besoin d'une partie de mon matériel – pour une expérience.

– Quel genre d'expérience ?

Pour l'éminent naturaliste qu'était Roosevelt, le mot « expérience » avait presque autant de force que le mot « action ».

– Certains experts pensent qu'au moment de la mort, l'œil humain garde en lui la dernière image qu'il voit. Ils prétendent qu'on peut photographier cette image, en se servant de l'œil lui-même comme objectif. J'aimerais essayer.

Theodore considéra la proposition avant de demander :

– Vous croyez que ce garçon est mort en regardant son meurtrier ?

– C'est une possibilité.

– Et ceux qui examineront ensuite le cadavre sauront que vous vous êtes livré à cette expérience ?

– Non.

– Mmm. L'idée est bonne. D'accord, allez chercher votre matériel. Mais je vous préviens, sergent : nous devons vider les lieux avant huit heures moins le quart.

Marcus se précipita vers la porte de derrière du bâtiment. Après son départ, Lucius et Kreizler continuèrent à tripoter le cadavre et je finis par m'asseoir par terre, épuisé au point que mes jambes ne pouvaient plus me soutenir. Je levai les yeux vers Sara dans l'espoir de puiser quelque réconfort dans son expression compatissante, mais découvris qu'elle fixait le bout de la table d'examen.

– Docteur, qu'est-ce qu'il a au pied ? demanda-t-elle.

Laszlo se retourna, suivit le regard de Sara jusqu'au pied droit du garçon, qui dépassait de la table. Il semblait enflé et faisait un angle curieux avec la jambe mais, comme ce détail paraissait bénin comparé au reste des blessures, il n'y avait rien d'étonnant à ce que Lucius ne l'ait pas remarqué.

Kreizler prit le pied dans sa main, l'examina soigneusement.

– *Talipes varus*, finit-il par diagnostiquer. Le garçon avait un pied-bot.

On mesurera la rigueur de l'entraînement auquel nos cerveaux avaient été soumis ces dernières semaines dans le fait que, malgré notre fatigue, nous étions encore capables d'extrapoler une série d'implications importantes à partir d'une infirmité physique assez courante dont souffrait la dernière victime. Nous nous mîmes à discuter de ces implications et en débattions encore quand Marcus revint avec son matériel photographique. L'interrogatoire ultérieur de personnes ayant connu le jeune Lohmann au *Black and Tan* confirma nos suppositions, qui méritent donc d'être mentionnées.

Sara suggéra que l'assassin avait pu à l'origine être attiré par Lohmann parce qu'il s'était identifié au jeune infirme. Mais si Lohmann avait mal pris toute mention de son pied-bot – hypothèse hautement probable chez un garçon de son âge et de sa profession – il aurait réagi négativement à une manifestation de sympathie. Cette réaction aurait à son tour déclenché la colère habituelle du tueur devant les jeunes gens « difficiles ». Kreizler approuva le raisonnement et ajouta que ce refus opposé à sa compassion avait pu provoquer chez le meurtrier une rage nouvelle et plus forte encore. Ce qui expliquerait l'ablation du cœur : l'assassin avait voulu porter les mutilations à de nouvelles extrémités mais avait été interrompu par le gardien.

A ce point de la discussion, Marcus se déclara prêt à commencer son expérience, et Kreizler recula de quelques pas pour lui permettre d'approcher de la table le matériel qu'il avait apporté. Après avoir éteint l'ampoule du plafond, Marcus demanda à son frère de sortir lentement de son orbite l'œil restant. Quand Lucius se fut exécuté, Marcus plaça une minuscule lampe à incandescence derrière l'œil, sur lequel il braqua son appareil photographique. Après avoir exposé deux plaques pour prendre cette image, il enfonça deux fils électriques aux extrémités dénudées dans les nerfs de l'œil, mit le courant et exposa plusieurs autres plaques. Enfin, il éteignit la lampe et prit deux photos de l'œil non éclairé mais toujours électriquement stimulé. Le tout me parut fort bizarre (j'appris d'ailleurs plus tard que l'écrivain français Jules Verne avait décrit le procédé dans l'un de ses romans étranges) mais Marcus débordait d'espoir et, en rallumant l'ampoule, il exprima son désir de retourner sans attendre à sa chambre noire.

Nous avions remballé le matériel et étions presque prêts à partir quand je vis Kreizler contempler le visage du jeune Lohmann avec moins de détachement qu'il n'en avait montré pendant l'examen du corps. Sans regarder moi-même le cadavre mutilé, je m'approchai de mon ami et lui posai la main sur l'épaule.

– Une image spéculaire, murmura-t-il.

Je crus d'abord qu'il se référait à l'expérience de Marcus puis me remémorai la conversation que nous avions eue quelques semaines plus tôt, lorsqu'il avait souligné que l'état des victimes était le reflet de la dévastation psychique de notre meurtrier.

Roosevelt nous rejoignit.

– C'est encore plus horrible à voir ici, dit-il à voix basse. Clinique. Complètement déshumanisé...

— Mais pourquoi ceci? demanda Laszlo en ne s'adressant à personne en particulier. Pourquoi précisément *ceci*?

Il tendit la main vers la table mais je savais déjà qu'il parlait des mutilations.

— Le diable seul le sait, déclara Theodore. Je n'ai jamais rien vu de tel, sauf pendant les guerres indiennes.

Kreizler et moi nous tournâmes silencieusement vers lui, avec une telle intensité dans nos regards qu'il s'exclama :

— Quoi? Qu'est-ce qu'il vous prend?

— Roosevelt, répondit Laszlo d'un ton égal, aurais-tu l'amabilité de répéter ce que tu viens de dire?

— On m'a accusé de beaucoup de choses mais jamais de marmonner. Je crois avoir été clair.

— Tout à fait. Mais que voulais-tu dire exactement?

Devinant quelque chose d'important dans le ton soudain passionné de Laszlo, Sara et les Isaacson s'approchèrent.

— Je faisais simplement allusion aux seules autres atrocités comparables qu'il m'ait été donné de voir, expliqua le préfet, encore sur la défensive. Lorsque j'étais éleveur dans le Dakota, j'ai vu plusieurs cadavres d'hommes Blancs tués par les Indiens. Les corps avaient été affreusement mutilés, pour terrifier les autres fermiers, je suppose.

— Oui, dit Laszlo, autant à lui-même qu'à Theodore. C'est ce qu'on suppose naturellement. Mais quel était en fait l'objectif? (Il se mit à tourner autour de la table en se massant lentement le bras gauche.) Un modèle, il a besoin d'un modèle... C'est trop cohérent, trop réfléchi, trop... structuré. Il prend modèle sur quelque chose...

Après un coup d'œil à sa montre, il leva les yeux vers Roosevelt.

— Saurais-tu, par hasard, à quelle heure le muséum d'Histoire naturelle ouvre ses portes?

— Je pense bien, répondit fièrement Theodore. Mon père l'a fondé et moi-même, je participe...

— A quelle *heure*, Roosevelt?

— Neuf heures.

— Excellent. Moore, tu m'accompagnes. Marcus, vous allez dans votre chambre noire voir si votre expérience a donné quelque chose. Sara et Lucius, vous retournez au 808 pour prendre contact avec le ministère de la Guerre, à Washington. Tâchez de savoir si on y garde les dossiers des soldats renvoyés de l'armée pour maladie mentale. Précisez que seuls nous intéressent ceux qui ont servi dans l'armée de l'Ouest.

— Je connais quelques personnes à la Guerre, intervint Roosevelt. Si cela peut être utile...

— Certainement, répondit Kreizler. Sara, notez les noms. Allez, tout le monde au travail!

Lorsque Sara et les Isaacson partirent, emportant le matériel de Marcus, Kreizler se tourna de nouveau vers Theodore et moi.

— Tu as saisi ce que nous cherchons, Moore?

— Oui. Mais pourquoi le muséum?

— J'y ai un vieil ami. Franz Boas. Si des mutilations de ce genre ont une signification culturelle chez les tribus indiennes, il pourra nous le dire. Et si c'est le cas, Roosevelt, nous te devrons des félicitations.

Kreizler rabattit le vieux drap sale sur le corps d'Ernst Lohmann et poursuivit :

— J'ai malheureusement laissé Stevie rentrer avec la calèche, ce qui signifie que nous devrons prendre un fiacre. Nous pouvons te déposer quelque part, Roosevelt?

— Non. Il vaut mieux que je reste ici pour couvrir nos traces. Il y aura peut-être beaucoup de questions, étant donné cette foule. Mais je vous souhaite bonne chasse, messieurs!

Le nombre de mécontents assiégeant la morgue n'avait fait que croître pendant que nous examinions la dépouille de Lohmann. Sara et les Isaacson étaient sans doute passés sans incident car ils avaient disparu. Nous n'eûmes pas cette chance. Nous n'étions parvenus qu'à mi-chemin de la grille principale, entourés de manifestants qui lorgnaient avec méfiance chacun de nos pas, quand un homme massif à la tête carrée, armé d'un vieux manche de hache, nous barra le passage. L'homme sembla reconnaître Laszlo, et quand je me tournai vers celui-ci, je vis qu'il le connaissait aussi.

— Ah! s'exclama le colosse d'une voix surgie du tréfonds de son imposante poitrine. Alors, ils nous envoient le célèbre *Herr Doktor* Kreizler!

L'accent indiquait des origines allemandes et populaires.

— *Herr* Höpner, répondit Laszlo, je crains que mon collègue et moi-même ne soyons attendus ailleurs. Veuillez vous écarter.

— Et le p'tit Lohmann, alors? rétorqua le nommé Höpner sans bouger. Vous avez quelque chose à voir dans cette affaire, *Herr Doktor*?

Quelques-unes des personnes qui se tenaient près de lui ponctuèrent la question d'un murmure de soutien.

- Je ne vois pas de quoi vous voulez parler, répondit froidement mon ami. Écartez-vous, je vous prie.

- Vous voyez pas, hein ? fit l'homme, frappant sa paume de l'extrémité du manche. J'ai des doutes. Vous connaissez le bon docteur, *meine Freunden* ? lança-t-il à la foule. C'est le fameux aliéniste qui détruit les familles – qui vole les enfants à leurs parents !

Des cris indignés s'élevèrent de toutes parts.

- J'exige de savoir quel rôle vous jouez là-dedans, *Herr Doktor* ! Vous avez arraché le p'tit Lohmann à ses parents comme vous m'avez pris ma fille ?

- Je vous l'ai dit, je ne sais rien de ce Lohmann. Quant à votre fille, *Herr* Höpner, c'est *elle* qui a demandé à quitter la maison, parce que vous ne pouviez vous empêcher de la battre – sans doute avec un instrument semblable à celui que vous avez en main.

- Ce qu'un homme fait chez lui avec sa famille, ça le regarde ! répliqua Höpner.

- Ta fille ne partageait pas cette opinion. Maintenant, pour la dernière fois, *raus mit dir* !

C'était un ordre comme on en donne aux domestiques ou aux sous-fifres. Höpner le reçut tel un crachat dans la figure. Brandissant son manche de hache, il fit un pas vers Kreizler mais s'arrêta soudain quand un brouhaha se fit entendre derrière mon ami et moi. Je me retournai, regardai par-dessus les manifestants, vis la tête d'un cheval et le toit d'une voiture fendant la foule dans notre direction. Ainsi qu'un visage que je connaissais : Eat-'Em-Up Jack McManus. Accroché au flanc du véhicule, il balançait le bras droit gargantuesque qui avait fait de lui la terreur des rings pendant près d'une décennie avant qu'il ne quitte la boxe pour devenir videur – au service de Paul Kelly.

L'élégant brougham du gangster, ses lanternes de cuivre étincelant de chaque côté, se faufila jusqu'à nous. Le petit homme sec et nerveux assis sur le siège du cocher faisait claquer son fouet en guise d'avertissement, et la foule, sachant qui se trouvait à l'intérieur, s'écartait sans protester. Jack McManus sauta à terre dès que les roues se furent arrêtées, lança à la foule un regard menaçant, redressa sa casquette et ouvrit finalement la portière du brougham.

- Je vous suggère de monter, messieurs, fit une voix amusée à l'intérieur du véhicule. (Le joli visage de Kelly apparut bientôt à la fenêtre.) Vous savez à quels excès une foule peut se laisser aller.

28

— Ah! regardez-les! lança Kelly avec une joie féroce tandis que nous quittions Bellevue. Ces porcs ne sont plus à genoux, pour une fois! Cela devrait causer quelques nuits blanches dans les beaux quartiers, hein, Moore?

J'étais assis près de Kreizler en face de Kelly. En se retournant vers nous, le gangster frappa le plancher de sa canne à pommeau d'or et s'esclaffa :

— Ça ne durera pas, bien sûr. Ils renverront leurs gosses se tuer au travail dans les ateliers clandestins pour un dollar la semaine avant même que Lohmann soit enterré. Il faudrait plus que la mort d'un travesti pour qu'ils se secouent durablement. Mais pour le moment, quel beau spectacle!

Kelly tendit à Laszlo sa main droite lourdement ornée de bagues.

— Ravi de vous connaître, docteur. C'est un honneur.

Avec une certaine hésitation, Kreizler prit la main tendue.

— Mr Kelly... Au moins *quelqu'un* qui trouve la situation amusante.

— Oh! certainement, docteur, certainement — c'est pour cette raison que je l'ai provoquée!

Ni mon ami ni moi ne relevâmes la remarque du malfrat, qui poursuivit :

— Voyons, messieurs, vous ne pensez quand même pas que des gens pareils se révolteraient sans qu'on les y pousse? Un peu d'argent judicieusement distribué ne nuit pas non plus. Mais je dois dire que je ne m'attendais pas à trouver l'éminent Dr Kreizler dans cette situation! s'exclama-t-il avec une surprise manifestement feinte. Puis-je vous déposer quelque part, messieurs?

— Cela nous fera économiser un fiacre, dis-je à Laszlo, qui approuva. (Je me tournai de nouveau vers Kelly.) Au muséum d'Histoire naturelle, 77ᵉ...

— Je sais où c'est, Moore. (Kelly tapota de sa canne le toit du brougham.) Jack! Dis à Harry de nous conduire au coin de la 77ᵉ et de Central Park, ordonna-t-il d'un ton dur. En vitesse!

Le charme malsain revint quand il ajouta :

— Je suis un peu étonné de vous voir également ici, Moore. Je pensais qu'après votre altercation avec Biff, vous perdriez tout intérêt pour ces meurtres.

— Il me faudrait davantage qu'un Ellison pour ça, répliquai-je, espérant mettre dans ma voix plus de fermeté que je n'en sentais en moi.

— Oh, je peux vous donner davantage, riposta Kelly, pointant le menton en direction de Jack McManus.

L'appréhension qui me pinça le ventre dut se refléter sur mon visage car Kelly éclata de rire.

— Tranquillisez-vous. J'ai promis qu'il ne vous arrivera rien tant que vous laisserez mon nom en dehors de cette affaire, et vous avez joué le jeu. J'aimerais que votre ami Steffens fasse preuve d'autant de bon sens. Maintenant que j'y pense, Moore, vous n'avez pas écrit grand-chose, dernièrement, fit-il remarquer avec un sourire narquois.

— Je rassemble tous les faits avant de les publier, répondis-je.

— Bien sûr. Et votre ami le docteur était juste venu se dégourdir les jambes.

Laszlo remua nerveusement sur son siège mais dit d'une voix assurée :

— Mr Kelly, puisque vous nous avez offert cette promenade tout à fait opportune, je me demande si je peux vous poser une question.

— Naturellement. Vous aurez peut-être du mal à le croire, mais j'ai beaucoup d'admiration pour vous. J'ai même lu une de vos monographies – enfin, une bonne partie, en tout cas.

— J'en suis flatté. Mais dites-moi... Bien qu'ignorant presque tout des meurtres dont vous parlez, je serais curieux de savoir quelle raison vous pouvez avoir d'exciter, voire de mettre en danger, des gens qui n'ont rien à voir dans cette affaire.

— Je les mets en danger, docteur ?

— Vous vous rendez certainement compte que votre conduite ne peut que provoquer d'autres troubles et actes violents. Un grand nombre d'innocents risquent l'hôpital ou la prison.

— C'est vrai, Kelly, intervins-je. Dans une ville comme la nôtre, les incidents que vous avez déclenchés pourraient dégénérer rapidement.

Kelly considéra l'argument sans cesser un instant de sourire.

— A mon tour de vous poser une question, Moore : il y a des courses de chevaux tous les jours mais le turfiste moyen ne s'intéresse qu'à celles sur lesquelles il parie. Pourquoi ça ?

— Pourquoi ? fis-je, déconcerté. Parce que si cela ne peut rien vous rapporter...

— Précisément, fit Kelly avec un petit rire. Vous me parlez de la ville, de troubles, de violence, mais qu'est-ce que j'en ai à faire ? New York peut bien brûler complètement, je m'en moque. Quand l'incendie sera éteint, les rescapés auront envie d'un verre ou d'une fille avec qui passer un moment — et je serai là pour les leur fournir.

— En ce cas, pourquoi vous préoccupez-vous de cette affaire ? demanda Kreizler.

— Parce qu'elle m'échauffe la bile, dit Kelly, dont l'expression se fit sérieuse pour la première fois. Oui, docteur, elle m'agace. A peine débarqués du bateau, ces porcs, là-bas, avalent les boniments que leur servent les gars de la 5ᵉ Avenue sur la société, et ils en redemandent ! C'est de la triche, de l'arnaque, appelez ça comme vous voulez, et il y a une partie de moi-même qui aimerait voir les choses se passer autrement, pour changer.

Le sourire aimable revint tout à coup.

— Ou alors, il y a des raisons plus profondes à mon attitude, docteur, continua-t-il. Vous trouveriez peut-être l'explication dans le *contexte* de ma vie, si vous aviez accès à ce genre d'informations.

La remarque me sidéra, et je constatai que Laszlo ne s'y attendait pas non plus. Il y avait quelque chose d'intimidant dans l'agilité intellectuelle mal équarrie de Kelly : le sentiment d'être devant un homme pouvant représenter une grave menace, à quantité de niveaux.

— Mais quelles que soient les raisons, reprit notre hôte d'un ton enjoué, je prends à cette affaire un plaisir *extrême*.

Kreizler le poussa dans ses retranchements :

— Assez pour empêcher sa résolution ?

— Docteur ! fit le gangster, feignant l'indignation. Vous m'offensez. (Il ouvrit un couvercle serti dans le pommeau de sa canne, révélant une cavité pleine d'une fine poudre blanche.) Messieurs ? proposa-t-il en l'inclinant vers nous. (Nous déclinâmes l'offre tous les deux.) Ça stimule l'organisme à cette heure indue. (Il fit tomber un peu de cocaïne sur son poignet, l'aspira en reniflant.) Je ne suis pas du matin. De toute façon, docteur... (il s'essuya le nez avec un mouchoir de soie, referma le pommeau) j'ignorais qu'il y avait eu des tentatives sérieuses pour résoudre cette affaire. (Il regarda Kreizler droit dans les yeux.) Sauriez-vous quelque chose que je ne sais pas?

Ni Laszlo ni moi ne répondant à la question, Kelly poursuivit longuement et d'un ton sarcastique sur l'incurie atterrante des autorités en la matière. Fort heureusement, le brougham s'arrêta à l'angle de Central Park; Kreizler et moi descendîmes à l'intersection de la 77ᵉ Rue en espérant que Kelly en resterait là mais il passa la tête à la portière pour lancer:

– Très honoré d'avoir fait votre connaissance, docteur Kreizler. Une dernière question : vous vous imaginez que les notables vont vous laisser *finir* votre petite enquête ?

Je fus trop décontenancé pour réagir mais Laszlo répliqua :

– Je ne puis répondre à cette question que par une autre, Kelly : avez-*vous* l'intention de nous laisser finir ?

Le truand pencha la tête, contempla le ciel matinal.

– A dire vrai, je n'y ai pas réfléchi. Je n'en sentais pas le besoin. Ces meurtres m'ont été très utiles, je le répète. Si vous veniez à compromettre leur utilité – mais qu'est-ce que je raconte ? Avec ce à quoi vous vous heurtez, vous aurez de la chance si vous ne vous retrouvez pas en prison vous-mêmes. (Il leva sa canne.) Bonne journée, messieurs. Harry! on retourne au *New Brighton*!

Nous regardâmes le brougham démarrer – Eat-'Em-Up Jack McManus toujours accroché à la portière tel un singe démesuré, malveillant – puis nous nous dirigeâmes vers les tours Renaissance du muséum d'Histoire naturelle.

Bien qu'il n'eût pas encore trente ans, le muséum abritait déjà une remarquable brochette de spécialistes et un énorme assortiment bizarre d'os, de pierres, d'animaux empaillés et d'insectes épinglés. Mais de tous les départements prestigieux qui avaient élu domicile dans ce bâtiment aux allures de château, nul n'était plus renommé, plus iconoclaste que celui d'anthropologie. J'appris plus tard que l'homme que nous étions venus voir, Franz Boas, était le principal responsable de cet état de fait.

De la même génération que Kreizler, Boas était né en Allemagne, où il avait étudié la psychologie expérimentale avant de s'intéresser à l'ethnologie. Des raisons circonstancielles évidentes expliquaient donc que Boas et Kreizler aient fait connaissance juste après l'arrivée du premier aux États-Unis, mais aucune n'était aussi importante pour leur amitié que la similarité prononcée de leurs idées sur le plan professionnel. Laszlo avait bâti sa réputation sur la théorie du contexte, selon laquelle on ne peut véritablement saisir une personnalité adulte sans connaître d'abord son expérience individuelle. Les travaux anthropologiques de Boas constituaient, à de nombreux égards, l'application de cette théorie à l'échelle des civilisations entières. En menant des recherches sur les tribus indiennes du Nord-Ouest de l'Amérique, Boas était parvenu à la conclusion que l'histoire, plus que la race ou l'environnement géographique, est la force principale qui façonne les cultures. Autrement dit, des groupes ethniques différents ont tel comportement non parce que la biologie ou le climat les y contraignent (beaucoup trop d'exemples infirmaient cette hypothèse pour que Boas pût l'accepter) mais parce qu'ils ont *appris* à le faire. Sous cette lumière, toutes les cultures ont la même valeur ; et aux nombreux critiques prétendant que certaines civilisations ont fait plus de progrès que d'autres et peuvent donc être considérées comme supérieures, Boas répliquait que le « progrès » est un concept tout à fait relatif.

Depuis sa nomination en 1895, il avait insufflé une nouvelle énergie au département d'Anthropologie avec ses idées neuves. Lorsqu'on parcourait les salles d'exposition du musée, comme nous le fîmes ce matin-là, on éprouvait un sentiment d'exaltation et de curiosité intellectuelle. Bien sûr, cela était peut-être dû aux visages féroces sculptés dans la douzaine d'énormes totems alignés le long des murs, ou au grand canoë pleins d'Indiens en plâtre grandeur nature, qui pagayaient avec vigueur sur quelque cours d'eau imaginaire au centre de la pièce. Quelle que fût la cause, on avait l'impression en entrant dans ces salles de quitter le Manhattan chic pour quelque contrée lointaine que ceux d'entre nous qui n'y connaissent rien auraient aussitôt qualifiée de sauvage.

Kreizler et moi trouvâmes Boas dans un bureau encombré d'objets divers situé dans l'une des tourelles dominant la 77e Rue. C'était un homme bref, avec un nez volumineux et rond, une moustache fournie, des cheveux clairsemés. Ses yeux marron brûlaient de ce même feu qui embrasait le regard de Laszlo. Les deux amis se serrèrent la main avec la chaleur que seuls partagent des esprits véritablement en affinité. Boas était débordé, car il préparait une grande expédition dans le Nord-Ouest, financée par le banquier Morris K. Jesup, et nous dûmes lui exposer rapidement notre affaire. Je fus un peu étonné de la franchise absolue avec laquelle Laszlo parla de notre enquête, et son récit causa aussi un choc à l'anthropologue, si l'on en juge par la façon dont il se leva, nous regarda gravement tous les deux et alla fermer soigneusement la porte de son bureau.

— Kreizler, te rends-tu compte de ce à quoi tu t'exposes ? dit-il d'une voix aussi péremptoire que celle de mon ami. Si cela venait à se savoir, si tu échouais – le risque est énorme !

Boas leva les bras au ciel, les laissa retomber pour allumer un petit cigare.

— Oui, oui, je sais, Franz, mais que veux-tu que je fasse ? Ce ne sont que des enfants, aussi rejetés et misérables soient-ils, et les meurtres continueront si l'on ne fait rien. En outre – pense aux immenses possibilités si nous réussissons.

— Je peux comprendre qu'un journaliste s'en mêle, reprit Boas en m'indiquant de la pointe de son cigare. Mais ton travail est trop important. Le public en général et un grand nombre de tes confrères ne te font déjà plus tellement confiance. Si cette affaire tournait mal, ils se moqueraient de toi, ils te rejetteraient complètement !

— Comme toujours, tu ne m'écoutes pas, fit remarquer Laszlo avec indulgence. Tu devrais te douter que j'ai longtemps pesé moi-même le pour et le contre. Mr Moore et moi sommes aussi pressés que toi et je te demande carrément : peux-tu nous aider ou non ?

Boas rejeta une bouffée de fumée, nous examina tous deux, secoua la tête.

— Tu veux des renseignements sur les tribus des Plaines ? dit-il. (Laszlo acquiesça de la tête.) Bon. Mais une chose est *strengt verboten* : je ne permettrai pas qu'on déclare que les coutumes tribales des Indiens sont la cause du comportement d'un meurtrier.

— Franz, s'il te plaît... soupira Laszlo.

— Oh ! en ce qui te concerne, je n'ai pas d'inquiétude. Mais je ne sais rien des gens avec qui tu travailles, dit Boas, qui me lorgna de nouveau avec méfiance. Nous avons déjà suffisamment de mal à changer l'idée qu'on se fait des Indiens. Alors, tu dois me faire cette promesse, Laszlo.

— Je te la fais pour mes confrères comme pour moi-même, répondit Kreizler.

L'anthropologue eut un grognement dédaigneux.

— Confrères, m'ouais, sûrement. (Il se mit à tripoter la paperasse sur son bureau avec agacement.) Je n'ai pas sur les tribus en question de connaissances suffisantes, mais je viens juste d'engager un jeune chercheur qui pourra t'aider.

Il alla à la porte, l'ouvrit et cria à sa secrétaire :

— Miss Jenkins ? Où est le Dr Wissler, s'il vous plaît ?

— En bas, docteur Boas, lui répondit-on. Ils installent l'exposition sur les Pieds-Noirs.

— Ah, fit-il en retournant à son bureau. Bien. Cette exposition a déjà pris du retard. Il faudra descendre lui parler. Ne te méprends pas sur ce jeune garçon, Kreizler. Il a parcouru un long chemin en quelques années, il a vu beaucoup de choses.

Boas s'approcha de Laszlo, lui tendit la main et ajouta d'un ton radouci :

— Comme d'autres éminents experts de ma connaissance.

Les deux hommes échangèrent un sourire mais le visage de l'anthropologue retrouva son expression soupçonneuse quand il me serra la main.

Après être rapidement descendus, nous retraversâmes la salle du grand canoë, interrogeâmes un gardien. Il nous indiqua une autre salle d'exposition dont la porte était fermée à clef. Kreizler frappa, n'obtint pas de réponse. Nous entendîmes des bruits de coup, des voix, puis une série de cris sauvages assez effrayants.

— Seigneur, murmurai-je, ils ne vont quand même pas exposer des Indiens vivants ?

— Ne sois pas ridicule, Moore.

Laszlo frappa de nouveau à la porte, qui finit par s'ouvrir.

Devant nous se tenait un homme de vingt-cinq ans environ, cheveux bouclés, fine moustache, visage de chérubin. Il portait veste et cravate, et une pipe tout à fait professorale était fichée entre ses lèvres, mais il avait sur la tête une coiffe de guerre énorme fabriquée avec ce que je supposai être des plumes d'aigle.

— Oui ? fit-il avec un sourire engageant.

— Docteur Wissler ? s'enquit Laszlo.

— Clark Wissler, c'est exact... Oh! pardon, dit-il, ôtant la coiffe. Nous installons une exposition et je veille tout particulièrement sur cette pièce. Vous êtes... ?

— Je m'appelle Laszlo Kreizler, et voici...

— Le *docteur* Kreizler ? s'exclama Wissler, ouvrant la porte toute grande.

— Oui. Et voici...

— Quelle joie! assura Wissler en serrant vigoureusement la main de Laszlo. Quel honneur! Je crois que j'ai lu tout ce que vous avez écrit, docteur.

Tandis que nous avancions dans la grande salle où régnait un désordre total, Wissler poursuivit un moment dans cette veine, ne s'interrompant brièvement que pour me tendre la main. Lui aussi avait apparemment fait des études de psychologie avant de s'orienter vers l'anthropologie. Dans ses recherches actuelles, il se concentrait sur les aspects psychologiques des systèmes de valeurs dans diverses civilisations tels qu'ils s'expriment dans leurs mythologies, leurs objets d'art, leurs structures sociales, etc. Après l'avoir entraîné dans un coin de la salle, à l'écart d'un groupe d'ouvriers, nous confiâmes à Wissler l'objet de notre visite, et il se montra plus inquiet encore que Boas sur les conséquences que pourrait avoir le fait de lier des actes aussi abominables à la culture indienne. Quand Kreizler lui eut donné les mêmes assurances qu'à Boas, Wissler répondit à notre description des mutilations par une analyse d'une rapidité et d'une pénétration que j'avais rarement vues chez quelqu'un d'aussi jeune.

— Oui, je vois pourquoi vous êtes venus ici, dit-il. (Il chercha un endroit où poser la coiffe de guerre qu'il tenait encore à la main, n'en trouva aucun.) Désolé, messieurs... (Il remit les plumes sur sa tête.) Les — les mutilations dont vous me parlez présentent effectivement une ressemblance, du moins certaines d'entre elles, avec des actes commis sur les cadavres d'ennemis morts par diverses tribus des Grandes Plaines, plus particulièrement les Sioux. Il y a toutefois des différences notables.

— Nous y viendrons, dit Kreizler. Mais d'abord les similarités — pourquoi ces mutilations? Et les réserve-t-on exclusivement aux morts?

— En règle générale, oui, répondit Wissler. Malgré ce que vous avez peut-être lu à ce sujet, les Sioux ne montrent pas une propension marquée à la torture. Certaines mutilations rituelles concernent les vivants: un homme dont la femme a été infidèle peut, par exemple, lui couper le nez pour qu'elle porte la marque de son infamie — mais ce genre de comportement obéit à des règles strictes. Non, la plupart des actes les plus terribles sont commis sur des ennemis déjà morts.

— Pourquoi?

Wissler ralluma sa pipe en veillant à tenir l'allumette éloignée de la coiffe en plumes.

— Les Sioux se transmettent un ensemble de mythes très

complexe concernant la mort et le monde des esprits. Nous collectons encore les données et les exemples pour tenter de saisir la structure de leurs croyances. Mais fondamentalement, le *nagi*, ou esprit, de chaque homme est gravement affecté non seulement par la façon dont cet homme meurt, mais aussi par ce qu'il advient de son corps immédiatement après sa mort. Voyez-vous, avant d'entreprendre son long voyage vers la terre des esprits, le *nagi* s'attarde un moment près du corps – pour se préparer à partir, pourrait-on dire. Le *nagi* est autorisé à emporter n'importe quel bien que l'homme possédait, et qui l'aidera pendant le voyage ou qui agrémentera sa vie dans l'au-delà. Mais le *nagi* emprunte aussi la forme qu'avait le corps au moment de la mort. Si un guerrier tue un ennemi qu'il admirait, il ne mutilera pas nécessairement son corps car, selon une autre croyance, cet ennemi mort devra le servir au pays des esprits, et qui voudrait d'un serviteur infirme ? Mais si le guerrier hait vraiment cet ennemi, s'il veut le priver des plaisirs de l'au-delà, il peut commettre certains des actes dont vous parlez. La castration, par exemple – puisque les esprits mâles copulent avec les esprits femelles dans la vision sioux de l'au-delà. Couper les parties génitales du mort a pour conséquence évidente de l'empêcher de profiter de cet aspect très séduisant de la terre des esprits. On y pratique aussi des jeux, des concours de force – un *nagi* privé d'une main, ou d'un organe vital, ne pourra y briller. Nous avons vu de nombreux exemples de mutilations de ce type sur le champ de bataille.

– Et pour les yeux ? demandai-je. Même raisonnement ?

– Les yeux, c'est un peu différent. Le voyage du *nagi* jusqu'à la terre des esprits comporte une épreuve très périlleuse : il doit traverser un grand fleuve mythique sur un rondin étroit. Si le *nagi* a peur de cette épreuve, ou s'il échoue, il retourne errer pour toujours dans notre monde. Évidemment, un *nagi* incapable de voir n'a aucune chance de parvenir au terme du grand voyage, son sort est réglé d'avance. Et il est peu de choses que les Sioux redoutent autant que d'être condamnés à errer éternellement dans notre monde après la mort.

Kreizler, qui prenait des notes dans son carnet, hocha la tête en y inscrivant cette dernière idée.

– Maintenant les différences entre les mutilations sioux et ce que nous vous avons décrit ?

Wissler réfléchit, tira sur sa pipe.

– Eh bien... Il y a plusieurs points importants, ainsi que quelques détails, qui séparent des coutumes sioux les exemples que vous m'avez donnés. Il s'agit essentiellement de l'ablation des fesses et du cannibalisme. Comme la plupart des tribus indiennes, les Sioux ont le cannibalisme en horreur – c'est une des choses qu'ils méprisent le plus chez les Blancs.

– Chez les Blancs ? m'étonnai-je. Mais nous ne... enfin, soyons justes, nous ne sommes pas cannibales.

– Pas en règle générale, répondit l'anthropologue. Mais il y a eu certaines exceptions notables dont les Indiens ont eu vent. Vous vous rappelez les pionniers du convoi Donner ? En 1847, ils sont restés bloqués plusieurs mois sans nourriture dans une passe enneigée – et certains, pour survivre, ont mangé de la chair humaine. Cela a donné matière à quelques bonnes histoires parmi les tribus indiennes.

– Attendez, fis-je, éprouvant de nouveau le besoin de protester, on ne peut fonder un jugement concernant toute une civilisation sur les actes de quelques individus.

– Bien sûr que si, Moore, intervint Laszlo. Rappelle-toi le principe que nous avons établi pour notre tueur : son expérience passée, ses premières rencontres avec un nombre de personnes relativement restreint, l'ont conduit à avoir du monde une vision particulière. Nous la jugeons erronée mais lui ne peut en avoir d'autre. C'est le même principe ici.

– Les tribus de l'Ouest n'ont pas été en contact avec un échantillon très reluisant de la société blanche, Mr Moore, reprit Wissler. Et certains malentendus vinrent ensuite confirmer les premières impressions. Quand le chef sioux Sitting Bull fut convié à dîner par des Blancs, quelques années plus tard, on lui servit du porc. Comme il n'avait jamais vu cette viande mais qu'il avait entendu parler du convoi Donner, il en a immédiatement conclu que c'était de la chair humaine. C'est la façon regrettable dont les cultures apprennent à se connaître, généralement.

Kreizler revint au but de notre visite :

– Et les autres différences ?

– Il y a les parties génitales fourrées dans la bouche : c'est un acte gratuit, qui n'aurait pas de sens pour un Sioux. Vous avez déjà émasculé l'esprit de votre ennemi ; lui mettre ses parties génitales dans la bouche ne servirait à rien. Mais surtout, il y a le fait que les victimes sont des enfants. Des gosses.

– Un instant, intervins-je de nouveau. Des tribus indiennes ont massacré des enfants, nous le savons.

– Exact, concéda Wissler, mais sans leur infliger ce genre de mutilations rituelles. Du moins, aucun Sioux qui se respecte ne le ferait. Ces mutilations visent à empêcher un ennemi de trouver le chemin de la terre des esprits, ou d'en goûter les plaisirs s'il y parvient. Mutiler un enfant, ce serait admettre qu'on le considère comme une menace. Un égal. Ce serait de la lâcheté, et les Sioux sont très chatouilleux sur ce chapitre.

– Une dernière question, Dr Wissler, fit Laszlo après un coup d'œil à ses notes. Le comportement que nous vous avons décrit pourrait-il être celui d'un homme qui a vu des mutilations indiennes mais qui, ignorant leur signification culturelle, les a interprétées comme de la sauvagerie pure et simple? Et qui, en les imitant, pense que *plus* de sauvagerie les feront paraître *plus* indiennes encore?

Wissler soupesa l'idée et opina du chef, ce qui fit tomber de sa pipe des brins de tabac brûlants.

– Oui. Oui, ce serait assez ma façon de voir, docteur Kreizler.

Laszlo eut alors ce regard qui signifiait qu'il fallait partir sur-le-champ, trouver un fiacre, retourner au Q.G. Il plaida quelque affaire urgente, promit à Wissler – qui aurait voulu prolonger la conversation – de revenir bientôt et fila vers la sortie, me laissant le soin de nous excuser plus longuement de ce départ précipité.

Quand je sortis dans la rue, il avait déjà hélé un fiacre et y était monté. Craignant qu'il ne parte sans moi si je ne me hâtais pas, je courus jusqu'au bord du trottoir et sautai dans le véhicule.

– 808, Broadway, cocher! cria-t-il. Tu vois, Moore? Tu vois? me dit-il, agitant le poing. Notre homme a été là-bas! Il a vu ces mutilations! Il les trouve horribles, répugnantes – les « Peaux-Rouges » sont « dégueulasses » – et, en même temps, il se considère lui-même comme plein de cette saleté. Il combat ces sentiments avec rage, avec violence – mais quand il tue, il ne fait que s'enfoncer davantage, à un niveau qu'il méprise plus encore, il se rabaisse au comportement le plus bas, le plus animal qu'il puisse imaginer – modelé sur celui des Indiens, mais plus indien encore qu'un Indien, dans son esprit.

Tout cela pour moi ne signifiait qu'une seule chose :

– Il a vécu dans l'Ouest, donc.

– *Forcément*, répondit Laszlo. Il a été enfant ou soldat là-bas – espérons que nous pourrons éclaircir ce point en interrogeant Washington. John, nous avons peut-être commis une bévue hier soir, mais nous avons progressé aujourd'hui!

29

Nous avions progressé mais pas autant, malheureusement, que Laszlo l'espérait. Sara et Lucius, nous l'apprîmes à notre retour, n'avaient rien obtenu du ministère de la Guerre malgré les relations de Roosevelt. Tout renseignement concernant des soldats hospitalisés ou renvoyés dans leur foyer pour maladie mentale avait un caractère confidentiel et ne pouvait être discuté au téléphone. Un voyage à Washington s'imposait doublement : toutes les pistes, pour le moment, nous éloignaient de New York, car si notre meurtrier avait grandi dans l'Ouest, ou servi dans l'une des unités militaires patrouillant dans la région, il fallait envoyer quelqu'un là-bas pour voir s'il y avait ou non laissé des traces.

Nous passâmes le reste de la matinée à définir des points, dans le temps et sur la carte, à partir desquels nous pourrions commencer à chercher ces traces. Finalement, nous délimitâmes deux grandes zones : soit le tueur avait, dans son enfance, été témoin des campagnes contre les Sioux qui avaient précédé et suivi la mort du général Custer à Little Big Horn en 1876 ; soit il avait participé en tant que soldat à la répression brutale des Sioux mécontents qui avait connu son point culminant à la bataille de Wounded Knee, en 1890. Dans un cas comme dans l'autre, Kreizler tenait à ce que l'un de nous parte immédiatement pour l'Ouest, car il soupçonnait maintenant l'assassin de ne pas avoir eu son baptême du sang avec les enfants Zweig. Et si l'homme avait effectivement commis un meurtre dans l'Ouest – avant ou pendant son service militaire – l'affaire avait été consignée quelque part. Certes, un tel crime aurait sans doute, à l'époque, été attribué aux Indiens, mais il aurait de toute façon fait l'objet d'un document quelconque, à Washington ou dans quelque service administratif de l'Ouest. Et s'il n'y avait pas eu crime, il fallait quand même envoyer quelqu'un sur place pour suivre les pistes que nous découvririons éventuellement dans la capitale.

Kreizler envisageait de se rendre à Washington lui-même, et quand je soulignai que je connaissais encore un certain nombre de journalistes et de hauts fonctionnaires dans cette ville – notamment au bureau des Affaires indiennes – il jugea souhaitable que je l'accompagne. Restaient Sara et les Isaacson, tous trois emballés par la perspective d'un voyage dans l'Ouest. Il fallait cependant laisser quelqu'un à New York pour coordonner nos efforts. Après maintes discussions, on estima que Sara s'imposait comme le choix logique puisqu'elle devait continuer à se rendre de temps à autre au Central de Mulberry Street. Bien qu'amèrement déçue de ne pas être du voyage dans l'Ouest, Sara comprit parfaitement la situation et accepta sa mission avec autant de bonne grâce que possible.

Par ailleurs, Roosevelt s'imposait comme la personne idéale pour mettre les Isaacson en contact avec des gens pouvant leur servir de guide dans les États de l'Ouest. Lorsque Kreizler l'informa du projet par téléphone, il se déclara enthousiasmé, menaçant même d'accompagner lui-même les deux enquêteurs. Laszlo lui fit valoir que les journalistes s'attachaient à ses moindres pas, en particulier quand il se rendait dans l'Ouest. Les récits de ses chasses, les photographies le montrant vêtu de sa veste en daim à franges assuraient de gros tirages aux journaux et aux magazines dans lesquels ils paraissaient. On ne manquerait pas de l'interroger sur les personnes qui voyageaient avec lui, et nous ne pouvions nous permettre ce genre de publicité. De plus, la lutte pour le pouvoir à Mulberry Street venant d'entrer dans une phase nouvelle et peut-être décisive, le principal partisan de la réforme au sein de la police ne pouvait guère aller se perdre au fin fond du Far West.

Les Isaacson partiraient donc seuls, et nous calculâmes que, s'ils partaient immédiatement, ils seraient à pied d'œuvre lorsque Laszlo et moi dénicherions quelque information utile que nous leur télégraphierions de Washington. Ce fut avec une certaine stupeur que Marcus, arrivant au 808 après avoir développé ses photos du globe oculaire (un échec complet, n'en déplaise à Jules Verne), apprit qu'il prenait le train le lendemain matin pour Deadwood, Dakota du Sud. De là, lui et son frère poursuivraient jusqu'à la réserve sioux de Pine Ridge, où ils enquêteraient sur tous les meurtres avec mutilations non éclaircis de ces quinze dernières années. Pendant ce temps, j'userais de mes relations au bureau des Affaires indiennes pour mener le même type de recherches à Washington. Kreizler, de son côté, tenterait de soutirer au ministère de la Guerre ainsi qu'à l'hôpital St. Elizabeth des informations sur les soldats de l'armée de l'Ouest rendus à la vie civile pour instabilité mentale, sans oublier la piste de l'individu au sujet duquel St. Elizabeth nous avait écrit.

Le temps que nous en terminions, l'après-midi touchait à sa fin et le poids d'une nuit blanche commençait à peser lourdement sur chacun de nous. Nous décidâmes d'abréger la journée et de rentrer chez nous nous préparer.

Au moment où Kreizler et moi sortions du 808, Stevie apparut, revigoré par quelques heures de sommeil. Il nous rappela que Cyrus avait passé la journée seul dans une chambre d'hôpital et précisa qu'il avait laissé la calèche devant la porte pour nous conduire à St. Vincent. Tout épuisés que nous fussions, nous ne pouvions refuser de rendre visite à notre camarade blessé et, connaissant la qualité consternante de la nourriture dans les hôpitaux new-yorkais, nous téléphonâmes à Charlie Delmonico pour lui commander un repas raffiné que nous pouvions apporter à St. Vincent.

Nous trouvâmes Cyrus enveloppé de bandages et presque endormi aux environs de six heures et demie. Il se régala du repas et ne se plaignit de rien, pas même des réticences de certaines infirmières à soigner un Noir. Kreizler s'en prit à quelques administrateurs de l'hôpital à ce sujet, mais, cet incident excepté, nous passâmes une heure très agréable dans la chambre de Cyrus, dont la fenêtre offrait une vue magnifique sur la 7e Avenue, Jackson Square, et le coucher de soleil au-delà.

Il faisait quasiment nuit quand nous ressortîmes dans la 10e Rue. Je dis à Stevie que cela ne nous dérangeait pas d'attendre quelques minutes dans la calèche pour qu'il puisse monter saluer Cyrus, et le jeune garçon s'élança vers l'hôpital. Laszlo et moi allions déposer nos os grinçants sur le moelleux rembourrage des sièges quand une ambulance débdoula à vive allure et fit halte devant nous. Si j'avais été moins épuisé, j'aurais peut-être remarqué que le visage du cocher ne m'était pas inconnu. En l'occurrence, je concentrai le peu d'attention dont j'étais capable sur les portes du véhicule, qui s'ouvrirent brusquement sur un deuxième homme. Celui-là – qui ressemblait à tout sauf à un ambulancier –, je le reconnus aussitôt avec un sursaut de frayeur.

– Connor ! s'écria Laszlo.

L'ancien policier sourit, s'avança d'un air menaçant.

– Alors, vous me remettez ? Tant mieux. (Il tira de sa veste rapée un revolver.) Montez là-dedans. Tous les deux.

– Ne soyez pas stupide, répondit sèchement Kreizler, malgré le revolver.

Ayant une idée plus juste de l'individu à qui nous avions affaire, j'essayai un autre angle d'attaque :

– Connor, rangez cette arme. C'est de la folie, vous ne pouvez pas...

– De la folie ? répliqua-t-il avec hargne. Sûrement pas. Je fais mon nouveau boulot. L'ancien, je l'ai perdu, vous vous rappelez ? Bref, on m'a chargé de vous emmener quelque part. Moi, j'aimerais autant vous laisser morts sur le trottoir, alors, *remuez-vous.*

Curieux comme la peur chasse la fatigue. Je sentis soudain en moi une bouffée d'énergie nouvelle, entièrement localisée dans mes jambes. Mais fuir était hors de question : Connor ne plaisantait pas, je le savais. J'entraînai donc Laszlo, qui protestait et résistait, vers l'arrière de l'ambulance. Avant d'y monter, je levai les yeux et vis le cocher juste assez longtemps pour reconnaître en lui l'un des hommes qui nous avaient tendu un guet-apens, à Sara et moi, chez les Santorelli.

Connor ferma la portière à clef de l'extérieur puis se jucha à côté de l'autre homme. Le véhicule repartit aussi rapidement qu'il était arrivé. Impossible de juger, par les petites lucarnes grillagées de la portière, quelle direction il avait prise.

– On dirait qu'on remonte vers le nord de la ville, estimai-je, ballotté dans le compartiment obscur.

– Un *enlèvement,* fit Kreizler, avec ce détachement irritant qu'il affectait dans les moments de danger. Quelqu'un semble avoir un sens de l'humour tout à fait particulier.

– Ce n'est pas une plaisanterie, maugréai-je, en éprouvant la solidité de la portière. La distance est courte qui sépare les flics des truands, et je dirais que Connor l'a allégrement franchie.

– On ne sait trop que dire dans pareille situation, reprit Laszlo. As-tu des fautes particulièrement horribles à confesser, Moore ? Je ne suis pas prêtre, bien sûr, mais...

– Kreizler, tu es sourd ? Ce n'est pas une plaisanterie !

A ce moment, l'ambulance prit un virage qui nous projeta violemment contre la cloison. Laszlo se redressa, se tâta le corps à la recherche de dommages éventuels et grogna :

– Hmm. Je commence à voir ce que tu veux dire.

Un quart d'heure plus tard, notre voyage mouvementé prit fin. Connor rouvrit la portière, nous descendîmes, et je reconnus Madison Avenue, dans le quartier de Murray Hill. Un réverbère proche portait une plaque « 36ᵉ Rue »; devant nous se dressait une vaste mais ravissante *brownstone*, avec deux colonnes flanquant la porte d'entrée, et de grandes fenêtres faisant saillie.

Mon ami et moi, qui avions aussitôt reconnu l'endroit, échangeâmes un regard.

– Tiens, tiens, murmura Laszlo, intrigué et peut-être aussi un peu effrayé.

Pour ma part, j'étais abasourdi.

– Mais qu'est-ce... qu'est-ce... bredouillai-je.

– Avance, m'ordonna Connor, indiquant la porte mais demeurant dans l'ambulance.

Kreizler me jeta un autre coup d'œil, haussa les épaules et posa le pied sur la première marche du perron.

– Je suggère d'y aller, Moore. L'homme n'a pas l'habitude d'attendre.

Un maître d'hôtel très britannique nous introduisit au 219, Madison Avenue, dont l'intérieur reflétait la même combinaison rare – opulence extrême et goût raffiné – que la façade. Des dalles de marbre accueillirent nos pas, au pied d'un escalier blanc, large mais simple, menant aux étages supérieurs. C'est au rez-de-chaussée, cependant, que nous étions attendus. Nous passâmes devant de somptueux tableaux et statues en provenance d'Europe – montrés avec élégance et simplicité, sans cette impression d'entassement si répandue chez des gens comme les Vanderbilt, par exemple – pour gagner l'arrière de la maison. Là, le maître d'hôtel ouvrit la porte d'une vaste pièce faiblement éclairée. Nous y entrâmes.

Les murs étaient lambrissés d'un acajou de Saint-Domingue très sombre qui donnait à la pièce le nom qu'elle avait pour la domesticité de la maison et dans la légende new-yorkaise : la « Bibliothèque noire. » Les tapis luxueux recouvraient le sol jusqu'à une grande cheminée. D'autres toiles du Vieux Continent, encadrées d'or, étaient accrochées aux murs, près de rayonnages garnis de raretés reliées cuir dénichées au cours de dizaines de voyages de l'autre côté de l'Atlantique. Certaines des réunions les plus importantes de l'histoire de la ville – des États-Unis, même – s'étaient déroulées dans cette pièce. Et si Kreizler et moi nous demandions d'autant plus ce que nous y faisions, la collection de visages qui se tournèrent vers nous à notre entrée ne tarda pas à nous éclairer.

Sur un sofa placé à droite de l'âtre était assis l'évêque Henry Potter, et sur le meuble assorti flanquant l'autre côté de la cheminée se trouvait l'archevêque Michael Corrigan. Derrière chacun d'eux se tenait un prêtre – grand, mince, avec des lunettes pour Potter; petit et replet, arborant de larges favoris blancs pour Corrigan. Devant la cheminée, un homme en qui je reconnus Anthony Comstock, le censeur de la Poste des États-Unis. Comstock avait passé vingt ans à user des pouvoirs que lui conférait le Congrès (tout à fait contestables sur le plan constitutionnel) pour persécuter avec zèle toute personne dont les activités avaient un rapport avec les contraceptifs, l'avortement, la littérature ou les photographies licencieuses, ainsi que tout ce qui entrait dans sa définition assez vaste de l'« obscène ». Son visage, cela ne surprendra personne, était dur, mauvais – moins troublant cependant que celui de l'homme qui se tenait à côté de lui. L'ex-commissaire Thomas Byrnes possédait une paire de sourcils broussailleux qui s'arquaient au-dessus d'yeux pénétrants. Sa grosse moustache tombante empêchait toutefois de déchiffrer facilement son humeur et ses pensées. Comme nous nous approchions, il tourna la tête vers un énorme bureau en noyer occupant le centre de la pièce. Mes yeux suivirent la direction indiquée.

Derrière ce bureau un homme parcourait des papiers, griffonnait de temps à autre une note. Le plus puissant financier que le monde eût jamais connu, et dont le visage aux traits par ailleurs assez beaux était défiguré par un nez craquelé, gonflé, déformé par l'*acne rosacea*. Il fallait se garder de fixer ouvertement cet appendice si l'on ne voulait pas payer cette fascination morbide de plus de façons qu'on ne pouvait l'imaginer.

– Ah, dit Mr John Pierpont Morgan en se levant. Venez, messieurs, que nous réglions cette affaire.

TROISIÈME PARTIE

LA VOLONTÉ

Le fons et origo de toute réalité, d'un point de vue pratique ou absolu, est donc subjectif: c'est nous-mêmes. Simples penseurs logiques, sans réaction émotionnelle, nous donnons réalité à tous les objets auxquels nous pensons, car ils sont vraiment des phénomènes, ou des objets de notre pensée passagère. Mais lorsque notre pensée s'assortit d'une réaction émotionnelle, nous conférons un degré de réalité encore plus élevé, nous semble-t-il, aux objets que nous choisissons et vers lesquels nous nous tournons VOLONTAIREMENT.

William JAMES,
Principes de psychologie.

Don Giovanni, tu m'as convié à souper avec toi : je suis venu.

DA PONTE,
extrait du *Don Giovanni* de Mozart.

30

Je m'avançai vers la paire de fauteuils recouverts d'une luxueuse tapisserie qui trônaient près du bureau de Morgan, en face de la cheminée, mais Kreizler demeurait immobile, renvoyant au financier un regard aussi incisif que le sien.

– Avant de m'asseoir dans votre maison, Mr Morgan, j'aimerais savoir si vous avez pour habitude de menacer vos invités avec une arme à feu pour les faire venir.

La grosse tête du nabab se tourna vivement vers Byrnes, qui se contenta de hausser les épaules, les yeux gris de l'ancien flic semblant dire : qui court avec les loups, Mr Morgan...

Le banquier secoua la tête d'un air dégoûté.

– Ce n'est pas dans mes habitudes, et ce n'était pas mes instructions, docteur Kreizler, dit-il, tendant la main vers les fauteuils. J'espère que vous accepterez mes excuses.

A demi satisfait seulement, Laszlo répondit par un grognement et nous nous assîmes. Après de brèves présentations – qui n'incluent pas les deux prêtres, dont je ne sus jamais les noms – Morgan adressa un signe de tête discret à Anthony Comstock, et le censeur alla planter sa fort peu imposante personne au centre de la pièce. La voix sortant de cette frêle carcasse était aussi désagréable que le visage qui la surmontait.

– Docteur, Mr Moore. Soyons francs. Nous sommes au fait de votre enquête, et pour toute une série de raisons, nous voulons qu'elle cesse. Si vous n'y consentez pas, nous aurons recours à certaines poursuites...

– Des poursuites ? l'interrompis-je, puisant mon assurance dans l'antipathie immédiate que m'avait inspirée le personnage. Il ne s'agit pas d'une affaire de morale, Mr Comstock.

– Les voies de fait constituent un *délit*, Moore, intervint tranquillement Byrnes, promenant les yeux sur les rayonnages de livres. Nous avons un gardien de Sing Sing qui a perdu deux dents. Et puis il y a association avec un chef de gang notoire...

– Allons, Byrnes, répondis-je, cachant ma nervosité. Même vous, vous ne pouvez pas faire passer une balade en voiture pour une association de malfaiteurs.

Sans relever, l'ex-commissaire poursuivit :

– Enfin, il y a utilisation abusive du personnel et des ressources de la police...

– Notre enquête n'est pas officielle, fit remarquer Kreizler d'un ton égal.

L'ombre d'un sourire apparut sous la moustache de Byrnes.

– Habile, docteur. Mais nous savons tout de votre arrangement avec le préfet.

Laszlo ne montra aucune émotion.

– Vous avez des preuves, commissaire ?

Byrnes tira d'un rayonnage un mince volume.

– J'en aurai bientôt.

– Voyons, messieurs, intervint Mgr Corrigan de son ton affable. Il n'y a aucune raison de camper sur des positions opposées.

Potter exprima son accord, avec moins d'enthousiasme, toutefois.

– Aucune. Je suis persuadé que nous parviendrons à une solution satisfaisante si nous nous efforçons de comprendre mutuellement nos... points de vue ?

Pierpont Morgan gardait le silence.

– Ce que je comprends, répondit Laszlo, s'adressant plus particulièrement à notre hôte silencieux, c'est que nous avons été enlevés, menacés d'une arme à feu puis d'une inculpation criminelle, simplement parce que nous tentons de résoudre une abominable affaire de meurtres devant laquelle la police est impuissante. (Il sortit un étui de sa poche, y prit une cigarette.) Mais il y a peut-être des éléments plus subtils qui m'échappent.

– Il est vrai que vous êtes aveugle, docteur, déclara Anthony Comstock de sa voix agaçante de zélote. Mais il n'y a rien de subtil là-dedans. Depuis des années, je m'efforce de mettre au pilon les œuvres d'hommes tels que vous. Une interprétation abusive du Premier Amendement par de prétendus serviteurs de l'État m'en empêche. Mais si vous vous imaginez que je vais vous laisser vous immiscer dans les affaires de...

Quoique brève, l'expression irritée qui passa sur le visage de Morgan n'échappa point à Potter. En laquais docile – car le financier était un des principaux bienfaiteurs de l'Église épiscopale – l'évêque interrompit la tirade du censeur :

– Mr Comstock parle avec la brusquerie du Juste, docteur Kreizler. Je crains cependant que vos travaux ne troublent effectivement un grand nombre de nos concitoyens sur le plan spirituel et ne sapent les fondements de notre société : l'intégrité de la famille, la responsabilité de chacun devant Dieu et devant la loi...

– Je regrette infiniment de troubler la sérénité de nos concitoyens, répliqua sèchement Laszlo en allumant sa cigarette. Mais sept enfants – à notre connaissance, et peut-être plus – ont été sauvagement assassinés.

– C'est à coup sûr du ressort de la police, argua Corrigan. Pourquoi faire usage de travaux aussi discutables que les vôtres ?

– Parce que la police se révèle incapable de résoudre l'affaire, répondis-je avant Laszlo. Alors qu'avec les idées du Dr Kreizler, nous le pouvons.

Byrnes émit un petit rire à peine audible, tandis que Comstock devenait cramoisi.

– Je ne crois pas que ce soit là votre véritable mobile, docteur, répliqua le petit homme. Je crois que vous cherchez, avec l'aide de Mr Paul Kelly et autres socialistes athées, à semer le désordre en discréditant les valeurs de la famille et de la société américaines !

S'il peut sembler étonnant que ce discours grotesque ne nous fît ni éclater de rire ni nous précipiter sur son auteur pour l'écraser, il faut garder en mémoire qu'Anthony Comstock, aussi inoffensif que son titre de « censeur de la Poste » pût paraître, détenait un pouvoir politique immense. Avant la fin de ses quarante ans de carrière, il se targuerait d'avoir poussé au suicide plus d'une douzaine de ses ennemis, et d'avoir brisé la vie et la réputation de bien d'autres. Quoiqu'il nous prît présentement pour cible, nous ne figurions pas encore au nombre de ses obsessions permanentes, mais si nous le poussions à s'acharner sur nous, nous finirions par faire l'objet d'une inculpation fédérale pour atteinte à la morale publique.

– Et pour quelle raison, je vous prie, chercherais-je à semer le désordre ? demanda Laszlo.

– Par vanité ! Pour répandre vos théories malsaines et attirer l'attention d'une opinion pauvrement instruite !

— Il me semble, intervint calmement Morgan, que le Dr Kreizler attire déjà plus l'attention du public qu'il ne le souhaite, Mr Comstock.

Personne n'ouvrant la bouche pour soutenir ou désapprouver cette déclaration, le magnat poursuivit :

— Mais ces accusations sont graves, docteur. Si elles ne l'étaient pas, je ne vous aurais pas fait venir ici. Je crois comprendre que vous n'êtes pas de connivence avec Mr Kelly.

— Mr Kelly a quelques idées qui ne sont pas tout à fait mauvaises, répondit Laszlo, conscient que le commentaire irriterait un peu plus encore le groupe qui nous entourait. Toutefois c'est fondamentalement un criminel, et je n'ai que faire de lui.

— Je suis heureux de l'entendre, dit Morgan, l'air réellement satisfait de la réponse. Mais *quid* des implications sociales de vos travaux ? Je dois avouer que je ne suis pas très au fait de ces questions. Vous savez peut-être que je préside le conseil des marguilliers de St. George Church, sise en face de chez vous, de l'autre côté de Stuyvesant Park.

Il haussa un de ses sourcils charbonneux et ajouta :

— Je ne vous ai jamais remarqué parmi les fidèles, docteur.

— Mes convictions religieuses ne regardent que moi, Mr Morgan.

— Mais vous avez sans doute conscience, intervint prudemment l'archevêque, que les diverses organisations religieuses de la ville contribuent de façon essentielle au maintien de l'ordre ?

Au moment où ces mots franchissaient les lèvres de l'archevêque, je me surpris à couler un regard aux deux prêtres — toujours raides comme des statues derrière leur supérieur respectif — et, tout à coup, j'entrevis pourquoi nous nous trouvions dans cette bibliothèque, parlant à ces hommes. Je m'abstins cependant d'en faire état, car tout commentaire nous eût coûté de nouveaux désagréments. Non, je me laissai simplement aller contre le dossier de mon fauteuil, plus détendu à présent que je nous savais moins en danger, Laszlo et moi, que je ne l'avais cru au départ.

— L'ordre est un mot sujet à des interprétations variées, répondit mon ami à l'homme d'Église. Quant à vos préoccupations, Mr Morgan, si ce dont vous aviez besoin était une introduction à mes travaux, j'aurais pu vous suggérer un moyen plus facile que l'enlèvement.

— Je n'en doute pas, répartit le banquier avec aisance. Mais puisque nous sommes ici, docteur, peut-être m'accorderez-vous la faveur d'une réponse. Ces messieurs sont venus solliciter mon aide pour mettre un terme à votre enquête. Je voudrais entendre les deux parties avant de prendre une décision.

Kreizler poussa un soupir et attaqua :

— La théorie du contexte psychologique individuel que j'ai élaborée...

— Pur déterminisme ! s'écria Comstock, incapable de se contenir. L'idée que le comportement de tout homme est façonné de manière décisive dans l'enfance est contraire aux notions de liberté, de responsabilité ! Je dis qu'elle est anti-américaine !

Sur un autre regard agacé du millionnaire, Potter posa une main apaisante sur le bras du censeur postal, qui retomba dans un silence maussade.

Les yeux fixés sur Morgan, Kreizler poursuivit :

— Je n'ai jamais soutenu que l'homme n'est pas responsable de ses actes devant la loi — excepté dans les cas de véritable maladie mentale. Et si vous consultez mes confrères, Mr Morgan, vous découvrirez, je crois, que ma définition de la maladie mentale est plus restrictive que la leur, en général. Quant à ce que Mr Comstock nomme étourdiment « liberté », je n'ai pas à en discuter si l'on se place sur le plan politique ou juridique. En revanche, le débat sur le concept de « libre arbitre » est bien plus complexe.

— Et que pensez-vous de la famille en tant qu'institution ? demanda Morgan. J'ai entendu ces messieurs et d'autres personnes respectables parler de vos vues en la matière avec inquiétude.

Laszlo haussa les épaules, écrasa sa cigarette.

— Je ne pense pas grand-chose de la famille en tant qu'institution sociale. Mes recherches portent plutôt sur la multitude de péchés qui se dissimulent souvent derrière les structures familiales. J'ai tenté de les mettre en lumière et de traiter de leurs effets sur les enfants. Je n'ai pas à m'en excuser.

— Mais pourquoi choisir la famille de *notre* société ? geignit Comstock. Il y a sûrement des régions du monde où des crimes beaucoup plus...

Morgan se leva brusquement.

— Merci, messieurs, dit-il au censeur et aux hommes d'Église. Le commissaire Byrnes va vous raccompagner.

Comstock eut l'air confondu mais Potter et Corrigan s'étaient apparemment déjà fait congédier de la sorte : ils sortirent de la bibliothèque avec célérité. Je me sentis soulagé. Malgré le pouvoir immense et mystérieux de cet homme (n'avait-il pas, l'année précédente, sauvé à lui seul le gouvernement américain de la banqueroute?), il y avait quelque chose de rassurant dans sa culture et sa largeur d'esprit manifestes.

— Mr Comstock est un homme qui craint Dieu, soupira le magnat en se rasseyant, mais impossible de lui parler. *Vous*, par contre, docteur... Bien que je ne comprenne pas grand-chose à ce que vous m'avez répondu, j'ai le sentiment que vous êtes quelqu'un avec qui je puis m'entendre. L'humeur de cette ville est changeante, messieurs. Plus changeante que vous ne l'imaginez.

Je jugeai le moment venu de faire partager mes déductions :

— Et c'est la raison pour laquelle les prélats étaient ici. Les troubles se sont multipliés dans les quartiers pauvres. Ils ont peur pour leur argent.

— Leur argent ? murmura Kreizler, déconcerté.

Je me tournai vers lui.

— Ils ne cherchent pas l'assassin. Ils ne s'y intéressent pas. C'est la réaction des émigrés qui les effraie. Corrigan a peur que la colère les pousse à écouter Kelly et ses amis socialistes, à ne plus venir le dimanche à la messe cracher le peu d'argent qu'ils ont. Il a peur de ne pouvoir achever sa fichue cathédrale, et tous les autres saints projets qu'il a sans doute entrepris.

— Et Potter ? objecta Kreizler. Tu m'as dit toi-même que les épiscopaliens ont peu de fidèles parmi les émigrés.

— C'est exact, acquiesçai-je en ébauchant un sourire. Mais ils ont quelque chose d'autre qui rapporte encore plus, et je suis un âne de ne pas me l'être rappelé. (Je pivotai de nouveau vers le grand bureau en noyer d'où le magnat de la finance m'observait avec embarras.) Mr Morgan aura peut-être l'obligeance de te dire qui est le plus gros propriétaire de taudis de New York...

— Je vois, fit Laszlo. L'Église épiscopale.

— Il n'y a rien d'illégal dans les opérations de l'Église, s'empressa de préciser le banquier.

— Non, confirmai-je. Mais elle serait dans une situation délicate si les locataires se dressaient en masse pour exiger de meilleurs logements, n'est-ce pas, Mr Morgan ?

Le nabab détourna les yeux en silence.

— Je ne comprends toujours pas, dit Laszlo. Si Corrigan et Potter ont tellement peur des effets de ces meurtres, pourquoi s'opposent-ils à ce qu'on les résolve ?

— On ne peut les résoudre, intervint Morgan. On nous l'a affirmé.
— Mais pourquoi empêcher quiconque d'*essayer*? insista Kreizler.
Une voix répondit derrière nous :
— Parce que, messieurs, tant que le problème sera jugé insoluble, personne ne sera accusé d'être incapable de le résoudre.

Byrnes était revenu dans la pièce sans que nous l'entendions. L'homme était vraiment déroutant.

— Il faut faire croire à la populace que ce genre de choses arrive, continua-t-il en prenant un cigare dans le coffret posé sur le bureau de Morgan. Ce n'est la faute de personne. De jeunes garçons s'engagent sur le chemin du crime ; ils en meurent. Qui les tue ? Pourquoi ? Impossible à déterminer. Et inutile. Il vaut mieux attirer l'attention sur une leçon plus fondamentale. (Il craqua une allumette sur sa semelle, approcha la flamme de son cigare.) « Commence par obéir à la loi, et rien de tout cela n'arrivera. »

— Enfin, Byrnes, m'emportai-je, nous, nous *pourrions* la résoudre si vous n'interveniez pas. Hier encore, j'ai personnellement...

Kreizler me fit taire en me saisissant le poignet. Byrnes se dirigea lentement vers mon fauteuil, se pencha, souffla dans ma direction une bonne dose de fumée.

— Hier, vous avez quoi, Moore ?

Impossible de ne pas se rappeler en un tel moment que l'homme avait personnellement passé à tabac, jusqu'à leur faire perdre connaissance, des dizaines de suspects et de criminels, style d'interrogatoire devenu célèbre à New York et dans le reste du pays sous le nom que Byrnes lui-même lui avait donné : « le troisième degré ». Je décidai quand même de le défier :

— N'essayez pas de jouer les gros-bras avec moi, Byrnes. Vous n'avez aucun pouvoir ici. Ni aucun de vos sbires pour vous prêter main-forte.

Je vis ses dents luire derrière la moustache.

— Vous voulez que j'appelle Connor ? suggéra-t-il. (Mon silence le fit ricaner.) Vous avez toujours eu une grande gueule, Moore. Les journalistes... Mais jouons le jeu à votre manière. Dites à Mr Morgan comment vous résoudriez l'affaire. Expliquez vos principes d'investigation.

Je me tournai vers le financier :

— Cela semblera absurde à des hommes comme le commissaire Byrnes — à vous aussi, peut-être — mais nous avons adopté ce qu'on pourrait qualifier de technique d'investigation à rebours.

Byrnes éclata de rire :
— Cul par-dessus tête, quoi !
Comprenant mon erreur, je choisis un autre angle d'attaque :
— C'est-à-dire que nous partons des caractéristiques des meurtres eux-mêmes, ainsi que des traits de la personnalité des victimes, pour déterminer quel type d'homme l'assassin pourrait être. Ensuite, à l'aide d'indices qui, autrement, seraient dépourvus de sens, nous commençons à remonter vers lui.

Je me savais en terrain délicat, et ce fut avec soulagement que j'entendis Kreizler m'apporter son renfort.
— Il y a des précédents, Mr Morgan. La police londonienne a déployé des efforts comparables, quoique plus rudimentaires, pendant l'affaire de l'Éventreur, il y a huit ans. Et les Français recherchent en ce moment leur propre Éventreur avec des techniques qui ne sont pas sans rappeler les nôtres.
— L'Éventreur de Londres aurait-il été appréhendé sans que j'en aie connaissance, docteur ? ironisa Byrnes.

Laszlo plissa le front.
— Non.
— Et la police française a-t-elle fait beaucoup de progrès avec son anthropo-machin-chose ?
— Non, reconnut Laszlo.
— Deux exemples remarquables, triompha l'ancien commissaire.

Sentant notre position s'affaiblir, je répliquai avec détermination :
— Le fait demeure...
— Le fait demeure que cette méthode est un pur exercice intellectuel qui n'offre aucun espoir de résoudre l'affaire, coupa Byrnes, s'approchant de nous mais s'adressant à Morgan. Ces individus ne font que donner à tous ceux qu'ils interrogent l'illusion qu'une solution est possible. Ce n'est pas seulement inutile, c'est dangereux. La seule chose qu'il faut dire aux immigrés, c'est qu'ils ont intérêt à respecter les lois de cette ville. Sinon, personne ne peut être tenu pour responsable de ce qui leur arrive. Ils trouveront peut-être ça dur à avaler, mais de toute façon, Strong et son cow-boy de préfet ne tarderont pas à dégager le terrain, et nous pourrons remettre en vigueur les bonnes vieilles techniques de *gavage*.

Morgan hocha lentement la tête, fit aller son regard de Byrnes à Kreizler.
— Vous avez exposé vos arguments, commissaire. A présent, si vous voulez bien nous laisser ?

Contrairement à Comstock et aux prélats, Byrnes parut presque amusé du congé que le millionnaire lui signifiait et sifflota en quittant la bibliothèque. Lorsque la lourde porte se fut refermée, Morgan se leva, regarda par la fenêtre – comme pour s'assurer que l'ancien flic avait quitté sa maison.

– Puis-je vous offrir quelque chose à boire, messieurs? dit-il enfin.

Après que Laszlo et moi eûmes refusé, notre hôte prit un cigare dans le coffret de son bureau, l'alluma, se mit à arpenter lentement l'épais tapis.

– J'ai accepté de recevoir la délégation qui vient de sortir par déférence envers Mgr Potter, annonça-t-il, et aussi parce que je ne veux pas voir se renouveler les troubles récents.

– Excusez-moi, Mr Morgan, dis-je, surpris par son ton, mais l'un de vous a-t-il au moins *discuté* du problème avec le maire?

Avec un mouvement vif de la main, le banquier répondit :

– La remarque du commissaire Byrnes au sujet du colonel Strong est judicieuse. Je n'ai pas intérêt à traiter avec un homme dont les échéances électorales limitent le pouvoir.

Il se remit à faire les cent pas, et nous attendîmes en silence. La pièce s'emplit lentement d'une épaisse fumée de cigare, et quand Morgan s'arrêta enfin pour reprendre la parole, je le distinguais à peine derrière le brouillard bleuâtre.

– Comme je vois les choses, messieurs, il n'y a que deux choix possibles : le vôtre ou celui que préconise Byrnes. L'ordre doit régner dans la ville. Surtout en ce moment.

– Pourquoi en ce moment? demanda Kreizler.

– Vous n'êtes probablement pas à même de savoir que nous sommes à la croisée des chemins, répondit Morgan. A New York comme dans l'ensemble du pays. La ville est en train de changer. De façon spectaculaire. Oh! je ne parle pas seulement de la population, avec le flot d'émigrés, mais de la ville elle-même. Il y a vingt ans, New York était avant tout un port – ses activités portuaires constituaient l'essentiel de ses revenus. Aujourd'hui que d'autres ports nous disputent la première place, le transport maritime a été éclipsé par l'industrie et la banque. L'industrie, vous ne l'ignorez pas, a besoin de main-d'œuvre, et d'autres pays moins heureux nous la fournissent. Les dirigeants syndicaux prétendent que les ouvriers sont injustement traités, ici. Que ce soit vrai ou non, les émigrés continuent à affluer, parce qu'ils trouvent mieux que ce qu'ils ont laissé derrière eux. Votre accent me fait supposer que vous êtes vous-même d'origine étrangère, docteur. Avez-vous vécu longtemps en Europe ?

— Assez pour comprendre vos arguments, répondit Kreizler.

— Nous ne sommes pas dans l'obligation d'assurer une bonne vie à tous ceux qui viennent dans ce pays. Nous sommes tenus de leur donner une chance d'accéder à cette vie par la discipline et le travail. C'est plus qu'on ne leur offre partout ailleurs.

— Certes, convint Laszlo, dont l'impatience commençait à se faire sentir.

— Mais nous ne pourrons continuer à le faire si notre développement économique – qui traverse actuellement une crise profonde – est retardé par des idées politiques insensées nées dans les quartiers miséreux d'Europe.

Morgan posa son cigare sur un cendrier et, sans nous demander de nouveau si nous désirions boire quelque chose, nous servit un whisky qui se révéla excellent.

— Il faut éliminer tout ce qui peut être utilisé pour répandre ces idées. C'est la raison pour laquelle Mr Comstock était ici. Il pense qu'on peut faire une telle utilisation de vos travaux, docteur. Si vous réussissiez dans votre enquête, vos recherches gagneraient en crédibilité, pense-t-il. Comme vous le voyez... (Il reprit son cigare, inhala un énorme volume de fumée.) Vous vous êtes fait un large éventail d'ennemis puissants.

Kreizler se leva lentement.

— Devons-nous vous compter au nombre de ces ennemis, Mr Morgan ?

Le silence qui suivit me parut interminable, car tout espoir de succès dépendait de la réponse du financier. S'il décidait que Potter, Corrigan, Comstock et Byrnes avaient raison, que notre enquête constituait une menace intolérable pour le maintien du *statu quo* dans cette ville, nous n'avions plus qu'à replier nos tentes et rentrer chez nous. Morgan détenait le pouvoir d'acheter ou de vendre n'importe quoi et n'importe qui à New York, et les obstacles que nous avions déjà rencontrés n'étaient rien comparés à ceux qui nous attendaient s'il décidait de s'opposer à nous. A l'inverse, s'il incitait les autres potentats de la ville, sinon à encourager activement nos efforts, du moins à les tolérer, nous pouvions espérer poursuivre sans ingérences plus gênantes que celles auxquelles nous avions déjà dû faire face.

Morgan finit par répondre :

– Non, docteur. Comme je l'ai dit, je ne comprends pas tout ce que vous m'avez exposé, messieurs, en matière de psychologie ou d'investigation criminelle. Mais mon métier est de connaître les hommes, et aucun de vous ne me semble animé de sombres desseins à l'égard de notre société.

Je hochai calmement la tête, dissimulant l'immense soulagement qui galopait dans mes veines.

– Vous aurez encore des obstacles à surmonter, poursuivit Morgan. Les hommes d'Église se laisseront convaincre de ne plus intervenir, je pense – mais Byrnes continuera à vous harceler pour préserver les méthodes et l'organisation qu'il a mis tant d'années à établir. Et il bénéficiera du soutien de Comstock.

– Jusqu'ici, nous avons eu le dessus, rappela Laszlo. Je pense qu'il en ira de même à l'avenir.

– Naturellement, je ne puis vous soutenir publiquement, ajouta Morgan en nous raccompagnant. Ce serait beaucoup trop... compliqué.

Ce qui signifiait que, malgré sa finesse intellectuelle et son érudition, l'homme n'était finalement qu'un de ces hypocrites de Wall Street qui discourent en public de Dieu et de la famille mais cachent leurs maîtresses à bord de leurs yachts et jouissent de l'estime de ceux qui vivent selon les mêmes règles. Il perdrait à coup sûr cette estime si on le croyait en intelligence avec Kreizler.

– Toutefois, reprit-il comme nous traversions le hall d'entrée, puisqu'il est de l'intérêt de tous de parvenir à une conclusion rapide, si vous vous trouviez à court de ressources...

– Merci, mais c'est non, répondit Laszlo au moment où nous franchissions la porte. Il vaut mieux qu'il n'y ait même pas de lien pécuniaire entre nous. Vous devez songer à votre position, Mr Morgan.

Le commentaire fit se hérisser le magnat qui, après un rapide « bonsoir », referma la porte sans nous serrer la main.

– Un peu gratuit, tu ne penses pas, Laszlo ? dis-je alors que nous descendions le perron. Il essayait seulement de nous aider.

– Ne sois pas si crédule, Moore. Les hommes tels que lui ne sont mus que par leur intérêt. Morgan parie que nous avons plus de chances de trouver le tueur que Byrnes et compagnie n'en ont de faire tenir indéfiniment tranquille la population immigrée. Et il a raison. Tu sais, John, j'en viendrais presque à vouloir échouer rien que pour observer les conséquences que cela aurait pour de tels personnages.

— Je crois que je n'ai jamais été aussi épuisé, bâillai-je tandis que nous remontions Madison Avenue à la recherche d'un fiacre. Sais-tu qu'un court instant, en voyant Morgan pour la première fois, j'ai pensé qu'il pouvait être le meurtrier ?

— Moi aussi! s'esclaffa Laszlo. Ce nez, ce nez! Une des difformités possibles dont nous n'avons jamais discuté. Imagine, si c'était lui!

Nous trouvâmes une voiture devant l'élégant *Waldorf Hotel*, dont le pendant, l'*Astoria*, était en construction à l'époque.

— La situation est déjà bien assez dangereuse comme ça, dis-je. Byrnes est un ennemi redoutable, et Comstock me fait l'effet d'avoir complètement perdu l'esprit.

— Qu'ils menacent autant qu'ils veulent, lança joyeusement mon ami en montant dans le fiacre. Maintenant que nous savons qui ils sont, il nous sera plus facile de nous défendre. Et il leur sera plus difficile de nous attaquer, car, dans les jours qui viennent, nos adversaires découvriront que nous avons mystérieusement...

Il agita les doigts devant lui avant d'achever :

— *Disparu*.

31

Sara sonna à la porte de ma grand-mère à neuf heures et demie le lendemain matin et, malgré plus de dix heures de sommeil, je me sentais toujours exténué et abruti. Un exemplaire du *Times* qu'elle avait fourré sous son bras m'informa qu'on était le 26 mai. L'éclat aveuglant du soleil qui m'assaillit quand je me dirigeai vers le fiacre de Sara affirmait sans discussion possible que le printemps continuait sa marche vers l'été, mais j'aurais aussi bien pu me trouver sur la planète Mars (qui, la lecture à demi-consciente de la une du journal me l'apprit, faisait l'objet des recherches d'un groupe récemment formé d'éminents astronomes de Boston persuadés que « l'étoile rouge de la guerre » était habitée par des êtres humains). Mon état un peu ridicule arracha à Sara quelques bons rires pendant la première partie du trajet jusque chez Kreizler, mais quand j'entrepris de lui narrer les détails de notre visite imprévue au domicile de Pierpont Morgan, elle devint tout à fait sérieuse.

Nous trouvâmes Laszlo en bas de chez lui, installé dans sa calèche. Stevie occupait le siège du cocher. Je transférai mon sac d'un véhicule dans l'autre, montai dans la calèche avec Sara. Au moment où nous démarrions, j'aperçus Mary Palmer sur le petit balcon du salon de mon ami. Elle nous observait d'un air inquiet, les joues humides de larmes. Reportant mon attention sur Kreizler, je découvris qu'il la regardait lui aussi, mais lorsqu'il tourna la tête vers nous, un sourire apparut sur son visage. Curieuse réaction devant la détresse d'une jeune fille, à tout le moins. Je me dis que Sara avait peut-être quelque chose à voir dans cette attitude, mais quand je lui glissai un coup d'œil, je constatai qu'elle fixait délibérément Stuyvesant Park. Irrité par ces nouveaux indices de rapports complexes entre mes amis, incapable pour le moment d'en saisir le sens, je me contentai de me laisser aller sur le dossier du siège en offrant mon visage au soleil.

Ce n'était cependant pas en songeant à une détente que Kreizler avait tracé notre itinéraire jusqu'à la gare de Grand Central. Au coin de la 18e Rue et d'Irving Place, Stevie fit halte devant une taverne et Laszlo, prenant son sac et le mien, nous demanda de l'accompagner à l'intérieur. Nous obtempérâmes, malgré mes grognements de protestation. Quelques instants après que nous eûmes pénétré dans l'établissement sombre et enfumé, je vis deux hommes et une femme aux visages dissimulés par des chapeaux monter dans la calèche et partir avec Stevie. Dès qu'ils furent hors de vue, Laszlo ressortit, arrêta un fiacre dans lequel il nous poussa, Sara et moi. Cet ennuyeux petit exercice, nous expliqua-t-il tandis que nous repartions, était destiné à semer les hommes que Byrnes avait probablement chargés de nous suivre. Précaution judicieuse, à n'en pas douter, mais qui aviva mon impatience de me retrouver dans le train où j'espérais pouvoir finir ma nuit.

Un mystère de plus me séparait toutefois du repos. Sur le quai de la gare, Laszlo donna ses dernières instructions à Sara et lorsque le sifflet du chef de gare nous intima de monter en voiture, je m'écartai de mes compagnons pour ne pas assister à une scène d'adieu embarrassante. Mais Kreizler serra juste la main de Sara avant de grimper dans le compartiment. Je demeurai immobile, la bouche grande ouverte, ce qui amena un sourire narquois sur les lèvres de Sara.

– Pauvre John, dit-elle en me pressant contre elle, tu cherches encore à comprendre. Ne t'en fais pas – tout deviendra clair un jour.

Elle me poussa dans le train au moment où il s'ébranlait en grondant et en sifflant.

Kreizler avait loué un compartiment de première classe, et je m'étendis aussitôt sur l'une des banquettes, les yeux vers la fenêtre, déterminé à ensevelir sous le sommeil la curiosité que la conduite de mes amis faisait naître en moi. De son côté, Laszlo tira de son sac un roman de Wilkie Collins, *La pierre de lune*, que lui avait prêté Lucius Isaacson, et en entama la lecture d'un air satisfait. Agacé, je roulai sur le côté, rabattis ma casquette sur mes yeux et me mis délibérément à ronfler avant même de m'endormir.

Je m'éveillai deux heures plus tard pour voir défiler à la fenêtre les riches pâtures du New Jersey. En m'étirant à fond, je constatai que ma mauvaise humeur du matin m'avait enfin quitté. Un mot laissé par Laszlo sur l'autre banquette m'informa qu'il était parti réserver une table au wagon-restaurant, et je fis rapidement un brin de toilette avant de m'y rendre.

Le reste du voyage fut très plaisant. Les champs du Nord-Est ne sont jamais plus beaux que fin mai, et ils fournirent une toile de fond admirable à l'un des meilleurs repas que j'aie jamais fait en train. Très en verve, Kreizler se montra pour une fois disposé à discuter d'autre chose que de l'affaire. Nous parlâmes des conventions qui devaient se tenir prochainement (les républicains à Saint Louis en juin, les démocrates à Chicago en été), d'un article du *Times* sur l'émeute qu'avait provoquée à Harvard Square la victoire de l'équipe de base-ball de notre université contre Princeton. Au dessert, Kreizler faillit s'étrangler en lisant que Henry Abbey et Maurice Grau, directeurs du Metropolitan Opera, avaient annoncé la faillite de leur compagnie et des dettes s'élevant à quatre cent mille dollars.

Nous arrivâmes à Washington en fin d'après-midi ; à l'heure du dîner, nous étions confortablement installés dans deux chambres agréables de cet imposant édifice victorien au coin de Pennsylvania Avenue et de la 14ᵉ Rue appelé le *Willard*. De nos fenêtres du troisième étage, nous pouvions voir les bâtiments abritant le gouvernement du pays. Quelques minutes m'auraient suffi pour me rendre à pied à la Maison-Blanche et demander à Grover Cleveland s'il apprécierait d'en être l'hôte une fois de plus. Je n'avais pas revu la capitale depuis la fin simultanée de ma carrière de reporter politique et de mes fiançailles avec Julia Pratt. Seul dans ma chambre, contemplant le magnifique panorama de Washington un soir de printemps, je me rendis compte que je m'étais totalement éloigné de cette vie. Cette constatation me plongea dans une humeur mélancolique qui n'était pas à mon goût. Pour la chasser, je cherchai un téléphone et appelai Hobart Weaver, vieux compagnon de bamboche qui occupait maintenant un poste assez élevé au bureau des Affaires indiennes. Je lui donnai rendez-vous ce soir-là dans le restaurant de l'hôtel.

Kreizler se joignit à nous. Hobart était un gaillard corpulent et écervelé qui n'aimait rien tant que boire et manger sans bourse délier. En le régalant d'abondance, je m'assurai qu'il serait non seulement discret mais dépourvu de toute curiosité quant à la raison de notre voyage. Il nous révéla que le bureau gardait les dossiers de meurtres commis – ou présumés commis – par des Indiens. Nous précisâmes que nous ne nous intéressions qu'aux cas restés sans solution, mais quand Hobart voulut savoir sur quelles régions portaient nos recherches, Kreizler ne put que répondre : l'Ouest, ces quinze dernières années. Hobart fit remarquer que couvrir un champ aussi large impliquait de longues recherches dans les dossiers – tâche que lui et moi devions par surcroît accomplir à la dérobée : son patron, le ministre de l'Intérieur Michael Hoke Smith, partageait l'antipathie du président Cleveland pour les journalistes, en particulier les journalistes fouineurs. Mais en enfournant gibier et vin à un rythme régulier dans son petit corps rond, Hobart se persuada que nous pouvions y parvenir, et pour tremper sa détermination, je l'emmenai ensuite dans une boîte où les attractions rentraient dans une catégorie qu'on pouvait qualifier de leste.

Kreizler et moi prîmes notre petit déjeuner de très bonne heure le lendemain matin. Nous espérions qu'en faisant de longues étapes, les Isaacson parviendraient à Deadwood, Dakota du Sud, jeudi soir. Ils avaient pour instruction de se rendre au bureau de la Western Union de cette ville dès leur arrivée pour voir si un message les y attendait, et Laszlo leur envoya un premier télégramme juste après le petit déjeuner de mercredi. Il les avisait que, pour des raisons qu'il leur expliquerait ultérieurement, le métier de prêtre ne figurait plus sur notre liste des professions possibles de notre gibier, et que de nouvelles instructions leur seraient transmises dès que nous les aurions formulées. Laszlo se rendit ensuite à l'hôpital St. Elizabeth tandis que je remontais en flânant jusqu'à la rue F et l'immeuble qui abritait la majeure partie du personnel et des archives du ministère de l'Intérieur.

L'énorme bâtiment d'architecture néo-grecque avait été achevé en 1867 selon un plan qui devint rapidement la règle pour les édifices officiels de la capitale : structure rectangulaire, creuse, aussi morne à l'intérieur qu'à l'extérieur. La chose occupant deux pâtés de maisons entiers de la 7ᵉ à la 9ᵉ Rue, ce ne fut pas une mince affaire, une fois entré, de trouver le bureau de Hobart. Ces dimensions démesurées se révélèrent cependant opportunes car ma présence ne provoqua aucun commentaire : des centaines de fonctionnaires fédéraux allaient et venaient dans les couloirs des quatre ailes, sans connaître l'identité ni les fonctions de la plupart de leurs collègues. Hobart, aucunement affecté par les frasques de la veille, m'avait déjà trouvé un coin où travailler dans l'une des salles des archives, au sous-sol, et avait aussi mis la main sur un premier paquet de dossiers à examiner : des rapports de divers forts et centres administratifs remontant jusqu'à 1881 et portant sur des incidents violents entre colons et tribus sioux.

Dans les deux jours qui suivirent, je ne vis guère autre chose de Washington que mon coin de table dans cette salle poussiéreuse. Enfermé dans ce lieu sans fenêtre, je commençais à perdre le sens de la réalité, et les descriptions horribles de massacres, de meurtres, de représailles sur lesquelles je me penchais me frappaient plus vivement qu'elles ne l'eussent fait si je les avais lues dans l'un des parcs de la ville. Inévitablement, je me laissais fasciner par des récits qui, je le savais, n'étaient d'aucune utilité pour nous – meurtres depuis longtemps élucidés, ou dont les caractéristiques n'avaient rien à voir avec celles de notre affaire. Il y avait en particulier ces histoires tragiques – mais guère surprenantes – d'hommes, de femmes et d'enfants qui s'étaient bâti une vie solitaire dans une contrée sauvage pour finir assassinés de sang-froid par les natifs du lieu. Ces massacres venaient généralement en représailles après la violation de traités que les victimes n'avaient ni signé ni enfreint. Ils étaient fort heureusement rares. Dans la plupart des cas, les rapports portaient sur des actes de vengeance qui, bien que cruels, étaient au moins compréhensibles comparés à la traîtrise ignoble des soldats blancs, des agents gouvernementaux (le bureau des Affaires indiennes était la branche la plus corrompue d'un ministère qui l'était notoirement) et des trafiquants d'armes à feu ou de whisky contre lesquels ils étaient commis.

Le mercredi soir, au terme de ma première longue journée dans les sous-sols du ministère de l'Intérieur, Laszlo et moi fîmes le bilan de nos efforts respectifs dans sa chambre d'hôtel. Le directeur de St. Elizabeth s'était montré aussi peu coopératif sur place qu'au téléphone. Kreizler avait dû faire appel à Roosevelt – qui, à son tour, avait sollicité l'intervention d'un de ses amis au ministère de la Justice – pour avoir accès aux archives de l'hôpital. La démarche avait occupé une bonne partie de la journée de Laszlo et, bien qu'il ait quand même eu le temps de dresser une liste de soldats ayant servi dans l'armée de l'Ouest avant d'être envoyés à St. Elizabeth pour problèmes mentaux, il était déçu : l'homme qui faisait l'objet de la lettre que nous avions reçue à l'origine avait bien été soldat, mais il était né et avait vécu dans l'Est, sans jamais avoir été affecté au-delà de Chicago.

– Plus aucune bande d'Indiens pillards n'écume Chicago, je présume ? fis-je cependant que Kreizler parcourait le dossier de l'homme.

– Non, dit-il. C'est vraiment dommage. Il y a tellement d'autres détails qui le recommandent à notre attention.

– Mieux vaut ne pas nous attarder sur eux, rétorquai-je. Nous avons quantité d'autres candidats. Jusqu'ici, Hobart et moi avons retrouvé quatre cas de meurtres avec mutilations commis dans les deux Dakota et le Wyoming – alors que des bandes de Sioux et des unités de l'armée se trouvaient dans les parages.

Avec un soupir, Laszlo laissa le dossier de côté et leva les yeux.

– Des enfants parmi les victimes ?

– Dans deux des cas, répondis-je. Deux fillettes tuées avec leurs parents, dans l'un ; une fille et un garçon orphelins massacrés avec leur grand-père, qui était leur tuteur, dans l'autre. Le problème, c'est que, dans les deux cas, seuls les hommes adultes ont été mutilés.

– On a avancé des hypothèses ?

– Représailles indiennes, suppose-t-on. Mais il y a un détail intéressant concernant la seconde affaire. Elle s'est déroulée à la fin de l'automne 89, près de Fort Keough, pendant la période où la dernière grande réserve a été démantelée. Beaucoup de bandes de Sioux mécontents rôdaient dans la région, en particulier les guerriers de Sitting Bull et ceux d'un autre chef nommé... (je promenai rapidement le doigt sur mes notes) Red Cloud. Bref, un petit détachement de cavalerie découvrit la famille exterminée, et le lieutenant qui le commandait attribua initialement le crime à certains des guerriers les plus belliqueux de Red Cloud. Mais un des vieux briscards de l'unité fit remarquer que la bande de Red Cloud n'avait lancé aucun raid meurtrier ces derniers temps, et que le grand-père mort avait eu plusieurs accrochages avec des agents du bureau des Affaires indiennes et des militaires d'un autre fort – Robinson, je crois. Il aurait notamment accusé un sergent d'avoir tenté d'abuser de son petit-fils. Et la compagnie de ce sergent se trouvait dans la région de Fort Keough quand la famille avait été massacrée.

Jusque-là, Kreizler ne m'avait guère prêté attention, mais ces derniers faits le firent se redresser.

– On connaît le nom du sergent ?

– Il n'était pas dans le dossier. Hobart ira fouiner un peu, demain, au ministère de la Guerre.

– Bien. Mais envoie quand même tous ces éléments aux Isaacson dès demain matin. Les détails suivront.

Nous passâmes ensuite en revue les autres affaires que j'avais notées, et que nous finîmes par écarter pour diverses raisons. Nous nous attaquâmes également à la liste de noms que Laszlo avait établie à St. Elizabeth, et parvînmes au bout de trois heures à n'en garder que quelques-uns. A plus d'une heure du matin, je regagnai ma chambre et me servis un whisky-soda bien tassé que je ne bus qu'à moitié avant de m'endormir tout habillé.

Jeudi matin, je m'absorbai de nouveau dans les comptes rendus de meurtres irrésolus commis dans les régions qui nous intéressaient. Vers midi, Hobart revint de sa petite expédition au ministère de la Guerre avec une information décevante : le sergent figurant dans l'affaire du grand-père avait quarante-cinq ans au moment des faits. Ce qui lui en donnait cinquante-deux en 1896, âge trop élevé pour correspondre au portrait que nous avions tracé du tueur. Je jugeai quand même utile de noter son nom et son dernier domicile connu (il avait ouvert un magasin de nouveautés à Cincinnati après avoir quitté l'armée), au cas où nous nous serions trompés sur l'âge présumé du meurtrier.

– Désolé de ne pas t'apporter de meilleures nouvelles, s'excusa Hobart. On déjeune ensemble ?

– Passe me prendre dans une heure, je devrais en avoir terminé avec les dossiers de 1892.

– D'accord.

Hobart commençait à s'éloigner quand il toucha la poche de sa veste et parut se souvenir de quelque chose.

– Oh ! John, je voulais te demander : vos recherches se limitent exclusivement aux Dakota et au Wyoming ?

– Oui. Pourquoi ?

Il tira de sa poche une feuille de papier pliée en deux.

– Rien. Juste une histoire bizarre. J'ai trouvé ça hier soir après ton départ, dit-il en lançant la feuille sur mon bureau. Mais ça ne colle pas – c'est arrivé dans l'État de New York. Côtelettes ?

Je pris la feuille, commençai à lire.

– Quoi ?

– Au déjeuner. Côtelettes ? Je connais un nouveau restaurant formidable tout près d'ici. La bière est fameuse, aussi.

– Entendu.

Hobart se lança aux trousses d'une jeune et jolie archiviste qui venait de passer devant nous. L'instant d'après, j'entendis le cri aigu qu'elle poussa, puis le claquement d'une gifle suivi d'un petit grognement de douleur émis par Hobart. Riant silencieusement de mon incorrigible ancien complice, je me renversai en arrière pour lire le document qu'il m'avait laissé.

Il relatait l'histoire étrange d'un pasteur nommé Victor Dury et de sa femme, retrouvés assassinés en 1880 dans leur très modeste maison à la lisière de New Paltz, État de New York. Les corps, selon le rapport, avaient été « sauvagement découpés ». Le révérend Dury avait été missionnaire dans le Dakota du Sud, où il s'était apparemment fait des ennemis parmi les tribus indiennes. En fait, la police de New Paltz avait estimé que le crime était l'œuvre d'Indiens voulant se venger, et envoyés dans l'Est par leur chef à cette fin. Ces conclusions se fondaient sur un message que les assassins avaient laissé sur place pour expliquer les meurtres et préciser qu'ils enlevaient le fils adolescent du couple mort pour l'emmener vivre dans leur tribu comme un des leurs. Cette histoire tout à fait sinistre eût manifestement retenu notre attention si son cadre avait été situé plus à l'ouest. J'abandonnai la feuille mais la repris quelques minutes plus tard en me demandant s'il n'y avait pas au moins une possibilité d'erreur sur l'origine géographique de notre assassin. Décidant finalement d'en discuter avec Kreizler je glissai le document dans ma poche.

Après une longue journée de travail chichement récompensée par une maigre récolte, je mis le cap sur le *Willard* avec l'espoir que Laszlo aurait eu plus de chance. Mais mon ami n'avait exhumé que quelques autres noms de soldats ayant servi dans l'Ouest pendant la période de quinze ans qui nous intéressait, internés dans la capitale pour conduite violente, et affligés enfin de quelque difformité faciale. Parmi ceux-ci, un seul avait l'âge approximatif que nous avions attribué au tueur : la trentaine. Comme nous nous asseyions pour dîner dans le restaurant de l'hôtel, Kreizler me tendit le dossier de cet homme, et je lui remis le document racontant les meurtres des Dury.

« Né et élevé dans l'Ohio », tel fut mon commentaire sur la dernière trouvaille de Laszlo. J'ajoutai :

– Il faudrait qu'il ait passé un long moment à New York après sa libération.

– Exact, répondit Kreizler, qui déplia le papier que je lui avais soumis en s'attaquant sans enthousiasme à son bol de bisque de homard. Ce qui pose un problème puisqu'il n'a quitté St. Elizabeth qu'au printemps 91.

– Une familiarisation rapide avec les lieux, soulignai-je. Mais c'est possible.

– Je ne suis pas emballé non plus par ce qui le défigurait, reprit Kreizler. Une longue balafre en travers de la joue droite et des lèvres.

– Qu'est-ce que tu as contre ? Ça me paraît bien assez repoussant.

– Mais cela suggère plutôt une blessure de guerre, Moore, et non une difformité de naissance avec l'enfance tourmentée que cela imp...

Laszlo écarquilla soudain les yeux, reposa lentement sa cuillère en finissant de prendre connaissance du document que je lui avais donné. Il leva les yeux, me demanda avec une excitation contenue :

– D'où vient ce papier ?

– Hobart, lâchai-je, laconique, en poussant sur le côté le rapport concernant le soldat de l'Ohio. Il l'a trouvé hier soir. Pourquoi ?

D'un geste rapide, Laszlo tira de sa poche un autre dossier, le posa sur la table.

– Tu remarques quelque chose ?

Il me fallut une ou deux secondes pour comprendre. En haut de la première feuille – un formulaire de St. Elizabeth – il y avait un espace précédé des mots LIEU DE NAISSANCE.

Dans cet espace, on avait griffonné : « New Paltz, État de New York. »

32

– C'est l'homme dont on parlait dans la première lettre ? demandai-je.

Laszlo acquiesça avec ardeur.

– J'avais conservé le dossier. En général je me méfie des intuitions, mais je n'arrivais pas à me défaire de celle-là. Il y a tellement de détails qui collent : l'enfance pauvre dans une famille très croyante, l'unique frère... Tu te rappelles que Sara le supposait issu d'une famille peu nombreuse, parce que la mère n'aimait pas les grossesses ?

– Kreizler... fis-je, pour tenter de le calmer.

– Et cette référence si tentante à un « tic facial » – que dans son dossier d'hôpital on décrit simplement comme « une contraction violente et intermittente des muscles oculaires et faciaux ». Sans expliquer pourquoi.

– Kreizler...

– Et l'accent que l'aliéniste met sur les tendances sadiques dans le rapport d'admission, et les détails de l'incident qui ont motivé son internement...

– Kreizler ! Tu veux bien te taire une seconde et me laisser jeter un coup d'œil à ce dossier ?

Il se leva brusquement.

– Oui... oui, bien sûr. Pendant ce temps, je vais voir s'il y a un télégramme des Isaacson. J'ai un pressentiment, Moore !

Tandis qu'il se hâtait vers la porte, j'entrepris de lire avec soin la première page du dossier.

Le caporal John Beecham, admis à l'hôpital St. Elizabeth en mai 1886, avait déclaré à l'époque être né à New Paltz, la petite ville sise à l'ouest de l'Hudson River, et à une centaine de kilomètres de New York, qui avait été le théâtre de l'assassinat des Dury. Date de naissance indiquée : 19 novembre 1865. Parents « décédés », sans autre précision ; un frère, de huit ans plus âgé.

Je repris le document du ministère de l'Intérieur parlant du meurtre du pasteur et de sa femme. Les crimes avaient été commis en 1880. Les victimes avaient deux fils : l'un avait été enlevé par les Indiens ; l'autre, Adam Dury, se trouvait chez lui à Newton, dans le Massachusetts, au moment du double meurtre.

Je passai à la deuxième page du dossier d'hôpital et cherchai dans les pattes de mouches du médecin qui avait examiné John Beecham à son arrivée la cause spécifique de son internement. Malgré l'écriture négligée de l'aliéniste, je finis par déchiffrer :

« Le patient appartenait à une unité que le gouverneur de l'Illinois avait envoyée mettre fin aux troubles causés par une série de grèves déclenchées dans la région de Chicago à l'occasion du 1er mai. Au cours de l'opération du 5 mai contre les grévistes, la troupe a reçu l'ordre d'ouvrir le feu, et le patient a été découvert en train de poignarder un ouvrier mort. C'est le lieutenant M. qui a surpris le patient se livrant à ces violences, mais celui-ci prétend que M. " l'avait dans le nez ", qu'il le " surveillait " constamment, etc. M. a ordonné que le patient soit examiné par le médecin-major, qui l'a déclaré inapte au service. »

Suivaient des remarques sur les tendances sadiques et le délire de persécution dont Kreizler m'avait déjà parlé. Je trouvai aussi dans le dossier des rapports écrits par d'autres aliénistes pendant les quatre mois d'internement de Beecham à St. Elizabeth, et je les parcourus en cherchant d'autres références aux parents. A aucun moment Beecham ne mentionnait sa mère, et, d'une manière générale, il parlait très peu de son enfance. Mais l'un des derniers rapports, rédigés juste avant la sortie de Beecham, comportait le paragraphe suivant :

« Le patient a fait une demande d'h.c. [*habeas corpus*] et continue à prétendre qu'il n'y a rien d'anormal ou de criminel dans sa conduite. Il déclare que la société a besoin de lois et d'hommes pour la faire respecter. Le père était manifestement un individu très pieux, attaché aux règles et au châtiment de ceux qui les transgressent. Je recommande d'augmenter les doses d'hydrate de c. »

J'en étais là de ma lecture quand Laszlo se rassit à notre table, en secouant la tête.

— Rien, annonça-t-il. Leur arrivée a dû être retardée. (Il indiqua les feuilles que je tenais à la main.) Alors, qu'en penses-tu, Moore ?

— Les dates concordent, répondis-je lentement. Ainsi que les lieux.

Il se rassit, claqua des mains.

— Je n'aurais jamais osé *imaginer* une telle hypothèse. Enlevé par les Indiens! C'est presque absurde.

— Ça l'*est* peut-être, dis-je. Ces derniers jours ne m'ont pas donné l'impression que les Indiens enlèvent souvent des enfants de sexe masculin — surtout s'ils ont déjà seize ans.

— Tu en es sûr?

— Non. Mais Clark Wissler pourrait nous en assurer. Je lui téléphonerai demain.

Laszlo hocha la tête, reprit le document du ministère de l'Intérieur et le relut.

— Il nous faudrait plus de détails, dit-il.

— Cette idée m'est également venue. J'appellerai Sara pour lui donner le nom d'un de mes amis au *Times* qui la conduira à la morgue.

— La morgue?

— Là où l'on garde les anciens numéros. Elle retrouvera des articles : l'histoire a dû faire la une des journaux new-yorkais.

— Oui, sûrement.

— En attendant, je verrai avec Hobart si nous pouvons trouver qui est ce lieutenant M. et s'il est encore dans l'armée.

— Moi, je retournerai à St. Elizabeth interroger tous ceux qui ont personnellement connu le caporal John Beecham, dit Kreizler, levant son verre de vin avec un sourire. L'espoir renaît, Moore!

L'excitation et la curiosité rendirent notre sommeil difficile cette nuit-là, mais le matin nous apporta une bonne nouvelle : les Isaacson étaient enfin arrivés à Deadwood. Par télégramme, Laszlo leur demanda de ne pas bouger avant de recevoir de nouvelles instructions, dans l'après-midi ou la soirée. Pendant ce temps, je téléphonai à New York du hall de l'hôtel. Il fallut un moment pour que j'obtienne le muséum d'Histoire naturelle, et plus longtemps encore pour qu'on localise Clark Wissler, mais lorsque j'entendis enfin sa voix à l'autre bout du fil, il put affirmer que l'histoire racontée dans le document du ministère de l'Intérieur était très probablement fausse. L'idée qu'un chef indien envoie des assassins à New Paltz — et qu'ils fassent un voyage aussi long sans incident — était déjà biscornue. Mais qu'après avoir commis les meurtres ils aient laissé une lettre, enlevé le fils adolescent au lieu de le tuer, et retraversé le pays sans jamais se faire remarquer – c'était une hypothèse trop délirante pour qu'on pût même l'envisager. Quelqu'un avait monté cette supercherie pas très subtile pour abuser les autorités manifestement niaises de New Paltz, Wissler en était certain. Je le remerciai chaleureusement de son aide, raccrochai et appelai ensuite le 808, Broadway.

Sara répondit d'une voix tendue : au cours des deux derniers jours, notre Q.G. avait apparemment intéressé toute une série de personnages louches. Sara elle-même était suivie en permanence, elle en était sûre, et même si elle ne sortait jamais sans arme, cette surveillance mettait ses nerfs à rude épreuve. L'ennui n'arrangeait rien : ayant peu à faire depuis notre départ, Sara laissait son esprit revenir sans cesse à ces fantômes qui la filaient. L'idée de se remettre au travail, fût-ce seulement pour consulter la collection du *Times*, eut un effet tonique sur son moral, et elle se montra pleine d'ardeur quand je lui eu exposé notre nouvelle hypothèse.

Je retrouvai Kreizler au bureau du télégraphe où il finissait de rédiger un câble pour Roosevelt. Dans des termes vagues (et sans ajouter de signature au message) il lui demandait de prendre contact premièrement avec le maire de New Paltz pour vérifier si une famille ou une personne du nom de Beecham avait habité la ville à un moment ou à un autre ces vingt dernières années, deuxièmement avec les autorités de Newton, Massachusetts, pour savoir si un certain Adam Dury y vivait encore. Tout impatients que nous fussions d'obtenir des réponses, nous avions conscience que cela prendrait du temps, et que d'autres tâches nous attendaient à St. Elizabeth ainsi qu'au ministère de l'Intérieur. Nous quittâmes à regret le bureau du télégraphe et sortîmes de l'hôtel, par une autre magnifique matinée de printemps.

Malgré les nombreux détails dont nous devions nous occuper ce jour-là, il m'était impossible d'empêcher mon esprit de dériver vers les mystères plus vastes entourant John Beecham et Victor Dury. Plusieurs questions revenaient avec insistance : si l'histoire des Indiens était fausse, qui l'avait concoctée ? Qui avait assassiné les Dury, et qu'était devenu leur fils cadet ? Pourquoi le dossier d'hôpital de John Beecham parlait-il si peu de son enfance, et pas du tout de sa mère ? Enfin, où se trouvait maintenant cet homme manifestement dérangé ?

Notre journée de travail n'apporta pas de réponse à ces questions : ni l'Intérieur ni la Guerre ne purent fournir d'autres détails sur l'assassinat des Dury ou la vie de Beecham avant son internement à St. Elizabeth. Kreizler n'eut pas plus de chance à cet hôpital qui, m'expliqua-t-il, n'était pas censé rechercher ce que devenait un patient après sa sortie, et n'était pas autorisé à le faire. En outre, aucun des quelques membres du personnel non médical qui travaillaient à St. Elizabeth à l'époque ne se rappelaient autre chose de l'homme que ses tics faciaux. Rien dans sa conduite, semblait-il, n'avait particulièrement retenu l'attention, détail qui, pour frustrant qu'il fût, cadrait parfaitement avec notre hypothèse d'un assassin passant inaperçu en dehors de ses accès de violence.

La seule information utile de ce vendredi nous fut apportée le soir au *Willard* par Hobart Weaver. Selon les archives du ministère de la Guerre, le lieutenant M. du rapport était un certain Frederick Miller, devenu depuis capitaine et actuellement en poste à Fort Yates, Dakota du Nord. Laszlo et moi savions que cet officier nous fournirait peut-être des renseignements inestimables, mais un voyage à Yates enverrait les Isaacson dans la direction opposée à leur destination originelle, l'agence indienne de Pine Ridge. C'était cependant la piste la plus prometteuse que nous ayons eue jusqu'ici, et tout bien pesé, elle méritait le détour. A six heures, Kreizler envoya un télégramme à Deadwood demandant aux deux frères de chercher un moyen de se rendre immédiatement à Yates.

Quant aux messages qui nous étaient adressés, le bureau du télégraphe avait reçu un câble de Roosevelt confirmant qu'un nommé Adam Dury vivait effectivement à Newton, Massachusetts. Theodore n'avait pas encore de réponse de New Paltz concernant Beecham, mais il suivait l'affaire. Il ne nous restait qu'à attendre et à espérer que nous aurions d'autres nouvelles de Roosevelt ou de Sara plus tard dans la soirée. Après avoir prévenu l'employé de la réception qu'il nous trouverait au bar, nous passâmes, Kreizler et moi, dans la pièce sombre aux splendides boiseries, cherchâmes un endroit tranquille le long du comptoir et commandâmes à boire.

– En attendant, dit Laszlo entre deux gorgées de vermouth, éclaire-moi sur ces troubles sociaux qui ont conduit à l'internement de John Beecham. Je n'en ai gardé qu'un vague souvenir.

Avec un haussement d'épaules, je répondis :

– Il n'y a pas grand-chose à expliquer. En 86, le syndicat des Knights of Labor organisa des grèves dans toutes les grandes villes du pays pour le 1er mai. A Chicago, la situation dégénéra rapidement : les grévistes s'en prirent aux jaunes, les flics embarquèrent des ouvriers – une vraie pagaille. Le quatrième jour, les grévistes se rassemblèrent à Haymarket Square, et la police quadrilla le quartier pour maintenir l'ordre. Quelqu'un – personne ne sait qui – jeta une bombe dans les rangs des policiers. Il y eut plusieurs morts. Ce pouvait être un gréviste, un anarchiste, ou même un type à la solde des patrons cherchant à discréditer les ouvriers en grève. Quoi qu'il en soit, le gouverneur tenait un prétexte pour faire intervenir la milice et les troupes fédérales. Le jour qui suivit l'explosion de la bombe, un meeting réunit les grévistes dans une usine des faubourgs, autour de laquelle la troupe prit position. Leur commandant affirma par la suite qu'il avait donné l'ordre aux manifestants de se disperser. Les dirigeants du mouvement déclarèrent qu'ils n'entendirent jamais cet ordre. Bref, les soldats ouvrirent le feu. Ce fut une boucherie.

– Chicago... fit Laszlo, songeur. La ville a une importante population immigrée, n'est-ce pas ?

– Bien sûr. Allemands, Scandinaves, Polonais...

– Il *devait* y en avoir pas mal parmi les grévistes, tu ne penses pas ?

Je levai la main.

– Je vois où tu veux en venir, Kreizler, mais cela n'est pas forcément significatif. Dans toutes les grèves, à l'époque, il y avait des immigrés.

Laszlo plissa le front.

– Sans doute, concéda-t-il. Mais quand même...

A cet instant, un jeune groom en uniforme rouge à boutons de cuivre entra dans le bar et appela mon nom. Nous retournâmes précipitamment à la réception, où l'employé me tendit son téléphone. J'entendis la voix excitée de Sara :

– John, c'est toi ?

– Oui, Sara. Je t'écoute.

– Assieds-toi. Nous tenons peut-être quelque chose.

– Je ne veux pas m'asseoir. Qu'est-ce que c'est ?

– J'ai trouvé de vieux numéros du *Times* parlant de l'assassinat des Dury. Le journal a publié de longs articles sur l'affaire pendant près d'une semaine. Ils contiennent quasiment tout ce qu'on peut désirer savoir sur la famille.

– Attends, je te passe Kreizler, il prendra des notes.

Laszlo prit l'appareil, posa son carnet sur le comptoir de la réception, ce qui parut ennuyer l'employé. Voici l'histoire que mon ami entendit, et que je suivis d'après ses gribouillis :

Le révérend Victor Dury avait pour père un huguenot qui avait quitté la France au début du siècle dernier pour échapper aux persécutions religieuses. Celui-ci s'était rendu en Suisse, où la famille n'avait pas prospéré. Victor, le fils aîné, pasteur de l'Église réformée, décida de tenter sa chance en Amérique. Arrivé vers 1850, Dury finit par se retrouver à New Paltz, ville fondée au XVIIIe siècle par des protestants hollandais. Il y développa un petit mouvement évangélique financé par les citoyens de la ville et, un an plus tard, s'installa avec sa femme et son jeune fils au Minnesota, afin de répandre la foi protestante parmi les Sioux (lesquels n'avaient pas encore été repoussés à l'ouest vers les Dakota). Dury n'avait pas l'étoffe d'un missionnaire : il était dur, autoritaire, et ses descriptions saisissantes de la colère de Dieu s'abattant sur les mécréants et les pécheurs ne contribuèrent pas à faire apprécier aux Indiens les avantages d'une vie chrétienne. Les habitants de New Paltz qui avaient financé sa mission s'apprêtaient à le rappeler quand le grand soulèvement sioux de 1862 – l'un des affrontements les plus féroces de l'histoire entre Indiens et Blancs – éclata.

Si la famille Dury échappa de peu au sort effroyable d'un grand nombre de leurs voisins blancs du Minnesota, l'expérience fournit au pasteur une idée qui, croyait-il, assurerait la pérennité de sa mission. Muni d'un daguerréotype, il photographia les cadavres et, à son retour à New Paltz, en 1864, il devint – tristement – célèbre en montrant ces atrocités à divers groupes de notables de la ville. Cette tentative flagrante de faire peur à ces personnages rassis et gras pour obtenir de nouveaux subsides fit long feu : les images de corps mutilés étaient si horribles, et le comportement de Dury si fébrile pendant les présentations, qu'on commença à s'interroger sur la santé mentale du révérend. Il devint une sorte de paria, à qui toute fonction religieuse était refusée, et en fut réduit à accepter un poste de gardien d'église. La naissance inopinée d'un second fils en 1865 aggrava encore la situation financière des Dury, et la famille fut finalement contrainte de s'installer dans une toute petite bicoque à la sortie de la ville.

Ne connaissant pas mieux les coutumes des Indiens que la plupart des Blancs de l'Est des États-Unis, les habitants de New Paltz ne mirent jamais en doute l'idée que les Dury avaient été assassinés en 1880 à cause du ressentiment que leur séjour chez les Sioux du Minnesota avait causé près de deux décennies plus tôt. Quelques rumeurs (de source anonyme, bien entendu) coururent néanmoins sur les mauvais rapports entre les Dury et leur fils aîné, Adam, qui avait quitté la ville des années avant les meurtres pour devenir fermier dans le Massachusetts. Le bruit se répandit qu'Adam serait revenu en secret dans l'Est et aurait liquidé ses parents – pour quelle raison précise ? nul ne se risquait à le dire publiquement – mais pour la police ce n'était que des ragots. Et si l'on ne retrouva jamais la trace du fils cadet, Japheth, l'hypothèse de son enlèvement répondait parfaitement à ce que les citoyens de New Paltz avaient appris à attendre des sauvages habitant les territoires de l'Ouest.

Ainsi s'achevait l'histoire de la famille Dury. Les recherches de Sara ne s'étaient cependant pas limitées aux articles du *Times*. Se rappelant qu'elle avait connu quelques habitants de New Paltz dans sa jeunesse (même si la ville était située, pour reprendre ses termes, « du mauvais côté de l'Hudson River »), elle avait donné quelques coups de téléphone à ces vieilles connaissances après avoir quitté le journal. La seule qu'elle avait trouvée chez elle ne savait rien de l'affaire. A tout hasard, Sara avait sollicité d'elle un tableau de la vie quotidienne de la ville et avait ainsi appris un détail fort intéressant : New Paltz était nichée au pied des Shawangunk, une imposante chaîne de formations rocheuses. Presque effrayée de la réponse qu'elle obtiendrait peut-être, Sara avait ensuite demandé si les habitants y pratiquaient l'escalade. Oui, lui avait-on répondu ; c'était un sport très populaire – en particulier chez les habitants récemment arrivés d'Europe.

Kreizler et moi fûmes tellement stupéfaits par cette dernière révélation, et par le reste de l'histoire, qu'il nous fallut un moment pour l'assimiler. Après avoir promis à Sara de la rappeler plus tard dans la soirée, Laszlo raccrocha et nous retournâmes réfléchir au bar.

– Alors, ton avis ? fit mon ami d'un ton impressionné, après que nous eûmes renouvelé nos consommations.

Je pris une longue inspiration.

– Commençons par les faits. Le fils aîné des Dury a été témoin d'atrocités sans nom avant d'avoir l'âge d'en saisir le sens.

– Oui. Et son père était prêtre – enfin, pasteur. Le calendrier religieux, Moore : il devait régler la vie du foyer.

– Le père était aussi un homme très dur, et assez bizarre, derrière une apparence respectable, du moins au début.

Laszlo matérialisa le fil de ses pensées en promenant l'index sur le dessus du bar.

– Nous pouvons donc supposer des violences domestiques, dit-il.

Commençant tôt et se poursuivant pendant des années. Faisant croître un désir de vengeance.

— Oui, je suis d'accord. Nous ne manquons pas de mobiles. Mais Adam est plus âgé que nous l'avions supposé.

— Alors que le cadet, Japheth, aurait le même âge que Beecham, enchaîna Laszlo. Si c'est *lui* qui a commis les meurtres, qui a écrit le faux message indien, qui a disparu et changé de nom...

— Mais ce n'est pas lui qui a assisté aux massacres et aux mutilations, objectai-je. Il n'était même pas encore né.

— Exact, reconnut Kreizler en abattant son poing sur le bar. Il ne connaissait pas l'Ouest.

Laissant les faits former d'autres combinaisons dans ma tête, je tentai – vainement – d'avancer une nouvelle interprétation. Tout ce que je parvins à dire au bout de quelques minutes, ce fut :

— Si seulement Adam était plus jeune...

Laszlo soupira, secoua la tête.

— Nous demeurons aux prises avec une armée de questions – et les réponses, je le crains, nous ne les trouverons qu'à Newton, Massachusetts.

— Alors? Il faut aller là-bas?

Kreizler avala nerveusement une gorgée de vermouth.

— Qui sait? Je dois avouer que je suis perdu, Moore. Je ne suis pas un professionnel de l'investigation. Que devons-nous faire? Rester ici et essayer de découvrir d'autres informations sur Beecham? Ou aller à Newton? Comment sait-on que le moment est venu de cesser d'envisager toutes les possibilités pour n'en plus suivre qu'une seule?

Je réfléchis un moment et finis par répondre :

— *Nous* ne pouvons pas le savoir. Nous n'avons pas l'expérience requise. Mais...

Je me levai, me dirigeai vers le bureau du télégraphe.

— Moore? me rappela Laszlo. Où vas-tu?

Il ne me fallut que cinq minutes pour condenser les aspects essentiels des recherches de Sara dans un câble que j'expédiai à Fort Yates, Dakota du Nord. Le message se concluait par cette simple requête : « Conseillez-nous sur le choix a faire. »

Nous passâmes le reste de la soirée au restaurant du *Willard*, cloués sur notre chaise, jusqu'au moment où un serveur nous avisa qu'on fermait. Dormir étant hors de question, nous sortîmes faire une promenade autour de la Maison-Blanche, fumant et retournant dans notre esprit l'histoire que Sara nous avait racontée, cherchant un moyen de la rattacher au caporal John Beecham. Suivre la piste Dury prendrait du temps, et si ce temps était perdu, nous nous retrouverions, au moment où l'assassin tenterait de frapper de nouveau, aussi mal préparés qu'à la Pentecôte pour l'en empêcher. Deux voies possibles, l'une et l'autre pleines de risques, attendaient notre décision. Marchant sans but dans la nuit, Kreizler et moi étions incapables de choisir.

Par bonheur, lorsque nous rentrâmes à l'hôtel, l'employé de la réception avait un télégramme pour nous. Les Isaacson avaient dû l'envoyer quelques instants seulement après leur arrivée à Fort Yates. Il était bref, et sans tergiversation : « La piste est solide. Suivez-la. »

33

L'aube nous trouva dans un train nous ramenant à New York, où nous avions l'intention de passer au 808, Broadway, avant de nous rendre à Newton, Massachusetts. Une fois notre inclination à suivre la piste Dury approuvée par les Isaacson, nous n'avions pu rester une minute de plus à Washington, fût-ce pour dormir. Prendre immédiatement le train satisferait notre besoin d'agir, calmerait notre excitation et nous offrirait quelques heures de sommeil paisible. C'était du moins ce que j'espérais en montant dans la voiture, mais j'étais à peine assoupi dans le compartiment obscur qu'un sentiment de malaise m'agita. Je craquai une allumette pour voir si mon appréhension avait une cause rationnelle, et je découvris Kreizler, assis sur la banquette d'en face, regardant fixement par la fenêtre.

— Laszlo, murmurai-je en examinant ses yeux agrandis à la lueur orangée de l'allumette. Qu'est-ce qu'il y a ? Qu'est-ce qu'il s'est passé ?

Pressant la jointure de son index gauche contre sa bouche, il marmonna :

— L'imagination morbide.

Je poussai un petit cri quand la flamme me brûla les doigts, laissai l'allumette tomber sur le sol et s'éteindre.

— Quelle imagination ? dis-je dans l'obscurité revenue. De quoi tu parles ?

— « Je l'ai lu personnellement et je sais que c'est vrai », répondit-il, citant la lettre de notre tueur. La référence au cannibalisme. Nous avons postulé, pour l'expliquer, une nature impressionnable, une imagination morbide.

— Et ?

— Les daguerréotypes, John, dit Kreizler. (Je ne pouvais voir son visage mais sa voix demeurait tendue.) Les photos des fermiers massacrés. Nous sommes partis de l'idée que l'assassin devait avoir vécu dans l'Ouest à un moment de sa vie, que seule une expérience personnelle pouvait servir de modèle aux atrocités qu'il commet maintenant.

— Tu veux dire que les photographies de Victor Dury auraient pu jouer ce rôle ?

— Pas pour n'importe qui. Mais pour cet être rendu impressionnable par une enfance de violence et de peur. Rappelle-toi ce que nous avons dit de cette référence au cannibalisme : elle a pour origine quelque chose qu'il a lu, ou peut-être entendu, probablement dans son enfance. Une histoire terrifiante qui lui a laissé une impression durable. Des photos n'auraient-elles pu avoir un effet bien plus fort chez une personne caractérisée par une imagination morbide ?

— C'est possible, convins-je ? Tu penses au frère disparu ?

— Oui. Japheth Dury.

— Mais qui irait montrer de telles choses à un enfant ?

— « Plus dégueulasses encore que les Peaux-Rouges... », murmura Laszlo.

— Pardon ?

— Je ne sais pas, John. Peut-être les a-t-il trouvées par hasard. Peut-être s'en servait-on pour imposer la discipline familiale. Encore des questions dont nous trouverons la réponse à Newton, j'espère.

Je réfléchis un moment, sentis ma tête retomber vers la banquette où j'étais étendu, m'abandonnai au mouvement.

— Si tu ne te reposes pas un peu, tu ne seras pas en état d'interroger quiconque, à Newton ou ailleurs.

— Je sais, répondit Kreizler, que j'entendis changer de position sur sa banquette. Mais l'idée m'a frappé...

Lorsque je rouvris les yeux, nous étions dans la gare de Grand Central, réveillés sans douceur par le claquement des portières et le bruit sourd de sacs heurtant la cloison de notre compartiment. Kreizler et moi descendîmes péniblement du train, sortîmes de la gare sous un ciel couvert. Sara n'étant pas encore à notre Q.G., nous décidâmes de passer à nos domiciles respectifs et de nous retrouver au 808 quand nous nous sentirions – et quand nous paraîtrions – un peu plus humains.

A neuf heures, j'étais dans l'ascenseur de notre quartier général, baigné, changé, l'estomac plein de café, et tout à fait d'attaque. Au cinquième, je trouvai Sara conversant à mi-voix avec Kreizler. Déterminé à ne rien savoir de ce qui pouvait se passer entre eux, je m'approchai aussitôt, pris mon amie dans mes bras et la soulevai pour la faire tourner.

— John, voyons! protesta-t-elle avec un sourire. Tu sais ce qui t'est arrivé la dernière fois que tu as pris des libertés avec moi!

— Oh! non, fis-je, la reposant. Une fois dans cette rivière, ça me suffit. Alors? Laszlo t'a mise au courant?

— Oui, répondit Sara, qui redressa son chignon avec une expression de défi. Si vous croyez que je vais rester ici une minute de plus alors que vous repartez, vous vous trompez lourdement. Moi aussi, j'ai envie d'aventure.

— Tu nous accompagnes à Newton?

— J'ai parlé d' « aventures », répliqua-t-elle. Et être enfermée dans un train avec vous deux ne rentre pas dans cette catégorie, j'en ai peur. Non, le Dr Kreizler pense que quelqu'un doit se rendre à New Paltz.

— Roosevelt vient de téléphoner, me dit Laszlo. Le nom de Beecham figure effectivement dans divers documents de la ville.

— Ah, fis-je. Alors, Japheth Dury ne serait *pas* devenu John Beecham.

Kreizler haussa les épaules.

— Le point est à éclaircir, c'est tout ce qu'on peut dire. Mais toi et moi devons aller à Newton dès que possible. Et les deux sergents étant absents, il ne reste que Sara pour se rendre à New Paltz. C'est son territoire, après tout — elle a grandi dans la région, elle saura sûrement comment s'insinuer dans les bonnes grâces des autorités locales.

— Oh! sûrement, approuvai-je. Et qui assumera la coordination ici?

— Tâche surestimée s'il en fût, déclara Sara. Laissons Stevie s'en charger jusqu'à ce que Cyrus soit tout à fait rétabli. D'ailleurs, je ne devrais pas être partie plus d'une journée.

Je tournai vers elle un regard lascif.

— Et que me vaudrait mon soutien en la matière?

— John, tu es vraiment une bête lubrique! Le Dr Kreizler a déjà accepté.

— Je vois. Bon, affaire réglée, je suppose. Mon opinion ne vaut apparemment pas plus que le volume d'air nécessaire à l'exprimer.

Et c'est ainsi que nous laissâmes à Stevie le loisir de fouiller notre Q.G. à la recherche de cigarettes. A midi, lorsque nous lui confiâmes la garde des lieux, son expression me fit soupçonner qu'il fumerait la tapisserie des fauteuils du *marchese* Carcano s'il ne trouvait rien de mieux.

Nous fîmes une brève halte à Gramercy Park pour permettre à Sara d'emporter quelques affaires (au cas où sa visite à New Paltz durerait plus que prévu), après quoi nous eûmes recours au même stratagème qu'avant notre départ pour Washington afin de déjouer une éventuelle filature. A Grand Central, Sara prit un billet pour l'Hudson Line, tandis que Laszlo et moi faisions la queue au guichet de la New Haven Line. Comme le lundi, les adieux furent brefs et aucunement révélateurs de rapports intimes entre mes deux amis. Je commençais à penser que je m'étais trompé à leur sujet autant qu'avec ma théorie du prêtre défroqué auteur des meurtres. Notre train pour Boston partit à l'heure et bientôt nous traversâmes le comté de Westchester pour pénétrer dans le Connecticut.

Le paysage qui défilait à la fenêtre différait beaucoup de celui du voyage à Washington. Disparus les champs ondoyants et verts du New Jersey et du Maryland. La campagne désolée du Connecticut et du Massachusetts s'étirait jusqu'au détroit de Long Island, rappelant la vie âpre qui avait fait des fermiers et des marchands de la Nouvelle-Angleterre des êtres chiches et disputailleurs. Nous en avions d'ailleurs quelques échantillons autour de nous. Kreizler n'avait pas pris des billets de 1re classe, erreur dont la gravité devint manifeste quand le train accéléra et que nos compagnons de voyage haussèrent la voix pour couvrir le bruit des voitures. Pendant des heures, nous subîmes une avalanche de banalités sur la pêche, la politique locale et la situation économique désastreuse des États-Unis. Malgré le vacarme, nous parvînmes à élaborer une stratégie pour interroger Adam Dury quand nous l'aurions trouvé – si nous le trouvions.

Nous descendîmes à la gare de Back Bay, devant laquelle s'alignaient des voitures de louage. L'un des cochers, un grand flandrin décharné aux petits yeux mauvais, s'avança vers nous.

– Newton ? lui lança Kreizler.

L'homme pencha la tête sur le côté en faisant la moue.

– Ça fait quinze bons kilomètres. Je s'rai pas rentré avant minuit, estima-t-il.

– Alors, doublez votre prix, répliqua Laszlo, péremptoire, en jetant son sac sur la banquette du cabriolet assez délabré.

Si le cocher parut un peu déçu de perdre une occasion de marchander, il réagit avec enthousiasme à l'offre de Kreizler en montant promptement sur son siège et en saisissant son fouet.

Un crépuscule trouble qui semblait promettre de la pluie recouvrit l'est du Massachusetts, tandis qu'aux faubourgs de Boston succédaient des champs monotones. Nous n'arrivâmes à Newton que bien après la tombée de la nuit, et notre cocher proposa de nous conduire à la meilleure auberge de la ville. Nous savions, Laszlo et moi, que cela signifiait sans doute qu'elle appartenait à quelque membre de sa famille, mais la fatigue et la faim ne nous laissaient pas le choix. Roulant dans les vieilles rues de Newton, plus pittoresques et sombres que ce qu'on pouvait espérer trouver dans n'importe quelle communauté de Nouvelle-Angleterre, j'éprouvais le sentiment familier d'être pris au piège de ruelles et d'esprits étroits, sorte d'angoisse qui m'avait souvent étreint pendant mes études à Harvard. La « meilleure auberge » de Newton ne contribua pas à dissiper mon malaise : c'était bien entendu une maison de planches à clin disjointes, avec un mobilier succinct et un menu réduit aux plats bouillis. Le seul moment qui éclaira le souper, ce fut quand l'aubergiste (un cousin du cocher) déclara qu'il pouvait nous indiquer le chemin de la ferme d'Adam Dury. Entendant que Kreizler et moi aurions besoin d'une voiture le lendemain, l'homme qui nous avait conduits proposa de passer la nuit à l'auberge pour continuer à nous offrir ses services. Ces détails réglés, j'allai me coucher dans ma chambre basse et sombre, sur un petit lit dur, pour laisser mon estomac batailler de son mieux avec le mouton bouilli que nous avions mangé.

Tôt levés, nous tentâmes vainement d'échapper aux crêpes dures et froides du petit déjeuner proposé par l'aubergiste. Le ciel s'était éclairci sans qu'il eût plu, et le vieux cabriolet nous attendait dehors avec son cocher. Nous prîmes la direction du nord, sans quasiment voir trace d'activité humaine pendant près d'une demi-heure. Puis nous aperçûmes un troupeau de vaches laitières paissant dans un pré jonché de rochers, derrière lequel un petit groupe de bâtiments se dressait parmi des chênes.

Comme nous approchions de ces constructions – une ferme et deux étables – je distinguai la silhouette d'un homme enfoncé jusqu'aux chevilles dans le fumier, et occupé à ferrer un vieux cheval récalcitrant.

L'homme – je le notai rapidement – avait des cheveux clairsemés et son crâne luisait sous le soleil matinal.

34

A en juger par la décrépitude des étables, l'absence tant de personnel que d'animaux éclatants de santé, Adam Dury n'avait pas connu la réussite avec son élevage de vaches laitières. Peu de gens connaissent les dures réalités de la vie aussi bien que les fermiers pauvres, et l'atmosphère qui les entoure est inévitablement dégrisante : l'excitation que j'éprouvais en posant les yeux sur l'homme pour qui nous avions fait ce long voyage fut aussitôt tempérée par la découverte de ses conditions de vie. Après être descendu du cabriolet et avoir demandé au cocher de nous attendre, je m'approchai de lui avec précaution, suivi de Laszlo.

— Excusez-moi – Mr Dury ? fis-je tandis qu'il continuait à s'escrimer sur la jambe avant gauche du vieux cheval.

La bête harcelée par les mouches, le cou pelé aux points d'appui du joug, ne cherchait pas le moins du monde à faciliter le travail de son maître.

— Oui, répondit l'homme sèchement, continuant à ne nous montrer que l'arrière de son crâne déplumé.

— Mr Adam Dury ? insistai-je, pour l'inciter à se retourner.

— Vous devez le savoir si vous êtes venu me voir, rétorqua-t-il, lâchant enfin la jambe du cheval avec un grognement.

Il se redressa – il devait mesurer plus de deux mètres –, flanqua une taloche mi-irritée mi-affectueuse au cou de la bête.

— Il se dit qu'il mourra avant moi, alors pourquoi essayer de m'aider ? marmonna-t-il, toujours tourné vers le cheval. Mais on a encore pas mal d'années à se supporter, tous les deux...

Il se retourna enfin, révélant un visage à la peau si tendue qu'on l'eût dit réduit à un crâne couleur chair. De grandes dents jaunes lui emplissaient la bouche; ses yeux en amande étaient d'un bleu éteint. Il avait des bras puissants, et ses doigts – qu'il essuya sur sa salopette élimée – me parurent particulièrement longs et épais. Il nous toisa en plissant les yeux avec une grimace qui n'était ni amicale ni hostile.

– Qu'est-ce que je peux faire pour vous, messieurs?

J'usai aussitôt du subterfuge que Laszlo et moi avions concocté dans le train de Boston.

– Voici le Dr Laszlo Kreizler, dis-je, et je m'appelle John Schuyler Moore. Je suis reporter au *New York Times*. Pour la rubrique criminelle, plus précisément. Mon rédacteur en chef m'a chargé d'enquêter sur certaines... bon, soyons clairs, sur les affaires criminelles non élucidées les plus retentissantes de ces vingt dernières années.

– Vous êtes venu me parler de mes parents, fit Dury, l'air un peu méfiant.

– En effet. Vous avez sans doute entendu parler, Mr Dury, des enquêtes menées actuellement au sein même de la police de New York.

Le fermier plissa les yeux un peu plus.

– Ce n'est pas elle qui s'est occupée de l'affaire.

– Exact. Mais mon journal s'étonne du nombre de meurtres qui n'ont jamais été résolus dans *tout* l'État de New York. Est-ce que vous accepteriez d'évoquer pour nous les circonstances de la mort de vos parents?

Les traits de Dury parurent se défaire et se recomposer, comme si un frisson de souffrance avait parcouru son visage. Toute méfiance avait disparu de sa voix et fait place à une douloureuse résignation quand il dit:

– Qui ça pourrait bien intéresser? Ça remonte à plus de quinze ans.

Je pinçai la corde de l'indignation morale:

– Le temps justifie-t-il l'absence de solution? Et vous n'êtes pas seul, Mr Dury. D'autres ont perdu des êtres chers dont la mort n'a pas été vengée, et ils voudraient savoir pourquoi.

Il rumina un moment, secoua la tête.

– C'est leur affaire. Je n'ai pas envie d'en parler.

Il commençait à s'éloigner quand, connaissant les habitants de la Nouvelle-Angleterre, j'annonçai calmement:

– Il y aurait une indemnité, naturellement.

Il s'arrêta, se retourna, m'examina de nouveau.
- Une indemnité ?
- Rien d'excessif - disons, cent dollars ?

Conscient de l'importance de la somme pour un homme dans sa situation, je ne fus pas surpris de voir ses yeux en amande s'écarquiller.
- Cent dollars ? répéta-t-il, incrédule. Pour *parler* ?
- Exactement, Mr Dury, répondis-je en tirant quelques billets de mon portefeuille.

Il hésita une seconde encore avant de prendre l'argent puis assena une claque à la croupe de son cheval pour l'envoyer paître, littéralement, sur un carré d'herbe proche de la cour.
- Allons dans l'étable, décida-t-il. J'ai du travail que je ne peux pas négliger juste pour... (il traversa le fumier d'un pas lourd) des histoires de fantômes.

Je le suivis avec Laszlo, soulagé du succès apparent de notre stratagème. L'inquiétude revint cependant quand Dury fit volte-face à la porte de l'étable.
- Une minute. Vous dites que cet homme est docteur. Qu'est-ce qu'il vient faire dans cette histoire ?
- J'étudie les comportements criminels ainsi que les méthodes policières, répondit Laszlo. Mr Moore m'a demandé de le conseiller en qualité d'expert.

Dury accepta l'explication mais ne parut pas apprécier l'accent de mon ami.
- Vous êtes allemand, dit-il. Ou suisse.
- Mon père était allemand, mais j'ai grandi dans ce pays.

Pas très satisfait de la réponse, le fermier pénétra silencieusement dans l'étable. A l'intérieur du bâtiment branlant, la puanteur du fumier était plus forte, adoucie seulement par l'odeur du foin dont on pouvait voir des balles empilées dans le grenier, au-dessus de nous. Dury alla directement à un vieux chariot épandeur dont l'axe reposait sur un tas de pierres. Il saisit un marteau et se mit à frapper sur la roue la plus proche, qu'il parvint à dégager de l'essieu.
- Allez-y, posez vos questions, dit-il, prenant un seau de graisse sans nous regarder.

Kreizler me fit signe qu'il valait mieux que ce soit moi qui mène l'interrogatoire.
- Nous avons lu les articles publiés à l'époque dans les journaux... commençai-je.

— Les journaux! grommela Dury. Alors, vous avez lu aussi qu'on m'a soupçonné, un moment.

— Nous avons lu qu'il y a eu certaines rumeurs. Mais la police n'y a jamais...

— Jamais cru? Quand même assez pour envoyer deux de ses hommes ici nous harceler ma femme et moi pendant trois jours!

— Vous êtes marié, Mr Dury? demanda Kreizler d'un ton détaché.

Le fils du pasteur considéra de nouveau Laszlo avec irritation.

— Depuis dix-neuf ans, même si ça ne vous regarde pas.

— Des enfants? insista Laszlo.

— Non. Nous... ma femme... non, nous n'avons pas d'enfants.

— Je présume que votre épouse a pu témoigner de votre présence ici lors... lors de la tragédie?

— Ça n'a pas suffi à ces crétins. Le témoignage d'un conjoint ne vaut rien ou pas grand-chose devant un tribunal. J'ai dû demander à un de mes voisins, un homme qui vit à près de quinze kilomètres, de venir déclarer qu'on avait déterré une souche ensemble le jour de l'assassinat de mes parents.

— Savez-vous pourquoi la police a été si dure à convaincre?

Dury abattit son marteau sur le sol.

— *Ça* aussi, vous avez dû le lire, *docteur*. Ce n'est pas un secret. Mes parents et moi, nous étions brouillés depuis des années.

— Oui, les rapports de police le mentionnent, intervins-je. Mais de manière vague et confuse. Impossible d'en tirer des conclusions. Cela semble curieux, étant donné l'importance de ce point pour l'enquête. Pourriez-vous l'éclairer?

Dury porta la roue de l'épandeur à un établi, se remit à la marteler.

— Mes parents étaient des gens très durs, Mr Moore. Il fallait l'être pour partir là-bas et survivre. Mais si je suis capable de le comprendre aujourd'hui, cela échappait complètement à un petit garçon qui... qui n'entendait que des voix sans chaleur. Qu'on ne caressait qu'à coups de ceinture.

— Vous étiez donc battu, dis-je.

— Je ne parlais pas de moi, rectifia Dury. Dieu sait que ni mon père ni ma mère n'hésitaient à me punir quand je me conduisais mal, mais ce n'est pas ça qui a causé notre... notre brouille.

Il regarda un moment par une petite fenêtre sale, recommença à frapper du marteau.

— J'avais un frère. Japheth.

— Oui, nous avons lu ce qui lui est arrivé, dis-je, cependant que Kreizler hochait la tête. C'est terrible.
— Terrible ? Laissez-moi vous dire une chose, Mr Moore. Tout ce que ces sauvages lui ont fait n'a pas pu être plus terrible que ce qu'il avait enduré de ses parents.
— Ils étaient cruels envers lui ?
Adam Dury haussa les épaules.
— Certains n'emploieraient pas ce mot. Moi si. Oh ! c'était un garçon étrange, et la façon dont mes parents réagissaient à sa conduite pouvait sembler... naturelle, vue de l'extérieur. Mais elle ne l'était pas. Non, il y avait la main du diable quelque part dans tout ça...
Il laissa son esprit errer un moment puis se reprit :
— Désolé. C'est de l'affaire que vous voulez que je vous parle.
Je passai la demi-heure suivante à lui poser des questions sans intérêt sur ce qui était arrivé ce jour de 1880, à demander des éclaircissements sur des détails qui n'étaient pas obscurs pour nous, dans le but de dissimuler notre véritable objectif. Puis je l'amenai – en l'interrogeant sur les raisons que les Indiens auraient pu avoir de tuer ses parents – à décrire en détail la vie que les Dury avaient menée dans le Minnesota. De là, ce ne fut pas très difficile de glisser vers l'histoire de la famille et des relations entre ses membres. Laszlo sortit furtivement son carnet et entreprit de noter en silence le récit du fermier.

Bien qu'Adam Dury fût né à New Paltz en 1856, son premier souvenir remontait à sa quatrième année, quand la famille vivait à Fort Ridgely, Minnesota, poste militaire situé dans la réserve indienne de cet État. Les Dury habitaient une cabane en rondins d'une seule pièce à un kilomètre du fort. Cette absence d'intimité permettait au jeune Adam d'observer de près ses parents et leurs rapports. Son père était – nous le savions déjà – un homme à la foi austère ne cherchant pas à édulcorer les sermons qu'il faisait aux Sioux venus l'écouter par curiosité. Laszlo et moi fûmes cependant surpris d'apprendre que, malgré cette sévérité religieuse, le révérend Victor Dury n'avait jamais été particulièrement dur ou violent envers son fils aîné. Les premiers souvenirs qu'Adam gardait de lui étaient plutôt heureux. Certes, le pasteur savait infliger des punitions pénibles quand il le fallait, mais c'était généralement Mrs Dury qui se chargeait de cette tâche.

En parlant de sa mère, Adam Dury s'assombrit, son ton devint beaucoup plus hésitant, comme si le souvenir même de cette femme exerçait sur lui un pouvoir menaçant. Froide et stricte, Mrs Dury n'avait apparemment pas prodigué beaucoup de tendresse ou de réconfort à son fils, et en écoutant la description qu'il en faisait, je ne pouvais m'empêcher de songer à Jesse Pomeroy.

Il replaça la roue réparée sur l'axe de l'épandeur et poursuivit :
– Si sa froideur me faisait de la peine, mon père en souffrait encore plus, je crois, parce qu'elle n'était pas une véritable épouse pour lui. Oh! elle s'acquittait de tous ses devoirs de ménagère, et parvenait même à nous offrir un foyer propre et bien rangé, malgré notre pauvreté. Mais lorsqu'on vit tous dans la même pièce, l'enfant est forcément témoin des relations intimes de ses parents – ou de leur absence.

– Vous voulez dire qu'ils n'étaient pas proches? demandai-je.

– Je veux dire que je ne sais pas pourquoi elle l'avait épousé, répondit-il avec brusquerie, faisant supporter à la roue et à l'essieu le poids de sa tristesse et de sa colère. Elle ne souffrait pas qu'il la touche – encore moins qu'il veuille... fonder une famille. Mon père désirait avoir des enfants. Il s'était mis dans la tête – un rêve, vraiment – d'envoyer ses filles et ses fils poursuivre son œuvre missionnaire dans l'Ouest sauvage. Mais ma mère... C'était une torture, pour elle. Parfois, elle subissait, parfois, elle... elle résistait. Je ne sais vraiment pas pourquoi elle s'est mariée. Sauf... quand il prêchait... Mon père était un orateur, à sa façon, et ma mère assistait à presque tous ses services religieux. Elle semblait apprécier cette partie de la vie de mon père, curieusement.

– Et après votre retour du Minnesota?

– Après, leurs rapports se sont encore détériorés. En perdant son poste, mon père a perdu le seul lien qui l'unissait à ma mère. Ils se parlaient peu, n'avaient aucun contact physique, pas que je me souvienne. (Il regarda à nouveau par la fenêtre.) Sauf une fois...

Comme il demeurait silencieux, je le pressai de poursuivre en murmurant :
– Japheth?

Il sortit lentement de sa rêverie mélancolique.
– J'avais pris l'habitude de dormir dehors quand il faisait beau. Près des montagnes : le Shawangunk. Mon père avait appris l'escalade en Suisse avec son propre père, et le Shawangunk était l'endroit idéal à la fois pour ne pas perdre la technique et pour me la transmettre. Même si je n'étais pas très bon à ce sport, je l'accompagnais toujours parce que nous connaissions des moments plus heureux dans la montagne – loin de la maison et de cette femme.

Si ces mots nous avaient explosé à la figure, l'effet de choc n'aurait pas été plus grand. Le bras difforme de Laszlo s'étendit, sa main agrippa mon épaule avec une force étonnante. Sans rien remarquer, Dury continua :

— Mais pendant les mois les plus froids, impossible de fuir la maison et je me rappelle une nuit de février que mon père... Il était soûl, peut-être, bien qu'il bût rarement. Ivre ou pas, il se révolta contre l'attitude de ma mère. Il parla des devoirs de l'épouse, des besoins du mari, et finit par l'empoigner. Elle protesta, lui cria qu'il se conduisait comme les sauvages que nous avions laissés au Minnesota. Mais cette nuit-là, mon père ne voulut rien entendre. Malgré le froid, je sortis par une fenêtre et me réfugiai dans une vieille grange appartenant à un voisin. Même de loin, j'entendis les sanglots et les cris de ma mère...

Dury semblait avoir perdu conscience de l'endroit où il se trouvait et parlait d'une voix morne, presque sans vie.

— J'aimerais pouvoir dire que ces cris m'horrifiaient. Mais non. En fait, je me souviens d'avoir encouragé mon père à continuer...

Il se ressaisit et, gêné, recommença à frapper sur la roue.

— Je dois vous choquer, messieurs.

— Non, non, assurai-je. Vous ne faites que nous donner une meilleure idée du contexte, nous le comprenons parfaitement.

Dury jeta à Laszlo un coup d'œil sceptique.

— Et vous, docteur ? Vous comprenez parfaitement aussi ? Vous n'avez pas dit grand-chose.

Kreizler soutint le regard scrutateur avec beaucoup de maîtrise de soi.

— Vos propos m'ont trop captivé pour que je fasse un commentaire, répondit-il. Si je puis me permettre, Mr Dury, vous vous exprimez remarquablement.

Adam Dury eut un autre de ses rires sans joie.

— Pour un paysan, vous voulez dire ? C'est l'œuvre de ma mère. Elle nous faisait travailler tous les soirs à la maison. J'ai su lire et écrire avant l'âge de cinq ans.

Kreizler inclina la tête d'un air admiratif.

— Tout à fait louable.

— Mes doigts n'étaient pas de cet avis, grommela le fermier. Elle les frappait avec une rè... voilà que je m'écarte encore du sujet. Vous vouliez savoir ce qu'est devenu mon frère.

— Oui, acquiesçai-je. Mais auparavant, expliquez-nous quel genre de garçon c'était. Étrange, disiez-vous — mais de quelle façon ?

– Japheth ? fit Dury. (Il finit de fixer la roue de l'épandeur sur son axe, se redressa, prit un long bâton.) De quelle façon il ne l'était pas, plutôt ! Mais qu'attendre d'autre d'un enfant né de la colère, et qu'aucun de ses parents ne désirait ? Pour ma mère, il était le symbole de la brutalité et de la lubricité de mon père ; pour mon père, bien qu'il voulût d'autres enfants, Japheth symbolisait sa dégradation, cette terrible nuit où le désir avait fait de lui une bête.

A l'aide du bâton, il fit s'ébouler le tas de pierres soutenant l'essieu, et l'épandeur tomba sur le sol de terre battue, roula en avant. Satisfait, Dury empoigna une pelle et poursuivit :

– Le monde est plein de chausse-trappes pour un enfant abandonné à lui-même. J'ai tenté d'aider Japheth du mieux que j'ai pu, mais quand il fut assez âgé pour que nous devenions de vrais amis, je travaillais déjà dans une ferme voisine et je le voyais peu. Je savais qu'il souffrait autant que j'avais souffert dans cette maison, et même plus. J'aurais voulu pouvoir l'aider davantage.

– Il ne s'est jamais plaint à vous de ce qui se passait ?

– Non, mais j'en voyais une partie, dit Dury, qui se mit à ramasser le fumier avec sa pelle pour en remplir l'épandeur. Le dimanche, je lui consacrais une grande partie de mon temps, je lui montrais qu'il y avait quand même des choses agréables dans la vie, malgré ce qu'il subissait à la maison. Je lui appris à escalader les montagnes, et nous passions des journées et des nuits là-haut. Mais finalement... Finalement, je crois que personne n'aurait pu contrebalancer l'influence de ma mère.

– Était-elle... violente ?

Dury secoua la tête.

– Je ne pense pas que Japheth ait souffert plus que moi, à cet égard. Un coup de ceinture paternelle sur les fesses de temps à autre, rien de plus. Non, les voies de ma mère étaient bien plus tortueuses.

Il posa sa pelle, s'assit sur une des pierres plates qui avaient soutenu l'essieu, sortit de sa poche une blague à tabac et une pipe.

– En un sens, j'ai eu plus de chance que lui, parce que les sentiments de ma mère à mon égard se bornaient à l'indifférence. Mais pour Japheth – cela ne lui suffisait pas de le priver d'amour. Elle désapprouvait le moindre de ses actes, aussi anodin soit-il. Même quand il était encore bébé, avant qu'il n'ait conscience de ce qu'il faisait, elle le réprimandait à tout propos.

Kreizler se pencha, tendit une allumette que le fermier prit de mauvaise grâce.

— Qu'entendez-vous par « à tout propos », Mr Dury ? demanda Laszlo.

— Vous êtes médecin, vous devinez aisément, répondit Dury. (Il tira quelques bouffées qui firent rougeoyer le fourneau de sa pipe, poussa un grognement.) Méchante garce ! Des mots durs, je le sais, quand un homme en use pour qualifier sa propre mère, mais si vous l'aviez vue – toujours *après* lui, toujours. Et quand il se plaignait, ou qu'il pleurait de rage, elle lui disait des choses si méprisables que même elle, je ne l'en aurais pas crue capable. (Il se leva, se remit à pelleter.) Qu'il n'était pas son fils. Qu'il était l'enfant de Peaux-Rouges, de répugnants sauvages anthropophages qui l'avaient abandonné à notre porte. Le pauvre petit la croyait à moitié, en plus.

Les pièces s'assemblaient l'une après l'autre, et j'éprouvais des difficultés croissantes à contenir un sentiment de triomphe. Je souhaitais presque que Dury termine son récit pour pouvoir m'élancer dehors et crier au ciel qu'en dépit de tous les obstacles Kreizler et moi allions capturer notre homme. Mais, sachant que le sang-froid était maintenant plus essentiel que jamais, je calquai mon comportement sur celui de Kreizler. Avec un calme remarquable, il demanda :

— Et que se passa-t-il quand votre frère devint plus âgé ? Assez, je veux dire, pour...

Avec une soudaineté terrifiante, Adam Dury se mit à crier et lança sa pelle vers le fond de l'étable. Figés de stupeur, Kreizler et moi le regardâmes tenter de recouvrer son empire sur soi.

— Je crois qu'il est temps d'être francs l'un envers l'autre. *Messieurs,* gronda-t-il.

Laszlo garda le silence mais je me risquai à bredouiller :

— Fr-francs, Mr Dury ? Je vous assure que...

— Assez ! rugit-il, frappant le sol du pied. Vous croyez qu'on n'en a pas parlé à l'époque ? Vous me prenez pour un imbécile, parce que je suis paysan ? Je sais ce que vous cherchez !

Je m'apprêtais à protester de nouveau quand Kreizler me toucha le bras.

— Mr Dury a été avec nous d'une exceptionnelle franchise, Moore. Nous lui devons d'en faire autant.

Le fermier hocha la tête et sa respiration redevint régulière tandis que Laszlo poursuivait :

— Oui, nous pensons que votre frère a probablement assassiné vos parents.

Un son pitoyable, mi-hoquet, mi-sanglot, sortit de la gorge de notre hôte.

— Il est vivant ? dit-il, d'une voix débarrassée de toute trace de colère.

Kreizler acquiesça lentement de la tête, et Dury leva les bras en signe d'impuissance.

— Mais quelle importance, maintenant ? Cela fait si longtemps. Si mon frère est vivant, il n'a jamais cherché à me joindre. Quelle importance ?

Laszlo évita la question en tirant de sa poche une flasque de whisky qu'il tendit à Dury.

— Vous le soupçonniez vous-même, n'est-ce pas ?

Le fermier but et hocha la tête, sans plus montrer d'agressivité à l'égard de mon ami. J'avais cru son hostilité due à l'accent de Kreizler ; je découvrais qu'elle avait en fait pour cause la peur de voir cette visite d'un très étrange docteur se terminer précisément ainsi.

— Oui, dit-il enfin. Rappelez-vous, j'ai vécu chez les Sioux, enfant. J'avais des amis dans leurs villages, et j'ai assisté à la révolte de 62. Je savais que l'explication de la mort de mes parents que la police a fini par accepter était probablement fausse. Et surtout, je savais... quel être était mon frère.

— Vous le saviez capable d'un tel acte, dit Laszlo, manœuvrant aussi prudemment qu'avec Jesse Pomeroy. Comment le saviez-vous, Mr Dury ?

J'éprouvai une pitié sincère pour Adam Dury en voyant une larme apparaître sur sa joue. Il but une autre rasade et dit à voix basse :

— Quand Japheth eut... oh ! neuf ou dix ans, nous passâmes quelques jours dans le Shawangunk, chassant, prenant au piège du petit gibier : écureuils, opossums, ratons laveurs, etc. Je lui avais appris à tirer mais il n'aimait pas trop ça. Il préférait la trappe. Il pouvait passer une journée entière à chercher une tanière ou un nid, puis rester des heures à attendre, seul dans le noir. C'était un trappeur né. Un jour, nous nous étions séparés – je suivais les traces d'un lynx que j'avais repérées – et en revenant à notre campement, j'entendis un cri étrange. Une plainte. Aiguë et faible, mais atroce. Japheth avait capturé un opossum et il... il découpait l'animal en morceaux... vivant. Je tirai une balle dans la tête de la pauvre bête, j'entraînai mon frère à l'écart. Il avait une lueur mauvaise dans le regard mais quand je l'eus houspillé un moment, il se mit à pleurer et parut sincèrement désolé. Je crus à une bêtise sans lendemain – le genre d'acte qu'un enfant commet par ignorance et qu'il ne répétera pas après avoir reçu des explications.

Il tira sur sa pipe, qui s'était éteinte. Kreizler lui offrit à nouveau du feu en disant :

— Mais ce ne fut pas le cas.

— Non, répondit Dury. Cela s'est reproduit plusieurs fois les années suivantes — plusieurs fois, à ma connaissance. Il ne s'en prenait jamais aux gros animaux, le bétail ou les chevaux des fermes voisines. C'était toujours, toujours les petites créatures qui suscitaient sa cruauté. Je ne cessais de lui faire la leçon, et puis...

Dury s'assit et fixa le sol, comme s'il ne voulait plus parler. Mais Kreizler, avec douceur, l'incita à poursuivre :

— Et puis, il est arrivé quelque chose de plus grave?

— Oui. Je ne l'ai pas tenu pour responsable — et vous serez de mon avis, je crois. (Il ferma le poing, l'abattit sur sa cuisse.) Mais ma mère a voulu y voir un autre exemple de la conduite diabolique de Japheth. Elle a prétendu qu'il l'avait cherché!

— Je crains que vous ne deviez être plus explicite, Mr Dury, fis-je observer.

Il avala une dernière lampée d'alcool avant de rendre la flasque à Laszlo.

— Oui, pardon. Voyons, ça devait être l'été — juste avant que je ne parte, l'été 75. Japheth avait onze ans. A la ferme où je travaillais, on venait d'embaucher un nouveau, de quelques années seulement plus âgé que moi. Un gars sympathique, qui semblait bien s'entendre avec les enfants. Nous sommes devenus amis et, un jour, je l'ai invité à nous accompagner à la chasse. Il s'est intéressé à mon frère qui, de son côté, semblait l'apprécier. Si bien qu'il est venu avec nous plusieurs autres fois. Japheth et lui allaient poser des pièges ensemble pendant que je chassais un plus gros gibier. J'avais expliqué à ce... ce *monstre* que je prenais pour un homme, qu'il fallait dissuader Japheth de torturer les animaux qu'ils attraperaient. Je lui faisais confiance, vous comprenez? (Un coup sourd ébranla le mur.) Et il a trahi cette confiance, dit Dury en se levant. De la pire façon qui soit...

Il ouvrit la fenêtre, passa la tête à l'extérieur et cria :

— Fiche le camp, toi! (Il ramena la tête à l'intérieur, gratta les rares cheveux qu'il lui restait.) Imbécile de cheval. Il s'enfonce dans les chardons pour arriver à un petit carré de trèfle qui pousse derrière l'étable, et pas moyen de... Excusez-moi, messieurs. Bref, j'ai retrouvé Japheth au camp un soir, à demi nu, en sanglots, saignant du... saignant. Le monstre avec qui je l'avais laissé avait disparu. On ne l'a plus jamais revu.

Le même son étouffé résonna à l'extérieur et Dury prit une longue baguette, se dirigea vers la porte.

– Je vous demande un petit moment, messieurs.

– Mr Dury ? le rappela Kreizler. Cet homme, ce valet de ferme, vous vous rappelez son nom ?

– Certainement, docteur. La culpabilité l'a gravé dans ma mémoire. Beecham. George Beecham. Avec votre permission...

Mon sentiment de triomphe se mua en perplexité :

– *George* Beecham ? murmurai-je. Mais si Japheth est bien notre...

Laszlo leva un doigt pour m'interrompre.

– Garde tes questions pour plus tard, Moore, et souviens-toi d'une chose : autant que possible, ne révélons pas notre véritable objectif à cet homme. Nous lui avons soutiré presque tout ce que nous voulions savoir. Maintenant, trouvons un prétexte pour partir.

– Tout ce que nous voulions savoir ? Toi, peut-être, mais moi, j'ai encore un millier de questions ! Et pourquoi ne pas lui révéler ce que nous cherchons ? Il a le droit...

– A quoi bon ? L'homme a déjà assez souffert comme ça. Pourquoi lui dire que nous croyons son frère responsable non seulement du meurtre de ses parents mais aussi de la mort d'une demi-douzaine d'enfants ?

L'argument me donna à réfléchir. Car si Japheth Dury était vivant mais n'avait jamais essayé de reprendre contact avec son frère Adam, le fermier tourmenté ne pouvait plus nous être d'aucune aide. Et lui faire part de nos soupçons, avant même qu'ils soient confirmés, aurait été de la cruauté mentale. Pour toutes ces raisons, quand Dury revint après avoir discipliné son cheval, j'inventai une histoire de train à prendre, de délai à respecter – prétexte classique auquel j'avais eu mille fois recours dans ma carrière journalistique pour me sortir de difficultés semblables.

– Avant de partir, il y a une chose que vous devez me dire, fit Dury en nous reconduisant au cabriolet. Cette histoire d'articles sur des meurtres non élucidés – il y a quelque chose de vrai, là-dedans ? Ou allez-vous seulement rouvrir cette affaire et parler de la culpabilité de mon frère en utilisant les informations que je vous ai données ?

– Je puis vous assurer qu'il n'y aura pas d'article sur votre frère, Mr Dury, déclarai-je avec la conviction que confère la vérité. Vos révélations nous permettent de voir comment la police s'est fourvoyée dans cette affaire – rien de plus.

Cela me valut une ferme poignée de main de Dury.
— Merci, monsieur.
— Votre frère a beaucoup souffert, dit Laszlo, serrant à son tour la main du fermier. Et cette souffrance a dû se prolonger bien après l'assassinat de vos parents – si Japheth est encore en vie. Il ne nous appartient pas de le juger, ni d'exploiter sa souffrance... J'ai encore une ou deux questions, avec votre permission.
— Si je connais les réponses, vous les aurez.
Kreizler inclina la tête en guise de remerciement.
— A propos de votre père. Un grand nombre de ministres de l'Église réformée accordent peu d'importance aux fêtes religieuses, mais j'ai l'impression que ce n'était pas son cas.
— En effet. Ces fêtes figuraient parmi les rares moments agréables à la maison. Ma mère était contre, bien sûr. Elle prenait sa Bible et nous expliquait que ces fêtes étaient des pratiques papistes. Mais mon père s'obstinait à les célébrer – il leur réservait même ses plus beaux sermons. Je ne vois pas ce que...
Les yeux sombres de mon ami étincelaient littéralement quand il leva la main.
— Un détail, je sais, mais je suis curieux. (Il monta dans le cabriolet, parut se rappeler quelque chose.) Ah! autre détail... Votre frère, Japheth, quand a-t-il commencé à avoir ce problème, avec son visage?
— Ses tics? fit Dury, à nouveau étonné par la question. Il les a toujours eus, autant que je me souvienne. Peut-être pas quand il était bébé, mais aussitôt après, et pour le reste de sa... enfin, tout le temps que je l'ai connu, en tout cas.
— Il les avait constamment?
— Oui, dit Dury, fouillant sa mémoire. (Il plissa le front puis sourit.) Sauf dans la montagne, bien sûr. Quand il tendait ses pièges, ses yeux étaient calmes comme la surface d'un étang.
Je me demandais combien d'autres révélations je pouvais encore entendre sans éclater mais Kreizler les engrangeait à la file sans broncher.
— Un garçon triste, et cependant remarquable, à bien des égards, déclara-t-il. Vous n'avez pas de photo de lui, je présume?
— Il refusait de se laisser photographier, docteur – cela se comprend.
— Oui. Oui, naturellement. Eh bien, au revoir, Mr Dury.
Nous quittâmes enfin la petite ferme. Je me tournai pour voir

Adam se diriger d'un pas lourd vers l'étable, ses grands pieds bottés s'enfonçant dans le bourbier et les saletés entourant le bâtiment. Juste avant d'entrer, il s'arrêta, se retourna brusquement vers la route.

— Kreizler, dis-je, est-ce que, d'après Sara, les journaux ont parlé du tic de Japheth ?

— Non, je ne crois pas. Pourquoi ?

— Parce qu'à en juger par l'expression d'Adam Dury en ce moment même, les journaux n'en ont pas parlé, et il vient de s'en rendre compte. Il va passer un bon moment à se demander comment nous avons pu apprendre ce détail.

Mon enthousiasme continuait à croître, et je m'efforçai de le maîtriser quand je m'exclamai :

— Kreizler, dis-moi que nous tenons notre homme ! Beaucoup de ce qu'Adam Dury nous a révélé me plonge dans la perplexité, mais je t'en prie, *je t'en prie*, dis-moi que nous avons la solution !

Kreizler se permit un sourire, serra le poing avec passion.

— Nous avons les éléments pour en échafauder une, John – ça j'en suis certain. Peut-être pas *tous* les éléments, et peut-être pas encore correctement assemblés mais, oui, nous tenons presque la solution. Cocher ! conduisez-nous directement à la gare de Back Bay. Il y a un train pour New York à six heures cinq, si je me souviens bien. Nous devons absolument le prendre !

Pendant une bonne partie du trajet, je ressentis une jubilation intense, et si j'avais su combien ce sentiment serait bref, je l'aurais savouré davantage. Car, alors que nous étions parvenus à mi-chemin de la gare, un craquement rappelant le bruit sec d'une branche d'arbre qu'on brise se fit entendre au loin. Je me souviens que le craquement fut suivi d'une sorte de sifflement très court, qu'un jet de sang jaillit du cou de notre cheval et que la bête s'effondra. Avant que le cocher, Kreizler ou moi ayons pu réagir, il y eut une autre détonation, et l'avant-bras droit de Laszlo perdit un ou deux centimètres carrés de chair.

35

Avec un cri bref et un long juron, Kreizler tomba sur le plancher du cabriolet. Sachant que nous étions encore dangereusement exposés, je le forçai à sauter de l'attelage et à se glisser dessous. En revanche, notre cocher s'avança à découvert dans le but manifeste d'aller voir son cheval mort. Je lui criai de se coucher mais la perte de sa source de revenus le rendait aveugle au danger et il continua à s'offrir comme cible – du moins, jusqu'à ce qu'une autre dénotation retentisse et qu'une balle s'enfonce dans le sol à ses pieds. Comprenant soudain, il détala en direction d'un épais bosquet situé à une cinquantaine de mètres de nous, de l'autre côté de la route par rapport au bois où notre agresseur semblait embusqué.

Sans cesser de jurer, Laszlo parvint à ôter sa veste, après quoi il m'expliqua comment m'occuper de sa blessure. Elle semblait moins grave que spectaculaire : la balle avait juste entamé le muscle. Il fallait avant tout arrêter l'hémorragie. Avec ma ceinture, je confectionnai un garrot que je serrai au-dessus de la plaie. Puis je déchirai la manche de la chemise pour obtenir une bande, et bientôt le flot écarlate se tarit. Une balle fracassant l'un des épais rayons d'une roue me rappela cependant que nous pourrions avoir sous peu d'autres blessures à soigner.

– Où est-il ? dit Kreizler, scrutant les arbres devant nous.

– J'ai vu de la fumée, là, à gauche de ce bouleau argenté, répondis-je, le bras tendu. *Qui* il est, voilà ce que j'aimerais savoir.

– Nous n'avons que l'embarras du choix, je le crains, reprit Laszlo. (Il resserra son bandage, gémit un peu.) Nos adversaires de New York font des suspects fort probables. L'autorité et l'influence de Comstock s'étendent sur tout le pays.

- Un tireur embusqué, ce n'est pas dans son style, fis-je observer. Ni dans celui de Byrnes, d'ailleurs. Pourquoi pas Dury?
- Dury?
- Quand il a compris que nous ne pouvions pas connaître l'existence du tic par les journaux, il a changé d'attitude : il pense peut-être que nous l'avons trompé.

Kreizler replia son bras blessé, le tint contre sa poitrine.
- Mais t'a-t-il paru capable de tuer, malgré la violence de ses propos? En outre, il a laissé entendre qu'il était bon tireur – pas comme ce type.

J'eus une autre idée :
- Si c'était... *lui*? Notre meurtrier? Il a pu nous suivre depuis New York. Rappelle-toi, d'après son frère, Japheth n'a jamais vraiment aimé tirer.

Laszlo considéra cette possibilité tout en continuant à fouiller le bois du regard, finit par secouer la tête.
- Tu as trop d'imagination, Moore. Pourquoi nous aurait-il suivis jusqu'ici?
- Parce qu'il savait où nous allions. Il savait que parler à son frère nous aiderait dans notre traque.

Laszlo continuait à secouer la tête.
- Extravagant. C'est Comstock, te dis-je.

Un nouveau coup de feu déchira l'air, une balle arracha des échardes au flanc du cabriolet.
- Nous en discuterons plus tard, décidai-je. (Je me retournai.) Le cocher a réussi à se réfugier dans le bois, semble-t-il. Tu crois que tu peux courir?
- Ça ne peut pas être pire que rester allongé ici, bon sang, grogna Laszlo.

Je pris sa veste.
- Quand tu seras à découvert, tâche de progresser en zigzag. (Nous nous retournâmes, rampâmes jusqu'à l'autre côté du cabriolet.) Vas-y – je te suis au cas où tu aurais des ennuis.
- J'ai le pressentiment troublant qu'en l'occurrence, ces ennuis pourraient être définitifs, dit-il en mesurant du regard l'espace découvert à franchir. (Il tira de son gousset sa montre en argent, me la tendit.) John, si jamais... Tu la donneras à...

Je souris, lui rendis la montre.
- Un grand sentimental, je l'avais toujours soupçonné. Vas-y, cours, tu la lui donneras toi-même!

Nous nous élançâmes. Il nous fallut moins d'une minute pour parcourir ces cinquante mètres, et si nous n'étions menacés que par un seul tireur – qui ne paraissait en outre pas très adroit – nous eûmes l'impression d'affronter une armée entière. Autour de ma tête, l'air bourdonnait, semblait-il, même si l'on ne tira pas plus de trois ou quatre balles sur nous, et lorsque je plongeai enfin à couvert, j'étais plus près de l'incontinence que je ne le serai jamais, j'espère.

Je trouvai Kreizler assis par terre, adossé à un gros sapin. Son garrot laissait de nouveau saigner sa blessure. Après l'avoir resserré, je posai sa veste sur ses épaules car il avait l'air transi et perdait ses couleurs.

– Longeons la route, fis-je à voix basse. Nous ne sommes pas très loin de Brookline. Quand il y aura de la circulation, nous essaierons d'arrêter une voiture pour nous faire conduire à la gare.

J'aidai mon ami à se lever, l'entraînai dans le bois en gardant un œil sur la route pour ne pas m'égarer. Lorsque les premières maisons de Brookline furent en vue, j'estimai que nous pouvions sans risque sortir du bois et avancer plus rapidement. Nous marchions sur la route depuis quelques minutes quand un fourgon de glace s'arrêta près de nous. Son cocher sauta à terre pour nous demander ce qui nous était arrivé. J'inventai une histoire d'accident qui amena l'homme à proposer de nous emmener jusqu'à la gare de Back Bay. Hasard doublement heureux, car quelques gros morceaux de glace pris dans le chargement du fourgon soulagèrent la douleur au bras de Kreizler.

Lorsque la gare nous apparut, il était presque cinq heures et demie, et le soleil commençait à prendre une couleur ambrée. Je demandai au conducteur du fourgon de nous laisser près d'un boqueteau de pins rabougris poussant à deux cents mètres de la gare même. Après avoir remercié l'homme pour son aide et pour sa glace, qui avait presque totalement arrêté l'hémorragie, je poussai Laszlo dans la pénombre, sous les branches.

– J'aime autant la nature que tout un chacun, Moore, mais le moment me paraît peu indiqué, fit remarquer mon ami. Pourquoi ne pas l'avoir laissé nous conduire jusqu'au bâtiment?

– Si c'est un des hommes de Comstock et de Byrnes qui nous a tiré dessus là-bas, il aura deviné sans peine notre destination, répondis-je en me plaçant à un endroit d'où la gare était parfaitement visible à travers les branches de pin. Il nous y a peut-être devancés.

– Je vois, fit Kreizler. (Il s'accroupit, refit son bandage.) Nous attendons cachés ici et nous montons dans le train sans nous montrer quand il arrive.

— Exact.

Laszlo sortit sa montre d'argent et dit :

— Encore près d'une demi-heure.

— Largement le temps d'expliquer ton attitude de collégien, tout à l'heure, le taquinai-je.

Il détourna les yeux, et je fus surpris de le voir embarrassé à ce point par ma remarque.

— Aucune chance que tu oublies cet incident, je suppose ?

— Aucune.

— C'est bien ce que je pensais.

J'allai m'asseoir près de lui.

— Alors ? dis-je. Tu l'épouses ou non ?

Il haussa les épaules.

— J'y ai songé.

Je laissai ma tête retomber avec un rire étouffé.

— Seigneur... le mariage. Tu as fait ta demande ? (Laszlo secoua la tête.) Il vaut peut-être mieux attendre la fin de l'enquête. Tu auras plus de chances qu'elle accepte.

— Pourquoi ? fit Laszlo, l'air intrigué.

— Parce qu'elle aura fait ses preuves, si tu vois ce que je veux dire. Et qu'elle sera plus disposée à s'attacher définitivement.

— Ses preuves ? Quelles preuves ?

— Laszlo, au cas où tu ne l'aurais pas remarqué, cette affaire signifie beaucoup pour Sara.

— *Sara* ? répéta-t-il, et je compris soudain à son ton que j'avais fait fausse route depuis le début.

— Oh ! non, soupirai-je. Ce n'est pas Sara...

Il me considéra quelques secondes puis renversa la tête en arrière et partit d'un grand rire.

— Kreizler, marmonnai-je, penaud, j'espère que... (Il continuait à rire.) Kreizler. Kreizler ! fis-je avec irritation. D'accord, je suis un âne. Maintenant, voudrais-tu avoir l'amabilité d'arrêter ?

Au bout d'un moment, il finit par cesser de rire, mais uniquement parce que cela lui faisait mal au bras.

— Désolé, Moore, dit-il, les larmes aux yeux, mais tu as dû t'imaginer que...

Un nouvel éclat de rire l'interrompit.

— Qu'est-ce que je pouvais imaginer d'autre ? rétorquai-je. Tu as passé suffisamment de temps avec elle, et...

— Mais le mariage n'intéresse pas Sara, dit Laszlo, enfin calmé. Les hommes ne l'intéressent déjà pas beaucoup : elle a bâti toute son existence sur l'idée qu'une femme peut mener une vie indépendante et épanouissante. Tu devrais le savoir.
— J'y ai songé, mentis-je, pour préserver un reste de dignité. Mais à la façon dont vous vous comportiez, on aurait dit... on aurait dit... oh ! je ne sais plus !

Kreizler reprit ses explications :

— Au cours d'une des premières discussions que j'ai eues avec elle, elle a déclaré que, pour éviter des complications, nos relations devaient rester sur un plan strictement professionnel. (Laszlo me regarda faire la moue.) Cela a dû être très éprouvant pour toi, ajouta-t-il avec un dernier gloussement.
— En effet, grommelai-je.
— Tu aurais dû *demander*.
— Sara n'est pas la seule à vouloir rester sur un plan professionnel ! me défendis-je. Même si je vois maintenant que je n'aurais pas dû m'embêter avec... (Je m'interrompis.) Attends un peu. Si ce n'est pas Sara, qui est-ce, alors ? (Je tournai les yeux lentement vers Laszlo, qui baissa tout aussi lentement les siens vers le sol.) Oh ! mon Dieu. C'est Mary, n'est-ce pas ?

Il releva la tête, regarda dans la direction d'où le train devait arriver, comme pour y chercher le salut. Le salut ne vint point.

— La situation est compliquée, John, dit-il enfin. Essaie de le comprendre.

Trop stupéfait pour émettre un commentaire, je restai muet pendant toute l'explication de Laszlo sur cette « situation compliquée », dont plusieurs aspects le perturbaient profondément. Mary avait été l'une de ses patientes, et ce qu'elle prenait pour de l'affection envers lui n'était peut-être que de la reconnaissance ou, pire encore, du respect. C'est pour cette raison, m'expliqua-t-il, qu'il s'était efforcé de ne pas l'encourager, de ne pas répondre à ses sentiments quand il devint clair pour lui qu'elle était réellement éprise. Je devais aussi comprendre — il y tenait beaucoup — que leur attirance mutuelle s'était développée à partir de relations à maints égards parfaitement naturelles.

Lorsque Laszlo avait commencé à soigner cette jeune illettrée apparemment dépourvue d'intelligence, il s'était rapidement rendu compte qu'il ne parviendrait à communiquer avec elle qu'en nouant des relations de confiance. Et il avait forgé ce lien en lui révélant sa propre « histoire personnelle ». (Kreizler ne se doutait pas que je savais ce que ces termes recouvraient. Mary fut probablement la première personne à qui il parla de ses rapports violents avec son propre père. Une révélation aussi pénible suscita sans doute chez Mary de la confiance, et bien davantage.) En cherchant à encourager la jeune fille à lui raconter son histoire, il avait en fait semé les graines d'une intimité d'un genre inhabituel. Quand Laszlo ne put plus se cacher que les sentiments de Mary allaient au-delà de la gratitude, qu'il se sentait lui aussi attiré vers elle, il entra dans une longue période d'introspection, essayant de savoir si ce qu'il éprouvait n'était pas, au fond, une sorte de pitié pour la créature solitaire qu'il avait accueillie sous son toit. Ce ne fut que quelques jours avant que notre affaire fasse irruption dans sa vie qu'il eut une certitude. L'enquête le força à remettre à plus tard toute décision mais l'aida aussi à voir plus clairement quelle décision il prendrait. Car, lorsqu'il apparut que non seulement les membres de son équipe mais aussi ses serviteurs étaient en danger, Laszlo sentit en lui un désir de protéger Mary qui débordait de beaucoup les devoirs normaux d'un bienfaiteur. Le matin de notre départ pour Washington, il jugea le moment venu de laisser ses relations avec Mary « évoluer », comme il le dit maladroitement. Il l'informa aussitôt de sa décision, et elle le regarda partir les larmes aux yeux, craignant qu'il ne lui arrive quelque chose qui les empêcherait de concrétiser leur amour.

Kreizler achevait son récit quand j'entendis au loin siffler le train de New York. Abasourdi, je repassai dans mon esprit les événements de ces dernières semaines pour tenter de déterminer ce qui m'avait induit en erreur.

— C'est Sara, conclus-je. Depuis le début, elle se conduit comme si... je ne sais pas exactement, mais c'est fichtrement bizarre. Elle est au courant ?

— J'en suis persuadé, bien que je ne lui en aie jamais parlé. Sara voit dans tout ce qui l'entoure matière à exercer ses talents de déduction. Je crois que cette petite énigme l'a beaucoup divertie.

— Divertie, grognai-je. Moi qui la croyais amoureuse. Je parie qu'elle savait à quel point je me trompais. C'est bien d'elle, ça, me laisser imaginer des choses. Attends que nous soyons rentrés, je vais lui montrer ce qui arrive quand on s'amuse à ce genre de jeu avec John Schuyler...

Je m'interrompis quand le train apparut à un ou deux kilomètres sur la voie, filant encore à bonne vitesse vers la gare.

— Nous poursuivrons cette conversation plus tard, dis-je en aidant Kreizler à se lever. Tu peux y compter.

Lorsque le train s'immobilisa, nous nous approchâmes de la dernière voiture, grimpâmes sur la plate-forme et nous glissâmes à l'intérieur, où j'installai Kreizler confortablement à l'arrière. Le contrôleur n'étant pas encore en vue, je passai quelques minutes à refaire le bandage de mon ami et à remettre de l'ordre dans notre apparence. Toutes les dix secondes, j'inspectais le quai pour y repérer un éventuel passager à mine d'assassin, mais je ne vis qu'une vieille dame riche s'appuyant sur une canne et son infirmière.

— On dirait que nous pouvons souffler, dis-je, debout dans l'allée. Je jette un coup d'œil devant et...

Ma voix mourut quand je tournai les yeux vers la portière arrière de la voiture. Deux robustes gaillards surgis de nulle part, semblait-il, se tenaient sur la plate-forme. Et, bien que leurs visages fussent tournés vers le quai – ils discutaient avec un employé de la gare –, je distinguai assez leurs traits pour reconnaître les deux malfrats qui nous avaient chassés, Sara et moi, de l'appartement des Santorelli.

— Qu'y a-t-il, Moore? me demanda Laszlo.

Conscient que, dans son état, mon ami ne serait pas d'un grand secours en cas d'affrontement, je me forçai à sourire et répondis :

— Rien du tout. Ne sois pas aussi nerveux.

Nous nous retournâmes en entendant la vieille dame et son infirmière monter par la portière avant.

— Je reviens tout de suite, murmurai-je à Laszlo en me dirigeant vers les nouvelles venues.

— Excusez-moi, madame, fis-je avec mon air le plus engageant, puis-je vous aider à vous installer?

— Vous pouvez, jeune homme, répondit la vieille femme d'un ton indiquant qu'elle avait l'habitude qu'on se plie à ses quatre volontés. Cette fille n'est bonne à rien!

— Oh! sûrement pas, répondis-je. (Je coulai un regard à la canne au lourd pommeau d'argent en forme de cygne sur laquelle la femme s'appuyait, lui pris le bras et la guidai vers une banquette.) Mais il y a des limites, même aux capacités de la meilleure des infirmières, ajoutai-je, surpris par le poids de la dame.

L'infirmière me gratifia d'un sourire, et j'en profitai pour m'emparer de la canne.

— Si vous le permettez, madame, je crois que vous pouvez... Là!

Avec un gémissement, le siège reçut la passagère, qui s'exclama :
– Oh! merci, monsieur. Vous êtes un gentleman.
– Un plaisir, assurai-je en m'éloignant.
Je passai devant Laszlo qui me lança un regard sidéré.
– Moore, qu'est-ce que...?

Je lui fis signe de se taire, m'approchai de la portière arrière en gardant la tête tournée sur le côté pour ne pas être reconnu de la plate-forme. Les deux hommes continuaient à discuter avec l'employé. L'un d'eux portait une housse de fusil, et je marmonnai entre mes dents : « Lui d'abord. » Mais, avant de passer à l'action, je devais attendre que le train démarre.

Quand il se mit enfin à rouler, j'entendis les deux hommes proférer quelques dernières insultes, assez cuisantes, à l'adresse du cheminot. Dans quelques secondes, ils entreraient dans la voiture. Je pris ma respiration, ouvris la portière.

Je n'avais pas passé pour rien moult saisons à suivre les épreuves et les tribulations des Giants de New York. A leur exemple, j'avais moi-même acquis un joli coup de batte dont j'usai pour abattre la canne de la vieille dame sur le crâne de l'homme au fusil. Il poussa un cri, mais avant même qu'il puisse porter la main à sa blessure, je plaquai mes mains contre ses omoplates et le fis basculer par-dessus la balustrade de la plate-forme. Bien que le train roulât encore lentement, le sbire n'avait aucune chance de remonter. Restait à affronter son compagnon, qui s'écria « Qu'est-ce qui se passe ? » en pivotant vers moi.

Suspectant que son instinct le pousserait à me prendre à la gorge, je m'accroupis, lui expédiai le cygne d'argent dans le bas-ventre. Il se plia en deux mais se redressa presque aussitôt, plus furieux qu'éprouvé par le coup. Il me porta une droite au visage que j'esquivai en me penchant par-dessus la voie. Un bref coup d'œil en bas m'indiqua que le train prenait de la vitesse. Déséquilibré, le truand trébucha, et, alors qu'il cherchait à recouvrer l'équilibre, je le frappai à la joue. Le coup, mal ajusté, ne l'empêcha pas de se redresser et de marcher sur moi. Je brandis la canne à deux mains et mon adversaire, anticipant un autre swing, leva ses bras énormes pour se protéger la tête des deux côtés. Avec un rictus, il s'approcha.

– Pourriture, grogna-t-il, et il plongea soudain en avant.

Je n'avais qu'un angle d'attaque : baissant la canne au niveau de sa pomme d'Adam, j'en enfonçai le bout dans sa gorge, ce qui le paralysa momentanément. Je lâchai prestement la canne pour agripper le toit de la plate-forme, me soulevai et décochai une ruade des deux pieds. Le coup l'envoya lui aussi par-dessus la balustrade.

Je me laissai retomber, pantelant, vis Kreizler apparaître dans l'encadrement de la portière.

— Moore! s'écria-t-il. Ça va?

Encore haletant, je hochai la tête, et Laszlo regarda au loin derrière nous.

— Ton état me paraît en tout cas préférable à celui de ces deux énergumènes. Si tu peux marcher, je te suggère néanmoins de retourner à l'intérieur. Cette femme est devenue hystérique. Elle t'accuse d'avoir volé sa canne, elle menace de prévenir les autorités au prochain arrêt.

Quand mes pulsations cardiaques se furent enfin calmées, je brossai mes vêtements de la main, ramassai la canne et réintégrai la voiture. Titubant un peu dans l'allée, je m'approchai de la vieille femme.

— Tenez, madame, votre canne. Je voulais seulement l'admirer au soleil.

Effrayée, elle se recroquevilla sur son siège, récupéra son bien sans rien dire, mais au moment où je regagnais ma place, je l'entendis vociférer :

— Du *sang*! Prenez ça, vous! Il y a du sang dessus, je vous dis!

Je me laissai tomber sur la banquette avec un grognement. Laszlo me rejoignit, me tendit sa flasque.

— Ces deux types n'essayaient pas de te faire payer une dette de jeu, je suppose?

Je secouai la tête, bus une gorgée.

— Non, répondis-je, le souffle court. Ce sont des gars de Connor. Je ne puis t'en dire davantage.

— Ils avaient vraiment l'intention de nous tuer? s'interrogea Laszlo à voix haute. Ou ils cherchaient simplement à nous faire peur?

— Je doute que nous le sachions jamais, fis-je avec un haussement d'épaules. Franchement, je préfère ne pas en parler pour le moment. De plus, nous avions une discussion très importante avant qu'ils ne nous interrompent, rappelle-toi...

Le contrôleur passa, et après lui avoir acheté deux billets pour New York, j'entrepris de soumettre Kreizler à un contre-interrogatoire sur l'affaire Mary Palmer, non parce que j'avais peine à le croire amoureux — il suffisait de connaître Mary pour s'en convaincre – mais parce que cela me faisait voir mon ami sous un jour tout à fait nouveau. Les dangers que nous avions affrontés ce jour-là et, plus généralement, le caractère sinistre de notre enquête, disparaissaient tandis que Laszlo me parlait de ses espoirs personnels pour l'avenir. C'était une conversation inhabituelle pour lui, et difficile, à beaucoup d'égards, mais jamais je ne l'avais vu aussi complètement humain que dans ce train.

Et je ne devais jamais le revoir ainsi.

36

Notre train – un omnibus – se traîna si lamentablement que lorsque nous sortîmes, vacillants, de la gare de Grand Central, les premières lueurs de l'aube commençaient à poindre. Après être convenus que le long travail d'interprétation des renseignements que nous avions obtenus d'Adam Dury pouvait attendre l'après-midi, Kreizler et moi prîmes des fiacres différents pour regagner nos logis respectifs et dormir quelques heures. La maison de ma grand-mère était silencieuse quand j'arrivai à Washington Square, et j'espérais pouvoir me mettre au lit avant que ne débutent les activités matinales. Je faillis y parvenir, mais comme je commençais à me dévêtir après avoir réussi à négocier l'escalier sans le moindre bruit, on frappa discrètement à ma porte. Avant que j'aie pu répondre, Harriet passa la tête dans l'entrebâillement.

– Oh! Mr John, Dieu merci! fit-elle, l'air bouleversé. (Elle pénétra dans la pièce, resserra sa robe de chambre autour d'elle.) C'est Miss Howard, monsieur – elle a téléphoné hier toute la soirée, et cette nuit aussi.

– Sara? fis-je, alarmé par l'expression d'Harriet. Où est-elle?

– Chez le Dr Kreizler – elle a dit que vous la trouverez là-bas. Il y a eu... je ne sais pas au juste, elle ne m'a pas expliqué, mais il est arrivé quelque chose de terrible, je l'ai compris à sa voix.

Je renfilai précipitamment mes chaussures.

– Chez Kreizler? dis-je, le cœur battant. Que diable fait-elle là-bas?

– Elle ne m'a pas expliqué, répéta Harriet. Dépêchez-vous, Mr John, elle a appelé au moins une douzaine de fois!

Dans le fiacre qui me conduisait chez Laszlo, j'étais dans une sorte de brouillard, trop las, trop hébété pour essayer de donner un sens aux propos d'Harriet. Sentant des gouttes m'éclabousser le visage, je me penchai par la fenêtre pour regarder le ciel : des nuages lourds roulaient au-dessus de la ville, obscurcissant le jour et arrosant les rues d'une pluie régulière.

La voiture ne ralentit pas une seule fois de tout le trajet, et je me retrouvai bientôt devant chez Laszlo. Je donnai un pourboire généreux au cocher – qui proposa de m'attendre – et me dirigeai vers la porte de la maison.

Sara vint ouvrir. Je fus si soulagé de la voir indemne que je la pris dans mes bras.

— Dieu soit loué! m'exclamai-je. Au ton d'Harriet, je redoutais...

Je reculai en découvrant un homme derrière Sara : cheveux blancs, allure distinguée, vêtu d'une redingote et porteur d'une mallette noire. Je reportai mon regard sur Sara, remarquai cette fois la tristesse épuisée de son expression.

— Je te présente le Dr Osborne, John, dit-elle à voix basse. Un confrère du Dr Kreizler. Il habite dans le quartier.

— Enchanté, me dit le médecin, qui enchaîna aussitôt : Miss Howard, j'espère avoir été clair : il ne faut déplacer ni déranger ce garçon sous aucun prétexte. Les prochaines vingt-quatre heures seront cruciales.

— Oui, docteur, répondit Sara d'une voix lasse. Et merci de votre diligence. Si vous n'aviez pas été là...

— J'aurais voulu pouvoir faire plus, dit-il sobrement.

Il coiffa son haut-de-forme, m'adressa un signe de tête et sortit. Sara me tira à l'intérieur.

— Que s'est-il passé? demandai-je en la suivant dans l'escalier. Où est Kreizler? Et Stevie? Il est blessé?

— Chut, John. Le Dr Kreizler est... parti.

— Parti? Où ça?

En entrant dans le salon obscur, elle tendit le bras vers une lampe puis eut un geste de la main pour signifier que, finalement, il valait mieux ne pas l'allumer. Elle se laissa choir sur un sofa, prit une cigarette dans un coffret.

— Assieds-toi, John.

Les sentiments mêlés – résignation, peine, colère – que je devinai dans ces deux mots me firent obtempérer aussitôt. Je lui offris du feu, attendant qu'elle poursuive.

— Le Dr Kreizler est à la morgue, dit-elle enfin, dans un soupir chargé de fumée.

— A la *morgue* ? répétai-je. Sara, qu'est-ce qu'il y a ? Stevie va bien ?

— Il s'en tirera. Il est en haut, avec Cyrus. Nous avons deux fractures du crâne à soigner, maintenant.

Je fis de nouveau le perroquet :

— Deux fractures ? Mais comment... ? (L'estomac soudain noué, je parcourus la pièce des yeux.) Attends, pourquoi es-tu ici ? Pourquoi est-ce toi qui reçois les visiteurs ? Où est Mary ?

Sara ne répondit pas immédiatement. Elle se frotta lentement les yeux, tira de nouveau sur sa cigarette. D'une voix étrangement faible, elle finit par dire :

— Connor est venu ici. Samedi soir, avec deux de ses sbires. Ils avaient apparemment perdu votre trace... (Elle se leva, alla lentement aux portes-fenêtres, qu'elle entrouvrit.) Ils sont entrés de force dans la maison, ont enfermé Mary dans la cuisine. Comme Cyrus était alité, il ne restait que Stevie à interroger. Ils lui ont demandé où vous étiez, le Dr Kreizler et toi, mais... tu connais Stevie. Il n'a pas parlé.

— « Allez vous faire foutre », murmurai-je.

— Exactement. Alors, ils l'ont tabassé. En plus du crâne, il a plusieurs côtes cassées, et le visage en bouillie. C'est surtout la fracture du crâne qui... Il vivra, mais nous ne savons pas encore dans quelle sorte de corps il vivra. Les choses devraient être plus claires demain. Cyrus a essayé de se lever pour lui venir en aide mais il s'est effondré dans le couloir d'en haut.

Je posai la question qui me faisait peur.

— Et Mary ?

— Elle a dû entendre Stevie crier. Je ne vois pas d'autre explication à une réaction aussi... sauvage. Elle a pris un couteau, elle est parvenue à sortir de la cuisine. Je ne sais pas ce qu'elle voulait faire mais... Le couteau s'est retrouvé dans le flanc de Connor, et Mary en bas de l'escalier. Le cou...

— Brisé, achevai-je pour elle, horrifié. Elle est morte ?

Sara acquiesça de la tête, s'éclaircit la voix.

— Stevie a réussi à appeler le Dr Osborne. Je suis venue en rentrant de New Paltz, hier soir, et tout était... fini. D'après Stevie, c'était un accident, Connor n'a pas voulu la pousser. Quand Mary l'a frappé avec le couteau, il s'est retourné et...

Pendant de longues secondes, tout autour de moi se fondit dans une grisaille floue, puis j'entendis un bruit que j'avais perçu pour la dernière fois sous le pont de Williamsburg, la nuit où Giorgio Santorelli avait été assassiné : le grondement de mon propre sang. Ma tête se mit à trembler, et lorsque j'y portai les mains, je sentis que mes joues étaient humides.

— Ce n'est pas possible, murmurai-je. Laszlo venait de me dire...
— Oui. A moi aussi.

Je me levai et, d'un pas chancelant, allai rejoindre Sara à la fenêtre. Les nuages sombres empêchaient toujours l'aube de s'emparer vraiment de la ville.

— Les salauds, murmurai-je. Les fumiers... On a pincé Connor ?

Elle jeta son mégot dans la rue, secoua la tête.

— Theodore et une équipe d'inspecteurs font le tour des hôpitaux ainsi que de tous les lieux que Connor fréquente. Mais ils ne le trouveront pas, je pense. Comment les hommes de Connor ont découvert que vous étiez à Boston demeure un mystère. On peut supposer qu'ils ont interrogé les employés des guichets de la gare.

Sara me toucha l'épaule en continuant à regarder par la fenêtre.

— Tu sais, murmura-t-elle, la première fois que je suis entrée dans cette maison, Mary a eu peur qu'il arrive quelque chose qui lui prendrait Kreizler. Je me suis efforcée de l'aider à comprendre que ce quelque chose, ce ne serait pas moi, mais la peur ne l'a jamais quittée.

Elle retourna s'asseoir et ajouta :

— Mary était peut-être plus intelligente que nous tous.
— Ce n'est pas *possible*, répétai-je, portant une main à mon front.

Je savais pourtant au fond de moi qu'avec de tels adversaires, c'était au contraire tout à fait possible, et que je devais commencer à admettre la réalité de ce cauchemar.

— Kreizler, dis-je, me forçant à mettre quelque énergie dans ma voix. Kreizler est à la morgue ?

— Oui, répondit Sara, qui prit une autre cigarette. Je n'ai pas pu lui annoncer ce qu'il s'était passé. Le Dr Osborne s'en est chargé – il a l'habitude, dit-il.

Je refoulai un nouvel accès de remords, serrai les poings et me dirigeai vers l'escalier.

— Il faut que j'aille là-bas.

Elle me retint par le bras.

— John, fais attention.
— Entendu, répondis-je avec un bref hochement de tête.
— Fais *vraiment* attention. A lui. Si je ne me trompe pas, les effets seront dévastateurs.

Je grimaçai un sourire, posai une main sur celle de Sara puis repartis en direction de la porte.

Le cocher m'attendait en bas; en me voyant, il remonta agilement sur son siège. La pluie redoublait, et tandis que nous dévalions la 1re Avenue, j'ôtai ma casquette et en fis un bouclier pour protéger mon visage de l'eau projetée à l'intérieur du fiacre. Je ne me souviens pas d'avoir vraiment pensé à quoi que ce soit pendant le trajet. Ce qui se bousculait dans ma tête, c'était plutôt des images fugaces de Mary Palmer, la jolie jeune fille aux yeux bleus qui, en l'espace de quelques heures, était passée dans mon esprit de servante à future femme d'un ami cher... puis à rien.

En arrivant à la morgue, je trouvai Laszlo dehors devant la porte de derrière par laquelle nous étions entrés pour examiner le cadavre d'Ernst Lohmann. Appuyé contre le mur, il regardait fixement devant lui, les yeux aussi noirs et vides que les trous que le tueur avait laissés dans le visage des victimes. La pluie cascadant dans la gouttière du toit l'aspergeait, mais quand je voulus l'entraîner vers le fiacre, son corps raidi refusa de bouger.

— Laszlo, fis-je, viens, monte dans la voiture.

Je le tirai plusieurs fois vainement par la manche, et il finit par répondre d'une voix monocorde :

— Je ne quitterai pas Mary.

— Bon, alors, mettons-nous à l'abri. Tu es trempé.

Seuls ses yeux remuèrent quand il regarda ses vêtements. Il hocha la tête, se plaqua avec moi contre la porte. Nous restâmes un long moment immobiles et silencieux, jusqu'à ce qu'il marmonne, de la même voix sans vie :

— Tu sais... mon père...

Je le regardai, le cœur prêt à exploser devant la douleur que je lisais sur son visage.

— Oui, je l'ai connu.

— Non, fit-il secouant violemment la tête. Tu sais ce qu'il me répétait tout le temps, quand j'étais enfant ?

— Quoi ?

— Que... que je croyais savoir comment les gens doivent se conduire, que je m'imaginais meilleur que lui. Mais un jour, un jour, disait-il, tu comprendras que tu ne vaux pas mieux. Et d'ici là, tu ne seras qu'un... qu'un imposteur.

Une fois de plus, je fus incapable de faire sentir à Laszlo que, grâce aux révélations de Sara, je comprenais parfaitement ses propos.

Je posai simplement la main sur son épaule tandis qu'il brossait machinalement sa veste du revers de la main.

— J'ai... j'ai pris des dispositions, reprit-il. L'entrepreneur de pompes funèbres sera bientôt ici. Ensuite, il faudra que je rentre. Stevie et Cyrus...

— Sara s'occupe d'eux.

Sa voix redevint forte, presque violente :

— C'est *moi* qui dois m'occuper d'eux, John ! Je les ai fait venir dans ma maison, j'étais responsable de leur sécurité. Regarde-les, maintenant ! Deux sont à moitié morts, et la troisième...

Il contempla la porte en fer comme si, à travers, il pouvait voir la table métallique sur laquelle reposait la femme qui avait incarné ses espoirs d'une nouvelle vie.

Je pressai plus fort son épaule.

— Theodore recherche...

— Je ne m'intéresse plus aux activités du préfet de police, coupa-t-il d'un ton dur. Ni à celles de quelque autre membre de ce service.

Il se tut, se dégagea de mon étreinte et détourna les yeux.

— C'est fini, John. Cette affaire pitoyable et sanglante, cette *enquête*. Fini.

— Kreizler, accorde-toi quelques jours avant...

— Avant quoi ? répliqua-t-il. Avant de faire tuer un autre d'entre nous ?

— Tu n'es pas responsable de...

— Qui, alors ? tonna-t-il. J'ai agi par vanité, comme m'en a accusé Comstock. Aveugle à tout le reste, je me suis attaché à prouver la validité de mes précieuses recherches, sans me rendre compte du danger. Qu'est-ce qu'ils voulaient, Comstock, Connor, Byrnes, les hommes du train ? Que j'arrête. Mais moi, je ne pensais qu'à l'importance de mes travaux ! Nous traquions un meurtrier, John, mais le vrai danger, ce n'est pas lui, c'est *moi* !

Il émit un sifflement rageur entre ses dents serrées.

— Eh bien, c'est terminé. Je me retire. Cet homme peut continuer à tuer – c'est ce qu'ils veulent. Il fait partie de leur ordre social : sans de tels êtres, ils n'auraient pas de boucs émissaires à sacrifier à leur propre violence !

— Kreizler, écoute-toi. Tu contredis tout ce...

— Non ! Je retourne à mon Institut, à ma maison vide et morte. J'*oublie* cette affaire. Je veillerai à ce que Stevie et Cyrus guérissent, à ce qu'ils ne se retrouvent plus jamais face à des agresseurs inconnus à cause de mes vaines spéculations. Et cette foutue société peut bien dévaler le chemin qu'on lui a tracé, et *pourrir*!

Je me reculai, conscient qu'il ne servait à rien de discuter mais blessé en même temps par son attitude.

— Bon, si tu préfères t'apitoyer sur ton propre sort...

Il me frappa durement de son bras gauche.

— Va au diable, Moore! me lança-t-il, haletant de colère. Toi et les autres!

Il saisit la poignée de la porte en fer, l'ouvrit, attendit que sa respiration redevienne normale.

— Et toi, aussi, Laszlo Kreizler, ajouta-t-il à voix basse. (Il se tourna vers moi.) J'attendrai à l'intérieur. Je te serais reconnaissant de me laisser. Je ferai prendre mes affaires au 808. Je... je suis désolé, John.

La porte métallique se referma en claquant derrière lui.

Je restai un moment sans bouger, trempé, les vêtements collés au corps. Je levai les yeux vers les bâtiments trapus, insensibles, qui m'entouraient, puis vers le ciel. Le vent d'est amenait d'autres nuages. Me baissant soudain, j'arrachai au sol une motte de terre et d'herbe que je jetai contre la porte noire.

— Alors, allez tous au diable! hurlai-je, brandissant mon poing boueux.

Mais crier ne m'apporta aucun soulagement. Je laissai ma main retomber, essuyai la pluie de mon visage et regagnai mon fiacre d'un pas lent.

37

Ne voulant ni voir ni parler a quiconque, j'ordonnai au cocher de me conduire au 808, Broadway. L'immeuble était désert, et en entrant dans notre Q.G., je n'entendis que la pluie giflant les fenêtres cintrées. Je m'effondrai sur le divan du *marchese* Carcano, fixai le grand tableau noir couvert de notes et me sentis plus abattu encore. La fatigue finit par avoir raison de mon désespoir, et je dormis une bonne partie de la journée. Vers cinq heures, je me levai d'un bond en entendant des coups frappés à la porte. Abruti de sommeil, j'allai ouvrir, découvris un petit télégraphiste de la Western Union qui tenait une enveloppe mouillée à la main. Je pris le message et le lus en remuant les lèvres comme un attardé mental :

« Capitaine Miller, Fort Yates, confirme capo John Beecham avait un tic facial. Portait un coutelas similaire. Pratiquait l'escalade en dehors du service. Envoyez instructions. »

En finissant de lire le télégramme pour la troisième fois, je me rendis compte que le jeune garçon me disait quelque chose, et je levai vers lui un regard dérouté.

— Comment ?

— La réponse, monsieur, dit-il avec impatience. Vous voulez envoyer une réponse ?

— Ah, fis-je. (Je réfléchis un instant pour déterminer quel choix serait le meilleur à la lumière des derniers événements.) Euh... oui.

— Alors, il faudra l'écrire sur quèque chose de sec. Mes formulaires, ils sont trempés comme une soupe.

J'allai à mon bureau, écrivis : « Rentrez par le premier train. » Le télégraphiste lut le message, m'indiqua le prix de sa transmission ; je sortis de l'argent de ma poche, le lui remis sans compter. L'attitude du jeune garçon s'améliora sur-le-champ, ce qui me laissa penser que je lui avais donné un pourboire somptueux.

Il me semblait inutile que les Isaacson restent dans le Dakota du Nord si notre enquête devait abruptement prendre fin. Si Kreizler était sérieux en parlant d'abandonner la partie, il semblait même inutile de continuer à faire quoi que ce soit hormis reprendre ses occupations habituelles. Ce que Sara, les Isaacson et moi avions appris de notre tueur, nous le devions aux conseils de Laszlo. En regardant Broadway balayée par la pluie, où les passants hâtaient le pas pour échapper à l'averse, j'étais incapable d'imaginer comment nous pourrions réussir sans lui.

Je venais de me résigner à cette conclusion quand j'entendis une clef tourner dans la serrure de la porte d'entrée. Sara entra en trombe, un parapluie et des paquets à la main. Rien dans ses gestes ni dans son expression ne rappelait son abattement de ce matin. Elle se déplaçait et parlait avec vivacité, légèreté même, comme s'il ne s'était rien passé.

– C'est le déluge, John! s'exclama-t-elle, secouant son parapluie. (Elle défit sa pèlerine, emporta les paquets vers la petite cuisine.) On peut à peine traverser la 14e Rue à sec, et il faut risquer sa vie pour essayer de trouver un fiacre.

– Ça nettoie les rues, fis-je en me retournant.

– Tu veux manger quelque chose? me cria-t-elle. Je vais faire du café et préparer des sandwiches.

– Des sandwiches? grognai-je, sans enthousiasme. Nous ne pourrions pas plutôt aller au restaurant?

– Nous ne pouvons pas, répondit Sara, qui ressortait de la cuisine et se dirigeait vers moi. Nous devons... (Elle s'interrompit en découvrant le télégramme des Isaacson.) Qu'est-ce que c'est?

– Marcus et Lucius. Ils ont eu confirmation, pour John Beecham.

– Mais c'est merveilleux! Nous allons pouv...

– J'ai déjà envoyé une réponse, coupai-je, perturbé par son attitude. Je leur ai demandé de rentrer dès que possible.

– C'est encore mieux, déclara-t-elle. Je doute qu'il reste quoi que ce soit à apprendre là-bas, et nous aurons besoin d'eux ici.

– Besoin d'eux?

– Nous avons du travail.

Mes épaules s'affaissèrent quand je compris que mes appréhensions au sujet de son attitude étaient fondées.

— Sara, Kreizler m'a dit ce matin...
— Je sais. Il me l'a dit aussi. Et après ?
— Après ? C'est fini, voilà. Comment ferions-nous sans lui ?
— Comme nous faisions avec lui, répondit-elle. (Elle me prit par les épaules, me poussa vers mon bureau, m'y fit asseoir.) Je sais ce que tu penses, mais tu as tort. Nous sommes suffisamment bons maintenant pour terminer sans Kreizler.

J'avais commencé à secouer la tête avant même la fin de sa phrase.
— Sois sérieuse, voyons : nous manquons d'expérience, de connaissances...
— Nous avons tout ce qu'il nous faut, John, déclara-t-elle avec fermeté. Rappelle-toi ce que Kreizler lui-même nous a enseigné : le contexte. Pas besoin de tout savoir sur la psychologie, l'aliénation mentale, ou l'histoire de tous les cas similaires, pour finir ce travail. Ce que nous devons connaître, c'est *cet* homme, *ce* cas particulier – et nous les connaissons, à présent. Si nous ajoutons à ce que nous savions déjà les révélations de la semaine dernière, je parie que nous le connaissons aussi bien qu'il se connaît lui-même – mieux, peut-être. Le Dr Kreizler jouait un rôle important mais il est parti, et nous n'avons pas besoin de lui. Tu ne peux pas abandonner. Tu ne dois pas.

Il y avait dans ce qu'elle disait d'indéniables parcelles de vérité, et je pris le temps de les digérer, mais je secouai de nouveau la tête.
— Écoute, je sais ce que cette affaire représente pour toi. Je sais qu'elle t'aurait aidée à convaincre le service...

Je me tus instantanément quand son poing droit me cogna durement l'épaule.
— Ne m'insulte pas, John ! Tu penses que je fais cela uniquement dans ce but ? Je le fais parce que je veux pouvoir retrouver un sommeil tranquille. Tes petits voyages le long de la côte Est t'ont rendu amnésique ?

Elle alla au bureau de Marcus, y prit quelques photos.
— Tu te rappelles, John ?

J'y jetai un bref coup d'œil, sachant déjà ce qu'elle me montrait, des photos des divers lieux de crime.
— Tu crois que tu dormiras tranquille, *toi*, si tu abandonnes maintenant ? Comment te sentiras-tu quand un autre jeune garçon aura été assassiné ?
— Sara, protestai-je, haussant le ton au même niveau qu'elle, je ne parle pas de ce que je *préférerais*, mais de ce qui est *possible*.

— Justement! rétorqua-t-elle. Kreizler renonce parce qu'il ne peut pas faire autrement : il est blessé, aussi douloureusement qu'on peut l'être, et c'est la seule façon qu'il a de réagir. Mais ça, c'est *lui*, John. Nous, nous pouvons continuer. Nous devons continuer!

Laissant ses bras retomber le long de son corps, Sara respira plusieurs fois à fond, lissa le devant de sa robe, traversa la pièce et montra la partie droite du tableau noir.

— D'après moi, reprit-elle d'une voix égale, il nous reste trois semaines pour nous préparer. Nous n'avons pas une minute à perdre.

— Trois semaines? Pourquoi?

Elle alla prendre sur le bureau de Laszlo le mince volume à la couverture frappée d'une croix.

— Le calendrier chrétien, répondit-elle. Vous avez découvert pourquoi il le suit, je présume?

— Peut-être, répondis-je avec un haussement d'épaules. Victor Dury était pasteur, et le... (je cherchai une expression dans mon esprit, finis par en pêcher une qui ressemblait à ce que Laszlo aurait dit) le rythme du foyer, le cycle de la vie familiale coïncidaient sans doute avec ce calendrier.

Les commissures des lèvres de Sara se relevèrent.

— Tu vois, John. Tu n'avais pas entièrement tort en supposant qu'un prêtre était mêlé à l'affaire.

— Autre chose, dis-je, me rappelant la question que Kreizler avait posée à Adam Dury juste avant que nous quittions la ferme. Le révérend aimait les fêtes religieuses, il prononçait ces jours-là ses meilleurs sermons. Mais sa femme...

Je tapotai lentement le bureau de l'index en soupesant mon idée puis, comprenant son importance, je levai les yeux.

— C'est surtout la mère qui harcelait Japheth, d'après son frère — et elle vouait ses enfants aux flammes de l'enfer parce qu'ils aimaient trop les fêtes religieuses.

Sara eut l'air très satisfait.

— Tu te rappelles ce que nous avons dit de notre homme? qu'il doit avoir en aversion la malhonnêteté et l'hypocrisie? Si son père prêchait une chose dans ses sermons, alors qu'à la maison...

— Oui, je vois, marmonnai-je.

Sara s'approcha lentement du tableau, prit un morceau de craie et, sans hésiter, inscrivit dans la partie gauche l'information que je venais de lui donner. De l'endroit où j'étais, son écriture ne semblait pas aussi nette que celle de Kreizler, mais elle n'en paraissait pas moins à sa place sur le tableau.

— Il réagit à un cycle de crises émotionnelles qu'il a connu toute sa vie, dit Sara avec assurance en reposant la craie. Parfois, les crises sont si aiguës qu'il tue — et celle qu'il connaîtra dans trois semaines pourrait être la pire.

— Je ne me souviens pas d'une fête religieuse importante fin juin, objectai-je.

— Pas importante pour tout le monde, admit Sara, ouvrant le livre. Mais pour lui...

Elle me montra la page du dimanche 21 juin : fête de saint Jean-Baptiste*.

— La plupart des Églises n'en font plus grand cas de nos jours, dit-elle. Cependant...

— Le Baptiste, fis-je. L'eau !

— L'eau, répéta Sara.

— Beecham, murmurai-je, établissant un lien qui, s'il n'était pas certain, n'en paraissait pas moins plausible. *John*[1] *Beecham*...

— Que veux-tu dire ? Le seul Beecham dont j'ai trouvé trace à New Paltz se prénommait George.

Ce fut mon tour d'aller au tableau et de prendre la craie. En tapotant les mots VIOLENCE ET/OU MAUVAIS TRAITEMENTS, j'expliquai d'un débit rapide :

— A onze ans, Japheth Dury s'est fait agresser — violer — par un compagnon de travail de son frère. Un homme en qui il avait confiance. Cet homme s'appelait *George* Beecham.

Sara porta une main à sa bouche, poussa une exclamation étouffée.

— Si Japheth Dury a pris le nom de Beecham après les meurtres des parents, pour commencer une vie nouvelle...

— Bien sûr, dit Sara. De victime, il est devenu bourreau !

— Et le prénom ?

— Le Baptiste. Le purificateur !

Satisfait, je notai ces idées dans la partie appropriée du tableau.

— Ce n'est qu'une supposition, mais...

— John, tout ce tableau n'est que suppositions, mais ça *marche*. Tu comprends, maintenant, n'est-ce pas ? Nous devons continuer !

Et nous continuâmes, naturellement.

Ainsi commencèrent vingt des journées les plus extraordinaires et

---

* La fête de saint Jean-Baptiste tombe le 21 juin selon le calendrier américain de l'année 1896. (*N.d.É.*)

1. John : Jean. (*N.d.T.*)

les plus difficiles de ma vie. Sachant que les Isaacson ne rentreraient pas avant mercredi soir au plus tôt, nous entreprîmes, Sara et moi, de consigner et d'interpréter toutes les informations recueillies la semaine précédente afin que les deux sergents enquêteurs puissent les assimiler rapidement à leur retour. Nous passâmes une grande partie des jours suivants ensemble au 808, examinant les faits et – sans tout à fait nous l'avouer – remodelant l'atmosphère de notre Q.G. pour que l'absence de Kreizler ne soit pas paralysante. D'un commun accord, nous fîmes disparaître tous les objets qui nous auraient rappelé Laszlo ; nous poussâmes son bureau dans un coin et déplaçâmes les quatre autres pour qu'ils forment un cercle plus petit – ou, comme je préférais le penser, plus resserré.

Pour autant, nous n'avions pas chassé Kreizler de nos pensées, au contraire. Nous parlâmes de lui à plusieurs reprises pour tenter de saisir pleinement l'effet que la mort de Mary avait eu sur son esprit. Ces conversations dissipèrent le reste de colère que j'éprouvais à son égard et, mardi matin, je me rendis même chez lui sans en informer Sara.

Je fis cette visite en partie pour m'enquérir de l'état de Stevie et Cyrus, mais principalement pour panser les plaies et les bosses laissées par notre altercation à la morgue. Par bonheur, je trouvai mon vieil ami dans des dispositions semblables, même s'il demeurait résolu à ne pas reprendre l'enquête à nos côtés. J'acceptai sa décision, bien qu'elle me peinât profondément. En lui disant adieu, je me demandai de nouveau comment nous ferions pour nous passer de lui ; cependant, je n'avais pas encore quitté son jardinet que mes pensées revenaient déjà à l'affaire.

Le voyage de Sara à New Paltz avait confirmé – je l'appris pendant les trois jours précédant le retour des Isaacson – bon nombre de nos hypothèses sur les années d'enfance de notre tueur. Elle avait retrouvé plusieurs personnes de la génération de Japheth Dury, qui reconnurent – avec regret, il faut leur rendre justice – que le garçon avait été la cible de moqueries incessantes à cause de ses tics faciaux. A l'école (où, à l'époque, on apprenait à écrire selon la méthode Palmer, comme Marcus l'avait supposé) ou quand il accompagnait ses parents en ville, Japheth était harcelé par des bandes d'enfants jouant à qui imiterait le mieux le tic du garçon. Ce n'était pas un tic ordinaire, avaient expliqué à Sara ces gosses devenus adultes. La contraction des muscles était si forte que les yeux et la bouche étaient presque tirés sur le côté du visage, comme si Japheth éprouvait une douleur terrible et allait fondre en larmes. Curieusement, il ne ripostait jamais quand les enfants de New Paltz s'en prenaient à lui, ne répondait jamais par des paroles méprisantes ou haineuses à ceux qui le tourmentaient. Il gardait le silence, comme si de rien n'était, de sorte qu'au bout de quelques années les enfants se lassèrent de ce jeu. Ces années avaient cependant suffi, semblait-il, à perturber gravement son esprit, s'ajoutant à une vie passée auprès d'une personne qui, elle, ne se lassait jamais de le torturer : sa propre mère.

Sara ne tira pas vanité d'avoir deviné avec autant de perspicacité le caractère de la mère. A New Paltz, on se souvenait très bien de Mrs Dury, en partie pour le zèle qu'elle mettait à défendre l'œuvre missionnaire de son mari, mais plus encore pour ses manières froides et dures. L'idée prévalait d'ailleurs chez les autres matrones de la ville que les tics de Japheth étaient dus aux remontrances perpétuelles de sa mère, ce qui prouve que la sagesse populaire se hisse parfois au niveau de l'analyse psychologique la plus fine. Si ces résultats étaient gratifiants pour Sara, le récit d'Adam Dury lui apportait un motif de satisfaction plus grand encore. Presque toutes ses hypothèses sur la mère du meurtrier – grossesse non désirée, harcèlement de l'enfant dès son plus jeune âge – se trouvaient confirmées par ce que Laszlo et moi avions entendu dans l'étable d'Adam Dury. Une femme avait effectivement joué un « rôle néfaste » dans la vie de l'assassin, et si c'était la main du pasteur qui châtiait, chez les Dury, la conduite de la mère représentait une autre forme de punition – tout aussi sévère – pour les deux fils.

En somme, nous étions désormais certains d'avoir affaire à un homme que sa rancœur à l'égard de la femme la plus importante de sa vie avait conduit à fuir les femmes, en général. Restait à savoir pourquoi il avait choisi de tuer de jeunes garçons travestis plutôt que de *vraies* femmes. En cherchant une réponse à cette question, Sara et moi fûmes ramenés à l'hypothèse selon laquelle les victimes possédaient toutes des traits de caractères semblables à ceux du meurtrier. Les relations de haine entre Japheth et sa mère avaient dû engendrer chez le garçon une haine de soi, raisonnions-nous, car comment un enfant détesté par sa mère n'aurait-il pas mis en doute sa propre valeur ? La rage de Japheth avait franchi la ligne de séparation des sexes, fait de lui un être hybride, et trouvé pour seul exutoire la destruction de garçons qui incarnaient, par leur conduite, une ambiguïté similaire.

Pour conclure notre travail sur les indices récemment rassemblés, nous nous efforçâmes de reconstituer la transformation de Japheth Dury en John Beecham. Sara avait appris peu de choses sur George Beecham à New Paltz : il y avait vécu un an seulement et n'apparaissait sur les registres locaux que parce qu'il avait voté aux élections parlementaires de 1874. Nous étions à peu près sûrs, cependant, de comprendre le choix de ce nom. Depuis le début de notre enquête, nous savions que notre gibier avait une personnalité sadique, que chacun de ses actes trahissait un désir obsessionnel de changer son rôle dans la vie – de celui de victime à celui de bourreau. Il était perversement logique qu'il prenne, pour entamer et symboliser cette transformation, le nom de l'homme qui l'avait trahi et violé. Il était tout aussi logique qu'il garde ce nom lorsqu'il s'était mis à tuer des enfants qui, semblait-il, avaient confiance en lui comme il avait eu confiance en George Beecham. Et tout en cherchant à faire naître cette confiance, le meurtrier devait mépriser ses victimes, assez crédules pour la lui accorder. Là encore, il espérait effacer un trait insupportable de sa propre personnalité en supprimant des êtres qui étaient le reflet de l'enfant qu'il avait été.

Japheth Dury était ainsi devenu John Beecham qui, selon les rapports des médecins de St. Elizabeth, supportait mal qu'on le regarde et souffrait d'une manie – voire d'un délire – de persécution. C'est sans être guéri – mais en mettant à profit une disposition légale – qu'il était sorti de l'hôpital en été 1886, et si John Beecham était bien notre assassin, sa méfiance, son agressivité, sa violence n'avaient fait que croître au fil des années. Pour connaître New York aussi bien, il avait dû y venir peu de temps après sa sortie de St. Elizabeth et y être resté depuis. Cette hypothèse nous donnait des raisons d'espérer car, en dix ans, il était probablement entré en contact avec un grand nombre de gens, devenant peut-être même un personnage familier dans un quartier ou un milieu particulier. Bien sûr, nous ne connaissions pas exactement son aspect physique, mais, sur la base des traits que nous lui supposions et que nous pouvions affiner en prenant son frère pour modèle, nous parvenions à un signalement qui, conjugué au nom de John Beecham, rendrait une identification assez facile. Rien ne garantissait, naturellement, qu'il se servît encore de ce nom, mais nous pensions, Sara et moi, qu'étant donné le sens que ce patronyme avait pour lui, il continuait à en faire usage – et continuerait jusqu'à ce qu'on l'en empêche.

Voilà à peu près le travail d'interprétation que nous pûmes mener à bien en attendant le retour des Isaacson. Mercredi soir, n'ayant toujours pas de nouvelles des sergents, nous décidâmes de nous atteler à une autre tâche désagréable : convaincre Theodore de nous laisser poursuivre l'enquête malgré la défection de Kreizler. Ce ne serait pas facile, nous le savions. C'était la haute estime en laquelle il tenait Laszlo (et peut-être aussi son penchant pour les solutions peu orthodoxes) qui avait incité Roosevelt à envisager de nous donner l'enquête. Ayant passé le début de la semaine à rechercher Connor – et à participer au combat entre les forces de la réforme et celles de la corruption à la direction de la police – il ignorait les derniers événements. Conscients qu'il apprendrait de toute façon la vérité par Kreizler ou les Isaacson, nous résolûmes de prendre le taureau par les cornes et de la lui révéler nous-mêmes.

Pour éviter de déclencher une nouvelle vague de spéculations, potentiellement dangereuses, parmi les journalistes et les inspecteurs du Central, nous choisîmes de voir Theodore chez lui. Avec sa femme Edith, il habitait depuis quelque temps l'hôtel particulier du 689, Madison Avenue, qu'il louait à sa sœur Bamie. C'était une bâtisse confortable et bien meublée, qui ne parvenait cependant pas à contenir les farces des cinq enfants Roosevelt. (Rappelons, pour être juste, que la Maison-Blanche ne suffirait pas non plus à cette tâche.) Sachant que Theodore s'arrangeait généralement pour dîner avec sa descendance, Sara et moi prîmes vers six heures un fiacre qui remonta Madison Avenue jusqu'à la 63e Rue.

Avant même de frapper à la porte du numéro 689, je perçus un allègre chambard juvénile à l'intérieur. Ce fut Kermit, le second fils de Theodore, alors âgé de six ans, qui vint nous ouvrir. Il portait la chemise blanche, la culotte et les cheveux longs traditionnels chez un enfant de son âge à l'époque, mais tenait dans son poing droit, de manière assez menaçante, ce que je supposais être une corne de rhinocéros d'Afrique montée sur un lourd support.

– Bonjour, Kermit, dis-je avec un sourire. Ton père est à la maison ?

– On ne passe pas ! s'écria le garçon en me regardant dans les yeux.

– Pardon ?

– On ne passe pas ! répéta-t-il. Moi, Horatius, je garde ce pont !
Sara laissa échapper un petit rire.

– Ah ! oui, fis-je, hochant la tête, Horatius Coclès. Bon, si ça ne te dérange pas, Horatius...

J'avançai d'un pas ; Kermit leva la corne et l'abattit avec une force surprenante sur les orteils de mon pied droit. Je poussai un cri de douleur qui fit s'esclaffer à nouveau Sara, cependant que Kermit déclarait une troisième fois :

– *On ne passe pas !*

La voix agréable mais ferme d'Edith se fit entendre quelque part dans le fond de la maison :

– Kermit ! Que se passe-t-il ?

Les yeux de l'enfant s'arrondirent d'appréhension et il s'enfuit vers l'escalier en braillant :

– Battez en retraite ! Battez en retraite !

Le pied endolori, je vis s'approcher une fillette de quatre ans environ à la mine sérieuse : Ethel, la plus jeune des filles de Theodore. Elle marchait le nez dans un gros livre d'images mais releva brièvement la tête.

– Horatius Coclès, fit-elle en roulant des yeux.

Puis elle replongea dans son livre et continua à longer le couloir.

D'une porte située à notre droite surgit tout à coup une bonne en tablier blanc, boulotte et manifestement terrifiée. (La domesticité était réduite chez les Roosevelt : le père de Theodore, prodigieux philanthrope, avait distribué une grande partie de la fortune familiale, et le préfet vivait avant tout de son maigre salaire et de ses revenus d'écrivain.) Sans paraître remarquer notre présence, la bonne se réfugia derrière la porte d'entrée restée ouverte.

– Non ! piaillait-elle, en direction de quelqu'un que je ne voyais pas. Non, Master[1] Ted, je ne le ferai pas !

Par la même porte fit irruption un garçon de huit ans vêtu d'un austère complet gris et affublé de lorgnons très semblables à ceux de Theodore. C'était Ted, le fils aîné, dont l'ascendance familiale se manifestait non seulement dans son apparence physique mais aussi dans la jeune chouette rayée, plutôt intimidante, perchée sur son épaule, et le rat mort qu'il tenait par la queue d'une main gantée.

– Patsy, tu es ridicule, dit-il à la bonne. Si nous ne lui apprenons pas quelles sont ses proies naturelles, nous ne pourrons jamais la relâcher dans la nature. Tiens juste le rat au-dessus de son bec et...

Il s'interrompit en remarquant enfin la présence de deux visiteurs sur le seuil de la porte.

– Oh ! fit-il, son regard s'éclairant derrière ses lunettes. Bonsoir, Mr Moore.

---

1. Titre donné aux jeunes garçons des familles riches. *(N.d.T.)*

– Bonsoir, Ted, répondis-je en m'éloignant craintivement du rapace.

Le garçon se tourna vers Sara.

– Et vous êtes Miss Howard, n'est-ce pas? Je vous ai rencontrée au bureau de mon père.

– Bravo, Master Roosevelt, le complimenta-t-elle. Vous avez une excellente mémoire – tout à fait indiqué, pour un scientifique.

Ted eut un sourire gêné, se rappela le rat qu'il avait à la main.

– Mr Moore, reprit-il avec une ardeur retrouvée, pourriez-vous prendre ce rat – comme ça, par la queue – et le tenir à quelques centimètres au-dessus du bec de Pompée? Elle n'a pas l'habitude des proies, ça lui fait peur – elle se nourrit de morceaux de bifteck cru. Moi, je dois garder les mains libres pour l'empêcher de s'envoler.

Un visiteur moins habitué aux manières de la maisonnée eût peut-être rejeté la requête. Ayant assisté à maintes scènes semblables, je soupirai, pris le rongeur par la queue et le plaçai comme Ted me l'avait demandé. La chouette tourna la tête de façon bizarre, remua les ailes. Mais, de sa main gantée, Ted la tenait solidement par les serres et il émit quelques petits hululements qui parurent calmer l'oiseau. Finalement Pompée fit pivoter sa tête sur son cou remarquablement flexible pour amener son bec juste au-dessous du rat, le saisit par la tête et entreprit de l'avaler, queue comprise, en une demi-douzaine d'horribles coups de gosier.

Radieux, Ted s'exclama:

– A la bonne heure, Pompée! C'est meilleur qu'un vieux steak sans goût, hein? Maintenant tu n'as plus qu'à apprendre à les attraper toi-même et tu pourras aller retrouver tes amies! (Il se tourna vers moi.) Nous l'avons trouvée dans un arbre creux de Central Park – la mère avait été tuée et les autres oisillons étaient déjà morts. Elle, elle a bien grandi.

– *Attention dessous!* cria une voix en haut de l'escalier.

Avec une expression alarmée, Ted évacua le vestibule en emportant sa chouette, la bonne tenta de le suivre mais se figea, paralysée par la vue de la masse blanche qui déboulait du premier étage en glissant sur la rampe. Incapable de décider dans quelle direction fuir, la domestique finit par s'accroupir et couvrit sa tête de ses mains en gémissant. Elle échappa de peu à une collision avec Miss Alice Roosevelt, douze ans. Sautant de la rampe avec agilité, Alice se redressa, lissa sa robe blanche et agita le doigt devant la bonne.

– Patsy, grosse bête! s'esclaffa-t-elle. Je te l'ai dit, ne reste pas plantée là, choisis une voie de retraite et déguerpis!

Elle tourna vers nous le délicat visage qui, quelques années plus tard, ferait des ravages parmi les jeunes célibataires de Washington, sourit, esquissa une révérence.

— Bonsoir, Mr Moore, dit-elle avec l'aisance d'une fille qui, même à douze ans, connaît le pouvoir de ses charmes. C'est *vraiment* Miss Howard? continua-t-elle, d'un ton plus enthousiaste. L'une des femmes qui travaillent au Central?

— Certainement, répondis-je. Sara, je te présente Alice Roosevelt.

— Enchantée, assura mon amie en tendant la main.

Prenant la main de Sara et un ton d'adulte, Alice répondit :

— Je sais que beaucoup de gens trouvent scandaleux que des femmes soient employées dans les services de la police, Miss Howard, mais moi, je trouve ça *épatant*!

Elle montra un sac en forme de bourse dont le cordon entourait son poignet.

— Vous voulez voir mon serpent ? demanda-t-elle, et, avant même que Sara pût répondre, elle en tira une couleuvre de deux pieds de long.

— Alice!

C'était de nouveau la voix d'Edith et, cette fois, je me retournai pour la voir se diriger vers nous de sa démarche souple.

— Alice, répéta-t-elle du ton mesuré mais ferme qu'elle utilisait pour s'adresser à l'unique enfant de la maison qui ne fût pas le sien. Je pense, ma chérie, que nous devrions peut-être laisser les visiteurs s'asseoir avant de leur présenter les reptiles. Bonsoir, Miss Howard... John. (Elle caressa le front de l'adolescente.) C'est de *toi* que j'attends une conduite civilisée, tu le sais.

Alice sourit à Edith et, se tournant vers Sara, remit la couleuvre dans le sac.

— Je suis désolée, Miss Howard. Si vous voulez bien passer au salon? J'ai tant de questions à vous poser!

— Et j'aimerais tant y répondre, assura mon amie d'un ton aimable. Mais j'ai bien peur que nous ne soyons venus pour parler à votre père...

— Vous n'avez pas choisi le bon interlocuteur, Sara, fit Theodore d'une voix sonore en sortant de son bureau. Vous découvrirez que les véritables autorités, dans cette maison, ce sont les enfants. Vous feriez mieux de vous adresser à eux.

Au son de la voix de leur père, les autres rejetons réapparurent et l'assiégèrent, chacun racontant sa journée à tue-tête pour obtenir son approbation ou ses conseils. Sara et moi contemplions la scène cependant qu'Edith secouait la tête, comme si elle ne parvenait pas à comprendre tout à fait ce miracle qu'étaient les rapports de son mari avec ses enfants.

— Il vaut mieux que l'affaire qui vous amène soit urgente si vous voulez briser le pouvoir de ce lobby-là, nous dit-elle en soupirant. Mais je crois savoir que *toutes* vos affaires sont urgentes, ces temps-ci, ajouta-t-elle. (Elle claqua bruyamment des mains.) Allez, ma terrible tribu ! Maintenant que vous avez sûrement réveillé Archie, si vous faisiez un brin de toilette avant le dîner ?

Archie, deux ans, était le bébé de la famille. Le jeune Quentin, dont la mort, en 1918, affecterait terriblement Theodore, n'était pas encore né.

— Et pas d'invités du règne animal à table ce soir, poursuivit Edith. Je parle sérieusement, Ted. Pompée sera parfaitement heureuse dans la cuisine.

— Mais pas Patsy, gloussa la garçon.

A contrecœur mais sans trop protester, les enfants se dispersèrent tandis que nous suivions Theodore dans son antre tapissé de livres. La paperasse des travaux en cours recouvrait plusieurs bureaux dans la vaste pièce ainsi que quantité d'ouvrages de référence ouverts et de grandes cartes. Le préfet débarrassa deux fauteuils proches d'une table de travail particulièrement encombrée, et nous nous assîmes tous devant la fenêtre. En l'absence de sa progéniture, Roosevelt avait une expression préoccupée qui me parut étrange compte tenu des derniers événements à la direction de la police : Strong, le maire, avait sommé l'un des principaux ennemis du préfet de démissionner, et bien que l'homme eût refusé de s'effacer sans se battre, Roosevelt, de l'avis général, était en passe de remporter la lutte. Comme je l'en félicitais, il m'interrompit d'un geste de la main.

— Je ne sais pas trop ce qu'il en sortira au bout du compte, John, dit-il d'un ton morne. Il y a des jours où j'ai l'impression que le travail entrepris ne peut aboutir si nous nous plaçons uniquement au niveau de la métropole. La corruption dans cette ville est comme l'hydre mythique, sauf qu'elle a un millier de têtes au lieu de sept. Je ne sais vraiment pas si la municipalité a le pouvoir d'apporter de réels changements.

Ce n'était cependant pas le type d'humeur dans lequel Roosevelt se complaisait longtemps. Il souleva un livre, le laissa retomber sur la table, nous regarda à travers son pince-nez.

— Mais tout cela ne vous concerne pas. Alors, quelles nouvelles ?

Lorsque je l'eus mis au courant, il s'affaissa sur son siège, comme si cette information justifiait soudain son humeur sombre.

— Je m'inquiétais de la réaction de Kreizler, dit-il, mais j'avoue que je ne m'attendais pas à ce qu'il renonce à l'enquête.

Je résolus de tout lui révéler des relations de Laszlo et de Mary Palmer afin de lui faire saisir à quel point la mort de la jeune fille avait anéanti notre ami. Me souvenant que Theodore avait lui aussi souffert de la perte tragique et prématurée d'un être cher – sa première épouse –, je m'attendais à le voir réagir avec sympathie, ce qu'il fit, mais le pli du doute continuait à barrer son front.

— Et tu dis que vous souhaitez continuer sans lui ? Vous pensez pouvoir réussir ?

— Nous en savons assez, répondit Sara. Du moins, nous en *saurons* assez juste avant que le meurtrier ne frappe de nouveau.

Roosevelt eut l'air surpris.

— Et ce sera quand ?

— Dans dix-huit jours, assura sa secrétaire. Le 21 juin.

Les mains derrière la nuque, il se balança lentement en observant Sara puis se tourna vers moi.

— Ce n'est pas uniquement le chagrin qui l'a conduit à abandonner, n'est-ce pas ?

— Non, dis-je. Il est rongé de doutes sur ses capacités. Je n'avais jamais tout à fait compris jusqu'ici à quel point ce manque de confiance en soi le torturait. Il reste caché, la plupart du temps, mais il remonte à...

— Oui, coupa Roosevelt. Son père.

Sara et moi, nous nous regardâmes l'un et l'autre en secouant la tête pour nous défendre d'avoir vendu la mèche. Theodore sourit.

— Tu te souviens de mon assaut avec Kreizler au gymnase Hemenway, Moore ? Et de la nuit qui a suivi ? Nous discutions de nouveau du libre arbitre, lui et moi – le plus aimablement du monde –, quand il m'a demandé comment j'avais appris la boxe. Je lui ai expliqué que mon père avait fait construire un petit gymnase pour moi quand j'étais enfant, et m'avait expliqué que l'exercice constituait ma meilleure chance de surmonter l'asthme et la maladie. Kreizler m'a ensuite demandé si, à titre d'expérience, je pourrais me forcer à mener une vie sédentaire, ce à quoi j'ai répondu que tout ce que j'avais appris, tout ce que j'aimais, faisait de moi un homme d'action. Je ne m'en suis pas aperçu immédiatement mais il avait réussi sa démonstration. Alors, par curiosité, je l'ai interrogé sur son propre père, dont j'avais souvent entendu prononcer le nom à New York. Son expression a changé – du tout au tout. Il a détourné les yeux, il a pressé son bras difforme. Il y avait dans sa réaction quelque chose de si terriblement instinctif que j'ai commencé à soupçonner la vérité. Il va sans dire qu'elle m'atterrait. Et qu'elle me fascinait aussi : à quoi ressemble le monde, me suis-je souvent demandé, pour un jeune garçon qui a son père pour ennemi ?

Ni Sara ni moi n'avions de réponse à proposer. Pendant quelques instants nous gardâmes le silence, puis nous entendîmes la voix d'Alice :

– Je me fiche que ce soit une *strix varia varia*, Theodore Roosevelt Junior ! Elle ne mangera pas ma couleuvre !

Cette véhémente déclaration nous fit sourire et nous ramena à l'objet de notre visite.

– Bon, dit Theodore, assenant une autre gifle au bureau avec un autre livre. L'enquête. Écoutez, maintenant que nous avons un nom et un signalement approximatif, pourquoi ne pas procéder à une chasse à l'homme classique en laissant mes hommes ratisser la ville ?

– Et faire quoi quand ils l'auront trouvé ? objecta Sara. L'arrêter ? Avec quelles preuves ?

J'approuvai :

– Il s'est montré très malin. Nous n'avons aucun témoin, aucune preuve qu'un tribunal retiendrait. Juste des suppositions, des empreintes, un message non signé...

– Dont l'écriture a été contrefaite, ajouta Sara. Plusieurs détails au moins l'attestent.

– Et Dieu sait ce qu'il fera quand il aura été arrêté puis relâché, repris-je. Non, depuis le début les Isaacson pensent qu'il nous faudrait un flagrant délit – nous devons le prendre sur le fait.

Roosevelt accepta ce raisonnement avec quelques lents hochements de tête et finit par dire :

– Bon, cela nous pose une nouvelle série de problèmes, j'en ai peur. La défection de Kreizler ne me facilitera pas les choses. Le maire a eu vent de l'énergie avec laquelle je fais rechercher Connor, et de mes raisons pour ce faire. Il craint que cela ne permette d'établir un lien entre Kreizler et nos services, et m'a demandé de ne pas compromettre ma position en laissant mes relations personnelles avec le docteur me pousser à des excès de zèle. Il a aussi entendu des bruits selon lesquels les frères Isaacson mènent une enquête parallèle sur les meurtres de jeunes prostitués et m'a ordonné non seulement d'y mettre fin si ces rumeurs sont fondées, mais aussi de faire preuve de la plus grande prudence dans cette affaire en général. Vous êtes sans doute au courant des incidents d'hier soir ?

— Hier soir ? fis-je.

— Il y a eu une sorte de rassemblement dans le Onzième District, en principe pour protester contre la façon dont la police traite ces meurtres. Les meneurs – un groupe d'Allemands – ont prétendu qu'il s'agissait d'une manifestation politique, mais on a distribué assez de whisky pour faire flotter un chalutier.

— Kelly ? suggéra Sara.

— Peut-être, répondit Roosevelt. Ce qui est sûr, c'est que la situation était sur le point de dégénérer quand les forces de l'ordre sont intervenues. Les implications politiques de l'affaire deviennent plus évidentes et plus dangereuses chaque jour. Je crains que le maire n'en soit au point où la peur des conséquences conduit à l'immobilisme. Il dit vouloir éviter toute précipitation.

Theodore s'interrompit, se tourna vers Sara avec une expression soucieuse.

— Il a aussi entendu dire que vous travaillez avec les Isaacson, Sara – et comme vous le savez, beaucoup de gens protesteraient avec véhémence s'ils apprenaient qu'une femme participe activement à une enquête de ce genre.

— Alors, fit-elle avec un sourire timide, je redoublerai d'efforts pour cacher cette participation.

— Mmm, oui, fit Theodore, dubitatif. (Il nous regarda un moment.) Voici ce que je vous propose : vous avez dix-huit jours pour continuer l'enquête. Le 21, vous me communiquez tous les éléments que vous aurez réunis pour que je puisse poster des policiers en qui j'ai confiance partout où cela vous semblera nécessaire. (Il se frappa la paume de son poing massif.) Je ne veux plus de cette sorte de boucherie.

Je me tournai vers Sara, qui considéra rapidement la proposition, puis acquiesça.

— Nous pouvons garder les sergents enquêteurs ? demandai-je.

— Bien sûr.

— Marché conclu.

Je tendis la main à Roosevelt qui la serra et ôta son pince-nez.

— J'espère seulement que vous aurez réuni *assez* d'éléments, dit-il. L'idée de quitter mes fonctions sans avoir résolu cette affaire ne m'enchante pas du tout.

— Tu envisages de démissionner, Roosevelt ? Platt a finalement rendu ta situation trop inconfortable ?

— Rien de la sorte, répondit-il d'un ton bourru. (A son tour, il eut un sourire malicieux.) Les conventions approchent, Moore, et les élections aussi. McKinley sera le candidat de notre parti, si je ne m'abuse, alors que les démocrates semblent assez bêtes pour présenter Bryan — la victoire ne peut nous échapper en automne.

— Tu feras campagne ?

Theodore haussa les épaules d'un air modeste.

— On m'a dit que je peux être de quelque utilité, tant à New York que dans les États de l'Ouest.

— Et si McKinley t'était reconnaissant de cette aide...

— Voyons, John, tu sais ce que M. le préfet pense de telles spéculations, intervint Sara d'un ton sarcastique.

— Jeune demoiselle, tonna Roosevelt, vous avez passé trop de temps loin du Central — quelle impudence ! (Il nous montra la porte.) Allez, filez. J'ai un tas de paperasse officielle à trier ce soir — puisqu'on m'a volé ma secrétaire.

Bien qu'il fût près de huit heures quand nous sortîmes du 689, Madison Avenue, la joie d'être autorisés à poursuivre l'enquête, conjuguée à la douceur printanière, ne nous incitait pas à rentrer chez nous. Nous n'étions pas non plus d'humeur à nous enfermer de nouveau dans notre Q.G. pour attendre les Isaacson. Un compromis heureux me vint à l'esprit : nous pouvions dîner à la terrasse du *St. Denis Hotel*, juste en face du 808. Ainsi postés, nous ne manquerions pas de repérer les sergents à leur retour. Ma proposition convint parfaitement à Sara, qui se montra plus ravie que je ne l'avais jamais vue tandis que nous descendions l'avenue en flânant. Ses manières avaient perdu leur tension, leur brusquerie coutumières, bien que son esprit eût gardé toute sa vivacité. La raison m'en apparut pendant le dîner : Sara avait acquis le statut d'enquêteur, sinon en titre, du moins en fait.

Ma consommation de vin fut ce soir-là si abondante qu'à la fin du repas les haies séparant notre table du trottoir se révélèrent impuissantes à contenir mon ardent intérêt pour les charmantes créatures qu'attiraient les vitrines encore allumées du grand magasin McCreery. Agacée par ma conduite, Sara était sur le point de m'abandonner à mon sort quand elle aperçut quelque chose de l'autre côté de la rue. Je suivis son regard, vis Marcus et Lucius Isaacson descendre d'un fiacre arrêté devant le 808. Peut-être à cause du vin ou des événements de ces derniers jours ou même du temps, je sautai par-dessus la haie et traversai Broadway au pas de course pour les accueillir avec effusion. Sara suivit avec plus de mesure. Les deux sergents enquêteurs avaient apparemment eu beaucoup de soleil pendant leur séjour car ils avaient un teint hâlé qui leur donnait un air éclatant de santé. Ils semblaient heureux d'être rentrés, mais je doutais qu'ils restent dans d'aussi bonnes dispositions quand ils auraient appris la décision de Kreizler.

— C'est une région étonnante que les Dakota, nous confia Marcus en déchargeant leurs sacs de la voiture. Un voyage là-bas vous fait voir la vie à New York sous une perspective tout à fait différente, je peux vous le dire. (Il renifla plusieurs fois.) Et cela sent bien meilleur aussi.

— On nous a tiré dessus dans le train, ajouta Lucius. Une balle a traversé mon chapeau ! (Il nous montra le trou en y passant un doigt.) Marcus affirme que ce n'étaient pas des Indiens mais...

— Ce n'étaient pas des Indiens, affirma de nouveau l'autre Isaacson.

— Moi, je n'en suis pas si sûr, et le capitaine Miller, à Fort Yates...

— Le capitaine Miller a simplement voulu être poli, interrompit Marcus.

— Bon, peut-être, concéda Lucius, mais il a quand même dit que...

— Qu'est-ce qu'il a dit au sujet de John Beecham ? intervint Sara.

— ... même si la plupart des grandes tribus ont été vaincues... poursuivait Lucius.

Sara lui saisit le bras.

— Lucius, qu'est-ce que Miller a dit au sujet de Beecham ?

— Au sujet de Beecham ? Oh ! des tas de choses, en fait.

— Des tas de choses qui se ramènent à une seule, dit Marcus. Beecham est notre homme.

38

Tout éméché que je fusse, le récit que les Isaacson nous firent à la terrasse du *St Denis Hotel* dissipa rapidement mon ébriété.

Le capitaine Frederick Miller, âgé maintenant d'une quarantaine d'années, avait été affecté au quartier général de l'armée de l'Ouest à Chicago à la fin des années soixante-dix, alors qu'il n'était encore qu'un jeune lieutenant plein d'avenir. Las de l'horizon borné de la vie d'état-major, il avait demandé à être envoyé plus à l'ouest, où il espérait se battre. Satisfaisant sa requête, ses supérieurs l'expédièrent aux Dakota, où il fut deux fois blessé et perdit un bras. Miller retourna à Chicago mais refusa de reprendre son poste à l'état-major et choisit de prendre le commandement d'une des unités chargées d'intervenir en cas de troubles. C'est en cette qualité qu'en 1881 il fit la connaissance d'un jeune soldat nommé John Beecham.

Au sergent recruteur qui lui avait fait signer son engagement à New York, Beecham avait assuré qu'il avait dix-huit ans, mais Miller en doutait : lorsque le « bleu » était arrivé six mois plus tard à Chicago, il ne paraissait toujours pas cet âge. Les jeunes gens mentent souvent pour pouvoir s'engager, et Miller n'y avait pas accordé d'importance, car Beecham s'était révélé bon soldat – discipliné, attentif, et assez capable pour devenir caporal en deux ans. Certes, l'insistance avec laquelle il demandait à être envoyé dans l'Ouest pour combattre les Indiens ennuyait ses supérieurs, qui ne tenaient pas à perdre leurs meilleurs sous-officiers sur la Frontière, mais dans l'ensemble le lieutenant Miller n'avait eu qu'à se féliciter de la conduite du jeune caporal jusqu'en 1885.

Cette année-là, une succession d'incidents dans divers faubourgs pauvres de Chicago avait dévoilé une facette troublante de la personnalité de Beecham. Ne se liant pas facilement d'amitié, Beecham avait pris pour habitude de fréquenter les quartiers d'immigrés pendant ses loisirs et d'offrir ses services aux organisations charitables secourant les enfants, en particulier les orphelins. Admirable façon pour un soldat d'occuper son temps libre – comparée aux habituelles beuveries et rixes avec des civils – et le lieutenant Miller ne s'en était pas inquiété tout d'abord. Après quelques mois, cependant, il avait remarqué un changement dans le comportement de Beecham, dont l'humeur s'était nettement assombrie. Interrogé, le caporal n'avait donné aucune explication satisfaisante. Peu de temps après, le responsable d'une des œuvres de charité s'était présenté à la caserne pour parler à un officier. L'homme souhaitait qu'on interdise à Beecham d'approcher de son orphelinat. Lorsque Miller lui avait demandé la raison de cette requête, il avait répondu, sans vouloir donner d'autre explication, que Beecham avait « perturbé » plusieurs enfants. Miller avait aussitôt convoqué le caporal qui, furieux et indigné, avait accusé l'homme de l'orphelinat d'être jaloux parce que les enfants l'aimaient et lui faisaient plus confiance qu'à lui. Soupçonnant que l'histoire cachait autre chose, le lieutenant avait interrogé Beecham avec plus de vigueur, et celui-ci, soudain très agité, avait fini par rejeter sur ses supérieurs la responsabilité de ce qui s'était passé (et dont Miller ne sut jamais exactement la nature). Tout ennui aurait été évité, prétendit Beecham, si ses chefs avaient satisfait sa demande d'être affecté dans l'Ouest. Miller avait trouvé l'attitude de Beecham assez alarmante, pendant l'entretien, pour lui accorder une longue permission que le caporal passa à faire de l'escalade dans le Tennessee, le Kentucky et la Virginie.

Lorsqu'il réincorpora son unité, au début de 1886, Beecham semblait être redevenu le soldat obéissant et efficace que Miller avait connu au début. Image illusoire, qui vola en éclats lors des événements sanglants qui suivirent les émeutes de Haymarket Square à Chicago, la première semaine de mai. Sara et moi savions déjà que Beecham avait été interné à St. Elizabeth après que Miller l'ait trouvé « poignardant » (selon le terme des médecins) le cadavre d'un gréviste pendant la mêlée du 5 mai dans les faubourgs nord de la ville. Nous apprîmes des Isaacson que ces coups de poignard ressemblaient aux mutilations infligées tant aux parents de Japheth Dury qu'aux enfants assassinés à New York. Horrifié en découvrant Beecham couvert de sang, penché sur un cadavre dont il avait fait sauter les yeux avec un coutelas, Miller n'avait pas hésité à relever le caporal de ses fonctions. Le major qui l'examina peu de temps après le déclara inapte au service, et Miller ajouta sa voix à celle du médecin pour expédier promptement le malade à Washington.

Ainsi se terminait l'histoire que les sergents avaient rapportée des Dakota. L'ayant débitée d'une traite, les deux frères n'avaient pu toucher à leurs plats, qu'ils engloutirent avec voracité tandis que Sara et moi leur relations ce que nous avions appris en leur absence. Lorsque vint le moment de parler de Kreizler et de Mary Palmer, ils avaient fort heureusement presque fini de dîner car la nouvelle anéantit ce qu'il leur restait d'appétit. Les deux hommes appréhendaient visiblement de poursuivre l'enquête sans Laszlo, mais Sara se montra plus éloquente encore qu'avec moi, et en vingt minutes elle convainquit les enquêteurs que nous n'avions pas d'autre choix que de continuer. Les informations qu'ils avaient recueillies lui fournissaient de nouvelles munitions pour poursuivre sa campagne, car il n'y avait désormais plus guère de doute dans nos esprits : nous connaissions l'identité et l'histoire du meurtrier. La question était de savoir si nous étions capables de mettre au point et d'appliquer une méthode pour le trouver.

Lorsque nous quittâmes le petit restaurant, à près de trois heures du matin, nous avions réussi à nous persuader que nous le pouvions. La tâche n'en était pas moins redoutable, et il ne convenait pas de l'entreprendre avant d'avoir dormi un peu. Le jeudi à 10 heures, nous étions déjà de retour au 808, Broadway, prêts à échafauder une stratégie. Marcus et Lucius parurent tous deux un peu déconcertés par le rétrécissement du cercle de nos bureaux, ainsi que par l'apparition d'une nouvelle écriture sur le tableau noir. Mais c'étaient des policiers aguerris, et, lorsqu'ils concentrèrent leur attention sur l'affaire, toute autre considération disparut.

— Si personne n'a de point de départ particulier en tête, j'aimerais en proposer un, annonça Lucius.

Nous marmonnâmes notre accord et il tendit le bras vers la partie droite du tableau, plus précisément vers le mot TOITS.

— Vous rappelez-vous, John, ce que vous avez dit de l'assassin après que vous et Marcus êtes allés au *Golden Rule* la première fois ?

Je fouillai dans mes souvenirs de cette visite.

— « Il est le maître, ici », dis-je, répétant les mots qui s'étaient imposés à moi la nuit où nous montions la garde sur le toit du misérable bouge de Scotch Ann.

— C'est exact, approuva Marcus. Sur les toits, l'homme fait montre d'une absolue confiance en lui-même.

Lucius se leva, alla au tableau.

— Mon idée est la suivante : nous avons passé beaucoup de temps à comprendre les cauchemars de cet homme — le cauchemar réel qu'était son passé, et les cauchemars mentaux qui le hantent maintenant. Mais quand il projette et commet ses crimes, il ne se comporte pas en âme tourmentée. Il est énergique, réfléchi. Il *agit*, il ne se contente pas de *ré-agir* — et comme l'indique sa lettre, il est assez imbu de sa propre habileté. D'où cela lui vient-il ?

— D'où lui vient quoi ? fis-je, un peu perdu.

— Cette confiance, répondit Lucius. L'habileté, nous pouvons l'expliquer — nous l'avons déjà fait, à vrai dire.

— C'est de la ruse, proposa Sara. Comme souvent chez les enfants martyrs.

— Exactement, dit Lucius, hochant sa tête chauve. (Il tira de sa poche l'inévitable mouchoir pour éponger son crâne et son front toujours en sueur.) Mais la confiance ? Où un homme ayant un tel passé la puise-t-il ?

— L'armée pourrait en être partiellement la source, avança Marcus.

— Partiellement, répondit son frère, continuant à jouer le rôle de conférencier avec un plaisir plus vif encore. Mais il me semble que cela remonte plus loin. Adam Dury vous a raconté que les tics faciaux de son frère disparaissaient quand ils chassaient ensemble dans la montagne, n'est-ce pas, John ?

Je confirmai.

— Escalade et chasse, reprit Lucius. Seules ces deux activités soulagent ses tourments. Et il les mène aujourd'hui sur les toits.

Marcus lança à son frère un regard agacé.

— Tu vas te décider à nous dire de quoi tu parles ? grogna-t-il. C'est une chose de jouer au chat et à la souris avec le Dr Kreizler, mais...

— Si tu veux bien m'accorder une minute, répondit Lucius, le doigt levé. Je dis que, pour découvrir ce qu'il fait *maintenant* dans la vie, il faut suivre la piste de ce qui le rend sûr de lui, et non plus celle de ses cauchemars. Il chasse et il tue sur les toits, et ses victimes sont des enfants. Nous savons d'où vient l'obsession des enfants ; nous savons aussi pour la chasse, les pièges. Mais les toits ? En 1886, il n'avait guère vécu dans une grande ville. Pourtant, il connaît maintenant assez bien les toits de New York pour nous piéger *nous*. Ce genre de familiarité ne s'acquiert qu'avec le temps.

– Je commence à comprendre où vous voulez en venir, Lucius, dit Sara. En sortant de St. Elizabeth, il cherche un endroit où il passera inaperçu – New York est un choix plausible. Mais, arrivé ici, il s'aperçoit qu'il ne connaît rien de la vie dans une grande ville. La foule, le vacarme, l'agitation – tout cela est étrange, voire effrayant. Puis il découvre les toits. C'est un univers complètement différent là-haut : moins de bruit, moins de gens. Cela ressemble davantage à ce qu'il connaît. Et il découvre aussi que, dans un certain nombre de professions, on est amené à passer beaucoup de temps sur les toits. Il n'a même plus besoin de redescendre dans la rue.

– Sauf la nuit, ajouta Lucius, quand la ville est beaucoup moins agitée et qu'il peut se familiariser avec elle à son rythme. Rappelez-vous : il n'a jamais tué dans la journée. La journée, je suis prêt à parier qu'il la passe presque entièrement là-haut.

Le front luisant de transpiration, le sergent retourna à son bureau consulter ses notes.

– Après l'assassinat du jeune Ali ibn Ghazi, nous avons envisagé une profession qui lui ferait passer beaucoup de temps sur les toits, rappela-t-il, mais nous n'avons pas exploité cette idée.

– Seigneur Dieu, gémis-je. Vous vous rendez compte de ce que vous nous proposez, Lucius ? Il faudrait faire le tour des associations charitables, des sociétés missionnaires, des compagnies employant des représentants, des journaux, etc. Il doit y avoir un moyen de circonscrire les recherches.

– Il y en a un, dit Marcus d'un ton à peine moins découragé que le mien. Mais il faudra quand même beaucoup marcher.

Il se leva, alla au grand plan de Manhattan, indiqua les épingles qui y étaient plantées.

– Il n'a jamais tué au nord de la 14e Rue, ce qui laisse penser qu'il connaît surtout le Lower East Side et Greenwich Village. Il vit et travaille probablement dans un de ces deux quartiers. Nous pouvons donc nous limiter aux gens qui les fréquentent.

– Exact, dit Lucius. Et n'oublions pas tout ce que nous savons déjà. Si nous ne nous sommes pas trompés, si le tueur a d'abord été Japheth Dury avant de devenir John Beecham, il ne cherchera pas *n'importe quel* emploi. Étant donné son caractère, son passé, certains métiers l'attireront beaucoup plus que d'autres. Vous avez mentionné celui de représentant, John, mais pensez-vous vraiment que l'homme que nous recherchons ferait un bon représentant, ou qu'il essaierait même de trouver un emploi de ce genre ?

J'allais arguer que tout est possible quand quelque chose me dit soudain que Lucius avait raison. Nous avions passé des mois à ajouter des traits de personnalité à l'image vague de notre tueur, et « tout » n'était décidément *pas* possible. Avec un pincement étrange d'excitation et de frayeur, je me rendis compte que je connaissais assez bien cet homme pour affirmer qu'il n'aurait pas voulu d'un emploi qui eût exigé de lui de chercher à plaire aux locataires immigrés des ghettos, et de vendre la camelote de fabricants et de commerçants qu'il aurait presque certainement jugés moins intelligents que lui.

– D'accord, dis-je à Lucius, mais il reste quand même un large éventail de possibilités : employé d'associations religieuses ou charitables, reporter, personnel médical...

– Vous pouvez aussi le réduire, si vous réfléchissez, me fit observer Lucius. Prenez les journalistes qui couvrent les quartiers pauvres – vous les connaissez vous-même, pour la plupart. Pensez-vous réellement que Beecham puisse appartenir à cette catégorie ? Quant au personnel médical, où aurait-il trouvé le temps d'acquérir une formation ?

– Bon, fis-je avec un haussement d'épaules. Il est donc probable qu'il participe à une activité missionnaire ou charitable.

– Cela lui serait facile, argua Sara. Il tiendrait de ses parents les connaissances et la terminologie religieuses.

– Très bien, dis-je. Mais même en nous limitant aux organisations charitables, nous aurons beaucoup de mal à les voir toutes avant le 21 juin : en une semaine, Marcus et moi n'en avons vu qu'une petite partie. C'est infaisable !

Infaisable ou non, il fallait le faire. Nous passâmes le reste de la journée à dresser la liste des associations religieuses et charitables qui opéraient dans le Lower East Side et Greenwich Village, puis nous les répartîmes en quatre zones – une pour chacun de nous, car il n'était plus possible de travailler par deux si nous voulions venir à bout de la liste. Les premières personnes que je rencontrai vendredi matin me réservèrent un accueil rien moins que chaleureux, et si je ne m'attendais pas à autre chose, ce début m'inspira de fortes appréhensions pour les jours – et peut-être les semaines – à venir.

Il me restait quand même un motif de satisfaction : je n'étais pas suivi et lorsque je regagnai notre Q.G., à la fin de la journée, aucun des autres n'avait non plus remarqué de personnages louches s'attachant à ses pas. Sans avoir de certitude, nous pouvions supposer que nos ennemis ne nous croyaient pas capables de réussir sans Kreizler. De tout le week-end, nous ne vîmes pas trace de Connor et de ses acolytes, ni de quiconque donnant l'impression de travailler pour Byrnes ou Comstock. Lorsqu'on a à remplir une tâche fastidieuse – et néanmoins éprouvante pour les nerfs – il est préférable de le faire sans devoir regarder par-dessus son épaule.

Si nous espérions que John Beecham avait travaillé pour une des œuvres de charité de notre liste à un moment ou à un autre de ces dix dernières années, nous ne pensions pas qu'il s'était rendu *à ce titre* dans un des lieux de débauche impliqués dans les meurtres. Il était bien plus probable, selon notre raisonnement, qu'il avait visité ces établissements comme client. Et quoique mon secteur comprît les organisations s'occupant des pauvres et des pervertis entre Houston Street et la 14ᵉ Rue, je n'enquêtai pas dans les bordels de jeunes garçons de ce quartier. Je passai cependant au *Golden Rule* transmettre à mon ami Joseph les dernières informations recueillies sur l'assassin.

A chaque vice concevable correspondait apparemment à New York une association qui œuvrait à sa disparition. Certaines avaient une démarche de caractère général, comme la Société pour la prévention du crime, ou les diverses organisations missionnaires catholiques, presbytériennes, baptistes et autres. Plusieurs, comme la Mission de la nuit, choisissaient de mettre en avant leur disponibilité de tous les instants dans les sermons et les brochures distribués par leurs militants dans les quartiers misérables. D'autres, comme la Mission du Bowery, prenaient comme axe de leurs activités leur position géographique. Quelques-unes, telles la Société d'aide aux chevaux et la S.P.A. ne s'occupaient pas du tout d'êtres humains. (En voyant leurs noms, je ne pus m'empêcher de repenser aux tortures que Japheth Dury infligeait aux animaux. Il me semblait que des associations mettant leurs militants en contact avec des bêtes sans défense pouvaient attirer notre tueur, même si elles n'impliquaient pas la fréquentation des toits. Les questions que je posai à leurs dirigeants ne donnèrent cependant aucun résultat.) Il y avait ensuite quantité d'orphelinats de toutes sortes dont chacun devait faire l'objet d'une vérification soigneuse étant donné la prédilection que John Beecham avait montrée à Chicago pour de tels établissements.

Ce genre de travail prit des heures, des jours sans que nous ayons vraiment le sentiment de tout faire pour empêcher un nouveau meurtre. Combien d'hommes d'Église papelards – sans parler de leurs homologues laïcs – interrogeâmes-nous ? pendant combien d'heures ? Impossible à dire. Et ces chiffres ne présenteraient d'ailleurs aucun intérêt – car nous n'apprîmes *rien*. Pendant la semaine qui suivit, chacun de nous s'imposa à longueur de journée la répétition de la même procédure : se rendre au siège d'une association charitable, où cette question simple – « Un nommé John Beecham, ou quelqu'un répondant à son signalement, a-t-il travaillé chez vous ? » – suscitait de pieux discours sur les objectifs et le personnel admirable de l'organisation. Ensuite seulement on consultait le fichier, et l'on donnait une réponse négative au malheureux enquêteur qui pouvait enfin s'échapper.

Si mon ton peut paraître hostile ou cynique quand j'évoque cette phase particulière de notre travail, c'est peut-être à cause d'un fait dont je pris conscience quand nous parvînmes au terme de la deuxième semaine de juin : le seul groupe de parias de cette ville qu'aucune association au nom ronflant et aux fonds privés ne cherchait à protéger et à amender était celui-là même qui courait présentement un grave danger : les enfants prostitués. Cette lacune ramena inévitablement mes pensées à Jake Riis – dont les milieux philanthropiques new-yorkais avaient fait une célébrité – et à son refus obstiné d'admettre la nature réelle du meurtre de Giorgio Santorelli. Tous les responsables à qui je parlai partageaient cette myopie délibérée, qui m'irritait un peu plus chaque fois que je m'y heurtais. Lorsque je rentrai d'un pas lent au 808, le lundi soir, j'étais si écœuré des hypocrites prétentieux composant la communauté caritative new-yorkaise que je lâchai une bordée de jurons plutôt violents en franchissant la porte. Croyant notre Q.G. désert, je sursautai lorsque j'entendis la voix de Sara :

– Déplorable langage, John. Bien qu'il décrive fidèlement *mon* état d'esprit, je l'avoue. (Elle faisait aller son regard du plan de Manhattan au tableau noir en fumant une cigarette.) Nous sommes sur une mauvaise piste, déclara-t-elle avant de jeter son mégot par une fenêtre ouverte.

Je m'affalai sur le divan avec un gémissement.

– C'est toi qui veux devenir enquêteur, lui rappelai-je. Tu devrais savoir qu'on peut continuer comme ça pendant des mois avant de tomber sur quelque chose.

– Nous n'avons pas des mois devant nous. Il nous reste jusqu'à *dimanche*. (Elle regarda de nouveau le plan, puis le tableau, avec l'expression de quelqu'un qui cherche à saisir une idée qui lui passe par la tête.) As-tu remarqué, John, qu'aucune de ces associations ne sait grand-chose des gens qu'elle est censée aider ?

Je me redressai en prenant appui sur un coude.

— Que veux-tu dire ?

— Je ne sais trop, répondit Sara. Ces associations n'ont pas l'air de bien connaître la question. Ça ne colle pas.

— Avec quoi ?

— Avec lui, Beecham. Regarde ce qu'il fait. Il s'introduit dans la vie de ces enfants, gagne leur confiance — et ce sont pourtant des gosses méfiants et sceptiques, note bien.

Je pensai à Joseph.

— Extérieurement, peut-être. Au fond d'eux-mêmes, ils sont en quête d'un ami véritable.

— D'accord, convint Sara. Et Beecham fait exactement ce qu'il faut pour établir cette amitié. On dirait qu'il *sait* ce dont ces enfants ont besoin. Toutes ces âmes charitables l'ignorent. Non, nous sommes sur une mauvaise piste.

— Sara, sois réaliste, plaidai-je en me levant pour aller la rejoindre. Quelle organisation pratiquant le porte-à-porte et s'intéressant à un grand nombre de gens prend le temps de recueillir ce genre d'inf...

Je me figeai. Il existait bel et bien *une* organisation qui prenait le temps de recueillir le genre d'informations personnelles dont Sara venait de parler. J'étais passé chaque jour de la semaine dernière devant son siège sans jamais faire le rapport. Alors qu'elle employait des centaines de personnes notoirement connues pour fréquenter les toits.

— Sacré bon Dieu, marmonnai-je.

— Quoi ? fit Sara d'un ton pressant, consciente que je tenais quelque chose.

Mon regard se porta sur la partie droite du tableau noir, plus précisément sur les noms BENJAMIN ET SOFIA ZWEIG.

— Bien sûr... murmurai-je, 1892, c'est peut-être un peu tard — mais il a pu les rencontrer en 90. Ou alors, il est retourné chez eux pendant les révisions — on avait tellement bousillé le travail, la première fois...

— John, bon sang, de quoi tu parles ?

Je saisis la main de Sara.

— Quelle heure est-il ?

— Bientôt six heures. Pourquoi ?

— Il y a peut-être encore quelqu'un. Viens !

Je l'entraînai vers la porte sans autre explication. Dans l'ascenseur puis sur le trottoir, où nous filâmes en direction de la 8ᵉ Rue, elle continua à me bombarder de questions auxquelles je refusai de répondre. Je tournai à gauche, la conduisis au numéro 135, poussai la porte, eus un soupir de soulagement en constatant qu'elle était encore ouverte. Je me retournai, découvris Sara regardant avec un sourire la plaque de cuivre vissée sur la façade de l'immeuble :

BUREAU NATIONAL DE RECENSEMENT
Directeur : Charles H. Murray

39

Nous entrâmes dans un monde de dossiers.

Les deux étages du Bureau national de recensement étaient tapissés de classeurs en bois montant jusqu'au plafond et bloquant les fenêtres. Dans chacune des quatre pièces de chaque étage, des escabeaux mobiles glissaient le long des murs, autour d'un bureau central. Des ampoules électriques munies d'abat-jour métalliques projetaient une lumière crue sur le bois nu des planchers. C'était un lieu sans chaleur ni personnalité d'aucune sorte – bref, le foyer idéal pour statistiques sèches et déshumanisées.

Le premier bureau occupé que nous avisâmes se trouvait au deuxième étage. L'homme plutôt jeune qui y était assis portait une visière de caissier, un costume bon marché mais particulièrement bien repassé dont la veste était accrochée au dossier de sa chaise. Des manchettes de lustrine protégeaient la partie inférieure des manches d'une chemise blanche amidonnée, d'où émergeaient des mains fines et jaunâtres tenant un dossier rempli de formulaires.

– Excusez-moi... fit-je en approchant lentement.

L'homme leva un regard renfrogné.

– C'est fermé, annonça-t-il.

Sachant reconnaître un incorrigible rond-de-cuir au premier coup d'œil, je m'empressai de répondre :

– Je sais. Si ma démarche avait un caractère officiel, je serais venu à une heure plus appropriée.

Il me toisa, toisa Sara.

– Qu'est-ce que vous voulez ?

– Nous sommes journalistes, répondis-je. Au *Times*. Je m'appelle Moore, et voici Miss Howard. Mr Murray est encore là ?

— Mr Murray ne quitte jamais le bureau avant six heures et demie.
— Ah. Il n'est donc pas parti.
— Il n'a peut-être pas envie de vous recevoir. Les journalistes ne nous ont pas très bien traités, la dernière fois.
— Vous voulez dire en 1890 ?
— Évidemment, répondit l'homme, comme si tous les organismes opéraient selon un cycle de dix ans. Même le *Times* a publié des allégations grotesques. On ne peut nous tenir pour responsables de tous les pots-de-vin et formulaires falsifiés, quand même.
— Sûrement pas, assurai-je. Mr Murray serait-il disposé à...
— Mr Porter, le directeur national, a dû démissionner en 93, poursuivit le gratte-papier, dont le regard accusateur continuait à me fusiller. Vous le saviez ?
— Euh, à vrai dire, je m'occupe de la rubrique criminelle.

L'homme ôta ses manchettes protectrices.
— Je mentionnais ce fait uniquement pour vous montrer que les problèmes se posaient surtout à Washington, pas ici. Personne de ce bureau n'a dû démissionner, Mr Moore.

Faire preuve de patience devenait pour moi une tâche de plus en plus difficile.
— Excusez-moi, dis-je, mais nous sommes un peu pressés, alors si vous vouliez bien m'indiquer le bureau de Mr Murray...
— Je suis Charles Murray.

Je jetai un coup d'œil à Sara, poussai un soupir peut-être peu diplomatique en songeant à ce qui nous attendait avec cet énergumène.
— Je vois. Eh bien, Mr Murray, auriez-vous l'amabilité de chercher dans le fichier de votre personnel le nom d'un homme que nous aimerions rencontrer ?

Il me scruta par-dessous sa visière.
— Papiers ?

Je lui tendis ma carte de journaliste, qu'il tint à quelques centimètres de ses yeux, comme s'il examinait un faux billet.
— Mmm, fit-il. Ça va. On n'est jamais trop prudent. N'importe qui peut entrer ici et se dire journaliste. (Il me rendit ma carte, se tourna vers Sara.) Miss Howard ?

Elle pâlit, bredouilla :
— Je... je n'ai pas de carte, Mr Murray. J'accompagne Mr Moore en qualité de secrétaire.

Murray ne parut pas entièrement satisfait de la réponse mais revint à moi.

– Eh bien ?
– L'homme que nous cherchons s'appelle John Beecham. (Le nom n'amena aucune réaction sur le visage impassible du fonctionnaire.) Il mesure près de deux mètres, a le crâne dégarni et un léger tic facial.
– Léger ? fit Murray. Si son tic est *léger*, j'aimerais voir ce que vous appelez un tic grave.

J'éprouvai de nouveau le sentiment qui m'avait envahi dans l'étable d'Adam Dury : une sorte d'exaltation brûlante, accompagnée de la conviction double que nous étions sur la bonne piste, et que cette piste était encore chaude. Coulant un regard à Sara, je remarquai que sa première expérience de cette exaltation était aussi difficile à maîtriser pour elle qu'elle l'avait été pour moi.

– Vous connaissez donc Beecham ? demandai-je d'une voix chevrotant un peu.
– Je l'ai connu, disons.

Une froide déception doucha mon sentiment de triomphe.

– Il ne travaille plus pour vous ?
– Je l'ai renvoyé. En décembre dernier.

L'espoir renaquit.

– Ah. Et combien de temps est-il resté chez vous ?
– Il a des ennuis ?
– Non, non, répondis-je hâtivement, prenant conscience que, dans mon enthousiasme, je n'avais pas songé à inventer une histoire plausible pour justifier mes questions. Je... c'est son frère. Il est peut-être compromis dans un scandale immobilier. Je pensais que Mr Beecham pourrait peut-être nous aider à le trouver, ou accepterait au moins de faire une déclaration.
– Son frère ? Il ne m'en a jamais parlé.

J'allais répondre à cette remarque par un autre mensonge quand Murray poursuivit :

– Non que cela veuille dire quoi que ce soit. Pas très bavard, John Beecham. Je ne savais pas grand-chose de lui – rien, en tout cas, de ses affaires personnelles. Un homme toujours très convenable. C'est pour cela que j'ai trouvé curieux...

Il s'interrompit, tapota un moment son bureau d'un long doigt osseux, nous examina de nouveau. Il finit par se lever, alla à l'un des escabeaux roulants et le propulsa à l'autre bout de la pièce d'une brusque poussée.

– Nous l'avons embauché au printemps 1890, dit Murray. (Il suivit l'escabeau, monta dessus, ouvrit un tiroir proche du plafond, y chercha un dossier.) Beecham avait postulé un emploi d'énumérateur.

— Je vous demande pardon?

— Énumérateur, répéta-t-il en redescendant, une grosse chemise à la main. C'est le nom qu'on donne aux employés qui procèdent aux entretiens et font les calculs, pour le recensement. J'en ai engagé neuf cents en juin et juillet 1890. Deux semaines de travail, vingt-cinq dollars par semaine. Chacun d'eux a rempli une demande... (Il ouvrit la chemise, en tira une feuille de papier pliée, me la tendit.) Beecham.

M'efforçant de dissimuler mon excitation, je parcourus le document tandis que Murray le résumait :

— Il était tout à fait qualifié – exactement le type de collaborateur que nous recherchons, en fait. Bonne instruction, bonnes références, excellentes recommandations.

Elles l'auraient été s'il y avait eu quoi que ce soit de vrai dans les réponses de Beecham, pensai-je en étudiant le document. Ce que j'avais sous les yeux était en fait un ramassis de mensonges et de faux. Sara lisait par-dessus mon épaule, et lorsque je me tournai vers elle, elle hocha la tête comme pour me dire qu'elle avait elle aussi tiré la conclusion évidente : en 1890, Beecham aiguisait ses talents d'imposteur.

— Vous trouverez son adresse au verso, dit Murray. Au moment où je l'ai renvoyé, il y habitait encore.

Je retournai la feuille. En haut, on avait tracé les mots « 23, Bank Street », d'une écriture rappelant celle du message que nous avions étudié quelques semaines plus tôt.

— Je vois, dis-je lentement. Je vois. Merci.

L'air quelque peu intrigué par l'intérêt que Sara et moi continuions à manifester pour le document, Murray m'arracha la chose des mains et la glissa de nouveau dans la grosse chemise.

— Quoi d'autre? demanda-t-il.

— D'autre? Rien, je crois. Vous nous avez beaucoup aidés, Mr Murray.

— Alors, bonsoir.

Il se rassit, remit ses manchettes de lustrine. Je me dirigeai vers la porte, m'arrêtai en feignant de me rappeler quelque chose.

— Oh. Vous dites que vous avez renvoyé Beecham, Mr Murray. Puis-je vous demander pourquoi?

– Mon travail ne consiste pas à colporter des ragots, répondit le fonctionnaire avec froideur. D'ailleurs, c'est son frère qui vous intéresse, non ?

Je tentai l'escalade par une autre face :

– Aurait-il commis un acte malséant quand il travaillait dans la 13ᵉ circonscription ?

– Si c'était le cas, grommela Murray, je ne l'aurais pas gardé cinq ans... (Il s'interrompit, releva brusquement la tête.) Attendez. Comment savez-vous que je l'avais affecté à la 13ᵉ ?

Je souris.

– C'est sans importance. Merci, Mr Murray, et bonne soirée.

Prenant Sara par le poignet, je l'entraînai vers la sortie. Dans l'escalier, j'entendis la voix furieuse de Murray :

– Arrêtez ! J'exige que vous m'expliquiez d'où vous tenez cette information ! Mr Moore...

Nous étions déjà dans la rue. Je tenais encore Sara par le poignet mais point n'était besoin de la tirer – elle marchait d'un pas vif, et lorsque nous parvînmes à la 5ᵉ Avenue elle éclata de rire. Comme nous attendions de pouvoir traverser, elle me passa soudain les bras autour du cou.

– John ! s'écria-t-elle. Il est *réel*, il est *ici* – Seigneur Dieu, nous savons où il *vit* !

Je la serrai moi aussi dans mes bras mais pris un ton circonspect pour faire remarquer :

– Nous savons où il *vivait*. Nous sommes en juin, il a été renvoyé en décembre. Six mois sans travail ont pu changer beaucoup de choses – sa capacité à payer le loyer dans un quartier décent comme le cœur de Greenwich Village, par exemple.

– Il a pu trouver un nouvel emploi, fit valoir Sara, dont l'enthousiasme était cependant un peu retombé.

– Espérons-le, répondis-je, alors que, devant nous, le flot de voitures s'éclaircissait. Viens.

– Mais qu'est-ce qui t'a fait penser au recensement ? s'enquit-elle comme nous nous avancions sur la chaussée. Et qu'est-ce que c'est que cette histoire de 13ᵉ circonscription ?

Tandis que nous marchions vers Bank Street, je lui expliquai mon raisonnement. Le recensement de 1890 avait provoqué un énorme scandale à New York et dans tout le pays – des confrères ayant couvert l'événement à l'époque m'en avaient parlé. On ne sera pas étonné de trouver à l'origine de ce scandale les chefs politiques de la ville, dont le pouvoir risquait d'être affecté par le recensement, et qui avaient essayé d'intervenir à tous les stades de l'opération. Un grand nombre des candidats qui s'étaient présentés au bureau de Charles Murray pour obtenir un emploi d'énumérateur en juillet 1890 étaient en fait à la solde de Tammany Hall ou de Tom Platt. Ils avaient reçu pour instructions d'arranger les chiffres afin que les circonscriptions votant pour leurs partis respectifs ne subissent pas un redécoupage qui leur ferait perdre de leur influence sur le plan de la nation. Parfois, cela impliquait de gonfler la population d'un district donné en fabriquant des personnes inexistantes. Pour un énumérateur, rien de plus simple, apparemment. Son travail consistait à interroger et à compter les habitants d'un quartier, l'objectif étant de déterminer non seulement le nombre de citoyens du pays mais aussi leur façon de vivre. Les entretiens comportaient des questions personnelles qui, comme l'un de mes confrères du *Times* l'avait souligné, « auraient pu en d'autres circonstances paraître hors de propos ». Les fausses informations qui avaient afflué au bureau de Murray étaient souvent impossibles à distinguer des vraies, tant les agents électoraux républicains et démocrates avaient fait preuve d'imagination. Ces manipulations ne s'étaient pas limitées à New York, je l'ai dit, mais comme d'habitude la ville avait poussé les choses à l'extrême. En conséquence, l'élaboration du rapport final à Washington avait pris beaucoup de retard. Le responsable en chef du recensement (le nommé Porter dont Murray avait parlé) avait démissionné en 1893, laissant son successeur C.D. Wright achever la tâche.

Les énumérateurs travaillaient par circonscriptions électorales, et j'avais parlé de la 13e un peu au hasard, parce que je savais que Benjamin et Sofia Zweig y avaient vécu. Je partais de l'hypothèse que Beecham avait fait leur connaissance en exerçant son métier dans ce secteur, peut-être même en interrogeant leur famille pour le recensement. Par chance, j'avais deviné juste, mais nous demeurions dans le noir quant aux raisons pour lesquelles Murray avait licencié notre homme.

— Il est peu probable que Beecham ait trempé dans les manipulations de chiffres, dit Sara tandis que nous remontions Greenwich Avenue d'un pas rapide en direction de Bank Street. Il n'est pas du genre à faire de la politique – et en outre, le recensement était terminé. Mais alors, pourquoi ?

— Nous enverrons les Isaacson le découvrir demain, proposai-je. Murray est du genre à se laisser impressionner par un insigne. Mais si tu me demandes d'afficher les cotes tout de suite, je te parie à douze contre un qu'il y a une histoire d'enfants derrière. Quelqu'un a peut-être fini par porter plainte.

– Cela semble tout à fait plausible. Tu te souviens de la phrase inachevée de Murray : « Un homme toujours très convenable. C'est pour cela que j'ai trouvé curieux... »

– Exactement. Il y a une sale petite affaire là-dessous.

Lorsque nous tournâmes à gauche dans Bank Street, une succession de pâtés de maisons typiques de Greenwich Village s'étira devant nous jusqu'à l'Hudson River, où les entrepôts remplaçaient les bâtisses cossues. En passant, nous plongions le regard dans les salons des familles bourgeoises qui habitaient le quartier. Bien que le numéro 23 ne se trouvât qu'à cent cinquante mètres de Greenwich Avenue, nos espoirs eurent le temps de s'élever vers les sommets tandis que nous parcourions cette distance. Ils redescendirent brutalement quand nous fûmes devant la maison.

Dans un coin de la fenêtre du salon, une petite pancarte annonçait : « Chambre à louer. » J'échangeai avec Sara un regard dégrisé avant de gravir le perron menant à une porte d'entrée étroite. Je tirai sur la poignée de sonnette en cuivre suspendue à droite du chambranle, attendis un moment, finis par entendre des pas et une voix de vieille femme :

– Non, non, non. Sauvez-vous – allez !

Difficile de dire si l'injonction s'adressait à nous. Le bruit que firent les verrous aussitôt après laissa penser que non. La porte s'ouvrit sur une petite vieille à cheveux blancs portant une robe d'un bleu passé dont le style remontait aux années soixante-dix. Il lui manquait plusieurs dents, et de gros poils blancs hérissaient çà et là sa mâchoire. Ses yeux, quoique vifs, ne semblaient pas dénoncer un esprit particulièrement clair. Elle ouvrait la bouche pour parler quand un petit chat roux apparut près de ses jambes. Du pied, elle le repoussa dans le couloir en le morigénant :

– Non, j'ai dit ! Ces personnes ne sont pas venues pour toi – et pour vous autres non plus !

Je m'aperçus alors que des miaulements sonores provenaient de l'intérieur de la maison – et d'une demi-douzaine de chats au moins, estimai-je. La vieille dame leva les yeux vers moi et me demanda d'un ton guilleret :

– Oui ? C'est pour la chambre ?

La question me désarçonna. Heureusement, Sara se précipita à la rescousse en déclinant nos noms.

— La chambre, madame ? poursuivit-elle. Non, pas exactement. Plutôt votre ancien locataire. Mr Beecham a déménagé, je crois ?

— Oh ! oui, répondit la logeuse. (Un autre chat, à rayures grises celui-là, pointa le museau dehors et réussit à se glisser sur la dernière marche du perron.) Ici, toi ! Peter ! Oh ! vous voulez bien l'attraper, Mr Moore ? (Je me baissai, soulevai l'animal et le grattai sous le menton avant de le restituer à sa maîtresse.) Les chats ! soupira-t-elle. On n'imagine pas qu'ils aient autant envie de disparaître !

Sara s'éclaircit la voix.

— Oui, en effet, Mrs... Mrs... ?

— Piedmont, répondit la femme. J'en laisse seulement huit entrer dans la maison, les quinze autres doivent rester dans le jardin, sinon je suis vraiment très fâchée contre eux.

— Bien sûr, dit Sara. Huit, c'est parfaitement raisonnable. Et Mr Beecham...

— Mr Beecham ? Oui. Très poli. Très rangé. Jamais une goutte d'alcool. Les chats ne l'aimaient pas beaucoup, c'est vrai, mais...

— Aurait-il laissé une adresse où faire suivre son courrier, par hasard ? coupa Sara.

— Il ne pouvait pas. Il ne savait pas où il irait. Le Mexique, peut-être, ou l'Amérique du Sud. Il y a de l'avenir là-bas pour les hommes entreprenants, disait-il... Mais je vous laisse dehors, excusez-moi. Entrez donc.

Je suivis Sara dans la maison, conscient que chaque pépite d'information que nous pourrions tirer de la charmante Mrs Piedmont serait enrobée dans une gangue de cinq ou dix minutes de bavardage inutile. Mon humeur devint plus morose encore quand elle nous introduisit dans son salon suranné. Tout dans la pièce, des fauteuils aux sofas en passant par une collection de bibelots victoriens, semblait sur le point de tomber en poussière. En outre, une odeur aisément reconnaissable d'urine imprégnait toute la maison.

— Les chats, répéta la vieille dame en s'asseyant dans un fauteuil. Des compagnons merveilleux, mais ils se sauvent. Ils disparaissent sans crier gare !

— Mrs Piedmont, reprit Sara d'un ton patient, nous tenons beaucoup à retrouver Mr Beecham. Nous sommes... de vieux amis à lui, vous comprenez.

— Oh ! mais c'est impossible. Mr Beecham n'a pas d'amis, il le répétait tout le temps. « Qui voyage seul voyage vite, Mrs Piedmont », me disait-il le matin. Et il partait pour sa compagnie maritime.

– Sa compagnie maritime ? m'étonnai-je. Mais il...

Sara me toucha la main pour me faire taire, sourit tandis que plusieurs matous pénétraient dans la pièce.

– Bien sûr, dit-elle. Sa compagnie maritime. Un homme très entreprenant.

– Très, confirma Mrs Piedmont. Ah! voilà Lysander, continua-t-elle en désignant un des chats, qui miaulait d'abondance. Je ne l'avais pas vu depuis samedi. Les chats! ils disparaissent...

– Mrs Piedmont, reprit Sara, montrant toujours une longanimité remarquable, combien de temps Mr Beecham a-t-il habité chez vous ?

– Combien de temps ? (La vieille dame se mordilla un doigt en réfléchissant.) Près de trois ans, en tout. Jamais une plainte, jamais en retard pour le loyer. (Elle plissa le front.) Mais d'une humeur sombre. Et il ne mangeait jamais – enfin, je ne l'ai jamais vu manger. Toujours au travail, nuit et jour – quand même il devait bien manger de temps en temps, non ?

Sara sourit, hocha la tête.

– Savez-vous pourquoi il est parti ?

– La faillite, répondit simplement Mrs Piedmont.

– La faillite ? répétai-je, espérant une piste.

– Sa compagnie maritime. Une terrible tempête au large des côtes chinoises. Oh! les pauvres marins. Mr Beecham a distribué tout l'argent qui lui restait à leurs familles, vous savez.

Elle s'interrompit, leva une main osseuse.

– Miss Howard, si vous voyez passer une petite demoiselle au pelage bigarré, dites-le-moi. Elle n'est pas rentrée pour le petit déjeuner, et ils *disparaissent...*

Aussi barbare que cela puisse paraître, j'avais envie de tordre le cou de Mrs Piedmont et de ses satanés chats, mais Sara, gardant le cap, demanda :

– C'est vous qui avez donné son congé à Mr Beecham, alors ?

– Certainement pas. Il est parti de son plein gré. Il m'a prévenue qu'il n'avait pas d'argent pour payer le loyer et qu'il n'entendait pas rester dans un endroit au-dessus de ses moyens. J'ai proposé de lui accorder quelques semaines de délai mais il a refusé. Je me souviens très bien de ce jour – une semaine avant Noël. C'est à peu près à cette époque que mon petit Jib a disparu.

Je gémis intérieurement tandis que Sara réclamait des éclaircissements.

— Jib ? Un de vos chats ?

— Oui. Il a tout bonnement disparu. Plus de nouvelles, dit la vieille femme, perdue dans ses pensées.

D'un coup de coude, j'attirai l'attention de Sara, indiquai l'étage d'un mouvement de tête impatient.

— Pourrions-nous jeter un coup d'œil à la chambre ? sollicita mon amie.

Mrs Piedmont sortit de sa rêverie avec un sourire, nous regarda comme si nous venions juste d'entrer.

— Alors, c'est la chambre qui vous intéresse ?

— Peut-être.

Cette hypothèse libéra un nouveau flot de babil cependant que nous montions l'escalier au mur couvert d'un papier vert déchiré. La chambre à louer se trouvait au deuxième étage, et il nous fallut une éternité pour y grimper au rythme de Mrs Piedmont. Lorsque nous y parvînmes enfin, les huit chats de la maison s'étaient déjà rassemblés devant la porte, où ils poussaient des miaulements à fendre l'âme. Leur maîtresse fit tourner la clef dans la serrure et nous entrâmes.

La première chose qui me frappa, ce fut que les chats ne nous suivirent pas à l'intérieur. Dès que la porte s'ouvrit, ils cessèrent de miauler et demeurèrent un moment sur le seuil, comme aux aguets, avant de redescendre l'escalier à toute allure. Après leur départ, je me tournai pour examiner la chambre, décelai bientôt dans l'air une odeur de pourriture. Ce n'était ni le pipi de chat, ni l'odeur familière du grand âge et des vieux meubles, mais quelque chose de plus âcre. Une souris morte ou quelque autre bête, décidai-je. N'y pensant plus, je concentrai mon attention sur la chambre elle-même.

Qui n'en méritait pas tant. C'était une pièce austère dont la fenêtre regardait Bank Street, et dont le mobilier se réduisait à un antique lit à colonnes, une armoire tout aussi vétuste et une commode banale. Hormis un broc et un bassin assortis posés sur la commode, la chambre était absolument vide.

— Il l'a laissée comme il l'avait trouvée, commenta Mrs Piedmont. Il était comme ça, Mr Beecham.

Sous prétexte de décider si nous voulions ou non louer la chambre, Sara et moi inspectâmes l'armoire et les tiroirs de la commode sans rien trouver qui pût indiquer qu'elle avait été habitée un jour par qui que ce soit, encore moins par un être torturé que nous soupçonnions d'avoir supprimé au moins une demi-douzaine d'enfants de manière étrange et violente. Finalement, nous déclarâmes à la vieille dame que c'était une charmante petite chambre, mais justement trop petite pour ce que nous voulions en faire, et nous nous apprêtâmes à redescendre.

Sara et notre hôtesse – qui avait recommencé à parler de ses chats – étaient déjà dans le couloir quand je remarquai quelque chose juste derrière la porte de la chambre de Beecham : de petites taches sur le papier mural à rayures. De teinte brunâtre, elles avaient une forme et une disposition indiquant que la substance qui les avait faites – et qui pouvait être du sang – avait été violemment projetée sur le mur. Remontant vers la source, j'arrivai au lit, et, après avoir vérifié que Mrs Piedmont ne pouvait me voir, soulevai le matelas.

Je fus assailli par l'odeur que j'avais remarquée en pénétrant dans la pièce, mais cette fois avec une force qui me fit fermer les yeux et me leva le cœur. J'allais laisser retomber le matelas quand mes yeux se rouvrirent juste assez longtemps pour voir un petit cadavre. Une peau poilue, tendue sur les os, laissait voir par les trous qui la perçaient les restes desséchés d'organes internes. Une ficelle à moitié pourrie reliait les quatre membres, et près des pattes arrière s'alignaient plusieurs tronçons articulés, semblables à de minuscules vertèbres – une queue, me dis-je, coupée en morceaux. Le crâne de l'animal, à peine couvert de peau et de poils, était séparé du reste du squelette par une vingtaine de centimètres. Le matelas et le sommier portaient de larges taches de la même couleur que les éclaboussures du mur.

Je lâchai finalement le matelas, me ruai dans le couloir et me tamponnai le visage avec mon mouchoir. Refoulant un nouveau haut-le-cœur, je respirai profondément et demeurai en haut de l'escalier, que je n'étais pas sûr d'être en état de descendre.

– John ? entendis-je Sara appeler d'en bas. Tu viens ?

La première volée de marches se révéla pleine de traîtrise, mais je réussis à négocier la deuxième beaucoup mieux, et lorsque j'arrivai à la porte d'entrée de la maison, où Mrs Piedmont, entourée de ses chats miaulants, serrait la main de Sara, je parvins même à faire apparaître sur mes lèvres une manière de sourire. Après avoir rapidement remercié la vieille dame, je sortis et inhalai goulûment l'air de la nuit, qui me parut particulièrement pur comparé à ce que je venais de respirer.

Sara me suivit en adressant quelques derniers mots à Mrs Piedmont, et le même chat à rayures renouvela sa tentative d'évasion.

– Peter ! tempêta sa maîtresse. Miss Howard, pourriez-vous... ?

Sara avait déjà pris l'animal dans ses bras et le tendit à l'ancienne logeuse de John Beecham avec un sourire.

– Les chats! répéta celle-ci une fois de plus, avant de refermer la porte.

Sara descendit le perron pour me rejoindre, et son sourire s'évanouit quand elle remarqua ma mine.

– John, tu es tout pâle, qu'y a-t-il? (Elle me saisit le bras.) Tu as trouvé quelque chose là-haut? Qu'est-ce que c'était?

– Jib, lâchai-je en m'épongeant de nouveau le visage avec mon mouchoir.

– Jib? Le *chat*? Qu'est-ce que tu racontes?

Je pris mon amie par le bras et l'entraînai vers Broadway.

– Disons que, contrairement à ce qu'affirme Mrs Piedmont, les chats ne disparaissent pas comme ça.

40

Sara et moi rentrâmes au 808, Broadway, cinq minutes seulement avant les Isaacson, dont l'humeur, à leur arrivée, n'était guère meilleure que la nôtre quelques heures plus tôt. Tout agité, je narrai aux enquêteurs nos aventures de la soirée tandis que Sara en inscrivait l'essentiel sur le tableau noir. Lucius et Marcus furent tous deux très impressionnés, même si, selon moi, nous nous retrouvions dans la même situation que ce matin : sans la moindre idée de ce que faisait maintenant Beecham ni d'où il vivait.

— C'est vrai, mais nous en savons davantage sur ce qu'il ne fait *pas*, dit Lucius. Nous nous sommes trompés en le supposant enclin à faire usage des connaissances héritées de son pasteur de père — et s'il ne l'a pas fait, il y a probablement une raison.

Marcus avança une hypothèse :

— Son amertume est peut-être si forte qu'elle l'empêche de prôner, fût-ce hypocritement, les valeurs que défendait son père — même dans le dessein de trouver un emploi.

— A cause de l'hypocrisie qui régnait au sein de sa famille ? demanda Sara, qui continuait à écrire sur le tableau.

— Oui, répondit Marcus. La seule idée d'Église, de travail missionnaire déclenche peut-être en lui une violence extrême, et il n'ose s'aventurer sur un terrain où il serait incapable de sauvegarder les apparences.

Son frère prit le relais :

— Il préfère donc prendre l'emploi d'énumérateur, avec lequel il ne court pas le risque de se trahir accidentellement.

— Ce travail satisfait un de ses désirs les plus profonds, ajoutai-je. Il lui permet de pénétrer chez les gens, d'approcher leurs enfants, qu'il peut étudier sans avoir l'air de s'intéresser à eux – ce qui, en fin de compte, doit lui poser un problème.

– Parce qu'au bout d'un moment, il n'est plus capable de contrôler ses pulsions, enchaîna Marcus. Mais les prostitués ? Il ne les a pas connus chez eux puisqu'ils ne vivaient plus avec leur famille. D'ailleurs, il avait déjà été renvoyé.

– Exact, dit Lucius. La question demeure ouverte. Mais quel que soit le boulot qu'il a pris après le Bureau de recensement, il a sans doute cherché à garder la possibilité d'entrer chez les gens et d'obtenir des renseignements sur ses victimes. Ainsi, même si ces garçons vivaient dans des lieux de débauche, il connaissait leur situation particulière – ce qui constituait un bon moyen de gagner leur confiance.

– Je ne suis pas sûr que tout cela nous aide à trouver où il est *maintenant*, objecta Marcus. Je ne voudrais pas être alarmiste, les amis, mais nous n'avons plus que *six jours* avant la prochaine tentative.

La remarque provoqua un long silence pendant lequel tous les regards se tournèrent vers la pile de photographies du bureau de Marcus. Une pile qui augmenterait, chacun de nous le savait, si nous échouions. Finalement, Lucius déclara d'un ton résolu :

– Il faut continuer dans la voie qui nous a menés jusqu'ici. Avec Murray comme avec Mrs Piedmont, il a échafaudé des mensonges complexes, qu'il a utilisés pendant une longue période sans se trahir. Supposons qu'il ait trouvé un autre emploi qui lui donne ce qu'il cherche : la fréquentation des toits, et des contacts avec la population des quartiers pauvres. Des idées ?

Il est pénible de voir s'épuiser un filon productif, mais c'est ce que fit la veine de notre raisonnement – et notre veine tout court. Peut-être avions-nous tous besoin de prendre du recul ; peut-être étions-nous paralysés par l'idée que le délai expirait – le mot convenait admirablement – dans une semaine. Quoi qu'il en soit, nos esprits et nos lèvres cessèrent toute activité. Certes, il nous restait une carte à jouer au Bureau de recensement : Marcus et Lucius iraient voir Charles Murray pour avoir une idée plus précise de ce qui avait motivé le licenciement de Beecham, en décembre. Mais, cette démarche mise à part, la poursuite de nos investigations se perdait dans le vague et c'est dans une extrême incertitude que nous mîmes finalement un terme, vers dix heures, à une longue journée de travail.

Le mardi, au cours de leur entretien avec Murray, les Isaacson apprirent effectivement que Beecham avait été renvoyé parce qu'il s'intéressait de trop près à un enfant : une fillette nommée Ellie Leshka, qui habitait un taudis d'Orchard Street. L'adresse était située dans la 13ᵉ circonscription, pas très loin de l'endroit où les Zweig avaient vécu. Les sergents avaient cherché à obtenir plus de renseignements sur le sujet en se rendant chez la jeune Ellie, mais la malchance voulut que la famille eût récemment quitté New York pour Chicago.

Selon Murray, les parents n'avaient pas parlé de violences lorsqu'ils étaient venus se plaindre de Beecham. Apparemment, il n'avait jamais menacé Ellie – il avait même été gentil avec elle. Mais la fillette venait d'avoir douze ans, et ses parents nourrissaient des inquiétudes parfaitement compréhensibles à la savoir en compagnie d'un inconnu. Charles Murray avait déclaré aux Isaacson qu'il n'aurait pas forcément congédié Beecham si ce dernier ne s'était pas introduit chez les Leshka en prétextant son travail d'énumérateur, alors que la famille ne figurait pas sur sa liste.

Sara releva deux aspects inhabituels dans cette histoire : outre qu'Ellie Leshka n'était pas une enfant prostituée, elle avait survécu à ses relations avec Beecham. Peut-être n'avait-il jamais eu l'intention de la tuer. Peut-être avait-il sincèrement tenté d'établir des liens avec un autre être humain. Et la réaction des parents, suivie de leur départ, avait pu provoquer la fureur de Beecham : les derniers meurtres de jeunes prostitués avaient eu lieu peu après les événements de décembre.

Ce fut cependant tout ce que nous pûmes tirer de la piste du Bureau de recensement. Nous en fîmes le bilan vers cinq heures et demie puis Sara et moi présentâmes aux Isaacson le fruit de notre journée de travail : une courte liste des professions vers lesquelles Beecham avait pu s'orienter après son renvoi. Prenant en compte tous les éléments que nous estimions sûrs – sa haine des immigrés, son incapacité à avoir des relations avec les gens (avec les adultes, du moins), son besoin de fréquenter les toits, et son hostilité envers les associations religieuses de toutes sortes –, nous avions ramené notre série initiale de possibilités à deux grandes catégories d'emplois : encaisseur et huissier. Deux professions laïques qui l'auraient non seulement amené à passer par les toits (les portes d'entrée d'immeuble sont souvent fermées à ces indésirables) mais lui auraient aussi procuré un certain sentiment de pouvoir – et de maîtrise. En même temps, ces métiers lui auraient donné accès à des informations personnelles sur un large éventail de gens, ainsi qu'une raison d'aller les trouver chez eux. Enfin, Sara s'était rappelé un détail qui venait à l'appui de notre hypothèse : lors de son internement à St. Elizabeth, Beecham avait déclaré que la société a besoin de lois, et d'hommes pour les faire respecter. Les débiteurs, les délinquants (même mineurs) devaient faire l'objet de son mépris, et la perspective de pouvoir les harceler le séduisait probablement.

Marcus et Lucius approuvèrent notre raisonnement, tout en sachant, comme Sara et moi, qu'il nous renvoyait user nos semelles dans la rue. Nous avions toutefois des raisons d'espérer : la liste des services administratifs et des agences de recouvrement qui offraient ces deux types d'emploi était bien plus restreinte que celle, interminable, d'associations charitables à laquelle nous nous étions déjà attaqués. Les Isaacson se chargèrent des administrations, nous laissant, Sara et moi, nous partager les agences, en nous concentrant sur celles qui opéraient dans le Lower East Side et Greenwich Village. Mercredi matin, nous nous remîmes à arpenter les rues.

Si faire le tour des œuvres de charité de la ville avait été moralement éprouvant, rencontrer les patrons d'agences de recouvrement se révéla physiquement intimidant. Installées en général dans de minuscules bureaux crasseux, ces officines étaient souvent dirigées par des individus ayant eu une expérience malheureuse dans un domaine vaguement apparenté : anciens policiers, escrocs, chasseurs de prime. Bref, une engeance ne distribuant pas volontiers les renseignements, et à qui seule la promesse d'une récompense faisait desserrer les dents. Trop souvent, ils exigeaient d'être payés d'avance et ne livraient en échange que des informations manifestement fausses ou sans intérêt.

Une fois de plus, des heures de travail ingrat ne produisirent aucun résultat. L'administration conservait bien dans ses dossiers les noms des personnes qu'elle employait comme huissiers, mais celui de John Beecham ne figurait sur aucun des fichiers que les Isaacson examinèrent le premier jour. Les vingt-quatre heures que Sara passa à visiter les agences de recouvrement ne lui valurent que des propositions vulgaires. Quant à moi, après avoir épuisé ma liste, je rentrai le jeudi après-midi au Q.G. sans savoir que faire ensuite. Contemplant l'Hudson par la fenêtre du 808, je fus de nouveau envahi par un sentiment familier de frayeur : nous ne serions jamais prêts. Dimanche viendrait, et Beecham, sachant que nous surveillerions probablement les maisons de prostitution employant de jeunes garçons, choisirait une victime dans un autre lieu, l'emmènerait dans un endroit inconnu et accomplirait de nouveau son rituel répugnant. Tout ce qu'il nous faut, ressassais-je, c'est une adresse, un emploi, n'importe quoi qui nous permette de le repérer, pour qu'au moment crucial nous puissions intervenir et mettre fin à ces atrocités, ainsi qu'aux tourments qui le poussent à les commettre. Étrange qu'après tout ce que j'avais vu, je puisse penser à *ses* tourments; et plus étrange encore que j'éprouve une sorte de vague sympathie pour cet homme. Pourtant ce sentiment m'habitait, qui provenait de la compréhension du contexte de sa vie : de tous les objectifs que Kreizler nous avait assignés au début de l'enquête, nous avions au moins atteint celui-là.

La sonnerie du téléphone me fit sursauter. C'était Sara.

– John ? Qu'est-ce que tu fais en ce moment ?

– Rien. J'ai fini ma liste, elle ne m'a mené à rien.

– Alors, viens au 967, Broadway, premier étage. Vite.

– Le 967... C'est après la 20ᵉ Rue.

– Bravo. Entre la 22ᵉ et la 23ᵉ, en fait.

– Mais c'est en dehors de la zone que nous avons délimitée.

– Oui. Et quelquefois, je ne dis pas non plus ma prière du soir, répliqua-t-elle. Nous avons été stupides – cela aurait dû nous sauter aux yeux. Allez, *presse-toi*.

Elle raccrocha avant que je puisse répondre. Je trouvai ma veste, l'enfilai, laissai un mot pour les Isaacson au cas où ils rentreraient avant nous. J'étais sur le point de sortir quand le téléphone sonna de nouveau. Je décrochai, entendis la voix de Joseph :

– Mr Moore ? C'est vous ?

– Oui, Joseph. Que se passe-t-il ?

– Oh ! rien, sauf que... Vous êtes sûr de c' que vous m'avez raconté ? Sur le type que vous cherchez, je veux dire.

– Aussi sûr qu'on peut l'être de quoi que ce soit dans cette affaire. Pourquoi ?

– Ben, c'est juste que je suis tombé sur un copain, hier soir, il fait la rue, il travaille pas dans une maison, et il m'a raconté quèque chose qui m'a rappelé c' que vous m'avez dit.

Tout pressé que je fusse, je m'assis, pris de quoi écrire.

– Je t'écoute, Joseph.

– Il a dit comme ça qu'un type a promis de... c' que vous avez dit, de l'emmener et tout. Qu'il vivrait dans un grand, je sais pas, un grand château, d'où il verrait toute la ville. Alors, je me suis rappelé de c' que vous m'avez dit, et je lui ai demandé si le type avait un truc bizarre au visage, mais il a répondu non. Vous êtes sûr que c'est au visage ?

— Oui. J'en suis...

— Uh-oh, coupa Joseph. Scotch Ann qui se met à gueuler, on dirait que j'ai un client. Faut que j'y aille.

— Attends. Dis-moi juste...

— Désolé, pas le temps. On peut se voir ce soir, si vous voulez.

Connaissant sa situation, je n'insistai pas.

— D'accord. Au billard ? Dix heures ?

— Ok. A tout à l'heure.

Je raccrochai, sortis en trombe du Q.G.

Agrippé à la plate-forme d'un tramway, je fis le trajet jusqu'à la 22e Rue en quelques minutes. Après avoir sauté sur le trottoir pavé bordant les rails dans cette partie de l'avenue, je regardai, de l'autre côté de Broadway, un groupe d'immeubles triangulaire couvert d'enseignes proposant toutes sortes de choses, des soins dentaires sans douleur aux lunettes en passant par des voyages à bord d'un vapeur. Aux fenêtres du premier étage du numéro 967, je remarquai cette inscription en fines lettres dorées : MITCHELL HARPER, RECOUVREMENT DE CRÉANCES. J'attendis qu'une brèche dans la circulation me permette de traverser et me dirigeai vers l'immeuble.

Je trouvai Sara en conversation avec Mr Harper dans son minuscule bureau. Ni l'homme ni la pièce ne correspondaient aux délicates lettres tracées à la feuille d'or sur les fenêtres. Si Mr Harper employait une femme de ménage, la suie qui recouvrait les quelques meubles ne donnait pas cette impression. La vulgarité de sa mise et de son gros cigare n'avait d'égale que celle de son visage mal rasé. Sara nous présenta mais Harper ne tendit pas la main.

— J'ai lu des tas de trucs sur la médecine, Mr Moore, expliqua-t-il d'une voix grossière, les pouces passés sous son gilet taché. Les microbes, mon bon monsieur ! C'est eux qui sont responsables des maladies, et ils se transmettent par le toucher !

J'hésitai un instant à lui répliquer qu'un bain poserait peut-être des problèmes à ses microbes puis me tournai vers Sara avec une expression demandant pourquoi, grands dieux, elle m'avait fait venir dans cet endroit.

— Nous aurions dû y penser tout de suite, murmura-t-elle, avant de dire à voix haute : Mr Harper a été engagé par Mr Lanford Stern, en février, pour s'occuper de dettes importantes.

Voyant que cela n'éveillait rien dans ma mémoire, elle ajouta :

– Mr Stern possède plusieurs immeubles dans le quartier de Washington Market. Un certain Mr Ghazi fait partie de ses locataires.

– Oh, fis-je. Bien sûr. Pourquoi ne m'as-tu pas dit simplement que...

Sara m'interrompit d'une pression du bras : elle ne tenait manifestement pas à mettre Harper au courant de la véritable nature de notre affaire.

– J'ai vu Mr Stern ce matin... reprit-elle en appuyant sur les mots.

Je compris enfin pourquoi nous aurions dû penser à retourner le voir : Ghazi avait plusieurs mois d'arriérés de loyer au moment de la mort de son fils.

– Je lui ai parlé de l'homme que nous recherchons, continuait Sara, celui qui, pensons-nous, a exercé le métier d'encaisseur, et dont le frère est mort, lui laissant une fortune.

Avec un sourire, je reconnus le talent de mon amie pour les mensonges impromptus.

– Oui, oui, fis-je.

– Mr Stern m'a déclaré qu'il avait confié le recouvrement de tous les arriérés de loyer à Mr Harper, et...

– Et comme je l'ai dit à Miss Hobart, coupa Harper, s'il y a héritage, je veux savoir ce que je toucherai avant de révéler quoi que ce soit.

Je hochai la tête, regardai l'homme dans les yeux – ce serait un jeu d'enfant.

– Mr Harper, commençai-je avec un grand geste de la main, je puis vous dire que, si vous nous donnez les coordonnées de Mr Beecham, vous pourrez compter sur un pourcentage très généreux. Cinq pour cent, disons ?

Le cigare imprégné de salive faillit tomber de ses lèvres quand il s'exclama :

– Cinq pour – ah ! oui, c'est généreux. Cinq pour cent !

– Sur la totalité, vous avez ma parole. Mais dites-moi : vous connaissez les coordonnées de Mr Beecham ?

L'homme parut un instant moins sûr de lui.

– C'est-à-dire, je les connais *approximativement*, Mr Moore. Je sais où le trouver, en tout cas, du moins quand il a soif.

Je lui lançai un regard dur qui le fit se récrier :

– Je peux vous y emmener, je le jure ! C'est un *dive* de Mulberry

Bend où on sert de la bière éventée – je l'ai rencontré là-bas. Je vous dirais bien de l'attendre ici mais... le fait est que j'ai dû me séparer de lui il y a deux semaines environ.

— Vous séparer de lui ? Pourquoi ?

— Je suis un homme respectable, et je dirige une affaire respectable, affirma Harper. Mais de temps à autre, il faut un peu secouer les gens. Pour les convaincre. Qui paie ses dettes sans qu'on le secoue un peu ? Au départ, j'avais embauché Beecham parce qu'il était grand et costaud. Il m'avait même dit qu'il savait se débrouiller dans une bagarre. Et qu'est-ce qu'il fait ? Il parle. Il leur fait la conversation. Ben, merde – oh ! excusez-moi, Miss. Mais on fait casquer personne en parlant. Surtout pas des immigrés. Ce Ghazi, là, c'est un bon exemple : j'ai envoyé Beecham trois fois chez lui, et il n'en a pas tiré un sou.

Harper avait encore des choses à nous dire mais nous n'avions plus besoin de les entendre. Après lui avoir demandé de nous écrire l'adresse du *dive*, je lui promis qu'il toucherait son argent très bientôt si elle nous conduisait à Beecham. Curieusement, ce petit homme cupide nous avait fourni la seule information gratuite que nous ayons eue en deux jours – la seule aussi qui se révélerait importante.

41

En sortant de l'immeuble, nous nous heurtâmes aux Isaacson, qui avaient trouvé mon message. Faisant aussitôt relâche à la *Taverne Brübacher,* nous examinâmes ce que l'encaisseur nous avait appris, et nous élaborâmes un plan pour la soirée. Le choix était clair : si nous repérions Beecham, nous devions éviter une confrontation et téléphoner à Theodore pour qu'il nous envoie plusieurs inspecteurs – des hommes dont Beecham ne connaîtrait pas le visage – qui le prendraient en filature. En revanche, si nous localisions son domicile et s'il ne s'y trouvait pas pour une raison quelconque, il fallait fouiller rapidement l'endroit afin d'y trouver des preuves permettant une arrestation immédiate. Ce point étant réglé, nous vidâmes nos verres et, vers huit heures et demie, nous partîmes en expédition pour Five Points.

L'effet de ce quartier a toujours été difficile à décrire à un non-initié. Même par une agréable soirée de printemps comme celle de ce jeudi, l'endroit dégageait une forte impression de danger mortel. Un danger qui ne se manifestait pas nécessairement de manière braillarde ou agressive, comme dans d'autres parties interlopes de la ville. Il régnait par exemple dans le Tenderloin une atmosphère de bamboche, et les rencontres avec les voyous en goguette faisant étalage de leur bravoure étaient monnaie courante. Five Points était un quartier d'une nature radicalement différente. Oh! on y entendait aussi des cris et des hurlements, mais plutôt *à l'intérieur* des immeubles. Ce qui déconcertait le plus dans cette zone entourant Mulberry Bend (la démolition des quelques pâtés de maisons du Bend proprement dit avait été entreprise grâce aux efforts inlassables de Jack Riis), c'était le peu d'animation qui y régnait. Les habitants du quartier passaient leur temps entassés dans les bicoques et les immeubles misérables bordant les rues, ou dans les bouges occupant le rez-de-chaussée de la plupart de ces taudis. La mort et le désespoir étaient à l'œuvre sans fanfare, dans le Bend, et marcher dans ses rues sordides amenait les plus optimistes à s'interroger sur la valeur ultime de la vie humaine.

C'était apparemment ce que faisait Lucius lorsque nous arrivâmes à l'adresse donnée par Harper : 119, Baxter Street. Près de l'entrée de l'immeuble, quelques marches de pierre luisantes d'urine descendaient vers une porte qui, à en juger par les rires et les grognements qui s'en échappaient, était celle du *dive* que Beecham fréquentait. Je me tournai vers Lucius, qui inspectait d'un air inquiet les rues sombres des alentours.

– Vous et Sara, vous restez ici, dis-je. En sentinelles.

Il acquiesça, sortit son mouchoir pour éponger son front.

– Et s'il y a un problème, ne montrez *pas* votre plaque : c'est une invitation au meurtre, ici, dis-je en entraînant Marcus vers les marches.

J'ignore à quoi ressemblaient les cavernes qu'habitaient les hommes préhistoriques mais le bouge moyen de Five Points ne constituait sans doute pas un progrès par rapport à cette époque – et celui dans lequel je pénétrai ce soir-là était largement *en dessous* de la moyenne. Moins de deux mètres séparaient le plafond du sol de terre battue puisque l'endroit servait à l'origine de cave. Il n'y avait pas de fenêtres : la lumière provenait de quatre lampes à pétrole crasseuses suspendues au-dessus d'un nombre égal de longues tables disposées en deux rangées. Y étaient assis ou affalés des clients dont les différences d'âge, de sexe, de tenue vestimentaire disparaissaient sous une apparence commune de démence alcoolique. Sur la vingtaine de personnes présentes, trois seulement – deux hommes et une femme, cette dernière grognant et ricanant aux propos incompréhensibles des deux premiers – manifestaient des signes de vie. Ils nous détaillèrent de leurs yeux vitreux et chargés de haine quand nous entrâmes. Penchant la tête vers moi, Marcus murmura :

– La lenteur dans les déplacements est recommandée, ici, je suppose.

J'opinai du chef, m'approchai du « comptoir » – une planche posée sur deux tonneaux de cendres au fond de la pièce. Aussitôt apparurent devant nous deux verres de bière éventée, mélange infect de fonds de tonneau récupérés dans des établissements à peine plus respectables. Je payai mais ne touchai pas à mon verre, et Marcus poussa le sien sur le côté.

— Z'en voulez pas? marmonna le « barman » — un mètre cinquante, cheveux filasse et moustache assortie — avec l'expression de rancœur un peu fêlée typique du quartier.

Je secouai la tête.

— Renseignements, dis-je. Sur un client.

— Des queues, répliqua l'homme. Barrez-vous.

Je montrai un autre billet.

— Juste une ou deux questions...

Il jeta des regards nerveux autour de lui et, voyant que le trio de consommateurs relativement sains d'esprit ne nous observait plus, glissa l'argent dans sa poche.

— Ouais?

Je lançai le nom de Beecham sans obtenir de réaction. Mais lorsque je décrivis un homme de haute taille affligé d'un tic facial, la lueur qui s'alluma dans ses yeux à l'éclat maladif m'indiqua que Mitchell Harper avait joué franc jeu avec nous.

— Un peu plus haut, au 155, grommela-t-il. Dernier étage, sur cour.

Marcus me coula un regard dubitatif que le barman remarqua.

— Hé, j' l'ai vu d' mes propres yeux! protesta-t-il. Vous êtes de la famille de la fille?

— La fille?

— Il a emmené une fille, là-haut. La mère croyait qu'on l'avait kidnappée. Il l'a pas touchée, notez — mais il a bien failli zigouiller un gars qu'en a parlé ici.

Je réfléchis.

— Il boit beaucoup?

— Avant, il buvait pas. J'ai jamais compris ce qu'il venait faire ici, au début. Maintenant, il picole.

Je regardai Marcus, qui hocha brièvement la tête. Nous nous retournions pour partir quand le barman me saisit le bras.

— J' vous ai rien dit, hein? Y a pas intérêt à le foutre en rogne, le bonhomme. (Il révéla des dents grisâtres.) C'est un sacré surin qu'il trimballe.

Nous partîmes pour de bon, laissant l'homme vider les deux verres de bière éventée qu'il nous avait servis. Nous contournâmes une fois de plus avec précaution les corps des clients ivres morts assis aux tables, et si l'un d'eux, près de la porte, se mit à uriner sur le sol à notre passage, nous ne vîmes rien de personnel dans cet acte inconscient.

En enjambant la flaque d'urine, Marcus me chuchota :

– Alors, Beecham boit.

J'ouvris la porte.

– Oui. Vous vous rappelez ce que Kreizler nous a dit un jour ? Que l'homme entrait peut-être dans une phase finale autodestructrice ? Quelqu'un qui vient se soûler dans ce bouge en est certainement là.

Sara et Lucius nous attendaient dehors, l'air aussi nerveux que lorsque nous les avions laissés.

– Venez, dis-je en remontant la rue. Nous avons une adresse.

Le 155, Baxter Street, était un taudis new-yorkais banal, à ceci près que dans un autre quartier les femmes et les enfants qu'on voyait aux fenêtres par ce soir plein de douceur auraient ri, chanté, ou au moins échangé des injures. Là, ils demeuraient immobiles, la tête dans les mains, sans montrer d'intérêt pour ce qui se passait dans la rue. Un homme à qui je donnai une trentaine d'années était assis sur le perron et balançait une matraque de policier qui semblait authentique. Un coup d'œil aux traits boursouflés et au rictus du personnage laissait aisément deviner comment il avait mis la main sur ce trophée. Je gravis les marches ; l'extrémité du bâton s'enfonça juste assez dans mes côtes pour m'empêcher d'aller plus loin.

– Qu'esse vous voulez ? fit l'homme au visage marqué, dont l'haleine empestait l'alcool relevé au camphre.

– Nous sommes venus voir un locataire, répondis-je.

Il eut un rire bref.

– Jouez pas au con avec moi. Qu'esse vous voulez ?

Je marquai une pause avant de riposter :

– Vous êtes qui, vous ?

Cette fois, il ne rit pas.

– J' suis l' type qui surveille l'immeuble – pour le proprio. Alors, jouez pas avec mes nerfs si vous voulez pas tâter de c' bâton.

Il parlait la langue du Bowery, immortalisée depuis longtemps par les durs de la ville, mais qu'on avait toujours un peu de mal à prendre au sérieux. Impressionné cependant par la matraque, je tirai une fois de plus mon portefeuille.

– Dernier étage, sur la cour, dis-je en tendant un billet. Il y a quelqu'un?

Le rictus revint, le « gardien » prit l'argent.

– Vous voulez parler de c' bon vieux... (Il ferma un œil, eut une grimace qui lui déforma la bouche et la joue droite.) Nan, il est pas là. Il est jamais là, la nuit. Quèque fois dans la journée, mais pas la nuit. Allez quand même voir sur le toit, il y est p'têt. Il aime l'altitude, le mec.

– Et son appartement? m'enquis-je. Nous pourrions l'attendre là-haut.

– P'têt qu'il est fermé, dit l'homme avec un sourire. (Je tendis un autre billet.) Mais p'têt que non. (Il se leva, se dirigea vers l'entrée.) Z'êtes pas de la poulaille, au moins?

– Je ne vous paie pas pour poser des questions.

L'homme accorda à ma repartie ce qui ressemblait à de la considération, branla du chef.

– D'ac'. V'nez avec moi – mais pas de bruit, hein?

Nous le suivîmes à l'intérieur. Dans la cage d'escalier obscure flottaient les habituelles odeurs de déchets pourrissants et d'excréments humains. Je m'arrêtai devant la première marche pour laisser passer Sara.

– On est à cent lieues de chez Mrs Piedmont, murmura-t-elle.

Nous montâmes cinq étages sans incident et notre guide toqua à l'une des quatre portes cernant un petit palier. N'obtenant pas de réponse, il leva un doigt.

– Attendez ici, dit-il, et il grimpa quatre à quatre la dernière volée de marches menant au toit.

Il revint quelques secondes après, l'air plus détendu.

– Tout va bien, annonça-t-il. (Il tira de sa poche revolver un gros trousseau de clefs, ouvrit la porte à laquelle il avait frappé.) Fallait d'abord êt' sûr qu'il est pas dans l' coin. Une vraie soupe au lait, ce vieux...

Il nous gratifia d'une nouvelle grimace, ricana et nous fit entrer.

J'allumai la lampe à pétrole posée sur une étagère près de la porte. L'espace qui devint lentement visible se composait essentiellement d'une sorte de couloir étroit, long d'une dizaine de mètres, barré en son milieu d'une cloison munie d'une porte, elle-même surmontée d'une imposte. Deux fentes récemment percées dans les murs latéraux constituaient les seules ouvertures sur le monde extérieur et offraient une vue partielle sur les puits d'aération, et au-delà sur les fentes semblables des appartements d'en face. Un petit poêle se nichait dans un coin, contre la cloison, mais les installations sanitaires se réduisaient, semblait-il, à un seau rouillé. De la porte d'entrée, on ne voyait que quelques meubles : un vieux bureau et son fauteuil, près de la cloison, et au-delà un pied de lit. La peinture des murs s'écaillait, révélant la couche précédente qui s'effritait elle aussi.

C'était dans cet endroit que vivait l'être qui avait été Japheth Dury et qui était devenu le meurtrier John Beecham. Dans ce trou infect, il y avait forcément des indices, aussi difficiles à repérer soient-ils. Sans dire un mot, j'indiquai le fond de l'appartement aux Isaacson, qui passèrent de l'autre côté de la cloison. D'un pas hésitant, Sara et moi nous approchâmes du vieux bureau, tandis que notre guide demeurait sur le seuil, l'air aux aguets.

La perquisition ne dura pas plus de cinq minutes tant l'appartement était exigu et pauvrement meublé. Le vieux bureau avait trois tiroirs, que Sara inventoria dans la pénombre, passant les mains dans chacun d'eux pour s'assurer que rien ne lui échappait. Au-dessus, sur le mur dont le plâtre s'émiettait, une sorte de plan était fixé par des punaises. Me penchant pour l'examiner, je sentis quelque chose de bizarre sous mes mains. Je baissai les yeux, découvris qu'on avait gravé dans le plateau du meuble une série d'encoches grossières. Je reportai mon attention sur le plan, reconnus les contours de Manhattan, barrés d'étranges lignes droites qui se coupaient entre elles, avec des nombres et des symboles mystérieux en divers points. Je tendais le cou pour mieux voir quand j'entendis Sara :

– John, regarde.

Je la vis prendre dans le tiroir du bas un coffret en bois qu'elle posa sur la série d'entailles. Puis elle se recula.

On avait collé sur le couvercle de la boîte un vieux daguerréotype rappelant par son style et sa composition le travail du remarquable photographe Mathew Brady sur la guerre de Sécession. A en juger par l'état de la photo, elle devait avoir été prise à la même époque. L'image qu'elle montrait était celle d'un cadavre de Blanc, scalpé, éviscéré et émasculé, les bras et les jambes percés de flèches. Il lui manquait les yeux. Manifestement, c'était une des photographies prises par le révérend Victor Dury.

Bien que le coffret fût hermétiquement fermé, il s'en exhalait une odeur semblable à celle de la chambre que Beecham avait occupée chez Mrs Piedmont : de la chair animale en putréfaction. Avec un serrement de cœur, je tendis la main vers la boîte mais, avant de pouvoir l'ouvrir, j'entendis la voix de Marcus :

— Oh ! non. Mon Dieu, *comment*...

Il y eut un remue-ménage de l'autre côté de la cloison puis le sergent enquêteur s'avança vers nous en trébuchant. Même à la faible lumière de la lampe, je m'aperçus qu'il était blême — état surprenant chez un homme que j'avais vu photographier avec flegme des scènes qui eussent retourné l'estomac de plus d'un. Quelques secondes plus tard, Lucius suivit, portant quelque chose dans les bras.

— John ! fit-il. John, c'est — c'est une preuve ! Seigneur, je crois que nous n'avons plus qu'à mener une enquête ordinaire, maintenant !

— Ah ! merde, lâcha le gardien, sur le pas de la porte. Alors, vous êtes des flics ?

Sans répondre, je craquai une allumette, la tins en hauteur en approchant du sergent. Au moment où mes yeux accommodaient sur l'objet qu'il portait, Sara poussa un cri bref, plaqua une main sur sa bouche et se détourna.

Lucius tenait dans les bras une énorme jarre en verre où flottaient, dans un liquide qui ne pouvait être que du formol, des yeux humains. Certains avaient encore leurs ganglions de nerfs optiques, d'autres étaient lisses et ronds. Certains paraissaient frais, d'autres laiteux et manifestement plus anciens. Il y en avait des bleus, des marron, des noisette, des gris et des verts. Mais ce n'était pas la découverte des yeux, ni leur état, qui avait étonné Marcus, je le comprenais à présent. C'était leur nombre. Car la jarre ne contenait pas seulement les dix globes oculaires des cinq garçons assassinés, ni même les quatorze qu'on obtenait en leur ajoutant ceux des enfants Zweig. C'étaient les *dizaines* d'yeux de plus d'une vingtaine de victimes. Et tous nous fixaient à travers le verre en une sorte d'accusation silencieuse, comme s'ils demandaient pourquoi nous avions tant tardé...

Mes propres yeux revinrent au coffret, que j'ouvris lentement. L'odeur de pourriture qui s'en échappa n'étant pas aussi forte que je m'y attendais, je pus examiner sans trop d'efforts son étrange contenu, mais je ne parvins pas à mettre un nom sur ce que je voyais : un petit morceau de caoutchouc desséché d'un noir rougeâtre.

— Lucius ? fis-je à mi-voix en dirigeant le coffret vers lui.

Il posa la grosse jarre sur le bureau, prit la boîte et alla l'examiner près de la porte, à la lumière de la lampe à pétrole.

— D' la merde ? suggéra l'homme à la matraque. En tout cas, ça pue la merde.

— Non, répondit le sergent d'une voix égale, le regard rivé à la boîte. Je crois qu'il s'agit d'un cœur humain.

Explication qui donnait à réfléchir, même pour un voyou de Five Points, et le gardien tourna la tête vers le couloir avec une expression sidérée.

— Mais qui vous êtes ? murmura-t-il.

Je gardai les yeux sur Lucius.

— Un cœur ? Celui du jeune Lohmann ?

— Trop ancien. Il est là-dedans depuis très longtemps. On dirait qu'on l'a enduit d'un produit quelconque — une sorte de vernis.

Je me tournai vers Sara, qui respirait profondément, les bras serrés autour de sa poitrine. Je lui touchai l'épaule.

— Ça va ?

— Oui.

Je regardai Marcus.

— Et vous ?

— Je crois. Ça ira, en tout cas.

Je fis signe au plus petit des Isaacson d'approcher.

— Lucius, il faudrait examiner le poêle. Vous vous en sentez capable ?

Il acquiesça de la tête, réclama des allumettes. Nous le regardâmes marcher vers le bloc de fonte noire, sur lequel traînait une casserole graisseuse. Lucius craqua une allumette, respira à fond mais calmement, ouvrit la porte du four. Je fermai les yeux quand la main tenant l'allumette se glissa à l'intérieur... Quinze secondes plus tard, j'entendis la porte se refermer.

— Rien, annonça Lucius. De la graisse, une pomme de terre calcinée — rien d'autre.

Je relâchai ma respiration, tapotai l'épaule de Marcus, lui montrai le plan fixé au mur. Il l'examina avec soin.

— Manhattan, reconnut-il aussitôt. On dirait un plan de cadastre. (Il ôta l'une des punaises.) Fixé récemment, je pense : le plâtre n'est pas moins jauni, dessous.

Lucius nous rejoignit et nous formâmes un petit groupe serré, loin du coffret et de la jarre posés sur le bureau.

– C'est tout ce qu'il y a derrière ? demandai-je aux Isaacson.

– C'est tout, répondit Marcus. Pas de vêtements, rien. Si vous voulez mon avis, il est parti.

– Parti ? répéta Sara.

Le policier hocha la tête d'un air déçu.

– Il savait peut-être que nous nous rapprochions de lui. En tout cas, il ne reviendra sûrement pas ici.

– Mais pourquoi n'a-t-il pas emporté tous ces... toutes ces preuves ? demanda Sara.

– Il ne les considère peut-être pas comme des preuves. Ou il était pressé. Ou alors...

– Ou alors, il voulait qu'on les trouve, dis-je, exprimant ce que nous pensions tous.

Remarquant que l'homme au bâton de policier cherchait à voir ce qu'il y avait dans la jarre, je me déplaçai pour la cacher de mon corps.

– C'est possible, mais nous devons quand même surveiller l'endroit, dit Lucius. Au cas où il reviendrait. Nous pouvons demander au préfet de nous envoyer des renforts : comme je l'ai dit, c'est une enquête ordinaire, maintenant.

– Vous pensez que nous avons suffisamment de preuves pour obtenir une condamnation ? voulut savoir Sara. Ce que je vais dire est terrible, mais ces yeux n'appartiennent pas nécessairement à nos victimes.

– Non, convint Lucius. Mais à moins que Beecham ne puisse expliquer de *qui* ils proviennent, n'importe quel jury le condamnera, je crois – surtout si nous les plaçons dans le contexte de tout ce que nous savons sur lui.

– Bon, dis-je, Sara et moi allons à Mulberry Street demander à Roosevelt de faire surveiller cet immeuble jour et nuit. Lucius, vous restez ici avec Marcus jusqu'à l'arrivée de la relève. Qu'est-ce que vous avez comme arme ?

Marcus secoua la tête mais son frère me montra le revolver de service que je l'avais vu brandir à Castle Garden, après le meurtre d'Ibn Ghazi.

– Très bien, approuvai-je. En attendant les autres, voyez si vous pouvez tirer quelque chose de ce plan, Marcus. Et rappelez-vous...

Je baissai la voix jusqu'à murmurer :

– Pas de plaques. Pas avant d'avoir reçu des renforts. Il n'y a pas si longtemps, les flics ne pénétraient même pas dans le quartier tant leurs chances d'en ressortir étaient minces.

J'entraînai Sara dans le couloir, m'arrêtai quand l'homme au bâton de policier me barra le passage.

– Si vous m'expliquiez un peu? C'est quoi, cette enquête? Vous êtes flics ou pas?

– C'est... une affaire privée, répondis-je. Mes amis restent, pour attendre le locataire. (Je portai machinalement la main à mon portefeuille, en tirai un billet de dix dollars.) Oubliez-les, faites comme si vous ne les aviez jamais vus.

– Pour dix sacs, j'oublierais ma propre tronche, ricana-t-il. D'ailleurs, j' m'en souviens même pas, pour commencer!

A dix heures moins le quart, Sara et moi arrivions au Central. Sans nous préoccuper d'être vus ensemble – cela n'avait désormais plus d'importance – nous pénétrâmes dans le bâtiment, nous frayâmes un chemin jusqu'au bureau de Theodore, qui était vide. Un inspecteur nous informa que le préfet était sorti dîner mais reviendrait bientôt. La demi-heure d'attente qui suivit fut insupportable. Lorsque Roosevelt se montra enfin, notre présence le surprit et l'alarma. Rassuré par les nouvelles que nous apportions, il se mit à aboyer des ordres dans tout le premier étage. Pendant qu'il s'activait, une idée me vint et je fis signe à Sara que nous repartions.

– La lettre envoyée à Mrs Santorelli, dis-je en redescendant l'escalier. Elle pourrait nous aider à faire craquer Beecham.

Mon idée plut à Sara, et, une fois dehors, nous prîmes un fiacre pour le 808. Je ne dirais pas que nous exultions, dans la voiture, mais nous avions suffisamment conscience des possibilités réelles de la situation pour que le trajet nous semble interminable.

Je franchis la porte de l'immeuble avec une telle précipitation que je ne remarquai pas le sac de jute que quelqu'un avait laissé dans l'entrée, et sur lequel je trébuchai. En me baissant, je vis une étiquette attachée au haut du sac: N° 808 B'Way, 5e étage. Je levai les yeux vers Sara, qui regardait elle aussi le sac et l'étiquette.

– Tu as commandé des pommes de terre, John? fit-elle d'un ton mi-sérieux mi-amusé.

– Ne sois pas ridicule, protestai-je. C'est sûrement pour Marcus et Lucius.

J'examinai de nouveau le sac, haussai les épaules, tendis la main vers la ficelle qui le fermait. Le nœud se révéla si serré que je pris un canif dans ma poche et fendis la toile de jute d'un bout à l'autre du sac.

Joseph roula sur le sol comme un paquet de viande. Son corps ne portait aucune marque mais la pâleur de sa peau nous fit instantanément comprendre qu'il était mort.

42

Il fallut plus de six heures au coroner pour établir que la vie de Joseph avait pris fin quand quelqu'un lui avait enfoncé une lame mince, ou une grosse aiguille, dans la nuque et dans le cerveau. La nuit passée à fumer en arpentant les couloirs de la morgue de l'hôpital Bellevue ne contribua pas à me donner la vivacité d'esprit nécessaire pour interpréter cette information lorsqu'elle me parvint enfin. Je pensai brièvement à Biff Ellison, à la manière efficace et tranquille dont il réglait ses comptes avec une arme similaire. Pourtant, je n'arrivais pas à me convaincre de la culpabilité du truand. Joseph n'avait pas fait partie de son cheptel, et même si Biff avait eu de nouveaux griefs contre nous et notre enquête, un acte aussi violent eût été presque à coup sûr précédé d'une mise en garde appuyée. Et donc, à moins de supposer que Byrnes et Connor aient contraint Ellison à les aider (hypothèse si peu plausible qu'on ne pouvait la retenir), je ne voyais aucune explication, aucun coupable en dehors de Beecham. Il avait trouvé un moyen d'endormir la méfiance de Joseph, malgré mes avertissements.

Mes avertissements... Tandis qu'un employé de la morgue poussait hors d'une salle d'autopsie le petit corps du garçon étendu sur un chariot, je me répétai pour la millième fois peut-être que j'étais la cause de sa mort. J'avais voulu le préparer à tous les dangers possibles – mais comment aurais-je pu prévoir que le plus grand de ces dangers serait de me rencontrer? Et j'étais là, maintenant, à la morgue, expliquant au coroner que j'avais pris des dispositions pour les funérailles, que j'avais fait pour le mieux, comme si cela changeait quelque chose que Joseph soit enterré dans un lopin de terre de Brooklyn ou jeté dans les courants de l'East River et emporté vers l'océan. Vanité, arrogance, irresponsabilité – toute la nuit, je repensai à ce que Kreizler avait dit après la mort de Mary Palmer : dans notre hâte à vaincre le mal, nous n'avions fait qu'élargir le champ où il exerçait ses ravages.

Songeant à mon ami au sortir de la morgue, je fus peut-être moins étonné que j'aurais dû l'être quand je le découvris assis dans sa calèche à la capote baissée. Juché sur le siège du cocher, Cyrus Montrose inclina la tête d'un air compatissant en me voyant. Avec un sourire, Laszlo descendit de voiture tandis que je m'approchais d'une démarche vacillante.

– Joseph..., fis-je, la voix rendue rauque par les cigarettes.

– Je sais. Sara m'a téléphoné. J'ai pensé que tu aurais peut-être besoin d'un petit déjeuner.

Je hochai faiblement la tête, montai avec lui dans la calèche. D'un claquement de langue, Cyrus fit avancer Frederick et nous roulâmes bientôt vers l'ouest dans la 26ᵉ Rue, très lentement, bien qu'il y eût peu de circulation à cette heure matinale. Au bout de quelques minutes, je me renversai en arrière, appuyai la nuque sur la capote repliée et fixai le ciel nuageux, encore à demi-obscur.

– C'est forcément Beecham, murmurai-je.

– Oui, répondit Kreizler à mi-voix.

Je tournai la tête vers lui sans la relever.

– Mais le corps de Joseph n'est pas mutilé, repris-je. Je n'avais même pas compris comment on l'avait tué, il y avait si peu de sang. Rien qu'un trou minuscule à la base du crâne.

Les yeux de Laszlo s'étrécirent.

– Rapide et net, commenta-t-il. Ce n'était pas un de ses rituels mais un acte pragmatique. Il a tué pour se protéger – et envoyer un message.

– A moi ?

Kreizler acquiesça.

– « J'ai beau être aux abois, vous ne m'aurez pas facilement. »

Je me mis à secouer lentement la tête.

– Mais comment – *comment* ? J'avais *prévenu* Joseph, je lui avais confié tout ce que nous avions appris. Il *savait* comment reconnaître Beecham. Quand il m'a téléphoné, hier après-midi, il m'a fait répéter certains détails de son signalement.

Kreizler haussa un sourcil.

– Vraiment ? Pourquoi ?

– Je ne sais pas, soupirai-je en prenant une autre cigarette. Un de ses copains avait rencontré un homme qui promettait de l'emmener. Dans... dans un château, au-dessus de la ville. Quelque chose de ce genre. Ç'aurait pu être Beecham, sauf que l'homme n'avait pas de tic.

Laszlo détourna les yeux, lâcha d'une voix neutre :

— Ah. Alors, tu ne t'es pas souvenu.

— Souvenu de quoi ?

— De ce que nous a raconté Adam Dury : quand Japheth chassait, il n'avait plus de tic. Je suppose que, lorsque Beecham traque ces garçons...

Voyant l'effet que ses paroles avaient sur moi, il coupa court à ses explications.

— Je suis désolé, John.

Je jetai sur la chaussée ma cigarette non allumée, me pris la tête à deux mains. Laszlo avait raison, bien sûr. Chasser, pister, tendre des pièges, tuer — tout cela apaisait Beecham, et le calme de son esprit se reflétait sur son visage. Joseph était mort parce que j'avais oublié ce détail...

Kreizler posa une main sur mon épaule tandis que la calèche continuait à rouler. Lorsque je me redressai enfin, nous étions arrêtés devant chez *Delmonico's*. Je savais que le restaurant n'ouvrirait pas avant une heure ou deux, mais je savais aussi que si quelqu'un pouvait se faire servir avant l'ouverture, c'était Laszlo. Cyrus sauta de son perchoir, m'aida à descendre en m'encourageant avec douceur.

— Allez-y, Mr Moore. Il faut essayer de manger un peu.

Je recouvrai l'usage de mes jambes et suivis Kreizler jusqu'à la porte, qui nous fut ouverte par Charlie Delmonico. L'expression de ses yeux globuleux me fit comprendre qu'il était au courant de tout.

— Bonjour, docteur, dit-il, Mr Moore... Installez-vous confortablement. Si vous avez besoin de quoi que ce soit...

— Merci, Charles, répondit Laszlo.

Je pressai le bras de Charlie et parvins à murmurer des remerciements en entrant dans la salle.

Avec une perspicacité remarquable, Kreizler avait choisi le seul endroit de New York qui pût m'inciter à me ressaisir et à manger quelque chose. Dans la grande salle silencieuse du *Del's*, sous une lumière assez douce pour permettre à mes nerfs terriblement éprouvés de commencer à se détendre, je parvins effectivement à avaler quelques bouchées de concombre à la crème, d'œufs Créole et de pigeonneau rôti. Mais surtout je m'aperçus que je pouvais parler.

Peu après que nous nous étions assis, je révélai à mon ami :
— Sais-tu qu'hier – était-ce hier ? – je pensais éprouver une sorte de sympathie pour cet homme, malgré tout ce qu'il a fait ? Je croyais le connaître.
— Non, John. Pas à ce point. Tu peux le connaître suffisamment, peut-être, pour prévoir ce qu'il fera, mais en dernière instance, ni toi ni moi ni quiconque d'autre ne serons jamais capables de voir *exactement* ce qu'il voit quand il regarde ces enfants, ni de ressentir *exactement* ce qui l'a poussé à prendre ce couteau. Le seul moyen de l'apprendre, ce serait...

Kreizler tourna vers la fenêtre un regard lointain.
— Ce serait de le lui demander, acheva-t-il.
— Nous avons trouvé son appartement, fis-je, le tirant de sa rêverie.
— Sara me l'a dit. Vous avez été brillants, tous.
— Brillants ! répétai-je, amer. Marcus ne croit pas que Beecham remettra les pieds là-bas, et je dois dire que je suis de son avis, maintenant. Cette goule sanguinaire a une longueur d'avance sur nous, depuis le début.
— Peut-être, reconnut Laszlo avec un haussement d'épaules.
— Sara t'a aussi parlé du plan ?
— Oui, répondit mon ami au moment où un serveur nous apportait deux verres de jus de tomate frais. Et Marcus l'a identifié – c'est un plan du système d'approvisionnement en eau de la ville. Tout le réseau a été rénové au cours des dix dernières années. Beecham a probablement volé le document aux archives nationales.

Je bus une gorgée.
— Le système d'approvisionnement en eau ? Qu'est-ce que ça peut bien vouloir dire ?
— Sara et Marcus ont leur idée là-dessus, répondit Laszlo, qui se servit de pommes sautées aux truffes sur cœur d'artichaut. Ils t'en feront certainement part.

Je le fixai dans les yeux.
— Alors, tu ne reviens pas ?

Il détourna la tête.
— Ce n'est pas possible, John, pas encore, murmura-t-il d'un air abattu.

Il s'efforça de prendre un ton moins sombre quand on apporta les œufs Créole :
— Vous avez dressé vos plans pour dimanche – la fête de saint Jean-Baptiste ?

— Oui.
— Ce sera une nuit capitale pour lui.
— Je le suppose.
— Le fait qu'il ait abandonné ses... ses *trophées* derrière lui indique qu'il traverse une crise. A propos, le cœur du coffret? Celui de sa mère, sans doute?

Je me contentai de hausser les épaules.

— Tu n'es pas sans savoir, je présume, poursuivit Laszlo, que la représentation de dimanche soir, au Metropolitan, est donnée au bénéfice d'Abbey et Grau?

— *Quoi?* m'écriai-je, incrédule.

— La faillite a ruiné la santé d'Abbey, le pauvre. Ne serait-ce que pour cette raison, nous nous devons d'y assister.

— *Nous?* m'étranglai-je. Kreizler, ce soir-là, nous allons traquer un meurtrier, pour l'amour du ciel!

— Oui, oui, mais plus tard. Jusqu'ici, Beecham n'a jamais frappé avant minuit. Il n'y a pas lieu de penser qu'il le fera dimanche. Alors pourquoi ne pas rendre l'attente aussi agréable que possible, et aider en même temps Abbey et Grau?

Je laissai tomber ma fourchette.

— Je sais ce qu'il se passe: je suis en train de perdre l'esprit. Tu ne m'as pas dit cela, ce n'est pas p...

— Maurel chantera don Giovanni, poursuivit Laszlo d'un ton aguicheur. Edouard de Reszke sera Leporello, et j'ose à peine te dire qui tiendra le rôle de Zerlina...

Je poussai un nouveau soupir indigné mais demandai quand même:

— Frances Saville?

— Aux jambes divines, confirma Laszlo. Anton Seidl au pupitre. Oh! et Nordica interprétera donna Anna.

Aucun doute, il venait de décrire une distribution quasiment idéale, et cette perspective me détourna un moment de mes pensées. Mais j'eus l'impression de recevoir un coup de couteau dans l'estomac quand l'image de Joseph resurgit dans mon esprit, balayant toute perspective de soirée délicieuse.

— Kreizler, fis-je, glacial, je ne sais comment tu peux parler d'opéra avec autant d'insouciance alors que...

— Il n'y a aucune insouciance dans mes propos, Moore, répliqua-t-il d'un ton durci par une détermination farouche. Je te propose un marché: accompagne-moi à l'Opéra, et je reprends l'enquête. Et nous mettons fin *ensemble* à cette affaire.

– Tu reviens ? dis-je, surpris. Mais quand ?
– Pas avant la soirée de l'Opéra.
J'allai protester mais il leva la main.
– Je ne puis être plus précis, John. Dis-moi simplement si tu acceptes.

J'acceptai, bien sûr – qu'aurais-je pu faire d'autre ? Malgré les succès remportés ces dernières semaines avec Sara et les Isaacson, le meurtre de Joseph me faisait sérieusement douter de notre capacité à mener l'enquête à son terme. La perspective d'un retour de Kreizler était puissamment motivante, assez revigorante en tout cas pour m'aider à venir à bout de mon pigeonneau avant de sortir du *Del's* et de retourner dans le centre. Laszlo faisait des mystères mais j'étais prêt à parier qu'il avait une bonne raison de cacher ses intentions. Je promis donc de faire nettoyer mon habit de soirée et je lui serrai la main pour sceller notre accord. Mais lorsque je me déclarai impatient d'apprendre la nouvelle aux autres, il me pria de n'en rien faire. Et surtout de ne pas en souffler mot à Roosevelt.

– Ce n'est pas par rancœur, précisa Kreizler quand je descendis de la calèche à Union Square. Theodore a fait tout ce qu'il a pu pour retrouver Connor.

– Toujours aucune trace de lui, pourtant, fis-je remarquer.

Laszlo regardait droit devant lui, l'air étrangement détaché.

– Il finira par se manifester, je pense. D'ici là... (il referma la portière du petit véhicule) d'autres choses réclament notre attention. Allons-y, Cyrus.

En arrivant à notre Q.G., je trouvai sur mon bureau un mot de Sara et des Isaacson : ils étaient rentrés chez eux dormir quelques heures avant de rejoindre l'équipe d'inspecteurs que Roosevelt avait chargée de surveiller l'immeuble de Beecham. Je profitai de leur absence pour m'allonger sur le divan et prendre moi-même un peu de repos. Si le sommeil dans lequel je sombrai fut plutôt agité, j'avais recouvré assez de forces vers midi pour retourner me laver et me changer à Washington Square. Je téléphonai ensuite à Sara, qui m'informa que le rendez-vous au 155, Baxter Street, était fixé au coucher du soleil, et que Roosevelt lui-même prendrait son tour de garde.

La suite donna raison à Marcus : samedi à trois heures du matin, Beecham ne s'était toujours pas montré, et nous dûmes nous résigner à l'idée qu'il ne reviendrait probablement jamais à l'appartement. Je fis part aux autres de la réflexion de Kreizler sur les *trophées* du meurtrier : le fait qu'il les eût abandonnés indiquait qu'il approchait rapidement d'un tournant dans sa trajectoire criminelle – idée qui soulignait la nécessité d'échafauder un plan à toute épreuve pour la nuit de dimanche. Conformément à l'accord conclu quelques semaines plus tôt, Roosevelt participa à son élaboration, que nous entreprîmes samedi après-midi au 808.

Theodore n'était jamais venu dans notre quartier général, et le voir inspecter ses bizarreries intellectuelles et décoratives me rappela le matin où je m'y étais réveillé pour la première fois après avoir été drogué par Biff Ellison. Comme toujours avec Roosevelt, la curiosité prit vite le pas sur la perplexité : il se mit à poser tant de questions sur chaque objet – du grand tableau noir à notre petit réchaud – que nous ne commençâmes à travailler qu'une heure après son arrivée. La séance ressembla beaucoup aux dizaines d'autres qui l'avaient précédée : nous proposions tous des idées, qui étaient soupesées et (généralement) rejetées, et nous nous efforcions en même temps de bâtir des hypothèses solides à partir de spéculations éthérées. Cette fois, je me surpris à considérer ce processus avec le regard d'abord abasourdi puis fasciné de Roosevelt, qui me le fit voir sous un angle nouveau. Et quand il commença à marteler de ses poings les bras d'un des fauteuils du *marchese* Carcano, en nous approuvant bruyamment chaque fois que nous nous assurions de la justesse d'un raisonnement, je jugeai de manière plus positive le travail que notre groupe avait réalisé et réalisait encore.

Nous étions tous d'accord sur un point essentiel : le plan du système d'approvisionnement en eau de la ville avait un rapport non pas avec les meurtres déjà commis mais avec la prochaine tentative de Beecham. En attendant l'arrivée des inspecteurs de Theodore, le soir où nous avions découvert le repaire de l'assassin, Marcus avait eu confirmation de son hypothèse initiale – le plan n'était sur le mur que depuis peu de temps – en procédant à des analyses comparatives du plâtre à divers endroits. La prise en compte de facteurs tels que la chaleur, l'humidité, la suie, lui permit d'affirmer que le plan avait été fixé sur le mur *après* le meurtre d'Ernst Lohmann.

– Magnifique! le complimenta Roosevelt. C'est précisément pour ça que je vous ai pris dans mon équipe, tous les deux : les méthodes modernes!

La conclusion de Marcus s'appuyait sur d'autres éléments. D'abord, on discernait mal le rapport que l'île de la statue de la Liberté – ou les autres lieux des crimes de Beecham – pouvait avoir avec le système d'approvisionnement en eau de la ville. On voyait en revanche aisément le lien métaphorique que Beecham avait pu établir dans son esprit entre ce système – dont l'une des principales fonctions était de permettre aux gens de se laver – et la figure de saint Jean-Baptiste. Si l'on ajoutait à cela le fait qu'en laissant ce document derrière lui Beecham semblait à la fois nous défier et nous appeler à l'aide, nous ne craignions pas d'affirmer que le plan était lié au crime qu'il projetait.

– Épatant, déclara Roosevelt tandis que Lucius résumait ces réflexions sur le tableau noir. Épatant! Voilà ce que j'aime : une démarche scientifique!

Aucun de nous n'eut le cœur de lui faire remarquer que cette partie de notre travail était beaucoup moins scientifique qu'il n'y semblait. Et, tirant des étagères toute la documentation que nous possédions sur les bâtiments et travaux publics de Manhattan, nous entreprîmes de faire le tour du système d'approvisionnement de l'île.

Sachant que la proximité de l'eau était devenue une composante essentielle du rituel macabre de Beecham, nous décidâmes d'accorder une attention particulière aux ouvrages situés près des quais. Cela ne nous laissait que peu de possibilités – une seule, en fait : High Bridge et son aqueduc, dont les conduits de dix pieds de diamètre enjambaient l'East River et alimentaient Manhattan en eau claire depuis les années quarante. Certes, en choisissant High Bridge, Beecham s'aventurait pour la première fois au nord de Houston Street, mais le fait qu'il se soit limité jusqu'ici aux quartiers sud de Manhattan ne signifiait pas nécessairement qu'il ne connaissait pas du tout la partie nord de l'île. Il se pouvait aussi qu'il eût porté son choix sur un point moins important du réseau – une station de raccordement, ou quelque chose de ce genre – en espérant que l'idée plus évidente, plus spectaculaire de High Bridge s'imposerait à nous.

– Et l'histoire du jeune garçon? rappela Theodore. Le château d'où l'on voit toute la ville ? Est-ce que ça ne confirme pas votre hypothèse ?

Sara souligna que si le château d'eau de High Bridge, construit pour égaliser la pression de l'eau dans les divers réservoirs de Manhattan, ressemblait effectivement à une haute tourelle de château, nous ne pouvions pour autant en déduire que Beecham avait l'intention de conduire sa victime à cet endroit. Nous étions aux prises avec un esprit pervers et tortueux, expliqua-t-elle au préfet, un être qui connaissait parfaitement nos activités et prendrait un vif plaisir à nous envoyer sur une fausse piste. Néanmoins, Beecham ne se doutait probablement pas que nous avions découvert son attirance pour l'eau – il n'en avait peut-être pas conscience lui-même – et High Bridge constituait l'hypothèse la plus vraisemblable.

Roosevelt enregistra ces informations avec un vif intérêt en massant sa mâchoire, puis claqua soudain des mains.

– Bravo, Sara! Je ne sais ce qu'en penserait votre famille, mais nom d'un tonnerre! je suis fier de vous!

Il y avait dans les propos de Theodore tant d'affection et d'admiration sincères que Sara se départit de son air un peu condescendant et détourna les yeux avec un sourire ravi.

Roosevelt fut plus étroitement associé à la discussion quand vint le moment de mettre en place le dispositif policier pour la nuit de dimanche. Il tenait à choisir lui-même les hommes qui seraient affectés à High Bridge car il avait conscience que ce travail réclamerait beaucoup de doigté : tout signe d'activité policière, nous le savions, ferait déguerpir Beecham. En plus de High Bridge, Theodore avait l'intention de faire surveiller tous les ponts et embarcadères de ferry, et de doubler les rondes sur les quais. Enfin, des équipes d'inspecteurs seraient postées autour des maisons de débauche où nous avions tendu nos souricières la nuit du meurtre du jeune Lohmann – même si nous avions de bonnes raisons de penser que Beecham irait prendre sa victime dans un autre lieu.

Restait à déterminer le rôle que Sara, les Isaacson et moi jouerions dans ce drame. Chacun estimant logique de nous adjoindre au groupe de High Bridge, je me vis contraint d'annoncer que je ne pourrais rejoindre les autres avant une heure avancée car je projetais d'aller à l'Opéra avec Kreizler. Cette déclaration fit naître une expression incrédule sur le visage de mes camarades, mais, comme j'avais promis de ne pas révéler les termes exacts du marché conclu avec Laszlo, je ne pus fournir d'explication plausible à ma conduite. Par bonheur, avant que Sara et les deux frères ne donnent libre cours à leur stupeur, je reçus un appui inattendu de la part de Theodore qui, s'avéra-t-il, avait également l'intention d'assister à la représentation de dimanche. Il était peu probable, expliqua-t-il, que le maire approuve l'affectation d'importantes forces de police à l'enquête sur les meurtres de jeunes prostitués. Mais si le préfet se montrait à une soirée mondaine à laquelle assisteraient aussi le maire et un ou deux membres du directoire de la police, cela contribuerait à détourner l'attention de notre opération. Et ma présence à l'Opéra irait aussi dans ce sens. Reprenant l'argument de Kreizler, il ajouta que, jusqu'ici, Beecham n'avait jamais frappé avant minuit, et qu'il n'y avait aucune raison de penser qu'il commencerait maintenant.

Confrontés à cette attitude de leur supérieur le plus haut placé, les Isaacson acquiescèrent de mauvaise grâce. Sara, en revanche, me lorgna d'un œil soupçonneux et m'entraîna à l'écart quand les autres passèrent aux détails du déploiement policier.

– Il prépare quelque chose, John ?

– Qui, Kreizler ? fis-je, d'un ton faussement étonné. Non, je ne crois pas. Nous avions prévu cette sortie depuis longtemps.

Et de ruser :

– Si tu penses vraiment que c'est une mauvaise idée, Sara, je peux facilement...

– Non, non, s'empressa-t-elle de répondre, mais sans avoir l'air convaincu. Je suis sensible aux arguments de Theodore. D'ailleurs, nous serons tous là-bas, je ne vois pas pourquoi tu devrais y être en plus.

La remarque me hérissa mais la discrétion me força à n'en rien montrer.

– Quand même, poursuivit Sara, je trouve curieux qu'après trois semaines sans un mot, il ait choisi demain soir pour faire sa réapparition. (Son regard parcourut la pièce cependant qu'elle retournait dans son esprit toutes les possibilités.) S'il te donne l'impression de mijoter quelque chose, tu nous préviens, n'est-ce pas ?

– Naturellement.

Comme elle me fixait de nouveau d'un air sceptique, je levai les yeux au ciel.

– Voyons, Sara, pourquoi ne t'en parlerais-je pas ?

Elle ne pouvait répondre à cette question. Moi non plus. Une seule personne connaissait toutes les raisons de mon mutisme – et elle n'était pas disposée à les révéler.

Bien qu'il importât que nous soyons tous bien reposés pour l'opération de dimanche, j'estimai plus impératif encore de retourner ratisser les rues une fois de plus samedi soir afin d'essayer de mettre la main sur le jeune arpenteur de trottoir dont Joseph m'avait parlé. Nos chances de le trouver sans avoir un nom ou un signalement étaient minces, je le reconnais, et elles s'amenuisèrent encore à mesure que la nuit s'avançait. En plus des quartiers du Lower East Side, de Greenwich Village et du Tenderloin qui abritaient ce genre de pratiques, nous inspectâmes toutes les maisons de prostitution où travaillaient de jeunes garçons. Dans chacune d'elles, nous obtînmes les mêmes réactions hébétées et généralement dilatoires. Nous cherchons un garçon, disions-nous, un garçon qui fait le trottoir et qui a peut-être l'intention d'arrêter bientôt, précisions-nous (même si nous savions que Beecham lui avait probablement recommandé de ne parler à personne de son prochain départ), un garçon qui était l'ami de Joseph, du *Golden Rule* – oui, celui qui a été assassiné. Nos chances, même infimes, de découvrir une piste étaient généralement réduites à néant par ce dernier détail : ceux que nous interrogions devinaient que nous cherchions le meurtrier de Joseph, et personne ne voulait être mêlé à cette affaire. A minuit, nous dûmes nous résigner : si nous devions retrouver ce garçon, ce serait en compagnie de Beecham, et nous ne pouvions qu'espérer qu'il ne l'aurait pas déjà tué.

43

On ne comprend jamais mieux la mentalité de l'anarchiste jeteur de bombes qu'au milieu de la foule de ces beaux messieurs et grandes dames qui ont l'argent et la témérité nécessaires pour se parer du titre de « haute société new-yorkaise ». En habit de soirée et robe longue, parfumés, couverts de bijoux, les membres des fameuses quatre cents familles se bousculent et échangent des pointes, cancanent et s'empiffrent avec un abandon que l'observateur amusé pourra trouver fascinant mais qu'un intrus jugera rien moins que déplorable. J'étais cet intrus le soir du dimanche 21 juin. Kreizler m'avait demandé (curieusement, la requête m'avait alors paru normale) de le retrouver non 17e Rue mais directement dans sa loge au Metropolitan. Cela m'avait contraint à prendre un fiacre pour me rendre à la « brasserie jaune » puis à me frayer seul un chemin dans l'escalier de l'Opéra. Comme je jouais des coudes pour traverser le hall, essayant de faire bouger des dames que leur tenue vestimentaire et leurs proportions physiques condamnaient à l'immobilité, je tombais parfois sur des gens que j'avais connus dans mon enfance, des amis de mes parents qui détournaient vivement la tête en me voyant, ou inclinaient le buste avec une parcimonie qui signifiait clairement : « Je vous en prie, épargnez-moi la gêne d'avoir à vous parler. » Ce qui m'eût été complètement égal s'ils ne s'étaient généralement refusés à s'écarter pour me laisser passer. Lorsque j'arrivai au premier étage du bâtiment, mes nerfs avaient autant souffert que mon habit, et mes oreilles tintaient du brouhaha de centaines de conversations parfaitement idiotes. J'avais cependant un remède à portée de main : fendant la cohue jusqu'à l'un des bars de poche situé sous un escalier, j'avalai une coupe de champagne, en emportai deux autres et me dirigeai d'un pas ferme vers la loge de mon ami.

Je trouvai Laszlo déjà installé sur l'une des chaises du fond, plongé dans le programme de la soirée.

— Grands dieux! m'exclamai-je en me laissant choir sur le siège voisin sans renverser une goutte. Je n'ai rien vu de pareil depuis la mort de Ward McAllister! Il n'est pas sorti de sa tombe, je présume?

Je précise pour mes jeunes lecteurs que McAllister avait été l'éminence grise de Mrs Vanderbilt en matière de mondanités, que c'était lui qui avait inventé le concept des quatre cents familles, en prenant pour base le nombre de personnes que la salle de réception de cette dame pouvait aisément accueillir.

— Espérons que non, répondit Kreizler en se tournant vers moi, un sourire de bienvenue aux lèvres. Encore qu'avec des créatures comme McAllister, on ne puisse être sûr de rien.

Il posa son programme, se frotta les mains, l'air plus heureux et détendu que lors de nos dernières rencontres. Avec un coup d'œil à mes réserves de champagne, il poursuivit :

— Tu sembles t'être bien préparé à une soirée parmi les loups.

— Oui, toute la meute est de sortie, dirait-on, fis-je en inspectant le « fer-à-cheval en diamant ».

Comme je me levais pour passer devant, Kreizler me retint par le bras.

— Si tu n'y vois pas d'objection, je préfère que nous restions au fond.

Devant mon air interrogateur, il ajouta :

— Je ne suis pas d'humeur à subir les regards scrutateurs, ce soir.

Je haussai les épaules, me rassis à côté de lui, repris mon examen de la salle et m'arrêtai sur la loge 35.

— Ah! je vois que Morgan a sorti sa femme. Un bracelet de diamants qui passe sous le nez de quelque pauvre actrice, sûrement. (Je baissai les yeux vers la mer de têtes qui dansait en dessous.) Où diable va-t-on mettre les gens qui sont encore dehors? Les fauteuils d'orchestre sont déjà tous occupés.

— Ce sera un miracle si nous entendons quoi que ce soit de la représentation, dit Laszlo avec un rire qui m'intrigua. (D'ordinaire, ce genre de chose ne l'amusait pas.) La loge des Astor est bondée, et les fils Rutherford étaient déjà trop ivres pour tenir debout à sept heures et demie!

J'avais sorti mes jumelles pour observer l'autre branche du fer-à-cheval.

— Beau troupeau d'oies chez les Clew, fis-je remarquer à mon ami. Elles ne donnent pas *précisément* l'impression d'être venues pour entendre Maurel. Plutôt pour la chasse au mari, dirais-je.

— Les gardiens de l'ordre social, soupira-t-il en désignant la salle de sa main droite. En train de parader... quel spectacle !

— Tu me parais d'humeur bizarre, dis-je, déconcerté. Tu ne serais pas ivre, toi aussi ?

— Je suis à jeun. Et je m'empresse d'ajouter, en réponse à ton expression préoccupée, que je n'ai pas non plus perdu l'esprit. Ah ! voilà Roosevelt.

Il leva le bras pour lui faire signe, grimaça.

— Cela te fait encore mal ? m'inquiétai-je.

— De temps en temps seulement. Le coup était vraiment mal tiré. Il faudra que je lui en parle ce...

Kreizler s'interrompit, me jeta un coup d'œil, changea de ton :

— Un de ces jours. Dis-moi, que font les autres en ce moment ?

Son attitude ne contribuait pas à faire disparaître mon expression « préoccupée », mais je répondis quand même :

— Ils sont allés à High Bridge avec les inspecteurs. Pour prendre position de bonne heure.

— High Bridge ? Alors, ils s'attendent à ce que ça se passe là ?

— C'est notre interprétation, confirmai-je.

— Oui, murmura-t-il, les yeux brillants d'excitation. Oui, bien sûr, c'était le seul autre choix intelligent.

— Le seul autre ?

— Peu importe, dit Laszlo. Tu ne leur as pas parlé de notre accord ?

— Je leur ai dit où j'allais, répondis-je, sur la défensive. Mais pas vraiment pourquoi.

Il se renversa sur le dossier de sa chaise, l'air ravi.

— Excellent. Alors Roosevelt ne peut pas savoir...

— Savoir quoi ? grognai-je.

J'avais l'impression de m'être trompé de théâtre et d'arriver au milieu de la représentation.

— Hmm, fit Laszlo, comme s'il avait à peine conscience de ma présence. Oh, je t'expliquerai plus tard. (Il tendit soudain le bras vers la fosse d'orchestre.) Attention, voilà Seidl.

L'homme aux cheveux longs et au noble profil qui se dirigeait vers le pupitre avait été le secrétaire particulier de Richard Wagner avant de devenir le plus grand chef d'orchestre de New York. Le nez romain orné d'un pince-nez qui demeurait en place malgré les gestes vigoureux qui caractérisaient son style, Seidl retint aussitôt l'attention des musiciens, et lorsqu'il tourna son regard sévère vers le public, un grand nombre de bavards mondains se turent aussi, intimidés pour quelques instants. Mais lorsque les lumières de la salle s'éteignirent, que le chef attaqua l'ouverture de *Don Giovanni* à grands coups de baguette, les murmures reprirent dans les loges, plus importuns que jamais. Kreizler gardait cependant une expression de totale sérénité.

En fait, pendant deux actes et demi, il supporta avec une équanimité confondante la grossièreté de ce public ignare devant le miracle musical qui se déroulait sur scène. Maurel chantait et jouait plus brillamment que jamais, et toute la troupe qui l'entourait – en particulier Edouard de Reszke dans Leporello – était remarquable. La Zerlina de Frances Saville était un ravissement, même si ses talents de diva n'empêchaient pas les fils Rutherford éméchés de l'encourager de la voix comme une vulgaire danseuse de beuglant. Pendant les entractes, la foule se conduisit à peu près aussi élégamment que pendant la représentation – de vraies bêtes fauves – et lorsque Vittorio Arimondi, qui interprétait le commandeur, commença à cogner à la porte de don Giovanni, j'étais complètement écœuré par l'atmosphère ambiante, et complètement perdu quant aux raisons pour lesquelles Laszlo m'avait demandé de venir.

J'eus bientôt un début de réponse. Au moment où Arimondi s'avançait sur scène et tendait un doigt de statue vers Maurel, où Seidl lançait l'orchestre dans un crescendo d'une puissance que j'avais rarement entendue, même au Metropolitan, mon ami se mit debout, poussa un long soupir satisfait et me toucha l'épaule.

– Bien, Moore. Nous y allons?

– Mais... mais où? bredouillai-je, me levant à mon tour. Je dois retrouver Roosevelt après le spectacle.

Sans répondre, Kreizler gagna la partie la plus obscure de la loge, ouvrit la porte, fit entrer Cyrus Montrose et Stevie Taggert – qui portaient une tenue semblable à la nôtre. Je fus étonné et ravi de les voir tous deux, en particulier Stevie. Le garçon avait l'air tout à fait remis du traitement que lui avait administré Connor, mais semblait mal à l'aise dans sa tenue de soirée, et pas très heureux de se trouver à l'Opéra.

– Ne t'en fais pas, ça n'a jamais tué personne, plaisantai-je en lui décochant une bourrade.

Il passa un doigt sous son col, tira dessus avec une grimace.
— Qu'est-ce que j' donnerais pas pour une cigarette, maugréa-t-il à mi-voix. Vous en auriez pas une, Mr Moore ?
— Allons, allons, Stevie, intervint Kreizler d'un ton sévère. Nous en avons déjà discuté. (Il prit sa cape, se tourna vers Cyrus.) Tu as bien compris ce que vous devez faire ?
— Oui, monsieur. A la fin de la représentation, Mr Roosevelt voudra savoir où vous êtes partis. Je répondrai que je l'ignore. Ensuite, j'amènerai la voiture à l'endroit dont vous m'avez parlé.
— En prenant... ?
— En prenant un chemin détourné, au cas où nous serions suivis.
Laszlo approuva de la tête.
— Bon. En route, Moore.

Tandis que Kreizler se glissait dans le couloir, je me retournai vers la salle et constatai que personne, dans le public, n'avait pu assister à notre échange – c'était manifestement pour cette raison que Laszlo nous avait fait asseoir derrière. Un coup d'œil à Stevie, qui continuait à souffrir dans son habit de soirée, me fit comprendre autre chose : en offrant aux regards des silhouettes qui rappelaient vaguement les nôtres, les deux serviteurs feraient croire que leur maître et moi étions toujours dans la loge. Mais pourquoi ? Où Kreizler m'entraînait-il ? Les questions proliféraient dans ma tête, et l'homme qui détenait les réponses filait déjà vers la sortie. Alors que don Giovanni, précipité aux enfers, hurlait d'horreur, je suivis Laszlo en direction des portes côté Broadway.

Je constatai, lorsque je le rattrapai, que son humeur était toujours aussi joviale et résolue.
— Nous rentrons à pied, dit-il au portier, qui congédia d'un geste un groupe de cochers de fiacre empressés.
— Kreizler, bon sang, fulminai-je, exaspéré. Tu pourrais au moins me dire où nous allons !
— Je pensais que tu l'avais deviné. Nous allons retrouver Beecham.
Les mots me frappèrent avec une telle force que je me figeai, et Laszlo me saisit par le revers de mon habit pour me tirer vers le coin de la rue.
— Ne t'inquiète pas, John. Ce n'est qu'à quelques centaines de mètres.
— Quelques centaines de mètres ? Il y a des *kilomètres* d'ici High Bridge !
Kreizler attendit que nous ayons traversé l'avenue, en évitant les attelages et le crottin de cheval, pour répondre :

– Je crains que Beecham ne soit pas à High Bridge ce soir. Nos amis sont condamnés à une nuit blanche assez frustrante.

A mesure que nous descendions la 39ᵉ Rue, le grondement de Broadway faiblissait derrière nous, et nos voix se mirent à résonner contre la longue rangée de maisons sombres s'étirant vers la 6ᵉ Avenue.

– Et il sera où, alors?
– Tu peux répondre toi-même à cette question, dit Kreizler, qui allongea le pas. Rappelle-toi ce qu'il a laissé dans l'appartement.
– Laszlo, je n'ai pas envie de jouer aux devinettes, rétorquai-je, furieux. Tu m'as forcé à abandonner des gens avec qui je travaille depuis des mois, sans parler de Roosevelt, que nous avons laissé en plan! Alors, explique-moi ce qu'il se passe!

Pendant un court instant, la détermination joviale fit place à la compassion lorsqu'il assura :

– Je suis navré pour les autres, John, vraiment. Si j'avais pu agir autrement... Mais c'est impossible. Essaie de comprendre : si la police intervient, Beecham mourra, j'en ai la certitude. Oh! je ne parle pas de Theodore, mais sur le trajet de la prison, ou dans la cellule même, il y aura un incident. Un inspecteur, un gardien, un autre détenu peut-être – qui invoquera la légitime défense – mettra fin à ce nœud de problèmes que nous connaissons toi et moi sous le nom de John Beecham.

– Mais Sara! Et les Isaacson! protestai-je. Ils méritaient sûrement...

– Je ne pouvais prendre ce risque, déclara Kreizler, continuant à marcher d'un pas résolu. Ils travaillent pour Roosevelt, ils lui doivent leur position. Je ne pouvais courir le risque qu'ils lui révèlent ce que je projetais. Je ne pouvais même pas t'en parler à *toi*, parce que tu t'es engagé à dire à Theodore tout ce que tu sais – et tu n'es pas homme à enfreindre ta parole.

Ces propos m'amadouèrent, je dois l'admettre. Mais en accélérant l'allure pour rester à sa hauteur, je le pressai de questions :

– Et c'est *quoi*, ce que tu projettes? Et depuis combien de temps tu le projettes?

– Depuis le lendemain de l'assassinat de Mary, répondit-il, avec juste une pointe d'amertume.

Quand nous nous arrêtâmes au coin de la 6ᵉ Avenue, il tourna vers moi ses yeux noirs étincelants.

– Mon retrait de l'enquête était à l'origine une réaction purement émotionnelle, sur laquelle j'aurais fini par revenir. Mais une autre considération m'en dissuada : comme ma personne était au centre de l'attention de nos adversaires, mon retrait pouvait vous donner le champ libre.

Je restai un moment silencieux.

— C'est effectivement ce qui s'est produit, déclarai-je au bout de quelques secondes. Nous n'avons pas revu les hommes de Byrnes.

— Moi, si. Je me suis amusé à les promener d'un bout à l'autre de la ville, en espérant que vous en profiteriez pour trouver des indices qui permettraient de deviner aussi précisément que possible les intentions de Beecham.

Avisant une brèche dans la circulation, nous entreprîmes de traverser l'avenue.

— J'avais déjà formulé la même hypothèse que vous pour le 21 juin, la Saint-Jean-Baptiste, reprit Kreizler. Restait à déterminer la victime et le lieu. J'espérais que ton jeune ami Joseph nous aiderait à répondre à la première question...

— Il a bien failli, murmurai-je avec un pincement de culpabilité qui m'était devenu familier.

— Il a montré un grand courage et sa mort est une tragédie, dit Laszlo lorsque nous atteignîmes l'autre côté de l'avenue. Il y a des moments où tous ceux qui ont été mêlés de près ou de loin à cette affaire semblent voués à une fin tragique... En tout cas, ce que Joseph nous a dit d'un « château » d'où la victime choisie découvrirait toute la ville a été d'une aide inestimable — en relation avec ce que vous avez trouvé à l'appartement, bien sûr. Du travail remarquable, à ce propos — que vous soyez remontés jusqu'à son adresse, je veux dire.

Je souris du compliment, lançai à mon ami un regard de conspirateur.

— Quand Roosevelt découvrira que nous avons quitté l'Opéra, il fera quadriller toute la ville pour nous retrouver.

Laszlo haussa les épaules.

— Il ferait mieux d'utiliser ses méninges. Il a tous les éléments pour déterminer nos coordonnées.

— Les éléments ? Tu veux parler de ce que Beecham a laissé dans l'appartement ? Mais ce sont précisément ces indices — et l'histoire du « château » — qui nous ont conduits à High Bridge.

— Non, John. C'est une *partie* de ces indices qui vous a menés à cette conclusion. Réfléchis. Qu'est-ce que Beecham a laissé derrière lui ?

Je fouillai ma mémoire.

– La collection d'yeux... le plan... le coffret orné du daguerréotype.

– Exact. Réfléchis maintenant aux mobiles, conscients ou inconscients, qui l'ont amené à laisser ces choses. Les yeux établissent indubitablement que nous avons trouvé notre homme. Le plan nous donne une idée générale de l'endroit où il compte frapper la prochaine fois. Et le coffret...

– Le coffret nous dit la même chose, interrompis-je. Le daguerréotype nous fait savoir que nous avons bien trouvé Japheth Dury.

– Certes, acquiesça Laszlo, mais ce qu'il y a *dedans*?

Je ne suivais plus.

– Le cœur? marmonnai-je, dérouté. Il est vieux, desséché – probablement celui de sa mère, d'après toi.

– Oui. Maintenant, rapproche le plan et le contenu du coffret.

– Le système d'approvisionnement en eau... et le cœur...

– Ajoute les révélations de Joseph.

– Un château, dis-je, toujours sans comprendre. Un endroit d'où l'on domine la ville.

– *Alors?*

Lorsque nous tournâmes dans la 5ᵉ Avenue, la réponse me tomba dessus comme un tombereau de briques. Le réservoir de Croton étirait sur deux pâtés de maisons ses murailles aussi hautes que les immeubles qui l'entouraient, aussi prodigieuses que celles de la légendaire cité de Troie. Construit dans le style des mausolées égyptiens, c'était une sorte de château dont les remparts offraient aux New-Yorkais un lieu de promenade d'où l'on avait une vue magnifique sur la ville, et le lac artificiel. Le Croton était en outre le principal bassin de distribution pour tout New York. C'était tout simplement le *cœur* du système, le centre que tous les aqueducs alimentaient et d'où partaient tous les conduits. Abasourdi, je me tournai vers Kreizler.

– Oui, John, dit-il, souriant tandis que nous approchions de la chose. *Ici.*

Il me conduisit au pied des murailles, désertes à cette heure, baissa la voix.

– Tu as sans nul doute, avec les autres, envisagé la possibilité que Beecham *sache* que votre première réaction serait de faire surveiller les quais. Mais faute d'une solution de rechange, vous êtes restés braqués sur ce secteur.

Mon ami leva les yeux et, pour la première fois de la soirée, montra quelque appréhension.

– Si j'ai deviné juste, il est là-haut.

– Déjà ? N'as-tu pas dit que...

– Ce soir, c'est différent. Il a dressé la table de bonne heure, afin d'être prêt pour ses invités.

Laszlo plongea une main sous sa cape, la ressortit armée d'un colt.

– Tu le prends, s'il te plaît, John ? Mais ne l'utilise qu'en cas d'absolue nécessité. Il y a tant de questions que je voudrais poser à cet homme.

Il se dirigea vers la grille massive et l'escalier du réservoir, qui ressemblait fortement à un temple des morts égyptien. Étant donné notre objectif, cette similarité fit naître en moi un frisson qui me secoua des pieds à la tête. J'arrêtai Kreizler à proximité du portail.

– Une dernière chose, fis-je dans un murmure. Tu m'as dit que les hommes de Byrnes t'avaient suivi – comment sais-tu qu'ils ne sont pas en train de nous épier ?

Il y avait dans la façon détachée dont il me regarda quelque chose de profondément troublant : celle d'un homme qui a deviné son destin et n'a pas l'intention de chercher à s'y dérober.

– Oh ! j'ignore totalement s'ils ne sont pas en train de nous surveiller, répondit-il tranquillement. En fait, j'espère que c'est le cas.

Sur ce, Kreizler franchit la grille, commença à gravir le large escalier sombre qui montait vers la promenade. J'eus un haussement d'épaules impuissant en réponse à ses propos mystérieux et m'apprêtai à le suivre quand une faible lueur métallique, de l'autre côté de la 5e Avenue, attira mon attention. Je m'immobilisai, essayai d'en localiser la source.

Dans la 41e Rue, sous un arbre aux larges branches dont le feuillage offrait une protection efficace contre la lumière des lampes à arc de l'avenue, je distinguai un élégant brougham noir dont les lanternes de cuivre luisaient faiblement. Cheval et cocher semblaient assoupis. Un court instant, l'appréhension que j'éprouvais à l'idée de monter en haut des murailles se transforma en peur panique. Je me ressaisis pourtant et m'élançai derrière Kreizler en me disant qu'il devait y avoir à New York de nombreux propriétaires d'élégants broughams noirs en dehors de Paul Kelly.

44

Aussitôt parvenu en haut de l'escalier, je pris conscience de l'erreur potentiellement désastreuse que j'avais commise en laissant Laszlo me convaincre de venir seul avec lui dans cet endroit. La promenade, large de deux mètres et demi, bordée de chaque côté de grilles en fer hautes de quatre pieds, se trouvait à une vingtaine de mètres du sol et, lorsque je baissai les yeux, je vis les rues sous un angle qui me rappela aussitôt nos expéditions sur les toits ces derniers mois. Rappel déjà effrayant en soi, mais un coup d'œil circulaire me révéla les terrasses goudronnées et les nombreuses cheminées des immeubles entourant le réservoir – autant de détails qui me firent encore mieux saisir que, si nous n'étions pas sur un toit à proprement parler, nous avions pénétré dans le royaume des cimes dont John Beecham était le maître reconnu. Nous étions de nouveau dans *son* monde, à ceci près que cette fois, c'était une invitation perverse qui nous y avait conduits. Et tandis que nous nous dirigions en silence vers le versant des murailles donnant sur la 40ᵉ Rue – l'eau du bassin reflétant, à notre droite, une lune brillante qui venait d'apparaître et continuait à monter dans le ciel clair –, il devint patent que notre statut de chasseurs était sérieusement menacé : nous étions en passe de devenir proies.

Des images familières et cependant troublantes se mirent à trembloter dans ma tête comme celles du cinématographe que j'avais vues au Koster & Bial avec Mary Palmer : les jeunes garçons morts, ligotés et mutilés; le long coutelas dont l'assassin s'était servi; les restes du chat décapité de Mrs Piedmont; l'appartement sinistre de Beecham à Five Points, et le four dans lequel il prétendait avoir fait cuire le « cul » bien tendre de Giorgio Santorelli; le corps sans vie de Joseph; enfin l'image du meurtrier lui-même, assemblage de traits définis au cours de l'enquête, et qui, malgré tous nos efforts, n'était rien de plus qu'une vague silhouette...

J'entendis les sanglots du garçon avant de le voir. Ils semblaient provenir d'un endroit proche d'une sorte de petit bâtiment de pierre construit pour abriter les mécanismes de commande du bassin. Il n'y avait pas de lumière sur la promenade, rien que la lune pour nous guider. Parvenu à une quinzaine de mètres du bâtiment, je distinguai une tache claire. Nous continuâmes à avancer et je reconnus clairement cette fois la forme d'un adolescent à genoux, complètement nu. Il avait les mains liées derrière le dos, la tête sur le sol de pierre de la promenade, les pieds également entravés. Un bâillon maintenait cruellement ouverte sa bouche peinte. Son visage luisait de larmes mais il était vivant et, fait tout aussi étonnant, il était seul.

Quand je m'élançai pour lui porter secours, Kreizler me saisit par le bras et me tira en arrière en murmurant :

– Non, John ! C'est exactement ce que Beecham veut que tu fasses.

– Quoi ? Mais comment sais-tu qu'il...

De la tête, il indiqua le petit bâtiment.

Dépassant du toit, reflétant la douce lumière de la lune, je vis le même crâne chauve que le soir où Cyrus avait été agressé, au-dessus du *Black and Tan* de Stephenson. Je sentis mon cœur faire un bond, aspirai une grande goulée d'air pour rester calme.

– Il nous voit ?

– Indubitablement, répondit Laszlo. La question est de savoir s'il sait que *nous l'avons vu.*

La réponse fut immédiate : la tête disparut avec une rapidité étonnante, à la manière d'un animal sauvage. Le jeune prisonnier nous avait vus lui aussi, et ses sanglots s'étaient transformés en cris étouffés qui, bien qu'incompréhensibles, étaient clairement un appel à l'aide. L'image de Joseph me revint à l'esprit, renforçant mon désir de porter secours à son ami. Mais Kreizler continuait à me retenir par le bras.

– Attends, John. Attends. Je suis venu ici ce matin. Il y a deux façons seulement de sortir de là : par cette petite porte qui donne sur la promenade, ou par un escalier qui descend jusqu'à la rue. S'il ne se montre pas...

Une minute s'écoula sans un signe de vie ni à la petite porte ni sur le toit du bâtiment. Kreizler avait l'air perplexe.
— Est-ce qu'il se serait enfui?
— Le risque lui a peut-être paru trop grand, répondis-je.
Il réfléchit, considéra le garçon ligoté qui continuait à geindre.
— Bon, nous avançons, décida-t-il. Mais très lentement. Et sois prêt à tirer.

Nos premiers pas furent pleins de raideur, comme si nos corps connaissaient et repoussaient le danger que nos esprits avaient résolu d'affronter. Toutefois, après que nous eûmes parcouru quelques mètres sans apercevoir notre adversaire, nos mouvements devinrent plus aisés, et je me persuadai que la peur de se faire prendre avait finalement été la plus forte chez Beecham. Transporté de joie à l'idée que nous allions véritablement empêcher un nouveau meurtre, je me permis un petit sourire...

Péché de présomption! Au moment où l'autosatisfaction m'amenait à relâcher mon étreinte sur la crosse du revolver, une forme sombre bondit par-dessus la barrière en fer, côté rue, et me frappa violemment à la mâchoire. J'entendis les os de mon cou craquer quand ma tête fut projetée sur le côté, et je perdis connaissance.

Je ne dus pas rester longtemps inconscient car les ombres projetées par la lune n'avaient guère bougé lorsque je repris connaissance. Je me sentais pourtant plus hébété que si j'avais dormi plusieurs jours d'affilée. J'avais le corps endolori : la mâchoire et le cou, bien sûr, mais aussi les poignets et les épaules. C'était à la langue que j'avais le plus mal. Avec un grognement, je délogeai ce qui s'était glissé dessous et crachai, projetant sur le sol une de mes canines dans un flot de sang et de salive. Ma tête me semblait lourde comme un bloc d'acier de Pittsburgh et je ne pouvais la soulever de plus de quelques centimètres. Je finis par me rendre compte que ce n'était pas seulement à cause du coup que j'avais reçu : j'avais les poignets dans le dos, attachés en haut de la barrière de fer du côté intérieur de la promenade, les chevilles semblablement entravées en bas, le buste pendant au-dessus de l'allée de pierre. Sous mon visage, le revolver tombé par terre paraissait me narguer.

Je grognai de nouveau, réussis à tourner la tête juste assez pour découvrir Kreizler. Ligoté lui aussi, il avait cependant l'air indemne et tout à fait conscient. Il me sourit.
— De retour parmi nous, John?

— Uhh, fis-je en guise de réponse. Où est...?

Laszlo tourna péniblement la tête vers le bâtiment de pierre.

Le prisonnier se trouvait toujours au même endroit. Devant lui, un homme gigantesque vêtu de noir, qui nous tournait le dos, enlevait lentement ses habits et les plaçait avec soin sur le bord de l'allée. En quelques minutes, il fut entièrement nu, révélant plus de deux mètres d'une puissante musculature. Il s'avança vers le garçon – qui, à en juger par les formes que son visage et son corps commençaient à prendre, devait avoir une douzaine d'années –, le saisit par les cheveux.

— Tu pleures? fit l'homme d'une voix basse, dépourvue d'émotion. C'est normal, un garçon comme toi...

Il lâcha l'adolescent, se tourna vers Kreizler et moi. Je ne sais à quoi je m'attendais, mais certainement pas à la banalité de son visage. Il y avait quelque chose qui rappelait Adam Dury dans les cheveux rares, la peau tendue à craquer sur le crâne, les yeux trop petits pour la grosse tête osseuse. Le côté droit de la figure semblait un peu flétri mais aucun tic ne l'agitait. Au total, c'était un visage quelconque qui ne reflétait absolument rien des troubles terribles qui tourbillonnaient sans répit à l'intérieur de l'énorme crâne. On eût dit que cette mise en scène effroyable ne différait pas pour lui de son travail habituel.

Il se baissa, tira son coutelas du tas de vêtements et s'approcha de l'endroit où nous étions suspendus. Son corps ciselé, presque glabre, miroitait à la clarté de la lune. Il se planta devant nous, jambes écartées, se pencha pour nous regarder dans les yeux, d'abord Kreizler puis moi.

— Deux seulement, grommela-t-il en secouant la tête. Stupide... *stupide*.

Il leva le long couteau – très semblable à celui que Lucius nous avait montré chez *Delmonico's* –, appuya le plat de la lame sur la joue droite de Laszlo, le promena lentement sur le visage de mon ami.

— Japheth... fit Kreizler.

Beecham eut un grognement rageur, frappa Laszlo du dos de la main gauche.

— Ne prononcez jamais ce nom! menaça-t-il d'une voix sifflante.

Le coutelas revint sous l'un des yeux, pressa la joue suffisamment fort pour y faire perler une goutte de sang.

— Jamais... répéta Beecham.

Il se redressa, prit une profonde inspiration, comme s'il estimait que son accès de colère manquait de dignité.

— Vous m'avez recherché, reprit-il et, pour la première fois, il sourit, découvrant de grosses dents jaunes. Vous avez essayé de m'épier, mais c'est *moi* qui vous ai épiés. (Le sourire disparut.) Vous aimez ça, épier ? Eh bien, regardez, dit-il, indiquant son prisonnier de la pointe du coutelas. Il mourra le premier. *Proprement*, lui. Pas vous. Vous êtes bêtes, inutiles, vous n'avez même pas réussi à m'arrêter. De stupides animaux inutiles — que je parerai *vivants*.

Pendant qu'il retournait près du garçon, je murmurai à Kreizler :

— Qu'est-ce qu'il va faire ?

Laszlo n'était pas encore tout à fait remis du coup qu'il avait reçu.

— Je crois, dit-il en secouant la tête, qu'il a l'intention de tuer ce gamin. Sous nos yeux. Après quoi...

Voyant un filet de sang couler le long de sa joue, je m'enquis d'une voix inquiète :

— Ça va ?

— Ah ! c'est la bêtise qui fait le plus mal ! s'exclama-t-il, montrant une remarquable indifférence pour le sort qui nous attendait. Nous traquons un alpiniste chevronné, et nous sommes surpris quand il négocie un simple mur pour nous prendre à revers...

Beecham était à présent agenouillé au-dessus de l'adolescent.

— Pourquoi a-t-il ôté ses vêtements ? chuchotai-je.

Kreizler considéra notre agresseur un moment avant de répondre :

— Le sang. Il ne veut pas tacher ses habits.

Beecham posa le coutelas, palpa des deux mains le jeune corps qui se tortillait sous lui.

— Y aurait-il une autre raison ? poursuivit Kreizler, de l'étonnement dans la voix.

Le visage du tueur ne reflétait ni colère ni lascivité, ni aucun autre sentiment. Beecham toucha le torse, les bras et les jambes du garçon comme l'eût fait un professeur d'anatomie, s'arrêta seulement quand il posa les mains sur les parties génitales. Après les avoir massées un moment, il se releva, se plaça derrière l'adolescent, caressa d'une main les fesses du prisonnier et de l'autre son propre membre.

Pris de nausée, je détournai les yeux.
– Mais je croyais... je croyais qu'il ne les violait pas.
Laszlo continuait à observer la scène.
– Cela ne signifie pas qu'il n'a pas essayé, dit-il. C'est un moment complexe, John. Dans sa lettre, il prétend qu'il ne les a pas « souillés ». Mais y a-t-il eu tentative ?
Relevant la tête, je vis que Beecham continuait à caresser le garçon et lui-même, sans parvenir à une érection.
– S'il veut le violer, pourquoi...
– Parce qu'en fait, il n'en a *pas* envie, répondit Kreizler. Une force le pousse à le faire, comme elle le pousse à tuer – mais ce n'est pas du désir. Et s'il peut se forcer à tuer, il ne peut se forcer à violer.
Comme pour confirmer cette analyse, Beecham laissa soudain échapper un cri de frustration, leva ses bras puissants au ciel et frissonna de tout son corps. Il baissa de nouveau les yeux, saisit l'enfant à la gorge.
– Non! cria Laszlo. Non, Japheth, pour l'amour de Dieu, ce n'est pas ce que vous...
– *Ne prononcez pas ce nom!* hurla de nouveau Beecham, tandis que le garçon poussait de petits cris et se tordait sous lui. Je vais te tuer, sale...
Une voix s'éleva tout à coup de l'obscurité, sur ma gauche :
– Tu ne tueras personne, salopard.
Aussi douloureux que fût mon cou, je tournai la tête et vis Connor s'avancer dans l'allée de pierre, un impressionnant Webley .445 à la main. Il était suivi de deux silhouettes ayant désormais le statut de vieilles connaissances : les malfrats qui nous avaient assaillis, Sara et moi, chez les Santorelli, qui nous avaient filés, Laszlo et moi, jusqu'à la ferme d'Adam Dury, et que j'avais éjectés du train sans cérémonie.
Les yeux sournois de Connor se plissèrent quand il s'approcha de Beecham.
– T'as entendu ? Éloigne-toi de ce gosse.
Lentement, Beecham lâcha le garçon. Son visage se vida de toute expression puis changea de façon spectaculaire : pour la première fois, une émotion – la peur – apparut dans les yeux écarquillés, qui se mirent à cligner rapidement, incontrôlablement.
– Connor! m'écriai-je, surmontant enfin ma stupéfaction.
Je me tournai vers Laszlo, constatai qu'il regardait notre « sauveur » avec un mélange de haine et de satisfaction.

— Oui, dit Laszlo d'une voix égale. Connor...

— Décrochez ces deux-là, ordonna l'ex-policier à l'un de ses hommes. (Le Webley toujours braqué sur Beecham, il se pencha pour ramasser le colt de Kreizler.) Et toi, lança-t-il au tueur tout tremblant, remets tes fringues, sale sodomite!

Au lieu d'obéir, Beecham recula contre le mur, s'y recroquevilla, et les spasmes commencèrent — lentement d'abord, limités aux yeux, au coin droit de la bouche, mais bientôt ce fut tout le côté droit du visage qui se contracta violemment, à un rythme rapide, produisant un effet pathétique qui — je dois l'admettre — aurait, en d'autres circonstances, paru cruellement risible.

Une expression de dégoût apparut sur la figure barbue de Connor.

— Pauvre malade! (Il se tourna vers l'homme qui se tenait à sa gauche.) Mike, couvre-le, bon Dieu.

Le nommé Mike ramassa les vêtements de Beecham, les lui jeta. L'homme nu s'en empara, les tint contre lui mais ne fit pas mine de s'habiller.

Libérés, Laszlo et moi passâmes quelques secondes à dégourdir nos bras et nos épaules ankylosés cependant que les truands de Connor retournaient se poster derrière leur chef.

— Vous ne détachez pas le garçon? demanda mon ami.

Connor secoua la tête.

— Faut d'abord que les choses soient claires, docteur, répondit-il, comme si, malgré le Webley, il craignait la réaction de Kreizler. Nous, on est ici pour lui, ajouta-t-il en indiquant Beecham, rien que pour lui. Vous partez gentiment et y aura pas d'histoire. L'affaire se termine ce soir.

— En effet. Mais pas comme vous l'avez prévu, j'en ai peur.

— C' qui veut dire? fit Connor.

— Ce qui veut dire qu'il n'est pas question que je parte. Vous avez déjà tué quelqu'un chez moi...

— Hé, attendez, se défendit Connor. J'ai jamais voulu ça! Je faisais mon boulot, je suivais les ordres qu'on m'avait donnés, et cette petite garce...

Blême de rage, Laszlo fit un pas en avant. Connor releva le canon du Webley.

— Bougez pas, docteur — me donnez pas une bonne raison de tirer. Comme j'disais, on est venus juste pour l'autre, là, mais ça me déplairait pas de vous refroidir tous les trois. Mes patrons aimeraient peut-être pas ça, mais si vous m'y obligez, je vous descends.

Beecham parut enfin s'intéresser à ce qui se passait autour de lui. Le visage convulsé par son tic, il se tourna vers Connor et ses hommes de main puis, sans se relever, courut à quatre pattes se réfugier près des jambes de Laszlo.

– Ils... commença-t-il d'une voix suraiguë, ils vont... me tuer.

Connor eut un ricanement bref.

– Ouais, tu seras canné quand on te retrouvera, pauvre dingue. Tout ce ramdam pour qui ? Un minable qui pleurniche et se traîne à genoux ! (Il bomba le torse devant ses troupes.) Dur à croire, hein, les gars ? Tant de salades à cause de cette *chose*, là. Parce que c' qui l'amuse, c'est de baiser les mômes et de les couper en morceaux.

– *Menteur !* brailla Beecham, qui serra les poings mais demeura accroupi. Sale menteur !

Connor et ses hommes s'esclaffèrent, exacerbant la colère et le désarroi de Beecham. Je m'interposai, lançai aux rieurs un regard désapprobateur qui resta sans effet. Cherchant de l'aide du côté de Kreizler, je me retournai et le vis inspecter la promenade, l'air tendu. Sa bouche s'ouvrit et, sans que je pusse comprendre pourquoi, il s'écria :

– *Maintenant !*

Avec la vitesse et la précision que seules confèrent des années d'entraînement professionnel, une sorte d'homme-singe sauta par-dessus la barrière intérieure de la promenade, abattit un morceau de tuyau de plomb sur la main de Connor qui tenait le revolver. Avant que les deux autres voyous aient pu réagir, une série de horions assenés par deux énormes poings les étendit dans l'allée de pierre. Un Connor hurlant subit bientôt le même sort. Pour faire bonne mesure, le nouveau venu – le visage dissimulé par une casquette – se pencha tour à tour sur chacun de ses adversaires pour distribuer une volée de coups de tuyau de plomb. Ma joie de le voir victorieux diminua considérablement lorsqu'il se redressa et montra enfin son visage.

C'était Eat-'Em-Up Jack McManus, ancien boxeur et actuel videur au *New Brighton Dance Hall* de Paul Kelly. Glissant le tuyau dans son pantalon, McManus récupéra le colt et le Webley, se dirigea vers moi. Je me raidis : en toute logique, Laszlo et moi devions être les prochaines victimes de ses talents pugilistiques.

Mais Eat-'Em-Up épousseta sa veste, cracha dans l'eau du réservoir et me remit les deux armes. Je braquai le colt sur Beecham cependant que le gorille de Kelly s'approchait de Kreizler, levait la main et touchait respectueusement la visière de sa casquette.

— Bravo, Jack, dit mon ami. Attache-les, maintenant, si tu veux bien, et bâillonne les deux costauds. Celui du milieu, je veux l'interroger quand il reviendra à lui.

Laszlo se pencha sur le corps de Connor et ajouta, manifestement impressionné par le travail de McManus :

— *S'il* revient à lui, devrais-je dire.

McManus toucha de nouveau le bord de sa casquette, passa devant moi, tira de ses poches de la corde et des chiffons, entreprit de mettre à exécution les instructions de Kreizler tel un bœuf docile et patient. Pendant ce temps, mon ami libérait le garçon.

— Tout va bien, dit-il d'une voix apaisante à l'adolescent qui continuait à sangloter et à gémir. Tu ne crains plus rien, maintenant.

Le jeune prostitué leva vers Laszlo des yeux agrandis de terreur.

— Il allait me...

— C'est fini, assura Kreizler. (Il essuya le visage du garçon avec un mouchoir, l'enveloppa dans sa cape.) Tu n'as rien.

La situation semblant maîtrisée, du moins pour le moment, je m'autorisai à satisfaire ma curiosité en allant à la barrière côté rue et en me penchant pour jeter un rapide coup d'œil. Un mètre plus bas courait une corde maintenue par des pitons semblables à celui que Marcus avait retrouvé à Castle Garden. Comme Kreizler l'avait deviné, faire le tour et nous prendre à revers n'avait pas présenté de difficulté pour un alpiniste expérimenté comme Beecham. Je me retournai, regardai notre ennemi vaincu, secouai la tête en songeant à la soudaineté avec laquelle la situation s'était renversée.

Jack McManus, qui avait fini de saucissonner les hommes de Connor, attendait de nouveaux ordres.

— Terminé, Jack ? demanda Laszlo. Très bien. Nous n'aurons plus besoin de toi. A nouveau, merci.

McManus porta une dernière fois la main à sa casquette et partit sans dire un mot. Kreizler revint au jeune garçon.

— Tu seras mieux à l'intérieur. Moore, je mets juste notre jeune ami dans la petite maison.

Je hochai la tête, tins le colt braqué sur la tête de Beecham tandis que Laszlo et le gamin disparaissaient dans le cube de pierre. Toujours blotti contre le mur, l'assassin s'était mis à pousser de petits cris plaintifs. Je ne pensais pas qu'il me poserait un problème mais je ne prendrais pas de risques. Pour plus de sûreté, j'allai prendre les menottes accrochées à la ceinture de Connor, encore inconscient, et les lançai à Beecham.

– Tenez, dis-je. Mettez-les.

Lentement, distraitement, il s'exécuta. Je fouillai les poches de l'ex-policier, trouvai les clefs des menottes, remarquai une petite tache de sang sur sa chemise. Je déboutonnai le vêtement sale, vis une longue estafilade qui avait dû se rouvrir pendant l'affrontement avec McManus. C'était, je m'en rendis compte, la blessure que Mary Palmer avait infligée à Connor avant qu'il ne la précipite dans l'escalier de Kreizler.

– Bravo, Mary, murmurai-je en me relevant.

Laszlo ressortit de la maison, se passa une main dans les cheveux, regarda autour de lui d'un air étonné mais ravi, puis se tourna vers moi avec embarras, comme s'il savait ce qui l'attendait.

– Si tu avais l'obligeance de m'expliquer ce qu'il se passe ici! exigeai-je d'une voix calme mais ferme.

45

Laszlo n'avait pas plus tôt ouvert la bouche pour répondre qu'un sifflement aigu montait de la 40ᵉ Rue. Il courut regarder par-dessus la barrière de la promenade; je le rejoignis rapidement, découvris Cyrus et Stevie dans la calèche.

— Les explications devront attendre, Moore, dit-il, se tournant de nouveau vers Beecham. L'arrivée de Cyrus et Stevie signifie que l'Opéra est fini depuis trois quarts d'heure au moins. Roosevelt a eu le temps de prendre contact avec les autres, à High Bridge, et quand ils apprendront notre disparition...

— Quels sont tes plans? demandai-je.

Kreizler se gratta la tête, esquissa un sourire.

— Je ne sais pas trop. Mes plans ne prévoyaient pas cette situation : je n'étais pas tout à fait sûr de m'en sortir vivant, même avec notre ami McManus.

La remarque me scandalisa, je ne cherchai pas à le cacher :

— Oh! je présume que je devais mourir, moi aussi?

— Je t'en prie, John, répondit Laszlo avec un mouvement impatient de la main. Nous n'avons pas le temps.

— Et Connor? Qu'est-ce qu'on en fait?

— Nous le gardons pour Roosevelt, dit-il, retournant à l'endroit où Beecham était recroquevillé. Même s'il n'en mérite pas tant!

Il s'agenouilla pour scruter le visage de l'ex-Japheth Dury, passa la main plusieurs fois devant les yeux de notre prisonnier, qui ne réagit pas.

— L'enfant est descendu de la montagne, murmura Laszlo.

Je compris ce qu'il voulait dire : si l'homme qui nous avait assailli ce soir était la version adulte du jeune trappeur sadique qui avait écumé autrefois le Shawangunk, la créature terrifiée que nous avions devant nous avait hérité la terreur et la haine de soi que Japheth avait ressenties tout au long de sa vie. Estimant de toute évidence qu'il n'avait rien à craindre de cet homme tant qu'il demeurait dans cet état, Laszlo prit la veste de Beecham et la drapa sur les puissantes épaules nues.

– Écoute-moi, Japheth Dury...

En entendant ce nom, Beecham cessa de se balancer et de gémir.

– Tu as beaucoup de sang sur les mains, continua Kreizler. Celui de tes parents, pour commencer. Si tes crimes venaient à être connus, ton frère Adam – qui essaie encore de mener une vie honnête – serait anéanti. Ne serait-ce que pour cette raison, la partie de toi qui est restée humaine doit m'écouter avec attention.

Bien que son regard demeurât fixe, le meurtrier hocha lentement la tête.

– Bien, dit Laszlo. La police sera bientôt ici. Elle t'y trouvera ou non, selon ton attitude envers moi. Je vais te poser quelques questions pour déterminer tes capacités ainsi que ta disposition à coopérer. Réponds-y honnêtement et nous pourrons peut-être te réserver un sort moins sévère que celui que les habitants de cette ville exigeront. Tu comprends ?

Beecham acquiesça, et Laszlo tira de sa poche l'éternel petit carnet.

– Allons-y. Les faits essentiels...

Il se lança dans un résumé de la vie de Beecham en commençant par son enfance et le meurtre des parents. A mesure que le prisonnier répondait aux questions, confirmant les hypothèses que nous avions formulées pendant nos investigations, son ton se faisait plus geignard et plus faible, comme si, devant cet homme qui le connaissait aussi bien qu'il se connaissait lui-même, il n'avait d'autre choix que de se soumettre totalement. De son côté, Kreizler semblait plus que satisfait de cette volonté de coopérer et devait y voir la preuve qu'une partie de l'esprit du tueur avait effectivement désiré cet instant.

J'aurais dû être comblé moi aussi par les résultats de ce premier interrogatoire. Pourtant, en regardant Beecham répondre aux questions – d'une voix de plus en plus docile et enfantine, sans une trace de ce ton menaçant, arrogant qui avait été le sien quand il nous tenait en son pouvoir – je me sentais irrité, troublé au plus profond de moi-même. Cette irritation se transforma bientôt en indignation, comme si, après ce qu'il avait fait, cet homme n'avait plus le droit de montrer des aspects humains pitoyables. De quel droit ce colosse grotesque pleurnichait-il devant nous comme les enfants qu'il avait assassinés ? Où étaient passées la cruauté, la suffisance, l'invulnérabilité des autres soirs ? Ma colère monta rapidement jusqu'à ce que, incapable de me contenir plus longtemps, je me levai et beuglai :

– Ferme-la ! Ferme-la, misérable lâche !

Beecham et Laszlo se turent aussitôt et me regardèrent, stupéfaits. Les tics du tueur redoublèrent quand ses yeux se portèrent sur le colt que je tenais à la main, cependant que l'attitude de Laszlo passait de la stupeur à la compréhension sévère.

– Très bien, Moore, dit-il sans demander d'explication. Va attendre à l'intérieur avec le garçon, alors.

– En te laissant avec lui ? m'écriai-je, la voix tremblant encore de colère et de passion. Es-tu fou ? Regarde-le, Kreizler – c'est *lui*, c'est l'homme qui est responsable de tout le sang que nous avons vu ! Et tu l'écoutes ! Tu te laisses convaincre qu'il n'est qu'un...

– John ! *Très bien*. Va m'attendre dans la maison.

Je regardai Beecham.

– De quoi tu essaies de le convaincre, hein ? lui lançai-je. (Je me baissai, le colt toujours braqué sur sa tête.) Tu crois que tu peux encore t'en sortir, n'est-ce pas ?

– Bon sang, Moore ! s'écria Kreizler. (Il me saisit le poignet mais ne parvint pas à détourner l'arme.) Arrête !

Je m'approchai du visage convulsé de tics.

– Mon ami pense que si tu n'as pas peur de mourir, cela prouve que tu es fou, dis-je, appuyant le canon du revolver contre la gorge de Beecham. Alors, tu as peur de mourir ? Comme les enfants que tu as...

– Moore ! cria de nouveau Laszlo, qui essayait de me désarmer.

Mais je n'écoutais plus. Je parvins à glisser mon pouce sur le chien du colt, à le ramener en arrière. Avec un petit cri désespéré, Beecham recula, tel un animal aux abois.

– Non, fis-je. Non, tu n'es pas fou : tu as peur de mourir !

Avec une soudaineté stupéfiante, l'air s'emplit du fracas d'une détonation. Beecham tressaillit, bascula en arrière, le côté gauche de la poitrine percé d'un trou noir et rouge. Me fixant de ses petits yeux, il laissa retomber ses mains entravées par les menottes et s'effondra.

Je l'ai tué, pensai-je. Il n'y avait ni joie ni culpabilité dans cette constatation, juste l'énoncé d'un fait. Mais quand Beecham se fut écroulé sur l'allée de pierre, mon regard tomba sur le chien du colt : il était toujours relevé. Avant que mon esprit en pleine confusion ait pu comprendre, Laszlo se précipita sur Beecham, examina la blessure qui sifflait en laissant échapper de l'air et du sang. Kreizler brandit le poing et releva la tête, l'air furieux. Ce n'était cependant pas sur moi que son regard s'était porté, et je me retournai lentement.

Connor avait réussi à se libérer. Le dos courbé par la douleur, il étreignait sa poitrine ensanglantée de la main gauche et tenait dans la droite un méchant petit pistolet à double canon. Un sourire grimaçant sur ses lèvres tachées de sang, il avança en vacillant.

– Terminus, dit-il. Lâche ton flingue, Moore.

Je m'exécutai, lentement et prudemment ; mais au moment où le colt touchait le sol, un autre coup de feu claqua, et Connor fut projeté en avant, comme si on l'avait violemment frappé par-derrière. Il s'affala sur le ventre avec un grognement, révélant un trou dans sa veste d'où le sang se mit aussitôt à jaillir. La fumée du coup de feu que Connor avait tiré sur Beecham n'était pas encore dissipée quand une nouvelle silhouette apparut sur la promenade.

C'était Sara, son revolver à crosse de nacre à la main. Elle regarda Connor un instant sans trahir aucune émotion puis releva les yeux vers nous.

– J'ai pensé à cet endroit juste après que nous avions pris position à High Bridge, dit-elle d'une voix tendue, cependant que les Isaacson surgissaient à leur tour de l'obscurité. Quand Theodore nous a annoncé que vous aviez quitté l'Opéra, j'ai compris...

– Dieu en soit loué, coupai-je.

Laszlo, resté accroupi près de Beecham, leva les yeux vers Sara.

– Où est le préfet ?

– Il vous cherche encore, répondit-elle. Nous ne lui avons rien dit.

– Merci. Vous n'aviez pas lieu de montrer autant de considération.

Impassible, elle répliqua :
– En effet.

Beecham hoqueta, cracha du sang, et Kreizler passa un bras sous son cou pour soulever la tête massive.

— Sergent? fit Laszlo, et Lucius accourut pour l'aider.

Le policier examina rapidement le blessé, secoua la tête.

— C'est inutile, docteur.

— Je le sais, s'impatienta Kreizler. J'ai juste besoin de... massez-lui les mains, voulez-vous? Moore, enlève ces fichues menottes. J'ai juste besoin de quelques minutes.

Pendant que je libérais les poignets du mourant, Laszlo prit dans sa poche une fiole de sels d'ammoniaque, l'agita sous le nez de Beecham.

— Japheth, murmura-t-il, Japheth Dury, tu m'entends?

Les paupières du tueur papillonnèrent puis s'ouvrirent, révélant des yeux à l'éclat déjà terni qui roulaient dans leur orbite. Ils finirent par se braquer sur le visage tout proche. Beecham n'avait plus de tic, et son expression était celle d'un enfant terrifié qui implore d'un inconnu une aide qu'il sait qu'il n'obtiendra pas.

— Je... commença-t-il, interrompu par une toux sanglante, je vais mourir.

— Écoute-moi, Japheth, dit Laszlo, qui essuya le sang coulant sur le visage de Beecham. Tu dois m'écouter. Que voyais-tu quand tu regardais ces enfants? Qu'est-ce qui te poussait à les tuer?

La tête du meurtrier se mit à rouler sur le bras de Kreizler; un frisson secoua son corps. Il tourna son regard terrifié vers les cieux, ouvrit grand la bouche, montrant ses grosses dents jaunes à présent nappées de sang.

— Japheth! répéta Laszlo, sentant que l'homme lui échappait. *Que voyais-tu?*

Les yeux de Beecham revinrent au visage de mon ami.

— Je... n'ai jamais... su, hoqueta-t-il. Jamais!

Le mouvement de sa tête se communiqua brièvement à tout son corps puis il saisit Laszlo par sa chemise. Les traits toujours empreints d'une peur mortelle, John Beecham eut un dernier tic, rejeta du sang mêlé de vomi et se figea. Sa tête tomba sur le côté; ses yeux perdirent enfin leur expression épouvantée.

— Japheth! répéta Kreizler, conscient pourtant qu'il était trop tard.

Quand Lucius tendit la main et ferma les yeux de Beecham, mon ami laissa enfin la tête du meurtrier reposer sur la pierre froide.

Personne ne parla pendant une minute ou deux, puis on entendit un autre sifflement. Je me relevai, allai à la barrière, vis Stevie et Cyrus faire de grands gestes en direction du West Side. Je retournai auprès des autres.

— Laszlo, j'ai l'impression que Roosevelt arrive. Tu ferais mieux de te préparer à expliquer...

— Non, dit-il d'une voix sourde mais ferme.

Il se releva, les yeux humides et rouges, glissa son regard de Sara à Marcus, de Lucius à moi, et ajouta :

— Vous m'avez tous accordé votre aide et votre amitié — plus que je ne le méritais, peut-être. Je dois vous demander de continuer à le faire encore un peu. Sergents enquêteurs, j'aurai besoin de votre assistance pour emporter le corps de Beecham. Roosevelt arrive par la 40ᵉ Rue, John ?

— On le dirait à en juger par les gesticulations de Stevie et Cyrus.

— Très bien, alors. Pendant que Cyrus l'enverra ici, les sergents et moi ferons sortir le corps par la grille de la 5ᵉ Avenue... (Laszlo s'approcha de la barrière côté rue, donna un ordre en agitant une main) où Stevie m'attendra. (Il retourna près de Sara, la prit par les épaules.) Si vous refusez d'être mêlée à cela, je ne vous le reprocherai pas.

Un instant, elle parut sur le point de se répandre en accusations amères, mais elle haussa simplement les épaules et glissa le pistolet dans un pli de sa robe.

— Vous n'avez pas été franc avec nous dans cette dernière partie de l'affaire, docteur. Mais sans vous, nous n'aurions jamais eu la chance d'y participer, pour commencer. Nous sommes quittes.

Il la serra contre lui.

— Merci, murmura-t-il, et il s'écarta. Bon, dans la petite maison, vous trouverez un jeune garçon mort de frayeur enveloppé dans ma cape. Occupez-vous de lui, voulez-vous, et veillez à ce que Roosevelt ne lui pose pas de questions avant que nous n'ayons eu le temps d'arriver à destination.

— Dans le centre ? fis-je, alors que Sara se dirigeait déjà vers le bâtiment. Attends un peu, Kreizler...

— Nous n'avons pas le *temps*, John, déclara Laszlo. (Il se tourna vers Marcus et Lucius.) Sergents, le préfet est votre supérieur, je comprendrais parfaitement si...

— Pas la peine, docteur, coupa Lucius. Je crois deviner ce que vous avez en tête, et je serais curieux de savoir ce qu'il en est, moi aussi.

— Vous le verrez de vos yeux, répondit Laszlo. Je tiens à ce que vous m'assistiez. Marcus, si vous souhaitez ne pas venir, je ne vous en tiendrai pas rigueur.

Le plus grand des deux frères considéra les propos de Kreizler avant de demander :

— C'est la dernière énigme qu'il reste à résoudre, n'est-ce pas ?

— Peut-être la plus importante.

Le sergent réfléchit un instant encore puis hocha la tête.

— D'accord. Qu'est-ce qu'une légère insubordination comparée aux intérêts de la science ?

Kreizler lui tapota l'épaule, retourna au cadavre de Beecham, le prit par les bras.

— Allons-y, et faisons vite.

Marcus saisit une des jambes, Lucius recouvrit le torse du mort avant d'empoigner le membre restant, puis ils soulevèrent le corps et descendirent la promenade en direction de la 5ᵉ Avenue.

La perspective d'être abandonné en haut de ces murailles avec pour seule compagnie les deux voyous estourbis et le cadavre de Connor me délia la langue.

— Hé, une minute, protestai-je en prenant leur sillage. Kreizler, je sais ce que tu veux faire ! Mais tu ne peux pas me laisser ici en comptant sur moi pour...

— Pas le temps, John ! répondit Laszlo en accélérant le pas. Il me faudra six heures, environ – et tout sera clair !

— Mais...

— Tu es un vrai battant, John ! me cria Laszlo.

Je m'arrêtai, les regardai s'enfoncer dans le bleu sombre de la promenade, disparaître dans le noir de l'escalier menant à la 5ᵉ Avenue. Je me retournai.

— Un battant, marmonnai-je, décochant un coup de pied à l'allée. Les *battants*, on ne les laisse pas derrière pour expliquer ce genre de situation...

Je mis fin à mon petit monologue quand j'entendis des voix dans le petit bâtiment : celle de Sara puis celle de Theodore. Après un échange assez animé, le préfet surgit sur la promenade, Sara et plusieurs hommes en uniforme sur ses talons.

— Alors ! vitupéra-t-il en me découvrant. (Il s'approcha, l'index accusateur.) C'est comme ça que tu me remercies d'avoir conclu un accord avec vous ? Nom d'un tonnerre, je devrais...

Il s'interrompit en voyant les deux malfrats ficelés et le cadavre, pointa le doigt vers ce dernier.

— C'est *Connor*?

J'acquiesçai et, oubliant ma colère contre Laszlo, feignis une vive inquiétude.

— Tu arrives à temps, Roosevelt. Nous étions venus ici pour Beecham...

A nouveau transporté d'indignation, il brailla :

— Je sais! Si deux de mes meilleurs hommes n'avaient pas filé les domestiques de Kreizler...

— Mais Beecham ne s'est pas montré, poursuivis-je. C'était un piège, tendu par Connor. Afin de — afin de tuer Stevie, en fait.

— *Stevie?* fit Theodore, incrédule. Le jeune serviteur de Kreizler?

— Il était le seul à avoir vu Connor tuer Mary Palmer, expliquai-je.

Le visage du préfet s'éclaira; ses yeux s'arrondirent derrière ses lunettes.

— Bien sûr! lâcha-t-il. (Il plissa de nouveau le front.) Mais que s'est-il passé?

Ayant senti que mes facultés d'invention s'émoussaient, Sara vola à mon secours :

— Heureusement, les sergents et moi-même sommes arrivés à temps. C'est une de mes balles que vous trouverez dans le dos de Connor.

— *Vous*, Sara? s'étonna Roosevelt. Mais je ne comprends pas...

— Nous n'avions pas compris non plus jusqu'à ce que vous nous ayez prévenus de la disparition de John et du docteur. Le temps de deviner où ils se trouvaient probablement, vous aviez déjà quitté High Bridge. A votre place, monsieur le préfet, je retournerais là-bas : le reste de vos hommes surveille encore l'endroit, et le meurtrier n'a toujours pas frappé.

— Oui, répondit Roosevelt d'un air songeur. Oui, je suppose que vous avez raison.

Il se redressa tout à coup, subodorant une ruse.

— Attendez un peu que je voie ce qu'il se passe ici. Si toute cette histoire est vraie, expliquez-moi, je vous prie, ce que fait ce garçon dans cette maison? demanda-t-il, braquant cette fois l'index vers le cube de pierre.

— Franchement, Roosevelt, intervins-je, tu ferais mieux de...

— Et où sont passés les autres — Kreizler? et les Isaacson?

— Monsieur le préfet, reprit Sara, je puis vous assurer...

– Oh! oui, fit Theodore, coupant court à nos explications. Je vois ce qui se passe ici. Un complot, n'est-ce pas? Parfait! Je vais prendre les mesures qui s'imposent!

L'un des policiers en uniforme claqua des talons et s'approcha.

– Que l'un de vos hommes s'occupe du garçon qui est là-dedans, ordonna Roosevelt. Ensuite, vous mettrez ces deux personnes en état d'arrestation! Je veux qu'on les emmène immédiatement à Mulberry Street!

Avant que nous ayons pu répondre quoi que ce soit, il braqua de nouveau son index vers nous et l'agita en vociférant :

– Je vais vous montrer qui dirige la police, dans cette ville!

46

Ce n'étaient que menaces en l'air, bien entendu. Oh! Roosevelt nous traîna bien à Mulberry Street et nous enferma quelques heures dans son bureau, où il nous gratifia d'un sermon sur la confiance et le respect de la parole donnée, mais je finis par lui révéler ce qui s'était passé – pas avant d'être sûr, toutefois, que Kreizler et les Isaacson aient eu le temps d'arriver à destination. J'expliquai en outre à Theodore que je ne lui avais pas vraiment menti puisque j'ignorais moi-même les plans de Kreizler avant de me rendre à l'Opéra. D'ailleurs, ajoutai-je, je n'avais *toujours* pas d'explications pour bon nombre des événements de la veille, et j'avais bien l'intention d'en obtenir. Dès que je les aurais, je me rendrais à Mulberry Street pour les partager avec lui. Roosevelt se calma en entendant ces promesses, et lorsque Sara souligna que l'essentiel, c'était que Beecham fût mort, son humeur s'améliora considérablement. Comme il nous l'avait confié quelques semaines plus tôt, la résolution de cette affaire avait beaucoup d'importance pour lui sur le plan personnel (même si, étant donné sa complexité, il n'en tirerait que peu de profit sur le plan professionnel). Et lorsque nous quittâmes enfin son bureau, vers quatre heures du matin, sa colère devant certains événements de la nuit avait fait place à un éloge enthousiaste de notre travail dans son ensemble.

– Peu orthodoxe, sans aucun doute, estima-t-il avec un claquement de langue, les mains posées sur nos épaules pour nous raccompagner à la porte, mais au total un travail magnifique. Magnifique! Rendez-vous compte : un homme sans lien avec ses victimes, un homme qui aurait pu être n'importe quel habitant de cette ville – identifié et arrêté!

Il secoua la tête, poussa un soupir admiratif.

– Personne ne l'aurait cru, continua-t-il. Et liquider Connor, par-dessus le marché!

Ces derniers mots firent sourciller Sara mais elle parvint à maîtriser sa réaction.

– Ah! je suis impatient d'apprendre comment notre ami Kreizler a élaboré la phase finale de son plan! s'exclama-t-il. (Il se frotta le menton, fixa un moment le parquet, releva la tête.) Bien, qu'est-ce que vous allez faire, maintenant?

Question simple mais dont les implications – je le découvris tout à coup – n'avaient rien d'agréable.

– Qu'est-ce que nous...? répétai-je. Oh! nous... eh bien... je ne sais pas. Il reste des détails à régler.

– Naturellement. Mais l'affaire est bouclée, vous avez gagné!

Theodore se tourna vers Sara comme pour quémander son approbation. Elle hocha lentement la tête, aussi perdue et mal à l'aise que moi.

– Oui, parvint-elle finalement à dire.

Suivit un long silence pendant lequel le sentiment diffus mais perturbant engendré par l'idée que notre enquête avait pris fin s'empara totalement de chacun de nous. Pour le chasser, Theodore changea délibérément de sujet.

– En tout cas, une fin heureuse et qui tombe à pic, conclut-il en se tapotant la poitrine. Je pars demain pour Saint Louis.

– Ah! oui, dis-je, heureux de parler d'autre chose. La convention. McKinley sera désigné, je présume?

– Au premier tour, répondit Theodore avec une jubilation croissante. Simple formalité.

Je lui adressai un sourire taquin.

– Tu as déjà trouvé une maison à Washington?

Comme toujours lorsqu'on suggérait qu'il avait manœuvré à des fins personnelles, Theodore se renfrogna, mais, se rappelant que j'étais un vieil ami qui n'avait jamais critiqué ses motivations fondamentales, il répondit:

– Pas encore. Mais nom d'un tonnerre, quelles possibilités! Peut-être que le ministère de la Marine...

Sara laissa échapper un petit rire, porta vivement une main à sa bouche.

– Désolée, monsieur le préfet. C'est juste que... eh bien, je vous vois mal en marin.

J'abondai dans son sens :
— Oui, Roosevelt, quand on y songe, qu'est-ce que tu connais à la marine ?
— Mais j'ai écrit un livre sur la guerre navale de 1812, s'indigna-t-il. Il a reçu un très bon accueil !
— Ah ! cela change tout, concédai-je.
Theodore retrouva son sourire.
— La marine, c'est là qu'il faut être ! Pour préparer le pays à régler ses comptes avec ces fichus Espagnols ! Parce que...
— Non, je t'en prie, coupai-je, levant une main. Je ne veux pas le savoir.
Sara et moi nous dirigeâmes vers l'escalier cependant que Roosevelt, resté sur le seuil de son bureau, nous suivait des yeux, les mains sur les hanches.
— Tu ne veux pas le savoir ? me lança-t-il joyeusement comme nous descendions les marches. Mais vous pourriez participer ! Après ce que vous venez d'accomplir, l'empire espagnol ne devrait pas vous poser de problème ! Maintenant que j'y pense, il y a une idée à creuser là-dedans – la psychologie du roi d'Espagne ! Oui, apportez votre tableau noir à Washington, nous déterminerons le meilleur moyen de le battre à plates coutures !
Sa voix devint enfin inaudible quand nous sortîmes du bâtiment.
Pendant le court trajet à pied jusqu'à Lafayette Place, nous demeurâmes, Sara et moi, dans une sorte d'état de choc qui nous empêchait de revenir en détail sur la conclusion de l'affaire. Nous tenions certes à clarifier ce qui s'était passé au réservoir, mais nous savions que nous ne possédions pas suffisamment d'éléments pour le faire seuls. Et il nous faudrait du temps et de la sagesse pour accepter ceux que nous possédions déjà – en particulier le fait que Sara avait mis fin cette nuit-là à la vie d'un homme.
— L'un de nous devait le faire, je suppose, dit-elle d'une voix lasse quand, parvenus à Lafayette Place, nous remontâmes vers le nord. Pourtant, je n'aurais jamais imaginé que ce serait moi...
— Si quelqu'un l'avait cherché, c'est bien Connor, soulignai-je, tentant de rassurer mon amie sans commettre le péché mortel (à ses yeux) de vouloir la dorloter.
— Oh ! je sais, John. Je sais. Mais quand même...
Elle s'arrêta, respira à fond, regarda la rue silencieuse. Ses yeux passèrent d'un immeuble sombre à un autre puis se posèrent finalement sur moi. D'un mouvement vif qui me surprit, elle passa les bras autour de mon cou et appuya sa tête contre ma poitrine.

— C'est vraiment fini, John ?
— Tu sembles le regretter, dis-je, caressant ses cheveux.
— Un peu. Je n'avais jamais eu une telle expérience. Et je me demande combien d'autres je serai autorisée à connaître.

Je lui relevai le menton, plongeai le regard dans ses yeux verts.
— J'ai l'impression que tu en as terminé avec les gens qui t'*autorisaient* à faire les choses. Non pas que tu les aies jamais vraiment bien supportés, d'ailleurs.

Elle sourit, s'approcha du bord du trottoir.
— Tu as peut-être raison. (Un bruit de sabots lui fit tourner la tête.) Oh ! j'ai de la chance : un fiacre.

Portant la main droite à hauteur de son visage, elle joignit l'index et le pouce et, à ma consternation, les fourra dans sa bouche. Puis elle prit sa respiration et souffla, émettant un sifflement qui me fendit quasiment la tête. Plaquant mes mains sur mes oreilles, je la regardai avec stupeur, obtins un autre sourire en réponse.
— Je me suis entraînée, dit-elle tandis que la voiture s'arrêtait devant elle. C'est Stevie qui m'a appris. Pratique, non ? (Elle monta dans le fiacre sans cesser de sourire.) Bonne nuit, John. Et merci.

Elle frappa sur le toit du véhicule, donna l'adresse de Gramercy Park et disparut.

Seul pour la première fois de la nuit, je mis un moment à décider où aller. J'étais rompu de fatigue, à coup sûr, mais dormir me semblait curieusement hors de question. J'avais besoin de marcher dans les rues désertes, non pour donner un sens aux événements de la nuit — j'en étais incapable, je le répète — mais simplement pour me faire à l'idée qu'ils avaient eu lieu. John Beecham était mort. Le centre de ma vie, aussi macabre fût-il, m'avait été ôté, et je pris conscience, avec un soudain pincement de frayeur, que je devrais lundi matin décider si je reprenais ou non mon travail au *Times*. Cette pensée, pour brève qu'elle fût, me parut rien moins qu'atterrante : recommencer à passer des jours et des nuits à attendre devant le Central, puis filer obtenir des informations sur une scène de ménage ou un cambriolage dans la 5ᵉ Avenue...

Sans le vouloir, j'avais fait halte au coin de Great Jones Street. Remontant la rue du regard, je constatai que les lumières du *New Brighton Dance Hall* étaient encore allumées. Je n'aurais peut-être pas à chercher bien loin des explications, pensai-je, et, avant même que j'eusse consciemment décidé d'y aller, mes pas me portaient vers l'établissement.

Plusieurs immeubles m'en séparaient encore quand je commençai à entendre une musique tonitruante (Paul Kelly employait un orchestre plus nombreux et plus professionnel que l'habituel trio de bastringue). Bientôt des rires gras, quelques beuglements avinés et enfin le tintement des verres et des bouteilles s'ajoutèrent au vacarme. Ne me faisant pas réellement une fête d'entrer dans ce lieu, je fus soulagé de voir Kelly en franchir les portes de verre dépoli. Il était accompagné d'un sergent de la police – en uniforme – qui riait en comptant une liasse de billets. Kelly m'aperçut, donna un coup de coude au flic, lui signifia de disparaître d'un mouvement du menton. Le sergent déguerpit docilement dans la direction générale de Mulberry Street.

– Tiens, Moore! fit le truand, qui tira une petite boîte à prise de son gilet en soie et m'adressa un de ses sourires de beau garçon. Oubliez ce que vous venez de voir.

– Ne vous faites pas de souci, Kelly, répondis-je en approchant. Je crois que je vous dois bien ça.

– A *moi*? s'esclaffa-t-il. Sûrement pas, journaleux. Mais je vois que vous êtes encore en un seul morceau. Si j'en crois les rumeurs qui circulent en ville, je dirais que vous avez une sacrée chance.

– Allons, Kelly, j'ai vu votre voiture, cette nuit – et votre gorille, McManus, nous a sauvé la vie.

Le gangster ouvrit la petite boîte, pleine d'une fine poudre blanche, prit un air étonné.

– Jack? Il ne m'en a rien dit. Ça ne lui ressemble pas, pourtant, les bonnes actions. (Il mit un peu de cocaïne sur le dos de sa main, renifla, me tendit la boîte.) Ça vous tente? Ce n'est pas que j'aime ça, personnellement, mais avec toutes ces nuits blanches...

– Non, merci. Écoutez, je suis sûr que vous avez au moins conclu une sorte de marché avec Kreizler.

– Un marché? répéta Kelly, dont la feinte surprise commençait à m'agacer.

Il aspira par le nez une autre pincée de drogue, s'écarta quand un homme bien mis sortit en titubant du *New Brighton*, flanqué de deux laiderons aux vêtements criards. Après lui avoir aimablement souhaité une bonne nuit, Kelly revint à moi.

– Pourquoi diable aurais-je conclu un marché avec ce bon docteur?

– C'est précisément ce que j'ignore! rétorquai-je, exaspéré. La seule explication qui me vienne à l'esprit, c'est cette admiration dont vous avez un jour fait état. Ce jour-là, dans votre brougham, vous avez dit que vous aviez même lu une monographie de lui.

Le roi de la pègre ricana de nouveau.

— Pour autant, je n'irais pas contre mes propres intérêts, Moore. Je suis un homme pratique. Comme votre ami Mr Morgan.

Mon expression confondue le fit sourire.

— Mais oui, je sais tout de votre entretien avec le Nez, ajouta-t-il.

Je songeai à lui demander d'*où* il tenait ses renseignements, mais c'était inutile : manifestement, il n'était pas d'humeur coopérative, et je ne faisais que l'amuser.

— Bon, j'ai passé une nuit trop éprouvante pour jouer à je ne sais quel petit jeu avec vous, déclarai-je. Dites à Jack que j'ai une dette envers lui.

Sur ce, je décampai, ou du moins j'essayai, mais je n'avais pas fait trois pas que la voix de Kelly me rappelait.

— Moore... Écoutez donc... (Je me retournai, le vis qui souriait toujours.) Vous avez passé un sale quart d'heure, on dirait.

Il remit la boîte dans la poche de son gilet, pencha la tête de côté d'un air espiègle.

— Je ne dis pas que je suis au courant, bien sûr. Mais quand vous aurez une minute, posez-vous la question : de tous ceux qui se trouvaient là-haut cette nuit, qui d'après vous est le plus dangereux pour les notables ?

Je restai un moment bouche bée, fixant le gangster puis le trottoir, tâchant de comprendre le sens de sa question. Au bout d'une demi-minute, une réponse prit forme dans mon cerveau surmené, et ma mâchoire inférieure tomba d'un cran supplémentaire. Avec un grand sourire, je relevai les yeux et m'apprêtais à répondre — mais Kelly n'était plus en vue. J'envisageai d'entrer le rejoindre, y renonçai : inutile. Je savais ce qu'il avait voulu dire, je comprenais ce qu'il avait fait. Paul Kelly, chef de bande, flambeur invétéré, philosophe amateur et critique acerbe de notre société, jouait à l'intuition. Et bien qu'aucun de nous ne vive sans doute assez longtemps pour connaître l'issue du jeu, je le soupçonnais d'avoir raison.

Curieusement ragaillardi, je sautai dans un fiacre qui attendait devant le *New Brighton*, criai presque au cocher de me conduire en vitesse à Broadway. Tandis que le cheval trottait vers Lafayette Place, je me mis à rire et même à chanter.

— La dernière énigme, fredonnai-je en reprenant l'expression de Marcus.

Je voulais être présent quand ils la résoudraient.

Mon fiacre s'arrêta devant l'Institut de Kreizler à quatre heures et demie, se rangea derrière la calèche de Laszlo. Seuls les pleurs d'un bébé s'échappant par la fenêtre ouverte de l'immeuble d'en face troublaient le silence de la rue. En réglant la course, j'aperçus Marcus, assis sur les marches en fer de l'Institut. Il tirait sur sa cigarette en passant une main dans ses cheveux. Il me salua d'un geste nerveux et je m'avançai pour regarder à l'intérieur de la calèche. Étendu sur la banquette, Stevie fumait lui aussi.

– 'soir, Mr Moore, dit-il en se redressant. Pas mauvais, les clopes des sergents. Vous devriez essayer.

– Je n'y manquerai pas. Où est Cyrus ?

– A l'intérieur, répondit-il avant de s'allonger de nouveau. Il leur fait du café. Ça fait des heures qu'ils bossent. (Il tira une bouffée de sa cigarette, la dirigea vers le ciel.) Vous savez quoi, Mr Moore ? On croirait jamais qu'il peut y avoir autant d'étoiles au-dessus d'une fosse à purin comme cette ville. Moi j'aurais pensé que l'odeur suffirait à les faire décarrer...

Je souris, m'éloignai, regardai derrière Marcus les fenêtres du rez-de-chaussée. Elles étaient brillamment éclairées. Je m'assis à côté du plus grand des Isaacson.

– Vous n'êtes pas à l'intérieur ? demandai-je stupidement.

Il secoua la tête, rejeta de la fumée par son magnifique long nez.

– J'y étais. Je pensais tenir le coup, mais...

– Pas la peine de m'expliquer, dis-je. (J'acceptai la cigarette qu'il m'offrit, l'allumai.) *Moi*, je n'entre même pas.

La porte de l'Institut s'entrouvrit, Cyrus passa la tête dehors.

– Mr Moore, voulez-vous une tasse de café ?

– Si c'est *votre* café, Cyrus, très volontiers.

Il inclina la tête, haussa légèrement les épaules.

– Je ne garantis rien. Je n'en ai pas fait depuis mon coup sur la tête.

– Je prends le risque, déclarai-je. Comment ça se passe, à l'intérieur ?

– On approche de la fin, je crois, répondit Cyrus. On approche de la fin...

Mais trois quarts d'heure s'écoulèrent avant que d'autres nouvelles ne nous parviennent du théâtre des opérations – si je puis dire. Pendant ce temps, je fumai et bus du café avec Marcus en essayant de me faire à l'idée de la fin de notre enquête et de la dissolution prochaine de notre équipe. Quelles que soient les réponses que Kreizler et Lucius obtiendraient, elles ne changeraient rien au fait que Beecham était mort.

Enfin, à près de cinq heures et demie, la porte s'ouvrit de nouveau, Lucius apparut. Protégé par un tablier en cuir maculé de liquides odorants, il paraissait exténué. Il essuya ses mains à une serviette tachée de sang et soupira :

— Eh bien, voilà.

Il se laissa tomber à côté de nous sur le perron, tira un mouchoir de sa poche pour s'éponger le front, tandis que Cyrus sortait à son tour.

— Quoi, "voilà" ? fit Marcus, un tantinet irrité. Qu'est-ce que ça veut dire ? Qu'est-ce que vous avez trouvé ?

— Rien, répondit son frère, qui secoua la tête et ferma les yeux. Apparemment, tout était normal. Le Dr Kreizler procède aux dernières vérifications mais...

Je me levai, lançai mon mégot sur la chaussée.

— Alors, il avait raison, murmurai-je, le dos parcouru d'un frisson.

Lucius laissa ses épaules s'affaisser.

— Il avait raison dans la mesure où la médecine peut l'établir, objecta-t-il.

— Qu'est-ce que tu as à chipoter ? répliqua Marcus. S'il avait raison, il avait raison — ne mêle pas la médecine à ça.

Lucius parut sur le point de mettre en cause l'absurdité du raisonnement qui sous-tendait cette affirmation mais se contenta de soupirer de nouveau.

— Oui, il avait raison. (Il se leva, ôta son tablier, le tendit à Cyrus.) Et moi, je rentre à la maison. Il nous veut tous chez *Delmonico's* ce soir. A onze heures et demie. Je serai peut-être capable d'avaler un morceau.

Comme il commençait à s'éloigner, son frère le rappela :

— Tu ne vas quand même pas me laisser rentrer seul — c'est toi qui as le revolver, n'oublie pas. Au revoir, John. A ce soir.

— A ce soir, acquiesçai-je. Beau travail, Lucius !

Le plus petit des Isaacson se retourna, eut un geste désinvolte de la main.

— Oh. Oui, merci, John. Vous aussi. Et Sara, et... bon, à plus tard.

Ils s'éloignèrent et je les entendis se chamailler jusqu'à ce qu'ils tournent le coin de la rue.

La porte de l'Institut se rouvrit et Kreizler sortit en enfilant sa veste. Il semblait en plus piteux état encore que Lucius – blême, les yeux entourés d'énormes cernes. Il lui fallut un moment pour me reconnaître.

– Ah! Moore, dit-il enfin. Je ne t'attendais pas. Mais je suis ravi, naturellement.

Puis à son domestique :

– Nous avons terminé, Cyrus. Tu sais ce que tu dois faire ?

– Oui, Monsieur. Le cocher devrait arriver avec le fourgon dans quelques minutes.

– Il veillera à ce qu'on ne le voie pas ?

– C'est un homme sûr.

– Bien. Alors, tu peux l'accompagner jusqu'à la 17e Rue. Je déposerai Moore à Washington Square.

Nous montâmes dans la calèche, réveillâmes Stevie qui fit faire demi-tour à Frederick et le mit au trot. Sachant que Laszlo me fournirait de lui-même des informations quand il aurait eu quelques instants pour se ressaisir, je ne le pressai pas de questions. Et, de fait, lorsque nous tournâmes dans Broadway, il me demanda :

– Lucius t'a dit que nous n'avons rien trouvé ?

– Oui.

– Aucune trace d'anomalie congénitale ni de traumatisme physique, continua-t-il à voix basse. Ni aucune autre particularité physique pouvant indiquer une maladie ou une déficience mentales. A tout point de vue, c'était un cerveau parfaitement normal et sain.

Il se renversa en arrière, laissa sa tête reposer sur la capote baissée de la calèche.

– Tu parais déçu, m'étonnai-je, un peu déconcerté par son ton. Cela prouve simplement que tu avais raison : il n'était pas fou.

– Cela *indique* que j'avais raison, corrigea Kreizler d'une voix égale. Nous en savons si peu sur le cerveau, Moore... Toutefois, autant que nos connaissances actuelles en médecine et en psychologie nous permettent de l'affirmer, non, John Beecham n'était pas fou.

– Enfin, fou ou pas, il ne représente plus un danger. Et c'est le principal, déclarai-je, conscient cependant que Laszlo ne tirerait aucune satisfaction de ce qu'il venait d'accomplir.

Il leva les yeux vers moi au moment où Stevie tournait à gauche dans Prince Street pour éviter l'intersection de Houston Street et Broadway.

– Tu n'éprouvais guère de compassion pour lui, vers la fin, n'est-ce pas, John ?

– Euh, pour être franc, j'en éprouvais plus que je ne l'aurais souhaité. Toi, en tout cas, tu as été profondément touché par sa mort.

– Non pas tant par sa mort que par sa vie, répondit Kreizler en prenant son étui à cigarettes en argent. Par la stupidité mauvaise qui l'a créé. Et aussi parce qu'il est mort avant que nous ayons pu l'examiner. Quel gâchis...

– Si tu le voulais vivant, dis-je en le regardant allumer sa cigarette, pourquoi espérais-tu que Connor nous suivait ? Tu devais savoir qu'il chercherait à tuer Beecham.

– Connor, fit Laszlo, toussant un peu. Voilà quelque chose que je ne regrette pas, je l'avoue.

– Il nous a quand même sauvé la vie.

– En aucune façon. McManus serait intervenu avant que Beecham ne fasse réellement quoi que ce soit. Il nous surveillait depuis le début.

– Quoi ? Alors, pourquoi a-t-il attendu aussi longtemps ? J'ai perdu une dent, pour l'amour du ciel!

– Oui, c'était un peu juste, reconnut Kreizler avec embarras. Mais je lui avais recommandé de n'intervenir qu'en cas de danger mortel, parce que je voulais observer le comportement de Beecham le plus longtemps possible. Quant à Connor, tout ce que j'espérais, c'était qu'il soit là pour se faire pincer. Pincer ou...

Il y avait dans le ton de sa voix une telle solitude désespérée que je me hâtai de changer de sujet :

– J'ai vu Kelly, ce soir. Je suppose que tu t'es adressé à lui faute d'autre solution.

Laszlo acquiesça de la tête tout en continuant à regarder fixement devant lui.

– Il m'a expliqué pourquoi il a accepté de t'aider, poursuivis-je. Ou plutôt il l'a laissé entendre. Il te considère comme un danger pour l'ordre social actuel.

Laszlo émit un grognement.

– Lui et Mr Comstock devraient peut-être comparer leurs notes. Si je suis un danger pour la société, de tels hommes en causeront la mort. Comstock, surtout.

La calèche prit à droite dans MacDougal Street, passa devant de petits restaurants et cafés italiens pour remonter vers Washington Square. Kreizler étant retombé dans son silence, je l'interrogeai :

– Que voulais-tu dire en promettant à Beecham un sort moins cruel ? Tu n'aurais quand même pas soutenu qu'il était fou simplement pour qu'il continue à vivre et que tu puisses l'étudier ?

– Non. J'avais l'intention de le soustraire au danger immédiat puis de demander la prison à vie au lieu de la chaise électrique ou de la potence. L'idée m'était venue depuis quelque temps déjà que sa lettre, le fait qu'il observât nos efforts, et même le meurtre du jeune Joseph – tout indiquait un désir de communiquer avec nous. Et lorsqu'il a commencé à répondre à mes questions, ce soir, j'ai su que j'avais trouvé quelque chose qui ne s'était jamais présenté auparavant : un homme qui tue au hasard, semble-t-il, et qui est prêt à parler de ses crimes.

Laszlo soupira, leva les mains.

– Nous avons perdu une occasion extraordinaire, reprit-il. C'est très rare que des hommes de ce type le fassent, tu sais – je veux dire discuter de leur conduite. Après leur arrestation, ils répugnent à reconnaître leurs actes, et s'ils le font, ils n'en parlent pas en détail. Cela leur est impossible, apparemment. Rappelle-toi les derniers mots de Beecham : il n'a jamais su dire au juste ce qui le poussait à tuer. Mais je crois que j'aurais pu l'aider à trouver les mots, avec le temps.

– Tu sais bien qu'on ne t'aurait pas laissé faire, objectai-je en l'observant attentivement. (Il eut un haussement d'épaules têtu.) Avec la dimension politique que prenait l'affaire ? Il aurait eu un des procès les plus rapides de ces dernières décennies et on l'aurait pendu quelques semaines après.

– Peut-être, concéda Laszlo. Nous ne le saurons jamais, maintenant. Ah! Moore, il y a tant de choses que nous ne saurons jamais, maintenant...

– Rends-toi au moins justice : avoir trouvé cet homme, c'est en soi un exploit assez étonnant, nom d'un chien.

Il haussa de nouveau les épaules.

– Je me le demande. Combien de temps aurait-il encore réussi à échapper aux policiers ?

– Combien de temps ? Longtemps, je suppose. Il leur avait échappé pendant des années.

– Oui, mais combien de temps *encore* ? La crise était inévitable, il ne pouvait continuer indéfiniment à tuer sans que la société s'en rende compte. Il le voulait, d'ailleurs – désespérément. Si l'on demandait à un profane de décrire John Beecham à la lumière de ses crimes, il parlerait de paria, d'exclu. Or, rien n'est plus faux. Beecham appartenait totalement à cette société. Il en était le produit, la conscience maladive – le rappel vivant de tous les crimes cachés que nous commettons lorsque nous serrons les rangs pour vivre ensemble. Il avait besoin de la société des hommes, besoin de leur montrer ce que leur « société » lui avait fait. Et le plus étrange, c'est que la société avait besoin de lui aussi.

— Besoin de lui ? répétai-je, alors que nous longions le périmètre silencieux de Washington Square. Comment ça ? Elle l'aurait fait griller sur la chaise électrique, oui!

— Non sans l'avoir au préalable exhibé devant le monde entier. Nous faisons nos délices d'hommes tels que lui, Moore. Ils servent de réceptacles commodes à tout ce que notre monde *civilisé* a de sombre. Mais les choses qui ont fait de lui ce qu'il était ? Nous les tolérons. Nous les apprécions, même...

Le regard de Laszlo redevint lointain quand notre attelage s'arrêta lentement devant la maison de ma grand-mère. Le ciel commençait à peine à s'éclaircir à l'est mais de la lumière brillait déjà dans une des pièces du haut. Relevant la tête, Kreizler remarqua la fenêtre éclairée, et ce détail amena sur ses lèvres un pâle sourire.

— Comment ta grand-mère réagit-elle de te savoir mêlé à une affaire de meurtre ? Elle s'est toujours beaucoup intéressée aux histoires macabres.

— Je ne lui en ai pas parlé, répondis-je. Elle croit simplement que ma passion pour le jeu a empiré. Et, tout bien considéré, je vais la laisser dans cette illusion. (Je sautai sur le trottoir d'un petit bond raide.) Bon, nous nous retrouvons ce soir au *Del's*, paraît-il ?

— Cela me semble approprié, tu ne crois pas ?

— Absolument, approuvai-je. Je téléphone à Charlie pour que Ranhofer nous prépare quelque chose d'exceptionnel. Nous le méritons, non ?

Le sourire de Laszlo s'élargit un peu quand il répondit :

— Tout à fait, Moore.

47

Près d'une vingtaine d'heures plus tard, comme je rentrais d'un pas mal assuré après un repas chez *Delmonico's* qui aurait alourdi un régiment de dragons *et* leurs chevaux, je m'arrêtai au *Fifth Avenue Hotel* pour acheter la première édition du *Times* de mardi. Je descendis l'avenue en parcourant le journal, trouvai ce que je cherchais dans le coin inférieur droit de la première page.

Ce matin, le gardien de la morgue de l'hôpital Bellevue avait fait une macabre découverte : le corps d'un homme adulte enveloppé dans une bâche et déposé devant la porte de derrière. Musclé, l'inconnu avait dû mesurer plus de deux mètres de son vivant. Comme il était complètement nu, on n'avait trouvé sur lui aucun papier qui aurait permis de l'identifier. Une blessure par balle à la poitrine avait apparemment causé la mort mais le corps avait subi par ailleurs d'autres dommages. Le crâne avait été ouvert, le cerveau disséqué par une main experte, selon les employés de la morgue. Une note épinglée à la bâche précisait que c'était le cadavre de l'auteur des meurtres de jeunes prostitués – ou, pour reprendre les termes du *Times,* de « plusieurs adolescents livrés à eux-mêmes, connus pour travailler dans des maisons trop sordides pour être mentionnées dans ces pages ». Interrogé, le préfet avait confirmé qu'il s'agissait bien du meurtrier, et qu'il avait été tué alors qu'il s'apprêtait à commettre un horrible crime de plus. Pour des raisons diverses et inexpliquées, le préfet n'était pas libre de révéler le nom de l'assassin ni les circonstances détaillées de sa mort, mais l'opinion publique devait savoir que des membres de la division des inspecteurs avaient participé à l'affaire, et que celle-ci était définitivement close.

Lorsque j'eus terminé l'article, je regardai autour de moi et poussai un long cri de satisfaction.

J'éprouve encore aujourd'hui, près de vingt-trois ans plus tard, un sentiment de délectation quand je repense à ce jour. Kreizler et moi sommes des hommes âgés maintenant, et New York a radicalement changé – comme J.P. Morgan l'avait prédit le soir où nous lui avions rendu visite dans sa bibliothèque noire, la ville, et plus généralement le pays, était en 1896 à la veille d'une tumultueuse métamorphose. Grâce à Theodore et à un bon nombre de ses amis politiques, nous sommes devenus une grande puissance, et New York est plus que jamais le centre du monde. Le crime et la corruption, qui demeurent les piliers de la vie de la cité, se parent de plus en plus des oripeaux de l'industrie et du commerce. Paul Kelly, par exemple, s'est transformé en important dirigeant syndical. Certes, des enfants meurent encore, victimes d'adultes dépravés, en se livrant au commerce de la chair, et l'on retrouve parfois des cadavres non identifiés dans des lieux étranges, mais, à ma connaissance, la ville n'a plus connu de menace comparable à John Beecham. J'ai la conviction que de telles créatures n'apparaissent que fort rarement. Kreizler, bien sûr, pense que je me berce d'illusions.

J'ai beaucoup vu les frères Isaacson au cours de ces vingt-trois années et plus encore Sara. Tous ont poursuivi leur carrière dans l'investigation criminelle avec zèle et succès. A plusieurs occasions, nous avons été amenés à enquêter ensemble sur d'autres affaires, mais rien, je présume, n'aura jamais l'intensité de la chasse à l'homme menée pour John Beecham. Peut-être qu'avec la disparition de Roosevelt, ce remarquable épisode sera enfin porté à la connaissance du public. Il servira au moins à rappeler que, sous ses dehors de fanfaron, Theodore eut le cœur et l'esprit assez larges pour permettre cette entreprise sans précédent.

Un mot encore pour ceux qui s'intéresseraient au sort de Cyrus Montrose et de Stevie Taggert : Cyrus a fini par se marier et son épouse est entrée au service de Kreizler. Le couple a plusieurs enfants, dont l'un suit actuellement les cours de la faculté de médecine de Harvard. Quant au jeune Stevie, parvenu à l'âge adulte, il a emprunté quelque argent à Kreizler pour ouvrir un débit de tabac en face du *Fifth Avenue Hotel,* dans le nouveau Flatiron Building. Ses affaires prospèrent, et je ne crois pas l'avoir vu ces quinze dernières années sans une cigarette aux lèvres.

Trois ans après la conclusion de l'affaire Beecham, le réservoir de

Croton – rendu obsolète par un nouveau réseau après que Tom Platt eut réalisé son projet de Grand New York – fut démoli pour faire place au principal bâtiment de la plus merveilleuse de toutes les œuvres philanthropiques, la bibliothèque publique de New York. Ayant vu dans le *Times* un avis annonçant la démolition du réservoir, je suis allé assister aux travaux un jour à l'heure du déjeuner. On avait commencé à éventrer la muraille en haut de laquelle nous avions affronté l'ultime défi de notre enquête, on l'abattait pour révéler un énorme cratère fait de la main de l'homme. Ainsi ouvert aux regards, le réservoir n'était plus très impressionnant, et l'on avait peine à croire qu'il avait été assez solide pour résister à la pression fantastique exercée par des millions de litres d'eau.

Remerciements

C'est en procédant aux recherches préliminaires pour ce livre que m'est venue l'idée que le phénomène que nous appelons aujourd'hui le meurtre en série existe depuis que des êtres humains vivent en société. Cette intuition d'amateur fut confirmée par le Dr David Abrahamsen, l'un des plus éminents experts américains sur la violence en général et les *serial killers* en particulier. Il m'a en outre indiqué d'autres voies de recherches plus approfondies, et je tiens à le remercier de ses conseils.

Les personnels des archives de Harvard, de la bibliothèque publique de New York, de la Société d'Histoire de New York, du muséum d'Histoire naturelle m'ont tous apporté une aide précieuse.

John Coston m'a suggéré plusieurs importantes directions de recherche et a pris le temps de m'exposer ses idées. Je lui en suis reconnaissant.

De nombreux auteurs ont apporté sans le savoir leur contribution à ce livre à travers leurs ouvrages sur les meurtriers en série, et je remercie tout particulièrement : Colin Wilson, pour son histoire encyclopédique du crime ; Janet Colaizzi, pour sa brillante étude sur la folie homicide depuis 1800 ; Harold Schechter, pour son analyse du cas Albert Fish (dont la fameuse lettre à la mère de Grace Budd a inspiré le mot similaire de John Beecham) ; Joel Norris, pour son traité justement célèbre sur les tueurs en série ; Robert K. Ressler, pour ses mémoires d'une vie passée à poursuivre ce type de criminel ; et de nouveau le Dr Abrahamsen, pour ses études sans égales sur David Berkowitz et Jack l'Éventreur.

Tim Haldeman a étudié mon manuscrit de son œil exercé. J'ai apprécié ses commentaires incisifs presque autant que son amitié.

Comme toujours, Suzanne Gluck et Ann Godoff m'ont guidé avec intelligence et affection de l'idée brute au projet abouti. Tous les écrivains devraient avoir de tels agent et éditeur. La compétence, la rapidité et la bonne humeur de Susan Jensen m'ont souvent aidé à supporter les moments difficiles. Qu'elle en soit remerciée.

Irene Webb a veillé au sort de ce roman sous d'autres cieux avec un charme et une expérience consommés. Je lui en suis reconnaissant.

Mes remerciements vont aussi à Scott Rudin, qui fut parmi les premiers à me manifester sa confiance.

Grâce à sa perspicacité psychologique, Tom Pivinski a contribué à transformer mes cauchemars en prose. Il a été un véritable roc.

James Chace, David Fromkin et Rob Cowley m'ont prodigué l'amitié et les conseils si nécessaires pour mener un tel projet à son terme. Je suis fier d'avoir de tels amis.

J'exprime également ma reconnaissance aux membres du Core Four de La Tourette : Martin Signore, Debbie Deuble et Yong Yoon.

Enfin, je remercie ma famille, en particulier mes cousins William et Maria von Hartz.